suhrkamp taschenbuch 2414

D1927604

»Von Hrabal kann man süchtig werden. Immer mehr deutsche Leser sind süchtig geworden«, schreibt Martin Lüdke in der *Zeit*. Bohumil Hrabals *Hochzeiten im Hause* sind eine Einladung, dieser Sucht weiter zu frönen oder aber sie erst kennenzulernen. Die *Hochzeiten im Hause* sind autobiographisch angelegt, sind eine Chronik, ein Manifest. Und ein »Mädchenroman«, weil Hrabal diese Chronik von einer Frau, seiner Frau, erzählen läßt: Sie ist es, die die Geschichten des Kennenlernens, der Werbung, des Zögerns bis hin zur Hochzeit in ausgelassener Fröhlichkeit erzählt; ihr überläßt Hrabal, das beiden ungewohnte Eheleben zu erzählen, den Umgang mit Freunden, Nachbarn, Kollegen; läßt sie berichten von den Stärken und Schwächen der Partner, vom Aufeinandereingehen, wie es glückt, wie es scheitert. Läßt sie auch erzählen vom Erlebnis seines Schreibens. Herzliche Einladung, dem »Bafler« Hrabal zuzuhören, denn »Hrabals Absicht, ein Büchlein zu schreiben, das den ›Leserhimmel erbeben‹ läßt, ist mit *Hochzeiten im Hause* realisiert worden«. *Martin Lüdke, Die Zeit*

Bohumil Hrabal wurde am 28. März 1914 in Brünn geboren. Sein Werk erscheint im Suhrkamp Verlag und ist auf Seite 458 dieses Bandes verzeichnet.

Bohumil Hrabal
Hochzeiten im Hause

Ein Mädchenroman

Aus dem Tschechischen
von Susanna Roth

Suhrkamp

Titel der Originalausgabe: *Svatby v domě. Vita nuova.* Die Bücher sind 1988 bei Sixty-Eight Publishers, Corp., Toronto, Canada, erschienen. Die deutschsprachige einbändige Ausgabe wurde im Einvernehmen mit dem Autor – auch um einen dort erschienenen dritten Teil – gekürzt.
Umschlagillustration: Jutta Karow

suhrkamp taschenbuch 2414
Erste Auflage 1995
© Bohumil Hrabal
© der deutschsprachigen Ausgabe
Suhrkamp Verlag Frankfurt am Main 1993
Suhrkamp Taschenbuch Verlag
Alle Rechte vorbehalten, insbesondere das
des öffentlichen Vortrags, der Übertragung
durch Rundfunk und Fernsehen
sowie der Übersetzung, auch einzelner Teile.
Druck: Ebner Ulm
Printed in Germany
Umschlag nach Entwürfen von
Willy Fleckhaus und Rolf Staudt

1 2 3 4 5 6 – 00 99 98 97 96 95

I

Hochzeiten im Hause

Ladislav Klíma:

...die Fundamente flogen in die Höhe,
die Gipfel stürzten in die Tiefe.

Libeň, im November und Dezember 1916.

I

Das Haus, das ich suchte, sah ganz nett aus, vor der Haustür stand eine Gaslaterne, der Gehsteig, früher mit Pflastersteinen belegt, war offenbar schon vor längerem aufgerissen und jetzt erst wieder zugeschüttet worden. Die Laterne brannte schon, und ich las die gesuchte Nummer, vierundzwanzig. Als ich eintrat, roch der Hausflur nach verschüttetem Wein und Kälte. Die Wände wellten sich vor Feuchtigkeit wie Blätterteig. Als ich den Hausflur hinter mir gelassen hatte und im Innenhof stand, gelang es mir gerade noch, zur Seite zu springen. Eine Blondine in malvenfarbener Unterhose und malvenfarbenem Büstenhalter schüttete kübelweise Wasser auf das Pflaster, bis unter die Fenster, und kehrte es dann mit einem Besen ins Kanälchen. Sie war ganz auf ihre Arbeit konzentriert, schnaubte und schwitzte. Und wieder nahm sie einen Eimer, in den das Wasser aus dem Hahn klatschte, sie hatte ihn an den Messinghahn gehängt und schüttete nochmals Wasser über den zementierten Hof. Ist Frau Lizaj zu Hause, fragte ich. Nein, aber fragen Sie den Doktor, er schrubbt auch gerade seinen Fußboden, wissen Sie, hier muß es sauber sein, die gesamte Bude kommt an meinen Fenstern vorbei, und ich bin eine reinliche Frau! Sagte diese saturnalische Blondine und rammte mich, vielleicht, um das Gesagte zu unterstreichen, als sie sich in den Hausflur drängte und dann den Lichtschalter in ihrem Zimmer herumdrehte, und tatsächlich war es dort, wie ich sah, peinlich sauber, ein blankpolierter Herd und blankpolierte Schränke, auf denen aufgefächerte Straußenfedern standen, unter den Fenstern ein Plüschsofa, bedeckt mit kleinen Seidenkissen, und ein Tisch mit einem Tischtuch, in dessen Mitte eine kleine Vase mit künstlichen Blumen, wildem Mohn, glänzte.
Ich zuckte mit den Schultern, watete durch die lange Lache zu einem Treppchen und stieg sechs Stufen zu einem zweiten kleinen Hof hinauf, auf der rechten Seite zog sich ein länglicher Schuppen hin, der Boden war irgendwann einmal wegen des zweiten Hofs bis in Fensterhöhe aufgeschüttet worden. An den blinden Fenstern vorbei ging ich auf ein zweistöckiges Haus zu, im ersten Stock zeichnete sich eine mit einem schmiedeeisernen

Geländer geschmückte offene Pawlatsche ab, über dem Schuppen ragte die Wand des Nachbargebäudes bis in den Himmel hinauf, nichts weiter als eine zwei Stockwerke hohe Mauer, eine riesige fensterlose Wand, von der der Putz abbröckelte und die so hoch war, daß sie auf dem Haus mit der Pawlatsche und über den erleuchteten Fenstern zu hocken schien. Auf der linken Seite war eine Teppichstange, dahinter eine geöffnete Tür zur Waschküche, aus der es nach Seife und Lauge roch. Und ich ging weiter, angelockt von einem Licht im Erdgeschoß, von dem kalten Schein einer Zuglampe. Und während es im Hof angenehm war, kam aus diesem offenen Fenster so kühle Luft, daß mich fröstelte.

Eine Weile blieb ich stehen, sollte ich eintreten oder nicht? Soll ich fragen oder weggehen? Ich hörte, wie die Blondine dort unten im ersten Hof schon wieder einen Eimer Wasser auf den Zement schüttete und wie das Geräusch des aus dem Hahn fließenden Wassers lauter wurde, ich stand neben einem Lehmhaufen vor einem vergitterten Fenster, vor dem blinden Fenster des langgezogenen Schuppens, den die riesige Wand bis zum Himmel überragte, auf dem Lehmhaufen wuchsen zwei Stöcke wilden Weins, der sich an die quer über den Hof gespannten Drähte klammerte, die Ranken fielen von den hochgebundenen Trieben herunter und kletterten auf halbem Weg wieder nach oben, sie berührten mich sanft, ich nahm allen Mut zusammen und trat zum Fenster.

Dort kniete ein Mann und schrubbte mit einer Wurzelbürste den Fußboden, eigentlich kniete er nicht, er kauerte auf allen vieren und schrubbte den Boden, konzentriert, verträumt und still, jetzt richtete er sich auf und betrachtete wohlgefällig ein weiteres blankgeschrubbtes Stück Holzboden, in der Ecke stand ein Herd, ein gußeiserner Herd, in dem ein Feuer prasselte, und in einem großen Topf brodelte Wasser. Ich stand am Fenster, an einem Kerzenleuchter, der von einem Klavier abgeschraubt war, hingen vier Kettchen, an denen eine Platte befestigt war, früher hatten Gewichte darauf gestanden und heute ein riesiger Asparagus, dessen Zweige so weit herunterhingen, daß sie zwei Spiegel berührten, die zwischen dem Außen- und Innenfenster eingelassen waren. In der anderen Ecke des Zim-

mers stand ein Jugendstilbett auf Messingrollen. Die übrigen Möbel standen im Freien, ein Stuhl und ein Tisch wie auch ein ovales Tischchen, auf dem ein gespaltener Baumstumpf lag, in dessen Inneren vermutlich Waldbienen gehaust hatten.
Und der Mann tauchte seine Bürste ins Wasser und schrubbte konzentriert weiter, die Borsten kratzten, und die Zuglampe leuchtete den Weg. Und dort unten im ersten Hof hörte ich das Aufklatschen des Wassers auf dem Zementboden, und dann noch, wie jemand im ersten Stock eine Tür öffnete, ein Lichtschein huschte über den Hof und verschwand wieder, als die Tür dort oben geschlossen wurde, ich hörte, wie Schritte die Wendeltreppe hinunterkamen und verdrückte mich rasch hinter die offenstehende Toilettentür, starr vor Schreck, ob jener, der da die Treppe herunterkam, nicht etwa auf diese Toilette mußte, in solch einem Gebäude war ja alles möglich, doch ich konnte aufatmen, die Schritte entfernten sich in den ersten Hof, ich kam hinter der Toilettentür hervor und hörte, wie die Blondine schon wieder einen Eimer Wasser aufs Pflaster klatschte, offensichtlich genau dem vor die Füße, der gerade vom ersten Stock heruntergekommen war, er brüllte fürchterlich, und dann hörte ich nur noch Flüche, einer schöner als der andere, die Blondine schien den ganzen Abend nur auf diesen Augenblick gewartet zu haben, jetzt konnte sie schimpfen und sich dadurch auf Kosten des Kerls entspannen, der ihr vor den Eimer geraten war.
Ich bin reinlich, das will ich meinen! Ich lege Wert auf Reinlichkeit! Hundertmal verfluchte Bude, zum Teufel mit allen Mietern und ihren Gästen! Zum Teufel mit diesen Hochzeiten im Hause! zeterte die Frauenstimme in malvenfarbener Unterhose und malvenfarbenem Büstenhalter. Und ich faßte wieder Mut, mich erschauderte, ob jener, der gerade vom ersten Stock heruntergekommen war, nicht wieder hinauf mußte und hörte, wie jemand fast unter mir, sozusagen unterm Hof, irgendwo dort in der Tiefe des Kellers Kohle schaufelte, die dumpf in einen Blechbehälter polterte.
Herr Doktor, hüstelte ich, hören Sie mich? Herr Doktor, wissen Sie nicht, wann Frau Lizaj und ihr Mann zurückkommen?

Und der Mann, den ich angesprochen hatte, hielt weiterhin die Reisbürste fest, jetzt stellte er sie in den Eimer zurück, legte den ausgewrungenen Lappen auf den Boden und nahm den Schmutz auf.

Mit beiden Händen stützte ich mich auf die beiden Spiegel zwischen den Fenstern und sah, daß der Mann blaue Augen hatte und sich mit dem Handrücken den Schweiß abwischte, dann sagte er lachend, Frau Lizaj sei fortgegangen, auf die andere Seite des Flusses, sie werde bald zurückkommen, wenn ich wolle, könne ich bei ihm warten, er werde mir den Stuhl zum Ofen rücken.

Mühsam richtete er sich auf, und als sein Schädel im Licht der Glühbirne glänzte, sah ich, daß er kaum mehr Haare hatte, jetzt legte er auseinandergefaltete Zeitungen auf den Boden, damit ich die Tür erreichen konnte, ohne ins Wasser zu treten, wie ein Fußballer wirkte er auf mich, der seit langem nicht mehr spielte. Er gab mir die Hand und führte mich zum Ofen, schlug sich gegen die Stirn, ging auf den Zeitungen wieder ins Freie und kehrte mit dem Stuhl zurück. Ich setzte mich und fühlte mich wohl, denn es war mir schon kalt geworden, doch der Ofen wärmte angenehm, der Doktor hob spielend seinen Eimer hoch und trug ihn in den Hof hinaus, ich hörte, wie er das Schmutzwasser ins Kanälchen kippte, das Kanälchen floß aber nicht ab, es gluckste und japste, rührte sich nur sehr zögernd, um dann plötzlich und alles mit einem Mal zu verschlucken, was aus dem Eimer gekippt worden war. So machte dieses Kanälchen sich Luft. Und der Mann, den ich Doktor genannt hatte und der dieses Doktor billigte, schüttete kochendes Wasser in seinen Eimer und ging in den Hausflur hinaus, um aus dem Hahn kaltes dazulaufen zu lassen. Da trippelte jemand über den Hof, ich hörte, wie die Schritte innehielten, spürte, daß jemand in den Raum schaute und hörte, wie ein Kessel über die Steine des Hofes klapperte, dann wurde er hochgehoben und setzte seinen Weg treppaufwärts in den ersten Stock fort, wo dieser Jemand entsetzlich aufheulte, er schnaufte so klagend wie dieses Kanälchen, als es gezaudert und gezaudert hatte, bis es den Eimer Schmutzwasser dann auf einmal unter gräßlichem Glucksen hinunterschluckte. Ihrem

Tonfall nach sind Sie aus Mähren, sagte der Doktor, er hockte sich wieder hin und dann auf alle viere, um den Fußboden weiterzuschrubben, wieder nahm er mit dem Lappen den Schmutz auf und wrang ihn in den Eimer aus. Stimmt, sagte ich.
Merken Sie sich eins, alles, was in Prag irgendeinen Wert hat, stammt aus Mähren, auch ich stamme aus Mähren... Doch aufgepaßt! Alles, was an mir schön ist, stammt aus einer böhmischen Kleinstadt... lachte er, betrachtete wohlgefällig den Fußboden und fuhr fort... doch mußte ich aus diesem meinem Städtchen fliehen, weil ich es zu Hause nicht mehr aushielt. Eines Tages schaute ich um mich und schlug die Hände überm Kopf zusammen. Ich hatte gar nicht bemerkt, daß ich so lange ein junger Herr gewesen war, so lange in eleganten, in Prag maßgeschneiderten Anzügen und in Schuhen, die ich bei Poldi Gutman gekauft hatte, herumstolziert war, daß ich all die Zeit so schöne Krawatten zu noch schöneren, am Graben gekauften Hemden ausgewählt hatte und all die Zeit über Hüte von Čekan und sogar Hirschlederhandschuhe getragen hatte. Ich schlug die Hände überm Kopf zusammen, denn ich schaute mich um und sah, daß ich mit meinen Eltern und meinem Bruder Břet'a vier Zimmer bewohnte und im Herrenzimmer eine herrliche Bibliothek für mich hatte, kurzum, daß ich bisher kein eigenes Geld verdient hatte und trotzdem wie Gott in Frankreich lebte, also floh ich beschämt aus dieser schönen Wohnung in der Brauerei und kam erst hier zur Ruhe, hier in diesem Zimmer, in einer ehemaligen Schmiede, in einem Zimmer, das vollkommen leer war, das ich selbst anstreichen, selbst ausbessern, für das ich die Möbel selbst besorgen mußte, und so ist alles, was ich hier habe, mein, von meinen Moneten, die ich in Kladno verdient habe, in der Poldinka, dieses herrliche Köpfchen mit dem sternenversengten Haar... Und so bin ich ein von Sternen gekrönter Mann...
Und darum schrubben Sie diesen Fußboden? lachte ich.
Wissen Sie, genau darum geht es, wenn Sie stilvoll reinlich sein wollen, müssen Sie Ihr Auge schärfen, sagte der Doktor, während er den Aufnehmer, von dem das Schmutzwasser tropfte, in der Hand hielt, und so verträumt und mit entrücktem Blick

erzählte er weiter ... ich will nicht mehr haben als die anderen, ich will einmal so sein wie die anderen, indem ich tue, oder zumindest versuche, das zu tun und so zu leben wie die anderen, das, was ich gerade mache, ist meine Poesie, die meine Freiheit ist, jedenfalls glaube ich frei zu sein. Darum habe ich meine Bibliothek verlassen, meinen mit braunem Filz überzogenen Schreibtisch, ich habe den Kachelofen verlassen, den unser Dienstmädchen heizte, ich habe die auserlesenen Gerichte verlassen, die meine Mutter für mich zubereitete, den Keller voll von Vaters Wein und Bier ...
Ich hob den Blick und strahlte vor Erinnerungen ... Ja, auch ich stamme aus dreizehn Zimmern, wir hatten sogar zwei Dienstmädchen, ich hatte eine Bonne und mein Vater fuhr einen Studebaker, und er hatte einen Chauffeur und einen Keller mit erlesenen französischen Weinen und Kisten von irischem und schottischem Whisky, und mein Schlafzimmer war im Stil Louis XIV eingerichtet, das Arbeitszimmer meines Vaters im englischen Stil, eine ganze Wand war mit gerafften Gardinen verhängt, in jeder Ecke Vasen aus Sèvres-Porzellan, und an den Wänden hingen lauter holländische Originale, denn mein Vater hatte in der ganzen Welt Holz eingekauft, er war Hofrat, und meine Mutter hatte ein eigenes Schlafzimmer ...
Der Doktor verteilte mit der Wurzelbürste das Wasser auf dem letzten Stück des schmutzigen Bodens und unterbrach mich ... Und diese Ihre Villa, Ihre Wohnung, haben Sie die aus freien Stücken verlassen? Sind Sie von zu Hause durchgebrannt? Nein, wandte ich verwundert ein, Sie wissen doch selbst, wie es aussah, als der Krieg zu Ende war ... Ich war sechzehn, als man mich ins Lager brachte, und nicht nur mich, auch meine Eltern, ich wußte nicht, wo mein Bruder Karli, wo meine Schwester Wutzi waren, erst im Lager erhielt ich dann die Nachricht, daß Karli bei Stalingrad verwundet worden war, es hatte ihn am Kinn erwischt, und Wutzi, die war mit ihrem Mann irgendwohin nach Holland geflüchtet, mein Brüderchen Heini aber war noch ein kleiner Bub, und so wurden wir in einer Ziegelei zur Arbeit eingesetzt, und deshalb war auch ich schuld daran, daß die Deutschen den Krieg verloren haben, ich, die ich sechzehn Jahre alt war ...

Er richtete sich auf, ließ die Schultern kreisen, stöhnte leise und sagte ... Das ist furchtbar, aber für einen verlorenen Krieg leiden immer die Unschuldigen. Und dann, Auge um Auge, Zahn um Zahn, das galt noch im Alten Testament, dieser Krieg aber hat dank der Grausamkeit dieses totalen Kriegs die Parole geboren ... Für ein Auge zwei, für einen Zahn die ganze Kinnlade, aber! Ich bin fertig, sehen Sie? Er stand auf, streckte den Arm in Siegesgeste aus und wies auf die sauberen Dielen, die nach Wurzelbürste und Seife dufteten.
Dann trat ich auf den Hof hinaus, gegenüber im ersten Stock des Hauses dort, wo Lizaj angeblich wohnte, war es immer noch dunkel, nur im Erdgeschoß brannte Licht, in der Wohnung dieser saturnalischen Blondine.
Und dann trug ich zusammen mit dem Doktor den Tisch in sein geputztes Zimmer und daraufhin noch den Stuhl, wir schleppten den gespaltenen Baumstumpf mit dem wilden Bienennest hinein, dann legten wir ein Tischtuch auf den Tisch, der Doktor brachte ein Joghurtgläschen, in dem drei Nelken steckten, und zog dann die Glühbirne der Zuglampe herunter, er holte eine Zeitung, rollte sie zusammen und befestigte sie so am Kabel, daß sie eine Tüte bildete, durch die hindurch nur das weiße Tischtuch und die strahlenden Nelken grell beleuchtet wurden, und schließlich brachte der Doktor einen großen Krug, stellte ihn auf den Tisch, schüttete vier Flaschen Bier hinein und forderte mich auf zu trinken ...
Und ich saß da mit einem fremden Mann, er saß mir gegenüber und sah mich nicht direkt an, irgendwie schaute er mich zwar an, doch nur aus dem Augenwinkel, er blickte an mir vorbei, doch spürte ich, daß er mich nur deshalb nicht direkt anschaute, um mich umso besser zu sehen, ähnlich wie ein Pferd es tut. Und das Bier schmeckte gut, im Ofen prasselte das Feuer, und der Doktor legte alte, kleingehackte Bretter nach ...
Es ist schön hier, nicht wahr, rief der Doktor stolz, vielleicht erstaunt es Sie, übers Wochenende fahre ich zu meiner Mutter, zu den Eltern, sobald ich aber wiederkomme, renne ich immer, kaum bin ich aus dem Zug gestiegen, vom Bahnhof weg, ich laufe ganz schnell und atme erst durch, wenn ich hier aufsperre, den Lichtschalter herumdrehe und wieder daheim bin, wenn

ich in diesem Ofen Feuer mache und eine frische Blume in dieses Glas stelle, wenn ich auf dem weißen Tischtuch ein Buch aufschlage, wenn ich mir vom Vaništa einen Krug Bier über die Gasse hole, wundert Sie das?
Herr Doktor, ich hab Ihnen was gebracht, da wird Ihnen heut das Wasser im Mund zusammenlaufen! ertönte eine Altstimme durchs offene Fenster. Ich fuhr zusammen, es stand die saturnalische Blondine dort, auch der Doktor war erschrocken, sie aber stand dort, von der Taille aufwärts, mit hocherhobenen Armen, im malvenfarbenen Büstenhalter, und hielt und überreichte dem Doktor begeistert einen Teller und einen dampfenden Kochtopf.
Der Doktor nahm den Kochtopf, schnupperte und war erfreut. O magnat magyar gulyas, Gulasch aus hinterem Rindfleisch, das werden wir uns gleich schmecken lassen, wie haben Sie erraten, Frau Beranová, daß ich nichts zu Hause habe? Und vor allem, daß wir hungrig sind?
Und die reinliche Blondine lächelte, sie drehte sich um, ihr fleischiger Nacken drohte zu platzen, sie schob die Ranken des wilden Weins auseinander, und ihre Schuhe klapperten resolut über den Hof, dann verlangsamte sich das Klackern der Absätze auf den Stufen, die zu ihrer Wohnung hinunterführten.
Wer ist das? fragte ich aufatmend.
Der Doktor hielt den Brotlaib, irgendwie hielt er ihn merkwürdig und säbelte mit einem stumpfen Messer Scheiben ab, er wollte etwas sagen, legte Brot und Messer dann aber lieber zur Seite und sagte...
Das ist eine Frau, die in jungen Jahren Barfräulein war, Kellnerin in Hamburg, zwanzig Jahre lang Kellnerin, deshalb ist sie so reinlich, jetzt arbeitet sie in der Goldenen Gans als Tellerwäscherin, man sagt, noch nie hätten sie dort eine so reinliche Frau gehabt, und darum gibt man ihr dieses Kochtöpfchen für ihre Verehrer mit. In der Goldenen Gans spült sie Geschirr, hier putzt sie den ganzen Abend den Hof und poliert ihre Möbel und wischt sogar ihre künstlichen Blumen. Vermutlich ist sie in mich verliebt, denn wann immer sie mir dieses Kochtöpfchen bringt, weiß ich mir keinen Rat, bin verlegen und schäme mich...

Sie schämen sich noch? hob ich den Blick.

Jetzt nicht mehr allzusehr, das sind nur noch Reste von Scham, aber wissen Sie, ich gehöre zu der Generation, die sich noch schämte, bis fünfundzwanzig haben wir uns geschämt. Wahrscheinlich, weil wir nicht mit Mädchen zusammen in der Schule waren... Wissen Sie, eigentlich ist der Umstand, daß ich immer noch gern erröte, daß ich mich schäme, das einzige, was an mir schön ist... Und das zweite, was mir steht, ich kann das ř nicht richtig aussprechen, ich sage ersch, und bei diesem ersch lisple ich auch noch ein bißchen. Letztes Jahr habe ich einen Arzt aufgesucht, weil ich von diesem ersch erlöst werden wollte. Er hörte mich an und sagte... Hören Sie mal, Sie sind nicht mehr der Jüngste, Ihr Haar fällt schon aus, es ist nicht mehr viel los mit Ihnen. Das einzig Schöne an Ihnen ist gerade dieses ersch... – behalten Sie es ruhig, und ich bekomme hundertfünfzig Kronen für die Konsultation... Sagte der Doktor und stellte das Kochtöpfchen ab, und abermals bemühte er sich, eine Scheibe Brot abzuschneiden, irgendwie rutschte ihm dieser Laib immer wieder weg, und da erst bemerkte ich, daß er abgearbeitete Hände hatte, Hände wie die Leute auf dem Land, wie die Winzer sie haben, wie jene, die ihre Kartoffeln und ihr Gemüse selber behacken. Als er die Scheibe endlich abgeschnitten hatte, las er die Krümel vom Tischtuch auf... Er gab mir einen Löffel, und wir aßen, irgendwie war ich ganz erschrocken, zuerst nahm ich einen Bissen, dann reichte ich ihm den Löffel und aß von dem Gulasch, er gab mir den Löffel zurück, und dazu verzehrten wir Brot, irgendwie aßen wir, wie Frischvermählte bei dem Hochzeitsmahl, die Suppe aus einem Teller und mit einem Löffel. Ach, diese Brotscheiben, meine Brotkanten!

Rief der Doktor, was habe ich mal Schmalzbrote gegessen! Würde man alle diese Scheiben wie die Sohlen von Wanderschuhen hintereinander legen, käme ich mit diesen bis nach Wien, bis nach Paris! Meine Mutter hat mir nämlich meine Brote dünn beschmiert, also machte ich es lieber selbst. Ich mochte Schmalz wahnsinnig gern, sobald meine Mutter nicht zu Hause war, füllte ich ein Täßchen mit Gänse- oder Entenschmalz ab. Und dazu Brot, dieses Schmalz aß ich mit einem Löffelchen,

ein wenig Salz und ein wenig Pfeffer auf dem Leckerbissen, und dazu ein Schluck Bier, denn ich habe, junge Frau, ganze vierzig Jahre lang in einer Brauerei gewohnt...
Ich sagte... Ich bin doch keine junge Frau!
Umso besser, ich trank also zu dieser Gänsedelikatesse Bier! Wissen Sie, dreimal im Jahr haben wir ein Schwein geschlachtet, ach, all diese Eimer mit Schmalz! Meine Mutter aber schmierte die Scheiben hauchdünn, und wenn sie nicht hinschaute, schmierte ich das Schmalz fingerdick und drehte die Scheibe sofort um, damit sie es nicht merkte, denn wenn sie mich erwischt hätte, hätte sie mich ausgeschimpft... Es wird dir übel davon! Und so spielte ich mit meiner Mutter zwanzig Jahre und länger Broteschmieren, und bis heute habe ich das beibehalten, denn ich esse am liebsten Schmalzbrot, sogar zur Arbeit nehme ich immer zwei geschmierte Scheiben mit, und selbst wenn meine Mutter nicht da ist, drehe ich die bestrichene Seite immer nach unten. Und so ist auch mein Leben, die Scheiben fallen immer mit dem Aufstrich nach unten auf den Boden...
Und in dem Augenblick, als wir dieses magnat magyar gulyas zu Ende gegessen hatten, ging auf der gegenüberliegenden Seite, dort oben über der Wohnung dieser reinlichen Frau, ein Licht an, das Fenster zur Veranda flog auf, ich erhob mich und zuckte mit den Schultern.
Danke, sagte ich.

2

Ich stand in der Dunkelheit im Hof, die Treppe führte wie auf einem Dampfer nach unten, dort leuchtete das Fenster der reinlichen Frau, die nun ausgestreckt auf dem Sofa lag, genau unterm Fenster, sie las, und ihre Augengläser warfen große, strahlende Halbkreise auf ihre Wangen, im ersten Stock stand Lizaj im geöffneten Fenster, die Hände gegen die Fensterflügel gestützt, die gerade aufgeflogen waren.
Pipsi, rief Lizaj, hier ist die Tür, die in den Hausflur unseres fürchterlichen Hauses führt.
Mit ausgestreckten Armen ertastete ich die Türklinke, konnte die Tür aber nicht öffnen, und Lizajs Stimme rief... Du mußt

fest drücken, mit dem Knie gegen diese verfluchte Tür stoßen! Oder wart lieber, Wulli kommt runter!
Und dann hörte ich, wie jemand die Treppe herunterlief, im Milchglas der Tür zeichnete sich eine Männergestalt ab, die Klinke wurde einmal, dann nochmals hinuntergedrückt, und die Tür sprang auf, Flugsand und Abfälle flogen ins Innere, und aus dem Hausflur strömte Zugluft von irgendwoher aus dem Keller in den warmen Abend hinaus, kühle Luft, die nach aufgewärmtem Kohl stank, und Wulli stand da, er, der schon während des Krieges ein Freund unserer Familie war, seit damals hatten wir uns nicht mehr gesehen, er war zwar ein bißchen blasser, doch er war es. Was heißt unserer Familie, ein Freund meines Vaters war er gewesen, eigentlich hatte Papa ihn nicht sonderlich gemocht, denn Lizaj, Wullis Frau, war bei Papa als Buchhalterin angestellt. Sie hatte mein Vater allerdings gemocht, weil er ihr die gesamte Korrespondenz diktierte. Wulli umarmte mich, stieg dann Stufe um Stufe höher und ich hinter ihm her, wir kamen auf die Pawlatsche, wo dieses offene Fenster war, ich ging zum Fenster und sah unten den ganzen Hof, diese hohe Mauer, das Gebäude mit der Pawlatsche im ersten Stock und dem erleuchteten Fenster im Erdgeschoß, einem Fenster, in dem auf einer Dezimalwaage an vier Kettchen ein riesiger Asparagus hing, der einen wunderschönen Korb formte.
Und da kam auch schon Lizaj, sie umarmte und küßte mich und brach in Tränen aus... Wo sind die goldenen Zeiten, in welch jämmerlichem Zustand sehen wir uns wieder, was?
Und sie lud mich in ihre Wohnung ein, in eine kleine Küche, die längs in der Mitte durch einen Schrank geteilt wurde, dahinter waren ein Bett und das Fenster zur Pawlatsche, und dann konnte sie mich nur noch in ein Zimmerchen bitten.
Schließlich saßen wir auf der Couch, die Fenster gingen auf die Straße hinaus, hinter einem leuchtete verschwommen die Gaslaterne, Autos brummten, Wulli holte mährischen Wein aus dem Keller und goß mit zitternder Hand die Gläser voll, und ich sah die beiden verständnislos an, weil sie schrecklich schimpften, sich dabei ständig ins Wort fielen und mir erklärten, sie beide seien nur deshalb so weit gekommen, weil Lizaj

Deutsche, Österreicherin war und Wulli zwar Mähre, sie aber geheiratet hätten und die Hochzeit zu jener Zeit stattgefunden habe, als tschechische Patrioten nur deshalb hingerichtet wurden, weil Partisanen den Reichsprotektor Heydrich erschossen hatten. Als der Krieg zu Ende war, kamen sie beide ins Gefängnis, Wulli ein halbes und Lizaj ein ganzes Jahr, denn obschon sie hierher nach Prag geflohen waren, wurden sie zuletzt aufgespürt und bestraft, wofür? Dafür etwa, daß Lizaj damals Sekretärin eines Oberlandrats gewesen war und jede Anzeige, in denen ein Tscheche einen anderen Tschechen denunzierte, in den Ofen geworfen hatte.

Ich aber weiß schon, wer an allem schuld ist, ich laß mir den Hals aufschlitzen, wenn es nicht die Juden sind! rief Wulli und bohrte sich den Finger unterm Kinn in die Kehle.

Lizaj nickte und ließ ihre Augen rollen, wie sie es immer tat, sobald jemand anfing, von den Juden zu reden, es waren die Juden, die schuld daran waren, daß Wullis Großhandel Konkurs anmelden mußte, es waren die Juden, die den Deutschen den Krieg aufgezwungen hatten, und es waren letzten Endes auch die Juden, die bewirkt hatten, daß das Reich den Krieg verlor, obwohl Lizaj noch in den letzten Tagen, als die Reichssoldaten in Hodonín, also in Göding waren, obwohl Lizaj bis zum allerletzten Tag behauptet hatte, das Reich würde den Krieg gewinnen, weil es eine Geheimwaffe besäße. Nun saßen die beiden vor mir auf der Couch, sie hatten sich überhaupt nicht verändert, Lizaj schwang dieselben Reden und Wulli gab sich damit zufrieden, daß die Vergeltung kommen werde, denn die Welt könne das alles nicht so hinnehmen, und wenn schon nichts anderes, sollte es wenigstens einen atomfreien Gürtel geben, und dann wäre er wieder Vertreter für Schokolade, er würde für westliche Firmen reisen, vorläufig aber gehe das nicht, weil die Juden schon wieder die Oberhand hätten und an der Macht seien. Ich saß da und blickte diese Leute an, und etwas war mir zuwider, als sie so schimpften, denn wie ich sah, waren sie zusammen, zwar hatten sie eine etwas kleinere Wohnung als früher, lebten nicht gerade üppig, waren jedoch nicht so tief gesunken wie ich, wie ich und meine Eltern und meine Schwester Wutzi und mein Bruder Karli. Ich erschrak sogar über ihre Reden, denn es wurde mir allmählich klar, daß sie nur schimpften, damit ich nur ja nicht auf die Idee käme, sie zu bitten, ob ich bei ihnen wohnen könnte, um wieder auf eigene Beine zu kommen, nachdem ich so plötzlich wie aus heiterem Himmel bei ihnen hereingeschneit war.

Dann war es eine Weile still, und als Wulli Wein nachgoß, klirrte der Flaschenhals an den Gläsern, Lizaj legte ihre Hand auf meinen Handrücken und sagte ... Pipsi, was ist los mit dir, was ist mit dir passiert? Wie mir zu Ohren gekommen ist, bist du schon seit zwei Monaten hier in Prag und meldest dich nicht, du hast dich nicht gemeldet, also wissen wir nicht, was wir von dir halten sollen.

Wulli rief ... Ich hab mit deinem Papa doch im Weinkeller gesessen, wir haben zusammen Champagner getrunken, ach Pipsi, was hat dein Papa mich gemocht, warum sind wir nur damals nicht rechtzeitig weggefahren, warum haben wir damals nicht die beiden Nachbarvillen am Mondsee gekauft, ein Jammer, daß wir geglaubt haben, das Reich würde siegen, daß wir ...

Aber Lizaj unterbrach ihn ... Laß das, wir sind ein Opfer der Zeit, was muß erst Pipsi sagen? Sie hat alles verloren, sogar die Villa in Losiny, alles, auch sämtliche Konten in der Schweiz, ich aber laß mir die Gurgel durchschneiden, wenn diese Konten jetzt nicht den Juden gehören, dein Papa hat doch mit jüdischen Firmen Geschäfte gemacht, ich muß es schließlich wissen, wer aber würde sich schon melden, daß er was schuldig sei, nachdem der Krieg für die Deutschen so schlecht ausgegangen ist, und vor allem, nachdem dein Papa gestorben ist, und wo all seine Unterlagen sind, das weiß keiner ... Aber was ist mit dir, Pipsi?

Was soll schon sein, sagte ich, ich wollte nicht mehr auf der Welt sein, seit ich sechzehn bin, geht es mit mir bergab, ich konnte mich nicht anpassen wie andere ...

Was heißt wie andere, was sagst du da, Pipsi, ich arbeite als Angestellte und kriege für diese Plackerei achthundert, und Wulli hier, der rackert sich als Arbeiter in einer Schmiede ab und hat kümmerliche dreitausend im Monat, willst du uns das etwa auch noch vorhalten?

Aber nein, sagte ich, ich kann mich in einem anderen Sinn nicht anpassen, ich hatte mich in einen Jazzgitarristen verliebt, wir hatten schon das Aufgebot bestellt, und als er mich nach Prag zu seiner Mutter schickte, damit ich alles für unsere Hochzeit vorbereitete, da erfuhr ich einen Monat später, daß dieser mein Schatz, mein Jazzgitarrist sich eine Jazzsängerin angelacht hatte und mit ihr nach Wien gefahren war, wo sie dann geheiratet haben . . . da wollte ich nicht mehr leben, und ich will auch heute nicht leben, aber, nachdem der Selbstmord nicht geglückt ist, ich habe alle Tabletten wieder erbrochen, bin ich schließlich auf der Welt geblieben, nicht daß ich es gewollt hätte, aber ich habe die Kraft nicht mehr, ein zweites Mal zu versuchen, nicht mehr auf der Welt zu sein.
Die Hände im Schoß, saß ich auf dem Sesselrand, ich saß da wie ein Häufchen Elend, wie das Unglück in Person. Warum war ich eigentlich hierhergekommen? Ich wußte, ich war fremd hier, es war dasselbe wie bei meiner zweiten Mama, dieser Mama meines schönen Jazzhalunken, der mich nach Prag-Žižkov zu seinem Mamachen geschickt hatte, damit ich meine Hochzeit mit ihm vorbereitete, während er mit seiner Geliebten nach Wien verduftete und sie dort heiratete. Ich sah, daß diese beiden ehemaligen Freunde meines Vaters wie auf Kohlen saßen, ganz entsetzt, ob ich nicht doch etwas von ihnen wollte, ich begriff jetzt, damals waren sie zu unserer Familie freundlich gewesen, weil es eine Ehre war, daß Papa sie in unsere Villa einlud, damals hätte Wulli sich in Stücke gerissen vor lauter Gefälligkeiten, vor lauter Aufmerksamkeiten auch mir gegenüber, denn mein Vater besaß ein ungeheures Vermögen, und sein Wort hatte großes Gewicht, nicht nur in der Welt der Holzfirmen, sondern überhaupt. Und nun saß ich hier, wie eine Schlampe war ich gekleidet, und sah mich plötzlich selbst, doch bevor ich noch aufstehen und weggehen konnte, begann Lizaj auf mich einzureden.
Hör mal, Pipsi, so geht das nicht weiter, Pipsi, arme Maus, schau dich doch an. Mein Gott, dann ist er eben mit einer anderen abgehauen! Du oder dein Schicksal finden schon noch einen anderen für dich, aber wie kannst du so unter die Leute gehen, mit den Haaren? Schau dich nur an, wie kannst du mit

so einem zerrissenen Rock in die Straßenbahn steigen? Und schau mal deine Schuhe an, solche Latschen kannst du doch nicht anziehen und darin zur Arbeit gehen, du arbeitest doch im Hotel Paris, nicht wahr? Und hast du diese Wohnung in Piešťany noch? Dann kehr doch zurück, dort hast du ein Zuhause, such dir da eine Arbeit, die Möbel, die du dort stehen hast, hat doch dein Vater nach eigenen Entwürfen anfertigen lassen, oder nicht?

Und von draußen, im Hof donnerte es wie nach einer Explosion in einem Steinbruch, und dann war ein Niederprasseln zu hören, gefolgt von schwächeren Schlägen. Wulli lief auf den Flur hinaus und rief mich, er freute sich über das, was da draußen passierte, denn wie wir so dagesessen hatten, war er erstarrt, ich könnte sie um Hilfe bitten, nicht nur fürs Wohnen, sondern fürs Leben, jetzt stob dort im Hof Rauch und Staub empor, alle Fenster waren erleuchtet, auch der Doktor war ins Freie gelaufen, jetzt stand er zwischen den Türflügeln und lauschte und beobachtete, wie der Putz und die Steinchen vom Dach des Schuppens kullerten, der Putz jener Wand, die bis in den Himmel hochragte. Und Wulli schrie und zeigte durchs geöffnete Fenster... So also wohnen wir! Jede Woche reißt dieser Putz ab, und zwar genau so, manchmal auch gegen Morgen unter entsetzlichem Krach, zuerst auf den Schuppen und dann in den Hof, in dem Schuppen da haben wir unser Schlafzimmer untergestellt, es ist schon ganz von Staub bedeckt, hinter dieser Mauer hat man nämlich gigantische Werkstätten angebaut, in denen ein Forschungslabor Versuche macht, wie stark Kurbelwellen sind, sie werden entzweigesägt, und wenn eine solche Welle in zwei Stücke zerbricht, erschüttert diese Detonation auch unsere Bude... rief Wulli, der in der Ersten Republik Handelsreisender gewesen war, als Juden noch Besitzer von Groß- und Einzelhandel waren, damals war er ins Kaffeehaus und in den Sokol-Turnverein gegangen, damals hatte er zusammen mit anderen Mähren in der Stadt gewohnt, bevor er sich in Lizaj, in eine Deutsche, verliebt hatte und darauf setzte, daß das Reich gewinnen und er das sein werde, was er immer hatte sein wollen, ein großer Herr mit einem Mercedes. Jetzt schrie er hier herum, ich sah ihn an, und in

diesem Augenblick kam er mir widerlich vor, denn Lizaj war schon immer eine Deutsche gewesen, sie war sogar mit meiner Mutter zusammen nach Wien gefahren, um zu sehen, wie Hitler mit seinen Armeen einzog... Wulli aber, der eigentlich Slávek hieß, Slávek war ein Mähre, konnte nicht einmal anständig deutsch sprechen, und lesen konnte er es auch nicht, alles mußte Lizaj ihm übersetzen, dieser Slávek also hatte während des Protektorats im festen Glauben geheiratet, daß Deutschland siegen werde, er hatte das, was danach passierte, nicht im geringsten erwartet, und er konnte sich auch jetzt noch nicht eingestehen, daß er sich geirrt hatte und ein Sokol und ein Mähre hätte bleiben sollen, wie er es damals gewesen war, als er noch Handel trieb und es im Land noch Juden gab wie andere Menschen auch...
Und Wulli schloß das Fenster, hüstelte theatralisch und fuhr fort... Nur dem Doktor tut es gut, sobald irgendwo ein Malheur passiert, muß er stets dabeisein, hast du ihn gesehen dort im Hof? Jetzt wird er wieder herumspazieren und Ziegelsteine und Stücke vom Putz aufheben... Wer aber soll denn hier wohnen? Es kommen zwar Arbeiter und werfen wieder neuen Putz an, doch kurz danach kracht wieder alles runter, ein fürchterlicher Lärm, und die Mauer bekommt Risse, das Dach ist voll, der Hof ist voll, wie auf Bestellung des Doktors, so gut tut ihm das, genau wie seine Hochzeiten im Hause. Er lädt Kameraden ein, und sie saufen so lange, bis sie liegenbleiben, so daß die Familie, die über ihm wohnt, Angst hat, in den Keller zu gehen, um Milch oder Kohle zu holen, ja, ja, Milch oder Kohle...
Und da fiel mir ein, daß Wulli nur redete, tatsächlich nur redete, damit ich keine Zeit fand, das zu sagen, was mir sonst nie in den Sinn gekommen wäre, was ich jetzt aber aus Trotz tat. Ich sagte... Nun ja, ich bin in einer entsetzlichen Lage, ich bin eigentlich nur so in Prag... Ich kann kein Zimmer mieten.
Lizaj schlug die Hände zusammen... Was, du bist nicht gemeldet?
Wulli erschrak, er fürchtete sich, das alles bis zu Ende zu denken und schrie weiter... Das haben wir nicht verdient, so eine

kalte Bude! Im Winter, wenn wir über dic Pawlatsche zur Toilette gehen, wo sogar das Wasser im Eimer gefriert, ja wir haben ein Häusl mit Eimer! Klar, der Doktor hat seine Toilette ebenfalls draußen, er muß den Hof überqueren, aber er rühmt dieses Häusl, er rühmt alles hier, ihm gefällt alles, alles rühmt er, sogar die Toilette im Freien! Und wenn du sähest, Pipsi, wenn es erst mal regnet, wenn ein Wolkenbruch losplatzt! Der ganze obere Hof steht unter Wasser, wir kommen nicht mal bis zur Waschküche durch, wir gehen über Bretter und müssen das Wasser mit Besen hinunterkehren, als wäre dies unsere Bude, aber wir sind hier nur zur Untermiete, Pipsi, wir haben nicht mal einen Schein für diese Wohnung, wir sind im Grunde genommen genauso dran wie du, nur dem Doktor, dem gefällt hier alles, das Zimmer neben ihm war immer voll von Malern, solchen Pinslern, die glaubten, es würden mal Künstler aus ihnen, die mußten auch ausziehen, weil sie nirgendwo arbeiteten, auch die konnten hier nicht gemeldet werden...
Lizaj seufzte und tat wieder, als sei sie erschrocken... Pipsi, ich hab Angst, mir auszumalen, was es bedeutet, daß du an keinem festen Wohnsitz gemeldet bist, dann darfst du in Prag ja gar nicht arbeiten...
Und Wulli schrie weiter, lief in die Küche, kreiste um den Geschirrschrank, wie man im Eishockey das Tor umfährt, und lamentierte weiter... Pipsi, wir wohnen hier auch nur auf ein Ehrenwort, weil schon Gras darüber gewachsen ist und die Hausbesitzerin eine Verwandte, eine Tante, ist, du kannst sicher sein, wenn wir unseren festen Wohnsitz hier hätten, wenn wir einen einwandfreien Schein für diese Wohnung besäßen, würden wir dich bei uns anmelden, und du wärst deine Sorgen los, aber Hand aufs Herz, das ist nicht mal eine Wohnung für uns, geschweige denn für dich, wenn im Sommer die Winde und Stürme kommen, wird dieser Hof zu einer Wäscheschleuder, alle Papierfetzen aus der Nachbarschaft, alle Blätter bis von der Gottlaß-Gasse, alles saugt dieser Wirbel auf, und es dreht sich hier im Kreis, und dann die ganze Sauerei, die von dieser gräßlichen Wand runterfällt, all dieser Dreck wirbelt in die Höhe bis zu den Dachgiebeln, weiter geht es dann nicht mehr, und er wird vom Wirbel wieder zu Boden gedrückt, der

ganze Hausflur ist voll von Fetzen und Sand und Staub, voll von Laub ist der Hausflur, nur dem Doktor, dem geht es hier gut, jeden Freitag geht er ins Rathaus auf den Schloßhügel und liest dort die Aufgebote, und schon lädt er Gäste in diese Bude hier ein, und sie veranstalten Hochzeiten im Hause, das heißt Saufereien, und es ist ihnen egal, ob der Wind bläst und der Hof voll von Fetzen und Staub ist oder ob der kleine Hof unter Wasser steht, sie veranstalten eine Hochzeit im Hause und saufen und singen, und wenn der Wind dann abflaut, gleicht dieser Hof einem Mistkübel, solche Sauereien liegen hier herum, es kommen sogar Nachbarn her, um Wäschestücke, Putzlappen und Windeln einzusammeln, alles kommt durch die Luft geflogen, und von hier kann und mag es dann nicht mehr weg, es ist ein Graus, wie oft komm ich von der Arbeit, und diese Zugluft klatscht mir schon im Hausflur eine Windel ins Gesicht, eine nasse Windel klatscht sie mir aufs Maul, ich krieg davon einen Ausschlag, ich ertrag keine feuchten Kinderwindeln, manchmal sieht es hier aus, als hätte jemand in einer stürmischen Nacht von oben einen riesigen Müllkasten ausgekippt, unser Hof und diese Schuppen und Bretterbuden sind eine riesige Mülltonne, und der Wind pfeift und jault über unsere Dächer hinweg, wir können in diesem Getöse nicht schlafen, und wenn es nicht stürmt, dann grölen diese Kameraden vom Doktor, ja, dort gegenüber, wenn sie ihre Hochzeiten im Hause feiern, in diesem Haus, in dem wir zwar wohnen, aber nicht einmal wie Untermieter, weil wir für dieses fürchterliche Loch keinen Schein haben . . .
Lizaj lächelte und sagte . . . Wenn wir im Besitz eines Scheins wären, hättest du uns hier nicht mehr angetroffen, da hätten wir diese Bude längst schon eingetauscht und würden woanders wohnen, überall nur nicht hier, denn, Hand aufs Herz, wir sind nur hier, damit unserer Tante nicht die für sie zu große Wohnung weggenommen wird, das ist es ja, wir haben uns für unsere Familie geopfert und haben keinen Schein . . . Ich aber, Pipsi, bin Buchhalterin und kenne mich da aus, du gehst also arbeiten und bist nicht gemeldet, ich hab Angst, das bis zu Ende zu denken. Was sagen sie bei der Arbeit dazu?
Sie sagen, sie würden mich noch eine Woche behalten, bis dahin

müßte ich mich an einem festen Wohnsitz angemeldet haben... antwortete ich und machte mir Mut, als ich sah, wie meine Freunde erblaßten... und darum bin ich euch besuchen gekommen, deshalb bin ich heute zu euch gekommen...
Es war still, durch den Fußboden konnte man hören, daß dort unten im Erdgeschoß jemand entsetzlich gähnte, es war eigentlich kein Gähnen mehr, sondern ein langes, klagendes Heulen, von irgendwo tief aus dem Innern.
Wulli tat, als müßte er sich übergeben...
Na und, diese Töne haben wir als Zugabe, sobald unsere Bude verstummt, wenn keine Hochzeit im Hause stattfindet, ist die da unten derart von der Arbeit geschafft, daß sie im Schlaf heult... Ich sage ja, diese Bude ist unser Unglück.
Ich aber lächelte, irgendwie war ich froh über das, was ich hörte, ich wußte genau, daß meine Freunde nicht zur Untermiete wohnten, sie hätten mich an ihrem Wohnsitz anmelden können, doch sie hatten Angst vor mir, denn sie wußten alles über mich, sie hatten stets Wert darauf gelegt, anständige Leute zu sein, und ich hatte mich in allem von anständigen Leuten abgeschottet, durch mein ganzes Leben, irgend jemand mußte ihnen alles über mich geschrieben haben, all das, was mich nach Prag geführt hatte, zu dieser Hochzeit, die nie stattfand, weil mein Bräutigam mit einer anderen durchbrannte und mich bei seiner Mama zurückließ, bei dieser zweiten Mama, bei der ich wohnte und die mich nicht bei sich anmelden konnte, weil sie nur zur Untermiete wohnte, diese meine zweite Mama, die als Kassiererin Bei den Zwei Katzen arbeitete, während ich Kassiererin im Hotel Paris war, sie hatte mir diese Stelle verschafft, und wenn wir von der jeweiligen Schicht zurückkehrten, stiegen wir die Treppen dieser Žižkover Mietskaserne empor, wir stützten uns schwer aufs Geländer und schleppten uns in den vierten Stock hinauf, müde, staubbedeckt und verschwitzt, und wenn wir reinkamen, schlugen wir die Decken zurück und setzten uns auf den Bettrand, jede auf den ihren, wir saßen nur so da, zogen dann langsam die Strümpfe aus und betrachteten unsere staubigen Beine, wir schauten auf unsere schrecklichen Beine und seufzten und seufzten so lange, bis wir die Kraft fanden, diese Beine zu waschen, und dann legten wir uns auf

den Rücken und starrten ins Leere, noch nach Mitternacht gähnten wir gräßlich, genau wie die Frau, diese reinliche Blondine dort unten jetzt wieder zu gähnen anfing, die, das hatte der Doktor gesagt, in der Goldenen Gans das Geschirr spülte. Es war still, auf dem Teppich glänzte eine Sicherheitsnadel, ich hob sie auf, legte sie aufs Tischtuch und wollte aufstehen.
Und dabei mußten mir meine ehemaligen Freunde helfen, ich konnte die Füße nicht nebeneinander stellen, weil, was ich erst jetzt bemerkte, weil die Möbel in diesem Zimmer so dicht beieinander standen, daß es zwischen den Tischchen und den Schränkchen, zwischen der Couch und den Sesseln nur ganz schmale Gäßchen gab, so eng war es, daß ich mich seitwärts hindurchzwängen mußte, um aus diesem Zimmer heraus in die Küche zu gelangen und von dort aus auf die überdachte, verglaste Pawlatsche, von der eine Tür zur Wendeltreppe führte. Wir verabschiedeten, küßten uns, Lizaj vergoß sogar ein paar Tränen, Wulli bog seine Finger so lange gerade, bis die Gelenke krachten, ich aber wußte, so, wie ich gekommen war, durfte ich nie mehr kommen, in diesem Kleid und in diesen Schuhen durfte ich mich nicht mehr zeigen, überhaupt durfte ich hier nicht mehr auftauchen, solange ich nicht einen festen Wohnsitz angemeldet und eine feste Stelle hatte. Ich stieg die Wendeltreppe hinunter, im Licht der schwachen Glühbirne schimmerte matt die Wand und vergoß Dampftröpfchen, vielleicht schwitzte dieser ganze Hausflur von innen heraus, die Tropfen drangen durch die Mauer hindurch, ich berührte sie mit dem Finger, sie war feucht und kalt wie die Stirn eines Sterbenden, bevor ich um die Ecke ging, drehte ich mich um und erblickte dort oben im Fensterflügel zwei Köpfe, die mir nachschauten, beide hatten Stielaugen, sie lächelten, doch hinter diesem Lächeln dort oben erkannte ich, daß sie entsetzt waren über mich und erleichtert aufatmen würden, sobald ich dieses Gebäude verlassen hatte.
Und ich stand an der Tür, durch die ich diesen Hausflur betreten hatte, sie führte in den zweiten Hof, ich stemmte mich mit dem ganzen Körper gegen sie, stützte mich auf die Klinke, die Tür öffnete sich und schob heruntergefallenen Putz und einen Ziegelstein vor sich her.

Nicht dort! rief Wulli von oben.
Das macht nichts, schrie ich hinauf, ich schaue nur, wie euer kleiner Hof, wie euer unglücklicher Hof so aussieht... Und dann stand ich mitten im Schutt, im ersten Stock waren alle Fenster erleuchtet, dort unten aber brannte nur das Licht einer Zuglampe, das Fenster war geöffnet, und darin machte sich ein riesiger Asparagus breit, er hing an dem Leuchter eines Klaviers, vorsichtig setzte ich meine Schuhe auf und ging leise weiter, ein weißes Tischtuch leuchtete dort und darauf ein Glas mit Nelken, ein Krug Bier, der Doktor saß am Ofen, mit ausgestreckten Beinen saß er da, die Hände hinterm Kopf verschränkt, und starrte nach oben, irgendwohin in eine Ecke seines Raums, auf den er so stolz war, weil er dort allein war, ganz allein.
Leise trat ich zurück, ging am Schuppen entlang über den Putz, stolperte über Ziegel und stand vor den sechs Stufen, die in den ersten Hof hinunterführten, dort lag im gedämpften Licht diese reinliche Blondine auf der Couch, sie hatte Lockenwickler im Haar und atmete schwer, mit ihrer Brust hob und senkte sich ein aufgeschlagenes Buch, auf dem Tisch leuchteten die künstlichen Blumen, die durch den Lampenschirm zweigeteilt waren, und plötzlich heulte diese Frau fürchterlich auf, irgendwo von ihren Zehen her schien dieses Stöhnen zu kommen... Leise trat ich in den Hausflur, durch das Fensterchen über der Tür schimmerte mild die Gaslaterne, ich wankte einige Male und merkte, daß ich mich mit der feuchten Farbe beschmiert hatte, voll Abscheu trat ich auf die Straße hinaus, dort war es schön, und ich entdeckte, jawohl, beide Ärmel sahen aus, als hätte ich sie mit einem in Gips getauchten Pinsel betupft. Die Gaslaternen kamen mir freundlich entgegen, die Straße war menschenleer, und ich atmete erst auf, als ich auf der Hauptstraße stand, wo Menschen waren, Passanten und Straßenbahnen, erleuchtete Geschäfte und eine Verkehrsinsel mit angenehmen lila Lichtern...

3

Gerne gehe ich eine, mitunter auch zwei Stunden früher in mein Hotel. Denn in Žižkov, wo ich im vierten Stock wohne, riecht es in den Korridoren säuerlich nach Kraut, Ema, meine zweite Mama, hat seit dem Tod ihres Mannes vor lauter Selbstmitleid aufgehört, sauberzumachen und sich zu pflegen, auch von dieser Arbeit als Kassiererin ist sie kaputt, wie sie so gern sagt, und jetzt befindet sich auf dem Geschirrschrank, wo früher einmal Blumen standen, die Urne mit der Asche ihres Mannes, ich habe oft sogar das Gefühl, daß nicht nur diese Wohnung, die ganze Mietskaserne eine große Urne ist, alle Korridore und Wohnungen sind voll von Asche, von feuchter, nasser Asche, und die Glühbirnen in den Korridoren leuchten wie zu Allerseelen die spärlich beleuchteten Gräber auf dem Wolschaner Friedhof. Ganz anders ist es im Hotel Paris. Die Speisesäle und die Kaffeestuben, die Salons und die Treppen, die zu den Zimmern hinaufführen, alles glänzt so schön und ist mit Blumen dekoriert, wie auch unser Haus geschmückt war, in dem wir bis zu Kriegsende gewohnt haben. Hier im Hotel brennen fortwährend Lampen, an den Wänden hängen kleine und große Lüster, die Kerzenständern gleichen, alles ist hier stilvoll, und dieser Stil beruhigt wie ein Zuhause. Daher bin ich gerne in meinem Hotel Paris, mitunter gehe ich sogar zwei Stunden früher zur Arbeit und sitze wie ein Gast da, ich trinke Kaffee, genieße Parisertorte mit Schlagobers, rauche und lasse mich von den Kellnern bedienen, sie lächeln mir zu, denn sie wissen nur allzugut, daß ich schon bald in der Küche hinterm Pult sitzen werde, in der Hitze und im Dampf und zwischen den beißenden Düften, und alles, was die Köche den Kellnern auf die Teller legen und in die Saucieren geben, all das muß an mir vorbei, und ich notiere die Preise dieser Speisen. Ich bin gerne in diesem Hotel, rote Läufer dämpfen die Flure, die Toiletten haben gekachelte Wände und mit Messingleisten verzierte Spiegel, die Fenster zur Straße hinaus sind hoch und mit Vorhängen verdeckt, stolz und prächtig ist es, dieses Hotel Paris.

Und in solchen Augenblicken vergesse ich allmählich alles, dieses Hotel versetzt mich in unsere Villa zurück, zu meinem

Vater, den ich noch liebe, auch wenn er schon tot ist, und der mich geliebt hat und mir immer Geschenke mitbrachte, als sei ich seine Liebste, mein Papa war ein Gentleman und verstand es zu leben, ganz ein Lebemann, wie man in Wien sagt, mein Papa war gerne gut gekleidet, er hatte einen silberbeschlagenen Spazierstock und stets ein sauberes Hemd für den Vormittag und ein zweites, das er abends anzog.
Ich bin gerne in diesem Hotel, ich sitze da, schaue mich um und entdecke immer wieder etwas Neues an den Wänden, erst vor kurzem habe ich bemerkt, daß die Tapeten beige und geblümt sind wie Dirndlschürzen, erst vor kurzem habe ich festgestellt, daß der Stil dieses Hotels keine leeren Flächen verträgt, ja sie sogar verabscheut, an den Wänden hängen kleine brennende Lüster aus Glitzerglas, Spiegel und Spiegelchen, und in der Mitte des Raums hängt ein gigantischer venezianischer Lüster, wie wir ihn zu Hause im Eßzimmer hatten. Ich bin gerne in diesem Hotel, sitze vor der Schicht hier und lächle vor mich hin, denn wenn mein Vater mit seinen Geschäftspartnern verhandelte, dann quartierte er sich auch hier ein, manchmal allerdings nur im Hotel du Sax, oder seine ausländischen Freunde, von denen er Holz und wertvolles Sperrholz kaufte oder es ihnen verkaufte, wohnten hier im Hotel Paris...
Seit ich nun bei Lizaj in Libeň gesessen hatte, war mir noch trübsinniger zumute. Ich hätte nicht dorthin gehen und mich zeigen dürfen, als ich so am Boden war, ich hätte nicht alles über mich erzählen dürfen wie bei der Beichte, denn ich hatte sie in meine Karten schauen lassen, und sie waren entsetzt und wünschten sich nur eines, daß ich weg wäre, ich hatte zugelassen, daß sie mich in einem zerrissenen Rock und ausgelatschten Schuhen und mit strähnigem Haar sahen... Jetzt sitze ich im Restaurant des Hotels Paris, in einem Salon wird eine Hochzeit gefeiert, überall stehen Blumen, und der Brautstrauß prangt in der Mitte der Tafel wie ein Geysir, die Hochzeitsgesellschaft ist lustig, und die Braut und der Bräutigam haben längst schon die Suppe mit einem Löffel aus einem Teller gegessen, ich war gerade gekommen, als der Herr Ober Mašek vor dem eintreffenden Brautpaar zwei Teller zerschlug, um den Frischvermählten Glück für ihr ganzes Leben zu wünschen. Ich sitze da und

schaue zu, wie unsere Kellner aus der Küche kommen und auf dem Tablett zehn Teller mit verschiedenen Gerichten tragen, wie sie sich zurückneigen, um das Gewicht auf der Handfläche auszugleichen, ich sehe, wie sie mit der anderen Hand den sich nach hinten verlagernden Schwerpunkt ausbalancieren, ich sehe, wie die Spiegel die Hochzeit und die Kellner und die Gäste vielfach zurückwerfen. So sitze ich hier, noch ein Weilchen, noch zwei Zigaretten, und dann gehe ich in die Küche zur Spätschicht, bis um elf Uhr, bis in die Nacht hinein werde ich hier sitzen, in dieser gigantischen Küche mit dem hohen Lüftungsschacht oberhalb der Öfen und der Gasherde, der Gestank von verbranntem Schmalz wird unablässig in die Höhe steigen, wie auch der Duft der Soßen und der gekochten und gebratenen Fleischstücke, der gegrillten Hähnchen und der Schnitzel und der Steaks à la minute, die trotz der ungeheuren Glut ihre Zartheit und ihren Geschmack bewahren müssen, den Rest saugt dieser gläserne Luftturm nach oben, damit nur noch das duftende Fleisch auf den Teller kommt, die Suppen werden in silberne Schalen und die Sauce Tartare in silberne Kännchen gegossen, alles, was die Gäste von der Speisekarte bestellen, all das läuft durch meine Zahlen, die ich als Kassiererin des Hotels Paris notiere. Für einen Augenblick hat sich jetzt die mit Messingverzierungen eingefaßte Schwingtür zum Billardsaal geöffnet, ich sehe die Spieler, wie sie sich konzentriert über den prächtigen grünen Filz, über die funkelnden Kugeln beugen, das Licht fällt von oben ein, durch schmiedeeiserne Kästchen gedämpft, und die Spieler, die gerade nicht spielen, stützen sich auf ihre Billardstöcke oder kreiden sorgfältig das Queue ein.

Darf ich mich dazusetzen? Ich schlug die Augen auf, und es neigte sich über mich ein Interesse vortäuschender Gast.

Wenn Sie essen wollen... sagte ich.

Das will ich, doch erst später, ich würde Sie gern zu einem Gläschen einladen, ich bin so verlassen, so allein... sagte der Gast, und er war ganz nett. Ich sagte... Ich muß gleich antreten, ich arbeite nämlich hier, verstehen Sie?

Dürfte ich auf Sie warten, wenn Sie mit der Arbeit fertig sind? fuhr der Gast hartnäckig fort.

Das sollten Sie besser nicht, ich bin immer völlig erledigt, habe staubige Beine und fettiges Haar...
Verzeihen Sie... entschuldigte sich der Gast und bemühte sich, würdig von dannen zu schreiten, er ging an seinen Tisch, zu seinen Freunden zurück und gab sich Mühe, sich nicht anmerken zu lassen, daß er einen Korb eingesteckt hatte.
Ein netter Kerl, das schon, aber ich habe nichts mehr übrig für Vergnügungen, so richtig habe ich mich nur vergnügt, als ich noch daheim war, als mein Elternhaus voll von Menschen war, damals stand auch ich im Mittelpunkt des Interesses, denn ich war fünfzehn und danach sechzehn Jahre alt, und der Spiegel, selbst die Leute sagten mir, ich sei schön, und mein Vater sagte es ebenfalls, also war ich schön, und als meine Schwester Hochzeit feierte, kam der jüngste General der Wehrmacht von Norden als Trauzeuge des Bräutigams, die Hälfte der Hochzeitsgäste trug Uniform, wie der Bräutigam Sepp, diese schönen Uniformen, in denen die Soldaten heute noch in Ostberlin und in Dresden herummarschieren, ich hatte eine so gute Figur, daß ich Tanzstunden und Gymnastikunterricht nahm, ich wollte Tänzerin werden wie La Jana, was bis heute sichtbar ist, einerlei an welchem Ort, immer stehe ich in der Grundposition einer Ballerina da, die rechte Fußspitze nach außen gewinkelt, ich war schön, denn am Nachmittag, als dieser jüngste General mich im Garten in der riesigen Schaukel schaukelte, da berührten seine Hände jedesmal, wenn ich vorbeiflog, meine Finger, die die Seile umklammert hielten, wir sahen uns für einen Augenblick in die Augen, als sei die Zeit für Sekunden stehengeblieben, er sah aus wie Marlon Brando, die Luft sprühte damals von Funken, die mich durchzuckten, damals hörte ich nicht nur von meinem Vater, auch vom General höchstpersönlich, daß ich schön sei, und dann tanzten wir an jenem Abend, und ich war erfüllt von sprühendem Glück, und danach fuhr er an die Front, und erst nach geraumer Zeit sagte man mir, er sei irgendwo in den Karpaten von Partisanen angeschossen und dann wie ein Hund getötet worden, zur gleichen Zeit kehrte aber mein Bruder Karli von der Front zurück, er kam mit einem Lazarettzug, irgendwo in Kiew hatte man ihm ins Kinn geschossen, ich hatte gerade Geburtstag, und mein Bruder Karli

kam mit verbundenem Kopf von der Front zurück. Karli, der in Prag das Technikum absolviert, der für Slavia gerudert hatte und mit seinen tschechischen Freunden tschechischen Mädchen den Hof gemacht hatte, Karli wohnte wie unsere gesamte Familie in den Sudeten und war daher ein Reichsbürger und mußte an die Front, von wo er mit durchschossenem Kinn zurückkehrte. Und damals, als ich sechzehn war und meinen Geburtstag feierte und unser Haus voller Gäste war, darunter auch Wulli und Lizaj, da sagte Karli zu allen, sein größtes Glück sei es gewesen, als er in Prag gewohnt habe, jetzt aber habe er nicht nur den Eindruck, sondern die Gewißheit, daß das Reich den Krieg verlieren werde. Ich sitze im Hotel Paris und blicke in die Vergangenheit zurück, Karli hatte damals recht gehabt, auch wenn meine Mutter und Lizaj schrien, Hitler habe eine Geheimwaffe, das Reich würde den Krieg zu guter Letzt doch noch gewinnen, ich erinnere mich, ich schaute meinen Vater an, er war schon traurig, schwieg, wußte aber, Karli hatte recht...

Ich stand auf und schaute mich im Restaurant des Hotels Paris um, sah durch die Gardinen hindurch, draußen strömten Menschen auf der Straße vorbei, als stapften sie im Schneegestöber dahin, ich zahlte nicht, diese Auslagen gehörten zu unserem Lohn, noch einmal ließ ich meinen Blick über die mit Gipsgirlanden, mit eingetrocknetem Gipsteig verzierten Säulen wandern, ich hob den Blick zu den kleinen Lüstern, zu dem gigantischen Lüster, trat auf den Flur hinaus, und als ich in der Küche war, fiel mir ein, daß die Tür zum Salon offenstand, ich hielt die Klinke der Küchentür gedrückt und kehrte mit den Augen in den Salon zurück, die Hochzeitsgäste waren schon ganz schön in Schwung, sie standen in Grüppchen, hielten Gläser mit funkelndem Sekt in den Händen, die Braut saß mit gesenktem Blick unter dem Spiegel, sie lächelte, ihr aufgestecktes Diadem bildete ein Krönchen, in das mit einer weißen Schleife Myrte eingeflochten war, ihr atlasfarbenes Kleid war tief ausgeschnitten und wurde auf den Schultern zusammengehalten, auf der Brust trug die Braut eine rote Nelke, ich erschrak, denn diese Braut sah mir ähnlich, ich war ja auch nur nach Prag gekommen, um mich fast haargenau so herauszuput-

zen wie diese Braut hier, so hatte ich mir meine Hochzeit vorgestellt, ebenfalls im Hotel Paris, aber dieser mein Jazzschatz, mein Gitarrist und Sänger, dem ich die Socken und die im Schritt schmutzigen Unterhosen gewaschen hatte, er, dem ich die bunten Hemden und Anzüge gebügelt hatte, er schickte mich zwar nach Prag, heiratete jedoch eine andere, eine, von der ich nichts gewußt hatte, ich wußte zwar, daß er Weiber hatte, mein Kleinod, ich wußte aber nicht, daß es nur eine war, die er dann heiratete, während ich und seine Mama in Verzweiflung darüber ausbrachen, was uns ihr wohlgeratenes Söhnchen und mein Verlobter da eingebrockt hatte. Ein schöner Schurke ... und ich sein Aschenbrödel.
Ich drückte die Klinke herunter, und die Tür zum Salon schloß sich, ich betrat die Küche, Hitze umfing mich und schlug hinter mir zusammen, beim Herd standen zwei Jungköche, sie grinsten mich an wie zwei Teufel, warfen wie Artisten zwei Stück Fleisch aus der Pfanne in die Luft, Steaks à la minute, und damit sie nicht anbrannten, gossen sie ab und zu etwas Fett darüber, zehn Personen standen an den verschiedenen Tischen und arbeiteten über ihre Geräte gebeugt, damit die Gäste des Hotels Paris sich mit Wohlbehagen satt essen konnten, Eva, die Kassiererin von der Frühschicht, kletterte von ihrem Thron am Kassierpult herunter, sie trug nur einen weißen Kittel und den Büstenhalter und zeigte mir, wie warm ihr war, indem sie am Träger zog und ihn auf die Brust zurückschnellen ließ wie zwei Fische ins Wasser, sie war noch verweint, und alle Farben flossen an ihr herunter, denn sie malte sich nicht nur gern die Lippen, auch die Augenbrauen, und trug sogar bei der Arbeit künstliche Wimpern und weinte darüber, daß sie ihren Lieblingskater hatte töten lassen müssen, diesen Verlust beklagte sie noch mehr als die Tatsache, daß auch sie von ihrem Kleinod, ihrem Schurken verlassen worden war. Eva nahm ihre Unterlagen, ihre Rechnungszettel, während ich die meinen hinlegte und den weißen Kittel anzog, das weiße Kränzchen ins Haar steckte und es mit einer Haarnadel befestigte. Als wir auf gleicher Höhe waren, rieben wir die Stirn aneinander, schlossen die Augen und verharrten ein Weilchen so, sie war mir hier in dieser Küche die liebste von allen, sie war zutraulich wie ein Kätz-

chen, jetzt hob sie ihren Wucherblumenblick und taumelte zu ihrem Kleiderschränkchen, ich nahm ihren Platz ein, derweilen die Kellner mit ihren Tabletts schon dastanden und warteten, bis ich ihnen die Rechnungszettel ausstellte, es waren schon die neuen Kellner, die ebenfalls zur Spätschicht angetreten waren... Der Herr Ober Mašek verneigte sich vor mir, er stellte einen Fuß zurück, wie immer war sein Haar pomadisiert, er sah aus, als käme er direkt aus dem Badezimmer, er lächelte immer, weil er eine Tochter Hana hatte, ein vierzehnjähriges Mädchen, das der Herr Mašek jeden Tag schon um vier Uhr in der Früh ins Winterstadion von Štvanice zum Training brachte, unter den Schülerinnen war seine Hanička die Nummer Eins, wo auch immer der Herr Ober hinging, immer tanzte sein Töchterchen auf den Schlittschuhen neben ihm her, er hatte ein schönes Ziel, Landesmeisterin würde sie werden, vielleicht auch Europameisterin, der Herr Ober Mašek mochte auch mich, er zuckte nur mit den Schultern und schüttelte den Kopf, ob ich denn noch immer keinen Meldezettel hätte, damit ich hier fest angestellt werden könnte, im Grunde genommen behielt er mich hier schwarz, ich zuckte ebenfalls mit den Schultern und lächelte schuldbewußt, ich hätte noch nichts dergleichen, er machte eine Geste, was kann man schon machen, wir werden abwarten, wenn der Herr Mašek und die anderen Angestellten ihre Schicht beendet hatten, hatte jeder sein Ziel, ein schönes Ziel, das ihn aufmunterte, auf das er sich freute, das zum Greifen nah war, indes ich zu Hause dort in Žižkov die Ema hatte, meine zweite Mama, zu der sie sich erkoren hatte, Ema, die ihrem Sohn geschrieben hatte, daß sie sich von ihm lossage, weil er mir das alles angetan hat, ich hatte sie gebeten, nicht zu schreiben, ich sei ihm ja nicht böse, alles habe so kommen müssen, wie es gekommen sei, ich sah jetzt alles vor mir, den ganzen Tunnel meiner Person, ich wußte, alles mußte so sein, weil ich mich nicht anpassen konnte, kein bißchen verstand ich zu leben, vor allem achtete ich nicht darauf, was für Kleider, was für Schuhe ich trug, und so war ich unversehens und freiwillig ein Aschenbrödel geworden, allen Leuten und mir selbst gab ich zu verstehen, wie sehr ich darunter litt, daß ich ohne Vater und ohne Mutter war, daß mir mein Papa gestor-

ben, daß ich ein Waisenkind war, ich lief herum wie eine Schlampe, hatte immer etwas Zerrissenes an, ich putzte meine Schuhe nicht, und es kostete mich große Anstrengung, ein Bad zu nehmen, mich zu waschen, denn ich hatte keinen Anlaß mehr, mich auf etwas zu freuen, das mich irgendwo erwartete, so wie den Herrn Ober Mašek, wie auch die beiden Köche, zwei Jünglinge, die nach der Uhr schielten, weil sie sich freuten, daß sie, sobald die Schicht zu Ende war, die Schürzen losbinden, die weißen Kochmützen vom Kopf nehmen und ihre Motorräder aus dem Flur des Hotels Paris schieben würden, beide fuhren Motocrossrennen, und sie freuten sich auf nichts anderes als auf die Fahrt mit ihren Kisten, ihren zweihundertfünfziger ČZ, wie auch der Chefkoch Herr Baumann, der sich wiederum nur auf seine Arbeit in der Küche freute, darauf, was für eine Speisekarte er für den folgenden Tag zusammenstellen, wie er die Arbeit in der Küche einteilen würde... hier war er eigentlich am glücklichsten, denn Koch zu sein bedeutete für Herrn Baumann alles auf der Welt, alle Klänge, alle Düfte stimmten ihn froh, weder das Geratter der automatischen Spülmaschinen noch der Kartoffelschälmaschinen, weder die Gespräche noch das Gezeter der Küchenmädchen erzürnten ihn, nicht einmal der Durchzug. Das war der Chefkoch Herr Baumann, der uns persönlich die besten Lekkerbissen kochte, Kartoffelsuppe, Kartoffelfladen, Gröstel, Knoblauchbrote...
So sehr waren wir von den Düften der Gewürze und Ingredienzien der Spezialitäten unserer Küche gesättigt, daß wir am liebsten nur gewöhnliche, ländliche Gerichte aßen, manchmal gar das Essen der Armen vom Dorf. Und der Chefkoch Herr Baumann wußte sich in allem und mit allem Rat. Damals fand im Frühjahr ein Flugtag statt, wir schafften zehn Zentner Würstchen zum Flughafen Ruzyně, Eva und ich standen in weißen Schürzen und mit weißen Kränzchen dort, die beiden Planen über unserem Stand waren alle halbe Stunde schon wieder mit Regenwasser gefüllt, es goß auch noch am Mittag, am Nachmittag wurde es dann heiß, also kamen keine Leute zum Flugtag. Und wir fuhren die zehn Zentner Würstchen wieder zurück, und die Direktion schrieb sie ab, doch da hatten sie die

Rechnung ohne den Chefkoch gemacht, Herr Baumann ordnete an, daß die Kellner zwanzig leere Heringfässer kaufen sollten, er befahl, sie auszuspülen, und danach verdonnerte er die ganze Küche zum Zwiebelschneiden, die ganze Küche tränte, bis dieser Zentner Zwiebeln in Ringe geschnitten war, doch der Chefkoch Herr Baumann ließ nicht locker und legte die Böden der Heringsfässer persönlich mit Lorbeerblättern aus, dann folgten eine Schicht Würstchen und eine Lage geschnittener Zwiebeln, das alles bestreute er mit Pfefferkörnern und Neugewürz und ordnete an, daß die Köche einen Hektoliter Salzbrühe kochen sollten, und derart brachte er die zehn Zentner Würstchen in zwanzig Heringsfässern unter, danach übergoß er alles mit der Salzbrühe, nagelte die Deckel zu und befahl, diese Fässer in den Kühlraum zu stellen, die Würstchen würden dann für den Kartoffelsalat verwendet. Einmal schöpfte sich jedoch der Ober Mašek etwas davon auf ein Tellerchen, um seinen Appetit anzuregen, er ließ auch die anderen kosten, und seit jener Zeit wurden diese Würstchen nicht mehr in den Salat geschnitzelt, alle Angestellten nahmen sich, wann immer sie ihren Appetit anregen wollten, eine Portion zum Personalpreis, und so waren diese Würstchen in weniger als einem Jahr aufgegessen...
Der Chefkoch mochte mich, er hatte eine Figur wie mein Vater, er war es auch gewesen, der durchgesetzt hatte, daß ich hier bleiben durfte, obwohl ich nicht in Prag wohnte, er war es, der mich vor den Kaderreferenten verteidigte, als diese darauf bestanden, daß ich den Meldezettel vorlegen müsse und erst danach arbeiten dürfe. Dieser Chefkoch wog wie mein Vater hundertdreißig Kilo, man erzählte sich von ihm, er verbringe den Urlaub so, daß er mit seiner Familie für drei Wochen vom siebten Bezirk Prags in den ersten fahre und alle zusammen im Hotel Paris abstiegen, die Familie spazierte dann durch die Stadt, während der Herr Baumann in der Küche stand, er konnte es sich einfach nicht vorstellen, daß es ihm auch woanders als in unserem Hotel Paris gefallen könnte. Das alles kam auch daher, daß der Herr Baumann beim Herrn Brandejs gelernt hatte, eine harte Schule hatte er hinter sich, man erzählte sich sogar, der Herr Brandejs verpasse seinen Angestellten

Ohrfeigen, weil er sie liebe, damit sie etwas lernen, und so machte der Herr Baumann auch heute noch von Zeit zu Zeit ein Päckchen mit Eßwaren und fuhr damit nach Klánovice, wohin man den Herrn Brandejs ausgesiedelt hatte, diesen Herrn Brandejs, dem das Paris früher gehört hatte, dort überreichte er ihm dann das Paket als eine kleine Aufmerksamkeit von uns, denn letztes Jahr hatte der Herr Brandejs sich an den Kopf gegriffen und dem Herrn Baumann gesagt, er, der Herr Brandejs, habe unter den Prager Markthallen in der Rittergasse noch ein Tiefkühlfach gemietet, daß dieses Fach noch nicht abgemeldet worden sei und er ehedem, als er in den Wäldern der Karpaten einen Hirsch erlegt habe, diesen persönlich im Fach verstaut habe, weshalb dieses Geweihtier vermutlich noch heute dort liege, bis auf die Knochen gefroren wie ein sibirisches Mammut. Und in der Tat, der Herr Baumann stellte fest, daß der Volkseigene Betrieb Raj der Restaurants und Gaststätten auch weiterhin für dieses riesige Fach gezahlt hatte, und so nahm der Herr Baumann, nachdem er sich mit einer Vollmacht ausgewiesen hatte, die Schlüssel vom Wärter dieser Tiefkühlfächer entgegen und nahm mich mit, wir fuhren mit dem Lieferwagen hin, und als wir die Kellergewölbe, das Königreich der Tiefkühlfächer betraten, da fanden und öffneten wir das Fach des Herrn Brandejs, und darin lag tatsächlich ein stocksteif gefrorener Hirsch. Und weder mit der Metzgersäge noch mit der Kreissäge, erst, als der Herr Baumann in einer Klempnerei eine Eisensäge ausgeliehen hatte, da erst konnten wir die Beine und den Hals dieses Geweihtiers absägen und diesen Hirsch, der groß wie eine kleine Kuh war, hinaufzerren, in den Lieferwagen verfrachten und ihn ins Hotel Paris karren. Dort aber hieß es, man habe diesen Hirsch unverzüglich aufzutauen, die Angestellten würden ein Festmahl veranstalten. Doch der Herr Baumann schrie, was seid ihr denn für Köche? Das gäbe gar nichts, dieser Hirsch muß nach und nach auftauen, wie der Schnee in den Bergen, ganz langsam, sachte, zwei Monate lang muß er zart werden, bis er wohltemperiert ist wie auf Bauernart eingelegtes Schweinefleisch zum Selchen …

So einer war der Herr Baumann, der dieses Hotel Paris liebte, so einer war der Herr Ober Mašek, der seine Tochter liebte, der strahlte und von dem Glück lebte, daß sie eine große Zukunft vor sich habe... Auch unsere Küchenmädchen freuten sich immer auf etwas, sie hatten ihre Liebhaber, Bauarbeiter, Hilfsarbeiter von der Müllabfuhr, Heizer, jeder Kerl war ihnen recht, wenn er sie nur ein bißchen liebhatte und sie auf jemanden warten, mit jemandem reden konnten, ich sah oft, wie die Tür sich öffnete und dort ein Mannsbild stand, fast schon ein Strolch, und das Küchenmädchen errötete und lief so, wie es gerade Zwiebeln geschnitten hatte, mit dem Messer in der Hand hinaus, und dort im Korridor plauderten sie ein wenig, manchmal nur ganz kurz, sie ließen sich sogar Küßchen geben, unsere Küchenmädchen, Weiber wie Rattenfänger, einmal lief ich hinaus und sah, wie eine von ihnen, das Messer in der einen Hand, mit der anderen ihren Landstreicher im Hosenschlitz liebkoste. Nur ich hatte niemanden, zu Hause dort in Žižkov wartete Ema auf mich, meine zweite Mama, die anfing mir vorzuwerfen, ich sei undankbar, ich sollte ihr mehr Dankbarkeit dafür zeigen, daß sie sich meiner angenommen habe, daß sie mich bei sich wohnen lasse, daß ich eigentlich zuwenig gehorche, wo ich doch ihre Tochter sei...

So war die ganze Küche einige Stunden auf Trab, ich konnte mir nicht einmal den Schweiß abwischen, nur ganz leicht mit dem Unterarm, irgendwie arbeiteten wir alle so, als hätten an einer Schießbude zwanzig Schützen zur gleichen Zeit auf zwanzig Scheiben ins Schwarze getroffen und auf diese Weise alle Spiele, alle Mechanismen dieser Zielscheiben auf einmal und gleichzeitig in Gang gesetzt.

Und in diesem Augenblick flog die Tür auf, in ihr stand die Garderobenfrau und rief... Eliška, ein Brief für dich!

Und alle blickten sie auf diesen Brief, den die Garderobenfrau langsam zu mir herübertrug, ich wich zurück und hätte fast meinen Kassierthron rücklings umgestoßen. Das soll für mich sein?

Die Garderobenfrau setzte ihre Brille auf und las der ganzen Küche feierlich die Adresse vor, die richtige Adresse im Hotel Paris.

Ein Liebesbrief! Ein Liebesbrief! Eine verliebte Botschaft! Wer schreibt dir denn, Eliška, wer mag das sein? Es scherzten die

Kellner, selbst der Chefkoch Herr Baumann scherzte, alle scherzten, und ich errötete vor Scham, denn keiner schien es glauben zu wollen, daß ich jemals einen Brief bekommen könnte, ich war hier wirklich das Aschenbrödel, eine abgeschriebene Frau, die wahrscheinlich nicht unhübsch war, von sich selbst allerdings behauptete, sie tauge zu nichts mehr, sie sei eine Spielverderberin, eine Schwarzseherin...
Und als sich alle wieder ihrer Arbeit zuwandten, öffnete ich den Brief und war enttäuscht, meine Tante aus Wien hatte mir geschrieben... doch während ich ihn durchlas, erschrak ich, war entsetzt und mußte dann über meinen Schreck lachen, der für mich eine Erleuchtung war und mir den richtigen Weg wies... Meine liebe Pipsimaus... Ich grüße Dich herzlich aus Wien, ich habe schlechte Nachrichten über Dich, denk daran, aus was für einer Familie Du stammst, Deine Tante Pišinka ist zwar arm, dennoch stets sauber und geschmackvoll gekleidet und spaziert elegant durch Wien. Pipsimaus, was würde Dein Papa sagen, wenn er Dich sähe? Schau, würde er sagen, wenn Du Dich den Leuten als Erdäpfelknödel präsentierst, werden sie Dich wie einen Erdäpfelknödel behandeln, schau, mein Mädel, versuch Dich doch wie eine Parisertorte zu präsentieren, und die Leute werden Dich wie eine Parisertorte mit Schlagobers behandeln... Es küßt Dich aus Wien... Deine Tante Pišinka...

4

Eines Tages machte ich mich auf ins Zentrum, ich flanierte einfach so durch die Straßen, ging an den Schaufenstern in der Eisengasse und am Graben vorbei. Ich konzentrierte mich allein auf Schuhe und Kleider, so schlenderte ich durch das Zentrum von Prag, ich hatte schon immer eine Schwäche für rote, hochhackige Schuhe gehabt, korallrote Schühchen, so rot, wie ich Beete voll Salvia splendens, dieser Blumen der lodernden Liebe hatte. Und ich kaufte gleich zwei Paar rote, hochhackige Schühchen, das machte mir Mut, und in der Zeltnergasse probierte ich italienische Kleider an, ich sagte zur Verkäuferin, wenn dieses Kleid mir so gut steht, lasse ich es

gleich an, packen Sie mir das alte ein ... Und so schritt ich aus, in roten Schuhen und in einem dunkelblauen Kleid, und als ich mich sah, wie ich von den Schaufenstern widergespiegelt wurde, warf ich das Paket mit dem alten, zerrissenen Rock in der erstbesten Passage weg, ich trat wieder auf die Straße hinaus und fühlte mich wie ein Ballon, der um die Sandsäcke erleichtert war, wußte aber, daß auch dies noch zu wenig war, es fehlte mir noch die Frisur.
Und ich betrat einen Friseursalon, dort wusch man mir zunächst den Kopf und schnitt mir dann das Haar zu einem altmodischen Bubikopf, ein Haarschnitt, wie ihn die Basketball- und Volleyballspielerinnen und die Mädchen aus dem Erziehungsheim hatten. Und als ich von den Spiegeln weg ins Freie trat, als ich zum erstenmal sah, wie die anderen mich sahen, da begriff ich, daß ich ein bißchen bereits angefangen hatte, eine Parisertorte mit Schlagobers zu werden. Und da ich nie wußte, was ich mit meinen Händen anfangen sollte, ging ich in ein Kaufhaus und erstand dort den schönsten Schirm, einen blaßblauen Schirm mit einem Knauf aus gepreßter Kunstseide. Und danach schritt ich wieder so dahin wie einst vor vielen Jahren, als ich neben meinem Vater gegangen war, der mir immer das Gefühl von Kraft gab, weil er so elegant und elastisch ausschreiten konnte, obschon er hundertdreißig Kilo wog. Nun ging ich zum erstenmal allein so daher, nur ich, die ich es mit der Hochzeit zwar verspielt, jetzt aber unversehens über mich selbst gesiegt hatte, und zwar so, daß ich mir noch einen Lippenstift und Lidschatten kaufte, und von diesem Augenblick an war es mir einerlei, ob ich in Prag einen festen Wohnsitz hatte oder nicht, ich fühlte mich, als hätte ich meinen Personalausweis verloren. Als ich dann in die Straßenbahn stieg und nach Libeň fuhr, saß ich überhaupt nicht mehr wie eine dumme Gans da, ich schlug die Beine übereinander, stützte mich auf den Knauf dieses blaßblauen Schirms, wippte mit dem roten Schühchen, und die rote Farbe und mein neues italienisches Kleid schenkten mir Kraft, eine solche Kraft, daß ich den Blick hob und den Leuten in die Augen schaute, ich lachte und nickte sogar und hielt den Blicken stand, die Menschen draußen auf den Straßen und den Verkehrsinseln schienen mir

schön, jedes Haus, an dem die Straßenbahn vorbeiratterte, jedes Haus kam mir in dieser Sonne wunderschön vor. Und als die Bahn an einigen Kinderspielplätzen vorbeifuhr, erschienen mir alle diese Kinder wie hingeworfene Edelsteine. Und als die Bahn über die Libener Brücke fuhr, stand ich auf, ich lehnte mich gegen das Fenster und staunte, was sah ich dort jenseits des Flusses? Die Bulovka, das Krankenhaus mit seinen riesigen, über die Abhänge verstreuten Gebäuden, es erinnerte mich an Aufnahmen aus dem Tibet, die ich in einer Zeitschrift gesehen hatte, wunderschöne Schlösser waren das dort rund um die Bulovka, verstreute Dominosteine... Und dann bog die Straßenbahn in die Libener Hauptstraße ein, ich errötete leicht, kein einziges Geschäft entging mir, ich starrte von einem entgegenkommenden Schaufenster ins andere und wollte beim Theater aussteigen, bei der Verkehrsinsel, hinter deren Ecke die Gasse Am Damm beginnt, plötzlich hatte ich jedoch den Eindruck, als würde ich auf dieser Hauptstraße durch die Lundenburggasse in Göding fahren, wie damals, als ich sechzehn war, so schön zeigte sich mir diese Hauptstraße. Und ich las die Namen der Gasthäuser, Imbißbar Welt, Beim Falken, Zum Grünen Baum, Bei Libussa und dann Zur Alten Baude, Beim Bettler, Bei Karl dem Vierten, Zum Stadtwappen, Beim Ferkl und schließlich noch Zur Schmiede. Dort stieg ich aus, die kleine Konditorei neben der Bulovka, eine Konditorei in einem niedrigen Häuschen rührte mich, ich konnte mich nicht satt sehen an dieser Libener Hauptstraße, am meisten aber war ich von der Roten Glocke gerührt, ein paar kleine Häuser, zerfallene Werkstätten und ein Fabriklein, alles ertrunken im Grün der Büsche und Bäume, während im Hintergrund auf einem Hügel ein verfallener Gutshof thronte. Und ich fuhr mit der Straßenbahn wieder hinunter und sah, wie gut mir alles stand, ich duftete nach den neuen Schühchen und dem neuen Kleidchen und dem neuen Schirmchen, wie damals, als mein Vater mir zum Weißen Sonntag immer alles funkelnagelneu gekauft hatte...

Als ich nach Libeň hinunterfuhr, kam mir dieser Stadtteil erneut wie Hodonín, wie Göding vor, wo ich gelebt hatte, bis ich sechzehn war, dieses Libeň war eigentlich eher ein Landstädtchen und ganz anders als Žižkov, wo ich jetzt wohnte. Wenn ich hier mit der Straßenbahn fuhr, sah ich Parkanlagen und Bäume und das Flüßchen Rokyta, während in Žižkov alles nur aus Stein bestand, und selbst die Namen der Žižkover Straßen, die an Opfer und Märtyrer erinnerten, flößten mir Grauen ein wie Frühmessen, Erziehungsheime, Kasernen und Strafanstalten... der Konstanzerplatz und die Straßen des Tomáš von Štitný, des Milíč von Kroměříž, des Roháč von Dubí, dann Zu den Judenöfen und Jesseningasse, alles Namen, die nach Büßerhemd rochen. Ich staunte, wie schön diese Libener Peripherie war, wie elegant sich die jungen Frauen hier kleideten. Ich mußte mich ans Fenster der Straßenbahn lehnen, um von neuem und noch besser zu betrachten, was ich gesehen hatte, als ich hinaufgefahren war, daß nämlich die jungen Frauen hier in dieser Hauptstraße ebenso schöne Kleider trugen wie ich, ebensolche Schuhe, ja, diese Hauptstraße war für die jungen Frauen nicht nur der Ort, wo sie gut einkaufen, sondern auch, wo sie sich präsentieren konnten, nicht nur sich selbst, auch den Augen der anderen, sie verstanden es sogar, eine Art Theater zu spielen, sie berührten sich gegenseitig mit ihren gefärbten Fingernägeln und erzählten sich etwas unter großem Gelächter... und es blieb ihnen noch genügend Zeit, um sich selbst in den Augen der anderen Frauen, wie auch in den Augen der Männer zu taxieren. Ich wußte all dies zu schätzen, auch die Tatsache, daß diese Frauen in derselben Tanzposition dastanden, wie ich es früher getan hatte und jetzt auch wieder tat, wenn auch nur in der Straßenbahn...

Ich stieg bei der Verkehrsinsel aus und trat in den Sonnenschein hinein, defilierte an den Schaukästen des Theaters und an den Auslagen mit Damenmode vorbei, unwillkürlich blieb ich vor einem Schaufenster mit lauter Brautkostümen und Brautkleidern und Kränzchen und Krönchen und Hochzeitshütchen stehen, ich errötete und schaute mich um, ob mich auch keiner sehe. Denn ich, die ich vor knapp einem Vierteljahr von meinem Verlobten hierhergeschickt worden war, um unsere Hochzeit vorzubereiten, ich sah, wo immer ich auch hinkam, wo immer ich auch hinschaute, überall sah ich etwas, das mich auslachte, angrinste, denn Himmelherrgott, dieser mein Verlobter, mein Kleinod, der mich nur deshalb für die Hochzeitsvorbereitungen, für meine Hochzeitsvorbereitungen nach Prag geschickt hatte, damit ich hier versauerte, während er sich seelenruhig mit einer anderen vermählte, weit weg von hier, da er wohl wußte, daß ich, bevor ich versuchen würde, mich umzubringen, mein Kleinod ermordet hätte, und zwar mit dem Küchenmesser, wenn er mir gesagt hätte, er wolle mich nicht mehr, er habe jetzt eine andere... Langsam hätte ich ihn mit dem Küchenmesser zersäbelt... Und jetzt, Hochzeiten im Hause und Hochzeiten im Hotel Paris und Schaufenster mit Hochzeitsroben und Krönchen und Kränzchen und Hütchen. Ich errötete und hatte das Gefühl, als hätte mir jemand mit all diesen Hochzeitsklamotten eine Falle gestellt, wie in einem Gruselfilm, wie in einem dramatischen Krimi. Pfui!

Ich bog in die Gasse Am Damm ein, hier fühlte ich mich wohl, auch wenn ich erst zweimal hier gewesen war, in der Ferne machte die Gasse einen Knick, ich schlenderte gemächlich dahin, rechts ragte ein hohes Haus empor, ich sah auf den ersten Blick, daß es eine Möbelfabrik oder sonst etwas war, das mit Holz zusammenhing, ich hörte den angenehmen Klang von Kreissägen und Bandsägen, ich sah vier Stockwerke vergitterter Fenster, bis zur Verkehrsinsel duftete es nach Sägemehl und feuchtem Holz, ich blickte auch in den Hof, und es beruhigte mich, wie die Arbeiter dort hölzerne Fensterrahmen so aufeinanderschichteten, damit das Holz sich nicht verzog, ich sah, wie sie die Bretter ausrichteten und mit kleinen Brettern abstützten, irgendwie hatte ich mich in unserer Furnierfabrik so gefühlt, mein Vater war in der ganzen Welt herumgereist und hatte sämtliche wertvollen Holzarten eingekauft, in den Karpaten, den Anden, den Alpen und im Libanon, er hatte immer nur ein Scheckbuch und ein Hämmerchen mit, auf dessen einem Ende seine Initialien eingraviert waren, mit dem anderen schlug mein Vater immer so zu, daß er dem gefällten Stamm sein Siegel aufprägte, dieses sei nun sein Baum, und er trage sein Zeichen, das Zeichen meines Vaters, der nach zwei Monaten, manchesmal auch erst nach einem Vierteljahr nach Hause zurückkehrte und mir immer ein Geschenk mitbrachte und einen

Kuß, weil er mich liebte. Und diese Gasse Am Damm hatte ich liebgewonnen, weil ich dort sah, daß zwar weder so kostbare Sperrholzplatten noch Möbel wie in der Firma UP in Mähren angefertigt wurden, doch wurden die Füllungen wie auch die Fenster- und Türrahmen korrekt aufgeschichtet und ausgerichtet, damit das Holz sich nicht verzog... und dann diese Klänge, diese Düfte...

Und als ich so gedankenverloren daherschritt und unter meinem blauen Rock abwechselnd der linke und dann der rechte korallrote Schuh hervorlugte, als mein Schirm mit seinem Plisseeröckchen mir rhythmisch voranging, da rief mir jemand zu... Das is 'n scheener Naachmittaach, waas?

Was sagen Sie da, gute Frau? erschrak ich, denn ich hatte gut gehört.

Scheener Naachmittaach, rief ein Weibsbild vom ersten Stock herunter, dieses Weibsbild schielte grauenerregend, fast wäre ich umgefallen, mir wurde schwarz vor den Augen, denn Ema, meine zweite Mama, sagte ebenfalls Naachmittaach, mit dieser Dehnung des A, genau so wie sie Kummi statt Gummi und Balgon statt Balkon und Schuhgrem statt Schuhkrem sagte... Doch ich wurde von zwei kleinen Mädchen im Erdgeschoß desselben Hauses gerettet, aus dem ersten Stock lehnte sich die schielende Blondine, die beiden Mädchen stürzten gleichzeitig aus der schmalen Tür, und als sie draußen waren, schrien sie und verschluckten sich beinahe vor Lachen, die eine wollte der anderen einen Witz oder eine kleine Schweinerei ins Ohr flüstern, beide hatten jedoch Angst vor dieser Botschaft, sie hielten sich die Ohren zu, wollten nichts dergleichen hören, quietschten und kreischten und stampften und drohten der ganzen Gasse, in die Hose zu pinkeln, wenn die eine von der anderen die Botschaft erfahren sollte, und sie traktierten sich gegenseitig mit ihren winzigen Fäustchen... und ich hob den Blick, über dem Fenster war eine Aufschrift, abgeblättert zwar, aber immer noch lesbar, Pinsel und Bürsten... Und ich ging weiter, fand die Gasse angenehm und belustigend, vor allem aber ging ich hier ganz allein einher, herausgeputzt wie aus einem Modejournal, wie ich damals einherstolzierte, als ich sechzehn war, und wie damals

wünschte ich mir, es möge mir etwas Außergewöhnliches begegnen.
Und gleich an der Ecke der Straße, Ludmillagasse hieß sie, waren ein umzäunter Garten, vormals ein Gartenrestaurant, sechs alte Kastanienbäume, bei der Mauer eine verrottete alte Kegelbahn, und ein Haus mit der Aufschrift Beim Hausman. Nahe bei einem niedrigen Mäuerchen, das körnig in der Sonne glänzte. Weit und breit kein Mensch. Oder doch, dachte ich lächelnd, als auf der anderen Straßenseite ein junger Zigeuner in einem grünen Frauenkleid aus dem Fenster sprang, er hatte einen kleinen Kochtopf dabei, stellte ihn auf das Mäuerchen und aß gierig, und als er mich sah, begann er zu jammern...
Gute Frau, mei Alt will, daß Helenka gleich arbeitet und Zaster verdient, aber ich will, genau wie Helenka, daß Helenka auf Friseuse lernt! Ja, gute Frau... sagte der Zigeuner und jaulte über dem Topf.
Auf den Schirm gestützt blieb ich stehen, er gab mir Kraft, ich stand da und drehte den roten Schuh in die Grundposition einer Ballerina. Der Zigeuner erblickte darin Unterstützung und rannte zum Fenster zurück, aus dem er gerade gesprungen war, schrie etwas ins Innere und zeigte dann mit der Gabel auf mich. Jaa, da hörst du's, die Frau da denkt auch, Helenka muß Friseuse werden! Doch eh der Zigeuner sich's versah, wurde der Vorhang zur Seite gezogen, und auf die Straße sprang eine Zigeunerin, die viel älter als der Zigeuner aussah, mit Sicherheit aber jünger war als er, ich kannte alle Zigeuner unserer Straße in Žižkov, die Zigeunerin verpaßte dem Zigeuner einen gewaltigen Hieb, und er fiel in dem grünen Kleid vor mir auf den Boden, er hatte einen Schnurrbart, dieser Zigeuner, und lag auf dem Rücken, hob zur Verteidigung die Gabel in die Luft, und die Zigeunerin sagte lachend zu mir... Der Lajos is a nichtsnutziger Gockl... Und ich sah, daß die Hälfte ihrer Vorderzähne futsch war. Ich kletterte über die Beine des Zigeuners, zuckte mit den Schultern und ging weiter, heute war es mir egal, ob Helenka Friseuse würde oder nicht, ob ausgerechnet heute ein scheener Naachmittaach war, ich überquerte den kleinen Platz und sah schon von weitem die Gaslaterne vor dem

zweistöckigen beigen Haus, und neben einem heruntergelassenen Rouleau ging ich jetzt an der Aufschrift Grablichter und Urnen vorbei... und dann stand ich vor der Gaslaterne, ich wurde rot vor Verlegenheit, was mochte er nur denken, dieser Doktor, falls er überhaupt zu Hause war, was mochte er nur denken, denn ich ging im Grunde genommen zu keinem anderen als zu ihm, um zu schauen, ob er zu Hause sei und was er wohl mache. Und in dieser Minute wäre ich am liebsten wieder zur Verkehrsinsel zurückgelaufen und in die Straßenbahn gesprungen, nur weg von diesem Haus, ich hätte mich am liebsten irgendwohin geflüchtet, weit fort, doch als ich ausschritt, sah ich meinen roten Schuh, und als ich dann sah, wie auch mein blauer Schirm ausschritt, da schämte ich mich und wiederholte vor mich hin... du mußt, du mußt... und ich drehte mich um und öffnete energisch die Tür dieses Hauses. Und schon stand ich im Schatten, vor mir lag dieser feuchte Hausflur, der Flur führte in den Hof, und dieser Hof lag im vollen, goldenen Glanz der strahlenden Sonne, sie ergoß sich über die Wände, an denen ein dichter Efeuteppich hochkletterte, jedes dieser Efeublättchen glänzte, als wäre es mit Butter gewichst, und die Türeinfassung glich dem Rahmen eines kostbaren Bildes, derart schön war der Blick in den Hof dieses Hauses. Und ich trat ein, jawohl, hier ist das Fenster, hinter dem diese reinliche Frau wohnt, und dort sind die Stufen, über die man zum kleinen Hof gelangt. Und ich betrat den kleinen Hof und sah mich um, richtig, hier ist das zweistöckige Gebäude und dort das freundliche Fenster...
Guten Taach, guten Taach, guten Naachmittaach!
Die Männerstimme fiel vom Dach des Schuppens in den Hof, das Klappern einer Schreibmaschine war zu hören, ich drehte mich um, und da saß der Doktor auf einem niedrigen Stuhl in der Nachmittagssonne, vor sich auf einen anderen Stuhl hatte er die Schreibmaschine gestellt, er hielt die Knie gespreizt und hackte wie rasend auf dieser kleinen Schreibmaschine herum, deren Buchstaben sich ab und zu ineinander verhakten, doch die Finger des Doktors lösten sie wieder, und die Maschine ratterte weiter, mit einem kleinen Hebel wurden die Zeilen weitertransportiert, dann drehte der Doktor die Seite heraus,

legte sie auf die bereits beschriebenen und beschwerte diese Blätter mit einem Stein, und dann spannte er das nächste Blatt ein und schrieb weiter.
Sobald ich das fertiggeschrieben habe, steige ich von diesem meinem Himmel zu Ihnen hinab, rief der Doktor gutgelaunt, schrieb weiter und redete in einem fort... Wenn ich es nämlich jetzt nicht zu Ende schreibe, schreibe ich es nie mehr, denn klopft ein schöner Gedanke an, dann beeile dich und öffne ihm flink deine Seele, denn er kommt selten allein...
Und er schrieb weiter, und ich schaute diesen Mann an, ich hörte und sah, wie er schrieb, das Klappern der Tasten, wie wenn wir im Hotel eine Handvoll Löffelchen in die verchromte Spülmaschine warfen, auf dem Kopf trug er einen tief in die Stirn gedrückten Hut, damit die Sonne ihn nicht blendete, und ich stand in meinem neuen Kleid im Hof, stützte mich auf das Schirmchen und schob den rechten Schuh mit dem hohen, roten Stöckel vor, welch eine Wohltat zu sehen, wie jemand auf einer Schreibmaschine schrieb, wie er seine Gedanken im Flug auffing, ich sah, wie der große Stuhl, auf dem diese winzige Maschine stand, so zurechtgesägt war, daß er die Dachschräge dieses Schuppens ausglich, der sich bis zu dem Gebäude hinzog, in dem das Fenster mit dem großen Asparagus und der Dezimalwaage war, und ich sah, der kleine Stuhl war auch zurechtgesägt, um die Neigung des Daches auszugleichen...
Und dann hatte der Doktor zu Ende geschrieben, er zog die Seite heraus und legte sie auf die übrigen strahlend weißen Blätter, er lüftete den Hut, schob ihn in den Nacken und schaute mich an, ich hob den Blick und sah, daß er mich und meinen Haarschnitt anschaute, ich sah, daß er mein schönes Kleidchen anschaute, ich hob den Fuß etwas hoch und zeigte ihm meine korallroten Schuhe.
Er schaute mich erfreut an, jetzt wurde ich so gesehen, wie ich es mir wünschte, daß alle mich sähen, vor allen aber er, er, zu dem ich gekommen war, um ihn zu sehen und damit er mich so sah, wie ich es mir wünschte, ganz anders, als ich das erste Mal gekommen war, damit er mich als Parisertorte mit Schlagobers sah... Er schaute mich an und nickte anerkennend, ich errötete

und drehte mich einmal im Kreis herum, hob die Arme in die Höhe, als wollte ich fortfliegen, so wie sich Mannequins drehen, wenn sie ihre Modellkleider vorführen, und mir wurde schwindelig...

Der Doktor richtete sich auf, reichte mir die Blätter herunter, die er vollgeschrieben hatte, und bat mich, sie auf ein Tischchen zu legen, auf ein Tischchen, wie wir es in Mähren hatten, dort wo die Stadt aufhörte und die Felder begannen, dort hatten wir ein Kruzifix und kleine Vasen mit Pfingstrosen und Feldblumen hingestellt, hier kamen die Prozessionen vorbei, und der Priester und die Pilger beteten vor diesem kleinen Tischchen für eine reiche Ernte. Und dann gab mir der Doktor diese Schreibmaschine, sie war winzig und ließ sich in den Scharnieren zusammenklappen, sie verstaute alle Tasten in ihrem Innern, so wird das Meßbuch zugeklappt, und ich erkannte an den beschriebenen Seiten, daß es eine deutsche Perkeo-Schreibmaschine war, eine Jugendstilmaschine ohne Häkchen und Dehnungsstriche, daß auch dieser vom Doktor geschriebene Text von Fehlern wimmelte, kein Wunder, sagte ich mir, wenn er in wenigen Minuten alles reinhackt, was ihm durch den Kopf schießt... Und der Doktor sprang vom Mäuerchen herunter, das sich an den Stufen entlang schräg hinaufzog, schon stand er neben mir und erklärte, wie er in diesem kleinen Hof schreibe, er nahm das niedrige Tischchen und stellte es an die Wand neben die Teppichstange, dort wo die Tür war, durch die man zu Lizaj hinaufstieg, und erzählte mir voller Stolz...

Wenn draußen die Sonne scheint, kann ich nicht im Haus schreiben, ich muß ins Freie, deshalb schreibe ich am Vormittag hier, und wenn die Sonne nachmittags weiterwandert, verstehen Sie, dann wandere auch ich mit diesem Tischchen weiter, und um ein Uhr folge ich der Sonne bis hierher...

Er nahm das Tischchen und schob es einige Meter weiter...

Und ich hacke so lange auf meiner Perkeo-Atomschreibmaschine herum, bis die Sonne hinter der Waschküche steht und bis hierher scheint, dann stelle ich das Tischchen dorthin und schreibe so lange, bis der Schatten mich allmählich zweiteilt und mich schließlich köpft, jetzt klettert der Schatten so hoch, daß ich aufs Dächlein hinauf muß, wohin die Sonne bis zum

Untergang scheint... wie Sie aber sehen, hat dieses Dach ein Gefälle, wissen Sie, wie oft ich diese Stuhl- und Tischbeine zurechtsägen mußte? Sie werden es nicht erraten! Oft, sehr oft! Anfangs hatte ich die Beine so abgesägt, daß sie, als ich den Stuhl hinaufstellte, vollkommen idiotisch gekürzt waren, ich hatte das Gefälle nur noch vergrößert, die Schreibmaschine schlitterte geradewegs in den Hof hinunter, dann wiederum sägte ich diese Beine so zurecht, daß sich nun auf der entgegengesetzten Seite eine Neigung ergab, die Schreibmaschine wäre mir fast in den Hosenschlitz gerutscht, selbst an dem kleinen Stuhl bastelte ich zweimal herum, bis ich ihn verhunzt hatte und Kleinholz aus ihm machen und einen anderen nehmen mußte, bis ich endlich die richtige Neigung heraushatte, bei dem kleinen Stuhl, auf dem ich jetzt sitze, wie auch bei dem größeren, auf dem, wie Sie gesehen haben, meine Perkeo-Atomschreibmaschine in der Waagrechten ruht...
Und dann geschah, was ich mir gewünscht hatte, das Fenster auf der Pawlatsche flog auf und Lizaj lehnte sich hinaus, sie befestigte die Fensterläden an den Haken, und als sie mich sah, bekam sie zunächst einen Schrecken, lachte aber dann, ich sah, daß sie säuerlich lächelte, weil sie darüber erschrocken war, wie gut mir das alles stand...
Nanu, Pipsi, hast du dich aber in Schale geworfen, potz Blitz!
Und sie hielt es nicht aus und verschwand im Fenster, dann hörte man ihre Schuhe auf den Stufen klappern, sie versuchte, die Tür zum Hausflur zu öffnen, dort lag aber immer noch heruntergefallener Putz, sie mußte die Tür mit dem Knie und mit aller Kraft in dreimaligem Anlauf aufdrücken und lief dann auf den Hof hinaus, sie hob meine Arme in die Höhe und drehte mich wie eine Schneiderpuppe herum, ihre Stimme frohlockte, ich wußte aber nur allzugut, was ich aus dieser Stimme heraushörte, nicht etwa, daß sie mich um mein Kleidchen und mein Schirmchen beneidete, nein darum, daß ich mich verändert hatte und nicht mehr auf den Knien lag, daß ich ihre Hilfe nicht mehr brauchte, da ich mir selbst geholfen hatte...
Der Doktor sagte... Sie schauen wieder bei mir vorbei, Fräulein Pipsi, nicht wahr?

Lizaj sagte ... Pipsi, komm zu mir auf einen Kaffee, wir haben uns so viel zu erzählen.
Lizaj, zuerst gehe ich zum Doktor ... und ich schritt aus, trug diese Perkeo-Schreibmaschine, und Lizaj machte kehrt, ich hörte, wie sie die Tür hinter mir wütend zuknallte, und dann hörte ich, wie sie aus Wut auch noch das Fenster zuschlug ...
Das Zimmer des Doktors klebte unmittelbar an der Mauer des Forschungsinstituts, aus dem das Dröhnen und dann der grelle Ton einer Säge drang, ein Ton, der das ganze Zimmer des Doktors erzittern ließ, als bohrte ein Hüne von Zahnarzt mit seinem Bohrer in einem Backenzahn herum, der so groß war wie das Zimmer des Doktors. Der Doktor zündete ein Streichholz an, und bald schon knisterte es im Ofen. Er legte kleingehackte Bretter nach, Balkenstücke und abgerissene Täfelungen aus Abbruchhäusern und von Baustellen. Ich stand da und schaute auf diesen schönen, um die Dezimalwaage herumgewachsenen Asparagus, der in die Höhe strebte, während die Waage nach unten zum Spiegel zog. Das schräge Dach des Schuppens ließ ein Stück des blauen Himmels frei, das nicht größer als unsere Staatsflagge war und ihrem Blau nicht unähnlich. Am Schuppen und an den gespannten Drähten zog sich ein Stamm entlang, aus dem zarte Zweige und Ranken wilden Weins sprossen. Mittendrin baumelte an einem Balken eine Totenmaske am Nagel, wie ein geflickter Steintopf mit Drähten umwickelt, man brauchte keine Phantasie, um zu erkennen, daß es das Gesicht des Doktors war, die Totenmaske eines Mannes, umrankt von wildem Wein. Der Doktor war verlegen.
Mein Gott, nehmen Sie doch bitte Platz.
Er bot mir einen Stuhl an, ich setzte mich und stützte mich auf den Knauf des Schirms, schlug ein Bein übers andere und wippte mit dem roten italienischen Schuh, den ich mir nur deshalb heute gekauft hatte, weil ich anfangen wollte, wie eine Parisertorte mit Schlagobers zu leben. Ich bemerkte, daß der Doktor meine Knie betrachtete und leicht errötete, und er fuhr sich mit der Hand übers ganze Gesicht.
Dann stand er auf, zeigte mit dem Finger in Richtung der Mauer und lauschte. Der Ton dahinter verstärkte sich, irgend-

eine Riesenmaschine lief auf Hochtouren, dann verstummte der Lärm, und durch das ganze Gebäude dort auf der anderen Seite wie auch durch das Zimmer des Doktors donnerte ein gewaltiger Schlag, das Gebäude erzitterte in den Grundfesten wie durch eine unterirdische Explosion in einem Bergwerk, die Detonation auf der anderen Seite schlug Wellen in der Luft, der Ofen wackelte und die Rohre, die sich unter der Decke entlang bis in den Schornstein zogen, schwankten hin und her, draußen lösten sich Teile der Mauer, einige Ziegel fielen herunter, im Hof stieg Rauch hoch, und über das schräge Dach schlitterten Putz und Ziegel und fielen in den zweiten Hof hinunter.
Ist das schön, sagte ich.
Nicht wahr, und ich habe das Glück, in einem so schönen Haus zu wohnen.
Und über den Hof wankte eine Frau, die auf dem Rücken in einer Plane Balken und Bretter schleppte. Als sie durch den abgebröckelten Putz gestapft war, drehte sie sich um, kniete nieder, löste den Knoten, und die Last fiel hinter ihr zu Boden. Und da richtete sich vor dem Fenster eine junge, verschwitzte Zigeunerin auf, sie strich sich das Haar glatt, zog die Spange heraus, steckte sie in den Mund und betrat das Zimmer.
Ah, der Herr hat die Frau hier, guten Abend, sie verneigte sich, Herr, hier haben Sie Holz, das ist dafür, jawohl dafür, daß Sie uns hier übernachten lassen, aber...
Der Doktor durchsuchte seine Taschen, öffnete den Kleiderschrank, durchwühlte die Taschen der Mäntel und Hosen, rieb sich verlegen die Hände und errötete... Leihen Sie mir zwanzig Kronen... Ich öffnete die Handtasche, reichte dem Doktor zwei Zehnkronenscheine, die er entgegennahm und der Zigeunerin gab, sie verneigte sich, nahm die Haarspange aus dem Mund, strich sich mit der feuchten Hand das Haar zurück und steckte die Spange wieder zusammen.
He, da hast du was, und wenn dein Alter wieder Theater macht, dann nimmst du die Kleine und weißt, wo du schlafen kannst, verstanden?
Ah, der Herr ist gut, dankte die Zigeunerin und schaute mich an und wiederholte nochmals nickend, ja, der Herr ist gut...
Dann trat sie ins Freie, zerrte die Plane unter den Brettern und

Balken hervor, schleifte sie hinter sich her und ging gemächlich mit nomadisch tänzelnden Schritten über den mit Putz bedeckten Hof.

Sie hat's nicht einfach, sagte der Doktor, sie hat einen Säufer zum Mann, einen Tschechen, der sie immer wieder schlägt, dann kommt sie hierher zum Schlafen, zu mir, und die Kleine schläft in der Schublade des Kleiderschranks. Das sind Geschichten, nicht wahr, darf ich Sie zu einem Gläschen Bier einladen, damit wir auf andere Gedanken kommen?

Sagte der Doktor und lächelte und streichelte sich, als bewunderte er sich selbst.

5

Ach, was sind Schlachtfeste auf dem Lande schön, Schlachtfeste, die draußen im Hof stattfinden, wenn der Ofen ins Freie geschafft wird und all die Düfte auf Kosten des Himmels gehen, wenn in Kesseln das Krenfleisch gekocht wird, das man danach in der Waschküche aufs Nudelbrett kippt, Türen und Fenster stehen offen, und der ganze Schlachtgeruch zieht nach oben weg und steigt in den Himmel. Damals wurde es in Prag Mode, daß Hotels, sogar berühmte Hotels, ihren Gästen einmal im Monat ankündigten: Dann und dann Schlachtfest! Und alle Gäste freuten sich und schmunzelten, daß sie frisches Krenfleisch und danach Leberchen auf die Teller bekommen würden! Also fand auch im Hotel Paris das erste Schlachtfest statt, seit dem frühen Morgen schwitzten wir in der Küche, und als dann in zwei Kesseln das Krenfleisch kochte, als der Schlachtdampf zur Decke aufstieg und der gläserne Lüftungsschacht überm Herd ihn nicht mehr zu schlucken imstande war, verwandelte sich die Küche langsam, aber sicher in eine feuchte Hölle, der Dampf wälzte sich bis zu mir herüber, ich saß auf meinem Hocker und notierte bereits die ersten Teller mit einem Stückchen Nacken und einem Öhrchen und einem Stückchen Leber und einem Löffelchen Kren und einem Löffelchen Senf, ich spürte, wie mir der Schweiß nicht nur an den Schläfen herunterlief und vom Haar tropfte, wie auch flüssiger Schlachtdampf meinen Rücken runterfloß, die Kellner trieften genauso vor Schweiß, und schon bald glänzten die Smokings vom Schmalz. Und während sich die Gäste im Restaurant freuten, selbst die Stammgäste waren so zufrieden, daß sie als Aufmerksamkeit Krüge von Pilsner in die Küche schickten, während zwei Köche das Krenfleisch mit dem Hackmesser in kleine Stücke zerteilten, es würzten, und von ihren Fingern stieg der mit Schlachtgeruch vermischte Gewürzduft empor, während die Küchenmädchen die dicken Därme für die Leberwürste vorbereiteten, die Grieben ausließen und mit Schweineblut übergossen, das ganze Küchenpersonal roch danach, als wäre einer nach dem andern in den Suppentopf geplumpst. Und dann mühten die Köche sich fluchend mit den Stopfmaschinen ab, sie rangen mit den Innereien für die Wurstfüllung, denn sie hatten noch nie an einem Schlachtfest mitgearbeitet, unsere beiden Jungköche verzweifelten über dieser Arbeit, draußen war es warm, in der Küche klebte nicht nur die Unterwäsche an unseren Leibern, auch die Kleider klebten an der Unterwäsche, und während die Leberwürste bereits in den Kesseln kochten, sahen wir einander gehässig an und schimpften auf den Betrieb, der sich dieses Schlachtfest ausgedacht hatte...

Und da spazierte ein riesiger Blumenstrauß, ein Rosenstrauß, in die Küche, ich erschrak, denn er kam auf mich zu, und plötzlich senkten sich diese Rosen bis fast zum Boden, und es stand dort kein anderer als der Doktor, mit Hut, in einer groben Leinenschürze und in einem zerrissenen Hemd, er überreichte mir diesen Strauß, und alle in der Küche blickten zum Doktor, als wäre er ein Phantom, als wäre er aus dem Lüftungsschacht gefallen. Und ich war unfähig, etwas zu sagen, meine Hände waren wie gelähmt, nicht weil ich diesen Mann vom Damm in Libeň hier sah, sondern weil ich mich schämte, denn über mein Gesicht lief mit Schmalz und Schlachtgeruch vermengter Schweiß, und der Doktor streckte mir nun den Strauß entgegen, und ich verschwand hinter den Rosen. Helfen Sie mir, stöhnte der Doktor, nehmen Sie mir diese Blumen ab, das war nur so ein Einfall, um Ihnen eine Freude zu machen...

Und die beim Herd erstarrten Köche setzten sich wieder in Bewegung, die Tatsache, daß dieser Mann hier aufgetaucht war,

hatte sie wie der Zauberstachel im Dornröschen gelähmt, jetzt rührten die Köche die Leberwürste in den Kesseln und die Blutwürste in den Kochtöpfen, und sie fürchteten, diese Leberwürste könnten zerkochen. Und als der Doktor das hörte, sagte er ... Erlauben Sie?
Und alle blickten ihn an und waren nicht imstande, diesen Kerl hinauszuschmeißen, so sehr hatte er sie hier mit seinem Hütchen und der groben Leinenschürze überrascht, und jetzt ging er zu den Kesseln, hob die Hand und sagte ... Schauen Sie mal, die Leberwürste schwimmen bereits oben, und Leberwürste sind fertig, wenn man den Speil zwischen die Finger nimmt und dieser Speil sich drehen läßt, genauso wie man eine Uhr aufzieht, dann sind sie fertig!
Und er packte eine Leberwurst am Speil und freute sich ... Die müßten gar sein, denn wenn diese Leberwürste zerkochen, platzen sie, und dann haben Sie die Bescherung.
Und dann kam der Doktor in seinen zerlöcherten Latschen zu mir, er schlug die Augen nieder und sagte ... Morgen ist Samstag, kommen Sie wieder nach Libeň, wir werden baden gehen ... zur Sprossenwand, einverstanden?
So stand er da mit rotem Kopf, die Jungköche schöpften die Leberwürste in einen Eimer, aus dem jetzt der Schlachtgeruch aufstieg, das Fett tropfte bereits von der Decke, während die Dämpfe an den Wänden heruntertropften, und der Doktor nuschelte ... Ich hab mich gestern irgendwie übernommen, ich hab immer so einen Kater, daß ich ganz niedergeschlagen bin ... Und ich hab ihn gerade jetzt ... ich bin mit diesem Blumenstrauß fünfmal ums Hotel Paris herumgelaufen, fünfmal bin ich hinein- und wieder herausgegangen ... und dann habe ich mich entschlossen und bin bis hierher gelaufen ... So stand er da, die Kellner in Reih und Glied mit Tellern voll Leberwürsten und Kren, geschwind notierte ich diese Teller, und einer der Köche zupfte den Doktor am zerrissenen Hemdärmel und fragte ... Und wann sind die Blutwürste fertig, wann der Preßsack?
Und der Doktor nahm einen langen Speil vom Nudelbrett, spitzte ihn mit dem Metzgermesser und schritt dann zusammen mit dem Koch zu den Töpfen, in denen die Blutwürste und der Preßsack gekocht wurden, der Doktor neigte sich über ihn,

piekste in eine Wurst und rief dem Koch zu... Solange noch Blut rausspritzt, ist's noch nicht soweit, sobald aber Schokolade hochsteigt, ist alles fertig...
Und er überreichte dem Koch den Speil und verneigte sich vor dem gesamten Personal und entschuldigte sich... Verzeihung...
Er lief aus der Küche, und ich saß von Rosen übersät da und schämte mich immer noch, weil mir das Fett unseres ersten Schlachtfests zwischen den Brüsten hinunterfloß und der Büstenhalter es aufsaugte, ich spürte, wie Schweiß und Schmalz an den Schenkeln herunterliefen, wie mein Slip am weißen Kittel klebte, und ich erstarrte, vielleicht hatte der Schweiß sogar schon den Kittel durchnäßt, und wenn ich aufstünde, könnte eine Lache auf dem Stuhl zurückbleiben. Das alles spürte ich und hielt dennoch diesen Rosenstrauß weiter in der Hand.
Der Oberkellner Mašek brachte ein großes Glas und stellte die Rosen hinein, er trug sie zu meinem Tischchen und sagte... Dieser Herr ist in Sie verknallt, das sieht man auf den ersten Blick...
Und ich errötete noch mehr, ich wußte, wenn ich am Gummiband des schweißdurchtränkten Slips zöge und es losließe, würde es auf den Körper klatschen. Und ich errötete noch tiefer, da flog die Tür auf, und zwei unserer gutgelaunten Stammgäste riefen... So gute Leberwürste haben wir in Prag noch nie gegessen, elf Pilsner für diese fabelhafte Küche!
Und die Tür schloß sich wieder, die Köche nahmen die Blutwürste und -würstchen heraus, der Schankbursch brachte in beiden Händen Biergläser, und der Chefkoch Baumann richtete sich hinter seinem Tisch auf, legte seine fettige Hand auf die meine und lächelte...
Also Eliška, mein Bräutchen, wie ich gesehen habe, wirst du keinen Meldezettel für einen ständigen Wohnsitz mehr brauchen, also wirst du auch eine feste Anstellung bei uns kriegen, ich sehe es voraus, diesen Hirschrücken, den wir zusammen hierhergeschleppt haben, diesen Rücken werde ich zubereiten, wenn es soweit ist, als kalten Braten zu deiner Hochzeit. Ich laß den Rücken im Kühlraum und bring ihn dir dann persönlich...

Er nickte mir zu, und ich nickte wie ein chinesisches Porzellanpüppchen zurück, meine Augen tränten, die Kellner standen in Reih und Glied mit den Tellern und dem Kren und den gerade aus dem Kessel gefischten frischen Blutwürsten da, sie waren ungeduldig, denn sie wünschten sich nichts anderes, als mit diesen Tellern wieder in die frische Luft des Lokals einzutauchen, der Chefkoch wischte sich mit einer Serviette das Gesicht ab und ging zu seinen Tischen, es war höchste Zeit, daß er seine Spezialitäten zubereitete, mit diesem Schlachtfest wollte er nämlich nichts zu tun haben, diese Hausschlachtung in einem so berühmten Hotel widerte ihn an ...

An diesem Abend kam ich spät nach Hause, da der Betriebsrat eingesehen hatte, daß alle, die zu Hause kein Badezimmer hatten, nach solch einem Schlachtfest, das ein Einfall ebendieses Betriebsrats war, Anspruch auf ein Bad hatten, wir durften, einer nach dem anderen, in der Wanne eines freien Hotelzimmers baden. Ich war entsetzt, als ich ins Bad stieg und mich einseifte, wie viel Schmutz das heiße Wasser von mir herunterwusch, und als ich aus der Wanne stieg, schwamm auf der Wasseroberfläche eine Schicht Fett, ich faßte mich erst wieder, als das Badewasser abgeflossen war und ich die Wanne noch zweimal ausgespült hatte. Über dieser Wanne fiel mir auf, nicht nur ich, praktisch keiner aus unserer Küche hatte auch nur einen Bissen herunterschlucken können, so sättigend war dieser widerliche Geruch, nur Bier hatten wir getrunken, damit wir uns nicht erbrechen mußten ... Und so kehrte ich mit einem Rosenstrauß zurück, das Haar noch feucht vom Bad, Ema, meine zweite Mama, brauchte nicht auf mich zu warten, sie aber wartete absichtlich, sie wärmte nur deshalb den Kochtopf mit dem Lendenbraten auf, den sie aus ihrem Restaurant Bei den zwei Katzen mitgebracht hatte, um dazusitzen und mit vorwurfsvollem Blick zu verfolgen, wie ich die Rosen in eine große Vase stellte, und ich wartete darauf, wann Ema mit ihren Lamentationen loslegen würde, daß ich mehr Dankbarkeit zeigen sollte, und so ordnete ich diese Rosen nochmals, ich genoß das und war glücklich, während Ema gereizt die Teller auf den Tisch stellte, sie fragte nicht einmal, ob ich Hunger habe, ob ich überhaupt was essen wolle, sie verteilte Knödel auf die Teller,

goß Rahmsoße darüber, legte noch eine Scheibe Fleisch hinzu, setzte sich und fing an zu essen.
Wo bleibst du so lange? Schon zum zweiten Mal wärm ich das auf...
Mama, ich eß heute nichts, ich kann nicht...
Was? Was ist denn nur los mit dir, Eliška? Soll ich das etwa nochmals aufwärmen? Und dann, die vom Volksausschuß waren hier, wann ich dich denn anmelde, du wohnst hier immer noch schwarz, im Hotel arbeitest du schwarz, von dort, wo du zuletzt gewohnt hast, hast du weder eine Abmeldung noch eine Zuzugsgenehmigung, sie wollen schreiben, wahrscheinlich mußt du wieder dahin zurück, wo du zuletzt gewohnt und gearbeitet hast, denn ich kann dich hier nicht anmelden, weil ich selber schwarz und zur Untermiete wohne... und du gehst einkaufen, gibst Geld für Kleider und Schuhe aus, und kommst jetzt auch noch so spät und mit einem Rosenstrauß nach Haus...
Mama, sagte ich, Sie wissen selbst, wie ich dran bin, ich bin eine Schlampe, das stimmt, doch irgendwie hab ich mich gefangen, Mama, ich spür wieder die Lust, auf der Welt zu sein, als wäre ich all die Jahre über krank gewesen.
Schön, weißt du was, Eliška, morgen machen wir einen Ausflug mit dem Dampfer, was sagst du dazu?
Das geht nicht Mama... ich hab schon jemandem versprochen, mit ihm schwimmen zu gehen...
Aber das geht doch nicht, du hast doch kurz vor der Hochzeit gestanden! Hast du das so rasch verschmerzt? Rief die Mama und erhob sich aufgebracht, sie trug ihren Teller zum Spülbekken und stellte meinen mit den nun kalten Knödeln unter den Rosenstrauß. Ich stand auf, der zu den Rosen aufsteigende Lendenbratenduft empörte mich, ich stand so abrupt auf, daß ich über den Stuhl stolperte, dann räumte ich den Teller weg und sagte... Vor was für einer Hochzeit? Dieser mein wohlgeratener Bräutigam ist mit einer anderen durchgebrannt, was hat mich das niedergeschmettert, Sie wissen es selbst, ich wollte nicht mehr leben, wollte nicht länger auf der Welt sein...
Die Mama stützte ihr Kinn auf die über dem Tischtuch verschränkten Hände und sagte... Er ist durchgebrannt, du wirst

aber sehen, in einem Monat ist er wieder hier, ich kenn seinen Charakter, du wirst sehen, er kommt zu uns zurück...

Ich legte mich aufs Bett und streckte mich unter der Decke aus, meine Beine schmerzten, ich blickte zur Zimmerdecke hoch und wiederholte... Er und zu uns zurück? Wie denn das, zu uns?

Na, zu dir als Bräutigam und zu mir als Sohn...

Mama, ich will aber nicht mehr, daß er zu uns zurückkommt... Wozu auch? Zu uns? Soll er doch wiederkommen, ich hab nichts dagegen, zu Ihnen soll er zurückkommen, aber nie mehr zu mir...

Die Mama zog eine Schublade heraus, entnahm ihr einen Brief, beugte sich über mich, raschelte mit dem Briefpapier und triumphierte... Hier ist ein Brief von ihm! Ein Brief, er schreibt, daß er an dich denkt, und ob du ihm verzeihen kannst, hier steht es schwarz auf weiß!

Mich, Mama, interessiert das nicht...

Du willst es also nicht lesen!

Mama, ich hab schon so viel abgekriegt von diesem Ihrem Goldschatz, von diesem Kleinod, meinem Verlobten, daß es für alles zu spät ist... Ich setzte mich im Bett auf und stöhnte, so sehr schmerzten meine Beine, und sagte...

Mama, ich weiß, ich habe Ihren Jirka geliebt, ich weiß, er hat wunderschön Gitarre gespielt, und die Gitarre ist mein Lieblingsinstrument, Mama, Jirka hatte auch ein elektrisches Banjo, er hatte einen silbernen und einen blauen Smoking, schönes Haar, was aber hat mir das alles geholfen, ich war ja nur seine Dienstmagd und Waschfrau, er mußte der gnädige Herr sein, wie aus dem Ei gepellt, derweil ich für ihn zu Hause die Wäsche besorgte und immer auf ihn wartete, manchmal kam er erst nach zwei Tagen von seinen Weibern zurück, doch weil ich ihn liebte, habe ich ihm immer alles verziehen, und wenn ich in das Lokal kam, in dem er spielte, saßen zwei seiner herausgeputzten Luder dort, er sah sie an, als seien es seine Musen, als würde er nur für diese beiden Biester spielen, sie spendierten ihm Kognaks, während ich dahockte und an meinem Grenadinesirup nippte, und sobald seine Band zu Ende gespielt hatte, explodierten diese Luder fast, so sehr applaudierten sie, und er verneigte sich, und ich saß einfach so da und trank in einer Ecke Grenadine, und dann ging ich nach Hause, und er besuchte mit diesen beiden Vampiren noch andere Lokale, sie bezahlten ja für ihn, und trotzdem kam er heim und hatte keinen Heller mehr, und ich mußte ihm das Geld für den nächsten Tag geben...

Wie kannst du nur so reden? hielt sich die Mama die Ohren zu.

Wie? Meine Tante aus Wien, die Schwester meines Vaters, hat mir geschrieben, ich dürfe nie vergessen, aus was für einer Familie ich stamme, mich den Leuten nicht wie ein Erdäpfelknödel präsentieren, sondern wie eine Parisertorte mit Schlagobers... und dieser Brief hat mir wieder auf die Beine geholfen, während das, was Ihr Söhnchen Ihnen schreibt...

Die Mama schrie... Uns schreibt er, so lies doch, liebe Mama und Eliška! Sie fuchtelte mit dem Brief herum und zeigte mit dem Finger auf die Buchstaben, ich aber wandte mich ab und sagte...

Mein Vater müßte mir, wenn er von den Toten auferstünde, mit seinem Stock den Hintern versohlen, wenn er mich so sehen könnte, wie ich mich erniedrigen ließ, ja erniedrigen lassen mußte, und warum? Nur aus Liebe, nur, weil ich Jirka liebte... Ich bin, obwohl wir alles verloren haben, immer noch die, die in dreizehn Zimmern gewohnt hat und eine Bonne hatte, mein Vater fuhr einen Studebaker und hatte einen Chauffeur und meine Mutter zwei Dienstmädchen, mein Papa war mit seinen Furnierhölzern und überhaupt mit seinem Holz der König in Mitteleuropa, er saß nicht nur in Brünn im Rat, sondern auch in Wien und in Budapest und in Lemberg, wir hatten eine Fabrik...

Hatten, hatten, aber Eliška, mein Gott, die Deutschen haben doch den Krieg verloren, also hat man euch alles weggenommen. Auch ihr habt diesen Krieg verloren... rief meine zweite Mama.

Ich habe nichts verloren, was hätte ich denn tun sollen? Als der Krieg zu Ende ging, war ich sechzehn Jahre alt, ich habe keinen Krieg verloren, und dennoch ist es, als hätte ich Krieg geführt, doch was soll's, man hat mir alles genommen, was mir aber

geblieben ist, ist die Ehre, und gerade die hatte ich vergessen, jetzt aber habe ich sie wieder gefunden.
Ich stand auf, streckte mich und ordnete die Rosen neu ...

6

Ich betrat das Haus am Damm, der Hausflur roch nach den feuchten Wänden, ich erschauderte vor Kälte, doch als ich den Tunnel dieses Hausflurs hinter mir hatte, schien auf dem Hof dort die Sonne. Und in dieser Sonne saß die reinliche Frau unter den Fenstern ihrer Wohnung, das Pflaster glitzerte vor Sauberkeit und es funkelte das Wasser, das in die Ritzen zwischen den Steinen geflossen war, die reinliche Frau saß da in ihrer malvenfarbenen Unterhose und dem malvenfarbenen Büstenhalter, sie saß auf einem Stuhl, und auf ihren Knien lag die Illustrierte Hallo am Samstag. Ihren speckigen Rücken kehrte sie der Sonne zu.
Der Doktor ist zu Hause, sagte sie und schob ihre Brille mit dem Finger zur Nasenwurzel.
Danke, sagte ich und konnte nicht anders, ich mußte einen Blick in ihre Wohnung werfen, dort hinter der Scheibe beleuchtete die Sonne die künstlichen Blumen, das Bett unterm Fenster war sorgfältig hergerichtet, mit Plüschbären, einer Puppe und Stickdeckchen verziert. Ich stieg durchs Sonnenlicht in den kleinen Hof hinauf, da saß auf einem Stuhl die Zigeunerin, der ich beim letzten Mal zwanzig Kronen gegeben hatte, sie rauchte und der Doktor beugte sich neben ihr übers Spülbekken und schrubbte mit der Drahtbürste eine Kasserolle, die letzte Kasserolle, Teller und Töpfe lagen bereits auf dem Gitter zum Teppichklopfen in der Sonne, die Unterseiten nach oben gekehrt, das Wasser tropfte herab, und der Doktor schrubbte wie wild.
Guten Tag, sagte ich.
Guten Tag, Frau ... die Zigeunerin blies den Rauch aus und schlug ein Bein über ihren schmutzigen, bunten Rock.
Guten Tag, sagte der Doktor, ohne aufzuschauen, und schrubbte den Boden dieser Kasserolle.

Und ich stand da im neuen, waschechten Kleid, das ich mir im Modehaus gekauft hatte, stand in einem korngelben Kleid, das anstelle von Knöpfen kleine grüne Würfel hatte, ich stützte mich auf den hellblauen Regenschirm und hielt in der anderen Hand das Einkaufsnetz mit dem Badeanzug und in Papier eingewickelten Schnitzeln und Brot. Und der Doktor schrubbte noch immer diese Kasserolle und schimpfte... Ist das eine Arbeit! Und der Kopf tut mir weh wie vierjähriges Kraut!
Dann richtete er sich auf, und wie er mich so anschaute, sah ich, daß er müde war und gestern viel getrunken hatte, er hatte Ringe unter den Augen und seine Hände zitterten, daß die Kasserolle klapperte. Dann stellte er sie zur Seite und ging in die Küche, in sein Zimmerchen, brachte mir einen Stuhl, bot mir einen Platz in der Sonne an, und die Zigeunerin erzählte etwas mit ihrer Altstimme, sie fuhr fort mit dem, was sie dem Doktor erklärt hatte, bevor ich gekommen war... Ja, Herr, und so eine Zigeunerhochzeit, die endet damit, daß die Braut und der Bräutigam mitten im Zimmer auf den Boden niederknien und die Zigeuner, die Hochzeitsgäste, offene Rotweinflaschen in den Händen halten und Zigeuner-Hochzeitslieder singen, die Musik spielt, Geige und Zimbal, und die Zigeuner schütten den Rotwein von oben langsam auf das kniende Brautpaar, über den Boden fließt Wein, über die Kleider der Braut und des Bräutigams fließt Wein, ja, Herr, solche Bräuche haben die Zigeuner, wenn im Hause eine Hochzeit gefeiert wird...
Ich schaute die Zigeunerin an und sah, wie stolz sie auf das war, was sie erzählte, wie bedächtig sie die Sätze über die Zigeunerhochzeit vortrug, ich sah jedoch auch, der Doktor schrubbte nur deshalb so intensiv, um Zeit zu gewinnen, um sich zu fassen, es war halb elf, also die Zeit, zu der der Kater seinen Höhepunkt erreicht, wenn der Kopf, mit seinen Worten, tatsächlich weh tut wie vierjähriges Kraut! Die Zigeunerin fuhr aber mit feierlicher Stimme fort...
Oder was ich gesehen habe, ich schwöre, ich hab es gesehen. Das Begräbnis in Sokolov, als unser Baron starb. Zu einem Begräbnis kommen die Zigeuner von weit her, sogar aus Wien und Budapest, von der Slowakei und aus Mähren, man schiebt dann Tische zusammen, im Saal eines verfallenen Schlosses

schoben wir also alle Tische zusammen, und zuoberst an diesen Tischen setzten wir unseren Baron und fingen an, unsere Zigeuner-Begräbnislieder zu singen, wir tranken Schnaps, und bei jeder Runde kippten wir ein Gläschen in den Mund unseres toten Barons und sangen dann weiter, und es wurde dunkel, der Baron aber kriegte jedesmal ein anständiges Glas, die Zigeuner ließen ihn aus einem Kelch Schnaps trinken, die ganze Nacht hindurch und den ganzen Tag danach, und die Trauergäste lösten sich bei der Ehrenwache unseres toten Barons ab, und am zweiten, auch noch am dritten Tag in einem fort diese Schnapsrunden, und jedesmal hat unser Baron etwas aus dem Kelch gekriegt, so lange, bis er bis oben hin mit Schnaps gefüllt war... Ja, erst dann haben sie den Baron zu Grabe getragen...

Das erzählte die Zigeunerin, sie war ernst und schaute irgendwohin in die Ferne, als hätte sie das, was sie geschildert hatte, dort abgelesen, auf einmal war sie schön, und ihre Wimpern, die lang wie die Borsten einer Bürste waren, blieben reglos und starrten zurück nach Sokolov, zu diesem verfallenen Schloß, wo die Zigeuner feierlich von ihrem toten Baron Abschied nahmen.

Und der Doktor scheuerte weiterhin den Boden dieser Kasserolle, sorgfältig, übergenau, und ich, die ich eben noch hatte kehrtmachen und weggehen wollen, saß in der Sonne, schlug die Beine übereinander, stützte mich auf den Schirm, stand auf und trug das Netz, das blaue Einkaufsnetz, in dem die Wienerschnitzel und das Brot lagen, aus der Sonne in den Schatten. Und in diesem Augenblick blickte der Doktor mich an, lächelte mir dankbar und verständnisvoll zu, denn da ich mich ums Essen kümmerte, damit es in der Sonne nicht trocken wurde, war er auf welche Weise auch immer aus seinem Kater gerissen worden. Und wieder tauchte er die Kasserolle in das nur noch lauwarme Wasser, spülte sie aus, und als er auf ihren Boden schaute, klebte dort rostbraunes, angebranntes Fleisch. Und sein Ärmel rutschte runter und fast in die Schmutzlauge hinein. Ich stellte den Regenschirm weg und trat ganz nah zum Doktor hin, streckte die Hand aus und rollte ihm den Ärmel wieder hoch, ich berührte seinen Arm und fühlte zum ersten Mal seine

Muskeln, ich gab mir Mühe, rollte diesen Hemdärmel langsam hoch und bekam ganz fettige Hände.
Und die Zigeunerin schaute fortwährend irgendwohin in die Ferne, sie rauchte immer noch und erzählte von dem, was sie gesehen hatte...
Herr, wenn Allerseelen kommt, nehme ich Sie mit zu den Gräbern von zwei Baronen, zu den Gräbern im Wolschaner Friedhof, wo sich wieder Zigeuner aus allen Gegenden versammeln werden, zwei Tage hocken wir dort auf dem Hintern und singen unsere Totenlieder, und jeder Zigeuner, der zu diesem Grab kommt, steuert etwas bei... Und schon am ersten Abend, zu Allerseelen, ist unser Grab geschmückt mit Blumen, Tausende von Nelken in Vasen, Dutzende Geschenkkörbe, Hunderter- und Fünfhunderternoten, ja, sogar Fünfhunderter, und die Gräber der Barone sind schön wie die Auslagen in den Lebensmittelgeschäften Pramen mit ihren Delikatessen, und es gibt sogar ungarische Salami und Meinlschokolade aus Wien... auch ich spare für einen kleinen Geschenkkorb für unseren Baron, jetzt aber bin ich hier im Hof, weil mein Tscheche den Vorschuß versoffen hat und ich den Herrn hier wieder bitten muß, daß er mir die Kasserolle von gestern, daß er mir ein bißchen Schmalz gibt... Die Zigeunerin unterbrach ihre Rede, weil ich am Spülbecken stand und nicht zu ihr hinblickte, sondern irgendwohin zum Wolschaner Friedhof, zu den beiden Gräbern der Zigeunerbarone, die mit Geschenkkörbchen und Tausenden von Nelken und Banknoten bedeckt waren. Und der Doktor ebenso, starr stand er da, hielt die Kasserolle in der Hand und hatte sich, genau wie ich, von der Erzählung der jungen Zigeunerin mitreißen lassen, die, als sie uns so sah, im Geiste in den Hof zurückkehrte und sich in Erinnerung rief, weshalb sie eigentlich gekommen war. Jetzt erhob sie sich, schwer erhob sie sich vom Stuhl, sie hatte weiße, löcherige Tennisschuhe und braungebrannte Beine, von denen verkrusteter Dreck abbröckelte. Als sie sah, daß ich ihre Beine betrachtete, zuckte sie mit den Schultern und lächelte, und ich sah, daß einige Zähne herausgeschlagen waren... Und er prügelt mich auch, häääää! schrie sie, preßte den Finger gegen den Gaumen und fletschte ihre Zähne,

und die wenigen, die sie noch im Mund hatte, waren schon schwärzlich.
Dort unten aber, dort unten war das Geplätscher von Wasser, das in den Eimer gefüllt wurde, zu hören, und der Lärm eines Stuhls, den jemand über den Boden zerrte, und als das Plätschern bis zum Eimerrand gestiegen war, hörte man, wie das Wasser aus dem Hahn in einen zweiten leeren Eimer schwappte und das Zischen des Strahls, der zornig aus dem aufgedrehten Hahn spritzte, nochmals lauter wurde, und dann ertönte ein mächtiges, langes Klatschen und das Schurren eines Reisbesens, die reinliche Frau wässerte den Hausflur und das Pflaster unter ihrem Fenster und zeterte ... Ich bin reinlich, ich ertrage keinen Dreck!
Seien Sie so lieb, Fräulein Pipsi, sagte der Doktor, dort auf dem Fensterbrett steht ein großer Kochtopf und daneben ein halbvolles Töpfchen Schmalz, bringen Sie mir das, und ich denke, ich werde diese Kasserolle wegschmeißen, das Gulasch war angebrannt, Donner und Doria! Wenn wenigstens mein Kopf nicht weh tun würde wie dreijähriges Kraut!
Und ich trat aus der heißen Vormittagssonne in den Schatten, ging durch die Tür, der Ofen brannte nicht, und ich zitterte vor Kälte, ich nahm den Kochtopf und das Schmalz und lief so rasch wie möglich wieder in den Hof hinaus, und als ich die Schattenlinie überschritten hatte, erholte ich mich in der Sonne. Bei Ihnen ist es aber frisch! sagte ich.
Kein Wunder, knurrte der Doktor, bei mir muß man im Juli und im August am meisten heizen, also, was erzähl ich da, fast das ganze Jahr hindurch!
Und die Zigeunerin streckte die Hand aus, ich hielt ihr den Henkel des Topfs hin, für einen Moment berührten sich unsere Finger, wir sahen einander in die Augen und lächelten uns zu. Ich sah, daß diese Zigeunerin den Doktor liebte, auch sah ich, daß sie schon miteinander geschlafen hatten und noch miteinander schliefen, doch liebte diese Zigeunerin den Doktor irgendwie anders, sie liebte ihn, weil sie wußte, daß sie notfalls jemanden hatte, zu dem sie gehen, wo sie schlafen konnte und, wie ich jetzt sah, wo sie auch etwas zu essen bekam, wo jemand ihr Geld gab, wenn sie keins mehr für Zigaretten hatte oder

etwas für ihr Töchterlein brauchte, das beim Doktor immer wieder in der Schrankschublade schlief... Und die Zigeunerin zog über den Hof davon, ich nahm das Geschirrtuch von der Leine, die zwischen der alten Wasserpumpe und einem Balken der Waschküche gespannt war, und dort unten ertönte ein Aufschrei dieser reinlichen Frau, die der Zigeunerin zurief... Verschwind, Plattfuß, verschwind, Schwarzmaul! Und man hörte das Wasser spritzen und wie die Tennisschuhe patschten, die Zigeunerin stieß schreckliche Zigeunerflüche aus, ihre Schreie hallten im feuchten Hausflur, ich trocknete in der Hocke die Teller ab, stellte sie aufeinander, und der Doktor trat in sein Zimmerchen und zerrte einen feuchten Teppich an die Sonne, er legte ihn über die Teppichstange, tauchte die Wurzelbürste in Wasser, diese Bürste, die ich bereits kannte, die Bürste, mit der er den Boden geschrubbt hatte, als ich das erstemal hierhergekommen war, er reinigte diesen feuchten Teppich und rief zu mir hinüber...Ist es möglich, sagen Sie selbst, ist es möglich, daß der Dichter Bondy solche Sauereien macht? Sagen Sie selbst, was hätten Sie mit einem Dichter gemacht, wenn Sie ihn wie ich bewirtet hätten, den ganzen Nachmittag über haben wir Bier getrunken, hernach noch beim Vaništa, und dann, als wir zwei Krüge für die Nacht mitnahmen, um eine Hochzeit im Hause zu feiern, was also würden Sie dazu sagen, Fräulein, wenn Sie in der Nacht aufwachten und Wasser fließen hörten... zwar ahnte ich, was es war, vermutete törichterweise aber dennoch, daß der Wasserhahn liefe, ich machte Licht, und meine Befürchtungen bestätigten sich. Bondy saß auf meinem Bettrand und pinkelte auf diesen Teppich, bitte schön, ein Dichter, der Christian Morgenstern übersetzt hat, was hätten Sie wohl dazu gesagt, wenn Sie das gesehen hätten...
Ich richtete mich auf, nahm die trockenen Teller, das Besteck und sagte... Ich hätte ihm gesagt... Ich bring dich um!
Da sehen Sie, sagte der Doktor und knallte die Kasserolle auf den Boden, das hätten Sie gesagt, weil Sie einen sanften Charakter haben, ich aber als Krimineller habe den Charakter eines entlassenen Sträflings, daher habe ich ihn nicht getötet, Dichter umzubringen ist eine Schande, aber ich sagte, hör zu, Bondilein, also Auge um Auge, lex talionis, und ich knöpfte meinen

auf und pinkelte in seine Schühchen, denn Bondy ist schon immer sehr heikel und sehr stolz auf seine Schühchen gewesen. Im übrigen, Fräulein, war das gestern trotz allem ein schöner Abend, in der Ludmillagasse fand eine Hochzeit statt, und so sagten wir uns, auch wir wollen Hochzeit feiern, und es kam Pášа, ein kleiner Kulissenschieber, hinzu, schon seit Jahren verstehe ich mich gut mit ihm, das gemeinsame Trinken verbindet uns, einmal haben wir's mit dem Trinken so weit getrieben, daß wir nicht nur den ganzen Lohn, auch noch den Vorschuß versoffen haben und Angst davor hatten, auch nur irgendwohin zu gehen, weil wir überall Schulden hatten, bis heute bin ich meiner Vermieterin für fast ein halbes Jahr die Miete schuldig, und so ritzten Páša und ich mit einem Nagel unser Ehrenwort ins Holz, daß wir mit Frühlingsbeginn beide zum Professor Skála gehen würden, um uns kurieren zu lassen, wir gaben die Idee aber bald wieder auf, und da kam auch schon der Šalli, ein Bühnenmeister aus Teplitz, ein deutscher Bolschewik aus den Sudeten, der das Theater weit mehr liebte als seine Familie, und so hat ihn seine Frau, eine Tänzerin im Alhambra, verlassen und ist samt den Kindern weggezogen, und dann haben wir für eine Weile den Bräutigam geholt, einen Stammgast des Vaništa, denn nicht einmal der Dichter Bondy wollte glauben, daß dieser Bräutigam ein derart vernarbtes Gesicht hat, wie schlecht gestopfte Socken sah er aus... er kam uns besuchen, und Bondy freute sich darüber, er krümmte sich und brüllte, riß die Arme hoch und hämmerte mit seinen Fäustchen gegen die Wand, dann lief er in den Hof hinaus, und wie die Frau Slavíčková von oben im Dunkeln Milch hinuntertrug, raste er in sie hinein und sie verschüttete diese Milch, und obendrein schrie Bondy sie auch noch an, du alte Schindmähre, kannst du nicht achtgeben, wenn im Hof hier ein großer böhmischer Dichter tanzt? Dieser Bräutigam also hatte als Junge ein Schiffchen aus Baumrinde geschnitzt, und als er mit Wohlgefallen sah, wie schön ihm dieses Schiffchen gelungen war, kamen Wespen herbeigeflogen, und dieser Vaníček, so hieß der Bräutigam, fuchtelte mit dem Messer herum, damit diese Wespen ihn nicht stachen, er tat es aber so dämlich, daß er sich zehnmal kreuz und quer ins Gesicht schnitt und aussah wie eine ausgepreßte

Zitrone ... Na sehen Sie, dieser Vaníček, ein Libener Prachtskerl, ein Jirka, sobald man Jirka sagt, hat man mit diesem Namen ein Bild vor Augen ... ein fescher Kerl, sauberes Hemd, schicke Krawatte, tolles Jackett, verschiedene Pullöverchen, na, ein Jirka eben! Und immer wieder neue Schuhe, hohe Absätze, Paradeschnürung, kurzum, ein Jüngling, der immer höhere Ausgaben als Einnahmen hat, doch ein Jüngling, ein Jirka eben, dem die Mädchen wie die Hühner nachlaufen, dem ... der Doktor brach ab und scheuerte weiter mit der gelben Bürste den feuchten Teppich, plötzlich aber hörte er damit auf, strich sich über den Hinterkopf und freute sich ...
Der Kopf tut schon weniger weh, nur noch wie zweijähriges Kraut.
Und dort oben über der Wohnung des Doktors, wo im ersten Stock die Pawlatsche entlanglief, schloß jemand wütend die Fenster und zeterte vor sich hin, dann öffnete sich die Tür, und es erschienen eine Frau und hinter ihr zwei Kinder, alle waren festlich gekleidet, die Frau sperrte wütend die Wohnungstür ab, dann schritten drei Paar Schuhe die Stufen hinunter, die Gittertür unten an der Wendeltreppe flog auf, die Frau schmetterte sie zu, das ganze Haus erzitterte, dann sperrte sie sie ebenfalls zu und stieß ein heranwachsendes Mädchen vor sich her, dessen sorgfältig gescheiteltes Haar noch feucht war, ihm folgte ein Junge mit ebenfalls oberhalb der verschüchterten Augen gerade gezogenem Scheitel, diese Kinder lächelten dem Doktor zu, während hinter und über ihnen die mütterlichen Augen wütende Funken sprühten. Die Kinder wollten den Doktor begrüßen, die Frau packte sie jedoch an den Schultern und zwang sie kraft ihrer Fingernägel, sich nicht zu verneigen. Und so liefen die drei Paar Schuhe über die Stufen nach unten, und die Frau schrie ...
Frau Beranová, da hört doch alles auf! Das ist kein Wirtshaus, sondern eine Spelunke! Haben Sie heute geschlafen?
Nein, geschlafen hab ich nicht, sagte die reinliche Frau Beranová, aber was soll's?
Kann man denn bei offenem Fenster schlafen, wenn unten im Hof Besoffene wie Paviane kreischen? Daß die ständig so lachen? Davon nicht müde werden? Wahnsinn!

Und die Stimme der reinlichen Frau Beranová beschwichtigte... Wahnsinn, das schon, aber müde? Ich bin müde, Sie sind müde, Ihr Mann ist müde, alles ist müde, nur die Besoffenen sind es nicht. Weil die sich amüsieren...
Ich lauschte, und mein Herz klopfte für den Doktor, der blaß war, sich über den Schädel strich und besänftigend zuredete... Wenn ich Charakter hätte, sollte ich vor einen Zug oder in die Moldau springen, da ich aber nun mal ein charakterloser Mensch bin, was kann ich da tun? Also werden wir leben...
Ich lauschte, und mein Herz klopfte schon nicht mehr für den Doktor, jetzt stand mein Kleinod vor mir, Jirka, auch ein Jirkalein, Jirka, dasselbe Naturell, von dem der Doktor ungewollt gesprochen hatte, als er mir den Bräutigam aus der Ludmillagasse schilderte, der gestern hier war und der wie mein Schatz ein Jirka war und also gern saubere Hemden, schicke Krawatten und immer wieder neue Schuhe mit hohen Absätzen trug, Jirka, der ebenfalls stets größere Ausgaben als Einnahmen hatte, dieses Jirkalein, Mamas Schoßkind, war mir mit einem Luder abgehauen, das meinen Tränenteich für mich austrank, Jirka, der mich hierher nach Prag geschickt hatte, damit ich mit seiner Mama unser Hochzeitsfest vorbereite, derweil er irgendwo in Wien fröhlich und fidel mit einer anderen feierte...
Sie wissen, fuhr der Doktor fort... Jugend und Freude hat keinen Verstand, einmal werde aber auch ich mich beruhigen, um zu ertragen, falls ich dann noch am Leben bin, daß ich längst schon tot bin. Wissen Sie, Pipsi, was mein Leben, was dieses mein Leben ist? Ich bin so froh, daß ich, wann immer ich etwas Schönes sehe, sofort eins damit bin, ich bin nicht nur in die Menschen verliebt, auch in die Dinge, in die Arbeit, ach, wie hab ich alles gern getan, ich war gern Versicherungsagent, ich war gern Fahrdienstleiter, ich ging gern dort in die Poldihütte zur Arbeit... ach! Jede Bramme aus dem Stahlwerk, jede Bramme hatte ein schönes Frauenköpfchen in den Stahl gestanzt, ein Köpfchen mit sternenversengtem Haar, wissen Sie, Poldinka hat jene Jüdin geheißen, die der Direktor der Stahlhütte so sehr geliebt hat, daß er ihr Köpfchen in die Kokille stanzen ließ, und so wandert dieses geliebte Köpfchen auch

heute noch mit jeder Bramme in die Welt hinaus ... wissen Sie, daß Sie das gleiche Profil haben wie jene Poldinka? Und wenn Sie zu mir während der Arbeit kommen, werden Sie sehen, wie stolz ich darauf bin, daß ich Papier packe, daß ich diese Ballen auflade, wie glücklich ich bin, dort zu sein, wo ich gerade bin. Das Leben ist nämlich keinesfalls ein Tränental, sondern eine Hochzeitsfreude, ein Hochzeitsfest, deshalb feiere ich Hochzeiten in diesem Hause und liebe die Zigeuner so sehr, daß einige Leute sich vor mir ekeln ... Aber warten Sie nur, bis Sie heute abend Ludva sehen, der war gestern auch hier, ach, dieser Metzger! Ein schöner Mensch, ein Kraftprotz, wie Marlon Brando sieht er aus, blond mit blauen Augen, und so große Muskeln hat er! Als wir zusammen in Kladno in der Poldinka arbeiteten, da haben wir Schrott in die Gruben geschaufelt, Ludva aber hievte autogen durchgebrannte Achsen von Eisenbahnwaggons und warf diese anderthalb Zentner schweren Dinger direkt in die Gruben, und wir sind heute noch Kameraden, denn wo auch immer Ludva geht, drehen die Frauen sich nach ihm um, seinetwegen steigen sie sogar aus der Straßenbahn und folgen ihm, ein so schöner Mensch ist dieser als Ludva verkleidete Marlon Brando ... Und Bondy hat gestern hier gesessen und vor sich hingestarrt und gelauscht und dazu wie gewöhnlich ein enormes Quantum an Bier getrunken, seinen Schnauz gestreichelt und geschrien ... Doktor, bei Gott, schreiben Sie das alles auf, was um Sie herum ist, Mann, ich bring Sie um! Sie ziehen ja schon fertige Geschichten an! Ich aber weiß nicht einmal, was in meinem Innern ist, vor allem ziehe ich Kinder an, der ganze Hof hier wimmelt immer von Kindern, und weil diese Bude der Frau Fiala gehört hat, heißen alle Männer hier Fiala, die Kinder rufen nicht nur mir, auch dem Wulli Herr Fiala! zu. Jetzt aber schreien sie nur noch auf der Straße, früher sind sie hierhergekommen, in die Wohnung, in den Hof zu mir, überall wuselte es von Kindern ... Und während sich dieser Vorfall ereignet hat, als der Filmvorführer des Kinos Metro einen kleinen Jungen im Vorführraum langsam und sadistisch mit einer Schere zerstückelte und sich diese Nachricht wie ein Lauffeuer in Prag verbreitete, saß ich hier und tippte auf meiner Perkeo-Atomschreibmaschine, Kinder spielten bei mir auf dem Hof, und ich schrieb gerade vergnügt, als zwei Frauen die Stufen heraufgerannt kamen und ihren Kindern eins über den Kopf gaben, sie brüllten sie an, verdroschen sie und schubsten sie die Treppe hinunter, nie mehr dürften sie hierherkommen, und wenn sie es dennoch täten, würden sie windelweich geschlagen, und auch mich schrien sie an, doch ich saß da und schrieb weiter, denn ich hatte gerade einen Einfall und wußte, wenn ich ihn nicht sofort festhielt, würden alle die Sätze verlorengehen, so schrien sie auf mich ein und fuchtelten mit den Armen, und ihre Augen umzingelten meinen Kopf... Unsere Fratzen könnten noch so ein Ende nehmen wie dieser Bub im Kino Metro! Ich aber schrieb und hackte weiter auf der Maschine, und als ich zu Ende geschrieben hatte und diese Weiber mitsamt den Kindern fort waren, spulte ich in meinem Kopf all das zurück, was von diesen Weibern in mich hineingeflossen war und war entsetzt darüber, daß ich, der ich Kinder so sehr liebe, imstande sein sollte, sie wie dieser Sadist im Metro zu zerstückeln...

Und jetzt kam diese reinliche Frau Beranová in den Hof, sie zerrte einen Stuhl hinter sich her und das aufgeschlagene Hallo am Samstag, die Brille saß auf ihrer Nasenspitze, nach wie vor trug sie die malvenfarbene Unterhose, die überm Knie von einem Gummizug zusammengehalten wurde, und den malvenfarbenen Büstenhalter, sie zog den Stuhl zu sich heran und sagte... Dort unten ist jetzt schon Schatten... wir haben das gleiche Naturell, Doktor, ich muß auch immer der Sonne nach. Aber! Keiner ist zu Hause, alle Parteien sind ausgeflogen, schauen Sie, ich hab für Sie einen Topf mit Hähnchen à la Fasan, damit Ihnen das Wasser im Mund zusammenläuft, zwei Portionen, falls das Fräulein auch Appetit hat... aber ich seh schon! sagte sie und deutete mit dem Kinn auf mein Einkaufsnetz, in dem die Schnitzel und das Brot lagen... Sie wollen vermutlich ans Wasser, nicht wahr?

7

Der Doktor und ich traten auf die Straße Am Damm hinaus, ich ging an seiner Seite und stützte mich auf meinen Schirm, der Doktor trug eine graue Hose und einen blauen, kurzärmeligen Pullover, die Leute grüßten ihn, und er antwortete mit großem Vergnügen, ich spürte, wie ihn jeder Gruß freute, mitunter grüßte er auch Passanten, die ihn gar nicht kannten, sie blieben stehen, drehten sich nach uns um und gingen dann wieder weiter, wir kamen zur Hauptstraße, die roten Bänder der Straßenbahnen kreuzten sich, sie hielten an, Menschen stiegen ein und aus, sie waren auch heute wieder festlich gekleidet, vor dem Stehimbiß Welt spazierten ältere Leute auf und ab, auch sie sonntäglich angezogen, sie flanierten auf dem Platz vor dem Schlößchen oder saßen auf schmalen Bänken inmitten von Blumen, der Doktor ging neben mir, ab und zu hielt er mich sogar am Ellbogen, und als wir so nebeneinander herschritten, wurde man auf uns aufmerksam, Dutzende Augen konnten sich, wenn sie uns begegneten, nicht von uns losreißen, von meinem waschechten Kleid, meinen roten hochhackigen Schuhen, meinem Schirmchen, diese Augen drehten sich nach uns um, ich spürte, wie jeder meiner Schritte verfolgt wurde, von noch mehr Augen, denn in den alten Kastanienalleen waren ganze Scharen von Spaziergängern eingetroffen. Wie eine Überdachung lag der Platz über dem Flüßchen, das unter ihm hervorsprudelte und sich an den Kastanien vorbeikräuselte, die angenehme Schatten warfen, hier strömte vormittags der Hauptkorso der Sonntagsspaziergänger vorbei, vielfarbige, von jungen Müttern geschobene Kinderwagen, bunte Röcke, Kleider, Gesichter und Gesten bildeten einen dahinfließenden Strom, ich spürte, wie ich leicht errötete, der Dokor faßte mich sachte am Ellbogen, und so schritten wir durch die kunterbunte Menschenmasse, alle gingen vor dem Mittagessen spazieren, im Flüßchen lagen Töpfe, geflochtene Körbe, sogar ein alter Ofen, fast so einer, wie der Doktor ihn in seinem Zimmer hatte, und so gelangten wir dorthin, wo die Rokyta in einen toten Arm der Moldau mündet, über der Wasseroberfläche leuchtete in der Sonne hoch oben an einem winzigen Fabriklein die Aufschrift ... Fabrikation von Patenttrögen ... Da, wo das Flüßchen gluckste, um sich dann im alten Flußarm zu beruhigen, saßen zahllose Fischer, sie betrachteten ihre Angelruten, am Geländer lehnten Menschen, die nur auf die Korkschwimmer und die Angeln achteten, auf der anderen Seite der Allee zog sich eine Wiese hin, die von spielenden Kindern übersät war, von Bänkchen mit Müttern, Ammen und Großmüttern, alle saßen hier und streckten ihre Gesichter oder den Rücken der Sonne zu, alle waren wie erstarrt, der kleine Weg kletterte von der Wiese im Zickzack durch Büsche und Ziersträucher in die Höhe, mächtige Platanen und Pappeln überragten ihn, und dort, wo der Weg fast schon den Gipfel erklommen hatte, war ein roter Kamin zu sehen, lange Tische und lange Bänke standen da, auf denen festlich gekleidete alte Leute saßen und Karten spielten, man hörte das Knallen der Karten und das fröhliche Lachen der Spieler ... Diese beiden Hügel waren dicht bevölkert von Menschen, die herab- oder hinaufstiegen, von Spaziergängern, die von den Bäumen und Büschen zweigeteilt wurden oder dahinter verschwanden wie in einem riesigen Theater, ich hätte nie geglaubt, daß die Menschen noch fähig waren, den Sonntag zu feiern ...

Und ich schritt dahin und war glücklich, nicht etwa, weil neben mir der Doktor ging, sondern weil ich endlich wieder um mich schaute, weil ich sah, wie die Menschen lebten, die vielleicht in der gleichen Lage waren wie ich, die auch einmal Betriebe, Restaurants und Fabriken besessen hatten, die wohlhabend waren, sich aber irgendwie damit abgefunden hatten und den Sonntag feierten, als sei nichts geschehen, doch sah ich, der Großteil der jungen Männer und Frauen mußte so arbeiten, wie ich es tat, jeder hatte aber irgendein Ziel, einen Ort, wohin er gehen konnte, sie wußten solch einen Sonntag wie ein Geschenk zu schätzen, ein kleines Geschenk, und ich wünschte mir in diesem Augenblick nichts anderes, als jeden Sonntag einfach so spazieren und baden zu gehen, der Doktor hielt eine aufgerollte Luftmatratze unterm Arm, ich trug meinen Badeanzug und wußte nicht, wo wir schwimmen würden, alles lag vor mir wie eine Überraschung ... In dieser kurzen Zeitspanne vor Mittag, als wir so ausschritten, wechselten wir kein Wort, wir schauten nur, und der Doktor war glücklich, daß ich das betrachtete, was auch er sah, und ich war glücklich, daß ich zusammen mit diesem Menschen ging, der mich bei der Arbeit mit Blumen überschüttet hatte, denn er hatte in meinem Innern ein Interesse für ganz andere Dinge als die Qualen mit meinem Verlobten, der mich verlassen hatte, geweckt, sobald ich an ihn dachte, war ich froh, daß Jirka mich hatte sitzenlassen und mit einer anderen verheiratet war, dieser Tag, dieser Vormittag war es wert, denn als ich so ausschritt, versetzte ich mich in den Augen der Leute in ihre Situation, in ihre Existenz, vielleicht zum ersten Mal im Leben nahm ich die Landschaft wahr, den toten Arm der Moldau, der am anderen Ufer mit Booten gesäumt war, zum ersten Mal schaute ich über mich selbst hinaus, ich bewunderte die Stämme der alten Bäume und hob den Kopf, um mit den Augen zwischen den Ästen hindurch den Himmel zu erreichen, ich konnte nicht anders, als die alten Baumrinden zu betasten und streckte die Hand aus, um mit den Fingern die Blätter zu berühren... und allem nickte ich zu, und als ich dem Doktor in die Augen blickte, sah ich, daß er strahlte, sich aufgrund dessen, was ich eigentlich zum ersten Mal sah, irgendwie verjüngt hatte, er nickte und seufzte tief... So kamen wir bis ans Ende der Allee, die festtäglich gekleideten Menschen waren bereits auf dem Weg heim zu ihrem Sonntagsmittagessen, dort, wo der tote Arm der Moldau in den Fluß mündete, fuhr stromaufwärts ein Ausflugsdampfer, er ließ etwas Rauch und die gedämpfte Musik einer Blaskapelle zurück, das Schiff war dicht besetzt mit Ausflüglern, nur ganz wenig war von dem Dampfer dort auf dem Fluß zu erkennen, er glich einer Traube menschlicher Gesichter und kunterbunter Pullover, einer Menschentraube, die irgendwohin Richtung Roztoky fuhr. Und der Doktor bog von der Allee hinab auf einen schmalen Weg, der sich am Wasser entlangzog, dem Ausblick öffnete sich hier ein weites, in Grün versunkenes Tal, aus dem die roten Dächer von Häuschen und Hütten lugten, ihm gegenüber erstreckte sich ein langer grüner Hügel, der so steil war, daß die nach oben führenden Zickzackwege sich deutlich abhoben, wie auch die Häuser und Wochenendhäuschen, die Gärten, in denen Leute arbeiteten, oben auf diesem Hügel stand ein schönes Schlößchen mit Türmchen und Steinmäuerchen, und steil stürzte unterhalb diesem Mäuerchen ein Felsen in das Moldautal hinunter, wo die Dächer großer und kleiner Villen prangten. Und in diesem Tal, das ich noch nie betraten hatte, kamen wir an Häuschen vorbei, sie standen in kleinen Gemüsegärten, die sich bis zum Fluß hinunter erstreckten, überall standen Frauen in Schürzen, sie wässerten das Gemüse, jäteten die Beete, die Haustüren standen offen und man sah Herde, Sofas, und die Grundstücke endeten dort, wo sich ein von hohen Espen gesäumter Weg entlangzog. Wenngleich es windstill war, zitterte ihr Laub und ließ eine wohltuende Musik erklingen, die Sonne schien, und von irgendwoher läutete es Mittag, hinter dieser Espenallee, die sich nun in einen staubigen Weg verwandelt hatte, stiegen langsam mit Obstbäumen zugewachsene Gärten bis zur Bulovka hoch, zwischen dem Grün blitzte hier und da die Farbe von Hemden auf, vereinzelt das Fragment einer Gestalt, die sich über ein Blumenbeet bückte, ich sah eine Kanne, eine aufsteigende Kanne, aus deren Brause das Wasser wie Regen rieselte ... Ich war erstaunt, wie es dazu kam, daß ich so schöne Dinge sah, Menschen und Bäume, die ich nie beachtet hatte, nicht aus Zeitmangel, sondern weil ich immer wie ein Tolpatsch in diese Sonntage hineingetrampelt war, ewig auf meine Malheurs versteift, eigentlich hatte ich auch als junges Mädchen nie darauf geachtet, wie schön Bäume sind, wie herrlich die Büsche und ihre Blätter, wie hübsch Blumenbeete, früher hatte ich nie bemerkt, wie schön Gemüse ist, das dicke Frauen wässerten, die riesige altmodische Schürzen auf ihrem nackten Körper trugen. Eigentlich hatte dieser Mensch, der wie meine Amme, wie mein Hauslehrer an meiner Seite ging, alles in mir verändert, dieser Mann, der nichts zu erklären, keine Belehrungen zu erteilen brauchte, der sogar vom gleichen Naturell war wie ich, wie meine Mutter hatte ich einen sturen Kopf, hätte er mich belehren wollen, hätte ich absichtlich nichts gesehen, nichts wahrgenommen, ganz steif wäre ich geworden, meine Augen feucht und meine Nase knollig, und ich hätte zu Boden geblickt ... sobald er aber neben mir ging und sich nach etwas umsah, schaute auch ich dorthin, und bald schon sah ich alles mit seinen Augen, ich schaute nicht nach der Uhr, wollte

nicht, daß die Zeit verging, um immerfort in diesem Raum so zu schreiten, den unsere beiden Gestalten eroberten.
Danke, sagte ich.
Hihihi, nicht mir, sondern dem, was Sie sehen, alles ist zuerst dort und dann da. Er schlug sich mit der flachen Hand auf die Stirn, auf die Augen. Der Tirolerhof... sagte er und zeigte auf ein mehrstöckiges Haus, zehn Fenster bildeten einen Bogen, ein rosafarbenes Haus inmitten des Grüns. Hierher bin ich tanzen gegangen, im ersten Stock gibt es einen Tanzsaal, unten ist eine Schenke, eine Kneipe, draußen drei rote Tische mit weißen Tischtüchern, der Tirolerhof für Verliebte...
Dort gehen wir aber nicht hin, sagte ich.
Das hat noch Zeit, auf der anderen Seite aber liegt Bei Kuchyňkas, ein Gartenrestaurant im Jugendstil auch für Kinder, ein Stück Grinzing, eine Erinnerung an das alte Österreich, ein Stück Wien, doch es ist ganz verlassen, keine Menschen sind mehr da, nur noch für unsere Augen liegt es da, die das noch wahrnehmen, was zum alten Gerümpel geworfen wurde. Keiner hält Wache, niemand hütet etwas, wir können also ruhig hineingehen und durch alles hindurchspazieren...
Sagte der Doktor und lächelte. Dann schritt er vor mir her, überquerte die Straße und stieg auf dem überwucherten Gehsteig zu Kuchyňkas empor, durch die Bäume hindurch war das langgezogene ehemalige Restaurant zu sehen, davor standen vier Reihen Bäume, zu denen dieser verwachsene Weg führte. In der Mitte thronte ein Musikpavillon mit einem schiefstehenden Türmchen, ein Pavillon, in den man zerbrochene Bänke und rostige Klappstühle geworfen hatte und in dessen Säulen Ornamente geschnitzt waren, die ebenso vor sich hin rotteten wie das Dach aus abblätternder Teerpappe. Der Pavillon stand zwischen vielen alten Bäumen, neben dem Weg standen kleine, von altem Laub bedeckte Pavillons für Kinder, Kinderpavillons mit eingestürzten Dächern und Türmchen, es waren Altane, Estraden für Kinder, die Wände aus geflochtenem Lattenwerk gaben den Blick ins Innere frei, der Doktor ging auf Zehenspitzen, betrat einen dieser Kinderaltane, fegte das Laub vom Tisch in der Mitte und rieb sich die Hände...
Hier werden wir essen.

Und er nahm mir das Einkaufsnetz ab, packte das Essen aus, griff ein Schnitzel und verschlang es gierig, auch ich verzehrte eins, aber es schmeckte mir nicht, denn solch eine Villa hatten wir in Losiny gehabt, eine Villa, die mit den gleichen Türmchen verziert war, sie war nach dem Vorbild Salzburger Villen errichtet, die Wände bestanden zwar aus Fachwerk, Dach und Balken waren jedoch mit den gleichen Holzgirlanden geschmückt, in einer Ecke des Gartens stand sogar fast der gleiche Kinderpavillon, ein Kinderaltan, wo wir als Kinder gefrühstückt und nachmittags die Jause gegessen hatten, wo wir spielten und über unseren schönen Pavillon staunten, der uns allein, nur uns Kindern gehörte, ein Pavillon, den unsere Initialen und Holzranken wie an den Häusern in der Pariserstraße schmückten. Wortlos sah ich mich um. Der Doktor wischte sich mit einer Serviette den Mund ab...

Dieses Gartenrestaurant hat dreihundert Ausflügler bewirtet, jetzt aber leben wir in einer Epoche, die diese Schönheit nicht mehr schätzt, im Tirolerhof dort standen drinnen Tische aus Lindenholz, und an den Wänden zogen sich massive Bänke entlang sowie schwere Holzstühle, letztes Jahr aber hat man alles herausgerissen und stattdessen Bakelitstühle hineingestellt, Bakelittische, die Kälte ausstrahlen, weil jetzt eine andere Epoche da ist, und es ist wunderbar, daß wir beide hier stehen und diese Schönheit betrachten, die weder von Drachen noch von Schutzengeln bewacht wird. Verstehen Sie, ein Brett ist durchgebrochen, wir stecken zwischen den Splittern dieser Bruchstelle und werden von den Spreißeln gestochen, wir spüren sie in unserem Körper und bringen dabei noch die Kraft auf, uns dieses Unglück anzuschauen... Bereuen Sie nichts mehr, alles, was Sie gehabt haben und wovon Lizaj mir erzählt hat, das alles ist verschwunden, versunken, und Sie können sich das anschauen und stolz sein, Sie können sich Ihren Niedergang ansehen müssen aber immer emporschauen, Sie sollten über diesen Niedergang lächeln, denn nur so können Sie sich frei machen, sich befreien und glücklich sein, wie ich es bin, der ich blute, wenn ich mir in diesem ehemaligen Gartenrestaurant all das anschaue, was es hier zu sehen gibt, und mein Blutvergießen, mein Weinen über das alte Österreich verwandelt sich in ein Lachen, schauen Sie mir nur in die Augen, ich bin stolz darauf, daß ich Augen habe wie ein Chassidim, entrückte, verloren in die Ferne blickende Augen wie die der Rabbinersöhne aus Belz, denn worin besteht meine Schuld? Daß wir Bier trinken, daß mein Freund mit den jüdischen Namen Bondy und Egon meinen Teppich bepinkelt hat? Wir alle dort Am Damm, die wir Hochzeiten im Hause feiern, sind im Grunde genommen Kinder, die man aus solchen Pavillons, aus solchen Estraden, solchen Altanen verjagt hat... Eigentlich gehören Sie zu uns, denn auch Sie sind ein Kind, ein Kind, das sich ausgeweint hat... Aber sehen Sie nur diesen sonnenüberfluteten Abhang, die auf Hügeln und in Gärten verstreuten Menschen, wie sie sich sonnen, es sind Juwele, schauen Sie alles um sich herum an wie einen Juwelierladen, und dann können Sie nur noch emporschauen wie Bondy, der imaginäre Sohn eines Rabbis aus Galizien, der das Wesen aller tragischen und poetischen und folglich schönen ermordeten Dinge hütet, so wie Chagall sie zu malen versteht...

Und er errötete, das, was er gesagt hatte, brachte ihn außer Atem, er hatte laut gesprochen, als gehörte das Gesagte all den Leuten auf den Abhängen, jenen, die am Fluß entlangspazierten, und jenen, die unten auf acht Plätzen Tennis spielten, allen Menschen in Prag, und nicht nur den Menschen in Böhmen, allen Menschen in Wien und in Brünn und in Iglau, allen Menschen in Mitteleuropa.

Und er wickelte die Essensreste ein und steckte sie rasch in die Tasche, er nahm mein Schirmchen, klemmte die Luftmatratze fest unter seinen Arm und streckte mir die Hand hin, ich nahm sie, hielt sie fest, und wir liefen über den zugewachsenen Weg, wir rannten davon, als hätten wir etwas gestohlen, als hätten wir die Überreste dieser kleinen Pavillons und Estraden und Altane in Brand gesteckt, so machten wir uns aus dem Staub, bis wir bei einer Brücke neben den Tennisplätzen innehielten, der Doktor ließ mich los, er keuchte, ich keuchte, das Blut war mir in den Kopf geschossen, ich rang nach Atem, die Tennisspieler auf allen Plätzen hatten zu spielen aufgehört und schauten zu uns herüber, sie hatten uns schon bemerkt, als wir oben über der Böschung aufgetaucht waren, und jetzt, da sie sahen, wie wir lachten, wie wir vor lauter Lachen prusteten, atmeten sie erleichtert auf und konzentrierten sich wieder auf ihre Aufschläge und Lobs und Smashs und die Streitereien über nicht eindeutige Bälle... Wir wanderten an diesen halbnackten verschwitzten Spielern in den weißen Shorts vorbei, die in den Drahtkäfigen herumhüpften wie Vögel in den Volieren zoologischer Gärten, der Schweiß floß an diesen Spielern und Spielerinnen herunter, die Mittagssonne prallte auf sie nieder, aber alle waren glücklich, sogar die Spieler, die gerade verloren oder sich über einen verschlagenen Ball ärgerten...

8

Auf dem Weg an der Moldau entlang näherten wir uns dem donnernden Wasser, irgendwo vor uns lag ein Wehr, das Wasser stürzte tosend in den Abgrund, der Fluß wurde immer schneller, wir kamen der Sonne entgegen zur Anlegestelle, auf der anderen Seite des Flusses ragten Pappeln und Erlen in den Himmel. Gehen Sie vor, bat mich der Doktor, ich muß mal rasch... und er wurde ein wenig rot, denn er bat mich schon das fünfte Mal darum. Als er mich wieder eingeholt hatte, keuchte er. Von der Anlegestelle führte eine Treppe zum Fluß, die der Doktor immer wieder hinuntersprang, bis zur untersten Stufe, dort ging er in die Hocke, schöpfte Wasser, spritzte es sich ins Gesicht und auf den Hals und kam dann klatschnaß wieder zurück.

Wir folgten dem Ufer bis zu einem Hügel, der mit Reben bewachsen war, auf dem Gipfel stand ein Kirchlein, im Hintergrund ragte ein Föhrenwald in die Höhe und dort, wo die Weinberge anfingen, war ein riesiger Garten zu sehen, über dem die Dächer eines großen Schlosses thronten.

Das ist das Schloß Troja, sagte der Doktor, hier lebte der Fürst Sternberg, ein Deutscher, der zugleich jedoch ein hervorragender Tscheche war, sogar der Landesvater Palacký und andere Patrioten suchten ihn auf, um sich in der tschechischen Sprache zu vervollkommnen...

Ich ging am Flußufer entlang, im Wasser tanzten der Himmel

und weiße Gewitterwolken, vom gegenüberliegenden Ufer spiegelten sich die Bäume auf der rasch dahinströmenden Wasseroberfläche, diese Bäume schienen sich auf dem Wasser ineinander zu schieben wie ein Rolladen im Regen, der Doktor war jetzt irgendwie schlapp, als sei er gealtert, vermutlich hatte er einen Kater, erst jetzt zeigten sich die Nachwirkungen von der Hochzeit im Hause, die er mit seinen Freunden letzte Nacht gefeiert hatte. Der Elan, der ihn bis hierher zum Wasser begleitet hatte, war verschwunden, er erzählte von sich, eher war's ein Klagen ...

Ich bin nie ein Harlekin gewesen, niemals war ich fähig, jemandem ein Mädchen auszuspannen, vielmehr war ich es, dem man alle Schönheiten wegschnappte, die Harlekins nahmen sie mir, dem Pierrot, weg. Solch ein Bild gab ich als junger Mann ab, als trauriger junger Mann, der nicht den Mut hatte, sich wegen seiner Liebe zu raufen, denn ich habe immer Chaos und Unglück, den Tod vorgezogen, das war meine Poetik als Junge, als junger Mann ... und eigentlich geht es mir heute nicht besser, noch immer bin ich dieser traurige Clown, immer noch ein Pierrot ... Deshalb trinke ich so blödsinnig, es schmeckt mir nicht mal, aber ich trinke, um in Gesellschaft jemand zu sein, um nur ein klein bißchen die Nummer eins zu sein ... jetzt bin ich niedergeschlagen, ich fühle mich, als wollte ich am liebsten unter einen Zug springen, wenn es hier einen gäbe, ich schäme mich vor Ihnen, ich schäme mich vor mir selbst ... Ich weiß, wenn ich zwei Bier tränke, würde der Alkoholspiegel wieder steigen, und ich könnte von dem Dahinsiechen auferstehen ... was aber tun?

Sagte er und lief wieder eine Treppe zum Fluß hinunter, schöpfte abermals mit vollen Händen Wasser und spritzte es sich ins Gesicht, doch das reichte noch nicht, mit nassen Händen zog er das Unterhemd aus und wusch sich den Oberkörper, als er zurückkam, hielt er das nasse Unterhemd in den nassen Händen, es war ihm gleichgültig, daß das Wasser hinter dem Gürtel runterfloß und seine Hose bespritzt war. Er lief vor mir her, ich mußte die Luftmatratze tragen und war über diese plötzliche Verwandlung des Doktors verblüfft, auf einmal bedauerte ich, daß ich mit ihm zum Fluß gegangen war, auf einmal kam mir dieser Mann widerlich vor, dieser Mensch, der schon wieder die Stufen zum Fluß hinunterlief und sich Wasser ins Gesicht spritzte, er wusch sich die Brust, doch auch das war noch zu wenig, er beugte sich vor, breitete die Arme aus, stützte sich auf die unterste Stufe, die bereits im Wasser lag, und steckte den Kopf ins kühle Naß. Als er zurückkehrte, holte er tief Luft, schüttelte sich, ließ die Schultern kreisen, ich drehte mich um und rettete mich dadurch, daß ich woandershin starrte, wir näherten uns dem Wehr, dort, wo das Wasser in die Tiefe stürzte und Wolken stäubender Tröpfchen emporstiegen, konnten wir einen grünen Steg erkennen, der über den Fluß führte, auf ihm schritt ein Mann, der in der Mitte des Steges stehenblieb.

Das ist der Schleusenmeister, das wäre ich gern, ein Schleusenmeister, sagte der Doktor, zwei Elemente auf der Welt liebe ich, Wasser und Feuer. Und wir sind am Wasser! Wissen Sie, ich bin am Wasser in Nymburk aufgewachsen, in die erste Klasse bin ich über die Brücke ins Städtchen gegangen, und auf der Brücke ging es wieder zurück, die Schule hat mir überhaupt keinen Spaß gemacht, nur knapp habe ich sie überstanden, seit meinem sechsten Lebensjahr war mein Leben einzig und allein Wasser, Bäche, Flüßchen und Teiche, vor allem jedoch fließende Gewässer, Wasser, das dahinströmt, und wie das Wetter sich ändert, verändern sich auch die Gewässer, die Wasserspiegel verändern sich mit dem Wetter, und vielleicht ändere auch ich mich je nach Wetter ... Wenn es regnet, bin ich melancholisch wie dieser Himmel, und als ich ein Junge war, ging ich fischen, und wenn es regnete, bissen die Fische an und ich fing sie, denn ich mag Fische bis heute fürs Leben gern ... nur ließ ich das Fischen dann bleiben, denn als ich größer war, hätte ich einen Angelschein gebraucht ... Hinter der Brauerei floß die Elbe, und ich fing fünfzehn Jahre lang Fische, wie gern hab ich in diesem Fluß meiner Kindheit gebadet, kaum war der Spätfrühling da, badete ich, die ganzen Ferien über badete ich, und nachts bin ich gern im Mondschein geschwommen ... Bei meinem Fluß habe ich gelernt, still und schweigsam zu sein ... verliebt betrachtete ich den Fluß wie ein hübsches Mädchen, und diesen Fluß hier mag ich auch, hier bin ich am liebsten ...

und die Stelle hier wird Sprossenwand genannt ... das ist das schönste Stück an der Moldau ... jetzt schrie der Doktor, denn wir standen bereits dort, wo der Steg von einem Ufer zum anderen führte und das Wehr sich quer über den Fluß auf Balken und Eisenstangen erstreckte, es bestand aus dicht aneinandergefügten Eichenbohlen, aus fünf Meter langen Bohlen, die senkrecht in der Sandbank steckten und unten von festen Stahlkonstruktionen zusammengehalten wurden, wie ein Füllfederhalter mit einem Klipp an der Brusttasche ... Und der Fluß donnerte aus großer Höhe durch diese Sprossenwand und ihre Löcher hindurch, das Wasser wirbelte und sprühte nach dem Sturz in Nebelwolken und Tröpfchen wieder in die Höhe, Windböen trieben dieses Wasser stromaufwärts und drängten es rasch ins Flußbett, vorbei an kleinen Inseln, auf denen immer besprühte Weidensträucher, Weidenbäume und üppiges Gras wuchsen.

Dort, wo wir standen, war eine Schleuse für die Floße, das Wasser kräuselte sich und glitt über glitschige, schräge Balken, die von Algen und in Stromrichtung gekämmten Seegräsern und Moosen überzogen waren, hundert Meter war die Schleuse lang, und sich silbrig kringelndes Wasser füllte sie ... Der Doktor stand dicht daneben, verloren schaute er mit seinem entrückten Blick auf die dahinziehenden Wellen, in Sonnenlicht getaucht und bis zur Taille entblößt stand er da, und auf einmal tat er mir leid, eigentlich hätte er allein hier stehen können, ich sah, daß er sich selbst genug, sogar gern allein war, ich sah, Einsamkeit war für den Doktor nichts Unnatürliches, sondern ein Teil seiner Natur, in die ich erst seit einigen Tagen Einblick hatte, mir aber schien es, als würde ich ihn schon lange kennen, denn dieser Doktor machte mir kein Theater vor, er war sogar darum bemüht, einen möglichst schlechten Eindruck von sich zu geben, er schützte nichts vor, verheimlichte mir jedoch auch nichts, so stand er also da und blickte am Abgrund ins Wasser, ich sah, er war braungebrannt, gern in der Sonne, und wie alle Tschechen litt er und hatte Minderwertigkeitskomplexe, wenn er im Sommer nicht braun war ... Ich betrachtete diesen Mann, der so ins Wasser versunken war, daß er darin zerfloß, und war mir sicher, daß er furchtbar erschrocken wäre, wenn ich ihm etwas zugeschrien hätte ... Ich wandte den Blick ab und verfolgte wieder diesen Fall der Strömung über und durch die Sprossenleiter hindurch, diese Tonnen und Abertonnen von Wassermassen, die auf die Felsblöcke und Steine des Flußgrunds donnerten, ich konnte mich nicht satt sehen an diesem Dunst und den Wasserspritzern, durch die hindurch die Sonne funkelte, um die Wasserwolken herum spielten Regenbogenfarben, hinter denen man schwach die Bäume erkennen konnte, die schlanken Pappeln und Erlen am anderen Ufer des Flusses, dort tauchten auch weiße Zäune und Absperrungen auf, irgendwo auf der anderen Seite zog sich die Fahrbahn einer Rennstrecke hin ... und ich sah, auch hier am Ufer saßen Fischer, einige standen da und warfen etwas Funkelndes weit von sich weg, dieses Geflimmer glitzerte im Sonnenlicht, schwebte für Sekunden überm Fluß, dann blitzte die Leine, und einen Augenblick später fiel der Köder ins Wasser, und der Fischer wickelte die wie eine Saite schräg gespannte Leine mit den Fingern auf ...

Jetzt zog der Doktor seine Schuhe aus, er hielt sie in der Hand und genoß die warmen, von der Sonne erhitzten Granitquader, er ging mit tänzelnden Schritten, setzte die Füße so auf, daß er nicht auf die Fugen der zurechtgehauenen Felsplatten trat. Ich folgte ihm, das Gesicht dem Fluß zugewandt, erst jetzt sah ich die herabstürzende Wasserwand in ihrer ganzen Breite, dieses Wasser erschreckte mich sogar ein wenig, ich hatte Angst und mein Herz klopfte laut bei dem, was ich hier an der Sprossenwand sah ... Der Doktor kletterte bedächtig zum Fluß hinunter, dorthin, wo die Schleuse endete und das Wasser sich über eine schräge Fläche mit der Strömung vereinigte, zu der kleinen Flußwiese ...

Der Doktor schrie mir etwas zu, ich sah jedoch nur seinen offenen Mund und konnte nichts hören. Er schrie nochmals, doch ich vernahm nichts, der tosende Wasserfall übertönte seine Stimme. Fragend gestikulierten meine Hände, bis die Luftmatratze runterfiel. Der Doktor lief die schräge Anlegestelle hoch, hob die Luftmatratze auf und schrie mir ins Ohr ...

Wasser, Wässerlein!

Ich nickte, er gab mir die Hand und führte mich behutsam die Wiese hinab, um die herum in Wirbeln das Wasser floß, sein Wässerlein. Ich setzte mich hin, der Doktor nahm die Luftmatratze und blies sie geduldig auf, er kam ganz außer Atem, drückte das Ventil zusammen und hielt mir den Zipfel der schon ein bißchen geblähten, gestreiften Luftmatratze hin, jetzt pustete auch ich, der Doktor tastete die Matratze ab und nickte dann zufrieden. Er drückte den Stöpsel hinein, ich holte die Badeanzüge aus der Tasche, der Doktor zog sich die Hose aus, er hatte schon zu Hause darunter eine Turnhose, eine schwarze Klothhose, getragen, er ging mit der Luftmatratze ans Ufer, und dann schwamm sie bis zum Rand des Abgrunds davon. Ich zog den Badeanzug an und saß ein Weilchen da, tauchte ein Bein ins Wasser, bis ich den Sandgrund spürte, das Wasser war lebendig, ein zuckendes Wässerlein, ich stand auf und tastete mich mit den Füßen vorsichtig vor, das Wasser reichte mir bis zu den Knien, bis zur Taille, ich benetzte leicht meine Brust, noch ein paar Schritte und das Wasser ging mir bis zum Hals, ich tauchte unter und schwamm los, wurde vom Wasser fortgetragen, ein Glück, daß auch ich eine Wasserratte war, Schwimmen, das war der einzige Sport, den ich je getrieben hatte, einige Züge und ich war wieder am Ufer, ich ertastete den Sandboden, richtete mich auf und wusch mir das Gesicht, das Wasser duftete, ich schaute zur Schleuse hoch, der Doktor machte die Luftmatratze bereit, legte sich darauf und ließ sich von der Strömung durch die Schleuse tragen, die blau-rot gestreifte Luftmatratze flitzte rasch den abschüssigen Wellen nach, der Doktor hob die Hand, ich hob sie ebenfalls und winkte ihm zu, und dann erstarrte ich, denn die Luftmatratze hatte die Geschwindigkeit des fallenden Wassers erreicht und stürzte hinunter, jetzt kämpfte sie sich durch Stromschnellen und tauchte aus dem Wirbel erst vor mir wieder auf. Der Doktor setzte einen Fuß auf den Grund und richtete sich auf, noch bis zum Oberkörper im Wasser, drehte er sich zu mir um, lächelte und schrie:
Das ist's!
Was ist? Ich hielt die Hand ans Ohr.
Das ist's!

Ja, nickte ich, hatte allerdings nichts verstanden, ich drehte mich um und überließ mich wieder der Strömung, die mich forttrug, ich ließ mich treiben, am Ufer spazierten hemdsärmelige Ausflügler, vor ihnen hüpften Kinder, sie sahen mich an, ich lächelte ihnen zu, so nah waren diese menschlichen Gestalten, fast zum Greifen nah gingen sie gegen die Strömung, und ich schwamm mit der Strömung weiter, bis das Wasser mich an eine ruhige Stelle trug, wo ich den Sandboden ertastete, aufstand und mich umdrehte.
Der Doktor sah mich an, streckte beide Arme in die Höhe und hatte seine Freude daran, daß er mich so sah, er hatte sofort erraten, daß auch ich eine Wasserratte war, daß auch ich als Kind im Fluß gebadet und vor allem keine Angst vor der Strömung hatte, sondern den Sog genoß, daß ich mich der Strömung anvertraute und mich nicht wehrte, denn ich wußte, auch der Fluß liebte jene, die sich ihm auslieferten.
Ich watete aus dem Wasser, taumelte ein wenig in der Strömung, dann stieg ich über die schräge Anlegestelle ans Ufer und ging zurück, ich schritt aus und bemerkte, daß der Doktor mich anschaute, daß er mich fast nackt, eigentlich ganz nackt sah, denn der Badeanzug klebte an meinem Körper, ich ging auf seine Augen zu, die mich mit Kennerblick musterten, und als ich wieder über die Anlegestelle zur grünen Wiese hinunterstieg, sah ich, daß der Doktor die Luftmatratze ans Ufer geworfen hatte und mir entgegenkam, er hielt mir die Hand hin und geleitete mich hinab, ich setzte mich hin, schlang die Arme um die Knie und preßte sie an die Brust.
Sie haben eine schöne Lunge ... ich aber habe schöne Beine ... fügte er stolz hinzu.
Was haben Sie? wunderte ich mich.
Ich habe schöne Beine, schauen Sie, ein bißchen krumm sind sie zwar, das kommt vom Fußballspielen, es ist aber das einzige, worauf ich stolz bin, daß ich, abgesehen von meinen schönen Schultern, auch schöne Beine habe ... Sagte er und streckte seine Beine aus, in der Absicht, daß die Knie sich berührten, doch blieb zwischen ihnen ein Spalt, und in der Tat, ich mußte zugeben, es waren wohlgeformte, muskulöse Beine,

die gebräunten Beine eines Fußballspielers, der vor kurzem aufgehört hatte zu spielen...
Ach diese Haxen, sagte ich leise.
Das kommt vom Fußballspielen, zehn Jahre lang habe ich leidenschaftlich gern Fußball gespielt, sie müssen zugeben, daß mir Ach diese Haxen stehen... lachte er.
Und wie, lachte ich und machte mir Mut... Ich habe mich abgequält mit meiner großen Lunge, wie Sie es nennen, schon mit sechzehn mußte ich einen Büstenhalter Nummer neun tragen, wissen Sie, damals habe ich mich deswegen geniert, ich durfte mich nie so in die Brust werfen, wie die Filmstars von heute es können... Schade, daß damals nicht Mae West modern war und heute Marilyn Monroe nicht mehr in Mode ist...
Mir gefallen Sie aber, wie Sie sind, sagte er... Auch Ihre Beine sind ein wenig krumm, allerdings haben alle Ballerinen etwas krumme Beine, das kommt daher, daß Sie, wenn Sie dastehen, immer die Grundposition einer Ballerina einnehmen, das rechte Bein leicht vorgestreckt und den Fuß ein wenig im Winkel nach außen gedreht...
Ich blickte auf seine Hände, auf seine Finger und sagte...
Sie haben aber abgearbeitete Hände, so schmutzige Finger... das sind doch nicht die Hände eines Doktors...
Nein, das kommt daher, daß ich schon als kleiner Junge gern im Garten gearbeitet, gern mit dem Onkel Pepin Gerste gewendet und Malz geschaufelt habe, darum gab ich das Klavierspielen auf, sechs Jahre lang besuchte ich die Musikschule und nahm Klavierstunden, aber diese meine steifen Finger... und dann meine Arbeit in Kladno, vier Jahre lang immer nur mit der Schaufel, und meine Arbeit jetzt, Sie werden es selbst sehen, wenn Sie mich in der Spálená-Gasse besuchen kommen, diese Schinderei... ich aber bin stolz auf meine Hände und auf meine Finger, oft halte ich die ausgestreckten Handflächen vor meine verwunderten Augen, ich betrachte sie und lese darin, ich sehe fast alles, was durch diese Hände gegangen ist. Eigentlich konnte ich nie und nimmer irgend etwas anderes, ich wollte Fußballspieler werden, habe mir aber beim Fußball das Schlüsselbein und die Elle gebrochen, dabei hätte ich im Fußball eine

Nummer eins werden können, im Klavierspiel bin ich auch nur so weit gekommen, daß ich einige Nocturnes von Chopin gespielt habe, ich klimperte lieber in der Kneipe Unter der Brücke die Walzer von Johann Strauß, doch auch das mußte ich aufgeben, als Pianist hätte ich auch nie Karriere gemacht ... Im Krieg war ich Fahrdienstleiter, doch auch das gab ich auf, als ich dann als Handelsreisender der Firma Karel Harry Klofanda unterwegs war, und davor als Versicherungsagent des Gewerbefonds, doch auch das mußte ich aufgeben, denn in allen diesen Berufen hätte ich es zu nichts gebracht, also war ich nur die Nummer eins, wenn ich in Kladno mit der Schaufel malochte und die Meister zu den anderen sagten, sie sollten sich ein Beispiel an mir nehmen, und wenn sie mich dermaßen lobten, war mir, als rieben sie mir die Brust mit Gänseschmalz ein, dort in Kladno hörte ich ein bißchen auf, ein Pierrot, ein trauriger Clown zu sein, in meinen Augen war ich das auch weiterhin, wenigstens konnte ich den Leuten in die Augen schauen, und seit jener Zeit schaue ich mir sogar im Spiegel in die Augen, und in diesem Spiegel habe ich außerdem festgestellt, daß ich eigentlich ein ganz netter, wenn auch verängstigter Mensch bin ... ein Pierrot, von dem die Leute meinen, er sei ein Harlekin ...

Eigentlich, sagte ich heiter, spiele ich gern Rommé und Canasta, und Sie sind ein wenig wie ... darf ich es Ihnen sagen? Sie sind von diesen Karten ... der Joker!

Was? erschrak er.

Der Jolly Joker ... verbesserte ich mich.

Der Kaspar? sagte er enttäuscht.

Nein, der Jolly Joker ist eine Karte, die den Spielern Glück bringt, jeder Canastaspieler wünscht sich den Jolly Joker, zwar ist ... der Jolly Joker wie ein Kaspar gekleidet, doch ist die Karte höher als alle Zehner und alle Könige und alle Damen und alle Buben, sie ist sogar höher als alle Asse, sie schlägt alles, sie lächelt und übertrumpft alle anderen, denn der Jolly Joker ist die Nummer eins ...

Ich bin bei Ihnen die Nummer eins?

Ja, denn ich wollte nicht länger auf der Welt sein und war mit meinen Kräften am Ende, da habe ich Ihren Hof betreten, und wie Sie dort im Schein einer Zuglampe mit der Wurzelbürste den Boden schrubbten ... allein schon wegen dieses Bildes sind Sie die Nummer eins.

Ich wandte den Blick ab.

Dann saßen wir Seite an Seite, schauten uns nicht mehr an, lauschten dem unablässigen Getöse des herabstürzenden Wassers, schauten auf den tosenden Wasserfall, auf die schwungvollen Wirbel der Spritzer, die als dunstige Wolken vom Wind und von Luftwirbeln stromabwärts getragen wurden und auf den kleinen Inseln an den Zweigen der Saalweiden und an anderen Büschen entlangperlten, an Blättern, die aussahen, als seien sie mit ausgelassenem Fett eingeschmiert. Ich nahm die Luftmatratze und lief bis zur Schleuse hoch, wo der Fluß sich durch ein drei Meter breites Tor zwängte und dann in sein Bett stürzte, einen Augenblick zögerte ich, ich blickte von dort hinunter, von wo aus der Doktor mich ansah, niemals hätte ich mich auf diese Luftmatratze gewagt, doch die Augen des Doktors zwangen mich, meine Angst zu überwinden, ich legte sie einige Meter höher, auf das gluckernde Wasser bei der Schleusenmündung, schwang mich aus dem Wasser auf die blau-rot gestreifte Luftmatratze und die Strömung trieb mich auf die schräg abfallenden Wellen zu, die ungestüm und eilig über die glitschigen Bohlen jagten, einige Male stieß die Luftmatratze gegen diese Bohlen, doch war die Strömung so stark, daß die Luftmatratze schnell durch die Stromschnellen und auf den flachen, doch rasch fließenden Wellen dahinglitt, um schließlich weiter unten mit mir auf den letzten rückwärts schwappenden Wellen zu treiben und in eine Flußschlaufe zu münden ... die Luftmatratze glitt langsamer dahin und landete an einer stillen Windung, ich öffnete die Augen, wie ich sie im Krankenhaus geöffnet hatte, nachdem man mir die vielen Schlaftabletten aus dem Magen gepumpt hatte, die mich auf dic andere Seite des Lebens, in den Tod hätten geleiten sollen ... Eine Zeitlang lag ich auf dem Rücken, den Ellbogen über den Augen gewinkelt, der Doktor zog die Luftmatratze zu sich heran, ich lag im Badeanzug da, er beugte sich über mich, schaute mich musternd an, dann nahm er zärtlich meinen Arm und bog ihn gerade, er sah in mein Gesicht, in meine Augen ... Dann lagen wir nur noch nebeneinander, die Sonne schien wohltuend, plötzlich wurde ich von Müdigkeit übermannt und döste vor mich hin, bevor ich jedoch einschlief, hörte ich die Schritte von Spaziergängern auf dem Weg über uns, Gesprächsfetzen, Lachen, das Geplauder von Kindern, tadelnde Mütterstimmen, und der Wasserfall, der die Sprossenwand hinunter in den Abgrund stürzte, drückte mir die Augen zu, ich spürte, wie der Doktor neben mir lag, wie unsere Beine sich berührten, und schlief fest ein ... Als ich aufwachte, war die Sonne schon hinter die Pappelspitzen auf dem gegenüberliegenden Ufer gewandert, der Doktor hatte sich angezogen, er saß auf dem ersten Quaderstein der Schleuse und hielt das angewinkelte Bein mit seinen verschränkten Armen fest, er saß einfach so da, kaute auf einem Grashalm, lauschte und schaute unverwandt auf das fallende Wasser, auf die Wirbel aus Tropfen und Tröpfchen, durch den Sprühnebel hindurch, der über dem gischtigen Wasserspiegel schwebte und auf den Inseln und an den Weidenbüschen zersplitterte ... Ich zitterte vor Kälte und setzte mich auf, ich war es nicht gewohnt, nachmittags zu schlafen und hatte Kopfschmerzen ...

9

In der Dämmerung, als die Lichter der Straßenlampen bereits brannten, kehrten wir stromabwärts zurück, der Fluß war tintenschwarz, über dem anderen Ufer, von wo aus ein Kanal abfloß, flogen noch die weißen Möwen, im Wasser spiegelte sich Holešovičky, ein Häuschen neben dem andern mit gelben, die Fensterrahmen ausfüllenden Lichtern, wir kamen an Liebespaaren vorbei, sie schwiegen, hielten einander an den Händen und schritten dorthin, von wo wir herkamen, in die Weiden, vielleicht waren sie auf dem Weg dorthin, wo wir den ganzen Nachmittag verbracht hatten, um dem tosenden Wasserfall des Flusses zu lauschen. Als wir an den Tennisplätzen vorbeikamen, bewegten sich die weißgekleideten Spieler immer noch in der tiefen Dämmerung, die weißen Pullover und Hosen leuchteten in den dunklen Abend, sie hatten braune

Beine und Arme und Köpfe, es sah aus, als bewegten sich dort nur die weißen Pullover und Shorts. Der Doktor ging neben mir, der Abglanz des Wassers und die sich spiegelnden Lichter warfen ihre Reflexe zu uns, der Doktor hatte sich beruhigt, er schritt irgendwie schräg aus, stieß immer wieder an mein Knie, manchmal prallten wir sogar richtig zusammen, wir lachten leise, der Weg entlang des Flusses leuchtete uns mit seinem Sand, und man konnte unsere Schritte hören, wie die Sohlen den Flußsand festtraten. Der Doktor sprach leise, eher für sich als zu mir...

Meine Kindheit und überhaupt meine Jugendjahre waren schön, aber nur für mich, denn für meine Eltern war ich ein Unglück... Von der Volksschule bis zur Matura, immer hat meine Mutter sich abgequält, jeden Tag, wenn sie aufstand, jammerte sie, was wird aus dir werden! Mein Bub, was soll nur aus dir werden! Verstehen Sie, wenn ich jetzt in der Erinnerung zurückkehre, gerate ich in entsetzliches Schwitzen, meine Mutter hat das nämlich sehr richtig gesagt, gilt heute noch... Was soll aus mir werden? Schon als Kind war ich nämlich immer woanders, und selbst wenn ich nicht zu Hause war, war ich auch in diesem Anderswo nochmals woanders. Verstehen Sie, zweimal bin ich sitzengeblieben, ich wollte eine Maurerlehre machen, mein Vater aber sagte, ne ne, von mir aus bleib in jeder Klasse einmal sitzen, die Matura mußt du machen, danach kannst du Maurer lernen. Schon ab der dritten Volksschulklasse hatte ich nur Dreien und in Betragen immer eine Vier, die Photos aus meiner Kindheit sind entsetzlich... Verbiestert, finster blickend, wenn ich mit meiner Mutter photographiert wurde. Ich rückte von ihr ab und legte die Stirn in Falten, ich wußte nicht warum, aber irgendwie mißbilligte ich alles bei uns zu Hause, die Schule paßte mir absolut nicht, ich war nur zufrieden, wenn ich allein war, wenn ich Fische fing, wenn ich über den Pferdeboxen der Brauerei im Heu lag, ins Heu verkrochen horchte... was habe ich all die Jahre über damals gelauscht? Als Student hatte ich die Angewohnheit, den Mantel meines Vaters zu nehmen und im Regen am Fluß entlangzuspazieren, mitunter lief ich sogar, ich lief vor mir selbst davon, wanderte über Wiesen und durch Wälder, bis ich schließlich zu einem von Erlen gesäumten Wassergraben kam, das Wasser murmelte darin zwischen Wurzeln und Büschen hindurch, und ich stand an einen Stamm gelehnt da, und das, wovor ich mich fürchtete, woran zu denken ich Angst hatte, das holte mich immer wieder ein, dieser tausendmal von meiner Mutter wiederholte Satz, wenn ich meine Zensuren nach Hause brachte, denn es war immer das gleiche, sobald meine Mutter die Dreien und Vieren sah, schrie sie mir tausendmal in die Ohren und in die Seele... Was soll nur aus dir werden? So bin ich immer davor weggelaufen, wenn ich aber stehenblieb, weil ich vor Müdigkeit nicht mehr weiterkonnte, wurde ich von diesem vorwurfsvollen Satz eingeholt... Was soll nur aus dir werden? Und so absolvierte ich ein Jurastudium, daß ich mich für Jura entschied, war Zufall, die Rechtswissenschaften habe ich nie gemocht, ich studierte und wußte nicht weshalb, vielleicht habe ich einzig und allein, sogar mit Erfolg, Jura studiert, um meiner Mutter eine Freude zu machen, damit sie nicht mehr zu sagen brauchte, was soll nur aus dir werden?

Wir überquerten die Straße, an den Abhängen leuchteten die Fenster der großen und kleinen Villen und Häuschen, die Hügel waren mit brennenden Straßenlampen übersät, im Zickzack stiegen die Lichter hinab und wieder hinauf, bis hoch dort oben vor dem Himmel noch eine einzige Laterne wie der Abendstern glühte, einige Lichter waren hinter den Zweigen und im Laub der Büsche und Bäume versteckt, und wo ich auch immer hinsah, ringsum waren alle diese Lichter im Dunkeln wie von Verliebtheit beseelt, dieser ganze Abend mit seinen Sternen, die still funkelten, der Abend und die Landschaft schienen ineinander verliebt, und aus dem Dunkel traten Menschen, für einen Augenblick waren sie beleuchtet und verschwanden wieder unter den Bäumen und hinter den Hecken, um ein Stück weiter vorn wieder aufzutauchen. Der Doktor sagte bedächtig...

Das Schönste am Betrunkensein ist nicht die Hochstimmung, nicht diese Reise in euphorische Höhen, die erhobenen Arme und die Gedanken, die einem einfallen, das Kostbarste an der Betrunkenheit ist der darauffolgende Tag, der Kater, die Gewissensbisse und der Spleen, wenn man total down ist, so wie

Sie mich beim Geschirrspülen ertappt haben, als ich für mich selbst meine Mutter war und mir, wie nach jedem Kater, wieder einmal sagte... Was soll nur aus dir werden? Und das ist der Vorteil des Katers, der Mensch möchte ein neues Leben anfangen... und man kommt, wenigstens ich, im Kater auf Gedanken, die ich in nüchternem Zustand nicht zu denken wage, mit elendiglichem Körper und elendiglicher Seele kommen mir nach dem Kater Gedanken, die mich normalerweise erschrekken, diese nachkaterlichen Gedanken sind jedoch die wahren Gedanken, dank derer man zwar nicht viel, aber doch wenigstens ein Stückchen weiterkommt... Wenn einem bei solch einem Kater bewußt wird, wen man am Abend oder in der Nacht zuvor beleidigt, was man wieder angestellt hat, wenn man vor Schreck und Scham ins Schwitzen kommt bei der Erinnerung, was man wieder alles über sich ausgeplaudert, was man Nachbarn und Gästen ins Gesicht geschleudert hat, wenn man also eigentlich nicht mehr leben möchte und über Selbstmord nachdenkt, taucht plötzlich der verschüttete Satz auf... Was wird nur aus dir werden? Wissen Sie, mein Schreiben, jetzt wird mir das klar, mein Schreiben ist eine Art Schutz vor dem Selbstmord, als liefe ich durch dieses Schreiben vor mir und von mir davon, als könnte ich zur gleichen Zeit aber dieses Was soll nur aus mir werden? irgendwie verstehen. Um zu erfahren, wer ich war und wer ich gerade jetzt bin, denn mit diesem Schreiben heile ich mich irgendwie, wie die Katholiken es mit der Beichte tun, wie die Juden vor der Klagemauer, wie unsere Vorfahren sich dadurch heilten, daß sie ihre Geheimnisse und Befürchtungen und Ängste einer alten, stummen Weide zuflüsterten, zu guter Letzt, wie Freuds Patienten sich kurierten, indem sie zur Ruhe kamen und das erzählten, was ihnen gerade auf dem Herzen lag... Mein Schreiben ist eigentlich eine Flucht von einer Zeile zur anderen, dem getippten Text sieht man das sehr gut an, ich weiß nie, was ich gerade geschrieben habe, schnipsle ständig an irgendeinem Gedanken herum, der nur vor mir auftaucht, ich will ihn einholen, er hat jedoch stets einen Vorsprung, und wie ich als Kind in der Eisenbahn zu meiner Großmutter flüchtete, wie ich von der Schule nach Hause flüchtete, wie ich von zu Hause den Fluß entlang vor mir selbst flüchtete, so bin ich übrigens immer von dort geflüchtet, wo ich gerade war, ich flüchtete von meinen Fräuleins zu meinen Kumpanen, zum Kartenspiel, um kurz danach wieder von meinen Kameraden irgendwohin in die Finsternis hinauszuflüchten, und wenn ich stehenblieb, sah ich, daß ich weiterlaufen mußte, immer noch weiter fort von mir selbst, denn ich konnte mein Ziel nicht finden, weder als Kind noch als junger Mann, und dann alle diese Beschäftigungen, immer hatte ich Berufe, bei denen ich wegrennen konnte, als Versicherungsagent, um mit großen Erwartungen nach Hause zurückzukehren und von dort wieder raus und in die Kneipen zu flüchten, wie auch als Handelsreisender mit Spielsachen und Galanteriewaren, da floh ich per Bahn, per Autobus wohin? Um meine Waren den Händlern zu verkaufen, genau so, wie ich dann vier Jahre lang nach Kladno in die Poldihütte fuhr, um im Autobus zur Arbeit zu flüchten, wo ich in einem kleinen Zug Materialien für die Martinöfen transportierte, dann ging es mit dem Bus wieder nach Hause zurück und von dort direkt in die Kneipe, wo ich auch heute noch plötzlich vor Ungeduld blaß werde und wiederum woandershin gehen muß, so wie auch wir beide heute ständig in Bewegung sind, ständig auf Trab, immer sind wir unterwegs, weil wir Angst haben, und wovor fürchten wir uns? Was aus uns wohl werden wird ...

Wir blieben vor einem erleuchteten Gartenrestaurant stehen, unter alten Kastanienbäumen standen Tische, die mit Gästen besetzt waren, im Altan spielte eine Blaskapelle, zwischen den Bäumen waren Drähte gespannt, an denen Lampions hingen, man hörte Lachen, Jubeln und gedämpfte Gespräche, die Gäste hoben ihre Gläser und stießen auf die Gesundheit an, durch die geöffnete Tür sah man im Lokal weitere Tische, besetzt mit weiteren Gästen, der Abend war lau, und die Jacken hingen über den Stuhllehnen, ein alter Gastwirt zapfte Bier, einige Gäste scharten sich um den Ausschank und leerten gierig ihre Gläser, andere standen mit halbvollen Humpen herum, unterhielten sich mit ihren Nachbarn oder stierten dumpf vor sich hin... Stimmen und Lachen drangen selbst aus den Baumkronen, vom ersten Stock aus betrat man einen hängenden Garten, auch dort standen von Gästen besetzte Ti-

sche, über denen bunte Lampions zwischen den Bäumen hingen...
Wir betraten diesen Garten, die Musik begann zu spielen, und Paare erhoben sich zum Tanz, der Doktor freute sich, entdeckte einen Bekannten... War das ein Geschrei, ein Sichumarmen, und der Doktor führte seinen Freund zu mir und stellte ihn mir vor...
Das ist Ludva der Metzger, mit dem habe ich in der Poldihütte zwei Brigaden durchgezogen, ein ganzes Jahr lang...
Ich reichte einem schönen Menschen die Hand und erinnerte mich, was der Doktor mir von Ludva erzählt hatte, von diesem Metzger, dem die Frauen nachliefen, es war noch schlimmer, als der Doktor erzählt hatte, dieser Ludva war ein Beau, er hatte einen wunderbar gebauten Körper, eigentlich sah er aus wie ein Gewichtheber, schlank in der Taille und darüber ein gewaltiger Brustkorb und ein Nacken wie ein Schweizer Stier, wie Marlon Brando. Er lächelte mir zu und hatte schöne, traurige Augen, die bereits in Alkohol schwammen. Er lud uns an seinen Tisch ein, es war ein großer Tisch, eigentlich drei aneinandergerückte Tische, die nachmittags mit einem noch weißen Tischtuch bedeckt waren, jetzt aber von Bier, Wein und umgestoßenen Schnäpsen bekleckert waren. Ludva nahm dem Doktor die zusammengerollte Luftmatratze und mir mein Schirmchen ab und hängte beides an einen Kleiderhaken, der in den Stamm einer alten Kastanie geschlagen war, er breitete seine Arme aus und sagte zu der Gesellschaft von Männern mit hochgekrempelten Hemdsärmeln...
Das ist der Doktor und sein Fräulein, der Doktor, mit dem ich in Kladno das Vaterland so gut aufgebaut hab, daß es 'ne Währungsreform gab... Und das, er zeigte auf seine Gesellschaft, sind alles Metzger, denn diese Zusammenkunft ist von den Metzgern der Prager Schlachthöfe organisiert worden, und auch diese Musik ist von uns, die Blasmusik der Prager Metzger... Und...
Doch Herr Ludva konnte nicht zu Ende sprechen, da die Blasmusik zu spielen anfing, und alle Metzger standen auf und stimmten inbrünstig ein... Als ich zwanzig war, war die Welt mir gram... Und die Tische schnellten gleichsam in die Höhe,

alle Gäste standen da und sangen, auch die dort oben im hängenden Garten, die Gäste standen aufrecht, ihre Köpfe schienen sich in die Äste der alten Kastanien zu schieben, und zwischen den Stühlen rannten Kinder herum... Auch der Doktor stand aufrecht da, er hatte den Arm um Ludvas Schultern gelegt und sang leidenschaftlich mit, auch ich stand auf und schaute mich um, sah überall Männer und Frauen, gewöhnliche Menschen, die auch nicht einen einzigen Grund hatten, vor sich selbst davonzulaufen, um immer woanders zu sein, ich sah, diese Menschen wünschten sich nur eines, dieser sommerliche Sonntagabend sollte möglichst lange andauern, damit sie vielleicht überhaupt nicht mehr nach Hause mußten, so standen sie alle da, sahen sich um, warfen einander mit Händen und Gläsern Grüße über die Tische zu, und jetzt stimmten sie alle inbrünstig ein und vergossen beinahe Tränen über dem traurigen Lied... Die Liebe ist vergangen, da du von hinnen gegangen... Ich sah, fast jeder Metzger an unserem Tisch war durch seine Arbeit im Schlachthof irgendwie in Mitleidenschaft gezogen, der eine hatte ein Bein kürzer, der zweite eine Narbe quer übers Gesicht, der dritte feuerrote Hände, als hätte er sie sich verbrüht, der vierte ein leicht ausgerenktes Schulterblatt, der fünfte wiederum eine riesige Wampe... nur Ludva war in der Tat so schön, wie der Doktor behauptet hatte, eine Mischung aus griechischem Gott und Marlon Brando...

Der Doktor reichte mir die Hand und forderte mich zum Tanz auf, wir kämpften uns zwischen Tischen und Kindern hindurch aufs Parkett, die Ausflügler tanzten Polka, einige nach altem Brauch eine Polka zu sechst, ein paar junge Leute hopsten einzeln herum, tanzten zur Polka Swing... Der Doktor zog mich an sich, ich lehnte den Kopf an seine Schulter, er glitt in den Rhythmus, tanzte gut, führte die Drehungen aus und brachte mich in Schwung, er drehte den Kopf, so daß ich ihn jetzt im Profil sah, und atmete leicht, er tanzte und hätte vielleicht ewig getanzt, ich spürte unter meinen Händen, daß er tatsächlich Muskeln hatte, jetzt faßte er mich tiefer um die Taille und drückte mich an sich, jetzt spürte ich auch seine Beine, tatsächlich, er hatte kräftige Beine... mir wurde leicht schwindelig, die ganze Gartenwirtschaft drehte sich wie ein erleuchtetes

Karussell, wie ein großer venezianischer Lüster, ab und zu stießen wir gegen andere Paare, balancierten den Zusammenprall aber immer aus, schließlich tanzten wir am äußersten Rand des Parketts, und der Doktor hatte Platz und Zeit, um mir zu sagen...

In Polka und Walzer war ich Spezialist. Und ich habe einen Preis gewonnen in den Tanzstunden für Erwachsene und Fortgeschrittene, wissen Sie, ich habe zwei Tanzkurse absolviert, ich wollte im Tanzen die Nummer eins werden... einen Kurs bei den Němečeks in der Vorstadt, aber es war nicht eine Dame gekommen, also tanzten wir Herren unter uns, die geraden Nummern waren die Herren, die ungeraden mimten die Damen... und ein Jahr später im Pensijňák, da hab ich einen Preis in Polka und Walzer gewonnen, in den Tanzstunden für Erwachsene und Fortgeschrittene... Woran ich mich auch immer erinnere, von allem, was ich jemals getan habe, kann ich bis heute am besten... was wohl? Der Doktor schmiegte seine Wange an die meine und schrie... Polka und Walzer!

Und ich lehnte mich so weit zurück, wie es nur ging, er hielt mich mit seinen Pranken fest, wir sahen einander in die Augen, um uns herum drehte sich das Gartenrestaurant, die Lampions und all die Tische kreisten um uns herum, alle Gäste, alle Gläser zogen Kreise im Walzertakt, beängstigende Gesichter schwebten an uns vorbei übers Parkett, sie verschwanden und kamen wieder näher, mir drehte sich der Kopf, ich legte ihn auf die Schulter des Doktors und schloß die Augen.

Der Walzer war zu Ende, wir wankten zu unseren Plätzen zurück, während die anderen Tänzer auf dem Parkett blieben und... Zugabe, Zugabe! riefen.

Und die Augen schauten zum Podium hoch, auf dem fünf Musikanten saßen, Metzger mit ihren Trompeten, die Instrumente strahlten im Messing, die Gesichter der Musikanten strahlten Müdigkeit aus. Und dann aßen wir gierig Gulasch und tranken Bier. Danach forderte der Herr Ludva mich zum Tanz auf, wir tanzten einen Walzer, doch führte er keine einzige Drehung aus, sondern hopste nur im Takt herum und hielt mich so fest, daß ich mich in seinen Armen ausruhen konnte, er sah mich von nah, von ganz nah an, er war das Gegenteil vom Doktor, der den Blicken anderer immer auswich, der Doktor schien dauernd schuldbewußt und behauptete von sich, er geniere sich, denn, als er noch jung gewesen sei, sei es üblich gewesen, daß junge Männer sich genierten. Und der Herr Ludva wußte das, deshalb schaute er mich an und wußte, daß ich, wenn er lächelte, den Blick senken und leicht erröten würde, und je mehr ich errötete, desto selbstsicherer wurde der Herr Ludva, Metzger des Schlachthofs von Holešovice... Und er war tatsächlich ein schöner Mann, vielleicht nur für mich und wohl nur deshalb, weil er herrlich dichtes, blondes Haar hatte, das ein Scheitel teilte, im Nacken und über den Ohren stand das Haar leicht ab und bildete eine Welle, die er von Zeit zu Zeit zurechtdrückte und mit den Fingern wie mit einer Brennschere formte, diese Welle wie auch die Locke über seiner Stirn bewirkten, daß er gar nicht wie ein Metzger aussah, er glich dem jüngsten General der Wehrmacht, der während des Krieges auf der Hochzeit meiner Schwester mit mir getanzt hatte, er tanzte mit mir und bat mich, ihm zu schreiben, ich schrieb ihm, doch er fiel irgendwo in der Ukraine... Auch Ludvas Metzgerhände fielen mir auf, sie sahen aus, als hätte ihm jemand einen Daumen abgebissen, der dann von Ärzten wieder angenäht wurde. Als der Tanz zu Ende ging, war ich ernst. Herr Ludva lächelte nur, er brauchte nichts zu erklären, mich nicht zu unterhalten, so war es, der Herr Ludva gab sich damit zufrieden, ganz einfach auf der Welt zu sein.

Nachdem wir uns gesetzt hatten, tranken wir weiter Bier, der Doktor weigerte sich, den Schnaps zu trinken, den der Herr Ludva bestellt hatte, er trank nur viel Bier, und als die junge Kellnerin weitere Humpen herbeitrug, nahm er sich gleich zwei auf einmal.

Was ist mit Ihrer Hand? fragte ich.

Na ja... antwortete Ludva mit tiefer Stimme, die den Glanz seines strohblonden Haars noch hervorhob.

'n Schwein hat mich gebissen, ich bin mit der Zange rangegangen, die ist mir ausgerutscht, da hat sich das Schwein umgedreht und mich in die Hand gebissen, sie war fast futsch... lachte der Herr Ludva.

Beißen Schweine? wunderte ich mich.

Ludva packte den Doktor am Ärmel:
Sie schreiben doch gern, also das hätten Sie sehen sollen... Schweine muß man ein bißchen terrorisieren, denn wenn die ausrasten, greifen sie auch uns an, darum haben wir Knüppel aus Eichenholz, und sobald sie aus dem Waggon rausgelassen werden, hauen wir auf sie ein... und vorm Schlachten prügeln wir die Schweine nochmals, damit sie Angst kriegen. Angst ist 'n erstklassiges Erziehungsmittel. Das sollten Sie mal sehn, sagte der blonde Herr Ludva verträumt... manchmal werden die Schweine so konfus, daß sie rumrennen, und wenn wir auf sie einschlagen, rasen sie stracks in die Brühkessel hinein, verbrühte Schweine, qualmender Dampf, und wir gehn mit elektrischen Zangen ran und töten sie schließlich mit der Keule, denn wir sind Metzger...
Der Doktor schwieg, neben den Metzgern saßen deren Ehefrauen, und diese Frauen ermahnten ihre Männer freundlich, doch nicht ganz so viel zu trinken, sich zurückzuhalten, und vor allem nicht alles durcheinander zu saufen... doch die Metzger legten ihre Hände auf die Hände ihrer Frauen, sie sahen sie an, lächelten, winkten ab... und tranken weiter...
Sie als angehender Schriftsteller müßten das mal sehen... Wenn man 'nen Waggon mit Schweinen öffnet, dann liegen in fast jedem ein, zwei tote Tiere... Krepiert vor Entsetzen, vom Schlag getroffen aus lauter Angst, genau wie bei den Menschen... Laut Statistik sterben in Westdeutschland jährlich sechzigtausend Schweine vor Entsetzen in den Waggons... In Mailand hat man 'ne Art Rutschröhre erfunden, die Schweine schlittern aus den Waggons auf 'ne schiefe Blechebene, 'ne Art Trichter, und in ihm rutschen alle Tiere durch 'nen Tunnel hindurch in die Tiefe, sie stürzen runter, prallen auf, sind verletzt und lassen sich so leichter mit der Keule erschlagen... mit elektrischen Zangen!
Das erzählte der Herr Ludva, und seine Augen wurden noch schöner, er hielt den Doktor am Ellbogen fest, dieser beugte sich nur vor und trank das Bier aus seinen beiden Humpen, ich sah, daß auch er vor lauter Entsetzen verging, wie die Schweine in den Mailänder Schlachthöfen, weil er aber ein Schriftsteller sein wollte, weil er alles wissen wollte, lauschte er

und schluckte alles auch wider seinen Willen, die Musik aber spielte, und die Paare tanzten weiterhin, und Ludva belehrte den Doktor...

Das zarteste Geschöpf auf Erden ist das Kalb, ausgewachsene Kälbchen werden auf Waggons verfrachtet, manchmal passiert's, daß man 'nen Waggon öffnet, der übers Wochenende unterwegs war, dann stehen die Kälber oft da und unter ihnen zwei erdrückte Kälbchen, Babies, ausgewachsene Kindlein, erdrückte Kälbchen, aber das zählt nicht, ebensowenig wie die zwei Schweine, die durchschnittlich vor Entsetzen an einem Infarkt verrecken... ich hab 'ne westdeutsche Zeitschrift gesehen, nach Deutschland werden Pferde sogar von irgendwo aus Rumänien hertransportiert, man öffnet den Waggon und darin steht ein erdrücktes Pferd, in dieser Zeitschrift hab ich 'ne Aufnahme gesehn, wie 'n Pferd, nachdem es drei Tage lang unterwegs war, nicht vom Waggon runter wollte, Doktor, Sie möchten ein Schriftsteller sein, also sollten Sie das wissen, auf diesem Photo, ich werd es mal vorbeibringen, auf diesem Photo konnte man sehn und in der Reportage lesen, daß der Viehtreiber diesem Rößlein, als es den Waggon nicht verlassen wollte, die Zunge rausgeschnitten hat, und als auch das nichts half, hat er es direkt im Waggon abgestochen... Doktor, Sie sind ein Schriftsteller, darum erzähle ich Ihnen das, denn ein Schriftsteller sollte alles wissen... Sagte Ludva und lachte, Fältchen strahlten von seinen Mundwinkeln aus, er hatte schöne blaue Augen, und wenn er so lachte, kam in einem Auge ein kleiner blauer Tupfen zum Vorschein, es schien, als hätte Herr Ludva irgend etwas an sich, das auch Heilige an sich haben, so, wie ich es auf den billigen Bildchen in der Kirche gesehen hatte, als ich nach Kriegsende Köchin und Melkerin in einer Pfarrei war, im Arbeitseinsatz...

Manchmal... Herr Ludva schüttelte den Kopf, manchmal geht's einem auch hier auf die Nerven... Da ist ein neues System zum Schlachten der Kühe eingeführt worden, und ich mußte noch ein halbes Jahr länger als der Doktor in den Schlachthöfen von Kladno arbeiten, bevor ich zu mir nach Hause zurückkehren durfte, heim nach Holešovice... es gibt also ein neues System, schön und gut, ich bin ja immer noch in

Form, da hat man also dieses System eingeführt, die sechs Kühe aber, die in einer Art Käfig betäubt werden sollten, also dieser Käfig hat nicht funktioniert, und wir mußten ihnen den Schlag versetzen... Ich hau also auf eine Kuh nach der anderen ein, mit 'ner Keule, ich hab 'nen Prachtschlag, die Kuh kippt auch jedesmal um, doch die zwei Kerle, die die Kühe hätten abstechen sollen, gingen eine qualmen, wie ich auf die zwölfte angebundene Kuh draufschlag, was seh ich da? Die ersten Kühe stehn bereits wieder auf den Beinen, und die beiden dort draußen qualmen noch immer, umsonst hatte ich auf diese armen Tiere eingeschlagen, und so mußte ich warten, bis die beiden zu Ende gequalmt hatten, und den schon einmal betäubten Kühen nochmals eins überziehen... Doktor, was haben wir alles gesehen, was haben wir nicht alles erlebt in der Poldihütte? Den Flammen überlassene, erstickte, verbrannte Menschen... Aber...

Er sprach nicht zu Ende, die Metzger waren alle aufgestanden, irgendein feierlicher Augenblick war gekommen, die Musik spielte einen Tusch, eine alte Frau in weißer Schürze wurde unter die Kastanien zum Stammtisch gebracht, es war die Frau Wirtin, die, als sie mir den Teller Gulasch und das Körbchen mit dem Brot gebracht hatte, mit einem Geschirrtuch die Krümel vom Tisch gefegt und mir in die Augen geschaut hatte, sie schaute mir so schön in die Augen und lächelte, weil sie sich sicher war, daß sie dieses Gulasch nicht hätte besser machen können, sie war sich sicher, daß es mir schmecken würde... Und dann brachten die Veranstalter auch den Wirt vom Ausschank hierher zu den Gästen, der Herr Ludva faßte die Kellnerin um die Taille, nahm ihr das Biertablett aus den Händen, stellte es auf den Tisch und begleitete das Mädchen zum Podium, auf dem der Herr Wirt neben seiner Frau saß... Die Musik schmetterte eine Fanfare, und der Doktor flüsterte mir zu... Das ist jetzt in allen Wirtshäusern in Libeň so, die Eheleute dürfen nicht mehr zusammen arbeiten, jeder muß oder darf in ein anderes Gasthaus, jeder in ein anderes...

Und die Veranstalter überreichten dem Ehepaar einen Blumenstrauß, sie umarmten einander, die Frau Wirtin vergoß Tränen, die Kellnerin, wohl die Tochter, hatte keine Ruhe, sie befürchtete, der Bierschaum könnte sich auflösen, und kehrte zu ihrem Tablett zurück, sie schwang es elegant über den Kopf und verteilte die Humpen ... Und dann hielt einer der Veranstalter eine Rede ...

Ich stellte mich auf die Spitzen meiner staubigen Schuhe, schaute auf die verweinten Leute, zweifelsohne die ehemaligen Besitzer dieses Sommerrestaurants Břežanka, sie lächelten wehmütig und blickten in den Sand, sie nahmen die dargebotenen Hände, Küsse, Tränen und nochmaligen Umarmungen entgegen, alle Gäste defilierten einer nach dem anderen vorbei, und in diesem Augenblick sah ich mich selbst, wie ich auf dem Bahnhof damals stand, ich war achtzehn, mein Vater hatte unterschreiben müssen, daß er auf alle Rechte, auf seine Fabrik und auf seinen gesamten Besitz verzichte, nur um die Erlaubnis zu erhalten, zusammen mit meiner Mutter und mir und dem jüngeren Bruder Heini das Land zu verlassen, wir standen also auf dem Bahnhof, der Schnellzug fuhr ein, schon wollten wir alle in den Wagen steigen, als ein Funktionär des Volksausschusses herankam, ein Stück Papier vorwies und sagte, nur mein Vater und meine Mutter dürften in den Westen ausreisen, Heini und ich müßten hierbleiben, da wir tschechische Schulen besuchten und folglich die tschechoslowakische Staatsbürgerschaft besäßen ... Und meine Eltern reisten ab, sie weinten am Fenster des Schnellzugs, auch ich weinte und rief ... Das Rote Kreuz bringt uns zu euch, habt nur keine Angst! Meinen Vater habe ich allerdings nie mehr gesehen, er starb an einem Schlaganfall ... Daran dachte ich, als ich diesen alten Wirtsleuten zuschaute, die nun ihre Kneipe Břežanka verlassen mußten, wie sie sich von ihren Gästen verabschiedeten, die sie hier nie mehr sehen würden. Jetzt aber teilten sich die Musikanten in zwei Gruppen auf, die eine blieb unter den alten Kastanien zurück, die andere überquerte mit ihren Trompeten die Straße, die funkelnden Instrumente blitzten auf dem Weg, der an der gegenüberliegenden Straßenseite hinaufführte, irgendwohin in den Akazienhain, alle Gäste waren aufgeregt, auch die Wirtsleute hatten sich erhoben, nun sollte der feierliche Augenblick kommen, die Krönung des Abends, auch die Musikanten, die im Gartenrestaurant geblieben waren, blickten zur anderen

Straßenseite, auf den von Akazien überwachsenen Hügel, und sie hoben ihre Instrumente an den Mund ... alles verstummte, nur die Autos von der Straße waren zu hören, und die Musikanten, die mit ihren Trompeten zum Akazienhügel unterwegs waren, stimmten ein melancholisches Lied an ... Mir hat ein Mägdelein geschenkt ein gülden Ringelein ... und jetzt fielen die Musikanten, die zurückgeblieben waren, mit ein ... und so trompeteten sie, die einen hörten auf, die anderen setzten ein, die einen spielten etwas vor, und die anderen antworteten mit ihren Trompeten, die Musik schwebte über der Straße, die Gäste hörten zu und waren ergriffen, sie waren von diesem Gespräch der beiden Musikantengruppen sogar tiefer gerührt, als die Wirtsleute es gewesen waren, die an diesem Abend ihre Gäste zum letzten Mal bedienten.
Die Frau Wirtin trat an unseren Tisch, streichelte meine Hand, sah mir in die Augen und sagte ...
Hat es Ihnen geschmeckt?
Und die Gäste erhoben sich, streckten ihre Gläser zur gegenüberliegenden Seite hin und tranken den Musikanten zu, die im dunklen Schatten der Akazien versteckt standen, und alle sangen ... Und ich hab ihm geschenkt dafür mein Herzelein ...

10

An diesem Vormittag verließ ich die Žižkover Wohnung früher, meine zweite Mama sprach nicht mehr mit mir, in der Nacht hatte sie mir vorgeworfen, ich sollte ihr trotz allem ein bißchen dankbarer sein, was habe sie nicht alles für mich getan, schließlich wohne ich schwarz bei ihr, und schwarzarbeiten würde ich ebenfalls ... und vor allem, wenn ich freihätte, sei ich nicht zu Hause, ich käme spät in der Nacht heim, hätte mich irgendwie verändert, ich würde sogar lächeln und nicht einmal zuhören, was sie mir erzählte, sondern zur Decke starren und lächeln, als ob ich diesen Meldezettel besäße, als ob das Arbeitsamt mir die Genehmigung erteilt hätte, im Hotel Paris zu arbeiten ...
So machte ich mich auf den Weg ins Zentrum, blieb vor der

Nummer zehn der Spálená-Gasse stehen, wo der Doktor arbeitete, ging nur ein paar Meter in die Durchfahrt hinein, die nach Altpapier und Moder roch, die Wände waren abgeblättert, in großen Fetzen hing der Bewurf abgerissen herunter, vermutlich, als ein Auto hinein- oder hinausgefahren war, im Hof sah ich einen riesigen Haufen Altpapier im Schein einer Glühbirne, das Garagentor, hinter dem ebenfalls Licht brannte, stand offen, und in einer Ecke des Hofs befand sich eine Waage, über der eine Lampe baumelte. Und in diesem Haufen Papier staksten, bis zur Taille eingesunken, Schulkinder, sie leerten Körbe oder Plastiksäcke mit Altpapier, jetzt kamen zwei Zigeunerinnen in die Durchfahrt, sie schwankten leicht, in einem Bündel trugen sie Pappdeckel und zerstampfte Schachteln, die aus diesem Tuch herauslugten, ich wich zur Wand zurück und machte mich aus dem Staub, mein Herz klopfte, ich ging zurück bis zur Dreifaltigkeits-Kirche, hielt beim heiligen Thaddäus inne, sprach mir Mut zu, wollte mir ein Herz fassen, preßte das Kinn auf die Brust und schaute an meinem schönen Kleid mit den grünen Knöpfen herunter, schritt wieder resolut aus, um Kräfte zu sammeln, diese roten Schühchen mit den Stöckelabsätzen schenkten mir immer Selbstvertrauen. Ich spannte meinen hellblauen Schirm auf ... Und schritt weiter energisch aus, bog in die Durchfahrt ein, gelangte bis zum offenstehenden Tor, von wo aus ich diese Verwüstung, dieses Grauen, diese Berge Altpapier in allen Farben sah, die aus allen möglichen Lagern und Geschäften stammten, ich sah ein Auto dort, das rückwärts fuhr, sah, wie ein Mann mit Lockenkopf auf dem Rücken mühelos Ballen gepreßten Papiers aus einer Ecke trug, er drehte sich um, und der Beifahrer zerrte sie über die runtergeklappte Seitenwand hoch, boxte sie dann mit dem Knie hinein und stapelte einen Ballen auf den anderen, und über den Hof kam ein Mann mit Baskenmütze, ein dicker Herr mit gestutztem Bart, irgendwie schritt er aus, als hätte er Schmerzen ... Und ich wurde von Grauen und Angst übermannt, lief wieder hinaus und kehrte an einigen Kinderwagen vorbei nochmals zum heiligen Thaddäus zurück ... ein paar Frauen standen da und blickten zum Sandsteinantlitz dieses Heiligen empor, der die Fähigkeit besaß, dank seiner Fürsprache im

Himmel einiges in Gang zu bringen, was sonst nicht geschehen würde...

Ich trat zum Betstuhl und betete, derweil hinter meinem Rükken Passanten vorbeiströmten... Heiliger Thaddäus, leg für mich Fürsprache ein, damit ich jetzt sofort die Kraft finde, diesen Hof zu betreten, wo der Mann arbeitet, den ich liebe und den ich nur sehen möchte. Heiliger Thaddäus, gib mir gleich jetzt die Kraft, dorthin zu gehen und mich zu benehmen, als sei nichts dabei, natürlich zu wirken und nicht so verschreckt wie jetzt, Thaddäus, ich will nur ein Weilchen mit ihm reden, will nur schauen, wie dieser Mann, an den ich denke, dort arbeitet...

Etwas piekste mich im Genick, ich drehte mich um, und da stand der Doktor, er sah mich an, hielt einen Krug in der Hand, über dessen Rand Bierschaum floß, und unterm Arm hielt er eine Einkaufstasche und darin ein großes fetttriefendes Papier, aus dem es lieblich dampfte. Er hatte abgetragene Schuhe an, klobige Kaminfegerschuhe, eine Überhose, ein zerrissenes Hemd und eine lange Schürze, und das Hütchen auf dem Kopf war aus der Stirn zurückgeschoben.

So ein Zufall, kommen Sie uns doch besuchen!

Rief er und fügte hinzu...

Wissen Sie, was der Zufall ist? Der zweite Name des Heiligen Geistes... Doch schließt auch der Würfelwurf den Zufall nicht aus, kommen Sie, kommen Sie nur, um meinen schönen Arbeitsplatz zu besichtigen... Und er ging los und reichte mir die Tasche...

Aber passen Sie auf, daß Sie ihr schönes, fesch sitzendes Kleid nicht fettig machen!

Er drehte sich um und lachte wieder und war so selbstsicher und stolz auf sich, auf seine Schürze und sein Hütchen, daß er sich immer wieder zu mir umdrehte, und schon schritt er durch die Durchfahrt, wich mehrmals aus, um keinen anzurempeln, wieder drehte er sich zu mir um und betrat den Hof, diesen überdachten Hof mit dem riesigen Spalt, durch den das Tageslicht und ein bißchen Luft einfielen, hier lagen die Ballen, auf einem stellte der Doktor seinen Bierkrug ab, der leicht bucklige Chauffeur legte jetzt eine Pause ein, er lehnte an einem Ballen und die Locken fielen ihm in die Stirn, von der der Schweiß tropfte, der Beifahrer warf ein dickes Seil über die Ladung auf dem Wagen, stemmte sich mit dem Schuh gegen die Seitenwand und zog das Seil so stramm, daß es in die Ballen einschnitt, machte eine Schlaufe, zerrte noch fester am Seil, das wie eine Saite gespannt war, und schlang einen Seemannsknoten, er zog ihn zu und stützte sich nun mit der Hand gegen die Seitenwand und schnaufte mit hochrotem Gesicht, nicht von der Plackerei, sein Gesicht sah eher aus, als hätte er in der Kindheit seine Wangen verbrüht oder die rosa Krankheit gehabt...

Also, Kameraden, das ist meine Freundin...

Er nahm mir die Tasche ab und legte den heißen, in Scheiben geschnittenen Leberkäs auf einen anderen Ballen, er bot auch mir etwas an, ich bediente mich, dann kam der Chauffeur und nahm sich eine Scheibe und der Beifahrer ebenfalls. Sie aßen stehend, sie aßen gierig, schluckten schweigend und kauten eine Scheibe nach der anderen, doch der Leberkäs wurde und wurde nicht kleiner, anfangs hatte er bestimmt zwei Kilo gewogen.

Chef, sagte der Doktor mit vollem Mund, nehmen Sie doch auch, und das hier ist meine Freundin, sie ist gekommen, um sich den ehemaligen Direktor der Reisebüros Čedok anzuschauen, der einstmals fünfzig Freiflüge im Jahr hatte und nun bis hierher geflogen ist, in diese Altstoff-Sammelstelle, wo er das Glück hat, als Chef zu arbeiten...

Und der Chef lüftete seine Baskenmütze, verneigte sich vor mir und nahm sich eine Scheibe heißen Leberkäs.

Es ist entsetzlich, Madame, sagte dieser Chef zu mir, man hat mir alles genommen, auch das Haus in der Zeltner-Gasse, in dem Franz Kafka gewohnt hat, ich wurde ausquartiert, bin aber immer noch der Eigentümer. Dort im zweiten Stock, wo ich gewohnt habe, lebt jetzt irgendein Maler, im ersten Stock ist ein Vegetarier-Restaurant, gut, man hat mir das Haus genommen, und ich bin, obschon der Eigentümer, nur noch ein Hauswart dort ohne Wohnung... Und nun stellen Sie sich diese Frechheit vor, man hat mich zur Hausverwaltung zitiert und gesagt... Hörn Sie mal, an Ihrem Haus wird ein Umzug vorbeikommen, wir feiern unser Turnfest, die Spartakiade, und der

Umzug zieht an Ihrem Haus in der Zeltner-Gasse Nummer drei vorbei, es wäre gut, wenn die Fassade dieses Hauses ausgebessert, verputzt und neu gestrichen würde. Ich sage, das ist eine gute Idee, tun Sie das nur... Und die, so eine Unverschämtheit, das ist nicht unsere Bude, Sie sind doch der Besitzer... Und ich begann innerlich zu kochen... Schließlich kassiere nicht ich die Mieten, ich treibe sie als Hauswart nur gerade ein und liefere sie bei Ihnen ab, wer also ist der Besitzer? Und sie darauf... Sie sind's, und der Umzug der Spartakiade wird feierlich an wessen Haus vorbeiziehen? An Ihrem Haus in der Zeltner-Gasse Nummer drei. Wir werden dieses Haus also auf Ihre Kosten herrichten lassen... Und das haben die mir ganz begeistert erzählt und sich gewundert, weshalb ich nicht genauso begeistert war, daß der Spartakiade-Umzug an meinem Haus vorbeigeht, denn es sei schließlich eine Ehre für mich, wenn sie dieses Haus auf meine Kosten in Gala werfen ließen...
Erzählte der Chef und hielt die ganze Zeit seine Scheibe heißen Leberkäs, die schon kalt war, zwischen den Fingern, er schaute mich an, und ich wußte, daß der Doktor mit mir geprahlt hatte, denn danach, was der Chef mir erzählt hatte, war er bereits im Bilde, daß auch ich aus dreizehn Zimmern stammte, daß ich als Kind meine Bonne gehabt und wir Köchinnen und einen Chauffeur beschäftigt hatten... Er verneigte sich vor mir, stopfte sich den Leberkäs in den Mund, neigte den Kopf zur Seite und überquerte in diesem jämmerlichen Zustand den Hof bis zur Waage, er drückte den Hebel herunter, sah auf die Skala und rief...
Acht Kilo... und schüttet es nur hübsch zuoberst auf diesen Haufen...
Die drei Männer hatten bestimmt schon ein Kilo warmen Leberkäs verputzt, waren aber immer noch hungrig, auch schmeckte es ihnen noch immer, ich aß die dritte Scheibe, in der Tat, dieser Leberkäs war hervorragend, ganz gewöhnlicher Leberkäs für zwei Kronen zehn das Deka. Ich bemerkte, daß die Männer schmutzige Hände hatten, als hätten sie sie seit einer Woche nicht mehr gewaschen. Der Doktor sagte... Wenn man sich hier die Hände wäscht, schon wenn man sich die Hände

nur naß macht, platzen sie bis aufs Blut auf, wir waschen uns erst nach der Schicht. Und haben Sie sich schon mal Zigeunerkinder angesehn? Dreckig, daß einem schlecht werden könnte, aber ich habe noch nie gehört, daß Zigeunerkinder vom Dreck krank geworden wären, nicht wahr? Herr Volavka, Herr Živný?
Der Chauffeur und der Beifahrer aßen weiter und nickten, ihre Augen schweiften irgendwie über mich hinweg, sie schauten woandershin, denn hätten sie mich angeschaut, wäre ihnen der Appetit vermutlich vergangen, und sie hätten zu essen aufgehört... Jetzt nahmen sie den Krug, und während sie der Reihe nach tranken, schielten sie, diese Männeraugen wanderten zur Seite, denn hätten sie mich angeschaut, hätten sie sich verschluckt und das Trinken bleiben lassen müssen...
So ist das, sagte der Doktor, verzeihen Sie.
Und er beugte sich zurück und drückte den Knöchel des Zeigefingers gegen das Nasenloch und schneuzte den Rotz ins Altpapier, schneuzte aus dem anderen Loch auf die andere Seite, wischte sich die Nase am Hemdärmel ab und sagte zufrieden... tolle Taschentücher haben wir...
Und der Beifahrer wie auch der Chauffeur lachten, bis sie sich fast verschluckten, doch der Doktor fuhr fort...
Wenn Ärzte Kinder haben, kleben sie, kaum können diese lesen, auf die Spiegel im Badezimmer, in der Toilette und Küche, damit es ihnen an jeder sichtbaren Stelle ins Auge sticht... Wasch dir die Hände! Sonst kriegst du Scharlach! Wasch dir nach der Toilette die Hände, sonst kriegst du Cholera oder Diphtherie, und gurgle täglich! Bade täglich, Sauberkeit ist die halbe Gesundheit... Und schließlich holen sich die Kinder solcher Doktoren Diphtherie sowie Masern, Scharlach und Cholera!
Und ein Mann in Arbeitshose betrat den Hof, mit gerümpfter Nase und einem Hut auf dem Kopf kam er daher, als steckte ihm ein Dorn in den Fersen, die eine Hand hielt er in der Hosentasche, mit der anderen fuchtelte er zum Zeichen großer Unzufriedenheit herum.
Der Chef jammerte von der Waage her.
Haňta, mein Gott, pack mit an, schau dir nur diesen grauslichen Haufen an! Heinrich!

Doch Hañta wußte Bescheid, er winkte ab und verscheuchte seine Sorgen. Heinrich, sagte der Doktor und bot ihm eine Scheibe kalten Leberkäs an, nimm und iß ein bißchen . . . Aber Hañta, Heinrich, Jindra stand vor mir und rümpfte die Nase, die Stoppeln rund um seinen Mund waren wie mit gelber Farbe bepinselt, als hätte er gerade ein weichgekochtes Eigelb gegessen . . . Das ist so, wenn ich esse, steigt 's Blut in mein Hirn und 's Denken ist im Arsch . . . aber Doktor, was ist denn das?
Er zeigte auf mich.
Das ist meine Freundin, sagte der Doktor.
Jesus, da müssen wir sie begrüßen, das ist mir eine Bescherung, Sie sind also die Freundin von . . . von dem da? Er zeigte auf den Doktor.
Ich nickte, der Chauffeur und der Beifahrer gingen gemächlich zum Lastwagen, sie verneigten sich vor mir, der Chauffeur setzte sich, der Beifahrer trat in die Durchfahrt, seine Silhouette zeigte an, wie das Auto zu fahren habe, um auf die Straße zu kommen, jetzt strahlte seine Gestalt in der Sonne der Spálená-Gasse, der Herr Živný sah sich um, nickte, und der Lastwagen fuhr durch das Dämmerlicht der Durchfahrt hinaus, hier und dort schrappte die Ladung an der Wand, und das bunte, gepreßte Papier leuchtete, der Wagen bog um die Ecke, der Beifahrer öffnete die Tür und sprang ins Führerhaus. Herr Hañta, Heinrich hielt mich am Ellbogen fest, ich trat einen Schritt zurück, aus seinem Mund schlug mir der widerliche Geruch von Bier und Käse entgegen, doch Herr Hañta brüllte mir ins Ohr . . .
Morgen werde ich Ihnen als kleine Aufmerksamkeit eingelegte Pilze mitbringen, nicht irgendwelche Steinpilzchen, nur Kapuziner- und Kuhpilze und dann in Essig eingelegte Spitzchen, gesammelt in Mořinka, verstehen Sie, in diesem berühmten Mořinka, als nämlich Karl IV. seine Hengste nach Karlstein jagte, wechselte er immer in Mořinka die Pferde, Doktor, wissen Sie, was ich herausgefunden habe? Eigentlich hat dieser Sakramentsbursche Karl IV. den Aufstand der Hussiten vorbereitet, dieser Sakramentsbursche hat nicht nur Städte, sondern auch Klöster gebaut, Doktor, seien Sie beruhigt, wenn es in diesem Land sehr viel Besitz gegeben hätte, wäre es dann zur

Revolution gekommen? Ein Aufstand? Die Idee, gut, vor allem aber bekamen die einfachen Leute eine Chance, und in jeder Stadt, die sie eroberten, plünderten sie alles, vergewaltigten die Weiber und steckten die Häuser in Brand... also hat doch Karl IV. diese Happenings vorbereitet, und wissen Sie, wie schön das sein mußte, als man, ohne bestraft zu werden, Klöster einnehmen, Nonnen vergewaltigen, Mönche ermorden und die Klöster danach auch noch schön anstecken durfte? Die Leute müssen sich fabelhaft gefühlt haben... und wissen Sie, wie sehr sich ein gewöhnlicher Mensch freuen mußte, wenn er einen deutschen Ritter von seinem Roß stieß und das Roß mitsamt den Schabracken erbeutete? Und wenn die Adligen ganz bedächtig erdolcht wurden? Die Bewaffnung, diese Rüstungen und Schuhe waren genug, eigentlich konnte man bis zur Rente leben... Wenn ich damals gelebt hätte, wäre mein allerliebster Anblick der Anblick niedergebrannter Städte gewesen, brennender Klöster, geschleifter Kirchen, das wäre mein Happening gewesen, das genaugenommen Karl IV. vorbereitet hat, jener, der seine Pferde, wenn er sie nach Karlstein hetzte, in Mořinka auswechselte, von wo ich Ihnen, mein Fräulein, in Essig eingelegte Birkenpilze und Rothäuptchen bringen werde, in Essig eingelegte Lauchschwämme...

Um Gottes willen, Haňta, geh in den Keller und tu was, schau dir nur diesen Berg an... jammerte der Chef und kniete, so wie er gerade war, vor Haňta nieder... ich hab's dir doch vorgerechnet, wenn du täglich zehn Ballen machst, bin ich aus dem Schneider...

Nicht doch, wehrte sich Herr Haňta, das nicht, ich schaffe zwanzig, Sie unterschätzen mich, Chef, nicht doch! wehrte er sich.

Es reicht, wenn du täglich zehn schaffst, beharrte der Chef und erhob sich schwerfällig, denn es standen Schulkinder mit Papiertüten um die Waage herum, die mit ansahen, wie der Herr Chef vor seinem Angestellten, wie er vor einem Arbeiter kniete... Und Haňta knurrte, trat neben der Garage auf die Stufen und drehte sich um, er wollte etwas sagen, winkte aber mit beiden Händen heftig ab, es sei doch alles unnötig, und dann hörte man seine Schritte, wie sie wieder irgendwohin in

den Keller hinabstiegen, erst jetzt bemerkte ich, daß neben der zweiten Garage eine alte Frau mit Füßen Papier stampfte, sie stampfte es in eine Kiste, die einem Sarg oder einer Truhe glich, und derweil sie das Papier stampfte, hielt sie sich mit beiden Händen an den Rändern fest und hob, so wie man aus der Badewanne steigt, zuerst das eine Bein rüber und dann das andere und stieg auf diese Weise auf den Berg von Altpapier, mit beiden Händen holte sie Papier von dem Stapel, der sich bis unter die Decke türmte, legte es in die Kiste und stampfte dieses Papier wieder, zuerst mit dem einen Bein und dann mit dem anderen, sie hatte ein Tuch über die Schultern geworfen, einen Schal um den Kopf gewickelt, auch ich zitterte vor Kälte, es zog hier so stark, daß der Papierhaufen in leiser Bewegung war...
Ich schaute jetzt zum Doktor, der holte in der Garage Bücher vom steil ansteigenden Haufen, broschierte Bücher, deren Deckel er abriß, die weißen Seiten legte er in eine Kiste, er stand vornübergeneigt, sein Hut tauchte über der Kiste auf und versank wieder darin, er arbeitete ohne Handschuhe, ich ging zur Garage und konnte nicht begreifen, weshalb dieser Mensch diese Arbeit machte und sie sogar liebte, irgendwie wollte er etwas beweisen, vielleicht hatte er hier inmitten dieses Altpapiers den Eindruck, die Nummer eins zu sein, jetzt richtete er sich auf und schaute mich einen Augenblick lang an, und ich senkte den Blick. Der Doktor schritt zu dem Ballen, auf dem sein großer Krug stand, er stemmte die eine Hand in die Seite, hielt mit der anderen den Henkel fest und trank sehr lange. Als er den Krug geleert hatte, brachte er ihn mir.
Nur mit Bier kann man sich in diesem Hof aufwärmen, was soll da Tee!
Und dann freute er sich an einem Gedanken.
Sehen Sie die Arbeiterin dort? Diese verhärmte Frau? Sie ist verhärmt, weil man auch sie aus einer Villa ausquartiert hat, sie hatte in dieser Villa sogar einen Gärtner, ihr Mann war Direktor des Kabelwerks Kladno und wurde verhaftet, er besaß fünfzig Patente für die Fabrikation von Kabeln, im Knast hat man ihm jetzt ein Arbeitszimmer eingerichtet und ein Reißbrett hineingestellt, damit er dort weitere Verbesserungs-

vorschläge ausarbeitet, während seine Frau hier Altpapier stampft und nur noch dafür existiert, es noch erleben zu dürfen, daß ihr Mann entlassen wird und sie wieder zusammen in der einen Kammer wohnen werden, in der Frau Mařenka jetzt haust...

Und als hätte sie den Doktor gehört, hob diese Frau den Kopf, sie strahlte, das von einem Wollschal umrahmte Gesicht lächelte mich an, es war das kindliche Lächeln einer alternden Frau, ich verneigte mich, und sie nickte ebenfalls. Niemals hätte ich geglaubt, daß diese Frau je eine Villa und eine Köchin und einen Chauffeur und einen Gärtner gehabt hatte, und dennoch war es wahrscheinlich, ich erkannte es an ihrem Blick, sie hatte sofort bemerkt, daß wir beide gleich dran waren, daß wir alle in diesem Hof eigentlich nicht an dem Ort waren, wo wir hätten sein sollen, sondern in einer Situation, die uns nicht einmal im Traum eingefallen wäre, niemals hätten wir geglaubt, daß wir so enden würden, nur der Chef schaute, auch wenn er Altpapier wog, selbst wenn er mit Papier beladen über den Hof auf sein Büro zuschritt, zur Seite, damit jeder schon von weitem sah, daß er einmal der Direktor vom Čedok gewesen war und in der Zeltner-Gasse das ganze Haus Nummer drei bewohnt hatte, ein dreistöckiges Haus, an dem nächstes Jahr der Spartakiade-Umzug vorbeidefilieren würde.

Zärtliche, melancholische Apokalypse... sagte der Doktor strahlend... jetzt können wir alle am eigenen Leib diese Revolutionen verstehen, die sämtliche Kulturen in Mitleidenschaft gezogen haben, wir haben nur den einen Vorteil, daß man uns physisch nicht so liquidiert hat, wie die Bücher liquidiert werden, schauen Sie nur, zehn, zwölf Ballen packe ich täglich, das ganze Papier, das nicht mehr verwendet wird, hier in meiner Garage liegen auch Fehlgeburten, ganze Auflagen von Büchern, die nie gelesen wurden, alle diese Bücher feiern den Tag der Totgeburten, das Fest der toten Kindlein... und ich bin bei alledem dabei, Bücher, die irrtümlich hier sind und dennoch in die Presse wandern, Reste von Bänkelliedern, Reste all der Auflagen, die den Leuten nichts mehr zu sagen haben, manchmal tauchen hier auch seltene Bücher auf, die nehme ich dann mit nach Hause oder verkaufe sie zusammen mit Haňta im Antiquariat, damit wir was fürs Vesper und zum Trinken haben, Sie wissen ja, wir leben in einer Zeit, die sich ihrer Vergangenheit schämt und deshalb bemüht ist, die Spuren zu verwischen, wie auch ein Mädchen die Liebesbriefe vernichtet, bevor es einen anderen heiratet und nicht den, der ihr so schöne Briefe geschrieben hat... und ich bin dabei, das alles geht durch meine Hände... eigentlich müßte ich für diese Arbeit bezahlen, weil ich von mir immer denke, ich sei ein Schriftsteller, ich würde es trotz allem schaffen, einmal ein Buch zu schreiben, in dem diese ganze liebliche Apokalypse enthalten wäre, ein Buch, nur ein einziges schmales Bändchen, in dem nicht nur der Bericht eines Augenzeugen stehen würde, sondern die Poesie den Tatsachen entspränge...

Ich muß nun gehen... seufzte ich.

Warten Sie... Dieser Haufen Papier, der sich tagtäglich erneuert, ist für mich eine gewaltige dadaistische Collage. Kurt Schwitters, dieser Deutsche aus Hannover, würde verrückt angesichts so viel Schönheit, er hat sein Leben lang aus solchem Papier Bilder von atemberaubender Schönheit zusammengeschnipselt... und ich bin jetzt dabei, hab Angst davor hinzuschauen, manchmal möchte ich selbst noch übers Wochenende hierbleiben und einen Text nach dem anderen abschreiben, so wie sie in diesem Haufen hier liegen, doch habe ich weder die Kraft noch den Mut und die Frechheit dazu, zum Schreiben gehört nämlich auch echte Frechheit...

Ich muß nun gehen... seufzte ich.

Noch ein Weilchen, nur ein kurzes Weilchen, sobald Sie bei mir sind, zündet es, dann kann ich so gut denken – ... erst jetzt weiß ich, warum ich in Kladno so grenzenlos erregt war, vier Jahre lang bin ich dorthin gefahren und habe an ähnlichen Bergen gearbeitet, ganze Gebirge einst brauchbarer Werkzeuge und Maschinen und Gegenstände, die ich mit Ludva dem Metzger in die Gruben schaufelte, ganze Kleinstzüge verschlangen die Schmelzöfen der Stahlhütten, das Zeug schmolz dahin wie auch diese Ballen hier, die man in Papierfabriken zu neuem Papier verarbeiten wird, für neue Bücher, für neue Plakate, für neues Packpapier und so weiter, wie auch aus diesem früheren Alteisen und dem alten Stahl und Gußeisen Ingots gemacht wurden, aus den Ingots Brammen, aus den Brammen das Material, aus dem wieder neue Maschinen und neue Gegenstände hergestellt wurden, die dann Fabriken und Werkstätten verließen...

Ich muß nun wirklich gehen... Ich machte einen Schritt.

Noch eine Sekunde, justament hab ich begriffen, warum ich die Galanteriewaren feilgeboten habe, dieses Spielzeug, all diesen Schmarren, angefangen mit Engelshaar bis zu Wunderkerzen, von Wurzelbürsten für den Boden bis zu Pinzetten für die Brauen, zwei Koffer trug ich einige Jahre mit mir herum, zwei Koffer mit albernem Krimskrams schleppte ich durch alle Drogerien und Spielwarengeschäfte, um dieses Zeug vorzuführen und die Händler zum Kauf zu überreden, bei sofortiger Bezahlung gibt's fünf Prozent Rabatt... warum habe ich diese beiden Koffer zwanzigmal am Tag geöffnet und den Händlern präsentiert? Warum habe ich sie auch noch im Hotel geöffnet, diese Koffer, in denen Hunderte Muster ohne Wert lagen? Weil mich solch ein Trödel immer gerührt hat, wie mich die Schrotthalden in den Stahlwerken und dieses Papier hier rühren, Altpapier und Makulatur... Kommen Sie...

Der Doktor bot mir den Arm und führte mich die Treppe hinauf, die Hańta gerade eben hochgestiegen war, Heinrich, Jindra und wie immer man ihn hier noch nannte, wir betraten einen Flur, danach geleitete der Doktor mich wieder in die Tiefe eines dunklen Kellers, ich klammerte mich an seinen Fingern fest, seine Hand war angenehm, ich drückte sie sogar leicht, und er drückte die meine, und dort unten, von wo zuvor Maschinenlärm nach oben gedrungen war, schloß ich die Augen, und der Doktor küßte mich, er küßte mich lange, ein einziger, langer Kuß... Und dann öffnete sich die Tür, und im Schein der Glühbirne stand Heinrich, Hańta und verneigte sich vor uns.

Grüß euch Gott, liebe Leut... sagte er.

Und der Doktor führte mich in einen weiteren Keller, in Reih und Glied standen hier Ballen gepreßten Papiers, auch eine längliche Presse, und davor türmte sich ein Stapel Papier bis zur Decke, in der eine verstopfte, viereckige Öffnung zum Hof hinausführte, im Hof stapelte sich ein ebenso hoher Berg bis

unter die Glühbirne an der Überdachung, im Papier wimmelte es von kleinen Mäuschen, und das nasse, mit Wasser abgespritzte Papier verströmte einen ekelhaften Geruch.
Und Herr Hańta stand da wie das Unglück in Person, schweißgebadet, er hatte den Hut auf einen Ballen geworfen, schon tummelte sich ein Mäuschen darauf, der Schweiß floß an Herrn Hańta herunter und tropfte ihm von Nase und Kinn, er blickte zum Boden und hob die Hand...
Mir, Doktor, kommen die guten Gedanken immer nur im Kater, das heißt täglich so gegen elf Uhr vormittags, und dann bei dieser tyrannischen Arbeit hier. Schließlich waren alle diese Kriege und Schlachten, alle diese Revolutionen ein einziges Happening für die Menschen! Solch ein Happening haben wir doch im Jahre fünfundvierzig erlebt! Revolution, Revolution, ja, auch Revolution, in erster Linie jedoch Besitzraub und wehrlose Menschen, wann passiert es einem gewöhnlichen Menschen schon, daß er aus deutschen Wohnungen mitnehmen darf, was ihm gefällt, daß er jedes beliebige Stück Vieh aus dem Stall führen darf, die Lager aller deutschen Firmen in Prag und Iglau und Brünn waren ohne Schutzengel, und schöne Deutsche in Dirndln und schöne Schwestern in den Lazaretts, all das bot sich im historischen Augenblick dar, als der letzte deutsche Soldat abrückte, und dann weh den Besiegten! Und von wem man glaubte, er sei ein Kollaborateur, den durfte man, ohne bestraft zu werden, töten, Hieronymus Bosch und seine Hölle standen von den Toten auf, die Ermordung der Neugeborenen von Pieter Breughel wurde Realität, alles im Namen der Vergeltung für das, was die Deutschen uns und anderen Völkern angetan hatten, und all das waren Happenings, denn es gibt für den Menschen nichts Schöneres, wenn er wütend wird, als im Namen der Großen Geschichte Böses zu tun... und wie schön ist es, wenn der Mensch nur das zu tun braucht, was ihm gefällt, was seinen Emotionen entspricht, wenn der Himmel von niemandem bewacht wird und man zuschauen kann, wie die Schlösser und die alten Möbel der deutschen Adligen und des Bürgertums vernichtet werden, wenn man selbst Schöpfer dieser süßen Apokalypse von erlaubtem Feuer und Blut und Unzucht ist...

Sagte Haňta lächelnd, seine Glatze glänzte, es schien, als strahlte ein Heiligenschein um seinen Kopf, ich war nicht imstande, mich vom Fleck zu rühren, denn das, was der Herr Haňta erzählte, hatte ich erlebt, der Doktor wurde starr wie eine Wachspuppe, und Haňta fuhr fort...

Und als die Wehrmacht die Grenze zur Sowjetunion überschritten hatte, stand ihr ein Happening aus Feuer und Flammen und Ruinen und brennenden Dörfern und Städten und Millionen von Toten bevor, doch das Blatt wendete sich, und jetzt war es die Rote Armee, die vor sich die Trümmer der siegreichen Schlachten sah, denn als die Rote Armee die Grenze nach Preußen und Schlesien überschritten hatte, stand jedem einzelnen Soldaten, sofern er noch lebte, ein Happening bevor, die Freude, seinen Feind zu vernichten, die Freude darüber, daß die Geschichte umso deutlicher zeigte, wer der Bessere war, je mehr Ruinen deutscher Städte, je mehr brennende Dörfer, je mehr Leichen den Weg nach Berlin säumten... Und das letzte Happening, die Eroberung Berlins, dieser rauchenden und qualmenden Stadt, in der kein einziges Haus mehr stand, kein Stein auf dem anderen liegenblieb, was wäre ich gern dabeigewesen, als jener Soldat auf den Giebel des Reichstagsgebäudes kletterte und dort die rote sowjetische Flagge hißte... und dann nichts als Hurra und nur noch die Häuser des eroberten Deutschland aufbrechen, sämtliche Schnapsläden, sämtliche Schlafzimmer, sämtliche Keller, und dann einzig und allein Vergeltung, nicht Zahn um Zahn, sondern ein Zahn um die ganze Kinnlade und ein Auge um das Augenpaar... und wissen Sie, wer an allem schuld ist?

Fragte Haňta fröhlich.

Wer denn! Dieser Sakramentskerl Karl IV., der die reichen deutschen Städte und die reichen Klöster gebaut hat, dieser Sakramentskerl, der nicht nur die hussitische Revolution, sondern auch diesen Zweiten Weltkrieg vorbereitet hat, denn mit dem Reichstagsgebäude ist auch jenes alte Reich gestürzt, das Karl IV. als deutscher und römischer Kaiser fortgesetzt hat, und dann erst ist sein Reich gefallen, dank der Roten Armee... Hehehe, der Hegel war nicht bekloppt, als er über Karl IV. schrieb, er sei ein Feudalherr gewesen... der letzte Universalist auf dem Thron ... Und Hitler hat sich mit diesem Reich identifiziert ... Jetzt läuft das Denken wie geschmiert, Doktor, ich hab den Kater überwunden, nun aber was Lustigeres ...

Herr Hańta schob ein Bein vor, stemmte die Hand in die Seite und stützte sich mit der Faust auf einen Ballen und lachte.

Das war bereits einen Monat nach Kriegsende, man war schon wieder fidel, die Kirschen wurden reif, und dorthin, wo ich wohnte, kamen Soldaten der Roten Armee, sie hatten Appetit auf diese Kirschen und rissen die Zäune nieder, wie sie es vom Krieg her gewohnt waren, sie knickten ganze Äste ab ... und aßen und lachten ... und es kam der Besitzer des Kirschbaums, ein Maler, er brachte eine Bockleiter und erklärte den Soldaten, wieviel Arbeit es ihn gekostet habe, diese Kirschen so weit zu bringen, er sprach russisch mit ihnen und zeichnete in den Sand, wie so ein Baum heranwächst, und die Soldaten hörten auf zu essen und waren den Tränen nahe, sie schalten sich fürchterliche Bestien, wie hatten sie einen so schönen Baum zerstören können ... doch der Professor für Zeichnen und Malen tröstete sie, jetzt könne man das nicht mehr ändern, hier sei aber eine Bockleiter und sie könnten Kirschen pflücken, soviel sie nur wollten, sie sollten morgen wiederkommen ... Als die Soldaten weggingen, versprachen sie, den Maler reichlich zu entschädigen ... doch sie kamen nicht wieder, erst nach vierzehn Tagen kehrte einer von ihnen zurück und lachte, der Maler stand gerade im Garten, und dieser Soldat überreichte ihm etwas, das in Zeitungspapier eingewickelt war ... lachte nochmals und ritt auf seinem Pferd davon ... Und als der Maler das Zeitungspäckchen dort in der Sonne auswickelte, lagen blutverschmierte Ohren mit Brillantohrringen darin, Frauenohren, ein kostbarer Schatz, denn es waren ihrer sechs ...

Leise erzählte der Herr Hańta bis zu Ende, der Doktor stand vor ihm, um den Mund des Herrn Hańta herum klebten Krümelchen, Semmelkrümelchen, der Doktor streckte plötzlich die Hand nach ihnen aus und steckte sie in den Mund ...

Mir wurde übel und ich sagte ...

Jetzt muß ich wirklich gehen ...

11

Die ganze Woche über rief Lizaj mich bei der Arbeit an, ich möge sie um Himmels willen nicht im Stich lassen, sie würden übers Wochenende irgendwohin nach Mähren zu einem Begräbnis fahren, ich solle zu ihnen kommen, denn sie hätten seit vierzehn Tagen Boby zu Hause, einen Blueterrier, dessen Herrschaften in Österreich geblieben seien und auch nicht mehr zurückkämen, man habe Boby zu ihnen gebracht und so sei es nun mal, Lizaj liebe Hunde, und dieser Terrier sei so süß, daß sogar der Doktor ihn ins Herz geschlossen habe und in seine Kneipen mitnehme... Ich solle bei ihnen schlafen, Lizaj bitte mich nur um eins, mit dem Hündchen spazierenzugehen und es zu füttern...

Und so machte ich mich auf den Weg nach Libeň, ich kam schon früh am Morgen, traf rechtzeitig ein und hatte einen so schönen Hund tatsächlich noch nie gesehen, wir schlossen sofort Freundschaft, ich war sogar froh, daß Lizaj mich gebeten hatte, auf ihn aufzupassen. Und Lizaj und Wulli trugen dermaßen viele Pakete herunter und verfrachteten sie ins Auto, daß ich einen Augenblick lang erstarrte, was, wenn sie ebenfalls mit einer Ausreisegenehmigung nach Wien fahren und dort bleiben würden und mich mit diesem Boby hier zurückließen? Schließlich verabschiedeten sie sich und fuhren ab. Boby blieb ein Weilchen bei der Laterne stehen, als ich zu ihm hinging, leckte er mich und bellte, er lief auf die Treppe, wo Frau Beranová wieder mal Wasser über das Pflaster goß, sie streichelte Boby und sagte... Ein schönes Tier, was? Und dort im Hof kam Herr Slavíček die Treppe herunter, er hielt einen verschüchterten Knaben an der Hand, hinter den beiden trippelte ein kleines Mädchen, sie lächelten mir zu und streichelten Boby, und als sie unten angelangt waren, klatschte Frau Beranová den dreien einen Eimer Wasser vor die Füße, und die reinliche Frau, wie ich sah, abermals in malvenfarbener Unterhose und malvenfarbenem Büstenhalter, wetterte... Können Sie nicht aufpassen!

Boby lief in den Hof und geradewegs in die Waschküche, dort bellte er, bellte wütend, wütend vor Freude bellte er, und aus

der Waschküche trat der Doktor heraus, nackt, bis auf ein Handtuch, das er sich vorhielt, Boby bellte ihn an, der Doktor beugte sich zu ihm herunter und schloß die Augen, während Boby ihn leckte. Als der Doktor mich sah, erschrak er und ließ fast das Handtuch fallen, oben auf der Pawlatsche saß Frau Slavíčková auf dem Abort, Oberkörper und Kopf guckten aus der offenstehenden Toilette, und sie rief...
Doktor, schämen Sie sich denn kein bißchen? Gerade noch sind meine Kinder vorbeigekommen...
Der Doktor wehrte sich... Ich bin bedeckt, ich bin gut erzogen und weiß, was sich gehört... und er drehte sich zu mir um und sagte leise... Sie werden auf den Hund aufpassen, man hat Ihnen die Schlüssel gegeben, nicht wahr?
Ja, Lizaj ist meine Freundin, Sie haben doch auch Schlüssel für ihre Wohnung, Sie haben die beiden doch fünf Jahre lang jeden Abend besucht, Sie sind auch ein Freund, oder?
Gewiß doch, ich mag Lizaj, weil sie immer noch die ist, die sie war, aber Wulli, mein Gott, erst jetzt wird mir klar... Früher spazierte er in der Tracht der mährischen Slowaken herum und tanzte, beim Ritt der Könige saß er hoch zu Pferde, kein Wort Deutsch konnte er, plötzlich jedoch gab es nichts als die Deutschen für ihn... aber! Ich gehe schwimmen, nicht an die Moldau, an die Elbe, Sie kommen doch mit, nicht wahr?
Ich muß mich um das Hundchen kümmern... sagte ich.
Den nimmt die Frau Beranová, sie ist ganz vernarrt in ihn. Gehen Sie mit ihm spazieren, ich zieh mich an und rasiere mich... Laufen Sie hoch, dort hängt seine Leine...
Wo? sagte ich.
Er wird's Ihnen schon zeigen, keine Sorge...
Dort oben aber erhob sich Frau Slavíčková vom Klosett, kam ganz ungeniert heraus und zog schon auf der Pawlatsche ihre riesige Unterhose hoch, eine Hose mit Vamberger Spitzen, sie streifte den Rock hinunter, lächelte mir zu und zeigte dem Doktor die Zähne, sie knurrte, trat durch die Tür und knallte sie mit einem gewaltigen Schlag zu...
Ich versuchte, die Tür zur Wendeltreppe zu öffnen, erst beim dritten Anlauf gelang es mir, und wieder wehte mir kühle, nach Moder und sich zersetzender Farbe riechende Zugluft entge-

gen, Boby war inzwischen nach unten gerannt und berichtete Frau Beranová irgend etwas, sie streichelte ihn und raunte ihm Liebesworte zu, ich trat auf die Pawlatsche und dann in Lizajs Wohnung, Boby folgte, kläffte und sprang am Kleiderständer hoch, dort baumelten die rote Leine und das rote Halsband, ich stellte meine Handtasche zur Seite und errötete, ich hatte ja damit gerechnet, daß ich mit dem Doktor baden gehen würde, und deshalb hatte ich nicht nur Schmalzbrote mitgebracht, auch zwei Päckchen mit Schnitzeln und Schweinebraten, und ich errötete noch tiefer, denn ich hatte in der Tasche auch eine Flasche Bier, und als ich mich herunterbeugte und Boby das schöne korallrote Halsband überstreifte, geriet ich so ins Schwitzen, daß ich mir mit dem Unterarm die Schweißtröpfchen von der Stirn wischen mußte, als mir klar wurde, daß nicht nur der Doktor, sondern alle im Haus wußten, daß Lizaj und Wulli verreisten, und zwar nur aus einem Grund, ich sollte hierbleiben, auf Boby aufpassen und ihm Futter geben, Lizaj hatte sich diesen Boby nur deshalb ausgeliehen, damit ich und kein anderer, damit der Doktor und ich auf ihn achtgaben, die zwei Tage über, derweil sie bei diesem Begräbnis in Mähren sein würden... Und Boby stand auf und bellte freundschaftlich, er lief auf die Pawlatsche und wieder zurück, und als ich auf die Pawlatsche hinaustrat, rannte er die Treppe hinauf und hinunter, frohlockte und zeigte, wie glücklich er war, mich zu sehen, mit mir Gassi zu gehen. Ich schloß ab, und dort unten leckte und umwedelte Boby schon wieder die reinliche Frau...

He, sagte die Frau, he, heut ist es schön, ich werd für Sie aufs Hündchen aufpassen, Sie könnten es noch irgendwo verlieren... Ich hab für den Doktor was Leckeres, damit ihm das Wasser im Mund zusammenläuft. Mein Gott, Boby läuft auch schon das Wasser im Mund zusammen, nicht wahr, Bobilein, nicht wahr? Als ich diese zwanzig Jahre Kellnerin in Hamburg war, hatte ich auch so einen Hund... Und sie nahm einen Eimer Wasser und schüttete ihn übers Pflaster, und dann kehrte sie die Lache mit dem Reisbesen ins Kanälchen.

Ich ging auf Zehenspitzen um die große Wasserlache herum, vor mir bellte Boby und drehte sich zu mir um, er kläffte die

Klinke an, und als ich die Tür behutsam öffnete, lief Boby zögernd in den Hausflur hinaus und fing wieder an zu bellen, ich nahm die rote Leine, und er trottete vor mir her, hob sein Köpfchen in die Höhe und stolzierte dahin, und ich führte ihn ebenso stolz, denn Halsband und Leine waren von der gleichen Farbe wie meine berühmten roten Stöckelschühchen, und ich lachte, bis mir die Tränen kamen, irgendwie war ich heimgekehrt, zu Hause hatten wir einen Edelterrier gehabt, stolz war mein Papa auf seine Hunde gewesen, ich aber hatte sie nur ausgeführt, weil Papa Hunde liebte, die einen Stammbaum hatten, wie auch Boby, dessen Herrchen und Frauchen in den Westen gefahren waren und ihn zurückgelassen hatten, damit ich zusammen mit ihm über die Gasse Am Damm stolzierte, damit die Leute sich nach uns umdrehten, um sich noch einmal davon zu überzeugen, wie phantastisch wir uns machten. Und ich hüpfte vor Freude, tanzte drei Polkaschritte, Boby bellte im Takt, und eine alte Frau hielt mich sogar an und sagte ... Wir hatten auch so einen, oh, was haben wir geweint, als er starb, an der Staupe ist er gestorben, ein Kerrilein, ein Kerry Blueterrier, ich weiß, die Rasse stammt aus England, gezüchtet für den Fischotterfang, doch hat dieser Hund einen so gutmütigen Charakter, daß er, wenn ein alter Otter ihn zuerst packt und auf den Grund zerrt, so lange mit dem Schwanz wedelt, bis der Otter ihn ertränkt hat, jawohl ertränkt, junge Frau ... nickte die Alte, und ich lächelte sie an, nickte ebenfalls und bog in die Ludmillagasse ein. Und so gelangten Boby und ich bis zum Bahngleis und zu den Schranken, dann flanierten wir die vormittägliche Hauptstraße hinunter, ich schritt aus, Boby trottete neben mir her, und meine roten Schuhe und Bobys rotes Halsband und die Leine wirkten derart auf die Passanten, daß sie zum Rand des Gehsteigs sprangen und uns den Vortritt ließen, und wer uns entgegenkam, drehte sich nach uns um, und ich setzte eine gelangweilte Miene auf, so einen Edelgukker, als würde ich an etwas überaus Erhabenes denken, ich schritt aus, als wäre nicht nur ich, sondern auch Boby eine Eis- oder Parisertorte mit Schlagobers. Und aus dem Kolonialwarenladen Pramen trat ein junges Mädchen, mit einem Puppengesicht und geschminkt wie ein Clown, und dieses Mädchen

schaute erst Boby, dann mich an, sie streichelte Boby, und ich sagte...
Das ist ein Blueterrier, ein Kerrilein, aus England, dort züchtet man diese Rasse zum Otterfang, er hat aber einen so guten Charakter, daß...
Doch das Mädchen mit dem Puppengesicht schnitt eine Grimasse und sagte laut lachend zu mir... Sagen Sie dem Doktor, meine Großmutter richtet ihm als seine Vermieterin aus, daß er ihr für ein halbes Jahr die Miete schuldig ist, dreihundert Kronen...
Und warum sagen Sie das mir und nicht dem Doktor selbst! Was denn für dreihundert Kronen!... sagte ich.
Ich zuckte mit den Schultern und errötete, und dann schwebten Boby und ich wieder die Hauptstraße entlang, und wir standen weiterhin im Mittelpunkt der Aufmerksamkeit, ich schritt aus und dachte an das Mädchen mit dem Clowngesicht, warum hatte sie mich mitten auf der Straße so angeschnauzt, sie hätte es mir doch ebenso dort in der Nummer vierundzwanzig sagen können, und alles in allem, war ich die Miete schuldig oder der Doktor? In diesem Augenblick hatte ich Lizajs Zimmer vor Augen, dort, wo das Bett stand, war eine Tür, eine verschlossene Tür, hinter der Wullis Tante wohnte, und drüben auf der Straße ging ihre Enkelin. Ich sah die verschlossene Tür und Lizajs Bett davor, ich hatte dieses Bett heute gesehen und war rot geworden, denn das Bett war gemacht, und nicht das allein, das Bett war frisch bezogen, und nicht nur das, über das Bett war auch ein blitzsauberer Wiener Pyjama geworfen. Für mich. Und ich errötete noch tiefer und stapfte auf, daß Boby erschrak, was würde der Doktor nur von mir denken? Er hatte gleichfalls einen Schlüssel zur Wohnung... und ich sollte hier schlafen, alles war dafür vorbereitet, samt Seife und sauberem Frottiertuch, das Blut schoß mir so rasch in den Kopf, daß ich stehenbleiben mußte, heftig klopfte mein Herz... das ist doch eine Falle, damit der Doktor hier mit mir schläft und es dann keine Sorgen oder nicht mehr so viele Sorgen gibt, denn danach hätte ich, wie jene alte Frau mich genannt hatte, eine junge Frau sein können, ich hätte einen Wohnsitz Am Damm Nummer vierundzwanzig und eine feste Anstellung... Na wenn schon?

Meldete sich meine innere Stimme zu Wort, denn ein bißchen war ich auch nach meiner Mutter geraten, einer Oberförsterstochter aus Niederösterreich, die nicht nur stur sein konnte, sondern auch dickschädlig und die mir nichts, dir nichts alles auf den Kopf stellte und in sein Gegenteil verkehrte, als kleines Mädchen war sie in die Kirche gegangen und hatte täglich gebetet, doch dann kam Hitler, und sie fuhr nach Wien, um ihn zu sehen, und seit jener Zeit war Hitler ihr Gott, bis zum letzten Tag des Monats Mai im Jahre fünfundvierzig ... habe ich nicht auch das Recht, auf meine zweite Stimme zu hören und ihr zu folgen, auf die Stimme, die ja sagt, alles möge so geschehen, wie es sich ankündigt, es soll mein Schicksal werden ...

Und Boby stand bereits auf den Hinterbeinen vor der Tür und kläffte die Klinke an, wir traten ein, Boby lief sofort zu Frau Beranová, sie saß auf einem Stuhl und las Hallo am Samstag, heute war Samstag, Boby legte seinen Kopf zwischen ihre dikken Schenkel und schloß selig die Augen, ich streckte Frau Beranová die rote Leine hin und sagte ... Also gut, ich danke Ihnen, in der Tat, wir könnten Boby noch irgendwo vergessen ...

Und die reinliche Frau senkte den Kopf, die Brille mit den dikken Gläsern rutschte auf die Nasenspitze, sie sah mich mit ihren verquollenen Augen an und lachte ... Ist doch klar!

Und der Doktor kam die Treppe herunter, er blieb stehen, zog einen Taschenspiegel hervor und betrachtete sich, mit einem Finger schob er die paar Haare über der Stirn zurecht, und die reinliche Frau sagte freundlich ... Ein fescher Mann, immer noch ein fescher Mann ...

Und ich lief hinauf, schloß die Wohnung auf, ging von der Küche ins Zimmer, ja, dort vor der weißgestrichenen, verschlossenen Tür stand ein sauber bezogenes Bett, und tatsächlich, ich hatte mich nicht getäuscht, ein Wiener Pyjama, ich nahm meine Tasche, und als ich auf die Pawlatsche hinaustrat, hing da überm Waschbecken ein sauberes Frottiertuch, und es lag dort auch ein Stück frischer Seife, ich stand da, lachte und zuckte mit den Schultern, was soll's, es ist alles wie in der Verkauften Braut, das ganze Haus, das ganze Hotel Paris, alle, die mich kannten, betrachteten mich als Braut, weshalb sollte ich mich nicht auch als Braut sehen, zumal in einem Haus, in dem dieser Doktor alle vierzehn Tage eine Hochzeit feierte...

Und nachdem ich zugesperrt hatte, klapperten meine roten Schuhe die feuchten Stufen hinunter, Boby hatte seine Schnauze noch immer zwischen Frau Beranovás Schenkel liegen, er schaute ihr in die Augen und wedelte mit dem Schwanz, als zöge ihn ein kräftiger Otter auf den Grund, ich sah den Doktor mit Vergnügen an, in seinem Blick lag Erwartung, doch schlug er die Augen sofort nieder und errötete, so standen wir uns in einer großen Pfütze gegenüber, die in der Vormittagssonne rasch trocknete, und als die reinliche Frau Beranová sah, daß der Doktor errötete, seufzte sie und winkte ab...

Und so schritten wir Seite an Seite durch die Gasse Am Damm, der Doktor strich sich mit einer Bürste das Haar zurecht, er trug einen hellen, oben aufgeknöpften Pullover und eine graue Hose, irgendwie ging er schneller als ich, er lief mir geradezu voraus, als hasteten wir zum Bahnhof, er wartete jedoch immer wieder, bis ich ihn eingeholt hatte, dann marschierte er eine Zeitlang neben mir, eilte dann aber wieder voraus, zweimal hätte ich fast meinen roten Stöckelabsatz abgerissen, was heißt da Absatz, im Knöchel hatte es ein bißchen geknackst...

Das, sagte der Doktor und streckte die Hand aus, ist der berühmte Briefkasten. Ich habe zugeschaut, wie er hier an die Mauer montiert wurde, und an diesem Tag kam ein Blinder vorüber, wie es seine Gewohnheit war, und er prallte mit der Stirn gegen die scharfe Kante dieses Kastens. Das Blut spritzte hervor, und der Blinde nahm seinen weißen Stock und schlug auf den Kasten ein! Hören Sie mir zu? Sehen Sie mich? Wenn ich mit Ihnen gehe, Sie sehen und hören es selbst, dann quassele ich wie aufgedreht... wahrscheinlich, weil Sie nicht reden, nur meine dankbare Zuhörerin sind... Ach dieser Wulli, so ein Prachtskerl, dem die Volkstracht so gut stand, der aber die Juden nicht mag, was sag ich, der die Juden so sehr haßt, daß er blind wurde und dann ebenso gegen einen Kasten knallte, weil er alles auf die Deutschen gesetzt hatte, die mit den Juden so verfuhren, Sie wissen ja selbst, und während Lizaj im Kittchen saß, schließlich hat es doch ein gutes Ende genommen, sie war

Parteimitglied, verstehen Sie, wohin auch immer die Deutschen kamen, sammelten sie nicht nur alle Juden, sondern auch die Kommunisten ein und erschossen sie... Während Lizaj also saß, lebte Wulli hier bei seiner Tante, bei unserer Hauswirtin, der ich immer noch die Miete schuldig bin, auf der Veranda hing ein Riesenkäfig mit dem Papagei Lorička, Lorička war hundertdreißig Jahre alt und in Wien erzogen worden, also sprach er nur deutsch und sagte am Morgen zu sich selbst... Lorička is scheen und braav... und als Wulli einen Monat nach Kriegsende dasaß und einen Brief schrieb, saß Lorička wie gewohnt auf seiner Schulter, Wulli ging dann hinaus und brachte den Brief zu genau diesem Kasten, und als er ihn eingeworfen hatte, trommelte er auf den Kasten, und Lorička schrie auf deutsch... Ein! Zwei! Drei! Der Kaiser ist da! Es war an einem Vormittag, die Straße war voll von Menschen, und in solchen Zeiten deutsche Befehle hören! Wulli rannte mit Lorička zurück in unseren Hausflur... Ach dieser Wulli! Wissen Sie, das war eine Lovestory, die ginge ja noch, aber Lizaj ausgerechnet in der Zeit zu heiraten, als die Heydrichiade stattfand und mehr als vierzigtausend Tschechen hingerichtet wurden, weil sie das Attentat auf den Reichsprotektor gutgeheißen hatten... und er, ein Sokol-Turner, ausgerechnet der mußte Lizaj heiraten, also mußte er davon überzeugt sein, daß das Reich gewinnen würde, nicht einmal im Traum wäre es ihm eingefallen, das Reich könnte den Krieg verlieren...

Ich zuckte mit den Schultern, erst jetzt wurde mir klar, daß der Doktor eigentlich recht hatte, ich erinnerte mich, wie Wulli und Lizaj im Protektorat bei uns zu Hause saßen, daß auch Soldaten und Mitglieder der NSDAP bei uns waren, und Wulli hörte ihnen aufmerksam zu, kein Wort Deutsch verstand er, deshalb übersetzte Lizaj ihm leise, und wie diese Soldaten, wie diese Nazis, waren die beiden bis zum letzten Augenblick davon überzeugt, das Reich würde schließlich doch noch gewinnen, weil Hitler eine Geheimwaffe besaß...

Wir gingen am Bahngleis entlang, eine Lokomotive fuhr vorbei, in der Straße blieben Dampf und braune Rauchwolken zurück, wir standen vor einem Haus mit einer langen Pawlatsche im ersten Stock, überm Geländer lagen Federdecken, auf die sich dicke Frauen stützten. Wir warteten, bis der Qualm und Rauch abgezogen waren, und gingen weiter, zehn Türen im Erdgeschoß und zehn Türen im ersten Stock, und die Wohnungen betrat man durch Schranktüren, die in die Türrahmen eingelassen waren. Alle Fenster und Türen standen sperrangelweit offen, davor alte Leute, sie saßen auf Stühlen oder stützten sich aufs Geländer, irgendwie waren sie in Festtagsstimmung, als wären sie an der Sázava und lehnten sich über die Verandageländer der Wochenendhäuser oberhalb des glitzernden Flusses, indes sie hier im Rauch ausharren mußten. Es dauerte sehr lange, bis ein Luftzug diesen Rauch und Qualm zu den Schranken weggeblasen hatte, zurück zum Libener Bahnhof, oder bis sie sich im Bocksdorn verhedderten, der das ganze Bahngleis entlang wuchs. Und als die Luft wieder klarer wurde, standen wir immer noch vor diesem merkwürdigen Haus mit seinen merkwürdigen Bewohnern, die weiterhin auf die Gleise und auf uns schauten und sich freuten, als wären sie Zuschauer eines seltenen Schauspiels, als marschierte ein feierlicher Umzug durch die staubige Brandopfer Gasse.

Das ist das Perutzianum, sagte der Doktor, hier wohnten die Arbeiter der Spinnerei Perutz, und sie leben immer noch hier, wenn aber einer stirbt, will keiner mehr hier einziehen, also beziehen die freigewordenen Wohnungen nur noch ... Kommen Sie in den Hof, wir haben ja Zeit ...

Und der Doktor bog in ein gewölbtes Tor ein, das bereits bröckelte, wir traten in den Hof des Perutzianums, wo sich ein zweites Gebäude wie jenes entlangstreckte, das an der Straße stand, es war noch verwahrloster, die Pawlatschen wurden mit Pfeilern und Balken gestützt, und die Wände bröselten wie Blätterteig. Doch alle, die auf Stühlen vor ihren Türen saßen, waren ebenfalls sonntäglich und festlich gestimmt, sie blickten aus den dunklen Schatten in die Sonne, dorthin, wo eine rotgestrichene Wasserpumpe leuchtete und sich quer über den Hof kleine Schuppen hinzogen, Dutzende gleicher Schuppen aus Brettern und Gittern, sie standen offen, und drinnen waren Werkbänke, und einige Alte bastelten konzentriert, sie feilten und schliffen und paßten zusammen, derweil auf der grünen Wiese neben der Pumpe Zigeunerkinder spielten, die Kinder und ihre Kleider strahlten wie Edelsteine in der Sonne, und erst jetzt bemerkte ich, daß alle diese Zigeunerlein schönes Haar, schöne Augen und eine schöne Haut hatten und diesen Kindern alles stand, auch wenn fast jedem eine Rotznudel unter der Nase hing...

Dann gingen wir wieder zur Brandopfer Gasse hinaus, andauernd lief der Doktor am Gleis entlang vorweg, er ging so schnell, daß ich ihm kaum folgen konnte, ich verlangsamte meine Schritte sogar in der Absicht, daß sich der Doktor umdrehe und warte, bis ich ihn wieder eingeholt hätte, oder er zurückginge. Und wann immer er vor mir ging, sah ich, seine Beine waren ein bißchen krumm, die Beine eines Fußballers, und wenn er sich umdrehte, erriet er, wie ich ihn sah, er genierte sich ein wenig, und als ich neben ihm war, sagte er...

Die Beine gehen ja noch, weit mehr grämt mich, daß mir die Haare ausfallen. Bis dreißig hatte ich so dichtes Haar, ich konnte es kaum kämmen, ich mußte mir Öl hineinschmieren, um es zu frisieren, und selbst das noch mit einer Wurzelbürste. Ich hatte kastanienbraunes Haar und über der Stirn eine Welle, einen strohfarbenen Hahnenkamm, nach so schönen Anfängen solch ein Ende...

Jeder ist, wie er ist, sagte ich.

Und wir überquerten die Hauptstraße nahe bei den Schranken, unweit standen der Bahnhof und ein Kalk- und Zementlager, in der Sonne schmerzte der Kalk in den Augen wie Frühlingsschnee. Unmittelbar neben den Lagern waren Kohle, Fächer mit Briketts, Braunkohle, die Gleise entlang kamen wir zum Bahnhof, der Doktor kaufte die Fahrkarten, und dann standen wir auf dem Bahnsteig, durch eine offenstehende Tür konnte man ins Büro sehen, Tische mit Telegraphenapparaten, ein riesiger Schrank, in dem es ununterbrochen rasselte, dann kam der Fahrdienstleiter herbeigelaufen und stellte im Stellwerk die Hebel um, danach stand er auf dem Perron, die Reisenden drängten sich zwischen die Gleise, und der von einer Dampflokomotive gezogene Zug fuhr in den Bahnhof ein, der Rauch qualmte und schwebte sanft auf die Reisenden nieder, und als der Zug anhielt, konnte man sehen, daß er brechend voll war, die Fahrgäste standen in den Gängen, hinter den Fenstern mit

den heruntergelassenen Scheiben hatten sich so viele Menschen angesammelt, daß ihre Arme im Freien baumelten, erst nach einer Weile sprangen zwei Schaffnerinnen aus einem Wagen, die Reisenden vom Bahnhof Libeň stiegen zu, sie machten sich stark, quetschten sich hinein, und aus dem ganzen Zug hörte man den Ruf Zurück in die Abteile!
Der Doktor kletterte auf die Stufen, blieb aber schon auf der ersten stehen und schrie... Öffnet die Toilettentür! Und wir gelangten in den Zug, in einen Ausflugs-Sonderzug, ich stand dicht neben dem Doktor in der Toilette, welch ein Glück, daß wenigstens das Fensterchen offen war, ich scheute mich, auf die beschmutzte, beschädigte Kloschüssel zu schauen, welch ein Glück, daß wenigstens das Fensterchen offen war... der Doktor stand dicht neben mir, stützte sich mit beiden Händen gegen das Fensterchen, und ich war ihm zugewandt, er umarmte mich, und so fuhren wir zu einem schönen Ausflug, ich wußte nicht, wohin wir fuhren, wußte nur eines, daß der Doktor und ich uns aneinanderschmiegten wie beim Tanzen, ich hob die Arme, an meinem Ellbogen baumelte die Tasche, und legte meine Handflächen auf die Schlüsselbeine des Doktors, es berührten sich unsere Gesichter, der Zug fuhr an, ich sah, wie der Qualm die Menschenschlangen einhüllte, die beiderseits der Schranken auf der Hauptstraße warteten, die Straße verlor ich im Rauch aus den Augen, der Zug ruckte mühevoll an und dampfte, er fauchte zwischen den Gleisen, und der Dampf verstärkte den Geruch des niederschwebenden Rauchs, ich hielt mich mit beiden Händen am Doktor fest, und es wurde in diesen Rauchwolken so finster, als fahre man in Prag in den Wilsonbahnhof ein... Und dann pfiff das Signal, und der Rauch stieg wieder in die Höh, ich sah durchs Fensterchen Pawlatschen, die langen Pawlatschen des Perutzianums, die alten Frauen stützten sich auf die Federbetten und verfolgten neugierig unseren Zug, einige saßen am Geländer und ließen ihre Arme hinbaumeln, als wären sie ausgekugelt... und dann fuhr der Zug tatsächlich, und man konnte die Libener Straßen sehen, die quer von der Bahnstrecke wegliefen, die geöffnete Kneipe Am Eck, dann kam ein Tunnel, noch nie hatte ich gesehen, daß es rund um Libeň so schöne Hügel gab, auf denen die

Dächer von Wochenendhäuschen hervorlugten, ringsum Obstbäume und Sträucher und überall Menschen, ihre Hemden und Pullover leuchteten auf, hier und da standen auch Liegestühle, und in der Sonne räkelten sich Leute in Badeanzügen und Turnhosen.

Das ist der Hájek ... flüsterte der Doktor mir ins Ohr.

Ja? Ich schlug die Augen auf und schaute direkt auf sein rasiertes Kinn, spürte seinen Atem.

Und das ist die Gottlaß-Gasse ... und jetzt fahren wir über das Flüßchen Rokyta, flüsterte der Doktor mir ins Ohr, er legte seine Lippen auf mein Ohrläppchen, das war so schön, daß ich mich wider Willen gegen dieses fürchterliche Klosett mit dem aufgeklappten Deckel über der Schüssel lehnen mußte, aus der es von den Gleisen her zog. Und dann fuhren wir am Gasbehälter vorbei, hinter dem sich eine Hügellandschaft mit abgebröckelten Felsblöcken hinzog, ganz dicht bei der Eisenbahnstrecke führte ein schmaler Weg über die Hügel, auf dem Menschen schritten, sie blieben mit den Kindern stehen, waren festlich gekleidet und blickten zu dem überfüllten Zug, auf dem Trittbrett stand die Schaffnerin, sie hielt sich am Eisengeländer fest, und der Zug fuhr in eine Station ein, wo wiederum Scharen von Reisenden warteten, als er anhielt, ertönten wieder Rufe, die Schaffnerin lief am Wagen entlang und schrie, die Reisenden sollten in die Abteile vorrücken, sonst würde der Zug hier in Vysočany stehenbleiben ... Die Reisenden fuhren aber zu einem Ausflug, sie hatten einen schönen Tag vor sich, der ganze Waggon schwappte von fröhlichem Reden, von Rufen und Bemerkungen über, der ganze Waggon war vollgepfropft mit farbenfrohen Hemden, Leibchen, Hand- und Badetaschen, und ich erstarrte bei dem Gedanken, jemand könnte auf die Toilette müssen, wenn nun plötzlich jemand Bauchschmerzen bekäme und auf diesen Abort müßte, dann hätte mein Glück ein Ende, mein Glück, daß wir beide allein, ich und der Doktor, uns hier hineingequetscht hatten, zwar gab es da noch die Hälfte eines Menschen, von dem jedoch nur ein Bein und eine Hand, die sich am Türrahmen festhielt, zu sehen waren. Und der Zug fuhr wieder los, ruckartig fuhr er an, er versetzte die Waggons so sehr ins Schwanken, daß wir uns noch enger aneinanderpreßten, ich umarmte den Doktor, berührte ihn auch mit den Schenkeln und dem Bauch, und er tat es mir gleich, wir hielten uns an Händen und Armen fest, als tanzten wir Polka oder Walzer, wir schauten aus dem Fenster und sahen, wie da draußen ein Zug an den Birkenhainen entlang in die Höhe kletterte, wo junge Mütter mit Kindern auf Decken im Gras lagen, dann kamen wir an einer Ziegelei vorbei und wieder an Hainen mit Kindern und Erwachsenen, die überall lagen und wie hingeworfen wirkten... Und die Klosettschüssel war nicht abgedeckt, mit Fäkalien bespritzt, und durch den offenen Boden, von dem es tropfte, konnte man die nach hinten laufenden und aufeinanderfolgenden Schwellen und den von Öl und erstarrten Dampftröpfchen getränkten Schotter sehen. Und als der Zug stehenblieb, stürzten die Fahrgäste hinaus, sie reichten sich Kinder und Gepäck durchs Fenster, auch aus der Toilette entfernte sich behutsam dieses Jeansbein, die Finger lösten sich vom Türrahmen, die Toilettentür schloß sich, und wir waren allein, hielten einander weiter fest, umarmten uns und preßten uns aneinander, als tanzten wir Polka oder Walzer...

Ich fühle mich immer so wohl mit Ihnen, flüsterte der Doktor mir ins Ohr.

Ich mich auch, sagte ich.

Wenn ich mit Ihnen zusammen bin, kommt es mir vor, als wären Sie gar nicht bei mir, stotterte er.

Das verstehe ich zwar nicht, sagte ich, begreife es aber.

Also, ich fühle mich ganz einfach wohl... Wie wär's, wenn Sie bei mir wohnten? Sie wissen, ich habe nur ein Zimmer, dort gibt es aber eine Tür, durch die man in ein zweites Zimmer gehen kann, und dieses zweite Zimmer sieht genauso aus wie meins, das eine Zimmer ist der Spiegelsaal des anderen, und ein gemeinsamer Flur und eine gemeinsame Toilette auf dem Hof, es ist ganz nett, wenn's schneit oder regnet, barfuß über den Hof aufs Klo zu gehen, und dann gibt's im Hof in der Waschküche auch ein Bad, dort steht ein herrlicher Waschtrog, darin könnten wir baden, und dann, Sie haben es selbst gesehen, gibt es auf dem Dach auch eine Terrasse, ich würde für Sie zudem noch einen Stuhl zurechtsägen... sagte der Doktor, seine Lippen berührten mein Ohr, ich hatte die Augen geschlossen,

nickte wie bei den Litaneien in der Kirche und wiederholte... ja, ja, ja...
Da klopfte jemand an die Toilettentür, im Schloß rasselte es, die Tür flog auf, und vor uns stand die Schaffnerin und rief erbost... Fahrkarten bitte... und vor allem! In den Gängen und Abteilen gibt es jetzt freie Plätze, machen Sie dieses Scheißhaus frei, verstanden?
Ja, bitte, sagte ich und trat als erste hinaus, der Doktor folgte mir, wir waren beide rot, jedoch nicht vor Scham, sondern wegen dieses Glücks, das mich ganz gewiß und vielleicht auch den Doktor getroffen hatte, in dieser ekelerregenden Toilette, die in jenem Augenblick einem Beichtstuhl geglichen hatte, und als die Fahrgäste im Gang uns sahen, wie wir uns durchtränkt von Lysolgeruch an ihnen vorbeistahlen, wandten sie sich angewidert ab, ich aber bedauerte zutiefst, daß ich mit dem Doktor nicht viel, viel länger hatte dort bleiben dürfen...

12

Und dann stiegen wir an einem kleinen Bahnhof aus, der Doktor war irgendwie sentimental und gerührt, er sah sich auf diesem Bahnhof um, stand unschlüssig vor dem Büroraum, daneben war eine Überdachung, unter die der Fahrdienstleiter trat, er drückte den Signalhebel runter und vom Dienstwagen, aus der Richtung der Lokomotive, kam eine Frau in Uniform, sie schob eine Schubkarre mit Paketen und einem verschnürten Koffer vor sich her, und als sie den Doktor erblickte, jauchzte sie, ließ die Schubkarre Schubkarre sein und umarmte ihn sichtlich erfreut, der Fahrdienstleiter gab das Zeichen zur Abfahrt des Zugs, mit dem wir gekommen waren, die Hilfsarbeiterin gab dem Doktor ein Küßchen, und der Fahrdienstleiter, der von den Gleisen herüberkam, betrat das Büro, ging zum Telefon und dann wieder heraus, er war jung, trug braune Schuhe und unter dem Uniformmantel ein offenstehendes Hemd.
Herr Fahrdienstleiter, rief die Hilfsarbeiterin, das hier ist der Herr Fahrdienstleiter, mit dem ich zusammen im Protektorat

hier gearbeitet habe, das ist der, den die Deutschen erschießen wollten ...

Der junge Fahrdienstleiter zuckte jedoch nur mit den Schultern und trat wieder in sein Büro, die Hilfsarbeiterin kehrte zu ihrer Schubkarre zurück, der Doktor kam ihr zuvor, packte die Karre selbst an und schob sie ins Lager. Der Doktor schien mich vergessen zu haben, ich lief hinter ihm her, die Hilfsarbeiterin lud die Pakete und den mit einer Wäscheleine verschnürten Koffer ab, dann zeigte er auf mich und sagte ... Das ist meine Freundin ... und das ist die Frau, mit der ich hier gearbeitet habe, aber ich bitte Sie, wie ist es denn mit dem Herrn Stationsvorsteher ausgegangen? Und die Hilfsarbeiterin gab mir die Hand und verneigte sich leicht, sie machte eine Art Knicks, ich sah, daß sie noch immer hübsch war und damals vor elf Jahren war sie wohl schön gewesen, noch heute sah sie wie die Jungfrau Maria aus, sie lächelte dem Doktor zu, der mir einen Stuhl anbot, und setzte sich auf ihre Schubkarre. Sie strich dem Doktor übers Haar und sagte ...

Was ist nur los mit Ihnen, die Haare fallen Ihnen ja aus? Wie es mit dem Vorsteher Prokop ausgegangen ist? Fragen Sie mich lieber nicht, kurz nach der Revolution war er eine Zeitlang eingesperrt, doch ist ihm nichts passiert, danach hat er noch irgendwo im Grenzgebiet gedient und ist dann in Rente gegangen. Dem haben sie einen Denkzettel verpaßt ... Aber Doktor, was ist denn nur mit Ihnen, Sie haben ja bereits eine Glatze ... sie schaute sich sein Haar an und dann mich und erklärte mir ...

Also, der Herr Vorsteher hatte als Fahrdienstleiter an der Strecke Aussig–Teschen gearbeitet und sich in eine Deutsche verliebt und sie geheiratet, damals war das gang und gäbe, die Deutschen gingen noch in die tschechischen und die Tschechen in die deutschen Kneipen, man sang ein Lied auf tschechisch und das nächste auf deutsch, die Tschechen sangen auch deutsch und die Deutschen wiederum tschechisch, dann aber kam Henlein, und das war der Anfang vom Ende ... und unsere Frau Vorsteherin hatte den Verstand verloren, Hitler war ihr Gott, als der Herr Vorsteher auf unseren Bahnhof kam, mußten wir uns in acht nehmen, denn auch er hielt es mit den

Deutschen, sie hatten eine Tochter und die war in der Hitlerjugend, war das ein Fest, als Hitler Polen und danach Frankreich besiegte, war das eine Freude, als Hitler es auch noch mit den Russen aufnahm, wir mußten uns verdammt in acht nehmen, auch vor dem Herrn Vorsteher. Dann aber kam Stalingrad, bis zu diesem Zeitpunkt hatten hier Schlachtfeste stattgefunden, und da oben im ersten Stock, in der Wohnung des Herrn Vorstehers, wurde gesungen und gejubelt, doch dann kam Stalingrad, die Frau Vorsteherin schickte ihre Pelzmäntel an die Front, das half auch nichts mehr, der Herr Vorsteher wurde schon vorsichtiger, und als Stalingrad gefallen war, kam er immer auch nachts hier ins Büro herunter, er ging unter die Weichensteller und die Blockwärter, um sich mit ihnen über die Lage an der Front zu unterhalten, er hörte nicht mehr den Reichsfunk, sondern den englischen Rundfunk, einzig und allein die Frau Vorsteherin war immer noch begeistert und ihre Tochter ebenfalls, doch dann kam die Zeit, als Sie hier Fahrdienstleiter waren, schon gegen Ende des Krieges, der Herr Vorsteher wußte bereits, wie dieser Krieg ausgehen würde, nur die Frau Vorsteherin wiederholte in einem fort, die Deutschen werden schon noch gewinnen, weil Hitler eine Geheimwaffe hat... Der Fahrdienstleiter kam aus seinem Büro heraus, stand bei den Gleisen, ein Güterzug ratterte durch den Bahnhof, der Fahrdienstleiter schaute hinterher, ging dann zurück, man hörte die Signalhebel klappern, der Doktor stand auf und sah dem Zug nach, er war aufmerksam und sehr ernst, hockte sich dann auf die Schubkarre und starrte gedankenverloren auf den staubigen Boden...

Das sind meine schönsten Träume... sagte er, immer wieder träume ich, daß ich diese schöne Uniform trage, schwarze blankpolierte Schuhe, den Mantel bis zum Hals hochgeknöpft... so stehe ich da, und durch meinen Bahnhof fahren Schnellzüge und Personenzüge und Militärtransporte, scharf bewachte Züge fahren an die Front, ich stelle die Weichen und hebe und senke die Signale, ich bin im Büro, wo die Telephone klingeln und Telegraphenapparate rattern, im Ofen knistert es und Sie legen Holz nach, Sie lächeln, Sie haben immer gelächelt, auch in meinen Träumen lächeln Sie. Wissen Sie, käme

ich noch einmal zur Welt, dann wäre ich gern mein Leben lang Fahrdienstleiter und danach Stationsvorsteher, auf einem ganz kleinen Bahnhof, der Herr Vorsteher war aber nett zu mir, und ich habe ihm fast ein ganzes Schwein aufgegessen...
Die Hilfsarbeiterin fügte hinzu... Kein Wunder, möglich war das, aber nur, weil ihn damals die Galle plagte und er eine kaputte Leber hatte, und seine Frau konnte nichts mehr essen, weil schon Budapest, schon Breslau gefallen war, darum!
Der Doktor schaute mich an, und ich sah zum ersten Mal, daß er einen entrückten, verlorenen Blick hatte, wie die Offiziere, die bei uns zu Hause saßen und erzählten, was sie an der Front erlebt hatten, auch General von Norden, der wie Marlon Brando aussah und mich auf der großen Gartenschaukel geschaukelt und meine Finger berührt hatte, während ich mich an den Ketten festhielt, auch er hatte einen verlorenen Blick gehabt und wie der Doktor seltsam verträumt ausgesehen, als wäre er woanders, als schaute er irgendwohin in die Ferne, in die Tiefe der Zeit hinein...
Ja, sagte der Doktor, Breslau war schon gefallen, und der Herr Vorsteher schlachtete ein Schwein, von der Schlachtplatte schickte er noch einigen Leuten Kostproben, doch die Schweinskeulen, auf die er sich so gefreut hatte, die konnte er nicht mehr essen, wie er es gewohnt war, und jeden Abend, wenn ich Nachtschicht hatte und meinen Dienst antrat, hörte ich, wie er von seiner Wohnung herunterkam, er kam und offerierte mir einen großen Teller Ražnići, ein Pfund kurz in Fett gebratener Schweinsschnitzelchen mit gehackten Zwiebeln, er hatte eine Schürze, eine weiße Metzgerschürze umgebunden und offerierte mir diese Delikatesse, die er nicht mehr essen durfte, er drehte den Stuhl um, mit der Lehne vor sich, stützte das Kinn auf die gefalteten Hände und schaute mir zu, mit welchem Appetit ich diese heißen, kurz gebratenen Schnitzelchen verzehrte, er sah mich an, und ich aß eigentlich für ihn, denn er schluckte, als äße er diese Ražnići selbst. Einen ganzen Monat speiste ich in jeder Nachtschicht, einen Teller nach dem anderen setzte mir der Herr Vorsteher vor, bis ich auch die beiden Keulen für ihn aufgegessen hatte... Und dann rückte die Front näher, Ostrau war gefallen, und eines Nachts brannte

dort oben in der Wohnung des Vorstehers Licht, die Frau Vorsteherin und ihr Töchterchen liefen hin und her und schleppten dann ihre Koffer herunter, die Frau Vorsteherin war blaß und weinte, ich half ihr, die Koffer in einen Lazarettschnellzug zu schleifen, und habe sie danach nie mehr gesehen...
Aber Herr Fahrdienstleiter, was erzählen Sie da! sagte die Hilfsarbeiterin mit heiterer Miene... diese Hilde war doch kein kleines Mädchen mehr, sie war schon ein Fräulein, sie war damals bereits sechzehn... Sie wollen das nicht gewußt haben? Erzählen Sie mir nur nichts, sie war doch in Sie verliebt. Und wie! Und der Herr Vorsteher hat diese Ražnicí für Sie nur deshalb gebraten, um Ihnen Mut zu machen, doch einmal die Treppe hinaufzusteigen zu seiner Hilde...
Der Doktor errötete und rief... Ich konnte zu jener Zeit doch nicht nach oben, ich konnte doch nicht mit der Frau Vorsteherin herumsitzen, die bis zum letzten Augenblick glaubte, daß die Deutschen den Krieg gewinnen würden, daß sie eine Geheimwaffe hätten... die Konzentrationslager waren doch überfüllt, wie hätte ich denn die Dreistigkeit haben können, etwas mit einer Deutschen anzufangen? Ich weiß, Hildchen ist hierhergekommen, sie saß neben dem Telegraphenapparat, ich ging zu den Zügen hinaus, und sie las Die Leiden des jungen Werthers, ich weiß, sie war sechzehn und schön, sie saß da, und wie oft ist mir, wenn ich mich neben dem Telegraphenapparat über sie beugte, schwarz vor den Augen geworden von diesem duftenden blonden Haar, das im gedämpften Lampenlicht und beim Rattern der Telegraphen und Klingeln der Telephone Funken sprühte... Was mag die blonde Hilde wohl tun?
Sie ist irgendwo in Holland, hat dorthin geheiratet, aber Herr Fahrdienstleiter, da kommt der Personenzug von Nymburk, ich muß zum Postwaggon, warten Sie auf mich, wir wollen noch ein bißchen Erinnerungen auffrischen...
Nein, sagte der Doktor... ich komme ein andermal vorbei...
Die Hilfsarbeiterin gab mir ihre rauhe Hand und lächelte mich an, ihr Gesicht war von Fältchen durchzogen, aber sie war immer noch hübsch, geschminkte Lippen, eine saubere Uniform, jetzt sah sie den Doktor nochmals besorgt an und strich

ihm eigentlich nicht die Haare von der Glatze, sondern wischte ihm mit einer Handbewegung irgendwelche Sorgen, die nur sie allein kannte, von der Stirn.
Irgendwie sind Sie älter geworden, Herr Fahrdienstleiter, sagte sie, Sie sind unheimlich ernst geworden, was ist Ihnen zugestoßen, was? Sagte sie und bewegte wieder ihre Hand vor den Augen des Doktors hin und her, der mit seinem tieferliegenden Auge abermals irgendwohin zur Seite schaute.
Und ein Personenzug fuhr in den Bahnhof ein, die Hilfsarbeiterin ergriff die Schubkarre und lief rasch aus dem Lager, das Rädchen polterte über die Gleise, der Zug hielt an, die Schubkarre stand neben dem Dienstwagen, in der Tür des offenen Postwaggons tauchte ein Mann in Uniform auf und salutierte vor dem Fahrdienstleiter und der Hilfsarbeiterin... der Doktor lachte wehmütig, hob die Hand, die Hilfsarbeiterin legte drei Pakete auf die Schubkarre und winkte dem Doktor zum Gruß, ich schritt hinter dem Doktor her, der auch jetzt noch ein wenig geknickt wirkte, er blieb vor dem Fenster des Büros stehen und schaute ins Innere, er beschattete seine Augen, um besser sehen zu können, und blickte auf den Telegraphentisch, einen langgezogenen Tisch, und als er sich wieder umdrehte, da wußte ich, daß er dort Hilde gesehen hatte, jenes blondhaarige Mädchen, das, als sie sechzehn war, ins Büro kam, um Die Leiden des jungen Werthers zu lesen, er hatte dort Hilde gesehen, die zu lesen vorgab, in Wirklichkeit jedoch nicht las, sondern dem Rattern der Telegraphenapparate und dem Klingeln der Telephone, vor allem aber den Schritten des jungen Herrn Fahrdienstleiters lauschte, der damals vermutlich mehr Haare hatte und ein gutaussehender Mann war, wie auch ich früher, als ich in unserem riesigen Speisezimmer zu lesen vorgab und mir gegenüber von Norden saß, der jüngste General der Wehrmacht, der mich anschaute, während ich die Augen gesenkt hielt und so tat, als ob ich lese, vermutlich hatte ich wie Hilde gelauscht, wie mir das Blut in den Kopf stieg.
Der diensthabende Fahrdienstleiter stand jetzt auf dem Treppenabsatz, noch einen Schritt und er wäre im Büro verschwunden, doch er zögerte, drehte sich fast widerwillig um und sagte... Möchten Sie keinen Blick in das Büro werfen? Es hat

sich nichts verändert seit der Zeit, als Sie hier zuletzt gearbeitet haben...

Muß nicht sein, oder etwa doch? lachte der Doktor... möglicherweise könnte ich in Ohnmacht fallen, zweimal wollten die Deutschen mich hier erschießen, einmal stand ich schon auf der Lokomotive der SS und spürte die Parabellumpistolen in meinem Rücken, erst hinter Rozkoší trennten sich die Mündungen dieser Pistolen von meinem Rücken, und der SS-Befehlshaber bedeutete mir mit dem Kinn, von der Lokomotive zu springen... sagte der Doktor bitter, er sagte es nicht zum Fahrdienstleiter, sondern sah mich an, und ich errötete und schrie... Ich war damals sechzehn! Was konnte ich denn dafür?

Der Fahrdienstleiter stand noch immer auf dem Treppenabsatz und forderte den Doktor nochmals auf, für einen Augenblick hereinzukommen, um zu sehen, daß sich seit jener Zeit im Büro tatsächlich nichts verändert hatte...

Und trotzdem ist es anders, sagte der Doktor, als ich damals hier Dienst tat, hatte ich nur ein einziges Mal einen Knopf am Dienstmantel nicht zugeknöpft, ein Kontrolleur stieg aus dem Zug, ich stand auf dem Perron und trug blankpolierte schwarze Schuhe, und dieser Kontrolleur machte mir eigenhändig vor allen Leuten den Knopf zu...

Der Fahrdienstleiter stand auf dem ersten Treppenabsatz, er schaute auf seine braunen Schuhe herunter, griff sich ans offenstehende blaue Hemd, zuckte mit den Schultern und trat ins Büro...

Schade, daß man Sie damals nicht erschossen hat, sagte er.

Und dann gingen wir unter der Lampe weiter, die an einer Ecke des Bahnhofs hing, vorbei an einem zerbrochenen Zaun, an beiseite geworfenen Gleisen und verstreutem Werkzeug, wir kamen durch eine alte Lindenallee, wir betraten das einstöckige Gebäude eines Gasthauses und gelangten durch eine Passage wieder in die Sonne, dann spazierten wir durchs Dorf, warfen einen Blick in ein zerstörtes Gut, das einmal ein stolzes Gut mit einem Portal gewesen war, dessen Torsäulen zwei Gipslöwen zierten, im Hof stand ein verfallener Stall, an der Wand aber strahlte weiterhin die Sonnenuhr. Der Doktor winkte ab und bog in ein Gäßchen ein, drei kleine Häuser, vor einem stand ein Spartak, ein junger Mann seifte mit einem Schwamm die Karosserie ein, und der Schmutz rann in Bächen das Auto herunter, hinter dem Gebäude standen zwei verrostete Drillmaschinen mit abgebrochenen Rädern ...

Wirklich schade, daß man mich damals nicht erschossen hat, wiederholte der Doktor, dennoch ist es gut, daß wir hier haltgemacht haben, ich habe ja nie gewußt, worum ich gebeten habe ...

Und dann nur noch ein langer Feldweg und an den Abhängen alte Apfelbäume, wir gingen durch zähen Morast, den Traktorenreifen von den Feldern mitgeschleppt hatten, und der Doktor wurde zornig ... und da wird behauptet, man könne nicht mehr nach altem Brauch leben, als ich noch in der Brauerei wohnte, da kratzte der Bauer, bevor er vom Feld in die Brauerei fuhr, den Dreck, den Lehm von den Reifen und warf diese Erde mit der Schaufel aufs Feld zurück und fuhr dann ein sauberes Fuhrwerk auf die Straße ... Und aus weiter Ferne erklang eine Glocke, ununterbrochen lief der Doktor vor mir her und wartete wieder auf mich oder kam mir entgegen, und ich schritt auf meinen hohen Stöckelabsätzen vorsichtig aus, die Handtasche kam mir sehr schwer vor, ich ging vor mich hin, der Sand wurde unter den Schlägen meiner Absätze zusammengepreßt, und plötzlich sagte der Doktor zu mir ...

Mein Freund Marysko, ein Dichter, Sie werden ihn kennenlernen, der wollte immer schon ein Atelier, und als er insgesamt etwa zehntausend hingeblättert hatte, bekam er ein Atelier, das Dekret für einen aufgelösten Laden. Und eines Tages standen wir vor einem heruntergelassenen Rolladen, Marysko hatte sein Dekret und die Schlüssel zu diesem Laden in der Tasche, und nachdem wir ein Fläschchen Botrys getrunken hatten, schloß Herr Marysko den Rolladen auf und ich schob ihn hoch, mit einem Riesenkrach sauste er in die Halterung, und als wir durchs Schaufenster und durch die verschlossene Glastür schauten, sahen wir zwei Betten, in dem einen schlief ein Mann mit gespreizten Beinen, und hinter der Glastür stand ein Schrank. Aus der Nachbarwohnung hatte sich ein Koch hindurchgegraben und ein weiteres Zimmer dort eingerichtet,

denn er hatte drei Kinder, und im Wohnungsamt nannte man Herrn Marysko unsozial, als er reklamierte und sein Dekret für diesen Laden vorzeigte ... Ich glaube, daß wir beide, wenn wir uns einmal in Libeň heimlich ins Nachbarzimmer hindurchgegraben haben, in der gleichen Situation sein werden wie jener Koch, verstehen Sie?
Er stand vor mir, und als ich auf seiner Höhe war, wich er vor mir zurück und schaute mich an, und ich sah, ein Auge lag tatsächlich etwas tiefer.
Und dann gingen wir in der Sonne weiter, von ferne duftete das Wasser, wir kamen zu einer Pappelreihe, und dann breitete sich ein stiller Fluß vor uns aus, wir standen ein Weilchen da, blickten übers Wasser auf ein Dörfchen und stiegen dann zur Fähre hinunter, dort waren eine kleine Bank und ein Floß, das auf der gegenüberliegenden Flußseite mit einer Kette an einem Kragstein vertaut war, der Fährmann lag am Ufer, den Hut auf dem Gesicht, drei Ziegen weideten in seiner Nähe, sie knabberten am Gras, und ihre Hälse zitterten. Der Doktor gab mir die Hand und führte mich zum Boot, er half mir auf den Hintersitz, ich setzte mich und seufzte vor Wonne, meine Beine taten bereits weh, ich legte die Handtasche neben mich, doch der Doktor nahm sie, setzte sich neben mich und legte die Tasche auf seine Knie. So saßen wir nebeneinander, dieser Aufenthalt im Bahnhof und all das, was ich dort gehört hatte, hatte mir den Atem verschlagen. Dann wachte der Fährmann auf und schiffte uns auf die andere Seite des Flusses, ich hielt die Hand ins dahinfließende Wasser und wurde wehmütig. Danach wanderten wir auf ein kleines Elektrizitätswerk zu, das Wasser dröhnte und spritzte in die Höhe und bildete Säulen aus zersplitterten Tropfen, und der Wind zwischen den Pfeilern trug die Wassersplitter in die Ferne, wir schritten im matten Sonnenschein durch die Wasserwolken, kamen an Wochenendhäuschen vorüber, die dicht an den Fluß gebaut waren, die Häuschen standen offen, und aus den Küchen schwebten die Düfte von Mittagessen, wir sahen Schrebergärtner in Badehosen, einige schwammen sogar schon im Fluß, andere lagen auf Decken zwischen den Weiden, und in den Flußwindungen hatte die Strömung Sand angeschwemmt. Wir gelangten zu einer Bie-

gung mit einem schönen Sandstrand, stiegen zum Wasser hinunter, zogen die Badeanzüge an und gingen schwimmen. Danach verzehrten wir mit großem Appetit Schnitzel mit Brot und tranken lauwarmes Bier, ich lag in der Sonne und lauschte, wie von fern Kindergeschrei und Wassergeplätscher an unsere Ohren drangen, ich schloß die Augen, nickte ein und wurde nur langsam wach, als ich die Augen öffnete, saß der Doktor neben mir, vor ihm brannte ein kleines Feuerchen, der Wind überm Fluß ließ es auflodern, und der Doktor wärmte sich die Hände, jetzt stand er auf, lief fort und sammelte ans Ufer geschwemmtes trockenes Reisig und Zweige, ich war seltsam müde, etwas traurig geworden. Dann badeten wir nochmals und noch einmal, das flache Feuer wärmte unsere Hände und unsere Füße, und ich fühlte mich körperlich wohl, ich lächelte den Doktor an und war froh, daß er schwieg, auf einmal wurde mir klar, er schwieg, weil er taktvoll war und mich mochte, denn was immer er auch hätte sagen, womit er sich hätte rechtfertigen können, alles hätte mich nur noch trauriger gestimmt, denn für den Doktor war auch ich eine Deutsche, und so sagte ich aus heiterem Himmel... Doktor, ich bin aber in die tschechische Schule gegangen, die Meinen wurden zwar als Deutsche in den Westen abgeschoben, ich aber bin hier zurückgeblieben, weil ich, wie auch mein Bruder Heini, die tschechische Schule besucht habe, und wegen dieser Schule hat man uns die tschechoslowakische Staatsbürgerschaft gegeben, und darum sitze ich jetzt hier...
Der Doktor neigte sich zu mir und legte mir einen Finger auf den Mund, ich schloß die Augen, und er küßte mich, er kniete sich in den Sand und küßte mich nochmals, danach legte er sich auf den Rücken, streckte die Arme aus und schaute zum Himmel empor, ich neigte mich über ihn und fiel fast auf sein Gesicht, ich küßte ihn, seine Arme umschlangen mich, und immer wieder küßten wir uns lange. Dann lagen wir zwischen den Weiden, und die Sonne ging hinter den Eichenwäldchen unter. Später setzten wir uns auf und schauten in der Dämmerung in die glühende, vom Wind angefachte Holzkohle. Wir zogen uns an, die Badeanzüge waren kalt geworden, wir aßen den Schweinebraten mit Brot und tranken das nun schon kühlere Bier aus. Der

Doktor löschte das Feuer mit Sand, und dann spazierten wir nicht zurück, sondern ins Dorf, schon von weitem kamen uns Lichterbögen entgegen, und wir standen mit Dutzenden anderer Ausflügler vor dem Kragstein, der Bus kam, wir saßen nebeneinander, der Doktor hatte den Arm um meine Hüfte gelegt, und ich schlief wieder ein, als ich aufwachte, lag mein Kopf auf seiner Schulter, und wir fuhren durch die Peripherie von Prag. Ich war müde, öffnete die Augen und schloß sie langsam wieder, als hätte ich Fieber, als würde ich langsam einschlafen und wieder aufwachen, als würde ich in Ohnmacht fallen und wieder zu mir kommen. So lösten sich die Bilder in meinem Kopf ab, sie vermischten sich mit den Bildern der finsteren Straßen von Libeň, als ob man nachts mit dem Auto fährt und ab und zu von Lichtkegeln angestrahlt wird. Der Doktor führte mich am Ellbogen, und auf einmal sah ich die brennende Gaslaterne, wir drückten die Klinke, dort auf dem Hof bellte Boby vor Freude, und als wir die Tür öffneten, lief er uns entgegen und kläffte und sprang hoch, und es dauerte lange, bis er sich ein bißchen beruhigt hatte. Dann betraten wir den Hof, Frau Beranová lag schon im Bett und las, und durch die Scheibe hindurch rief sie uns zu...
Boby war wunderbar, ich war mit ihm spazieren, das Halsband hängt an der Wohnungstür des Doktors...
Und der Doktor heizte den Herd ein, es war kühl, ich nahm einen großen Krug, band Boby an die Leine, meine Wangen glühten, und als ich die Schultern des Doktors berührte, brannten sie auch, sie waren wie versengt, und sein Auge leuchtete noch tiefer als dort am Fluß. Und ich trat mit dem Krug in den Hof, Boby lief hinunter bis zur Tür, die auf die Straße hinausging, und wieder zurück, wie der Doktor auf jenem Feldweg, und als ich ganz nah an den erleuchteten Fenstern vorbeiging, lag dort in Reichweite Frau Beranová, sie hatte die Brille auf der Nase und rief...
Boby ist auch das Wasser im Mund zusammengelaufen, und wenn Sie das Bier geholt haben, legen Sie sich hin, es sind Gewitter vorhergesagt, ein Sturm soll im Anzug sein, es gibt Veränderungen auf der Sonne und geomagnetische Gewitter, also liege ich lieber hier... wissen Sie, ich bin ebenfalls in den

Sudeten zur Welt gekommen... also bin auch ich wetterkrank... schrie sie durchs Fenster hindurch und streckte ihren Hals vor, ihre Brille warf kleine Kreise unter ihre Augen, und ich bog bereits in den Hausflur ein, und Boby rannte auf die Straße hinaus, dann ging ich mit leicht schwankendem Schritt durch die Gasse, und es kam ein blonder Mann in die Ludmillagasse, die Locken fielen ihm in die Augen und er war betrunken, aus der gleichen Straße kam auch unsere Zigeunerin, sie verdrosch den Mann, und jeder Schlag auf seinen Rücken war ein Schlag, der ein Pferd hätte umbringen können, sie stieß den Mann immer ein Stückchen weiter, sein schönes, strohblondes Haar wippte, und die Zigeunerin sagte... Hier, Frau, da sehn Sie ihn, meinen Schatz. Zwei Tage auf Sauftour, und die Marie ist weg, jou, die Marie ist weg...

Und ich trat beim Vaništa ein, Boby war schon allein über den Gehsteig vorweggelaufen, im Durchgang war hinter einer Scheibe ein Ausschank, dort standen festlich gekleidete Kerle, sie tranken Bier und Schnaps, die Gläser standen auf einem Tischchen in einer Ecke des Durchgangs, und hinter der Scheibe stand ein dicker Wirt und zapfte die Gläser voll, ab und zu öffnete sich die Tür zur Wirtsstube, und Lallen, Gespräche und Licht drangen in den düsteren Flur, Männer traten heraus, um im Hof aufs Pissoir zu gehen, es kamen Gäste, die sich erst zwischen den Türflügeln das Notwendigste überstreiften, um sich auf dem Weg bis zum Haustor fertig anzuziehen, und einer dieser Kerle schrie... Das ist der Hund vom Doktor! und torkelte weiter, und als der Wirt den Krug entgegennahm, nickte er zufrieden und sagte... das ist der Krug vom Doktor... und er ging hinter seinem gläsernen Schaufenster in die Knie, um mich zu sehen, auch ich machte mich kleiner, damit er mich besser sehen konnte, und als sich unsere Augen in dieser Position begegneten, streckte ich Herrn Vaništa die Zunge heraus, und er lachte. Dann wollte er mir den Krug reichen, mußte ihn aber nochmals abstellen, denn aus dem Schankraum trat ein blasser junger Mann und sagte... Hör mal, Láď'a, ich hab sechs große Schnaps, schreib's auf... Und der Wirt lachte, er trat aus seiner Glaskabine, griff in die hintere Hosentasche, zog ein Blöckchen hervor, blätterte darin, und als er die richtige

Rechnung gefunden hatte, schrieb er den Betrag zur Zeche und verneigte sich lachend vor dem Gast, der aus der Tür torkelte und dann vom Alkohol nach rechts geschleudert wurde. Und da wurde der Wirt ernst, er lief mit dem Blöckchen bis zur Tür, hinter der der Gast verschwunden war... Vermaledeite Bande! Saufen könnt ihr, aber bezahlen, dazu müßte man euch ausquetschen! Und dann kehrte er zurück, rollte mit den Augen und erklärte mir... Bitte schön, hier vierhundert Kronen, da möcht ich es lieber gar nicht zusammenrechnen, hier nochmals zweihundertfünfzig und so weiter... Und wieder schrie er zur Tür hin... Vermaledeite Bande, gut läßt es sich saufen, aber auf wessen Kosten, auf meine! Ich nahm den Krug und wollte die drei Liter Bier bezahlen, doch der Wirt schüttelte den Kopf, er blätterte, schrieb irgendwelche Zahlen auf eine der Rechnungen und sagte... Das geht in Ordnung, der Doktor ist mein Gast, das ist ein guter, fairer, goldener Stammgast... Und ein Herr, der mit einem Glas zwischen den Fingern dastand, schlug die Absätze zusammen, hob das Glas und verkündete... Ich, bitte schön, bin der Postmeister, ich händige dem Doktor persönlich die Briefe und Ansichtskarten aus, auf Ihr Wohl! Und er ließ die Absätze abermals knallen und kippte den Schnaps runter...

Ich kehrte mit dem Bier zurück, und als ich unser Gebäude betrat, war es bei Frau Beranová bereits dunkel, diese reinliche Frau schlief vermutlich schon, mühsam kletterte ich die Stufen hinauf, irgendwie kam es mir vor, als wohnte ich schon lange hier, dort oben bei den Slavíčeks standen die Fenster offen, und ein Gespräch zwitschen der Frau und ihren Kindern plätscherte in die Tiefe, die Familie zwitscherte, sie lagen auch schon im Dunkeln in ihren Betten und erzählten sich, was sie beschäftigte, wovon sie an diesem Tag überrascht, wodurch gerührt, weshalb sie empört waren, ich schaute über die Waage und durch den im Fenster hängenden Asparagus und erblickte mich in den Spiegeln zwischen den Fenstern, der Doktor saß vornübergeneigt vor dem Ofen, die Ellbogen auf die Knie gestützt, die Hände gefaltet, diese Hilfsarbeiterin vom Bahnhof hatte recht gehabt, irgendwie war er gealtert, seit ich ihn vor einem Monat hier zum ersten Mal gesehen hatte, als er den Fußboden

schrubbte, irgendwie war er trauriger, etwas bedrückte ihn, er schaute irgendwohin in die Ferne und war erschreckend woanders, jetzt aber langte er in die Tasche, zog ein ovales Spiegelchen hervor und betrachtete sich von allen Seiten, vermutlich gefiel er sich nicht, er schrie auf, öffnete das Herdtürchen und schleuderte das Spiegelchen ins Feuer, Boby bellte.
Dann trat ich ein und stellte den Bierkrug auf den Tisch, der Doktor streckte beide Hände danach aus, nahm ihn und trank lange, dann reichte er mir den Krug, und ich trank ebenfalls begierig, das Bier floß mir an den Mundwinkeln hinunter auf die Brüste, der Doktor konnte es nicht erwarten, bis ich fertiggetrunken hatte, jetzt trank er wieder lange, und als er den Krug zurückstellte, lächelte er mir zu, und Boby streckte sich auf dem Teppich aus und seufzte tief. Und dann aßen wir Schweinebraten aus dem Kochtopf, tranken Bier und schwiegen, irgendwie hatte dieses Bier den Doktor verjüngt, und ich spürte, wie es mir in den Kopf stieg, und als wir den Krug leergetrunken hatten, ging ich nochmals drei Liter holen, und als ich zurückkam, waren die Fenster schon geschlossen und Boby schlief, und wir tranken weiter Bier und aßen Schweinebraten, spießten die Stückchen mit dem Messer auf und aßen und tranken gierig, und der Doktor machte das Bett, und als wir den Krug leergetrunken hatten, dufteten wir nach Bier, und dann löschte der Doktor die Zuglampe und nahm meine Hand und führte mich zu seinem Bett, und die Risse des Eisenofens warfen Kreise auf die Wände, und ich duftete nach Bier, und der Doktor beugte sich über mich und duftete ebenfalls nach Bier, und dann liebten wir uns langsam, und dann nochmals, ich hörte mein Herz klopfen, ich duftete nach Bier, mein Geliebter duftete nach Bier, mir war, als schwämme ich durch ein mit Bier gefülltes Bassin, durch einen riesigen Tank voll Pilsner, und so schlummerte ich in den Armen dieses Mannes langsam ein und schlief dann fest, den Kopf auf seinem angewinkelten Arm, und als ich das erste Mal aufwachte, spürte ich mit den Füßen etwas Haariges, es war Boby, der zu uns aufs Bett gekrochen und so zum Zeugen meiner Hochzeit in diesem Hause geworden war... Und von unten aus der Tiefe dieses Hauses drang das grauenerregende Heulen dieser reinlichen Frau, vor

Schreck setzte ich mich auf, noch einmal heulte jemand im Herzen dieses Hauses, während dort oben ein aufgeschlagenes Bett, ein sauberer Wiener Pyjama, ein frisches Frottiertuch und eine duftende Seife, mit der sich noch niemand gewaschen hatte, vergeblich auf mich warteten...

13

Der Sommer war sehr heiß, und der Doktor und ich fuhren oft baden. Einmal zum Zusammenfluß der Berounka mit der Moldau, dann wieder an die Jízera, die in die Elbe mündet. Jedesmal sammelte der Doktor Holz und trockene Zweige, jedesmal machte er am Ufer der Flüßchen und Flüsse ein Feuer, ein Feuerchen, wir blieben lange im Wasser, und danach war solch ein Feuer immer angenehm. Wir nahmen damals Boby mit, der auch gern badete und am Feuer saß, irgendwie war dieser Blueterrier wie unser Kind. Der Doktor legte Holz nach, keiner durfte ihn dabei ansprechen, diese Feuerchen waren für ihn eine Art heilige Messe, wie auch das Wasser, denn der Doktor konnte kein Wasser sehen, wo immer wir auch waren, überall schöpfte er mit den Händen Wasser und spritzte es sich ins Gesicht, bedächtig schöpfte er das Wasser und preßte sein Gesicht hinein, die Augen hielt er geschlossen, genauso, wie er sie immer geschlossen hatte, wenn er zwischen den Wimpern hindurch ins Feuer blinzelte. Der Doktor durfte auch keinen Brunnen sehen, auch auf dem Hradschin, dort, wo der Brunnen mit dem Buchstaben L steht, hielt er das Gesicht ins Wasser, und auf dem Altstädter Ring, dort bei den Fischchen, schöpfte er ebenfalls sein geliebtes Wasser und ging dann pitschnaß weiter, er liebte es, wenn das Wasser auf seinem Gesicht eintrocknete, wenn die Wimpern zusammenklebten und dann rasch in der Sonne trockneten.

Also machten wir unsere Ausflüge und gingen samstags oder sonntags baden. An Werktagen wartete der Doktor auf mich, bis ich am Nachmittag von der Arbeit zu ihm nach Libeň kam, dann gingen wir zur Moldau, nach Maniny zur Anlegestelle, dort wuchsen am Fluß Pappeln und Büsche, es gab Anschlußgleise, und nachmittags schien die Sonne so schön. Hier war ich am glücklichsten. In der Flußbiegung führten Stufen zum Wasser hinunter, ich saß dort, und von unten her warf die Sonne ihre Strahlen unter den Rock, wenn ich auf den Stufen saß und der Fluß in der Sonne glitzerte und die Wellen Funken auf meine Augen warfen, ich las oder löste Kreuzworträtsel, und Boby lag an meiner Seite ... Und der Doktor sammelte dort unter den Pappeln Holz und machte wieder sein Feuerchen, wieder schaute er unverwandt und erstaunt in die zuckenden Flammen, und wieder badete er in diesem ekligen Wasser, in das auch ich manchmal stieg, Reste vom Schlachthaus und andere Abfälle schwammen herum, mitunter auch Präservative, einmal kam der Doktor aus dem Wasser, und an seinem Ohr baumelte so ein Präservativ, er schnippte das widerliche Zeug von sich, nicht angeekelt, einfach so, als sei es ein Olivenzweig, hier am Ufer wuchsen nämlich Oliven, und nach der Blüte hatte der Doktor Zweige abgebrochen und zwischen seine Wäsche und ins Bett gelegt, und er sagte zu mir, nächstes Jahr, wenn die Oliven blühen, holen wir Zweige und legen sie in den Wäscheschrank zwischen unsere Wäsche. So verhielt sich der Doktor mir gegenüber, als gehörten wir längst zusammen, als wären wir schon mehrere Jahre verheiratet, er bat mich immer wieder, ihn nicht anzusprechen, wenn er ins Feuer schaute, er bat mich, nichts zu sagen, wenn ihn urplötzlich in der Stadt, wo immer er einen Springbrunnen oder sonst einen Brunnen sah, die unwiderstehliche Lust überkam, sich das Gesicht naß zu machen ...

An diesem Tag war es heiß, wir saßen bei der Anlegestelle, die Sonne verschwand hinter den Wolken, es war schwül, vom Fluß her wehte ein Lüftchen, und das Feuer brannte melodisch, es klagte und stöhnte, wir saßen auf den Stufen, ich schaute auf den dahinfließenden Fluß, und hinter mir prasselte das Feuer, ich hielt die Knie mit den Armen umschlungen, dachte an diese Wohnung in Libeň, wie war es nur möglich, daß ich erst kürzlich bemerkt hatte, was schon dort war, als ich jenen Hof zum ersten Mal betrat, an den Wänden der Wohnung hingen alte Reklametafeln, und über dem Bett zog sich eine Reihe mit Blechbändern hin ... Unsere Schuhcrem Avion für das ganze

Bataillon... dann eine große Tafel... Kaufe Altgold zum Höchstpreis... Und draußen auf dem Hof hing auch eine Singer-Reklame, das große grüne S und diese Jugendstilfräuleins, die die Singer-Nähmaschinen traten... und dann die Reklame... Ego Schokolade schmeckt am besten... und Wenn Präservative, dann Primeros... als ich das erste Mal beim Doktor war, hatte ich gar nicht bemerkt, daß auch ein großer Schrank in seiner Wohnung stand, mein erster Eindruck war gewesen, daß er alle Möbel ins Freie geschafft hatte, als er mit dieser Wurzelbürste seinen Fußboden schrubbte... So saß ich in der sich verfinsternden Dämmerung, die ein Gewitter verhieß, sonst lief ich vor Gewittern immer davon, jetzt aber saß der Doktor hinter mir und schaute unbekümmert ins Feuer, natürlich wußte er, daß ein Gewitter im Anzug war, er wußte es, er spürte es sogar am eigenen Leib, seit Beginn unserer Bekanntschaft stotterte er mitunter, so hörte er an einem schönen Nachmittag plötzlich auf zu sprechen, da er wie Frau Beranová wetterkrank war, auch er konnte das Wetter vorhersagen, denn vor einem Gewitter steckte ein Nagel in seinem Kopf, wie er seine Beschwerden herzlich lachend nannte, ein Nagel im Kopf, so wie bei seinem Freund Vladimír, der bis heute erst einmal durchs Fenster geschaut, mich begrüßt und junge Frau genannt hatte... und als ich ihn aufforderte hereinzukommen, der Doktor werde gleich zurück sein, da trat er nicht ein und kam auch nicht wieder, ich hatte noch nie einen so schönen Mann gesehen, er war groß wie ein amerikanischer Basketball-, wie ein Volleyballspieler, hatte lockiges Haar und war höchstwahrscheinlich eifersüchtig auf mich, er sah mich schräg an und ging, weil er vermutlich schon diesen Nagel im Kopf spürte, vielleicht aber steckte dieser Nagel ständig in seinem schönen Kopf... Ich saß in der sich verfinsternden Dämmerung, und der Doktor redete, bis er ins Stottern kam...

Wenn wir von der Schule kamen... lief ich... jeden Tag in den Laden... na wohin schon, zum Nowak, und fragte als erstes... Sind... sind Reklamen, sind Reklameblätter gekommen? Und wenn ja... oh, war das ein Glück... haben wir diese Re... ja, diese Reklamen in ein Heftchen geklebt...

Er lief die Stufen hinunter dem finsteren Himmel entgegen, der sich düster im Fluß widerspiegelte, und fuhr fort ... Was war das eine schöne Zeit ... Reklameblätter ... die Lehrjungen schrieben alles auf und rechneten die ... die Besorgungen zusammen ... und legten dieses Reklameblatt in die Einkaufstasche ... zum Brot ... zum Schmalz, zum Mehl zum ... zum Mohn und so fort ... Und dann bin ich mit meinem Vater auf dem Motorrad zu den verschiedenen Kneipen gefahren, mein Vater machte dort die ... die Steuern ... Und es flogen uns Blechreklamen entgegen ... Singer Schreib-, nein Nähmaschine ... Speedwell Oil ... und Motor Oil ... und Wenn Öl, dann Mogul ...

Ich saß in der tiefen Dämmerung und beobachtete, die Sonne war längst schon hinter den Wolken versunken, wie auf der Libener Brücke die Lichter angingen, wie die gelblich erleuchteten Straßenbahnen über sie hinwegfuhren, wie sich die ganze Brücke mit den Straßenbahnen in der Tiefe des finsteren Flusses spiegelte und es irgendwo hinter Prag zu blitzen und zu donnern anfing. Ich saß da und war nicht im geringsten überrascht, daß mir ausgerechnet die Reklametafeln im Hof und in der Wohnung des Doktors in den Sinn gekommen waren und er aus heiterem Himmel anfing, von den Reklamen zu erzählen ...

Als Student, als ich zu den ... na den Vorlesungen fuhr ... da hielt der Zug ... denn ich fuhr mit dem Zug ... dort in Vysočany an ... und über den Dächern sah ich eine große, hohe Auf ... na Aufschrift ... eine Reklame KRÁSA ... also Schönheit ... fünf Meter hohe Buchstaben ... durchsichtig durchs Dunkel schimmernde Schönheit ... und der Zug fuhr ins schöne Prag hinein ... und ich wie ein König ... später habe ich dann erfahren ... daß es ein ... na ein Stundenhotel war! ... Das Hotel Krása! In dem einst ... dieser Ladislav ... na Klíma, Ladislav Klíma gewohnt hat ... und dann im Jahre achtundvierzig ... wurde das Stundenhotel abgerissen ... Da wollten wir ... als Arbeiter verkleidet diese ... diese Aufschrift vom Dach herunterholen ... hoch über Vysočany ... sie war auch von den Hügeln Krejcar ... von der Pražačka ... vom Hájek ... und vom Schloßberg aus zu sehen ... jeder ... jeder von uns wollte einen Buchstaben behalten ... einen fünf Meter hohen

Buchstaben... als wir aber dort eintrafen... war es vorbei mit der Schönheit... einen Tag zuvor hatte man die Buchstaben abmontiert... und in eine Alteisen-Sammelstelle transportiert... für den Eisernen Sonntag... es wird nicht nur regnen... donnern wird es und stürmen, hüben wie drüben einen Platzregen geben... Das weiß ich.

Und der Wind begann stärker zu blasen, wir gingen auf die Lichter der Brücke zu, über die die Straßenbahnen ratterten, wir hielten uns an der Hand und stiegen die Böschung hoch, und während wir die Brücke überquerten, erhob sich aus der Tiefe des Flusses ein Wind, ein heftiger Windstoß, wir hielten einander um die Hüfte fest und kämpften uns so nach Libeň, der Wind tobte und trug alles mit sich fort, was sich hier in Maniny angesammelt hatte, alle diese Schweinereien der Peripherie, er peitschte Papierfetzen, Äste und Schachteln vor sich her, und am schwarzen Himmel über der Brücke kam eine Plane geflogen und klatschte vor einer Garage auf den Boden, der Sturm schleuderte uns Sand und feine Schlacke ins Gesicht, wir klammerten uns aneinander, und der Doktor war begeistert, er stemmte seinen Kopf gegen den Wind, der alle Augenblick wieder abflaute, und zerrte mich hin und her, um sich dann erneut gegen den Sturm zu stemmen wie gegen eine geschlossene Tür. Dann lag die Brücke hinter uns, auf die Hauptstraße prasselten Regentropfen, und die hohen Lampen bimmelten wie wild an den Masten, die Fußgänger rannten vom rechten auf den linken Gehsteig, jetzt fuhr klingelnd eine beleuchtete Straßenbahn vorbei, der Wind vom Fluß hatte einige Container Papierabfälle herbeigefegt, die Läden waren schon geschlossen, nur die Schaufenster leuchteten schwach, wir bogen in unsere Straße ein, kämpften nach vorne gebeugt gegen den Wind an, die Gaslaternen rasselten, klapperten und ratterten wie ein schlecht sitzendes Gebiß, wir schlüpften in den Hausflur, und der Doktor führte mich auf Zehenspitzen an den Fenstern der reinlichen Frau Beranová vorbei, sie war nicht zu Hause, wir traten auf den Hof hinaus, überall war es finster, finster bei den Slavíčeks, finster bei Lizaj, der Doktor schloß die Tür auf, und ich schlüpfte in die Wohnung, er nahm ein Streichholz und zündete damit die im Herd bereitliegenden

zusammengeknüllten Zeitungen und die Späne an, und dann öffnete er das Fenster...
Nachdenklich stand ich am Fenster, hinter mir prasselte es in dem Eisenofen, vor mir stand dieser Asparagus auf der Dezimalwaage, matt, doch deutlich zeichnete er sich gegen den Himmel ab und hing an einem silbernen Klavierleuchter, es blitzte und donnerte, und das war wunderschön, ich war ergriffen wie nie zuvor, hinter mir zuckte das Feuer durch die Risse im Gußeisen, und vor mir entzündete sich der Himmel und erlosch wieder, in einem fast regenlosen Gewitter, bei jedem Blitz wurde es hell, und der Asparagus schien versilbert und spiegelte sich im Spiegel zwischen den Fenstern wider, bei jedem Blitz leuchtete die Singer-Nähmaschinen-Reklame auf, und zwischen den Ranken des wilden Weins schimmerte die Totenmaske des Doktors aus Gips, jene Maske, die Vladimír für ihn gegossen hatte, rhythmisch blitzte sie auf, als sei der wilde Wein das vom Wind zurückgewehte Haar des Doktors, mir kam es vor, als lächele diese Totenmaske, als sähe sie dem Doktor ähnlicher als er sich selbst, als jenem, der hinter mir stand und ebenfalls dorthin blickte, wohin ich schaute... Und dann fielen die ersten schweren Tropfen auf den Hof, sie schlugen laut wie Hagelkörner auf. Und dann schüttete es, im Feuerschein der Blitze entlud sich ein Platzregen, die warme Luft, die vom Hof in das Zimmer des Doktors eingedrungen war, kühlte sich merklich ab, schon regnete es in Strömen, danach goß es wie aus miteinander verbundenen Duschen, in Kürze stand der Hof unter Wasser, das Kanälchen konnte den Ansturm nicht mehr schlucken, der Doktor legte Holz nach und ließ das Türchen offenstehen, und ich schaute nach oben, die Zimmerdecke war gewölbt, und zum ersten Mal fiel mir auf, wie die Herdflammen die Decke beleuchteten. Und dann sprang ich zurück, die Gewitterbank wälzte sich heran, und der Wind peitschte Hagelkörner gegen die Mauer des Forschungsinstituts, von der sich wieder Reste des Putzes lösten und dumpf aufs schiefe Dach des Schuppens trommelten, es waren Schläge, als würden Erdklümpchen auf einen Sarg im offenen Grab geworfen, die Rinnsteine röchelten, und die Abflußrohre konnten das vom Himmel stürzende Wasser nicht schlucken, der Doktor hinter mir

streckte sich und jaulte, dann stieß er einen Schrei gegen die Decke, einen Freudenschrei, streckte sich nochmals, jaulte vor Wonne und erzählte mir dann rasch und laut lachend...

Die schönste Reklame allerdings, die ich jemals gesehen habe, hat Herr Marysko auf dem Kerbholz. Dort, wo die Lange Gasse in den Altstädter Ring mündet, war die Drogerie des Herrn Fafejta. Und der hatte eine Hausspezialität: Fafejtas Primeros. Und er wollte für seine Präservative eine Reklame und beauftragte den Herrn Marysko, dieser gab den Auftrag jedoch für zweihundert Kronen an den Herrn Albich weiter, einen Maler im dritten Jahr der Akademie, der alles so ausführte, wie Herr Fafejta es vorgesehen hatte...

Und im Hof stand das Wasser bereits bis zur ersten Stufe der Waschküche, immer wieder strahlten Blitze diese schöne Verwüstung im Hof und auf den Dächern an, und in dem Augenblick, da die Himmel entzweigerissen wurden, war der Druck vom Doktor gewichen, und es hatte sich auch dieser Nagel gelöst, der durch seinen Schädel hindurch bis in den Mund geschlagen war und ihm die Zunge gelähmt hatte, er frohlockte und ging im Zimmer auf und ab, redete in einem Zustand von Entzückung, nicht etwa über das, was er sagte, sondern darüber entzückt, daß er wieder denken konnte und die Zunge fähig war, die Gedankenströme nachzubilden, denn vor dem Gewitter hatte er sich wie jetzt all die Rinnsteine rund um die Gebäude und Schuppen unseres Hofs gefühlt, die außerstande waren, diese Wassermassen zu schlucken... und das Wasser bäumte sich auf und flutete in mächtigen Wellen über den Hof, als schüttete Frau Beranová dort unten kübelweise Wasser aufs Pflaster unterhalb ihrer Fenster... Der Doktor jubelte...

Und dann sahen wir eines Tages, als Herr Fafejta den Rolladen seiner Drogerie hochzog... quer über dem Schaufenster eine Aufschrift, mit einem Stift geschrieben und kalligraphisch von Herrn Milan Albich, Schüler im dritten Jahr der Akademie verschnörkelt... Nimmt Mann Fafejtas Primeros gibt's nie Probleme mit Eros... und es hingen dort so was wie sechs Comics, Bildchen, die jene Kunden von Herrn Fafejtas Drogerie zeigten, die seine Primeros benutzt hatten... und dann drei Bildchen, auf denen die Liebesdiener abgebildet waren, die den

Aufruf nicht befolgt hatten ... Na, und dann kam das Jahr achtundvierzig, und Herr Fafejta verschwand ebenso wie diese schöne Aufschrift mit den sechs Bildchen aus seinem Schaufenster ...

Und der Doktor lief in den Hof hinaus, kam jedoch sofort wieder zurück, er zog sich die Schuhe und Kleider bis auf die Turnhose aus und ging in den Hof zurück, spazierte durch den Platzregen, watete bis zu den Knien im trüben Wasser, es hatte aufgehört zu blitzen, der Doktor machte die Glühbirne unterm Dächlein über der Treppe zur Waschküche an und nahm den Schlauch, der an eine alte Wasserpumpe angeschlossen war, er zog ihn vom Kanälchen bis zu der Stelle, wo die Stufen abwärts führten, unter die Fenster von Frau Beranová, und saugte am Schlauch, wie man Wein umgießt ... Ich bitte Sie, kommen Sie herein, Sie werden sich noch erkälten ... sagte ich. Und er lief hinunter zu dem Fenster, dann wieder durch den Regen zum Kanälchen, von dort zum Fenster, und durch die Waage und den Asparagus hindurch äffte er mich nach ... Sie werden sich noch erkälten ... und nickte und hatte die Augen weit aufgerissen, und als er endlich im Zimmer war und sich vor den Ofen stellte, nahm ich ein Handtuch und rubbelte seinen Rücken trocken, ich streifte ihm die patschnasse Turnhose herunter und wiederholte ...

Sie werden sich noch erkälten ... die Turnhose trieft ja ...

Und als ich das sagte, stockte plötzlich meine Zunge, auf einmal preßte ich mich an ihn, eigentlich nicht an ihn, an den Doktor, sondern an diesen Männerkörper, der nicht duftete, sondern nach mit Putz und Ruß vermengtem Wasser roch, draußen donnerte es noch einmal mit letzter Kraft, ich küßte diesen nassen Körper, eigentlich küßte ich ihn nicht, ich streckte die Zunge heraus und glitt mit der feuchten Zunge über den nassen Rücken bis nach unten, und der Doktor drehte sich um und ich nahm ihn in den Mund, er hielt mich an den Haaren fest und zog meinen Kopf nach oben, ich aber drückte die Zunge wieder nach unten, es zog mich nur nach unten, nach unten und nochmals und abermals nach unten, und dann stieß ich einen klagenden Laut aus, von dem ich geglaubt hatte, er sei nicht mehr in mir, den Laut einer Frau, die sich nichts anderes wünscht, als daß der Mann in sie eindringe und sie umarme und ihrem Mund alles erlaube, was er sich wünschte, wohin es ihn zog. Und dann hob er mich hoch und trug mich auf die Dekken, er schlug das Bett nicht einmal auf, draußen wurde der Regen schwächer, die Tür stand offen, das Fenster stand offen, und im Ofen brannte das Feuer, das Föhrenholz flackerte, und zwischen den gesprungenen Platten hindurch stoben die Funken empor, ich bäumte mich zu einem Bogen auf, krallte meine Nägel in den Körper dieses Mannes, der auf mir lag und mit heftigen Bewegungen immer tiefer in mich kam, ich wölbte mich nochmals zu einer Brücke und wartete, bis die Bewegungen des Mannes sich beschleunigten, um auch meine Gegenbewegungen zu intensivieren, jetzt spannte ich mich an, so sehr ich nur konnte, und ich spürte, wie der Samen dieses Mannes in mich spritzte, heißer männlicher Samen, und ich fühlte mich so phantastisch, daß ich in Tränen ausbrach, der Samen spritzte in mich hinein, aus meinen Augen stürzten Tränen, und draußen verstummte der Regen, ich war weit offen, mein Mann war offen, das Fenster war offen und die Türe zur Straße war offen... doch es kam niemand, ich hätte mir gewünscht, daß alle zu Hause wären, alle daheim säßen bei diesem Regen, der langsam nachgelassen hatte, daß alle Bewohner dieses Hauses hierher kämen, um uns anzuschauen, daß die Freunde des Doktors kämen, damit alle sähen, was eine wirkliche Hochzeit im Hause war, aber es kam und wollte keiner kommen, es kam niemand... Ich saß nackt auf dem Bett, ein nackter Mann lag hinter mir, lang ausgestreckt lag er da, ich stand auf, um Holz nachzulegen, starrte gebannt ins Feuer, auch ich fing schon an, vom Feuer besessen zu sein, und als ich mich umdrehte, leuchteten die Augen dieses Mannes, seine Stimme war angenehm heiser, und er sprach zu mir, als hielte er eine Vorlesung...

Meine allerschönste Reklame ist jedoch die Reklame für Druckknöpfe Koh-i-noor Waldes... eine Reklame, die ich jedesmal gesehen habe, wenn ich vor zwanzig Jahren nach Prag hineinfuhr, eine Reklame, die mir das Stundenhotel Krása ankündigte, Krása, eine Schönheit, die mich in Prag heute noch begleitet, denn immer noch leuchtet mir das Köpfchen dieses

schönen Mädchens meinen Weg durch diese Welt, im einen Auge steckt ein metallener Druckknopf, ein blaues, ins Auge der Phantasie gedrücktes Knöpfchen... Wissen Sie, wer das schöne Mädchen auf dieser Reklame ist? Ein Übersetzer hat mir erzählt, wie er einmal mit dem Herrn Waldes auf einem Schiff von Amerika nach Europa fuhr, damals gab es die Druckknöpfchen Koh-i-noor bereits... doch ohne dieses schöne Mädchen, das Herr Waldes beim Champagner auf dem Schiff kennengelernt hat, und als diese Filmschauspielerin ihn fragte, wer er sei, überreichte ihr Herr Waldes einen Karton mit Koh-i-noor-Druckknöpfchen... und da sie vom Champagner so aufgedreht war, legte sie einen Knopf auf ihr Auge wie ein Monokel und lachte, und Herr Waldes ließ unter dem Einfluß des Champagners und dieser unbekannten Schauspielerin einen Photographen kommen, der diese Schöne mit dem Druckknopf vor dem Auge ablichtete... und dann machte Herr Waldes dieser Frau Geschenke, die seit jener Zeit auf den Druckknöpfen Koh-i-noor Waldes abgebildet ist, und diese Reklame beleuchtet auch heute noch nicht nur Prag, sondern vor allem mich, denn diese Story erhellt mir den Weg durch mein Leben... Und wissen Sie, daß sie auch Ihnen ähnlich sieht... und wissen Sie was, ich denke, wir könnten nächsten Monat das Aufgebot für unsere Hochzeit bestellen...
Wenn Sie sich nur nicht über mich lustig machen... sagte ich. Und fügte hinzu... Und könnten wir uns jetzt, nach alledem, nicht duzen?
Nein, das nicht, sagte er.
Das ganz und gar nicht, was fällt Ihnen denn ein, sich sofort duzen zu wollen, sagte er bedächtig. Ich würde Sie am liebsten in der dritten Person ansprechen, wie in Wien im Café Demel, wenn die Verkäuferinnen einen fragen... Haben schon gewählt? Wir werden uns lieber siezen, duzen können wir uns dann später noch, wenn...
Wann? fragte ich.
Erst nach der Hochzeit, wenn Sie mich nämlich duzten, könnten Sie sich mir gegenüber allerhand herausnehmen... sagte er, und ich legte mich auf diesen geliebten Mann, ich küßte ihn, wir lagen aufeinander wie zwei mit Butter bestrichene Brot-

schnitten, und dann war alles wieder so, wie es gewesen war, wie beim ersten Mal ... Danach lagen wir auf dem Rücken, und während das Feuer im Herd langsam verglimmte, atmeten wir ruhig, und der Doktor war dermaßen müde, daß er bald schon schnarchte, ich aber hatte die Augen offen und starrte zur Decke hinauf, ich träumte von dem Augenblick, da ich mein schönstes Gewand anziehen würde, mein neues, dunkelblaues Kostüm mit den Goldknöpfen, rotgefüttert und mit rot eingefaßten Taschen und Täschchen an der Jacke, meine korallroten italienischen Schühchen und die rote Handtasche und ein rotes Hütchen, wie die holländischen Hostessen es tragen ... Und ich sagte mir ... ich werde mich pudern, künstliche Wimpern ankleben und mir die Augen schminken, und als erstes werde ich ins Büro des Einwohnermeldeamts gehen, in das ich ständig vorgeladen werde, das erste Aufgebot werde ich in der Handtasche haben und den Herrn Referenten zum Schein fragen, ist es möglich, daß Sie mich an einem festen Wohnsitz anmelden? Und er wird mir, wie immer, sagen, daß das nur ginge, wenn ich den Übergabeschein von meinem letzten Wohnort in Piešťany oder aber die Bestätigung eines Prager Betriebs vorlege, daß ich fest angestellt sei ... Und ich werde mein erstes Aufgebot herausziehen und es ihm unter die Nase halten, und schon jetzt freue ich mich, was er für Augen machen wird, zwar ist das Aufgebot ein Wechsel, der erst am Hochzeitstag fällig wird, auf diesem Wechsel steht allerdings schon, daß ich in Kürze heiraten werde, und folglich wird der Wohnort meines Verlobten, meines Ehemanns, auch zu meinem Wohnort ... Der wird Augen machen, und erst meine zweite Mama, Ema, wenn ich ihr mein Aufgebot zeige ... Und dann werde ich damit zur Kaderabteilung gehen, dort sitzt eine Referentin, die mich nicht ausstehen kann und sogar dem Chefkoch Herrn Baumann im Hotel einheizt, darauf freue ich mich, wenn ich dorthin komme und dieses Biest bitten werde, sie möge doch um Gottes willen Erbarmen mit mir haben und die Bestätigung über eine feste Arbeit ausstellen ... Und dieses Luder wird wie immer liebreizend zu mir sagen ... Aber gewiß, warum sollte ich es nicht tun, ich werde Ihnen, Fräulein, solch eine Bestätigung ausstellen, sobald Sie mir die Bestätigung vom Einwohnermeldeamt vorbeibringen, daß Sie hier in Prag Ihren festen Wohnsitz haben! Und ich werde meine korallroten Stöckelschühchen in Position stellen, die Hand in die Hüfte stemmen und mein blaues Kostüm so zurückschlagen, daß das scharlachrote Futter zum Vorschein kommt, und wenn ich mich dann am siegesgewissen Blick unserer Kaderreferentin geweidet habe, werde ich dieses erste Aufgebot aus der roten Handtasche ziehen, es auf den Tisch legen und sagen... Das sollte reichen, als Vorschuß! Und ich werde warten, bis sie es durchgelesen hat, und es danach wieder einstecken und diesem Luder sagen... Sehr liebenswürdig von Ihnen, den Trauschein bekommen Sie in einem Monat...

14

Was war das eine herrliche Zeit, als ich einmal die Woche meinen Liebsten in Libeň besuchte und ihm jedesmal den Henkelmann mitbrachte, der Chefkoch höchstpersönlich bereitete die Gerichte für mich zu, damals lachte der Doktor immer nur und löffelte mit großem Appetit, den er nur vortäuschte, diese Speisen aus dem Hotel Paris, er lobte sie, hin und wieder kam es auch vor, daß diese reinliche Frau ebenfalls aus der Goldenen Gans einen Kochtopf mitbrachte und jedesmal, wenn sie ihm diesen Topf hinstellte, sagte sie... Da haben Sie was, Doktor, damit Ihnen das Wasser im Mund zusammenläuft! Und damals lachte der Doktor oft, und er duftete nach Bier und Schnaps, eigentlich hielt er sich nie zu Hause auf, Lizaj hatte mir erzählt, der Doktor spaziere immer mit einem Einkaufsnetz durch Libeň und behaupte, er gehe einkaufen, in Wirklichkeit aber liefe er von einer Kneipe in die andere, in Begleitung von Boby, so daß man Boby bereits überall kannte, und Lizaj mußte ihn jedesmal danach baden, weil er so fürchterlich nach Bier und Schnaps stank. Lizaj hatte mir auch gesagt, der Doktor sei auf dem Weg der Besserung, er würde nicht mehr seine berühmten Hochzeiten im Hause feiern... vor allem aber ließen seine Freunde davon ab, ihn zu besuchen, denn sobald sie mich im Hof erspähten, verschwanden sie rasch wieder, irgendwie mochten sie mich nicht, diese Freunde des Doktors, denn sobald ich sie anblickte, wurden sie rot, kamen ins Stottern und waren fix und fertig...

In dieser herrlichen Zeit ging ich zur Schneiderin, ich ließ mir mein Hochzeitskleid nähen, nichts Besonderes, so ein Kleid, wie Frau Simpson es trug, als sie ihren englischen Prinzen heiratete, ich errötete, als die Schneiderin vor mir kniete und Teile meines Hochzeitskleids auftrennte, um sie für die nächste Probe wieder zusammenzuheften. In dieser herrlichen Zeit bestellte ich eines Tages die Eheringe nach Maß, ich wußte ja, daß der Doktor keine Kohle hatte und quälte mich mit dem Gedanken, wie ich ihm das Geld zustecken könnte, damit er diese Ringe bezahlte.

Und eines Sonntags fuhren wir dann nach Nymburk. Als wir am Bahnhof ausstiegen und durch die Gassen des Städtchens schritten, zitterte der Doktor, ob er nicht seinen Liebsten begegnen würde, die Einwohner schlenderten gemächlich über den Marktplatz, sie schauten auf ihre Uhren und grüßten den Doktor, ich lächelte und nickte zum Gruß, und dann gingen wir über die Brücke zur anderen Seite des Flusses hinüber, eine Brise umfächelte mich, sie kam aus der Tiefe der Brückenbögen, erst hier sah ich mich um und entdeckte in der Ferne die Brauerei und über dem Brückengeländer ein Schloß mit einem Türmchen, dieses Schloß war gelbbraun, wie auch die Brauerei, und erst hier hakte sich mein Verlobter bei mir unter, er hatte eine graue Hose und einen grauen Pullover an, er schritt aus und ich sah, daß er perforierte Schuhe aus Sämischleder und weiße Socken trug, und als wir die Brücke überquert hatten und zum Fluß hinabgestiegen waren, kamen wir an einer Anlegestelle vorbei, und ich fing an zu zittern, meine Augen standen voller Tränen, ich spürte, wie meine Wangen glühten, hielt aber den Blumenstrauß fest, und er gab mir Mut, mein Verlobter lief die Stufen zum Fluß hinunter, und wie gewohnt nahm er die Hände voll Wasser und kühlte sich damit das Gesicht. Als er wieder auf dem Fußweg stand, atmete er tief durch und lachte verkrampft, er zuckte mit den Schultern, nun sei nichts mehr zu machen...

Und dann sah ich am Flußufer eine Villa und einen roten Drahtzaun, und dann war auch schon das Gartentor da, mein

Verlobter langte hinüber, auf der anderen Seite hing ein Schlüssel, er schloß das Törchen auf und wurde wütend, denn im Obst- und im Gemüsegarten scharrten Hühner herum, eine gutfrisierte Frau kam die Treppe hinunter, und an den vorstehenden Backenknochen erkannte ich sofort, das war meine zukünftige Schwiegermutter, sie gab mir lächelnd die Hand, ich überreichte ihr den Blumenstrauß und war außerstande, mich zu beherrschen, und fing an zu weinen, wir umarmten einander, und mein Verlobter johlte, scheuchte die Hühner durch den Garten und brüllte . . . Hühner gehören nicht in den Garten, er trieb die Hühner zum Zaun, packte sie dort und schleuderte sie in den Hof, dann erst kam er die Stufen zu uns hinaufgelaufen, die Mutter führte mich durch die Wohnung, überall Sonne und Blumen, und dann brachte die Mutter mich in das Eßzimmer und sagte, das seien wertvolle Möbel, die sie vor langer Zeit in Brünn in der Möbelfabrik UP gekauft habe, und ich sagte, mein Vater sei Oberrat dieser UP-Werke gewesen, er habe in der ganzen Welt für UP das Holz eingekauft, und dieses Eßzimmer hier sei gewiß aus Nußbaumholz, das mein Vater irgendwo im Libanon oder im Kaukasus gekauft habe. Und mein Verlobter ging hinter uns her, er war nervös, lief wieder in den Garten, goß Pflanzen, harkte Kohlköpfe und pflückte dann ein Äpfelchen von einem Baum, er rannte in die Wohnung und gab es mir unter großem Gelächter, das sei ein Cox Orange, plötzlich nahm er meine Hand und zog mich in den Garten, er führte mich von einem Baum zum andern und nannte mir alle die Apfelsorten, die er vor Jahren selbst gepflanzt hatte, er zeigte mir die Kraut- und Kohlköpfe, die er gesetzt hatte, er zeigte mir Büsche von Pfingstrosen, die er im Brauereigarten ausgegraben und hierher verpflanzt hatte, dann führte er mich in den Hof, dort stand ein alter Herr inmitten einer Menge von Gerümpel und Alteisen, Dutzende kleiner Schuppen zogen sich am Zaun entlang, im Hof ragte das furchterregende Wrack eines Lastwagens, daneben stand ein alter Citroën, ich konnte die Augen nicht von diesem Auto abwenden, es sah aus, als hätte es fünf Jahre in einem Teich gestanden, die Bezüge auf den Sitzen waren verblichen und zerfetzt, die Karosserie rostig, und vor dieser Ruine eines Citroëns kniete eine rothaarige Frau, sie hatte die Lippen geschminkt und schrubbte mit einer Drahtbürste sorgfältig den Rost vom Blech, und als dieser alte Mann meinen Verlobten ansah, als diese rostrote Frau, die beim Schrubben Zigaretten rauchte, vom rostigen Staub aufschaute, da stellte mein Verlobter mich vor... Das ist mein Vater, das ist meine Schwägerin Marta, und das hier ist meine Braut...

Und der Vater wollte mir die Hand geben, aber sie war ölverschmiert, Marta blieb in der Hocke sitzen, lächelte mir nur zu und streckte mir den Ellbogen entgegen, auch der Vater hielt mir nur den Ellbogen hin, und beide ließen sich nicht von der Arbeit abbringen, der Vater montierte ein völlig kaputtes Auto zusammen, einen Škoda, und erzählte mir ganz begeistert, daß der Škoda erst jetzt ein Paradestück sein werde, wenn das Autolein mit den rausgerissenen Bezügen neu tapeziert würde, was für eine Freude würde das sein, wenn die Karosserie dunkelblau gespritzt sei, und was für eine Freude erst, wenn er wieder irgendwohin nach Kosmonos zu Besuch ausfahren werde, wo seine Freunde, die Mechaniker waren, zwar schon in Rente, doch immer noch das konnten, wozu andere nicht imstande seien, wo diese Mechaniker ihm die Zylinder schleifen würden...

Ein Mann mit Stock und Baskenmütze betrat den Hof, man konnte seinem Gesicht ansehen, daß er dieses Leben schon hinter sich hatte, daß er viel getrunken und viel geliebt hatte und oft enttäuscht worden war, er reichte mir die Hand und sagte... Nennen Sie mich Břet'a und merken Sie sich, wer in unsere Familie aufgenommen werden will, der muß sich anpassen können, wie Olánek Kolář zu sagen pflegte... Das sagte er, humpelte dann zum Citroën und zeigte mit dem Stock, was seine Frau Marta noch alles abzukratzen habe, mit dem Stock zeigte er ihr das und lachte dabei, während seine Frau vor Wut fauchte, mit den Augen rollte und drohte, ihren Mann mit den Drahtspitzen der Bürste zu erstechen... Und ich wunderte mich schon gar nicht mehr, als ein winziger Mensch auf den Hof kam und die Nase rümpfte, er trat behutsam auf, als watete er durch Wasser, langsam setzte er einen Fuß vor den anderen, auf dem Kopf hatte er einen Hut, er trug einen Kau-

tschukkragen und eine Krawatte mit einem Schiebeknopf, auf einen ölbeschmierten Hocker legte er Rasierpinsel und Rasiercreme, er tunkte den Pinsel in ein Kännchen und begann, sich das Gesicht einzuseifen, und ich begriff allmählich, wo ich war, irgendwie atmete ich erleichtert auf, als ich sah, wie dieser alte Herr sich nicht nur das Gesicht, sondern auch den Mantel und den Hemdkragen einseifte, sorgfältig seifte er mehr als nur den Hals ein, auch diese Krawatte mit dem Schiebeknopf, und keiner wunderte sich, nur Břet'a sagte... Pepin, seif dir doch auch noch die Weste ein... und er zeigte mit seinem Stock auf sie, doch der Onkel Pepin, ja, es war der Onkel Pepin, der schaute mich an und rümpfte die Nase... Was sind Sie denn?
Ich berührte ihn am Ellbogen und sagte... Ich bin Eliška, ich bin mit dem Bohuš hierhergekommen...
Das sind Sie? Da heiß ich Sie aber schön willkommen, man erzählt von Ihnen, Sie sind immer nach Wien gefahren, wenn Sie die Schule geschwänzt haben, stimmt's? Wien ist die schönste Stadt der Welt, und wie ich dort gedient hab, war sie noch viel schöner, weil ich beim Kaiser gedient hab und der die schönste Armee der Welt hatte, der hat keine einzige Schlacht verloren, weil...
Den Krieg habt ihr zu guter Letzt aber doch verloren! sagte Břet'a, und der Onkel Pepin seifte sich weiter Gesicht und Krawatte und Kragen ein, und keinen empörte das, mein Verlobter betrachtete es sogar mit großem Vergnügen und freute sich, als der Onkel Pepin schrie...
Was laberst du denn da! Wir haben alle Schlachten gewonnen, wohin unsere prachtvollen Armeen auch kamen, überall haben wir prachtvoll gesiegt! Schrie der Onkel Pepin, und irgendwo auf dem Nachbargrundstück, dort, wo inmitten von Obstbäumen eine Villa prunkte, schloß jemand erbost das Fenster. Und der Onkel Pepin nahm das Rasiermesser und fing an, sich das Gesicht zu rasieren, doch der Seifenschaum war schon eingetrocknet, die Klinge war stumpf, und Onkel Pepins Hand zitterte, eigentlich schabte er nur den trockenen Schaum ab, und das graue Stoppelfeld kam erneut zum Vorschein, so wie es gewesen war, bevor er angefangen hatte, sich einzuseifen. Aber

keiner wunderte sich, niemand sagte etwas außer Břet'a mit seinem Stock, fast hätte er dem Onkel ein Auge ausgestochen, er zeigte ihm, wo er mit dem Rasiermesser nochmals drüberschrappen mußte. Und mein Verlobter ergötzte sich, er strich dem Onkel übers Gesicht und freute sich, wie herrlich glatt der Onkel war, wie wunderbar er sich zu rasieren verstand. Und dem Onkel traten Tränen in die Augen, und er sagte ... Stimmt, das ist die österreichische Schule, diese österreichische Disziplin! ... Die Mutter erlöste mich, sie kam, damit ich ihr helfe, den Sonntagstisch fürs Mittagessen zu decken.

Wir zogen den Tisch im Eßzimmer aus, die Mutter kniete sich nieder, öffnete den Geschirrschrank und hielt mir schöne Teller ins sonnige Zimmer hin und sagte stolz ... Schaut nur, es ist Sèvres-Porzellan, für zwölf Personen! Doch mit meinem Söhnchen werdet Ihr es gar nicht leicht haben, da werdet Ihr was erleben ... sagte die Mutter und legte Löffel und Messer neben diese Sèvres-Teller ... er ist nämlich seit seiner Kindheit ständig woanders, das Zuhause war für ihn die Hölle, heim kam er allenfalls, um zu schlafen, von früh bis spät spazierte er durch Polná, die ganze Stadt kannte ihn, denn er war immer wieder bei jemand anderem, immer war er lieber an einem anderen Ort als dort, wo er gerade war. Wie ich schon sagte, Ihr werdet was mit ihm erleben, er ist uns sogar zweimal durchgebrannt, gab sich nicht mehr damit zufrieden, nur in Polná herumzulungern, einmal fuhr er im Zug und einmal in einem Lastwagen fort! Und das in einem Faß! Und in dieser Brauerei hier, da hat er seit seinem sechsten Lebensjahr, als er dann zur Schule ging, die Hausaufgaben im Freien geschrieben, auf einem Stuhl, auf dem Dach, überall, nur nicht im Hause ...

Was erzählst du da? tönte Onkel Pepins Gebrüll aus dem Hof ... Die österreichische Armee hat jede Schlacht gewonnen! Unter der Führung des Freiherrn von Wucherer sind wir an Fronleichnam feierlich ins befreite Přemysl eingezogen! Die Mutter erschrak, öffnete das Fenster und rief ... Onkelchen, bei Gott, schreien Sie nicht so, es ist Sonntag und bald schon Mittag! Dann führte die Mutter mich durchs Eßzimmer und zeigte mir die Bilder an den Wänden und setzte das Gespräch fort ... Das da ist die Tatra von Antonín Frydl, original Öl, aber wie ich schon sagte, Ihr werdet es nicht leicht haben mit ihm, als der Onkel Pepin in der Mälzerei arbeitete, wohnte mein Söhnchen mit ihm dort, nur damit er nicht zu Hause sein mußte, und wenn es dämmerte und wir ihn nicht auftreiben konnten, war er immer in den Ställen, er stand lieber am Trog und ließ sich von den Ochsen anhauchen, er war lieber mit Ochsen befreundet, als daß er daheim gewesen wäre, ich sage Euch, Ihr werdet es gar nicht so leicht mit ihm haben... Das da ist ein Pastell von Professor Vokálek, Garben am Waldesrand, und wenn er doch einmal zu Hause sein mußte, war er rabiat und wütend, draußen regnete es, es schneite, es stürmte, also mußte er zu Hause bleiben, wenn wir aber schlafen gehen wollten, fanden wir ihn schon wieder nicht, erst nach geraumer Zeit, er war unters Bett gekrochen und dort eingeschlafen, und wir mußten ihn hervorziehen... warum aber sage ich Euch das alles? Weil ich mehr als vierzig Jahre mit diesem Söhnchen zusammen war und jetzt, wie er mir gesagt hat, Ihr Euch mit ihm ärgern werdet... Und im Hof schrie der Onkel Pepin... Was? Hitler hat in Rußland eins auf die Schnauze gekriegt, daß er in die Reitstiefel rotzte. Aber die österreichische Armee, die hätte auch die Rote Armee besiegt, die hätte sogar Stalingrad erobert!

Die Mutter beugte sich rasch zum Fenster hinaus, ich sah, nicht, wie der Onkel Pepin brüllte, versetzte sie in Schrecken, sondern was er da in die Welt hinausschrie, was er an einem Sonntag im Hof herausbrüllte... Onkelchen, bei Gott, wir sind doch ohnehin schon schlecht angeschrieben, was krakeelen Sie nur, Sie landen noch hinter Gittern, weil Sie hier staatsfeindliche Reden schwingen... Und dann rief die Mutter einfach irgendwohin, als wollte sie sich bei jemandem entschuldigen, sie hielt die Hände um den Mund und rief mit lauter Stimme... Er hat vom Krieg her eine Kopfverletzung!

Und die Mutter befreite sich aus der Gardine, die der Wind aufgebauscht hatte, sie war froh, als sie einen Stuhl ertastete und sich darauf niederließ, sie strich das Tischtuch glatt und sagte... Mir dürft Ihr glauben, mein Söhnchen, der ist oft genau so wie der Onkel Pepin. Am Ersten Mai düngte er jedesmal am Vormittag mit der Jauche vom Klo sein Gemüse. Und dann

wundert er sich, daß man ihn hier zweimal nicht mag. Und das alles nur, weil er unglaublich oft verträumt ist, immer woanders. Als Student schrieb er Gedichtlein und lief dann immer wie ein Schlafwandler umher, und seine Liebesgeschichten, was war das alles lächerlich, die Mädchen kamen fast schon als Bräute zu uns, aber der junge Herr war verträumt, er ging durch die Welt, als sei er kastriert und war in Gedanken immer woanders, überall sonst, nur nicht zu Hause, nur nicht mit seinen Liebchen, so daß ihn jede schließlich sitzenließ, denn sagt selbst, was ist schon mit einem Mann anzufangen, der wie ein Mondsüchtiger schlafwandelt ... und so ist es nach wie vor, am liebsten ist mein Sohn da, wo er gerade nicht ist ... und mit diesen Bekanntschaften war es wie auch mit seinen Berufen. Beim Notar fing es an, und dann immer wieder ein neuer Beruf, genauso mit dem Wohnen, mein Sohn trieb sich am liebsten in Hotels herum, jeden Tag woanders schlafen, das war sein Leben, doch dann kam das Jahr achtundvierzig, und er hat diesen Engroshandel selbst liquidiert, aus war es mit den Reisen von einer Stadt in die andere ... Also, ich will Euch was sagen, ganz im Vertrauen, mein Söhnchen hat das nämlich ein wenig von mir, ich wollte auch nichts anderes als Schauspielerin werden, ich hab mir nur eines gewünscht, Theater zu spielen, auch noch als verheiratete Frau, aber ich hatte nicht die Kraft dazu, ich konnte nicht so gut davonlaufen wie mein Sohn ... jetzt sollten wir aber besser essen ...
Die Mutter lauschte, draußen hatte der Vater aufgehört, mit heftigen Schlägen den Kotflügel zu traktieren, dort im Hof hatte auch die Drahtbürste aufgehört, über die Karosserie des Citroën zu schrubben ... Die Mutter stand auf, wollte mir etwas über das nächste Bild erzählen, winkte dann ab und sagte ... Aber aufgepaßt, das Feuer werdet Ihr mit ihm genießen, das ist sein Element, Feuer, Feuer machen, immer nur Feuer, als er bei der Oma in Židenice war, hat er zweimal mit einer Fackel die Gardinen angezündet, und hier in der Brauerei hat er in der Mulde dort eine Hütte gebaut und einen Ofen hineingestellt und andauernd in dem Ofen Feuer gemacht, und am Hexenfest zum Frühlingsanfang? Jedesmal mußte der Vater für ihn bezahlen, er legte das Feuer so, daß er die Zwetschgen

ansengte, er ließ einen Heuschober abbrennen, zündete das trockene Gras an, weshalb das Wäldchen Feuer fing, und erst recht in der Jakobsnacht, wenn er mit diesem brennenden Besen herumrannte, hat er immer seine Mütze angesengt, immer waren auch die Schuhe angekohlt, und zweimal hat er sich sogar die Haare versengt... Und dann, das hätte ich fast vergessen! Ihr werdet was mit ihm erleben! Wasser! Das ist auch sein Element, immer am Wasser zu sein, zweimal wäre er fast ertrunken, als der Fluß gefroren war und es taute, tauchte er immer die Schuhe ins Wasser, und einmal brach er in neuen Kleidern auf dem Eis ein, sechshundert hatte das blaue Matrosenmäntelchen gekostet, er rutschte mit ihm vom Eis in den Fluß und preßte diesen teuren Mantel danach im Kino an den Ofen und ließ ihn ansengen. Und wie er studiert hat? Das weiß ich nicht. Immer nur am Wasser, vom Frühjahr bis zum Herbst, nichts als baden, das Gesetzbuch unterm Kopf und schwimmen und in der Sonne liegen. Wie der die Rechte studiert hat, das weiß ich wirklich nicht. Und Ihr werdet noch was mit ihm erleben... Sein Trinken! Seit er vier ist, kommt er immer betrunken von Begräbnissen und Hochzeiten heim... und alles, was an Getränken bei uns zu Hause stand, süffelte er in einem Zug leer, als Student kannte er nichts anderes, als von geselligen Abenden betrunken heimzukehren, sonst, wenn er nüchtern ist, ist er das reinste Lämmchen, ganz bescheiden, kaum hat er aber das dritte Bier oder Weinglas gekippt, ist er ein Weltmeister, ein Champion, und sofort hat er Courage, sofort muß er jemanden beleidigen und den Leuten drohen... Und wenn ich mich nicht beherrsche, wißt Ihr, was für Folgen das hat?
Und wieder schwoll auf dem Hof die Stimme des Onkels Pepin an, eine Donnerstimme... Was erzählst du da? Die österreichische Armee war immer Siegerin, und eine so prachtvolle Armee hätte auch die Russen besiegt, mit Glanz und Gloria hätte sie die Russen besiegt!
Die Mutter erschrak, schob mit Mühe die flatternde Gardine zur Seite und beugte sich hinaus, sie hielt die Hände um den Mund und rief irgendwohin... Er meint die zaristischen Russen... die zaristischen!

Doch der Onkel Pepin schrie weiter... Woher denn, diese Russen hier hätte die österreichische Armee genauso besiegt, weil das kaiserliche Heer sämtliche Armeen besiegt hätte! Und dann betraten auch schon der Vater und hinter ihm Marta das Eßzimmer, beide waren so, wie ich sie beim ersten Mal dort im Hof gesehen hatte, Marta lachte und war über und über mit feinem Roststaub bedeckt, sie wusch sich nur mal die Hände, und auch der Vater sah aus, als sei er gerade von einer Straßenbahn überfahren worden, nur seine Hände blitzten vor Sauberkeit... Und dann kamen Břet'a und mein Verlobter, der den Onkel Pepin an der Hand führte.

Die Mutter schöpfte die Suppe und sagte... Da habt ihr mal wieder rumgebrüllt wie die Ulanen! Und der Onkel Pepin war von dieser Aussage entzückt, er lächelte, neigte sich zur Mutter hin und nickte zustimmend... Nicht wahr?... Und der eingetrocknete Schaum blätterte langsam von seinem Gesicht, ich sah den Doktor, meinen Verlobten an und war froh über das, was die Mutter mir alles von ihm erzählt hatte, ich war froh, daß ich es wußte, auch wenn ich so um einige Geheimnisse ärmer war, denen ich im Lauf unserer Ehe, die es noch gar nicht gab, auf die Spur gekommen wäre... Wir wünschten einander guten Appetit, die Löffel klapperten im Sèvres-Porzellan, Břet'a war als erster fertig, als hätte er die Suppe ausgetrunken, so schnell war sie in ihm verschwunden, und Břet'a sagte ganz beiläufig... Und ihr hättet doch nicht gesiegt! Und der Onkel brüllte... Wir hätten gesiegt... und verschluckte sich, ein Kloß war ihm im Hals steckengeblieben, mein Verlobter schlug ihm auf den Rücken, und der Onkel prustete und hustete, und schließlich mußte er so fürchterlich niesen, daß er sein Gesicht in den Teller mit dem Rest Suppe tauchte... Zur Sicherheit schloß die Mutter die Fenster des Eßzimmers. Und ich schaute sie an, sie hatte sich wieder gefaßt, hatte mit den Händen die schwarzen Wolken von Pepins Geschrei verscheucht, irgendwie lächelte sie mich lieb an, weil man in diesem Haus vermutlich nichts anderes tun konnte als lächeln, lächeln.

Und ich erinnerte mich an den Brief meiner Tante Pišinka aus Wien und an ihre Parisertorte mit Schlagobers, und ich lächelte

auch, nickte mir zu, hob den Kopf und lächelte dann den schönen Messingleuchter mit den fünf Messingkelchen an, und tatsächlich, alle Beklommenheit und alle Bosheit und alles Unangenehme waren von mir gefallen. Der Vater nutzte die Gelegenheit und lief wieder auf den Hof hinaus, von wo erneut dumpfe Schläge erklangen, er hämmerte schon wieder, wenn auch nur kurz, an diesem beschädigten Kotflügel herum.
Ich stellte die Suppenteller ineinander, mein Verlobter wischte dem Onkel Pepin mit einer Papierserviette das Gesicht ab, die Mutter holte eine Schüssel mit dampfenden Knödeln, in der Tür lächelte sie und sagte leise... Und ihr hättet doch nicht gesiegt... Und der Onkel Pepin schnellte von seinem Stuhl hoch und brüllte... Und ob wir gesiegt hätten! Und prachtvoll! Und schlug der Mutter mit der Schulter die Knödel aus den Händen, einige konnte sie gerade noch auffangen, mehr als die Hälfte aber landete auf dem Teppich, mein Verlobter nahm die Zuckerzange und suchte sich einen Teller voll zusammen, in der Hocke sammelte ich mit der Mutter den Rest ein, dann kam der Vater zurück, er nahm Platz und lächelte mir zu, ich sah aber, daß er in Gedanken wieder draußen im Hof war, bei seinem Škoda, daß er sogar Angst davor hatte zu reden, um nicht etwa in ein Gespräch verwickelt zu werden, von dem er dann nicht hätte weglaufen können. Und die Mutter tat, als sei nichts geschehen, sie verteilte mit der Hand Knödel auf jeden Teller, ich nickte, es sei genug, als sie mir den dritten gab und dann alle mit Rahmsoße und Lendenbratenstückchen übergoß, und wieder aßen wir gierig, und bevor ich noch den zweiten Knödel in Angriff nahm, hatte Břet'a schon zu Ende gegessen, er stand auf, humpelte zum Fenster, und ich mußte anerkennen, es stimmte, was der Doktor, mein Verlobter, gesagt hatte, dieser Lendenbraten war hervorragend, ich genierte mich nicht und nahm nochmals zwei Knödel und obendrein noch Soße, ich aß und war entsetzt, denn eigentlich hätte ich gerne noch mehr gegessen. Dann ging die Tür auf, und ins Eßzimmer trat ein kleines Mädchen, das einen Knicks machte und die Mutter bat... Gnädige Frau, würden Sie uns das Onkelchen ausleihen?
Und die Mutter sagte, ja, aber wozu denn?

Das Mädchen sagte, der Onkel Pepin halte ihr und anderen kleinen Mädchen auf dem Wehr einen Vortrag in Geschlechtskunde, das heißt, er wolle seinen Vortrag fortsetzen, er habe sie nämlich schon letzten Sonntag am Wasser darüber unterrichtet, daß ein wohlgestalteter Körper und ordentliche Geschlechtsorgane die Garantie allen Eheglücks seien, und für heute habe der Onkel Pepin versprochen, eine Lektion aus den Schriften des Herrn Batista vorzutragen, über die Folgen eines zügellosen Geschlechtslebens... Die Mutter sagte, sie sei einverstanden, das Mädchen solle den Onkel aber an der Hand führen, da er nicht mehr gut sehe, und ihn wieder nach Hause bringen, wenn die Vorlesung zu Ende sei, sie solle ihn wieder in die Hände der Mutter abliefern. Und der Onkel Pepin lächelte, als das Mädchen ihn zärtlich am Arm nahm, und sagte... Und wieder bin ich der Sieger. Und warum? Weil ich österreichische Schulen besucht und der schönsten Armee der Welt gedient habe und mit dem Kaiser befreundet war... Und schon vor dem Onkel ging der Vater in den Hof und klopfte dort wieder an diesem Kotflügel herum, auch die Schwägerin ging hinaus und kratzte mit der Stahlbürste den rostigen Kühler des Citroën, Břet'a schaute aus dem Fenster, wie das Mädchen den Onkel durchs Tor geleitete, und mein Verlobter verkündete... Mamachen, Sie sind ein Champion der überdachten Höfe, einen so guten Lendenbraten habe ich schon lange nicht mehr gegessen, und Mamachen, wir gehen ein bißchen durch die Gegend spazieren...

15

Als wir die Treppenstufen zum Gartentor hinuntergingen, streckte jemand seine Hand zwischen den Zaunlatten hindurch und schloß vom Gehsteig her mit dem Schlüssel auf, der innen gesteckt hatte, und vor uns stand eine hochgewachsene Frau mit Brille, sie stand da und sah den Doktor an, der errötete und schlug die Augen nieder, die kräftige Frau mit Brille errötete ebenfalls, es tauchten sogar Flecken auf ihren Wangen auf, so stand sie da, blickte zu Boden und sagte... Sie werden heiraten? Und mein Verlobter nickte und sagte... Ja. Und die kräftige Frau zeigte auf mich und fragte ... Und das hier ist Ihre Braut? Und mein Verlobter sagte leise ... Ja ... Und die errötete Frau sagte, schon mit Tränen in den Augen ... Da kann man nichts machen, lassen Sie es sich in dieser Ehe gutgehen, ich wünsche Ihnen beiden viel Glück ...

Und sie stand auf dem Gehsteig und schaute aufs Pflaster, etwas interessierte sie dort ungemein, sie schaute auf diese Pflastersteine, das kannte ich, das alles hatte ich auch durchlitten, diese Pflastersteine, jeder einzelne war ein Rettungsring, an den sich diese Frau klammerte, da sie nicht mehr ein noch aus wußte, ich hatte genauso geschaut, wenn mein Kleinod Jirka mich vor diesen seinen Verehrerinnen demütigte, wenn ich dastand und er an mir vorüberging, mich zwar sah, doch so tat, als wäre ich Luft, dann hatte auch ich wie vom Blitz getroffen zu Boden geblickt, er hatte gelacht und war mit seinen Biestern in irgendein Café gegangen, während mir nichts anderes übrigblieb, als nach Hause zurückzugehen und mich auszuweinen ... Und dann spazierten wir zum Fluß, am gegenüberliegenden Ufer raschelten die Pappeln, wir wanderten der Sonne entgegen, der Doktor wusch sich alle Augenblicke das Gesicht, es war September, und die Sonne strahlte wie im April, man konnte nicht aufs Wasser schauen, dort auf der anderen Seite des Flusses badeten auch Erwachsene, nicht nur Kinder, und mein Verlobter sah, als er durchnäßt zurückkam, wieder irgendwie älter aus, ich lächelte, weil ich all das schon hinter mir hatte, diese Frau dort tat mir leid, ihre Gefühle erschreckten mich, ihre Tränen, und mehr als alles, daß sie, als sie ihren ehemaligen Liebhaber sah, Flecken im Gesicht bekam. Nach einem kurzen Stück Wegs drehte ich mich um, sie stand noch immer neben dem Gartentor, in ihren Augen glitzerten die Brillengläser und die Tränen, was aber tun? Und wir gingen an einem Kirschgarten entlang, unter der Eisenbahnbrücke war es dunkel, mit großem Geratter rollte ein Güterzug darüber, die Brücke bebte und dröhnte ohrenbetäubend, wir durchquerten diesen Schatten, und als wir heraustraten, gab es nur noch Sonne und Wasser und grüne Weidenbüsche und den sich in der Ferne verlierenden Fluß.

Und mein Verlobter erzählte mir, eigentlich nicht mir, er erzählte es eher sich selbst, er beichtete, um nicht an diese Frau mit der Brille denken zu müssen, er erzählte davon, daß vom Fluß her oft ein so starker Wind blies, daß er manchmal, als er noch zur Schule ging, dort an der Ecke der Brauerei habe umkehren müssen, weil der Wind ihn sonst in die Felder oder in den Fluß getragen hätte, in dem er immer fischte, wenn schönes Wetter war, kleine Fischchen, denn er aß gerne Fischchen, er sagte mir, daß er immer nach Herzenslust Karauschen und Nerflinge gefangen und die Mutter sie zu Hause in Schmalz gebraten habe, und zwar so, daß man die Fischchen wie Brezeln knabbern konnte... hier bei diesen kleinen Weiden habe ich am liebsten gebadet, hier gab es Sand, hier hatte ich als Student das Strafgesetzbuch unterm Kopf und ließ mich in der Sonne bräunen, ich konnte tagelang nur so daliegen und baden, und wenn ich ins Wasser stieg, war das Wasser jedes Mal einzigartig, es war nur für mich da, wohin ich auch immer komme, ich muß baden, das Baden versetzt mich in Entzücken... erzählte er und lief wieder zum Wasser hin und spritzte es sich ins Gesicht, und ich lächelte und war froh, daß ich diesem Mann zuhören und ihn sofort verstehen konnte, sogleich wußte, weshalb er so sprach, nämlich nur, um sich langsam, aber sicher zu beruhigen, um ruhig zu werden, denn danach, wie er sich über diese Frau mit der Brille erschrocken hatte, wußte ich, daß er mehr und noch weiter erzählen würde, daß es für mich vielleicht besser wäre, wenn er geschwiegen hätte, weil er mit dem, was er sagte, bewies, daß er jene Frau dort trotz allem noch liebte...

Und dann kamen wir, nachdem er sich nochmals das Gesicht gewaschen hatte, durch einen Hohlweg an Heckenrosen vorbei zur Brauerei, und mein Verlobter erzählte mir, wie er dort in der Brauerei als Bub mit der Schrotflinte auf Vögel geschossen habe, sehen Sie, rief er, die ganze Brauerei ist von einer Mauer umgeben, und die Mauer entlang steht ein Baum neben dem anderen, und auf diesen Bäumen saßen früher Tausende von Vögeln, Meisen und Finken, Ammern und Amseln und im Winter Stieglitze... und ich schoß auf sie und wußte nicht warum, oft stand ich dann dort, hielt ein totgeschossenes Vögelchen in der Hand und weinte, um am nächsten Tag dennoch wieder dort zu stehen, anzulegen, und ein weiteres Vögelchen fiel langsam zu Boden, ich hätte nie geglaubt, daß ich treffen könnte, und wenn ich es traf, machte es nur päng!, ich hätte nicht geglaubt, daß so ein Vögelchen von einem bloßen Päng! sterben kann, und wieder nahm ich es in die Hand und weinte, übrigens haben Sie es am Gartentor ja selbst gesehen, ich hätte nie geglaubt, daß ich jemanden ebenso treffen könnte, wie ich unter dem Dach der Mälzerei und des Gärkellers Tauben getroffen habe, Dachtauben, Täubchen, die da oben zwischen den Balken hausten, die ihre Jungen dort hatten, und wieder stand ich da, legte an, ich mußte zielen, ich mußte den Abzug drücken und wieder zusehen, wie ein Täubchen in die Tiefe fiel, dieses Luftgewehr schaffte es nicht, die Tauben wie die jungen Vögelchen sofort zu töten, die Taube hinkte, wie bei einem angeschossenen Rebhuhn waren die Flügel verletzt, ich mußte sie einfangen und rot vor Scham erdrosseln, genauso wie alle die von mir gerupften Täubchen, die ich verlassen habe, die mich verlassen haben und die nun zurückkommen.

Und dann standen wir vor dem Tor der Brauerei, ich wunderte mich, wohin ich auch in diesem Hof und Garten schaute, überall erblickte ich nur Unordnung und Trauer, hier war alles ganz anders, als mein Verlobter es mir erzählt hatte, ich hatte seinen Lobeshymnen geglaubt, die Brauerei sei ein botanischer Garten, eine Art Palast, und daß alle, die in der Brauerei wohnten, schön und edel seien, als mein Verlobter jetzt zu mir sagte, wir schauen uns das mal an, da wollte ich alles, nur nicht dort hinein, ich empfand Widerwillen gegen diese Brauerei, nicht, weil dort die Vergangenheit, die Vergangenheit meines Verlobten war, sondern weil ich Angst vor dem hatte, was ich dort sehen könnte. Er hingegen sah dort schon ganz etwas anderes, er sah das, was nicht mehr da war, und konnte vermutlich gar nicht anders, als alles mit den Augen der Erinnerung zu sehen, denn, wie er mit Novalis sagte ... die Erinnerung ist die zweite Gegenwart. Und dann betrat er die Brauerei, ich folgte ihm, wir gingen durch den Garten bis unter die Fenster, dieses Gärtchen war derart verwildert, als wohnten in dieser Brauerei schon seit langem keine Menschen mehr ... Er zeigte mir, wo die Buchsbäume gestanden, wo Blumen geblüht hatten und wo an der Mauer die Nußbäume gewachsen waren, unter denen im Frühjahr Tausende von Schneeglöckchen und Krokussen blühten, er zeigte mir die Wand eines langgezogenen Gebäudes und die Fenster, hinter denen er gewohnt hatte, doch waren es nicht mehr jene Fenster, sie waren modern, erst vor kurzem in die Mauer eingelassen, die Rahmen waren noch nicht gestrichen und die Wand, einst beige, war einfach mit Kalk angeworfen, so gelangten wir an diesem Deputatsgebäude entlang bis zu der Stelle, wo, wie mein Verlobter mir zeigte, die Treibhäuser gestanden hatten, in denen das Gemüse wuchs, wo einst an der Wand Bäumchen standen und Weinreben rankten, jetzt lagen hier nur noch weggeworfene Bestandteile eines auseinandermontierten Autos, von Melde überwuchert, überall in der Brauerei wucherte Unkraut, wo immer es eine freie Fläche entdeckte, nahmen riesige Büsche von Melden überhand, Melden, die über den einstigen Gemüsegarten gesiegt hatten. Und als wir in den Hof kamen, wo früher, wie mein Verlobter sagte, Reihen von Zwetschgen- und Ringlottenbäumen, Reihen von Nuß- und Apfelbäumen, Reihen von Birn- und Kirschbäumen standen, hatten nur ein paar kränkelnde alte Bäume überlebt, Bäume, die nicht mehr weiterwachsen konnten, weil auf ihren Wurzeln irgendwelche Bestandteile riesiger Maschinen lagerten, als sei hier ein Flugzeug abgestürzt, einige Motoren lagen herum und ragten aus der triumphierenden Melde heraus. Mein Verlobter führte mich aber weiter, er zeigte mir, wo die Selchkammer seiner Mama gewesen war, dann zeigte er mir, wo Břet'a und er die Taubenschläge gehabt hatten, keiner hielt jetzt mehr Brieftauben wie Břet'a oder polnische Luchstauben, die mein Verlobter gehabt hatte, er zeigte mir, wo die Hühnerställe gestanden hatten und die Magd die Enten und die Gänse fütterte, mit einem Mal verhedderte sich mein Kleinod jedoch in solch einen Unsinn und fing an, die Mär zu erzählen, wie sie hier eine Ente gehabt und gefüttert hatten ... und wann immer die Magd das Wasser erneuerte, ließ sie die Ente ein wenig herumlaufen, und die Ente lief bis dorthin, bis unter die Fenster der Frau Faßbindermeister, die Ente quakte und die Meistersfrau öffnete ihr und die Ente watschelte in den Flur und dann auch in die Wohnung, und die Frau gab ihr etwas, so ging es Tag

für Tag, bis die Mama anordnete, die Magd habe der Ente den Hals durchzuschneiden, und die Magd rupfte ihr das Köpfchen, drückte den Schnabel an die Brust und setzte den Schnitt, dann ging sie nachschauen, ob das Wasser in der Waschküche schon kochte, derweil stand die Ente wieder auf ihren Beinen, der Schnitt war schlecht gesetzt, sie wackelte unters Fenster der Meistersfrau, diese öffnete ihr, und die Ente watschelte durch den Flur, und in dem Augenblick, als sie die Wohnung betrat, starb sie, und als der Meister nach Hause kam, fand er seine Frau bewußtlos neben einer falsch geköpften Ente liegen... Ich steckte meine Hände ins Haar und sagte... Mein Gott, warum müssen Sie das ausgerechnet mir erzählen... Und in diesem Augenblick kam ein zornschnaubender Mann in Pförtneruniform und brüllte wütend... Was macht ihr da?
Und mein Verlobter war noch immer begeistert... Ich bin gekommen, um mir die Orte anzuschauen, die ich geliebt habe und bis heute mag, ich habe nämlich seit meinem sechsten Lebensjahr hier gewohnt, ein halbes Jahrhundert habe ich hier gelebt...
Sie haben hier nichts zu suchen, Sie haben Ihre eigene Villa, genau gesagt sind Sie auf das Grundstück eines volkseigenen Betriebs eingedrungen, wollen Sie etwa etwas anzünden? Haben Sie Streichhölzer bei sich? Ich muß Sie durchsuchen, vielleicht habe ich gerade noch ein Verbrechen verhindert, zeigen Sie her, und wenn Sie nicht wollen, ruf ich die Polizei, dann mag die sie durchsuchen, die Polizei...
Und ich schaute lächelnd zu und war glücklich, als mein Verlobter die Arme hob und der Pförtner ihn abtastete und seine Taschen nach Streichhölzern durchsuchte, mit denen er die Brauerei hätte anzünden können... Und jetzt... Streichhölzer haben Sie keine, aber machen Sie, daß Sie von hier wegkommen, schon einmal sind Sie mit ihrem Vater in Schande von hier fortgezogen, verschwinden Sie, oder glauben Sie etwa, es reiche nicht, daß Sie hierhergekommen sind, wo Sie als Herren gelebt haben und wir, die Arbeiter, uns mit der Mütze in der Hand vor Ihnen verneigen mußten?
Wir schritten durch das Tor der Brauerei, mein Verlobter zitterte vor Scham, ich wußte, er würde nie mehr einen Fuß

hierher setzen, weshalb sollte er auch? Ich erinnerte mich, auch ich war einmal bei unserer Villa in Losiny gewesen, hatte sie angeschaut, und auch mich hatte man weggeschickt, ich war nach Losiny gegangen, wo aus unserer Villa ein Kindergarten geworden war, sie hatten auch mich hinausgeschmissen, als ich ihnen sagte, ich wolle nur schauen, nichts weiter als schauen und mich still erinnern ...

Also bogen wir um die Ecke und gingen an der Brauereimauer entlang bis zum Fluß hinunter, vom Anlegeplatz und vom Wehr her vernahm ich von weitem, wie der Onkel Pepin etwas aus dieser Geschlechtskunde nach der Schrift des Herrn Batista schrie, die kleinen Mädchen saßen um ihn herum und lauschten, wir aber gingen bereits über den gepflasterten Gehsteig, die Mutter stand vor dem Tor und redete mit jemandem, aus dem Hof drangen Hammerschläge, der Vater besserte vermutlich den zweiten Kotflügel aus, ich hörte, wie die Drahtbürste immer wieder und noch schneller den Rost von der Karosserie des Citroën kratzte, wir kamen an einer kleinen Villa vorüber, sie grenzte an jene, die der Pförtner meinem Verlobten gerade zum Vorwurf gemacht hatte, auf einmal ging mir ein Licht auf, und ich drehte mich um, und dort im Fenster jener kleinen Villa hatte jemand mit dem Finger die Gardine beiseite geschoben und sah hinter uns her, jetzt bewegte sich etwas, und ich sah, hinter der Gardine stand die schöne, traurige Frau, jetzt blitzte ihre starke Brille auf, sie stand still da, schaute mich und meinen Verlobten an, und ich ging weiter, ich schritt energisch aus und versuchte, so natürlich wie möglich zu gehen, wie von einem Blitz angestrahlt sah ich meine Figur, mein Kleid, meine Schuhe, ein Glück, daß ich alles umgehängt hatte, was ich nach der letzten Mode besaß, ein Glück, daß ich gestern beim Friseur war und mir wieder diesen Bubikopf hatte schneiden lassen, wie Basketballspielerinnen und Mädchen aus der Besserungsanstalt ihn trugen ...

16

Die Sonne ging unter, beim Abendessen schwiegen wir, wir waren alle müde, eben hatte das kleine Mädchen den Onkel Pepin zurückgebracht, es hatte sogar einen Knicks gemacht, und der Onkel strahlte, er hielt den Kopf hoch erhoben und sagte selbstgefällig... Es ist doch wundervoll, wenn wenigstens einer in der Familie Grütze hat, wenn wenigstens einer denken kann wie ich. Und warum? Weil ich ein Verehrer der europäischen Renaissance bin, ich hab dasselbe System wie Goethe oder Mozärtchen im Kopf... Břet'a saß schon in blitzsauberem Hemd da, das Haar um die Ohren herum pomadisiert und wie immer die Baskenmütze auf dem Kopf, jetzt sah ich es, der junge Břet'a mußte ein Prachtskerl gewesen sein, er beherrschte den Krawattenknoten, trug obendrein polierte teure Schuhe, auch seine Marta hatte jetzt ein Kleid übergezogen, in der Farbe von Aprikoseneis. Břet'a sagte... Onkel, weißt du, was für eine Freude der Herr Batista hätte, wenn er dich dort am Fluß sähe, wie du den kleinen Mädchen ausgewählte Kapitel aus seinem Buch über die Geschlechtskunde vorliest? Und der Onkel Pepin saß da, starrte irgendwohin in die Ferne, vergoß Tränen und bat... Red nur weiter, Břet'a, red nur immerzu von meinem neuen Sieg...
Und dann verabschiedeten wir uns, und die Mutter flüsterte mir zu... falls Ihr mal Hochzeit feiern solltet, werde ich nicht kommen, ich fürchte, es wird eine wilde Hochzeit werden, und dafür hab ich keine Nerven mehr, wir feiern dann noch eine Hochzeit hier bei uns, ich war nur einmal dort in Libeň, nur ein einziges Mal hab ich mein Söhnchen besucht, und was hab ich nicht alles dort gesehen, also von diesem Hof und diesem Herd hab ich mich erst hier wieder, hier zu Hause erholt, wo ich aus ganzem Herzen geweint habe...
Und wir traten in den Hof hinaus, der Vater hatte Licht gemacht und klopfte noch immer an seinem Škoda herum, Břet'a öffnete stolz die Tür seines Citroën, Marta machte das Gartentor auf, und auf den Vorder- wie auch den Rücksitzen dieses jämmerlichen Autos lagen Decken, und mein Verlobter half mir, mich hineinzusetzen. Břet'a schwang sich hinters Lenk-

rad und fuhr hinaus, Marta rauchte und kniff die Augen zusammen, weil ihr der Rauch in die Augen stieg, während sie das Tor schloß... Und schon fuhren wir mit Scheinwerfern, doch nicht zum Bahnhof, aus dem Städtchen ging es hinaus und dann durch Dörfer, Břet'a erzählte, daß er am Vormittag ein Violinkonzert gehört habe, Jascha Heifetz sei in seine Seele eingedrungen, er habe sogar geweint, so sehr habe Jascha ihn gerührt, vermutlich, sagte Břet'a, weil diese Odesser Juden immer von schwermütiger Musik erfüllt seien, David Oistrach und Yehudi Menuhin seien große Asse, für Břet'a aber heiße der König der Geigen Jascha Heifetz, er, der so spielte, wie Břet'a mit seiner ganzen Seele Poker spielte, Poker, mit dem Břet'a schwindelerregende Summen gewann, so schwindelerregende, daß er selbstherrlich wurde und wieder alles ausgab oder verspielte, und wenn er es schließlich verspielt hatte, borgte er sich sogar bei seinem Vater Geld, um das, was er verloren hatte, wieder zurückzugewinnen, er verspielte jedoch meist auch noch das Geld, das seinem Vater gehört hatte...

Und der Citroën tuckerte vor sich hin, er warf schwaches Scheinwerferlicht auf die Straße, mit dem einen leuchtete er in den Straßengraben und mit dem anderen irgendwohin in die Büsche, mein Verlobter und ich hielten uns aneinander fest, denn die Sitze waren locker und drohten in den Kurven auseinanderzukrachen, Břet'a überraschte mich, daß er solch ein Interesse für Violinkonzerte zeigte, plötzlich erinnerte ich mich daran, daß mein Vater immer gern Schallplatten in unserer Villa gehört hatte, keine Konzerte, sondern schwermütige Kompositionen und leichte für Violine, ich entsann mich, er besaß mehrere Platten mit dem Geiger Helmuth Zacharias, es fiel mir wieder ein, daß Vater einmal von Wien zurückgekehrt war und die Filmschauspielerin Olga Tschechowa als Gast mitgebracht hatte, sie war damals nicht mehr die Jüngste, aber immer noch schön, eine ganze Woche lang wohnte sie bei uns, und Vater war ganz anders als sonst, diese Olga Tschechowa rauchte eine Zigarette nach der andern, sie hatte ein langes Elfenbeinmundstück und saß mit Vater im Herrensalon, und er spielte ihr fast ununterbrochen ein und dieselbe Schallplatte vor, auf der Helmuth Zacharias das Lied spielte... Mein Herz... ist eine Geige... Ich lauschte diesem Lied, das nicht nur Vater und Olga Tschechowa das Herz brach, sondern auch mich tief rührte, die Tür zum Herrensalon stand offen, ich war im Eßzimmer und hörte Zacharias zu, wenn er geendet hatte, ging ich am Salon so vorüber, daß Vater mich nicht bemerkte, und aus einem Augenwinkel sah ich, wie gerührt mein Vater war, Tränen standen in seinen Augen, und die Schallplatte drehte und drehte sich, und die Nadel kratzte und ratschte an dem Aufkleber, Vaters Augen aber schwammen in Tränen, und sanft berührte er Olga Tschechowas Hand. Und als Olga dann abgereist war und Vater zurückkam, nahm ich die Plattenhülle und tatsächlich, da stand der Stehgeiger Helmuth Zacharias, ein winziger Jude im Frack, er hatte traurige Augen, große traurige Augen, denn sein Herz, das war wirklich nur seine Geige, die er so hielt wie eine Mutter ihr Kind, wie eine Mutter das Kind, das man ihr wegnehmen will...

Und der Citroën fuhr in ein beleuchtetes Städtchen hinein, und mein Verlobter sagte... Jascha Heifetz, Jascha Heifetz... Břeťa, jeder Jude hat Pogrome und Mordgeschichten erlebt, genau so wie die Juden, als sie von den Christen aus Spanien über Deutschland nach Odessa vertrieben wurden, in jedem Jahrhundert gab es solche Todesmärsche?... Schau, ich werde dir mal ein Buch mit Bildern von Marc Chagall ausleihen, von diesem Juden aus Vitebsk, der seine Geliebten und seine Frauen und seine Väterchen hinterm Ofen, seine Kühe und seine Eselchen, seine blühenden Sträucher und gigantischen Blumensträuße malt, aber Břeťa, auf jedem seiner Bilder liegt in einer Ecke ein beim Pogrom erschlagener Jude... und alles, was Chagall mit einem Bild ausdrücken kann, das versteht Jascha Heifetz mit seiner Geige zu sagen... denn die Juden sind wie Oliven, erst wenn man sie auspreßt, geben sie das Beste von sich...

Der Citroën hielt auf einem Platz an, der von hell erleuchteten Schaufenstern umgeben war, davor flanierten Menschen, von irgendwoher erklang Musik, Bogenlampen neigten sich über die Dächer der Häuser und Häuschen, Autos, rote Schlußlichter überquerten den Platz, wir saßen im Wagen, und mein

Verlobter flüsterte Břet'a ins Ohr, und Břet'a hörte ihm aufmerksam zu ... Und das ist diese Revolution, die wir schon alle an uns selber erfahren haben, das ist Sigmund Freud und seine Psychoanalyse, mit der der Jude Freud allen Christen bewies, daß das menschliche Leben einzig und allein auf dem Geschlechtstrieb beruht. Und so begab sich Sigmund Freud ohne Schuldkomplex dorthin, wo den Christen das Gefühl der Sünde befällt. Und das ist die Rache der Juden, die Rache für die Pogrome und Mordtaten der Christen, als die Fundamente in die Höhe flogen und die Decken in die Keller stürzten, wenn alles wie in einer Revolution umgekrempelt und auf den Kopf gestellt wird, so, wie man hebräische Bücher von hinten aufblättert, wie die Zeiger jüdischer Uhren rückwärts laufen, so, wie Jascha Heifetz es mit seiner Geige zu erzählen versteht, diese zärtliche Apokalypse von Explosionen und Melancholien eines gewaltigen Erlebnisses ... Bruderherz, schade, daß wir in unseren Adern kein Quentchen jüdisches Blut haben, da würden wir der Welt was zeigen ... lachte mein Verlobter und schlug Břet'a auf den Rücken ...
Und dann stiegen wir aus dem Citroën und überquerten den Platz, dort vor dem dunkelblauen Himmel verschwand das Reiterstandbild des Georg von Poděbrady, dahinter ragte die kleine Turmhaube einer gigantischen, von unten beleuchteten Burg empor, es war ein schöner kleiner Platz und ein schönes Städtchen, und ich hatte den Eindruck, hier war alles noch so, wie es vor dem Krieg gewesen war, dann betraten wir ein Lokal, aus dem Keller erklang Tanzmusik, man begrüßte Břet'a an der Garderobe, Břet'a warf der Kassiererin, die die Karten fürs Tanzparkett verkaufte, einen Hunderter zu, er winkte ab, sie möge den Rest behalten, und die Kassiererin verneigte sich, sie stand auf und lief hinunter, wir folgten ihr, und als der Ober Břet'a sah, reichte er ihm die Hand und übernahm uns von der Kassiererin, er brachte uns übers Tanzparkett zu einem Tisch, auf dem ein Täfelchen mit der Aufschrift Reservé stand ... Der Ober rückte die Stühle zurecht, wir setzten uns, und ich war froh, daß wir hierher gefahren waren, eigentlich war ich mit dem Doktor noch nie in solch einem Lokal gewesen, gedämpftes Licht, Klavier, Gitarre, Schlagzeug, und hinter einem sil-

bernen, mit Fähnchen geschmückten Pult stand ein Geiger im Smoking, und als er Břet'a sah, lachte er zu ihm herüber, hob den Bogen, gab den Takt an und begann dann zärtlich zu spielen, ich war überrascht, daß Klavier und Schlagzeug so spielerisch eine Geige zu begleiten verstanden, der Gitarrist zupfte die Saiten, und der Geiger kam jetzt gemächlich auf unseren Tisch zu, er stand leicht gebeugt da, sein dichtes Haar war in der Mitte gescheitelt, er spielte gefühlvoll, wie auch Helmuth Zacharias auf der Schallplatte zu Hause gespielt hatte, der Ober stand mit einer Flasche an unserem Tisch, entkorkte sie allerdings nicht, sondern lauschte der wehmütigen Melodie, am Nebentisch saßen drei Offiziere, die sich angeregt unterhielten, als wir kamen, nun waren sie verstummt und lauschten ebenfalls der Geige, Marta rauchte und strahlte, es tat ihr gut, daß unser Tisch Mittelpunkt der Aufmerksamkeit war, sie stützte mit der rechten Hand den linken Ellbogen, und zwischen den Fingern vor ihrem Mund stieg ständig Zigarettenrauch hoch, Břet'a war gerührt, daß der Geiger zu ihm gekommen war, sich vornüberbeugte und ihm ins Ohr spielte, und als er zu Ende gespielt hatte, gab Břet'a ihm die Hand, drehte sich zum Ober hin und sagte ... noch zwei Gläser, ihr seid meine Gäste ... Dann stand Břet'a auf, immer noch die Baskenmütze auf dem Kopf, er plauderte mit dem Geiger, offensichtlich waren sie Freunde, offensichtlich war Břet'a hier Stammgast, und wie ich sah, mochten ihn alle ...

Und dann setzte die Musik zu einem Walzer an, der Doktor forderte mich zum Tanz auf, und die Paare auf dem Parkett drehten sich im Walzertakt.

Ich flüsterte dem Doktor ins Ohr ... Dein Bruderherz gefällt mir ... Und mein Verlobter lachte bitter ... Das ist, weil Břet'a viel gelitten hat, sein Bein macht ihm von Kindheit an zu schaffen, ach, jahrelang hat er nur gelegen, es mußte nur jemand neben seinem Bett auf ein Brettchen des Parketts treten, schon schrie er vor Schmerz auf, wir schoben ihn im Rollstuhl, und während wir Fußball spielten, saß er im Rollstuhl da, irgendein Doktor Kafka hat ihn dann geheilt, indem er ihm das Gelenk im Becken ausgekugelt und in Gips gelegt hat, und danach lag Břet'a nochmals ein halbes Jahr, wir schoben ihn im Rollstuhl,

er war in zwanzig Kilo Gips eingemauert, und als man ihm den Gips abnahm, war es wie zuvor, daraufhin bastelten ihm die Bandagisten eine Art Prothese, die seine Hüfte umklammerte und dann das ganze Bein hinunter bis zum Knöchel reichte, ich habe diese Prothese zu Hause unter der Decke hängen ... und danach konnte er wieder gehen, doch nur am Stock, und immerzu war er verliebt, doch die Mädchen machten sich nichts aus ihm, also begann er, Karten zu spielen, er spielte auch Poker, da war er die Nummer eins, er spielte so, daß er entweder Tausende besaß, Kneipen und ganze Kapellen freihielt und alle Gäste bewirtete, oder er verlor sein ganzes Geld, das er sich gepumpt hatte, selbst seine Krawatten verspielte er und pokerte so lange, bis er nicht einen Heller mehr besaß ... Darum hat er so schöne Augen, darum liebt er diese Violinkonzerte so sehr, und als Professor Zahradníček sich daran begab, diese Hüfte zu reparieren, als er jene Stelle dort schon rasiert hatte und alles zur Operation des Hüftgelenks vorbereitet war, fragte Břet'a plötzlich ... Herr Professor, können Sie mir eigentlich garantieren, daß ich wieder laufen werde? Da streifte Herr Professor Zahradníček seine Handschuhe runter, nahm den Mundschutz ab und brüllte ... Entlassen Sie diesen Kerl augenblicklich, geben Sie ihm augenblicklich die Moneten zurück, er soll augenblicklich aus meiner Klinik verschwinden ... Und Břet'a nahm das Geld und traf erst eine Woche später wieder zu Hause ein, in Prag hatte er zunächst vierzigtausend gewonnen, am dritten Tag jedoch verloren und am fünften alles verspielt, also kehrte er ohne Geld und ohne Operation nach Hause zurück, und unser Vater hat nichts gesagt ...
Die Musik hörte auf zu spielen, ich hakte mich bei meinem Verlobten ein und schaute zum Nachbartisch hinüber, der Ober entkorkte eine weitere Flasche, er schenkte ein, ließ Břet'a kosten, verteilte den Wein dann in die Gläser und unterhielt sich mit Břet'a, und mein Verlobter flüsterte mir weiter zu ... Und weil Břet'a von klein an Autos liebte, fährt er heute mit einem Lastwagen Öfen und Gemüse aus, er ist stolz darauf, Chauffeur zu sein, er verdient recht gut, manchmal hat er zwanzigtausend mit, dann aber platzen die Reifen, und schon sind die zwanzigtausend wieder im Eimer, mein Bruder gibt

nämlich den Zaster aus, wie man Karten verteilt, er lebt immer in der Annahme, diese zwanzigtausend zu besitzen und im nächsten Monat sogar dreißigtausend zu verdienen, und entsprechend lebt er auch, letzten Endes ist es aber immer so, daß Vater ihm das Geld fürs Benzin pumpen muß... Und mit seiner Marta ist es genauso, sie war Beamtin, mußte ihre Arbeit aber aufgeben, um daheim zu bleiben, denn wenn Břet'a zwanzig- und im folgenden Monat sogar dreißigtausend haben würde, weshalb sollte Marta da noch arbeiten gehen, besonders, weil er eifersüchtig war, er ist so entsetzlich eifersüchtig, daß er Tobsuchtsanfälle kriegt... vor Břet'a ist Marta mit einem Sänger gegangen, einem Chorsänger, der war aber jung und hatte schönes Lockenhaar, wie diese Offiziere, die da neben uns sitzen...

Oder wie Sie sie haben... sagte ich.

Ganz richtig, erwiderte mein Verlobter, und wir schwebten weiter übers Parkett... Und auf diesen Sänger war Břet'a eifersüchtig, daher mußte Marta zu Hause bleiben, damit sie diesem lockigen Beau gar nicht erst begegnete, und dabei sind, wie Sie selbst sehen, sowohl Břet'a als auch ich eigentlich ganz fesche Burschen, ich denke, wenn Gary Cooper oder Bob Taylor ein bißchen hübscher gewesen wären, hätten sie fast so ausgesehen wie ich und mein Bruder Břet'a. Und das will was heißen...

So plapperte mein Verlobter, und ich schaute zu unserem Tisch hinüber, Břet'a stieß mit dem Ober an, er machte Witze und alle lachten, auch die Offiziere vom Nebentisch stießen durch die Luft mit Břet'a und Marta an, sie suchten mich mit den Augen und stießen durch die Luft auch mit mir an, sie forderten mich auf, mich hinzusetzen und mitzutrinken. Also nahm ich meinen Verlobten an der Hand und führte ihn zum Tisch zurück, der Ober schenkte uns nach und entschuldigte sich... Es ist jetzt üblich nachzuschenken, damit der Wein klar bleibt, nicht trüb wird... Ich trank jedoch nur, um den Durst zu löschen, ich kann nicht anders trinken, nur gegen den Durst, deshalb trinke ich auch lieber Bier. Und so stießen wir durch die Luft an und lachten den Offizieren am Nebentisch zu, sie schüttelten die Köpfe und fletschten ihre Zähne in unsere Richtung, vor ihren Augen wippten Haarbüschel, und sie hatten schon zehn leere Flaschen Burgunder vor sich stehen. Dann spielte die Musik wieder, mal Tango und dann Walzer, und bei jedem Tanz kam der Geiger und fiedelte Břeťa ins Ohr, und Břeťa war im siebten Himmel, und die Offiziere faßten sich ein Herz, zwei standen auf und traten an unseren Tisch und baten mich und Marta um einen Tanz, nachdem sie meinen Verlobten und Břeťa um Erlaubnis gefragt hatten. Und es war Břeťa, der lachte, Marta aber wurde blaß, sie schlaffte ab und hatte keine Lust zu tanzen, sie entschuldigte sich und rollte ihre Augen, Břeťa rief ihr jedoch zu und forderte sie mit einer Handbewegung auf, sie solle nur tanzen, um glücklich zu sein, er rief seiner Frau zu, sie sei ja ohnedies nur glücklich, wenn sie mit einem jungen Mann tanzen könne, das sei ihre Welt... Und Marta ließ sich überreden, sie hakte sich beim Offizier ein und tanzte einen Tango mit ihm, ich tanzte mit dem zweiten Offizier, seine hellen Locken stachen mir in die Augen, der junge Mann roch nach Wein, und in Höhe meiner Augen sah ich seine weißen Zähne, er lachte, weil er wußte, daß er schöne Zähne hatte, also lachte auch ich und war glücklich, denn das hatte ich nicht erwartet, ich nahm mir vor, daß wir wieder in dieses Tanzlokal gehen sollten, ja, wenn wir die Zeit hätten, würden wir nur noch hierher gehen...

Und während ich tanzte und sich die Welt dieses Tanzlokals langsam mit uns drehte, sah ich bruchstückhaft den Gitarristen, wie er mich anblickte, dann die Treppe, über die wir heruntergekommen waren, dann den Tisch, dann die Rücken und die Gesichter der Tanzpaare, und auf einmal entdeckte ich das Gesicht meines Verlobten, der sehr ernst geworden war, plötzlich war er vereinsamt, plötzlich sah er aus, als wäre er durch die Decke gefallen, er hielt sein Glas und leerte es in einem Zug, und als ich mich ein weiteres Mal gedreht hatte, sah ich, wie er sich wieder eingoß und ein weiteres Glas mit einem Schluck austrank, dann standen wir neben Marta und ihrem Offizier, Marta war ernst, und Tränen standen in ihren Augen, doch als sie sah, mit welcher Lust ich tanzte, wie ich lächelte, da fing auch Marta an zu lachen, sie drückte sich an ihren Tänzer, der mit seiner Partnerin auf den Tisch, auf Břeťa zuschwebte, und dort neigte sich dieser Tänzer plötzlich über Marta, nicht daß er sie geküßt hätte, er berührte mit seinem schweißnassen Gesicht nur ganz sacht ihr Gesicht und bedeckte es mit seinen Locken... und Břet'a stand auf und biß sich in die Zunge und schrie dann... Du bist eine Hure, nichts weiter als eine Hure! und er hob seinen Stock, doch der junge Offizier entriß ihn ihm mühelos, klopfte Břet'a lachend damit auf den Kopf und schob dessen Baskenmütze hinunter, und dann erstarrte er, es erstarrte auch mein Verlobter, es erstarrte der Ober... Da stand nun Břet'a mit zwei, drei Härchen, er hatte eine Glatze, und da sein Gesicht gebräunt und seine Glatze weiß, ja leichenfahl war, sah er wie ein alter Clown aus, er stand da und schaute nur auf den Tisch, er war blaß, der Geiger trat zu ihm hin und spielte ihm ins Ohr, der Ober hob die Baskenmütze vom Boden hoch und setzte sie Břet'a wieder auf, Marta kniete vor Břet'a nieder, doch all das nutzte nichts mehr, Břet'a zahlte, die Offiziere entschuldigten sich und neigten sich zu ihm herunter, und die Locken der Offiziere ergossen sich über Břet'a und verstärkten nur noch seinen Kummer und seine Qualen und seine Depression...

Nur mein Verlobter blieb ruhig, seine Augen strahlten, er schaute nur und staunte, er konnte und wollte vielleicht auch nicht eingreifen, er machte keinen Versuch, etwas zu sagen, zu bitten, zu erklären, vielmehr schien er geehrt durch das, was er hier sah, dessen Zeuge er war, er nickte, ich faßte Břet'a unterm Arm und reichte ihm seinen Stock, der Ober begleitete uns, die Offiziere standen verdutzt da und sahen einander an, sie legten ihre Hände auf die Uniformjacken und waren sich keiner Schuld bewußt, Marta weinte und bedeutete mir mit ihren Blicken, ich hab's ja gewußt, ich hab's ja geahnt, so endet es jedesmal. Und Břet'a stieg schweren Schritts die Stufen hinauf, der Geiger, dieser Freund Břet'as, wich vor ihm zurück, wich zurück und spielte eine schwermütige Melodie, der Geiger hatte schöne unterwürfige Augen und kräftig pomadisiertes Haar, in dessen Mitte ein Scheitel funkelte... Und natürlich, diese Melodie hatte Helmuth Zacharias auf der Schallplatte gespielt, dieser winzige, verträumte Jude, die Melodie... Mein Herz ist eine Geige...

Wir kehrten zum Citroën zurück, und bevor wir losfuhren,

beugte sich der Geiger neben der Wagentür herunter, dort, wo Břet'a hinterm Lenkrad saß, aber nicht einmal diese schwermütige Melodie half... Und das Auto fuhr an, Marta weinte neben Břet'a, wir ließen die Stadt hinter uns, und der Citroën drohte auseinanderzufallen, so schnell fuhr Břet'a, mein Verlobter wollte zuerst Witze machen, doch auch ihm war die Lust dazu vergangen. Das Auto brauste mit großer Geschwindigkeit durch ein Dorf und noch ein weiteres Dörfchen. Ich bat Břet'a anzuhalten, ich hätte genug, Břet'a aber raste weiter, und der alte Citroën drohte immer mehr, in Stücke zu zerreißen, dann platzte ein Reifen, doch Břet'a fuhr weiter, ich saß neben meinem Verlobten auf dem Rücksitz, wir prallten gegeneinander, und ich schrie den Doktor an... So machen Sie doch was, Herrgott noch mal! Er jedoch duckte sich in die Ecke, und jetzt war ich es, ich, die ich den Charakter meiner Mutter hatte, der Tochter des Oberförsters von Enzensdorf, meiner Mutter, bei der selbst mein Vater nichts ausrichten konnte, so widerspenstig und halsstarrig war sie... Ich versetzte Břet'a einen Schlag in den Rücken, noch einen zweiten, und dann trommelten meine Fäuste auf ihm herum, bis er gegen einen Schotterhaufen fuhr, der Citroën stand schon fast still, ich stieß gegen die Tür, und als ich hinausflog, schaffte ich es gerade noch, meinen Verlobten an der Hand, am Ärmel mit herauszuzerren. Břet'a kam zur Vernunft, er schaltete runter, der Citroën rollte vom Schotterhaufen, er schwankte auf seinen drei Rädern, rutschte auf die Straße und bockte weiter, und seine Lichter, die roten Schlußlichter bogen irgendwo in ein Wäldchen ein... Wir lagen auf dem Rücken im Straßengraben, atmeten erleichtert auf, wir lagen mit ausgestreckten Armen da, berührten uns mit den gespreizten Fingern und den Handflächen. Der Himmel ist voller Sterne... sagte mein Verlobter. Und merken Sie sich eines. Wer in unsere Familie aufgenommen werden will, der muß sich anpassen, wie Olánek Kolář zu sagen pflegte...

17

Drei Tage vor der Hochzeit wurde mein Verlobter krank. Er konnte nicht mehr stillsitzen, konnte nicht mehr schlafen, dieser Freitag, halb elf Uhr vormittags im Schlößchen, dieses Papier, auf dem schwarz auf weiß geschrieben und bestätigt stand, daß die Hochzeit stattfinden würde, dieses Blatt Papier flößte ihm Entsetzen ein. Als müßte er sich an diesem Tag und zu dieser Stunde operieren lassen, er nahm sich sogar drei Tage frei und erklärte, er brauche wegen eines Todesfalls in der Familie drei Tage Urlaub. Und dann ging er nur noch in Kneipen, in jeder Kneipe trank er ein Bier und zog dann weiter, denn wenn er in Bewegung war, dachte er nicht an diese Hochzeit, so, als wäre er an einem Tag betrunken und liefe am nächsten unentwegt vor diesem Betrunkenen davon, der seinen Namen trug, immerzu lief er, er trabte geradezu, war auf der Flucht, doch der Betrunkene holte ihn immer wieder ein, und sobald er stehenblieb, spürte er seinen Kater, deshalb war er nur dann mein Verlobter, wenn er in Bewegung war, sobald er innehielt, setzte sich dieser Verlobte zu ihm hin, und er erschrak vor dem Tag, an dem er mich heiraten würde, vor dem Tag, an dem er von Amts wegen mein Mann, mein Ehemann würde, dieser Tag rückte immer näher, und mein Verlobter aß nicht einmal mehr, er trank nur noch und stöhnte, dieser Hochzeitstag hatte ihn dermaßen aufgewühlt, daß er stotterte.

Und ich ging weiterhin zur Arbeit, das gesamte Hotel war wegen dieser Hochzeit und um meinetwillen, die Braut, heiter und aufgeregt, alle, von der Garderobenfrau bis zum Direktor, interessierten sich für diese Hochzeit, sie kamen, um mich zu betrachten, und ich mußte ihnen sogar versprechen, daß ich schon einen Tag vor der Vermählung, wenn wir mein Hochzeitsfest begießen wollten, das Hochzeitskleid tragen würde. Die größte Freude aber hatten der Ober und der Chefkoch, der Chefkoch holte die tiefgefrorene Hirschkeule und den Hirschrücken hervor und bereitete das Hochzeitsgeschenk für mich zu, einen kalten Wildbraten, diesen Hirsch, der anscheinend jahrelang im Kühlraum unter den Prager Markthallen gewartet hatte, um für mich dazusein. Und sobald ich daran dachte, daß

ich am Freitag um halb elf im Schlößchen Hochzeit feiern würde, fing auch ich zu zittern an, ich vollbrachte Fehlleistungen beim Rechnen, alle naselang mußten die Kellner und Pikkolos mich verbessern, und alle hatten einen Riesenspaß daran, daß ich im Alter von achtundzwanzig Jahren wegen einer ganz gewöhnlichen Hochzeit so aus dem Häuschen war. Mein Verlobter hielt es schon am Donnerstag nicht mehr aus, er nahm das Brautbukett und spazierte damit durch Libeň, von einer Kneipe in die andere, die Kellnerinnen brachten ihm einen Humpen und stellten den Hochzeitsstrauß hinein, mein Mann trank Bier, nahm Glückwünsche entgegen und kam mit diesem Blumenstrauß bis Zum Hopfen-Strauch, gelangte danach bis hinauf nach Kobylisy Zum Hofman, dann kehrte er in der Ziegelei ein und lief schließlich bis Zur Schönen Aussicht, nirgends hielt er es länger als auf ein Bier aus, er trank nur noch kleine, kaum aber hatte er sich mit diesem Strauß und im Hochzeitsanzug hingesetzt, packte er alles aus seinem Brusttäschchen aus, er und ein Brusttäschchen! Sämtliche Ausweise und Dokumente und das gesamte Geld trug er immer zerknüllt in der Hosentasche, heute hatte er nun ein Brusttäschchen, er öffnete es behutsam und las dann immer wieder laut vor, daß die Hochzeit am Freitag um halb elf stattfinden werde, er hatte es bestimmt schon fünfzigmal vorgelesen, wollte es aber immer noch nicht wahrhaben, daß er laut einer Erklärung des Volksausschuß-Vorsitzenden ein Ehemann werden sollte. Also trank er sein Bier aus, nahm den triefnassen Blumenstrauß und stieg wieder von der Schönen Aussicht hinunter, er machte selbst in Kneipen halt, in denen er noch nie war, Bei Číźeks, Bei Součeks und Im Schiff, und wieder gab ihm dieser Marsch ein wenig Ruhe, dank dieser Wanderung nach Kobylisy und bis Zum Douda und Zum Scholler hinunter gewann er nicht etwa Zeit, im Gegenteil, er verkürzte diese entsetzlich lange Wartezeit bis zum Freitag um halb elf, wenn wir nebeneinander stehen und ein Ehepaar werden sollten.
Ich hatte diese letzten drei Tage vor der Hochzeit geglaubt, mein Verlobter mache Spaß, er machte aber keinen Spaß, er war lächerlich, nicht weil er lächerlich sein wollte, sondern weil er es tatsächlich war, mein Verlobter war, das hatte ich erkannt,

schrecklich feige, er drückte sich vor Entscheidungen, in der ganzen Zeit, die wir zusammen waren, hatte er sich nie entscheiden können, alles überließ er mir, ich mußte sogar entscheiden, was wir essen, wohin wir gehen sollten, als sei er unfähig, die Schuld einer Entscheidung auf sich zu nehmen und müßte alles den anderen, mir aufbürden. In diesen drei Tagen schaute er mir nicht einmal mehr in die Augen, und wenn, dann nur ganz schüchtern, er warf seine Augen ins Aus, sah zu Boden, errötete und schämte sich wie ein Fräulein. Ich hatte geglaubt, daß auch das nur ein Spiel war, er war aber ein viel größeres Kind, als ich gedacht hatte, er, der wie die Beifahrer und die Chauffeure der Altstoff-Sammelstelle zentnerschwere Papierballen auf den Lastwagen wuchten konnte, er, der fähig war, in drei Stunden den ganzen Garten umzugraben, daß der Schweiß nur so tropfte, dieser starke Kerl konnte unendlich schüchtern sein, wie ein Küken, wie ein Häschen, wie ein verschüchtertes, geprügeltes Kind. Manchmal mußte ich seinen Kopf zwischen meine Hände nehmen und sein Gesicht mit Gewalt zu mir hindrehen, damit wir einander gegenüberstanden und er mir in die Augen sehen mußte, er aber hielt den Blick gesenkt und ich mußte seine Lider hochschieben, und es dauerte entsetzlich lange, bis er mich ansah, ich schaute ihm in die Augen und besänftigte ihn wie ein scheu gewordenes Pferd, ein verschrecktes Tierchen ... Nana, nanana ... was ist, was ist denn? Und bewegte die Handflächen wie Scheibenwischer vor seinen Augen hin und her, um seine Angst, den Alptraum beiseite zu wischen, wie wenn Kinder gegen Morgen weinen und Angst haben, weil ein böser Traum sie erschreckt hat. Und als ich so nah bei ihm stand, spürte ich, wie sein Herz klopfte, wie er am ganzen Leib zitterte. Was ist denn, was ist mit dir passiert? wollte ich wissen.
Nichts, gar nichts. Ich weiß nicht. Das ist schrecklich mit mir, beklagte er sich, schon seit der Schule bin ich so schreckhaft, ich habe immer schlechte Zeugnisse gehabt. Dauernd habe ich das Gefühl, ein schlechtes Zeugnis nach Hause zu bringen. Und da laufe ich schon von klein auf davon, unentwegt werde ich von etwas getrieben, deshalb laufe ich fort, woandershin, und erst von da aus will ich wieder dorthin, wo

ich war, um von neuem irgendwohin aufzubrechen, wo ich noch nicht war.
Aber, aber, aber! streichelte ich ihn und flüsterte ihm ins Ohr...
Wir werden immer so bleiben, wie wir sind, du kannst all das tun und lassen, was du bisher gemacht hast, ich gehe weiterhin arbeiten, du wirst mir weiterhin zur Straßenbahn entgegenkommen, wenn ich Spätschicht habe... und du mußt mir nichts erklären, wenn du willst, werden wir schweigen, wenn du willst, kannst du mir alles erzählen, und ich werde mich über deine Beichten freuen, du kannst auch in meinem Beisein schreiben, ganz still, mucksmäuschenstill kann ich sein, als ob ich gar nicht da wäre, vielleicht fange ich wieder an, Bilder zu weben, und du kannst schreiben und tun, was du willst, lauf mir aber bitte nicht davon, ich möchte kein anderes Leben als zusammen mit dir, ich würde sterben, wenn du nicht zu unserer Hochzeit um halb elf im Schlößchen kämst, zu meiner Hochzeit, zu unserer Hochzeit... mit dir...
Wir berührten uns mit den Köpfen, das Fenster zum Hof hinaus stand offen, unsere Augen begegneten sich, ich flüsterte ihm ins Ohr, und er weinte in mein Haar hinein, er weinte wie ein kleines Kind, ich tröstete ihn mit den Händen und fühlte mich geehrt, daß er weinte, daß er nicht verbarg, wie er in Wirklichkeit war, daß er sein Hemd wie Jesus auf den Bildern über den Betten in den Bauernstuben aufgerissen hatte, mir sein Herz zeigte.
Hörst du mich, sagte ich.
Er schluchzte und nickte und wiederholte ein paarmal... Ich höre dich.
Und ich stellte drei Tage vor der Hochzeit einen Kessel mit Wasser auf den Herd, im Ofen prasselte das Feuer, und die Melodie der Flammen war wohltuend und tröstlich... Wenn ich von meiner Spätschicht zurückkam, völlig erledigt von dieser Küche des Hotels Paris, vollgesogen von den Dämpfen und Gerüchen verbrannten Fetts, waren meine Beine bis zu den Knien staubbedeckt, und wenn mein Verlobter mich an der Straßenbahn abholte und wir durch die stillen Gäßchen von Libeň schritten, war es fast immer schon kurz vor Mitternacht,

wir betraten unser Haus und unsere künftige Wohnung, unser einziges Zimmer, in dem ich anfing, mich allmählich wohl zu fühlen, vor allem, wenn in dem Eisenofen das Feuer angenehm knisterte, derweil es unaufhörlich mit mächtigem Zug in den Kamin gesogen wurde, auf dem Herd zischte ein Topf mit Wasser, und mein Verlobter stellte mir ein Becken vor die Füße hin, ein Waschbecken mit Sprüngen, hätte uns jemand durchs Fenster beobachtet, würde er vermuten, mein Mann ziehe mich langsam für die Liebe aus, zum Lieben, der Mann aber, mein Verlobter, zog mir nur die Strümpfe aus und schob den Rock nur hoch, um heißes Wasser einzugießen und dann kaltes nachzuschütten, bis es angenehm warm war, dann krempelte er seine Ärmel hoch, kniete sich vor mich hin, nahm ein Bein und dann das andere, er seifte meine schmutzigen Füße ein und wusch sie langsam, ganz langsam, ich schloß die Augen und fühlte mich wohlig, wenn er ein Bein nach dem anderen mit dem Waschlappen rubbelte, Wasser über sie goß und noch einmal, indes das Wasser vom Schmutz meiner Füße schwarz wurde, nahm mein Verlobter das schon saubere Bein, trocknete es mit dem Handtuch und stellte es auf den Boden und zog mir zärtlich den Pantoffel an... und dann wusch er das andere Bein, um sich danach aufzurichten und mir liebevoll übers Haar zu streichen und auf den Hof hinauszugehen, um das schmutzige Wasser unter hörbarem Plätschern auszuschütten.

Als er nun aber matt und erschöpft vor mir saß, weil er sich ausgeweint hatte, brachte ich das Waschbecken und vergalt ihm das, was er mir geschenkt hatte, ich schnürte seine Schuhe an den leblosen Füßen auf, zog ihm die Socken aus, kniete mich vor ihn hin und wusch erst ein Bein, dann das zweite, auf einmal begriff ich, daß dieses Füßewaschen das Schönste war, was bisher zwischen uns beiden geschehen war, daß so, wie er vor mir in die Knie gegangen war, ich nun in die Knie ging und seine Füße wusch und mir wünschte, sie so lange wie nur möglich zu waschen. Ich rieb sie sorgfältig trocken, er schwankte, schlief fast ein vor Trunkenheit. Dann zog ich ihm den Pullover aus, wieder schwankte er und noch einmal, es war, als zöge ich eine Leiche aus, ich streifte ihm Hose und Unterhose herunter

und warf den nackten Körper dann auf die englische Flagge, mit der mein Verlobter das Kopfkissen und die Bettdecke zugedeckt hatte, er spreizte die Beine und wurde ruhig, er lag auf dem Rücken und schlief ein.
Im Ofen prasselte das Feuer, ich legte kleingesägte Bretter nach und sah mich in diesem Zimmerchen um, ich war glücklich, daß mir, die ich aus dreizehn Zimmern stammte, in denen ich als kleines Kind und als Mädchen gewohnt hatte, jetzt ein einziges Zimmerchen genügte, ich schloß die Augen und lief in Gedanken durch unsere ehemalige Villa, durch die geöffneten Türen schritt ich von einem Zimmer ins andere, es war, als ob ein Film abgespult würde, zerbrechliche Empirestühle, geblümte Sofas und Sessel, das braune Barock-Eßzimmer mit dem Bild eines holländischen Meisters überm Büfett, Räume, in denen Vasen voller Blumen leuchteten ... und ich schlug die Augen auf, ja, über mir brannte die Zuglampe, und überrascht stellte ich zum ersten Mal fest, daß der Draht dieser Lampe unter der Decke tatsächlich an einer Nickelprothese mit Verschnürungen an Schenkel und Wade befestigt war, an jener Prothese, die Břet'a ehedem getragen hatte, mein zukünftiger Schwager und Trauzeuge meines Verlobten bei der Hochzeit, die in weniger als drei Tagen stattfinden würde ...

18

Und dann war mein Hochzeitstag gekommen, mein Verlobter zog den Hochzeitsanzug schon vor Morgengrauen an, und als er angezogen war, stellte er aufgeregt fest, daß er sich zu rasieren vergessen hatte, also seifte er sich das Gesicht und dabei zugleich den Kragen des Hochzeitshemds ein, er war aber so erregt, daß er Angst davor hatte, er könnte sich schneiden, wenn er sich mit der Klinge rasierte, also wusch er sich die Seife wieder ab. Und seine Hände zitterten, ständig hielt er diesen Hochzeitsstrauß fest, legte ihn nur zur Seite, wenn er im Ofen, in dem das Feuer mehrmals ausging, Holz nachlegen mußte. Und dann kamen Milada, die Kusine meines Verlobten und Lizaj, um mir beim Anziehen zu helfen, und der Doktor ging mit dem Blumenstrauß zur Hauptstraße hinaus, um sich rasieren zu lassen, ich erstarrte vor Schreck, er könne mir das antun, was mein Kleinod, mein erster Verlobter, mir angetan hatte, der vor der Hochzeit davongelaufen war, um eine andere zu heiraten. Und langsam begann ich mich anzuziehen, alles, was ich in die Hände nahm, zitterte und stockte, meine Brautjungfern mußten mich auf beiden Seiten stützen, ich lächelte, obwohl ich den Tränen nah war, dann betraten Břeťa und Marta den Hof, Břeťa war geschniegelt, er trug eine schöne blaue Krawatte und einen Hut, er nannte mich Brautjungfrau, und ich bedeutete ihm mit den Augen, er möge das um Himmels willen bleiben lassen, Marta und Milada rauchten und tranken Schnaps, Wulli rannte auf die Hauptstraße hinaus und wieder zurück, bei zwei Barbieren war er gewesen, von meinem Verlobten keine Spur, und dann reichten mir die Brautjungfern schon den Hochzeitshut, sie mußten ihn aufsetzen und feststecken, ich begann noch heftiger zu zittern, meine Knie wurden weich, denn es trafen weitere Hochzeitsgäste ein, Milada hieß sie willkommen, sie schleifte den Tisch aus der Waschküche, und dort ragten aus den Trögen und der Wanne, in die fortwährend Wasser floß, dreißig Flaschen Sekt und Schnaps, Milada warf ein Tuch über den Tisch und goß den Hochzeitsgästen ein, doch mein Verlobter kam noch immer nicht, und dann hefteten mir meine Brautjungfern den Schleier an, sie schoben ihn über meine Augen, aus denen Tränen fielen und sich ein verkrampftes Lächeln stahl, und wieder kam der leichenblasse Wulli, er zuckte mit den Schultern und sagte mir abermals, was ich selbst sah, daß mein Verlobter noch nicht eingetroffen war, daß er irgendwo mit seinem Hochzeitsstrauß Schnaps trank. Und Wulli krempelte seinen Ärmel hoch und zeigte auf die Uhr, es sei Zeit zu gehen, und als ich dann den Schleier schon abnehmen und alles aufgeben wollte, als ich wahnsinnige Lust hatte, wegzulaufen, mich in irgendeiner Ecke zu verkriechen, irgendwohin zu flüchten und zu weinen, da kam Ema, diese meine zweite Mama, sie kam mit einem Blumenstrauß, und als sie sich auf dem Hof umsah, als sie unsere Hochzeitsküche und unser Hochzeitseßzimmer und Hochzeitsschlafzimmer in einem betrat, als sie mich so niedergeschlagen dasitzen sah, da

begann meine zweite Mama zu strahlen, weil alles vorbereitet war, alles war für meine Hochzeit da, alles außer dem Bräutigam und dem Hochzeitsstrauß.
Milada und Marta gingen im Hof herum und bereiteten die Hochzeitszweiglein für die Gäste vor, mit einem weißen Schleifchen zusammengebundene Myrten, meine Brautjungfern hielten sich bewußt mit dem Schmücken der Gäste zurück, zwei Kellnerinnen von uns kamen in den Hof gelaufen, gefolgt von dem Chefkoch, die Kellnerinnen trugen ein riesiges, mit einem Tischtuch zugedecktes Tablett, und als ich unseren Küchenchef sah, atmete ich erleichtert auf, als wäre mir ein Stein vom Herzen gefallen, auf einmal wußte ich, mein Verlobter würde kommen, Ema saß neben mir und konnte ihre Freude nicht verbergen, die Freude darüber, daß nicht nur ihr Sohn, sondern auch dieser Doktor mir weggelaufen war.
Und dann flog mein Verlobter in den Hof, strahlend und mit Augen, die im Schnaps schwammen, er war heiter und in seinen Augen standen Tränen, nicht etwa aus Freude, daß wir in Kürze ein Ehepaar würden, sondern darüber, daß er sich überwunden, daß er sich Mut gemacht hatte... Und schon stand er mitten unter den Hochzeitsgästen, schon schwenkte er den Hochzeitsstrauß, schon stieß er mit den Gästen an und leerte gierig drei Schnäpse, und ich zündete das Licht an und spürte, daß ich wieder diese Parisertorte mit Schlagobers war, ich trocknete die Tränen und stand auf, ich stampfte, stampfte nochmals und lief in den Hof hinaus, unsere beiden Kellnerinnen nahmen einen Zipfel des Tischtuchs und schlugen es zurück, sie hoben es hoch, und da lagen der kalte Rücken und eine Keule von diesem Hirsch, das Fleisch war tranchiert, man brauchte sich nur noch zu bedienen, die Kellnerinnen stürzten zu mir hin, und wir rieben unsere Stirn aneinander, die beiden Mädchen weinten aufrichtig, und der Herr Chefkoch reichte mir die Hände, ich hielt den Schleier hoch, und er küßte mich auf beide Wangen, ganz leicht berührte er sie mit den Lippen, und dann klopfte Wulli auf seine Uhr, er war noch immer blaß, und endlich überreichte mir mein Verlobter den Hochzeitsstrauß, Wulli gab ein Zeichen und schritt als erster über den Hof, als Zeuge dieser meiner Hochzeit, und die anderen Hoch-

zeitsgäste schlossen sich an, mein Verlobter war rasiert und parfümiert, wir stiegen die Stufen hinunter zu den Fenstern der Frau Beranová, der Lüster besprühte diese reinliche Frau von oben und die Brille warf Ringe auf ihr Gesicht, jetzt lief sie in den Hausflur hinaus, gab meinem Verlobten einen Kuß und mir die Hand und sagte ... Mit dem Doktor werden Sie glücklich, er ist ein guter Kerl, und am Abend bringe ich was von uns mit, kalte Hasenpastete, aus der Goldenen Gans ... Und der Hochzeitszug wankte durch den feuchten Hausflur, fast jeder Hochzeitsgast mußte sich, als wir auf die Straße hinaustraten, mit der Hand den Mantel abputzen, der von der nassen Wand angeschmuddelt war, denn alle schwankten bereits von den stärkenden Schnäpsen. Einige Gäste liefen nach ein paar Schritten in den Hof zurück und tranken ihr Gläschen aus und holten unseren Zug beim offenen Tor des Baumarkts wieder ein.
Und dann schritt dieser Zug durch die Gottlaß-Gasse, im Gasthaus Beim Füchslein flog die Glastür auf, in ihr die Gäste, auch der Chef lief herbei, er hatte gerade ein Bier gezapft und reichte es meinem Verlobten, der es gierig trank, ich sah, wie durchs Halbdunkel der verrauchten Wirtsstube hocherhobene Gläser funkelten, und ging weiter, mein Verlobter hatte entsetzlich weiße Ärmel, Wulli einen verschmierten Anzug, ich drehte mich um und sah, daß alle Hochzeitsgäste von unserem gräßlichen Hausflur schmutzig waren, sogar die Kostüme der Frauen, und in diesem Augenblick, als ich unseren clownesken Umzug sah, diesen Umzug von Masken ohne Maskierung, da mußte ich lachen, ich hob den Blick, mein Verlobter legte mir den Arm um die Hüfte und drückte mich an sich, er hob mich fast hoch und gab mir ein schönes Küßchen, einen Kuß, wie ich ihn noch nie von ihm bekommen hatte, und der Himmel drohte mit Regen, auf einmal war es kühl, auch Schnee könnte es geben, und als wir die Straße überquert hatten und an der Rokyta entlanggingen, lief mein Verlobter die Stufen hinunter zum Bach, auf der letzten Stufe hockte er sich nieder, schöpfte mit den Händen Wasser, das sich zwischen einem rostigen Ofen und drei Trauerkränzen hindurchschlängelte, die das Hochwasser im Sommer hier angeschwemmt hatte, und pitschnaß kehrte er zu uns zurück ... Und Lizaj und Wulli waren blaß,

gestern hatten sie mir Vorwürfe gemacht, weil ich beim Aufgebot angegeben hatte, ich heiße Eliška, nach meiner Mutter sollte ich jedoch Elisabeth heißen, ich hatte gestern aber darauf beharrt, daß ich laut Taufschein tatsächlich Eliška heiße, Lizaj rief, das habe ein chauvinistischer Pfarrer absichtlich so hingeschrieben, und wenn schon nicht Elisabeth, so hätte ich im Aufgebot wenigstens anführen müssen, daß ich zwar Bürgerin der Tschechoslowakischen Republik, doch deutscher Nationalität sei, ich aber sagte, ich sei Tschechin und folglich tschechischer Nationalität. Und als mein Verlobter vollkommen durchnäßt an meiner Seite einherschritt, stöhnte Ema, meine zweite Mama, laut auf, und während die übrigen Gäste lachten, stellte ich fest, daß unser Zug auf gerade noch zehn Mann zusammengeschrumpft war, ich war froh, die Freunde meines Verlobten, jene, die so gern mit ihm diese Hochzeiten im Hause feierten, waren in unseren Hof zurückgekehrt, um weiter Schnaps zu trinken, um weiter Gläser mit Wein zu füllen, ich war froh, denn die Vorstellung, sie hätten im Hochzeitssaal des Schlößchens vielleicht umkippen oder aus heiterem Himmel zu singen anfangen können, ließ mich starr vor Schreck werden.
Dann trat die Sonne hinter den Wolken hervor, und vor uns strahlte das Schlößchen, wir verließen den Gehsteig und stiegen eine Steintreppe hinauf, es folgten ein sandbestreuter Weg und ein Park, dessen Wegränder mit gestutzten Buchsbäumen verziert waren, an der Stirnfront des Schlosses leuchtete eine große goldene Uhr, die fünf vor halb elf zeigte. Und mein Verlobter atmete schwer, der Kragen und die Krawatte schnitten sich tief ein, und das Wasser der Rokyta war auf seinen Wimpern eingetrocknet, Wulli überholte uns und öffnete das Schloßtor, dort standen meine beiden Jungköche, sie waren auf ihren Motorrädern, ihren zweihundertfünfzigern ČZ gekommen, und zwar so, wie sie es versprochen hatten, in den karierten Hosen und den weißen Kitteln und mit den weißen Küchenmitren, sie lachten mir zu und gratulierten, vermutlich waren sie aus der Küche abgehauen, ich lachte zurück, und dann führte nur noch ein weißes Treppenhaus nach oben, von dort rieselte Musik herunter, eine Orgel spielte Harlekins Millionen, und als wir auf der obersten Stufe standen, sprang die

weiße Tür auf und eine Beamtin des Volksausschusses im Samtkostüm trat heraus, sie forderte mich und meinen Verlobten und die Trauzeugen auf, in ihr Büro zu kommen. Wir unterschrieben die Papiere, und durch die offenstehende Tür sah ich, wie Hochzeitsgäste vor uns aus der hohen Tür des Hochzeitssaals traten, der Zug stieg langsam die Treppe hinab, die wir hinaufgestiegen waren, ich freute mich, daß mein Verlobter für die Hochzeit dieses Schlößchen hier gewählt hatte, in dem herrliche Barockmöbel standen, vor allem aber gab es hier hohe Türflügel, wie mein Vater sie geliebt hatte, dann formierte die Beamtin unseren Hochzeitszug, sie wunderte sich nur, weshalb alle Gäste farbverschmierte Ärmel hatten, schließlich öffnete sich die Tür zum Hochzeitssaal, und ich erstarrte, aus dem Lautsprecher erklang ein altes Orchester und die Melodie... Mein Herz... ist eine Geige... Ja, Helmuth Zacharias spielte dieses wehmütige Lied, das mein Vater so geliebt hatte, dieses Lied, das er eine Woche lang gespielt hatte, als Olga Tschechowa bei uns zu Besuch war und mein Vater sie mit den Fingern berührt und Tränen in seinen Augen geglänzt hatten, ich drehte mich zu Břet'a um, und er nickte und lächelte mir zu, er war es gewesen, der diese Schallplatte mitgebracht hatte, er hatte es veranlaßt, daß Helmuth Zacharias zu meiner Hochzeit aufspielte, vor mir breitete sich ein roter Teppich aus, und an der Wand strahlten der goldene Löwe und ein Tisch mit Blumen, und mein Trauzeuge Wulli geleitete mich durch diesen Saal, er war fast so groß wie das Eßzimmer bei uns zu Hause, hinter mir schritt mein Verlobter mit seinem Bruder Břet'a, ich hielt den Blumenstrauß fest und wußte jetzt, daß meine Hochzeit stattfinden werde, ich hörte auf zu zittern, öffnete die Augen, neben mir stand schon mein Verlobter, ich roch seine Alkoholfahne, nun zitterte er, dann legte die Beamtin die Papiere auf den Tisch, und aus einer Tür in der Wand trat ein Mann mit Brille, über der Brust trug er eine Schärpe, er stellte sich hinter dem Tisch auf, und die Beamtin stellte mich und meinen Verlobten vor, und dann hielt der, den sie mit Genosse Vorsitzender anredete, eine Ansprache, ich schaute auf sein rotes Buch, aus dem ein Stoffband seine Zunge herausstreckte, auf dem Band war ein Siegel, und der Mann sprach zu uns, er betonte, daß wir einander lieben sollten, daß dieser unser Staat nicht nur Gewähr, sondern auch ein Schutz für uns sei, und dann sprach er wieder davon, daß wir einander beistehen sollten, und stellte die Frage, ob keine Gründe bekannt seien, die dagegen sprächen, daß unsere Ehe rechtsgültig geschlossen werde, und ich und auch mein Verlobter verneinten, und er fragte einen nach dem andern, ob wir aus freiem Willen heirateten, ich antwortete mit einem klaren Ja, mein Verlobter dagegen räusperte sich mehrmals, seine Zunge klebte vor Hitze fest, zuletzt gab er aber doch noch sein Jawort. Und dann erklärte der Vorsitzende des Volksausschusses unsere Ehe für geschlossen, zum Beweis dafür sollten wir die Ringe tauschen, diese goldenen Eheringe, die ich hatte kaufen müssen. Und wir wandten uns einander zu, die Sekretärin hielt uns die Ringe auf einem kleinen Tablett entgegen, und wir standen einander gegenüber, mein nun schon Ehemann versuchte mehrere Male, mir mit seinen steifen Fingern den Ring über meinen Ringfinger zu streifen, schließlich glückte es, ich streifte ihm den Ring spielend über, und er hob den Schleier und küßte mich, Helmuth Zacharias wiederholte ein letztes Mal die Melodie... Mein Herz... ist eine Geige... und als erste gratulierten uns der Vorsitzende und seine Sekretärin, die mir ins Ohr flüsterte, der Trauschein liege im Büro, und dann küßte Wulli mich gerührt und dann Lizaj und schließlich die übrigen Hochzeitsgäste, aufrichtig küßte ich unseren Chefkoch Herrn Baumann, diesen herzensguten Menschen, der mich schwarz im Hotel Paris behalten, der mir Mut gemacht und als einziger sofort gewußt und begriffen hatte, als der Doktor damals bei dem ersten Schlachtfest ins Hotel gekommen war und mich mit Blumen überschüttet hatte, daß der Doktor mich heiraten werde, was er nun auch getan hatte.

Und damit war die Heiratszeremonie beendet, als letzte küßte mich meine zweite Mama, Ema, sie atmete erleichtert auf, ich sah es ihren Augen an, wie glücklich sie war, daß sie mich vom Hals hatte, daß ich nicht mehr bei ihr wohnen würde, ich dankte ihr für all das, was wir gemeinsam mit ihrem Söhnchen, meinem Schatz erlebt hatten, den ich eingetauscht hatte gegen einen Mann, mit dem ich mich nicht langweilen würde und der

mich auf seltsame Weise liebte, bei dem ich wohnen und dessen Name ich tragen würde. Die Zeremonie war zu Ende, die Tür zum Flur öffnete sich, wir traten hinaus, und abermals wurden Harlekins Millionen gespielt, schon stieg die nächste Hochzeit die Treppe zum Büro der Sekretärin empor, eine blasse Braut und ein blutjunger Bräutigam, beklommene Gäste, indessen unsere Hochzeit gelöst und locker hinunterstieg. Und als wir vors Schlößchen traten, standen meine beiden Köche dort und die zwei Kellnerinnen, sie gratulierten mir und dem Bräutigam, die Kellnerinnen weinten, dann kamen einige Leute von der Straße, die den Doktor kannten, hernach der Photograph, schon stiegen wir die Treppe zum Gehsteig hinunter, meine beiden Köche traten ihre Motocrossmaschinen an, die Kellnerinnen setzten sich hinten drauf und winkten uns zu, sie hupten und fuhren an unserem verzettelten, clownesken Hochzeitszug vorbei, erst dort unten beim Podlipný-Denkmal bogen sie zur Rokyta hinunter und fuhren dann über die Libener Brücke zurück zum Hotel Paris...
Und schon gingen wir durch die Gasse Am Damm, ich knöpfte meinen Mantel auf, um besser ausschreiten zu können, ich schritt dahin in meinem schönen Hochzeitskleid, hielt den Brautstrauß fest, man grüßte uns und lächelte unserem Zug zu, wir erweckten allgemeine Heiterkeit, weil alle Ärmel, die der Sakkos und Kostüme, von der Wand unseres Hausflurs verschmutzt waren, und alle Hochzeitsgäste schwankten ein bißchen, ich hielt meinen Strauß fest und zitterte und winkte mit ihm zum Gruß, auf einmal wurde mir bewußt, daß ich verheiratet war, ich hatte den Wunsch, noch einmal zum Schlößchen hinaufzulaufen und noch einmal zurückzukommen, ich wünschte mir, zur Hauptstraße zu gehen, um mit meinem Hochzeitsstrauß alle Kneipen abzuklopfen, die der Doktor gewöhnlich besuchte. Und als ich mich umdrehte und sah, daß nur noch zwei Hochzeitsgäste über diesen Festzug entsetzt waren, Wulli und Lizaj, gab mir das Kraft, ich zog den Mantel aus, gab ihn meinem Mann, und in weiße Seide gehüllt, im Hochzeitshütchen mit Schleier, hob ich die Hände in die Höhe, wie mein Vater in Mähren tanzt und wie Wulli in der Volkstracht der mährischen Slowakei sich zu drehen und zu tanzen verstan-

den hatte, bevor er Lizaj heiratete, ich hob die Hände und tanzte durch die Gasse Am Damm, ich sah meinen Mann, wie er lächelte, wie er sich durch meinen Tanz geehrt fühlte, er sah mich so lieb aus seinen Augen an, von denen eines tiefer lag, er lächelte mich an, und seine Wimpern waren vom Wasser verklebt, da er vor der Vermählung in der Rokyta geplanscht hatte, ich lief auf ihn zu und umarmte ihn, wir küßten uns unter der Straßenlampe, und ich schloß die Augen, ich verschränkte die Hände, die den Blumenstrauß hielten, in seinem Nacken, und Lizaj und Wulli standen erschrocken da, während die anderen Hochzeitsgäste lächelten ... Und dann fuhr ein Lastwagen vor, es kamen die Fahrer der Altstoff-Sammelstelle, war das ein Hurra, als sie uns so umschlungen sahen, und der Leiter der Altstoff-Sammelstelle stieg höchstpersönlich aus dem Führerhaus und gratulierte dem Doktor und mir, wir umarmten einander unter der Laterne, und der Doktor lud auch diese Gäste zu einem kleinen Imbiß ein. Und dann drängten wir uns durch unseren Hausflur, und obschon alle aufpaßten, beschmierten sich alle wieder ihre Ärmel mit Putz, und ich schoß mit dem Strauß in den Hof, ich drehte mich um, breitete die Arme aus und rief zu den Fenstern dieser reinlichen Frau Beranová hinunter, dorthin, wo alle standen, die mich zum Schlößchen begleitet hatten ... Kommt alle schauen, kommt alle trinken, kommt alle mit uns trinken, denn ich bin glücklich, überglücklich!

Und meine Gäste stiegen die Stufen hinauf, Gäste, die ich nicht kannte, Freunde des Doktors, Lizaj und Wulli gingen zu ihrer Wohnung hoch, und als sie die Tür öffneten, lief Boby, dieser Blueterrier, unter großem Gekläffe herunter, er bellte und sprang hoch, der Doktor hockte sich nieder, ich hockte mich nieder, und Boby leckte uns, er kläffte und jaulte vor Freude, und wie den anderen Hochzeitsgästen hatte man ihm eine Hochzeitsmyrte mit dem weißen Schleifchen in das Fell zwischen die Augen gebunden. Und auf den Brettern unter der Teppichstange saßen jene Gäste, die zwar zur Hochzeit des Doktors gekommen, doch lieber im Hof geblieben waren und immer noch dasaßen, sie lächelten und schütteten den Schnaps aus ihren Gläsern in den Staub des Hofes. Und ich machte für die Gäste eine Führung und zeigte auf alles mit dem Hochzeitsstrauß... Hier, bitte schön, das ist unsere Terrasse, unser hängender Garten!... Und ich zeigte auf das Dächlein, auf dem der Doktor schrieb, wenn er der Sonne nachwanderte, das Dächlein, auf dem die zurechtgesägten Stühle standen... Und dann führte ich die Gäste in die Waschküche, wo jetzt in der Wanne und in den Trögen Sekt-, Schnaps- und Wodkaflaschen standen und in die unablässig Wasser floß... Hier, bitte schön, ist mein und unser Badezimmer... Und ich führte die Gäste weiter... da war das Häuschen mit der offenstehenden Tür... Und hier, bitte schön, ist unsere Toilette... Und dann zeigte ich mit dem Strauß auf einen Erdhaufen, aus dem zwei kräftige Stämme wilder Reben emporragten, deren Triebe und Ranken sich die Drähte entlang nach allen Seiten verzweigten, wo die Reklameschilder und die an einem Balken des Schuppens befestigte Totenmaske des Doktors hingen... und dies hier ist unser Garten und unser Mausoleum, bitte schön... hier werden wir heute unsere Gartenparty feiern... rief ich, und die Hochzeitsgäste lächelten, nur der Doktor, mein Mann, war über das befremdet, was ich da erzählte, er traute seinen Ohren nicht, ich hatte aber heute noch nichts getrunken, ich war heute nur überglücklich, daß ich eine Ehefrau geworden, daß der Trauschein schon ausgestellt war, ich war glücklich, daß ich den Mut nicht verloren hatte, auch wenn sich Ema, meine zweite Mama, Lizaj und Wulli gewünscht hatten, daß ich bedrückt sei, denn ich hätte darüber nachdenken sollen, wie wir beide als Ehepaar weiterleben würden, das Geld für dieses Hochzeitsmahl hatten wir uns nämlich von ihnen gepumpt, und wir dachten mit keinem Gedanken daran, wie und wann wir es zurückzahlen konnten... Und mit Tanzschritten führte ich die Hochzeitsgäste in unser Zimmer, das heute nicht geheizt war, ich fröstelte, führte aber herzhaft lachend noch immer vor... Und hier in dieser Ecke, bitte schön, ist unsere Küche, und in der Ecke dort, bitte schön, ist unser Schlafzimmer, und hier, bitte schön, beim Fenster ist das Herrenzimmer... Und mit dem Hochzeitsstrauß zeigte ich auf den Eisenofen und auf das von der englischen Flagge bedeckte Messingbett... Und zuletzt auf einen kleinen Stuhl, vor dem ein Schemel stand, darauf strotzte der mit einem toten Bienennest geschmückte Baumstumpf... Und das da, zeigte ich... das ist unser Eßzimmer! Und ich nahm einen Eimer, tat meinen Brautstrauß hinein und stellte ihn auf den Tisch, der zusammen mit zwei Stühlen unter der Zuglampe stand...

Und durch die Mauer hindurch konnte man hören, wie das ganze Zimmer, mein künftiges Appartement klirrte, wie hinter der Mauer im Forschungsinstitut wieder einmal eine gigantische Kurbelwelle auf einer gigantischen Drehbank von einer gigantischen Säge zersägt wurde... Und ich wies mit dem Zeigefinger in jene Richtung, drehte den Kopf mit dem Hütchen und dem Hochzeitsschleier und sagte... Hören Sie? Das ist wahre Schönheit! So rasselt es auch in der Nacht... unser Tisch bewegt sich, unser Bett beginnt wegzurollen... dafür ist es hier aber so kühl, daß wir in den Hof hinaus müssen, um uns aufzuwärmen, andernfalls muß ununterbrochen geheizt werden... Und ich zündete ein Streichholz an und öffnete das Türchen, die Holzspäne waren schon vorbereitet, das Feuer flammte auf, und bald schon knisterte es im Ofen, ich legte Holz nach und lief ins Freie, so wie der Doktor es immer nach dem Einheizen tat, ich lief auf den Hof bis zur Tür der Wendeltreppe, die zu Lizaj hinaufführte, dort stand ich jetzt, von hier aus konnte man den Schornstein sehen, aus dem der Rauch aufstieg... Die Hochzeitsgäste waren hinter mir herausgetreten, sie zitterten vor Kälte, ich aber stand im Hof, mit dem Rücken an eine Wand gelehnt stand ich auf Zehenspitzen und zeigte allen stolz... Sehen Sie, sehen Sie... Das ist der Rauch, der aus unserem Kamin steigt! Der Ofen hat einen phantastischen Zug! Hier war schließlich früher mal eine Schmiedeesse, unser Appartement ist nämlich in einer ehemaligen Schmiede... aber nun kommt alle, wir wollen auf unsere Hochzeit trinken... Und ich lief in die Waschküche, trug die grünen Sektflaschen heraus, reichte jedem eine, nur die Fahrer lehnten ab, alle schauten auf mich, und ich wußte, daß ich gesehen wurde, jetzt war ich dieses Fräulein, das den Druckknopf Koh-i-Noor Waldes im Auge hatte, jetzt war ich Poldinka, diese Geliebte mit dem sternenversengten Haar, die in sämtlichen Brammen mit dem Stahl aus Kladno in die Welt hinausfährt, jetzt war ich hier die Frau des Hauses. Ich löste das Drähtchen an der Sektflasche selbst und wartete, alle machten es mir nach, nur ein paar Ungeschickte waren säumig, ich sah, daß mein Chefkoch Herr Baumann mich anschaute und glücklich war, mich so zu sehen, wie ich jetzt war, daß auch mein Mann mich ansah und staunte, daß sein Chef von der Altstoff-Sammelstelle mich genauso anschaute wie Marta und Milada, die beiden kamen jetzt aus der Waschküche und hielten Schnapsgläschen in der Hand, ihre Augen schwammen bereits in dem starken Alkohol, nur Ema, meine zweite Mama, und Lizaj und Wulli dort oben waren verblüfft über das, was ich hier vorführte, Boby sprang hoch und bellte, ständig drängelte er sich zwischen die Beine der Hochzeitsgäste... Und jetzt zischte ein kräftiger Strahl Sekt aus meiner Flasche, und fünf, zehn und dann fast zwanzig Sektflaschen verspritzten das prikkelnde Getränk in sprühenden Strahlen. Wohin auch immer Boby floh, überall erreichten ihn Spritzer, die Hände hielten die grünen Flaschen in die Höhe, und alle Hochzeitsgäste riefen und schnatterten durcheinander und hatten Tränen in den Augen und lächelten, alle stießen mit mir und meinem Mann auf unsere Gesundheit an und darauf, daß wir in unserem hübschen Appartement mit dem wunderschönen hängenden Garten glücklich sein mögen...

Und der Chefkoch Herr Baumann lupfte das Tischtuch, und ich neigte mich über die Hirschkeule und den Hirschrücken, ich breitete die Arme aus und schlug die Hände über diesem herrlichen kalten Wild zusammen, und dann trugen wir, der Herr Baumann auf der einen und ich auf der anderen Seite, den Tisch in die Mitte des Hofes, der Koch legte die Tranchen auf Papierteller und verteilte sie an die Gäste, und wir aßen alle, auch Wulli und Lizaj kamen herunter, sie lächelten, sie hatten es überwunden, küßten mich und nahmen ebenfalls eine Tranche Wild und eine Flasche Sekt, und alle verstummten und aßen, wir lauschten, wie es den Eingeweiden mundete und daß dieser Hirsch meine Hochzeit schließlich doch noch erleben durfte, ich mußte nochmals erzählen, wie Herr Brandejs diesen Hirsch vor acht Jahren erlegt und das Tier die ganze Zeit über in einem Kühlraum unter den Prager Markthallen gelegen hatte, wie ich und Herr Baumann es schließlich dort gefunden, wie wir es fortgeschafft und mit einer Eisensäge hatten zerlegen müssen ... und wie der Küchenchef Herr Baumann, als er meinen Mann das erste Mal dort in der Küche des Hotels Paris gesehen hatte, sofort erkannt und erraten habe, daß die Hochzeit in diesem Haus stattfinden würde, und deshalb eine Keule und den Rücken dieses Hirschs im Tiefkühlhaus aufbewahrt hatte ... Und auf einmal war meine Hochzeit etwas, was keiner jemals und nirgendwo erlebt und gesehen hatte, mir wurde das erst in diesem Augenblick bewußt, als alle zum Chefkoch Herrn Baumann blickten, als sei der Präsident persönlich oder ein berühmter Fußballspieler zur Hochzeit gekommen, alle schauten ihn an, der Herr Baumann strahlte und lächelte, doch dann erschrak er, denn er mußte zurück ins Hotel Paris, in seine Küche, um seine Braten zu tranchieren, damit die Küche nicht unterging ... Und er küßte mich und dankte mir, und meinem Mann schüttelte er beide Hände, das hatte ich bei Herrn Baumann noch nie gesehen, er hielt einem sonst gerade mal den Ellbogen hin, meinem Mann schüttelte er aber beide Hände, diese steifen Hände, und behielt die Hände des Doktors in den seinen und hob sie langsam, er berührte die Schwielen in den Innenflächen, und mein Mann lächelte, denn er war stolz auf seine Hände. Und dann lief der Koch die Treppe hinunter, und auch die Fahrer aus der Spálená-Gasse und der Leiter der Altstoff-Sammelstelle bedankten sich bei mir, und es standen auch jene Gäste auf, die nur auf einen Sprung vorbeigekommen waren, nur so rasch von der Arbeit ... Und dann brachte mein Mann die Geschenke, ich wickelte sie aus, wir tranken dabei Sekt, und wer wollte, dem gaben wir aus einer Flasche auch russischen Wodka dazu, ich erinnerte mich, wie gern mein Vater Champagner zusammen mit Cognac oder Wodka getrunken hatte, er nannte das Russischen Bär, ich trank nun zu Ehren meines Vaters Sekt mit Wodka, Břet'a war bereits von den Schnäpsen betrunken, also wechselte er ebenfalls zum russischen Bären über, wir packten die Hochzeitsgeschenke aus, Krüge und altmodische Aschenbecher, alle Geschenke, die ich bekommen hatte, hatten schon mehr als eine Hochzeit erlebt, ich wußte, ich würde sie nie in meiner Wohnung aufstel-

len, und Břet'a begleitete jedes Geschenk mit einem Kommentar... Oh, ist das wertvoll, ach, das wird nicht mehr hergestellt, in welchem Kaufhaus habt ihr denn diesen Kram gekauft, etwa in den Trödlerläden der Altstadt? Und er sah sich die Hochzeitsgäste an... Oh ja, das habt ihr beim Heiligen Adalbert aufgestöbert, irgendwo im Lager? Na, so was hab ich mein Lebtag noch nicht gesehen, schau, Brüderlein, das mußt du versichern lassen, oder schau mal, das da wird einer sofort mitlaufen lassen, oder schmeiß es doch lieber gleich in den Mülleimer! Und das war ausgerechnet das Geschenk, das Lizaj mir zu meiner Hochzeit überreicht hatte, beleidigt lief sie in ihre Wohnung hinauf. Mein Mann packte ein weiteres Geschenk aus, und es fielen alte Vorhänge heraus, ich drückte sie sofort an mein Herz, denn es waren genau dieselben Vorhänge, die mein Vater gehabt hatte, sie hingen in seinem Schlafzimmer quer über das ganze Fenster, solche Vorhänge hatte er aus seinem Geburtshäuschen in der mährischen Slowakei mitgebracht... und ich rief... Ach, diese Vorhänge werden eine Zierde für uns sein...
Und in diesem Moment donnerte hinter der Mauer, die sich zwei Stockwerke hoch über unserem zweiten Schuppen erstreckte, ein dumpfer Schlag, dann hagelte es Putz, und mit dröhnendem Krach stürzte er auf den Schuppen, und das schräge Dach hinunter rieselte in einer Staubwolke mit Geröll vermischter Putz, Boby zog den Schwanz ein und floh die Stufen hinunter, und dann fiel auch Sand in den Hof, der Putz spritzte nach allen Seiten, und die Hochzeitsgäste flüchteten sich in die Waschküche und über die Treppe in den ersten Hof, starr vor Schreck standen sie da, ob nicht etwa die ganze Mauer einstürzen werde. Und erst nach einer Weile, als die Staubwolke verflogen und die Gipsstückchen sich abgelagert hatten, kehrten sie in unseren Hof zurück, sie stiegen übers Geröll, und ich lief in unsere Wohnung und brachte den Hochzeitsstrauß und hob ihn in die Luft und rief... Ist das schön, ihr beneidet mich doch alle um diesen schönen Hof und um unsere Wohnung, nicht wahr? Aber keiner meiner Gäste beneidete mich, sie klopften ihre schwarzen Anzüge ab, die bereits grau waren, tranken Schnaps und spülten ihn mit Sekt hinunter, und

ich rief unseren Hochzeitsgästen zu... Kommt alle zu uns! Der Salon ist angenehm geheizt, und sollten wir dort nicht alle Platz haben, könnt ihr in unserem Eßzimmer weitertrinken, und jene, für die es auch dort keinen Platz gibt, können in der Küchenecke sitzen, und wenn auch das nicht ausreicht, dann bitte, könnt ihr in unser Badezimmer gehen, das mit der Turnhalle verbunden ist, dort gibt es sehr bequeme Liegestühle... doch alle Hochzeitsgäste streckten abwehrend die Hände vor und riefen... Alles, nur das nicht! Wir bekommen eine Lungenentzündung, wir werden noch krank davon! Und sie empfahlen und entfernten sich, denn in den Trögen stand nur noch eine einzige Flasche Sekt, in der Wanne gab es keinen Schnaps mehr, und die kalte Hirschkeule und den Hirschrücken hatten wir ebenfalls verspeist, und auf einmal... Ich hielt den Brautstrauß fest und rief... Oder geht zum Hausman, zum Herrn Vaništa, dort setzt mein Mann ab drei Uhr seine glorreiche Hochzeit fort, für seine Kameraden, die erst noch kommen werden! Aber die Hochzeitsgäste verabschiedeten sich, sie staksten durch Sand und Geröll und schauten zur Mauer hoch, von der weitere Putzreste herunterzustürzen drohten, hier und dort riß sich ein Stück los, zersplitterte und rieselte auf die Hochzeitsgäste herab. Also gingen sie lieber zum Vaništa, meine Schwägerin und Milada nahmen eine Flasche Schnaps und kamen mit mir in meine Wohnung, doch kaum waren sie drinnen, zitterten sie vor Kälte, also stapften sie mit der Flasche lieber wieder durch den übersäten Hof zu Lizaj hinauf, Břet'a legte sich auf die englische Flagge, einen Schnaps neben sich, und blickte zur Decke hinauf, unter der die Prothese mit den vernickelten Federn und den ledernen Schnürsenkeln baumelte, durch die Prothese hindurch war das Kabel der Zuglampe gezogen, die braunen Schnüre hingen bis zur Lampe herunter, ich griff nach den Vorhängen, diesen für mich so kostbaren Vorhängen, und faltete sie auseinander, ja, sie paßten genau auf meine Fenster, ich fror, stocherte im Ofen und legte Holz nach, dann lief ich wieder in den Hof hinaus, stelzte über den verstreuten Putz und einige Ziegel und schaute nochmals, ja, jetzt stieg der Rauch aus unserem Schornstein wie eine Kerze, gerade wie ein schlanker Birkenstamm stieg unser

Rauch in den Himmel auf, ich lief zurück und hörte, wie die restlichen Gäste, die Lizaj nach oben eingeladen hatte, miteinander plauderten, und plötzlich war ich in diesem Hof allein, ich trat in die Waschküche, zog den Stöpsel aus der Wanne und stellte das Wasser ab, da es nichts mehr zu kühlen gab, und nahm die letzte Flasche Sekt heraus. Und als ich in meine Wohnung zurückkehrte, sah ich hoch oben auf der Pawlatsche, dort wo die Familie Slavíček über uns wohnt, die Toilettentür offen, und Frau Slavíčková saß auf der Schüssel, sie neigte sich vor und bedeutete mir mit der Hand, ich solle zu ihr heraufkommen, sie müsse mir etwas sagen, ich faßte mir ein Herz und stieg mit der Flasche in der Hand die Wendeltreppe hinauf, noch nie war ich dort gewesen, wollte aber doch mal schauen, denn genau so eine Wohnung, wie wir sie einmal haben würden, befand sich dort oben, ich betrat die Pawlatsche, mein Hütchen mit dem Schleier fiel hinunter, es war mit einer Haarnadel im Haar befestigt gewesen, und als ich nach oben schaute, da saß Frau Slavíčková tatsächlich arglos auf dem Abort, ihr gegenüber stand bis zur Decke ein Regal und darauf in Reih und Glied Gläser mit eingemachten Früchten und Gemüsen, und dann erhob sich Frau Slavíčková schwerfällig, sie zog ihre riesigen Hosen, ihre Liebestöter hoch, streifte den Rock hinunter und zog das Kettchen der Spülung hinter sich, so was habe ich in meiner Toilette noch nicht, sagte ich mir im Geiste. Und Frau Slavíčková kam mir aus dem Abort entgegen, sie reichte mir die Hand und ich erschrak, sie könnte mich schelten wollen wegen meines Mannes und Gatten, weil dieser gestern nacht, noch als mein Verlobter, ins Kanälchen im Hof gepinkelt hatte, was so fürchterlich plätscherte, daß ihre Kinder aufwachten. Sie aber gratulierte mir zu meiner Hochzeit und führte mich in ihre Wohnung, ja, solch eine Küche werde ich haben, ja, solch ein Zimmer werde ich haben, und ich werde mir meine Küche so einrichten, wie ich sie in Piešt'any hatte, jene Küche, die mein Vater hatte anfertigen lassen, nachdem man uns ausgesiedelt und aus all unseren Zimmern vertrieben hatte. Und hier in diesem Zimmer wies Frau Slavíčková verschwörerisch auf ein gemachtes Bett, ich begriff nicht, also hob die Frau das Federbett hoch, und dort auf dem Kissen sah ich den Kopf meines

Mannes, wie er mit verschränkten Armen schlief, neben ihm atmete friedlich Boby, mit dem weißen Schleifchen und der Myrte an einem Haarbüschel. Frau Slavíčková sagte ganz leise... Vor einer Weile ist er hochgekommen, und kaum hat er das Bett gesehen, schwups hinein! Und Boby ihm hinterher. Und jetzt schlafen die beiden wir Murmeltiere... aber, junge Frau, kommen Sie in die Küche, wir werden uns glorreiche Geschichten, glorreiche Begebenheiten aus unserem Leben, von unseren Familien erzählen... wissen Sie, auch ich konnte, bevor ich zehn war, kein Wort Tschechisch, ich bin nämlich in Berlin geboren, verstehen Sie?

Januar/Februar 1984

II

Vita nuova

Tableaux

Meinem Freund Karel Marysko gewidmet
der mehr als vier Jahrzehnte lang
Jahr für Jahr ein Buch in Samisdat druckte
das er seinen Freunden schickte
und so wurde er ein
Champion der überdachten Höfe
eine Nummer eins und ein Weltmeister

Was hängen muß ersäuft nicht
auch wenn das Wasser übern Galgen rinnt

Volksweisheit

Nicht weit von Innsbruck steht das Schloß Ambaras in dem die Habsburger alle Kuriositäten der Welt gesammelt haben dort habe ich in einem Zimmer Dutzende von Standarten gesehen auf Pergamentbändern waren die Rechte der Bauern aufgezeichnet die Bänder hingen an den Spitzen dieser Stangen wie Streitkolben wie flatternde Bänder an den Bauerntrachten oder die langen Haare eines Pferdeschweifs   Bei jeder Bewegung bei jedem Schwingen vermischten sich die Texte der Bauernrechte und es ergaben sich Millionen von Satzkombinationen Millionen von Wortvariationen auf der Grundlage des Alphabets das nur eine begrenzte Anzahl von Buchstaben hat   Als ich dort stand und in diese Kammer voller lettristischer Kombinationen starrte begriff ich weshalb die Dadaisten so erregt waren als sie Zeitungen zerschnippelten und die Wortschnipsel in einen Hut warfen sie wieder herauszogen und dank dem Zufall ihre wunderbaren Texte schrieben ... Als ich Vita nuova zu Ende geschrieben hatte einen Text den ich im Rhythmus des tiefen Aus- und Einatmens schrieb wurde mir das Wesen des diagonalen Lesens bewußt es wurde mir bewußt daß weder die Augen noch der Geist die Interpunktion nötig haben um eine Sonde durch die Seiten einzuführen es wurde mir bewußt daß nicht nur ich sondern Hunderttausende Leser von Zeitungen und umfangreichen Romanen rasch eine Seite nach der anderen umblättern und nur durch ein Innehalten der raschen Augenbewegung verweilt der wachsame Geist dort wo ein höheres Signalsystem ihm sagt hier gibt's etwas das die Aufmerksamkeit des Lesers verdient hier sollte man ein Weilchen horizontal lesen ... um dann wieder das diagonale Lesen fortzusetzen   Ich habe mir diesen Luxus nicht erlaubt in der Weise von Joyce der Molly Blooms inneren Monolog ohne Interpunktion als eine Art Schlummerlied schrieb einen inneren Monolog der wie Gea die Erde weder Interpunktion noch Grammatik kennt oder braucht ... ich habe mir den Luxus des diagonalen Lesens a priori erlaubt weil ich mit dieser Methode in meiner Vergangenheit las ich spürte verschüttete Bilder meines Lebens auf und übertrug sie im Gespräch in eindimensionale Zeilen   Ich glaube daß ich mit dieser Sonde quer durch mein Unterbewußtsein und mein sich bildendes Bewußtsein vorgegangen bin wie der Herr Barrand ... als er die Eisenbahnstrecke bei Prag baute fand er in den schrägen Gesteinsstrukturen in den diagonalen Schichten der Felsen überraschende Trilobiten genau so wie der Leser im diagonalen Lesen einen Abdruck seiner selbst finden wird

Dieser Frühling war wunderschön weil Vladimír zu uns kam ein Freund meines Mannes von dem ich schon sehr viel gehört hatte er war ein hochgewachsener junger Mann sah ganz so aus als spielte er Basketball oder Volleyball und als er mich sah wurde er verlegen und nannte mich junge Frau und fragte meinen Mann sofort   Doktor gehn wir spazieren? Und gehn wir dann auf ein Bier? Und läßt Ihre Frau Sie ziehen? Und mein Mann sagte   Warum sollte sie mich nicht ziehen lassen Vladimírek wir nehmen sie einfach mit damit wir ein hübsches Mäuschen dabeihaben   Ich sah sofort daß Vladimír darüber nicht erfreut war er wäre lieber mit meinem Mann allein losgezogen ich aber holte mein Kostüm und das Schirmchen und die Schühchen mit den hohen Absätzen und zog mich im Schutz der geöffneten Schranktür an mein Mann und Vladimír standen im Hof und Vladimír löste vorsichtig ein Stück abblätternden Putz er nahm es behutsam zwischen die Finger legte es auf die Handfläche und erklärte meinem Mann sehr ernst irgend etwas

So standen sie dort im Hof und blickten auf die hohe Mauer diese Mauer derentwegen ich nicht schlafen konnte denn dahinter befand sich das Forschungsinstitut in dem irgendwelche schweren Maschinen dröhnten als wäre dort eine riesige Zahnarztpraxis wo in gigantischen Backenzähnen rumgebohrt wurde so sirrten diese Maschinen bis die Täßchen und Gläser auf dem Regal überm Ofen klirrten und manchmal steigerte sich der Ton dermaßen daß die Ohren taub wurden und das Messingbett auf den kleinen Rädern von der Wand wegrollte

Ich hatte mich an dieses Geräusch noch nicht gewöhnt meinen Mann hingegen begeisterte jedesmal dieses Klirren der Gläser er stand sogar nachts auf lehnte sich an die Mauer und lauschte mit gespitzten Ohren und versuchte zu erraten was wohl vor sich ging und wenn ich ihn hinausschickte um nachzusehen und sich zu beschweren wehrte er ab   Ich würde um ein Geheimnis betrogen wenn ich sähe und es mir erklären könnte was dort geschieht dann wäre das Geheimnis dahin   Und als ich in den Hof hinaustrat standen die beiden immer noch dort und blickten auf die gewaltige mindestens zehn Meter lange und sechs Meter hohe Wand und die beiden Männer sahen feierlich aus und starrten auf die schon nackte Backsteinwand und mein Mann legte den Finger auf seine dreisten Lippen und sie schauten weiter zu   Ja wieder riß sich ein Stück Putz los und stürzte auf den alten Schuppen wie Puder stob eine gelbliche Wolke hoch nur mit Müh und Not konnten wir in die Waschküche zurückweichen während verwitterter Putz auf die Schwelle rieselte   Vladimír war zu Tränen gerührt und sagte   Doktor diese Wand ist eine kinetische Graphik an der ich ein halbes Jahr vorüberging als ich hier noch wohnte ohne diese Schönheit zu bemerken Doktor erst jetzt sehe ich daß ich durch meine Graphik den Schlüssel zu Banalitäten besitze denen nur ich eine metaphysische Dimension verleihen kann   Und ich zuckte mit den Schultern und stand schon auf dem untersten Treppenabsatz zum ersten Mal sah ich diese Mauer und zum ersten Mal so wie Vladimír mit Tränen in den Augen über sie sprach und mein Mann stand neben ihm wie irgendein Schrebergärtner oder ein alter Opa indes Vladimír in diesem Augenblick ein schöner junger Mann war und durch das was er sagte geheiligt wurde   Er stand da und hielt noch immer ein Stück von diesem Putz in der Hand es war nicht größer als die Hostien wenn ich zum Abendmahl ging einmal hatte ich sie in die Hand ausgespuckt und im Gebetsbuch nach Hause getragen   Und dann betraten wir den Hausflur unseres schrecklichen Hauses und Vladimír und mein Mann standen wieder mit zurückgeworfenen Köpfen da und starrten auf die völlig verwitterte Decke von der Farbe blaue Farbe samt dem Putz bröckelte und diese Decke war ganz scheckig von Pusteln die solchen an Hühnerbeinen ähnelten und der blaßblaue Putz regnete sachte wie knuspriger Blätterteig er bröselte und fiel waschblau hier und da herunter er legte sich auf die Gesichter dieser beiden Männer die mich zu einem Spaziergang eingeladen hatten und sich von dieser Decke jetzt nicht losreißen konnten die zudem noch feucht war der Dampf hatte sich auf der Glühbirne niedergeschlagen und ab und an fiel ein Tropfen auf das feuchte Kopfsteinpflaster unseres Hausflurs   Wie in einer Tropfsteinhöhle sah es hier aus jeder der eintrat erschauderte vor Kälte und flog geradezu hindurch um so schnell als möglich wieder draußen an der Wärme oder in unserem Hof zu sein und die Stückchen blaufeuchten Putzes mit den Fingern wegzuschnippen die Stückchen die von der Decke fielen wie die Blütenblätter der Akazien die damals im Hof der jüdischen Synagoge wuchsen

Und als wir endlich aus unserer Bude raus waren und uns auf unserer Straße in der Sonne wärmten war Vladimír durch diese gelbliche Wand und die blaue Decke tief gerührt erst jetzt sah ich daß er mit einer kleinen Aktentasche gekommen war die er nun in beiden Händen vor sich hertrug und ich wußte sofort daß Vladimír wegen seiner langen Arme Komplexe hatte und diese Aktentasche nur mit sich herumtrug weil er nicht wußte wohin mit seinen Armen ich lächelte ihm zu schaute auf seine Aktentasche und sagte Das kenne ich auch ich trage gern eine Handtasche mit mir herum weil ich nicht weiß was ich mit den Händen anfangen soll und was glauben Sie? Ich habe dieses Schirmchen auch nur dabei weil ich nicht weiß wohin mit den Händen Und Vladimír lächelte mich schuldbewußt an er lächelte wie ein kleiner Bub der etwas verbrochen hat er lächelte mich an und wußte im gleichen Moment nicht was er mit seinem Lächeln anfangen sollte und es freute mich daß ich ihn durchschaut hatte und auch ich ein bißchen eine Nummer eins war die es verstand in den Menschen zu lesen Und in diesem Augenblick ging mir ein Licht auf dank Vladimír erschien mir unser schrecklicher Hausflur wie eine kleine Kapelle mitten im Wald neben einem Quellbrunnen wie eine Kirche durch deren Decke Regen und geschmolzener Schnee hindurchsickert und am Gewölbe Tropfen auftreten die herabfallen wie auch hier der mit Farbe vermischte Putz von den Deckenfresken herabrieselte Und später als wir bereits an der Rokyta entlangspazierten streckte ich die Hand aus und sah meinen Ärmel an auf dem hier und da gut sichtbar abgesplitterte Farbstückchen schimmerten sie waren nicht größer als der Nagel meines kleinen Fingers und als ich den Blick hob ihn heben mußte sah ich daß Vladimír sich umgedreht hatte mich anschaute und nickte und dann wieder schuldbewußt lächelte weil wir uns einen Augenblick lang verstanden hatten derweil mein Mann wie gewohnt vorweg gelaufen war sich schließlich umwandte und wieder zurücklief wie ein Jagdhund ein Spürhund Und so rissen wir uns immer wieder voneinander los um wieder zueinander zurückzufinden bis wir aufeinanderprallten und ich hatte das Gefühl daß Vladimír und mein Mann zwei kleine Jungen waren und ich ihre Gouvernante daß Vladimír und mein Mann Insassen von Bohnice waren die man mir gegen einen Revers für den Sonntag anvertraut hatte und die ich um acht Uhr wieder in der Irrenanstalt abliefern mußte ich hatte das Gefühl das pausbäckige Pummelchen zu sein das mit zwei jungen Hündchen Gassi ging wie ich es in einem Kinderbuch gelesen hatte   Und so spazierten wir an der Rokyta entlang und die beiden Männer liefen wie Lausbuben zum Bach hinunter alles erweckte dort ihr Interesse alles was sie im Wasser fanden zerrten sie an Land und legten es vor meine Füße auf den Weg einen kaputten Kinderwagen von dem es tropfte Töpfe und Scherben aus dem Schlick dieses ekelerregenden Baches der diese beiden Männer jedoch in Verzückung versetzte alles was sie dort entdeckten war für sie eine Sensation ein alter umgestülpter Regenschirm genauso wie ein dreckiger Mantel oder ein durchnäßter Strohsack und eine Matratze   Nur ein alter Lehnstuhl war so sehr mit Lehm und Wasser vollgesogen daß sie ihn dort liegenlassen mußten als wäre er aus Stein   Und dann lag dort quer über die Rokyta eine Pappel die vermutlich vom Blitz getroffen worden war und als ich dorthin gelangte und Vladimír ansah bohrte ich meine Schirmspitze in die Erde und plazierte mein rotes Schühchen in die Grundposition einer Ballerina   Vladimír breitete seine Arme aus balancierte auf dem schiefen Stamm über die Rokyta und wandte sich hoch oben um mein Mann aber war am Ufer zurückgeblieben seine krummen Beine standen ihm gut er schirmte die Augen ab und betrachtete Vladimír ebenfalls und unsere Bewunderung wirkte wie eine Antriebskraft   Vladimír schritt wie ein Seiltänzer immer weiter und fand dort vermutlich jenen Augenblick den er sich gewünscht und den er erwartet hatte er überschritt die Mitte des Baumstamms der sich unter seinem Gewicht jetzt langsam aufs andere Flußufer senkte und bevor der Stamm schwer aufschlug und die Äste sich aufrichteten sprang Vladimír blaß ja fahl herunter er lächelte uns zu und kam über den Stamm wie über einen Steg zu uns zurückgelaufen er nahm seine Aktentasche und schritt wieder mit uns aus mein Mann schwieg und ich wußte er verging fast und fühlte sich durch Vladimír beschämt es war nämlich keineswegs so daß mein Mann nicht imstande wäre diesen schiefen Stamm hinaufzulaufen er wäre fähig dazu gewesen jetzt aber nicht mehr vielleicht früher einmal heute fehlte ihm hierfür der Mut und so ging er vor sich hin knickte in den Knien ein während Vladimír stolz und behende war und seinen Lockenschopf in Siegerpose trug   Und dann gingen wir wirklich spazieren und kletterten auf den Hügel Okrouhlík und Vladimír kratzte an einem alten gefällten Stamm den Schimmel von der Rinde und ich erklärte dies sei ein Birnbaum mein Vater habe schließlich nicht nur kostbare Holzsorten finnischer Birken und libanesischer Zedern gekauft ich sagte zu diesen Männern sie sollten nur zuhören mein Vater habe auch Angestellte gehabt die in den Dörfern alle schöngewachsenen Stämme von Birn- und Nußbäumen aufkauften und mein Vater habe immer schon im voraus in ganz Mähren Bescheid gewußt und Vorschüsse für die Stämme noch nicht gefällter Nuß- und Birnbäume bezahlt mein Vater war in Wien und in Brünn im Rat vertreten er war Fachmann für sämtliche Holzsorten aus denen edle Möbel angefertigt wurden   Das sagte ich und Vladimír dankte mir und mein Mann streckte sein Kinn vor und war in diesem Augenblick stolz auf mich Vladimír kniete nieder und holte einen Karton und eine Tube Leim aus seiner Aktentasche er klebte ein Stück von dieser Rinde auf die Pappe und hielt es mir dann wie ein aufgeschlagenes Buch vor die Augen er sagte seine aktive Graphik arbeite genau wie die Natur die diese Rinde und diesen Schimmel hervorgebracht habe und mein Mann schrie und hüpfte albern herum und rief Organon Organon die zweite Natur! und Vladimír jubelte   Ja ja Organon? Doktor wenn Ihre junge Frau Sie gehen läßt werde ich zu Ehren unseres Spaziergangs eine Druckplatte und dann eine Serie Graphiken anfertigen junge Frau darf er? Sie aber lassen ihn ja nicht mit mir gehn oder etwa doch? Ich erwiderte er darf wenn er brav ist laß ich ihn warum auch nicht? Und Vladimír schob die aufgeklebte Rinde des alten Birnbaums vorsichtig in seine Aktentasche und schritt jetzt neben mir aus und sagte   Wissen Sie junge Frau wenn ich mal heirate weiche ich keinen Schritt von der Seite meiner Frau und lasse sie nicht aus den Augen sie darf nicht einmal in Gedanken einen Schritt von mir weichen wenn sie sich auch nur einen Schritt von mir entfernte würde ich weglaufen und mich aufhängen den Strick würde ich nehmen und mich aufhängen Sagte Vladimír ganz ernst zu mir und mein Mann schirmte seine Augen ab und verscheuchte die Bilder von denen Vladimír gesprochen hatte und auf dem Abhang drüben lagen kleine Gärten und mein Mann war wieder einmal in seinem Element er zeigte auf die jungen Obstbäume und sagte wie welcher Baum hieße und was für Früchte er trage er streckte den Arm durch einen Lattenzaun und nahm frisch umgegrabene Erde in die Hand er brachte eine ganze Handvoll und die Erde sah wie gemahlener Kaffee aus wir mußten sie nicht nur riechen auch befühlen und wie Salz zerreiben als prüften wir die Qualität von Grobleinen für ein Kleid Und Vladimír belohnte meinen Mann dafür indem er im Wäldchen das wir mittlerweile erreicht hatten mit Bedacht von der Nordseite der Föhren Rinde ablöste und wieder seinen Zeichenblock aus der Aktentasche nahm und die Blätter mit dem Klebstoff bestrich die Rinde und den bunten Schimmel abkratzte ein Blümchen pflückte und einen Zitronenfalter fing ihn neben die Blume klebte und dieses Blatt dann zärtlich faltete und als er seinen Zeichenblock wieder aufschlug und meinen Augen zeigte was er gerade hineingepreßt hatte Rief ich begeistert Juuh! und öffnete mein hellblaues Seidenschirmchen und mein Mann kam herbeigelaufen schaute ebenfalls und Vladimír lächelte und mein Mann sagte das sieht Ihnen ähnlich Vladimír! Sie haben das Bild der Bilder geschaffen ein Bild das um keine Zeichnung und keine menschlichen Gesichter mehr ergänzt werden muß Sie können darauf verzichten Bäume und glucksende Bächlein die einen Teppich von Wiesenblumen umplätschern zu zeichnen Sie können darauf verzichten Anekdoten oder Allegorien oder Grenzsituationen zu erzählen das was Sie gerade geschaffen haben ist nur eine Fortsetzung ein weiteres Glied in der Kette Ihres Lyrismus und Vladimírek jetzt ist der Augenblick da jetzt kann ich es Ihnen sagen Hören Sie um Gottes willen auf mit Ihren Fleckchen mit Ihren Miniaturen!

Wählen Sie Großformate und besorgen Sie sich eine größere Druckerpresse! rief mein Mann und trat einen Schritt zurück er schlug sich auf die Brust und ich hielt mein blaues Schirmchen geöffnet obwohl die Sonne schien   Der kleine Zickzackweg führte zwischen Birken hindurch ich sah daß Vladimír die Ohren angelegt hatte wie ein bissiges Pferd mein Mann bemerkte es allerdings nicht und schrie weiter auf Vladimír ein er solle ein neues Leben anfangen und größere Graphiken anfertigen sich also auch größere Druckplatten und eine Kalander verschaffen zwar hatte ich nicht die geringste Vorstellung was eine Kalander sei ahnte jedoch daß Vladimír sich sehr zusammenreißen mußte um meinen Mann nicht diesen Birkenhain hinunterzustoßen ihm nicht die Zähne bis in den Magen einzuschlagen   Doch befand mein Mann wohl daß jetzt oder nie der günstige Augenblick gekommen sei all das zu sagen was sich nicht gegen Vladimír richtete sondern all das womit er seiner Meinung nach Vladimír einen neuen Weg zeigen könnte damit Vladimír über sich selbst hinauswachse um noch größer zu werden als die Nummer eins für die er sich ohnehin schon hielt um der Meister nicht nur von Prag sondern von Europa und der ganzen Welt zu sein denn genau diese Vorstellung hatte mein Mann von sich selbst noch ein paar Jahre würde es dauern dann täten sich die Himmel auf und eine Stimme von oben würde ihn gleichfalls zu solch einer Nummer eins küren wie er es jetzt Vladimír prophezeite da es nur noch an den größeren Formaten fehlte

Und ich spazierte durch das Birkenwäldchen hinter dem tief unten Prag flackerte und dann drehte ich mich mit meinem blauen Schirmchen unter den mächtigen Eichen um und lächelte ich hatte das Gefühl inmitten impressionistischer Bilder zu wandeln ich war impressionistisch gestimmt und hatte eine Vision wie ich auf mich selbst zukam ich sah mich dank meines blauen Schirmchens als Teil eines impressionistischen Gemäldes denn wenn ich schielte sah ich daß auch mein Näschen blau schimmerte und wenn ich das Kinn runterdrückte sah ich daß meine Brust und meine Hand auf dem Schirmgriff ebenfalls blau waren und ich hatte den Eindruck daß meine beiden Zöglinge aus Bohnice die sich gegenseitig anschrien ebenso zu diesem impressionistischen Bild gehörten das uns begleitete während wir die bewaldete Anhöhe hinaufstiegen daß dieses Bild mit uns schritt wie mein aufgespanntes blaues Schirmchen

Und ich lächelte selbst als Vladimír jetzt meinen Mann anschrie   Doktor Sie wären besser Fahrdienstleiter geblieben dann wären Sie heute mit Ihren Ansichten bereits Vorsteher eines kleinen Bahnhofs Sie wären Vorsteher und würden im Sommer eine weiße Hose und ein Glitzersakko tragen und nachmittags ins Gartenrestaurant Zum Bahnhof kegeln gehen und Ihre Frau wäre die Frau Vorsteherin und Sie hätten Kinder denn Ihre Frau hätte Ihnen bestimmt zwei gesunde Bengelchen geschenkt und Sie würden sicherlich zwei Zentner wiegen! Schrie Vladimír und war nicht mehr in der Lage zu sprechen sein Hals schwoll an und er rollte mit den Augen ich aber trat aus dem Wäldchen auf eine Wiese hinaus dort war ein kleiner Tümpel die Kuppel der Sternwarte wölbte sich und ein verlassener Postwagen stand da   Ich stieg aufs Trittbrett und schwang mich auf den Bock des einsamen blauen Wagens mit dem früher Pakete Liebesbriefe Todesanzeigen und eingeschriebene Sendungen ausgefahren worden waren jetzt aber stand er hier auf der Kuppe des Ládví neben der Sternwarte ich setzte mich und sah mir die beiden Männer an diese künftigen Nummern eins diese Champions der überdachten Höfe und es war mir zum Lachen zumute denn auch ich hatte eine Nummer eins sein wollen ich hatte Ballettstunden genommen und Tänzerin werden wollen wenn nicht eine Primaballerina so doch wenigstens eine Tänzerin wie La Jana und jetzt war ich Kassiererin im Hotel Paris und war auf den Hund gekommen wie es diesen beiden Männern vermutlich widerfahren würde die sich immer noch anbrüllten und jetzt sogar einander gegenüberstanden die Augen rollen ließen und die geballten Fäuste in die Seiten stemmten es drohte die Gefahr daß sie sich gegenseitig die Augen auskratzten oder niederprügelten ich aber wußte diese beiden würden sich nicht trennen selbst wenn sie sich prügelten sie mochten einander und keiner konnte ohne den anderen leben sie konnten sich an zwei entgegengesetzten Enden von Prag aufhalten und waren sich dennoch ganz nahe denn beide beseelte die fixe Idee die Nummer eins zu sein und jetzt brüllten sie sich deswegen an wer von ihnen ein Weltmeister sein würde und waren nicht einmal imstande das zu sehen was ich jetzt sah Neben der Sternwarte stand eine Gruppe von Kindern mit einer Lehrerin und diese Kinder hatten sich um eine große runde Platte auf einem Sockel geschart diese Platte war so groß wie der runde Tisch der in unserem Eßzimmer gestanden hatte und mit ihren Fingerchen zeigten die Kinder auf den Rand der Platte ich stieg vom einsamen Postwagen herunter und näherte mich mit dem aufgespannten Schirmchen dieser Gruppe und ich blickte über ihre Schultern hinweg auf die Platte und wollte wie schon so oft heute meinen Augen nicht trauen denn auf dieser Steinplatte die so groß war wie ein riesiges Mühlrad gab es Striche mit Pfeilspitzen und wie auf einer großen Turmuhr die Stunden waren hier die Namen europäischer Städte und Zahlen eingeritzt die anzeigten wie viele Kilometer die eine oder andere Stadt von dieser Steinplatte entfernt lag und die Lehrerin half einem Mädchen hoch es sprang auf die Platte und schirmte seine Augen mit der Hand ab und rief... Ich seh ich seh Warschau! Und es drehte sich herum beugte sich hinunter und nachdem es etwas auf der Platte gelesen hatte rief es wieder mit zugehaltenen Augen ich seh ich seh ich seh Berlin und ich seh sogar bis nach Moskau! Und dann sprang das Mädchen herunter und an seiner Stelle erschien ein kleiner Junge auch er las etwas vom Stein schirmte die Augen ab und rief ich seh ich seh ich seh Wien und ich seh Rom! Und mein Mann und Vladimír waren nun auch gekommen sie hatten mit dem Streit aufgehört sahen mich an und ich legte den Finger auf meine geschminkten Lippen und die beiden Männer schauten gerührt auf einen kleinen Jungen und ein kleines Mädchen wie sie auf die Steinplatte kletterten die Augen abschirmten und über alle Staatsgrenzen hinweg in die Ferne riefen bis zu dem Ort auf den der in die runde Steinplatte gemeißelte Pfeil zeigte Hunderte und Tausende Kilometer entfernt lag für jedes Kind eine europäische Hauptstadt die jedes Kind von weitem wirklich und wahrhaftig sah als ob man vom Ládví bis dorthin sehen könnte Und nachdem alle Kinder eins nach dem anderen diese Vision erlebt hatten gab die Lehrerin ihnen mit dem Kinn ein Zeichen und sie gingen auf dem schmalen Weg der irgendwohin nach Ďáblice hinunterführte davon während Prag im

Hintergrund wie eine flirrende impressionistische Kulisse glitzerte   Und Vladimír und mein Mann betasteten mit ihren Fingern diese Steinplatte auf der Kuppe des Ládví und sie lasen die Namen der Städte und die eingemeißelten Distanzen ab ich sprang mit meinem aufgespannten blauen Schirmchen hinauf stellte mich in die Mitte der Platte und zeigte mit ausgestrecktem Arm und Schirm in Richtung Wien und rief   Ich seh ich seh ich seh wie meine Tante Pišinka durch die Mariahilfer Straße spaziert und dann ins Café Demel geht und ich seh und ich seh! Ich drehte mich herum hielt das Schirmchen in Richtung Heidelberg und rief   Ich sehe es! Dort in Schwetzingen flaniert meine Mama mit ihrem Hündchen im Schloßgarten und ich seh dort auch meine Schwester Wutzi wie sie vom Einkaufen zurückkommt und jetzt seh ich es! Meine drei Nichten laufen aus dem Haus in der Siecherstraße Nummer zwei sie reißen sich um die Einkaufstasche und holen sich die Süßigkeiten heraus! Und ich sprang herunter und das aufgespannte blaue Schirmchen verlangsamte meinen Fall bis ich dann die Absätze meiner roten Schühchen ins Gras drückte und Vladimír stellte seine Aktentasche zur Seite schwang sich auf die Steinplatte beschattete die Augen mit der Hand und rief   Ich seh ich seh! Dort liegt Warschau und ich seh die Kunstgalerie Krummes Rad und den Direktor Herrn Boguš, der meine erste Ausstellung veranstaltet hat! Und ich seh ich seh bis übers Meer ich seh den Herrn Davis in Miami der in Amerika meine zweite Ausstellung organisiert hat! Ich seh ich seh jetzt Paris und dort den Herrn Mathieu ich sehe wie er mit dem Pinsel seine gigantischen Leinwände attackiert wie auch ich auf den kleinen Duralumin-Platten meine aktive Graphik! Ich grüße Sie Herr Mathieu! Sie sind die Nummer eins in Paris wie ich die Nummer eins hier in Prag bin hören Sie mich Herr Mathieu! Und ich seh da in Paris auch den Herrn Seufer der über mich geschrieben hat daß die abstrakt-lyrische Graphik meine Erfindung sei die aktive Graphik mein Explosionalismus! Und ich seh bis nach Amerika wie Jackson Pollock seine Kathedralen des Grauens baut seine Bilder durch Verschütten von Farbe sein Action painting! Ich grüße Sie Herr Pollock von hier aus Prag

Auf der ganzen Welt gibt es nur noch zwei Nummern eins

Sie Herr Pollock und ich wir sind die beiden Brennpunkte ein und derselben Ellipse... Und Vladimír sprang von der Platte herunter und sah meinen Mann siegesgewiß an und mein Mann fing an zu strahlen schaute mich an und ich sah er hatte schöne Augen die Augen eines Kindes das sich ausgeweint hat er sprang jedoch nicht auf die Platte auf allen vieren kletterte er hinauf Vladimír schaute mich an und schüttelte lachend den Kopf wie hatte ich nur einen Mann heiraten können der schon etwas lädiert war jetzt aber richtete mein Mann sich auf und stellte sich in die Mitte dieses Anzeigers der Distanzen von Städten er schirmte sich die Augen ab und rief nicht in die Richtung in die er sich gedreht hatte nein zu uns rief er hinunter und schaute Vladimír ins Gesicht Ich seh Vladimírek ich seh was ich erfahren habe daß Jackson Pollock nicht mehr auf der Welt ist daß Jackson Pollock sich in der Cedar Bar Nummer fünf einen letzten Whisky genehmigt hat nachdem er in seinem kurzen Leben bestimmt einige Zisternen davon geleert hatte und als er seine letzte Pall Mall geraucht hatte setzte er sich in seinen Ford und raste gegen eine Mauer und brachte sich um Vladimírek aufgepaßt! Im Alter von vierundvierzig Jahren und nicht einmal seine Frau Lee Krasner konnte ihm helfen nicht einmal die Tatsache daß er mit dem Verschütten von Farben seine Energy Made Visible gemalt hat und nicht mal sein treues Hündchen

Vladimírek Herr Jackson Pollock ist tot... Mein Mann kauerte nieder seine Absätze standen im Mittelpunkt dieser Platte und so sprach er Auge in Auge mit Vladimír der zu lachen aufhörte das Lächeln war auf seinem Gesicht eingefroren und ich zog mich zurück ich klappte das Schirmchen zu und schaute mir diese beiden Männer an ich fröstelte ein bißchen und mein Mann sagte Ich seh ich seh dort in Paris den auch schon toten Antonin Artaud ich seh seinen Satz den er geschrieben hat und aufgepaßt Vladimírek dieser Satz gilt auch für Sie... Einmal werden auch wir über unseren vorzeitigen Tod Rechenschaft ablegen müssen...

Es war der erste Mai der Liebe Zeit mein Mann und ich zogen die Sonntagskleider an noch nie hatte ich mir einen Maiumzug angesehen und wäre auch nie auf die Idee gekommen mir einen anzusehen auch mein Mann hatte noch nie an den Feierlichkeiten des Ersten Mai teilgenommen im Gegenteil so erzählte seine Mutter mir am Vormittag des ersten Mai fuhr er immer in Nymburk die Jauche in die Senkgrube und war deshalb in Nymburk nicht allzusehr beliebt was man verstehen kann er hatte sich damals mit dieser Jauche sein Kaderprofil geschrieben sagte die Mama   Heute war er jedoch festlicher gestimmt und freute sich wie ein kleines Kind auf diesen Demonstrationszug also traten wir aus unserem Haus Am Damm und mein Mann faßte mich am Ellbogen und brüllte   Hör mal Kleines   Das Verschmähte ist stets das Begehrteste auch aus dir kann eine Schriftstellerin werden ich kann dir nur sagen was ich glaube schau Kleines aller Anfang ist Bewunderung und wenn du anfängst dich über etwas zu wundern stumpfst du irgendwie ab und wirst schrecklich passiv doch hat dies nichts zu bedeuten es ist nur die von funkelnder Erwartung erfüllte Demut das ist der Zustand vor der Offenbarung du hast offene Augen und eine offene Seele und plötzlich schlägt deine Passivität ins Gegenteil um und du willst du mußt alles aufzeichnen denn der ist ein Schriftsteller der anfängt abzuschreiben was er sieht was irgendwo aufleuchtet und das ist nichts anderes als die Riesenfreude an etwas das außerhalb der eigenen Person liegt... Plapperte mein Mann und ich war froh daß er nicht vorauslief wie sonst immer daß er endlich an meiner Seite ging wie ein anständiger Mann daß er sogar meinen Arm hielt vielleicht zum ersten Mal seit wir verheiratet waren und so schritten wir durch die Hauptstraße es schneite und mein Mann brüllte mir ins Ohr   Und vor allem Kleines mußt du dir selbst törichte Fragen stellen können... Schau wie lange wird es noch dauern bis du dich durch die Gärröhre hindurchbrodelst und nur noch klarer Wein von dir übrigbleibt   Du mußt nach dir selbst fragen können   Schau Kleines was glaubst du wie lange es dauern wird bis du so wie du jetzt ausschreitest wieder dorthin zurückkehrst von wo aus du aufgebrochen bist? Aha! Wie lange wird es noch dauern bis du dir selbst in entgegengesetzter

Richtung entgegenkommst und deine Zukunft zur Vergangenheit wird? Wann wirst du in der Wiederkehr und im Vergehen aller Dinge und aller Lebewesen ins schöne Nichtsein zurückkehren? Wo es keinen Anfang und kein Ende gibt wo der Punkt mit der Geraden zusammenfällt und die Parallelen einander kreuzen wo Feuer Wasser Luft und Sonne eins sind Wo die Endstation aller unterirdischen Flüßchen liegt Wo alles aussteigen muß Wo alles den Gipfel der Leere erreicht? Er fragte weniger mich als sich selbst und bei der Palmovka tobte der Wind und der Schnee peitschte uns schräg ins Gesicht und aus Vysočany kamen Demonstrationszüge in den vordersten Reihen Fahnenträger und dann Pioniere die wie Dackel zitterten und Volksmilizen die mir Angst einjagten dann kamen Musikkapellen und Porträts von Staatsmännern und Politikern von Toten und Lebendigen und der Wind kam aus Karolinenthal er blies vom Bahnhof und über die Mauer des jüdischen Friedhofs und kämpfte mit den Fahnenträgern und hier bei der Palmovka wirkte der gesamte Zug wie ein trunkenes Zickzack von Standarten und Fahnenstangen die sich vermischten doch die Demonstrationszüge zogen langsam weiter wie eine betrunkene Prozession war dieser Maiumzug und irgendwo dort irgendwo beim Straßburger Hof spielte die eine Blaskapelle ihre letzten Töne und eine andere näherte sich aus der Balabenka und die Leute standen auf den Gehsteigen und sahen sich diesen Umzug an jeder suchte vermutlich irgendeinen Bekannten in ihm aber der Wind pfiff und der Schnee fiel in dichten Flocken und mein Mann hielt mich am Ellbogen fest beugte sich vor und blinzelte mit den Augen um die Stirnseiten der auftauchenden Fabriken und Fabriklein zu sehen die dort beim Merkur aus dem Schneegestöber aufragten er rieb sich die Hände und begrüßte nickend einige Leute auf dem Gehsteig sie stammten alle aus seinen Kneipen und Stehbars und auch sie waren nur gekommen um zuzuschauen sie hatten nicht den Mut mit dem Zug bis ins Zentrum von Prag zu marschieren also standen sie bei der Palmovka und winkten dem Umzug zu Einige lüfteten ihre Mützen und Hüte wenn die Staatsfahne und die Parteifahnen oder die Porträts berühmter Männer an ihnen vorbeizogen Ab und zu blies der Wind einen Hut fort und vom

Bahnhof kamen Bierbecher angerollt und Papierservietten und der Wind trieb senfbekleckste Pappteller vor sich her Überbleibsel der Würstchen die an Ständen verkauft wurden deren klatschende Planen gleichsam Peitschenschläge austeilten Und dann rief mein Mann freudig Da kommt er! Und während der eine Demonstrationszug im Schneegestöber verschwand kam jetzt der größte Zug bei der Eisenhandlung Mrklas zum Vorschein an der Spitze ging Vladimír mit der Staatsfahne er schritt aus als gäbe es keinen Wind er marschierte stolz und majestätisch und hatte hinter seinen Gürtel die Stange der großen Flagge geklemmt sie flatterte und zuckte wie ein Kind das an einem Krampf litt Vladimír aber hielt sie fest und mein Mann sah Vladimír scharf an es gab schließlich was zu sehen denn Vladimír schritt resolut aus er war barhäuptig und hatte das Haar frisch geschnitten weshalb seine Locken in der Zugluft auf und ab wippten er trug seinen Rollkragenpulli und seinen blauen Mantel und kam daher wie irgendein Repräsentant und allen auf dem Gehsteig bei der Palmovka fiel Vladimír ins Auge er mußte einem ins Auge fallen so wie er daherschritt im Rhythmus der Musik die sich zusammen mit ihm näherte während die Standarten und Porträts sich vor- oder zurückneigten wenn der Wind stärker blies oder für einen Augenblick rhythmisch abflaute so daß die Staatsmänner sich vorbeugten als würden sie stolpern und auf die Hände fallen oder aber den Kopf zurückwerfen und gurgeln Nur Vladimír schritt aus als schneite es nicht als preßte der Wind nicht unablässig seine graue Hose mit den Bügelfalten gegen die Knie und jetzt bemerkte er mich und meinen Mann und gab uns mit den Augen ein Zeichen und marschierte weiter und wußte daß wir ihm nachschauten und er schritt nun auch für uns aus und gab sich Mühe noch würdiger auszusehen als zuvor bevor er uns entdeckt hatte Eigentlich war diese Maikundgebung Vladimírs Umzug auf den er sich vorbereitet hatte vielleicht hatte er ihn dort irgendwo bei den Friedhöfen in Vinohrady geprobt dort wo Vladimír wie mein Mann erzählte nachts an der Friedhofsmauer den Toten ein Liedchen sang oder auf der Geige ein Ständchen vorspielte Mein Mann sagte zu mir Aber Kleines jetzt ist dieser Demonstrationszug erst in Libeň weißt du was das für Vladimír bedeuten wird wenn er die Arbeiter der böhmisch-mährischen Kolben-Daněk-Fabrik über die Pořicer Straße führen und seine Fahne dann über den Wenzelsplatz tragen und zuletzt unten an der Ehrentribühne vorbeiziehen wird Ich fürchte mich das bis zu Ende zu denken sagte mein Mann und Vladimírs Gestalt stieg jetzt die Steigung bei Mrklas hinab und überragte immer noch sämtliche Rücken des sich entfernenden Zuges um einen ganzen Kopf um einen Kopf dessen Locken durch die schwankenden Standarten hindurch leuchteten Standarten deren Porträts mit der Stirnseite nach vorn in Richtung Stadtzentrum getragen wurden Du bist Zeugin eines außergewöhnlichen Ereignisses sagte mein Mann ernst Von diesem Demonstrationszug wird Vladimír ein halbes Jahr leben aber schau Kleines diese Passivität dieses Lauschen und diese Bewunderung bevor man zu schreiben anfängt das ist noch nicht alles Schau Kleines fängst du mal zu schreiben an mußt du gut achtgeben wenn dir das Schreiben plötzlich etwas ganz anderes gibt etwas woran du nie gedacht hättest und was jetzt dahinfließt ... der wahre Alkohol ist das was du da über dich erfährst und woran du nie gedacht hast und dann ist es da dieses Etwas das allein dir gehört was nur dein ist und das ist ungefähr so als produziere eine Fabrikmaschine unversehens Ausschuß ja in der Fabrik muß solch eine Maschine sofort gestoppt werden wenn sie Ausschuß fabriziert beim Schreiben ist jedoch gerade dieser Ausschuß das Eigentliche daher bedeutet wahres Schreiben das Warten auf die Augenblicke da man anfängt Ausschuß zu schreiben ... das ist dieser Sauser dieser Sturm auf den ganze Winzerfamilien warten wenn die gepreßten Trauben sich von selbst aufblähen und zu gären anfangen wenn die Temperatur ansteigt und der Saft langsam trüb wird und eine Art Ausschuß von der Farbe wie Milchkaffee hervorbringt dann saufen alle Winzerfamilien diesen Sauser der wie Penicillin schmeckt der alles enthält was heilt und das was heilt ist im Grunde genommen organisierter Ausschuß so wie Penicillin Schimmel ist Schau das ist das richtige Gleichnis für den Sauser und das Schreiben Und schau Kleines in Mähren hatte jedes Weingut eine kleine Mansarde mit einem Kämmerchen und zur Sauser-Zeit kamen die Juden aus Wien und tranken hier eine ganze Woche lang diesen Ausschuß dieses Penicillin diesen Sturm diesen Sauser nichts anderes als neuen Wein und damit reinigten sie sich denn die Juden litten an Leber- und Nierenbeschwerden und dieser Sauser stellte sie wieder auf die Beine so daß sie nach Wien zurückgekehrt wieder Gans und scholent und Gänseleber schlemmen konnten nach dem Sabbat bis sie ganz vollgestopft waren und sich schon wieder auf den nächsten Sauser freuten auf die Weinkur in den Mansarden dort über einem mährischen Keller

Sagte mein Mann ich aber ging neben ihm her und mußte immerzu an Vladimír denken er hatte mich erschreckt seine Art wie er diese Fahne im Demonstrationszug trug weder Wind noch Wetter oder Schnee hatte er beachtet oder bemerkt sondern war wie im Traum einhergeschritten und ging daher als sei er nicht in einem Maiumzug sondern Christus an der Spitze aller auferstandenen Narren und Verwirrten Irgendwie hatte Vladimír ausgesehen als sei er als einziger in diesem ganzen Zug eingeweiht als sei er der erstgeborene Sohn sämtlicher längst schon toten Väter des Kommunismus Ich hatte gesehen daß Vladimír stolz darauf war mit dieser Fahne seine Fabrik zu vertreten daß er sich durch diese Fahne sogar geehrt fühlte er war auf dem Gipfel seines Glücks weil seine Fabrik ausgerechnet ihn auserwählt hatte die Arbeiter ins Zentrum von Prag bis unter die Festtribüne zu führen Wahnsinnig gern wäre ich hinunter auf den Wenzelsplatz zu dieser Tribüne gegangen um zu sehen ob Vladimír auch dort noch so ausschritt ob er auch dort noch dieses geistesabwesende Gesicht eines Eingeweihten hatte Vladimír war mir nämlich in jenem Augenblick bei der Palmovka wie der wahre ideale Kommunist vorgekommen jemand der gern zur Arbeit ging der gerne arbeitete und seine Kunst machte wie einer von vielen anderen der nichts dafür haben wollte und einfach und bescheiden war dabei jedoch stolz auf das was er war und der sich geehrt fühlte daß er ein Arbeiter und obendrein auch noch Künstler war der jedoch kein Atelier brauchte sondern wie mein Mann sagte nichts weiter als ein paar Zigaretten abends und sechzig Heller für die Straßenbahn um wieder heim nach Žižkov zu kommen

Eigentlich hatte dieser Vladimír meinen Mann und mich nur

deshalb zum Ersten Mai zur Palmovka eingeladen damit wir mit eigenen Augen sahen auf welcher Seite er stand wo er war mit wem er sympathisierte und wer Vladimír mehr bedeutete als mein Mann und ich   Darum diese abweisende und zugleich siegesbewußte Miene darum seine Augen   In der gleichen Weise wie Vladimír meinen Mann anschaute sagten mir seine Augen daß mein Mann zu einer Gesellschaft gehöre die schon abgetreten sei oder abzutreten habe   Und mein Mann schritt neben mir aus und ich sah daß er die gleichen Gedanken hatte er lächelte als er mich anschaute zuckte mit den Schultern und hob den Finger und sagte mit Nachdruck   Ich bin ein Kleinbürger stets ein Kleinbürger jedoch nie und nimmer ein Spießbürger... und er öffnete eine Tür und schob mit einer heftigen Handbewegung einen roten Vorhang zur Seite und lud mich bei Ženíšek zu einem Gläschen ein ich setzte mich und sah mich in diesem Lokal um in dem ich noch nie gewesen war mein Mann bestellte ein Bier und für mich einen Grog und er flüsterte mir zu   Das hier ist ein Lokal das hohe kirchliche Würdenträger der Herr Bürgermeister und seine Ratsherren und deren Damen zu besuchen pflegten   Ein Lokal ausschließlich für die Libener High Snobiety und nun da sich alles verkehrt hat ist daraus eine Pinte geworden die schon um sechs Uhr aufmacht und wohin all die kommen deren Hände bei der Arbeit zittern wenn sie morgens nicht einen Dezi Rum trinken... Wo sperrt man denn schon um sechs in der Früh auf? Fragte mein Mann sich selbst er legte die Stirn in Falten und erinnerte sich   So ist es Beim Linhart und dann Beim Eisenbahnkönig und Beim Kalenda allerdings nicht dort bei der Akademie sondern gegenüber dem Hafen am Kai und dann in Der Schmiede und wie heißt nur die Kneipe in Podolí? quälte sich mein Mann er legte die Stirn wiederum in Falten und sagte... Na direkt daneben ist eine Metzgerei... ja Zur Brauerei und selbstverständlich Zum Marienbild gegenüber dem Masaryk-Bahnhof und Bei Paškovský auf der anderen Seite des Havlíček Platzes ich aber geh am liebsten in die Stehbar La Paloma denn dorthin gehen... Ich weiß unterbrach ich meinen Mann   Das hab ich schon gehört ins La Paloma gehen die Soldaten bumsen... sagte ich und mir fiel ein Stein vom Herzen ich lachte und lachte bis alle Gäste der High Snobiety Beim Ženíšek mich anschauten und jemand öffnete jetzt von draußen die Tür und eine Hand versuchte lange den roten Vorhang zur Seite zu schieben doch es wollte einfach nicht gelingen also gab sie es auf und jemand schlug die Glastür von der Straße her mit einem wuchtigen Schlag zu diese Tür hinter der ein von Menschenhänden abgegriffener roter Samtvorhang hing...

Ich webte Bilder nach Vorlage und zwar nur deshalb weil mein Mann wegen dieser gewebten Bilder wie auf Dornen saß   Ich aber webte und komponierte diese Bilder aus buntem Garn und nach Vorlage am liebsten dann wenn die Freunde meines Mannes kamen alle diese künftigen Nummern eins die ungemein verächtlich auf meine Arbeit herunter und mitleidig auf meinen Mann schauten... Und ich hielt ihnen meine unfertigen Bilder hin und bat sie um Rat ich bat sie mir beim Auswählen der bunten Baumwollfäden zu helfen... doch die künftigen Weltmeister zuckten nur mit den Schultern und setzten sich weit weg von mir und führten ihre Unterhaltung über die Kunst fort die jetzt in New York und Paris Furore machte... sie redeten über den Expressionismus und den Art brut über lyrische Abstraktion über Camus und Sartre die Beatniks und Sandburg und Ferlinghetti und Kerouac und darüber daß der alte Ezra Pound immer noch Power habe... Und ich hörte ihnen zu und wählte weiter meine bunten Fäden aus um nach einer Vorlage den Hradschin zu weben... und die Freunde meines Mannes stellten sich hinter meinen Rücken und ich hielt mit vorgetäuschtem Wohlgefallen und Konzentration den Rahmen und den darin gespannten Stoff mit den bereits eingewebten blauen Konturen des Hradschin vor mich hin... Und die Freunde um mich herum schrien: Und was ist mit Picasso? Und mit Salvador Dalí? Und mit Rauschenberg und mit Allan Caprow? Und ich wählte bunte Baumwollfäden aus und legte sie zum Vergleich auf die farbige Vorlage und zog die Fäden durch eine Nadel mit großem Öhr und langsam aber sicher wuchs das Bild heran und ich lernte das Bild von den Seiten zur Mitte hin zu arbeiten und es amüsierte mich wenn das Bild mosaikartig entstand es war schön für mich wenn so ein buntes Bild noch keinen Sinn ergab Und mein Mann setzte mit seinen Freunden diese geistreichen Reden fort die sie Monographien entnahmen und mein Mann glaubte er könne mich demütigen und erniedrigen wenn er mir das Bild aus den Händen nahm und es theatralisch seinen Nummern eins zeigte Die Champions schritten dann um mein Bild herum und bemerkten nicht einmal daß ich sie verachtete und so amüsierten sie sich auf meine Kosten und rieten mir ich sollte dieses Bild zerschneiden und daraus eine Collage machen oder einen zertrümmerten Wecker darauf nähen und es mit Zifferblättern von Taschenuhren wie mit Groschen verzieren... Und ich brachte und zeigte ihnen ein weiteres schon fertiges Bild von der Lüneburger Heide und alle stopften sich die Ohren zu und preßten die Hände vor die Augen und trampelten mit den Füßen und alle spielten großes Theater wie weh ihnen angesichts des Bildes die Seele tue und einer nach dem anderen wollte aus dem Fenster springen allerdings nur unter der Voraussetzung daß wir im dritten Stock gewohnt hätten... Und ich schüttelte den Kopf und schärfte mir durch ein Klopfen auf die Schläfe den Blick damit ich diese Hampelmänner besser sehen konnte und so zahlte ich es mit meinen gewebten Bildern den Freunden meines Mannes heim weil sie mich nie zu Wort kommen ließen mein Mann winkte immer ab wenn ich etwas zur eben geführten Diskussion beitragen wollte alle schnitten mir sogleich meine wenigen Worte ab die ich stotternd vorbrachte sie lasen mir sofort die Leviten weil sie mich nicht für würdig hielten an ihren Debatten teilzunehmen wo im Grunde genommen auch nicht einer zuhörte was der andere erzählte sie warteten immer nur ihren Augenblick ab um sich am Gespräch zu beteiligen und nichts weiter als die eigene Meinung kundzutun und ihren Minderwertigkeitskomplex unter Beweis zu stellen... und ich sah mich selbst daß ich eigentlich nicht schlimmer dran war als unsere Gäste also stellte ich mein angefangenes Bild zwischen die Fenster auf den liegenden Spiegel zu dem die Triebe der Zimmerpflanze herunterhingen und sich widerspiegelten ich sah mein

Artefakt an indem ich die Faust wie ein Fernrohr vors Auge hielt   Ich trat zurück und legte die Hände auf den Rücken und war mit mir selbst zufrieden denn ich allein vollbrachte etwas Wirkliches indes die Freunde meines Mannes nur damit prahlten daß aus ihnen allen Champions würden sobald die Zeit für sie reif sei . . . Ein andermal blätterte ich in dem Goldenen Prag das mein Mann mir immer von der Altstoff-Sammelstelle in der Spálená mit nach Hause brachte und um die Verwirrung noch zu vergrößern blätterte ich in diesen Illustrationen und hielt das aufgeschlagene Buch vor die Augen dieser Freunde als wäre es ein Missal und mein Mann sah mich an als sei ich gar nicht da als sei ich aus Glas   Ich hingegen ließ mich nicht beirren und breitete Das goldene Prag auf dem Tisch aus und rezitierte mit lauter Stimme ein Gedicht von Bohdan Kaminský . . . keiner wollte seinen Augen und seinen Ohren trauen eine Weile hörten sie mir zu dann liefen zwei aus der Wohnung stürzten zur offenstehenden Toilette im Hof und taten als müßten alle zur gleichen Zeit erbrechen . . . die anderen kondolierten meinem Mann und ich las das Gedicht von Bohdan Kaminský zu Ende . . . nachdem ich meiner Mutter Photographien von unserer Hochzeit nach Deutschland geschickt hatte schrieb sie im Scherz zurück . . . sie sei froh daß ich einen Russen geheiratet habe denn nach den Photographien müsse mein Mann mit diesen vorstehenden Backenknochen von irgendwoher aus dem Ural stammen . . . und sie hatte recht denn mein Mann sagte von sich und seinen Vorfahren sie hätten alle vorstehende Backenknochen und diese Mähren seien ohnehin zur Hälfte eine Rasse die von den Avaren und Tataren und Magyaren durchgebumst worden sei . . . ich stellte fest daß auch Milada die Kusine meines Mannes vorstehende Backenknochen hatte und ein Gesicht das scharf und schräg zum Kinn abfiel Milada nahm oft ein großes Photoalbum aus dem Schrank sie blätterte darin und zeigte mir nicht nur ihre Eltern sondern auch die Geschwister ganze Gruppen ländlicher Gesichter mit dem strengen Blick des alten Österreich alles Gesichter in denen sich nicht einmal mein Mann auskannte er sagte mir daß er seine Verwandten nur an diesen vorstehenden Backenknochen erkenne denn er habe bestimmt hundert Uronkel und Urtanten gehabt und er gab es auf mir Namen nennen und die Schicksale schildern zu wollen nur Milada war dazu in der Lage und auch ich habe es nie geschafft diese Gesichter mit Namen zu verbinden Nur eines weiß ich daß sich alle auf diesen Photographien feierlich gaben wie Königinnen und Könige Allen diesen Gesichtern war anzusehen daß das Leben im alten Österreich kein Leckerbissen gewesen war alle diese Gestalten waren von nichts als Arbeit gezeichnet nichts als gefaltete geschundene Hände alle diese Männer waren vorzeitig gealtert und alle schienen in einem Auge den Star zu haben irgendwie schien ein Auge verschoben als blickte es irgendwohin ins Unendliche diese Männer schauten als hätten sie die Ewigkeit erblickt und die Frauen genauso vielleicht weil sie die Gebetbücher so krampfhaft in den Fingern hielten als wären diese katholischen Gebetbücher mit den marianischen Liedern diesen Frauen in die Seele und in die Augen geflossen Auch mein Mann holte wenn wir in Nymburk saßen und es draußen regnete oder einfach nur unter dem Eindruck eines Augenblicks bald ein Album wie es Milada hatte im Plüscheinband und mit goldenem Klappverschluß Und die Mutter bemühte sich wie auch Milada die Namen dieser Tanten und Onkel und der ganzen weiteren Familie zusammenzubringen doch wenn sie Seite um Seite umschlug verschwanden nicht nur die Namen sondern auch die Gesichter so sehr glichen die Menschen damals einander... Und mein Mann hatte wie er sagte seit seinem zehnten Lebensjahr versucht alle diese Gesichter und Gestalten mit Namen zu verbinden deshalb blätterte er so gern in diesem Album das bei der Großmutter auf dem Tischchen zwischen den Fenstern gelegen hatte... Und als die Großmutter in der Brauerei starb als die Jungfrau Maria sich wie mein Mann sagte über die Brauerei vom Himmel herabneigte und die Großmutter an der Hand in den Himmel hinaufzog... da blätterte er hundertmal in diesem Album konnte sich jedoch nur eben mal die Gesichter von Großmutter und Großvater und einigen Angehörigen von Miladas Familie merken... ich weiß daß für meinen Mann die alte Welt etwas war das ihm Grauen einflößte er sagte wenn man auch nur einen dieser Männerblicke aus dem alten Österreich bis zu Ende denke müßte man aus dem Fenster oder unter einen Zug springen denn damals hatte das Leben noch seine Ordnung und sein Leiden aber auch seine Freuden und einen Sinn   Er zeigte ins Album und erklärte mir daß Miladas Vater Vorarbeiter in einer Spinnerei gewesen war und ihre Mutter genau wie die Großmutter und der Großvater meines Mannes ganz einfache Menschen waren die arbeiten gingen sobald es aber in Brünn die ersten Gänse gab wurde am Sonntag gewiß eine gebraten die allererste von den Arbeitern aus der jüdischen Spinnerei die den Samstag auf den Freitag vorverlegten sie blieben über Nacht in der Spinnerei und arbeiteten doppelt soviel damit sie samstags nach Hause fahren konnten und meine entfernten Verwandten fuhren sogar bis aufs Land zu ihren Schwestern und Brüdern   Hier bei Milada erzählten wir uns immer wieder den wöchentlichen Speisezettel dieser Leute daß zum Geselchten immer eine Gurke gehörte zu den Linsen und Erbsen ebenfalls und freitags immer Buchteln und Rippelsuppe mit Kümmel und sonntags zum Schweinebraten Sauerkraut zum Kohl aber immer gekochtes Rindfleisch und zum Abendessen Butterbrot mit Quargel Olmützer Quargel einen Krug Bier Butterbrot mit Topfen und Wurst mit Zwiebel und gelbe Rindssuppe aus einem halben Kilo Fleisch eine Suppe wie sie heute schon nicht mehr gekocht wird weil es solch ein Fleisch wie damals nicht mehr gibt ebensowenig werden wir jemals wieder knusprig gebackene Rindsrippchen essen können und Talg von damals der körnig gelb war und brät man heute einen Schweinsbraten zieht der Duft nicht mehr durchs ganze Haus und bis auf die Straße hinaus ... Mein Mann erinnerte sich natürlich auch gern an den Onkel Hudec der ein ausgezeichneter Arbeiter in einer Waffenschmiede gewesen war vor allem aber seine Kameraden mochte und jeden Samstag mit ihnen in der Kneipe war ohne sie konnte er nicht sein weil er seine Freunde liebte und gern Bier trank auch gern sang den lieben Samstag lang bis sonntags in der Früh tranken sie Bier und schwangen Reden und irgendwie identifizierte sich mein Mann mit diesem Hudec er erinnerte sich gern an ihn und erzählte jeden Monat immer wieder dasselbe ohne das Bild zu ergründen wie die Großmutter und ihre Schwester schön herausgeputzt mit dem Gebetsbuch im Regen zur Kirche dort in

Ořechovičky gingen und als sie sich zusammen mit den anderen der Kirche näherten kamen die Freunde mit dem betrunkenen und heiteren Herrn Hudec aus der Kneipe als er jedoch seine Frau in dem Gewand sah das einer enganliegenden Husarenuniform glich und mit dem seidenen unterm Kinn zu einer Schleife gebundenen Kopftuch als er die Schadenfreude all jener sah die in Richtung Kirche schritten und das Unglück das er angestellt hatte da kniete er sich so wie er war in den Matsch er kniete in einer Pfütze vor seiner Frau und seiner Schwägerin er breitete die Arme aus und rief... Mama verzeih mir! Doch die Tante ging weiter und hielt weiter das Gebetbuch fest während der Onkel Hudec mit zum Himmel ausgestreckten Armen im Matsch kniete und weinte... Es war gut es war sehr gut daß ich meine Lüneburger Heide webte daß ich den Hradschin fertigmachte es war gut daß ich der Gesellschaft meines Mannes Gedichte aus dem Goldenen Prag vorlas denn auf diese Weise gingen die Freunde meines Mannes mir nicht nur allmählich aus dem Weg sie ließen auch davon ab uns zu besuchen und falls ich zu Hause war richteten sie mal gerade Grüße aus und erfanden alles mögliche nur um sehr schnell wieder weg zu sein und zu aller Vorsicht nahm ich am Nachmittag meinen Rahmen und das Garnkörbchen und setzte mich neben Lizaj auf die Veranda auf der gegenüberliegenden Seite des Hofs stand die Tür zu unserer Wohnung offen auch das Fenster denn mein Mann sperrte nicht einmal nachts zu es sah ihm ähnlich nie was abzuschließen... und ich nahm ein neues Bild in Angriff Morgenglocken und Lizaj strickte bunte Handschuhe und fuhr in ihrem endlosen Monolog fort sie konnte und wollte immer noch nicht begreifen daß die Deutschen diesen Krieg verloren hatten und die letzten Monate redete sie davon daß Hitler eigentlich an allem schuld sei aber nicht etwa weil er sechs Millionen Juden in den Gaskammern ermordet hatte... das war ja alles richtig so sondern weil Hitler sich mit der Sowjetunion auf einen Krieg eingelassen hatte... ihrer Meinung nach hätte er sich nach den Siegen über Polen und Frankreich und Belgien und Holland und nach der Besetzung von Österreich und der Tschechoslowakei... einzig und allein um das kümmern sollen was er schon hatte um es zu festigen und zu halten ... damit er nach seinem Tod dann einmal zum Landesvater hätte ernannt werden können ... denn der Nationalsozialismus sei etwas Wunderbares gewesen etwas das alle Deutschen in ganz Europa aufgeweckt habe ... nur habe Hitler als er sich auf einen Krieg mit den Sowjets einließ eine grauenhafte Vergeltung gegen die Deutschen heraufbeschworen Und ich wählte blaue Baumwollfäden aus und zog sie nach der Vorlage durch die in den Rahmen gespannten Kettfäden und auf einmal hörte ich unten im Hausflur Schritte und vermutete daß es Vladimír war der immer geflogen kam wie auch mein Mann der nie die Stufen zum Hof hinaufgehen konnte sondern sie immer mit drei Sprüngen nahm Und richtig es war Vladimír seine hohe Gestalt und seine hellblonden Locken kamen auf unsere Tür zu und dann hörte ich Doktor sind Sie da? Und ich legte meine Arbeit zur Seite und lehnte mich aus dem geöffneten Verandafenster und sagte Vladimír er ist nicht zu Hause er ist nach Košíř gefahren Und Vladimír machte ein paar Schritte und hob das Gesicht er stand unterm Verandafenster Junge Frau wenn das werte Herr Gemahlchen Ich wurde sauer und sagte Das weiß ich nicht die Hündin vom Nachbarn ist läufig also hat er sie in eine Tasche gesteckt und nach Košíř zu einem Männchen getragen Vladimír war entsetzt ... Was? Ich habe gesagt ... Das Weibchen des Herrn Maňas ist geil ... Vladimír winkte ab und stützte sich mit dem angewinkelten Bein aufs Mäuerchen er legte seine Aktentasche aufs Knie auf die Tasche einen weißen Zeichenblock und setzte sich die Brille auf die Nase notierte etwas und während er schrieb las er mir laut vor ... Lieber Doktor ... ich habe eine neue aktive Graphik angefangen Herr Kolář hat mir gezeigt wie Lucio Fontana in seine aufgerauhte Leinwand hineingeschnitten hat und damit basta gerade noch die Unterschrift ... Auch ich werde meine Druckplatten jetzt verletzen sie durchlöchern ... mit meinem Werk wird eine neue Zeitrechnung beginnen ... jetzt weiß ich mit Leib und Seele daß meine Kleckse passiv waren ... man konnte sie dank Assoziationen deuten ... sie waren der Psychoanalyse verpflichtet ... jetzt aber werde ich die Literatur hinter mir wegfegen von nun an werden meine Graphiken eine neue Gesetzmäßigkeit erhalten ... ganz ohne Assoziationen ... die Kupferplatte so verletzen wie Lucio Fontana in seine Leinwände hineingeschnitten hat ... ich werde jetzt neue Straßenaktionen veranstalten ich werde den Leuten die Augen öffnen und wenn sie nicht sehen wollen werde ich ihnen die Augen mit Gewalt aufreißen ... Hahahahahaaa! Vladimír hatte zu Ende geschrieben und ich schaute von oben auf seinen schönen eiförmigen Schädel und dann sah Vladimír mich an und ich nahm meine angefangenen Morgenglocken und zeigte ihm das Bild und sagte ... Das gleiche Herr Vladimír werde auch ich jetzt machen ich werde Farben weglassen die Formen verzerren und Lücken lassen ... und wie Cézanne werde ich Luft in meine Bilder holen ... das hat mein Mann mir geraten ... Vladimír sprang aufs Mäuerchen und streckte die Hand bis zum ersten Stock hoch er reichte mir das beschriebene Blatt und ich beugte mich heraus nahm den Brief entgegen und Vladimír hüpfte vom Mäuerchen hinunter und rief ... Junge Frau richten Sie dem Doktor aus daß ich wieder auf die Straßen gehe richten Sie ihm aus er soll ruhig weiter warten bis jemand ihn anerkennt und bis dahin soll er mit den Weibchen des Herrn Maňas zum Männchen nach Košíř gehen ... richten Sie ihm aus er soll sich einen kleinen Teppich und eine Bibliothek kaufen und seine Wohnung schrubben und nur immer weiter über die verdammten Dichter und van Gogh und Munch reden ... richten Sie ihm aber auch aus daß mein Atelier diese Kellerwohnung am Konstanzerplatz im Arsch ist ... ich hab sie einem Freund überlassen der nicht weiß wo er wohnen soll und ich geh jetzt wieder auf die Straße und werde meine aktiven Graphiken weiterhin in meiner Fabrik machen richten Sie ihm auch aus daß mein Atelier überall dort ist wo ich bin ... und meine Druckwalze habe ich in dem Dachkämmerchen da unters Bett geschoben ... Was Sie aber gesagt haben junge Frau daß Sie die Komposition der Farbfäden in den gewebten Bildern zerstören wollen? Das versetzt mich in Erstaunen ... Junge Frau Sie werden es vielleicht weiter bringen als Ihr Herr Gemahl ... Vladimír lächelte hob die Hand brummelte etwas und ich sah er hatte mal wieder Zahnschmerzen und eine dick geschwollene Lippe Und jetzt stieg sein Kopf die Treppen hinunter und verschwand ich hörte seine Schritte im Hausflur und dann einen gewaltigen Schlag mit dem er die Tür hinter sich zuknallte Lizaj konnte es nicht erwarten bis ich mich wieder an die Arbeit setzte ich aber las zuerst den Brief an meinen Mann und fand daß die Handschrift Vladimír mehr glich als seine Graphiken Selbst sein Hahahahahaaa! war so geschrieben wie er es gebrüllt hatte Lizaj konnte es kaum erwarten bis sie wieder ihren Monolog abspulen durfte daß Hitler wenn er keinen Krieg mit der Sowjetunion geführt und noch lange gelebt hätte bestimmt als geliebter Landesvater gestorben wäre Was aber war die ganze Opferbereitschaft und Tapferkeit der Reichssoldaten und die ganze Geduld der Bürger des Reichs wert gewesen was war es wert gewesen daß die Deutschen fast alle Schlachten gewonnen hatten wenn sie den ganzen Krieg letzten Endes dann doch verloren

Heute Nacht war mein Mann von der Arbeit so angeschlagen als sei er von einem Felsen gefallen er lag mit ausgebreiteten Armen da und stöhnte und jagte mir Angst ein mit seiner Fröhlichkeit die er mir tagsüber vorgaukelte Um Mitternacht schlief er schließlich so tief und lautlos daß ich Licht machte weil ich glaubte er sei schon gestorben ich rüttelte ihn und als er wach wurde atmete ich auf Du hast mich erschreckt sagte ich

Er meinte Kleines mein Leben gleicht einem Krankenhaus dem Knast ich habe verkrümmte Finger wie schon einmal als ich leidenschaftlich gärtnerte und danach auf dem Klavier meinen Liebestraum zu spielen versuchte das ging ebensowenig wie heute als ich auf der Schreibmaschine schreiben wollte und die Finger mir nicht gehorchten sie schrieben nicht was ich mit dieser Tastatur auf diese Tasten schreiben wollte Und mein Mann meine künftige Nummer eins lag da und wenn er sich herumdrehte stöhnte er… und dann stand er wie ein umgekippter Kinderwagen auf und schleppte sich durchs Zimmer um zu sehen wie spät es war und ich wußte schon wenn er aufstand um nach der Zeit zu sehen wünschte er sich törichterweise immer daß es schon fünf Uhr sei dabei war es doch erst drei… so schleppte er sich enttäuscht wieder ins Bett zurück ließ sich hineinfallen und lag dann auf dem Rücken und obwohl es dunkel war wußte ich daß seine Augen offenstanden und er kaum die Dämmerung erwarten konnte und wieder ging er mühsam um nachzusehen wie spät es war und kochte sich dann bedächtig Kaffee und schlürfte ihn wie eine Droge dazu rauchte er zwei seiner starken amerikanischen Zigaretten nur so lebte er auf und wenn ich freihatte und noch schlief und er zur Arbeit ging neigte er sich immer über mich und wenn ich nicht schlief tat ich zumindest so denn wenn mein Mann sich über mich beugte sah ich durch die geschlossenen Lider hindurch daß er mich liebte und mich wie meine Mutter anschaute als ich noch ein kleines Kind war   Und sobald er fort war schlief ich nochmals fest ein und erwacht ließ ich meine Gedanken für ihn arbeiten ich hatte mir nämlich in den Kopf gesetzt mein Mann sollte nicht mehr zur Arbeit gehen sondern wirklich zu schreiben anfangen während ich weiterhin im Hotel sein würde auf diese Weise müßte mein Mann sich selbst auf die Probe stellen ob er tatsächlich das Zeug zum Schriftsteller hatte ob er sich nicht irrte und zwar nicht nur er allein sondern seine Freunde ebenso und seine Mutter die davon überzeugt war daß ihr Söhnchen es zu etwas bringen würde nicht weil sie es sich gewünscht hätte sondern weil es so sein mußte da auch sie davon geträumt hatte einmal die Nummer eins zu werden und dies auf den Brettern die ihr die Welt bedeuten ... Ich überlegte im Bett daß es einen Versuch wert war denn ich verdiente Geld für zwei und könnte meinen Mann als Hausmann registrieren lassen möge sich dann der Abgrund öffnen dieser Abgrund der zeigen würde daß er das Zeug zum Schreiben nicht hatte und den künftigen Schriftsteller nur mimte ... und falls er aufhören sollte in der Spálená zu arbeiten wäre mir das allein schon deshalb recht weil er den Streß bei dieser Plackerei nicht mehr aushalten auch nicht die Zugluft und dabei diese schrecklichen Krügerl und Maße Bier trinken müßte und dann nach der Schicht mit Venca und Tonča noch Schnaps beim König von Brabant und immerzu nur reden reden und die allereinfachste Sache hinausschieben ... nämlich sich zu Hause an die Schreibmaschine zu setzen und dieses sein einziges großes Buch zu schreiben das alles enthielte

Dieser Euer Mann ... sagte meine Nymburker Mama stolz zu mir ... wenn der heute nochmals in die Grundschule ginge müßte er eine Hilfsklasse besuchen denn mein Söhnchen brauchte ab der dritten Klasse einen Hauslehrer da er im Zeugnis manchen Vierer hatte   Und deshalb kam der Herr Krajský ein pensionierter Lehrer zu uns in die Brauerei ein Riese der mit seinem Schnauz wie ein Walroß aussah er litt an Rheuma und wenn jemand von jenseits der Elbe wo er wohnte normalerweise bis zu uns eine Viertelstunde brauchte so benötigte der Herr Lehrer über eine Stunde   Und hatte er die Brauerei erreicht sackte er auf der Bank unter dem Fenster der Verwaltung zusammen ... Und mein Söhnchen erwartete ihn schon einmal spielte er mit dem Hündchen Mucek und als der Herr Krajský auf seiner Bank schlappgemacht hatte da tätschelte mein Söhnchen dem Herrn Lehrer das Knie und rief zu Mucek Hopp! und das Hündchen sprang hoch und umarmte mit seinen Vorderpfoten das Knie des Herrn Lehrers es legte das Köpfchen zur Seite und fing an mit dem Knie des Herrn Lehrers zu schäkern als sei es eine Hündin ... und der Herr Lehrer wurde rot vor Scham denn er war österreichisch erzogen und mein Söhnchen schrie vor Lachen aber niemand kam vorbei und Madl mein Söhnchen amüsierte sich über Mucek und dieses Knie denn auch er hatte dem Hündchen schon oft sein Knie hingestreckt und Mucek verwechselte es jedesmal mit einer Hündin ... Er bezog Prügel ... mein Söhnchen und Mucek bezogen Prügel aber Einfälle hatte mein Söhnchen obschon er in fast allen Fächern Vierer hatte ... Doch jetzt was Lustigeres mein Madl warum erzähl ich das? damit Ihr wißt wen ich Euch überlassen habe ... Als mein Vater in Židenice starb ging mein Söhnchen ein Jahr dort ins Gymnasium damit die Oma nicht so traurig war ... schon im Zwischenzeugnis hatte er einen Dreier in Betragen und sechs Ungenügend also war er in sechs Fächern durchgefallen ... diesen Dreier in Betragen hatte er vom Deutschlehrer bekommen er hieß Kňourek und sah aus wie ein kaiserlicher Rat und mein Söhnchen mußte zur Strafe in der ersten Reihe sitzen damals hatten die Bänke aufklappbare Schreibplatten auf denen das Tintenfaß stand und wie der Herr Lehrer Kňourek auf und ab ging und den Schülern der die das beibrachte da sah mein Söhnchen daß ein weißer Bändel aus dem offenstehenden Hosenschlitz des Herrn Lehrers baumelte

Als der Lehrer nun auf und ab ging und schließlich neben der Bank meines Söhnchens stehenblieb da dachte dieser jetzt oder nie... er klappte die Schreibplatte hoch ließ das weiße Bändchen hineingleiten drückte die grüne Klappe zu preßte das Knie von unten dagegen und wartete bis der Herr Lehrer Kňourek mit dem aufgeschlagenen Deutschbuch zum Fenster weitergehen wollte... doch das ging nicht und es kam der Augenblick als der Herr Lehrer mit dem ganzen Körper einen Ruck machte der Hosenschlitz riß auf ein Knopf knallte gegen das Fenster und der Lehrer stand da und schaute auf das Knie meines Söhnchens auf den Bändel der unnachgiebig zwischen den Schreibplatten klemmte... also bekam mein Söhnchen einen Dreier in Betragen... heute lache ich natürlich darüber Madl heute betrachte ich diesen Vorfall als Vorzeichen Eures Mannes der sich als Bub schöne Gags ausdachte... damals aber habe ich geweint als mein Bruder Bob mir das schonend beibrachte... damals brach ich zusammen seht Madl heute geb ich es zum besten wenn eine Gesellschaft zu Besuch kommt... Und so Madl hat mein Söhnchen ein Jahr in Brünn die Schule besucht doch die Oma zog dann wieder die Einsamkeit ihrem Enkel vor der zwar mit den Kindern von der Straße Freundschaft geschlossen hatte ihnen aber mit Zichorienpapier die Gesichtlein färbte... ein andermal sperrte er sie in einem Neubau ein und warf den Schlüssel weg und die Kinder wurden dort fast verrückt und wanden sich in Krämpfen... ein andermal pflückte er... nein eigentlich klaute er für die Oma Maiskolben ein ganzes Vorzimmer voll und der Feldwärter wollte die Oma anzeigen... und zu Allerseelen stand er zu Ehren der Toten mit einer brennenden Fackel im offenen Fenster und zündete Omas Gardinen an und hatte seine Freude daran... und als er nach diesem Schuljahr zurückkehrte hatte er kein Zeugnis und sagte es würde erst noch ausgestellt und mit der Post geschickt... später sagte er es sei zusammen mit anderen Zeugnissen verbrannt weil es im Chemielabor eine Explosion gegeben habe... und so schrieb Francin dem Leiter des Gymnasiums einen Brief daß sein Sohn das Zeugnis verloren habe und er gern ein Duplikat hätte damit sein Sohn in der Realschule in Nymburk durchfallen könne... und kurz vor Schulbeginn kam dieses Duplikat und darauf stand daß das Söhnchen sechs Ungenügend und ein Befriedigend in Betragen habe... und in diesem Augenblick fiel meinem Schätzchen ein daß das richtige Zeugnis in dem Koffer lag mit dem er aus Brünn zurückgekommen war also haben wir jetzt zwei Zeugnisse zu Hause... Erzählte meine Nymburker Mama und machte mir diese Mitteilungen als hätte ihr damaliges Söhnchen und mein heutiger Mann eine Auszeichnung bekommen Übrigens erzählte mein Mann wenn er von sich selbst sprach in der gleichen Weise wie seine Mutter Immer irgendwelche schrecklich unangenehmen Geschichten fortwährend über jemanden der schlimme Streiche spielte... doch erzählten mir beide mein Mann wie auch meine Mama das fast frohlockend... vermutlich weil die Jungen dort in Brünn in Židenice wenn sie meinen Mann damals gelobt und in Superlativen von ihm gesprochen hatten sagten... Mei Boho bist du a Sau! Und wenn mein Mann das erzählte war er so stolz auf sich selbst daß ihm die Tränen bei dem Kompliment kamen das seine Freunde ihm früher einmal gemacht hatten...

Schließlich entschloß ich mich doch und zum ersten Mal in meinem Leben hatten wir bei uns große Wäsche mein Mann feierte Überstunden ab und nahm frei als sei ich krank als hätten wir wieder Hochzeit oder die Scheidung oder einen Todesfall in der Familie und zu guter Letzt war ich froh daß er mir dabei half die Wäsche einzuweichen und die Wäscheleinen quer über den Hof zu spannen früh am Morgen heizte er für mich in der Waschküche den Kessel ein dort war er in seinem Element er konnte sich nicht satt sehen an dem prasselnden Feuer unterm Kessel zunächst stopfte ich meine Wäsche in die schwedische Waschmaschine und mein Mann spazierte im Hof herum und in die Wohnung zurück wo er den Herd anzündete ich war froh daß er den Heizer spielte und er lächelte und erklärte und belehrte eher sich selbst als mich er versuchte mir zu bedeuten daß das Schreiben eigentlich nicht besonders schwierig sei daß man dazu nicht mehr brauche als diese gewisse Frechheit diesen Entschluß die ersten Zeilen zu schreiben danach laufe alles wie am Schnürchen als trenne man einen alten Pullover auf

Weißt du meine Liebe sagte er und stand über mir und verschwand ganz im Dampf der aus dem Kessel aufstieg... Ich habe kein Atelier Vladimír hat kein Atelier und trotzdem haben wir den Mut alle Orte wo wir gerade sind als Atelier anzusehen wenn ich den Mut hätte nähme ich meine Schreibmaschine sogar in die Kneipe mit und würde dort schreiben und ich würde wohl auch in der Straßenbahn schreiben doch weiß ich so gewiß wie Vladimír mein Problem läuft mir nicht davon es schreitet ständig neben mir her ich schreibe wo immer ich auch gehe und schreibe erst mal alles in meinem Kopf auf und erzähle es dann den Leuten um mich davon zu überzeugen daß mein Text das richtige Gewicht hat und ob er bei den Leuten ankommt und wenn einer von denen die um den bekleckerten Tisch herum sitzen kein Interesse für das zeigt was ich erzähle dann sage ich mir aha! Söhnchen also ist es wohl noch nicht richtig

Erzählte mein Mann und ich hatte mit der großen Kelle schon meine Monatsbinden und meine Hemdchen und Unterhosen aus dem Wasser gefischt und mein Mann planschte im kalten Wasser und schwenkte diese Wäsche mit großem Interesse er lächelte dabei pornographisch und redete in der Dunstwolke weiter und durch die offene Tür qualmte der Dampf und stieg rasch zum Himmel auf und mein Mann legte Holz unter dem Waschkessel nach er wrang meine Wäsche aus und warf sie in einen Korb ich trug sie in den Hof hinaus und hängte sie an die Wäscheleine und dachte mir meinen Teil ich hatte die fixe Vorstellung daß ein Schriftsteller oder ein Maler ein Atelier oder ein Arbeitszimmer haben sollte daß er für seine Arbeit Ruhe und Stille brauchte und genau im richtigen Augenblick inspiriert sein mußte wie auch in der Liebe und so ein Vladimír sollte eine Staffelei und einen weißen Kittel haben und durfte vor allem nicht zur Arbeit gehen denn ich hatte noch nie einen

Maler gesehen der in die Fabrik gegangen wäre und nur samstags und sonntags gemalt hätte und falls doch dann waren es nur solche Amateure die malten wie andere Briefmarken in ein Album kleben oder Käfer sammeln oder Schmetterlinge fangen und so ein Schriftsteller konnte doch nicht wie mein Mann quasseln und in Kneipen und auf Spaziergängen herumschwatzen was er schreiben möchte solch ein Schriftsteller mußte Tag für Tag schreiben wenn was aus ihm werden sollte   Mein Mann wird allerdings wohl nie ein Schriftsteller sein denn ein Schriftsteller ist er nur frühmorgens wenn wir aufstehen und ich ihm ansehe daß er völlig woanders ist wenn er den Kaffee schlürft und eine Zigarette raucht und aus dem Fenster auf das schiefe Dach und das Stück Himmel schaut und ich weiß wenn ich ihn anspräche würde er seinen Kaffee über mir ausschütten die brennende Zigarette auf meiner Hand ausdrücken und mir die Zähne in den Magen schlagen und das alles nur deshalb weil ich ihn in seiner Meditation unterbrochen hätte in seinem geistigen Schreiben in seiner vollkommenen Entfremdung   Und schließlich gewöhnte ich mich daran und habe gelernt daß ich wenn ich zusammen mit meinem Mann Kaffee trinke ebenfalls woanders bin also haben wir uns an diese morgendliche Siesta gewöhnt und respektieren einander gönnen uns gegenseitig diesen stillen Augenblick diese Viertelstunde in der wir im Geist vielleicht miteinander reden und uns mehr erzählen als sonst   Am Anfang unserer Ehe hatte ich noch geglaubt es sei meine Pflicht mein Männlein beim Frühstück zu unterhalten sobald ich ihn aber etwas fragte sobald ich etwas sagte erschrak ich und erst jetzt weiß ich daß ich ihm seine Bilder verwischt hatte die Bilder die zuvor herbeigeströmt waren daß ich ihn verletzte indem ich mir etwas zu sagen erlaubte denn in solchen Augenblicken hörte er immer zu rauchen auf drückte wütend die Zigarette im Aschenbecher aus und rührte den Kaffee nicht mehr an er murrte etwas und sah mich so furchterregend so kalt an als sei ich eine fremde Frau als sei ich seine Schlummermutter die ohne anzuklopfen sein gemietetes Zimmerchen betreten hätte   Und ich kehrte mit dem leeren Korb wieder in die Waschküche zurück und war schon pudelnaß meine Schuhe waren durchnäßt die Hosen meines Mannes trieften die Stiefel waren patschnaß wir aber setzten diese große Wäsche fort und breiteten mit vereinten Kräften die riesigen Leintücher aus sie glichen riesigen Kuhhäuten beim Schlachten und das Wasser tropfte herunter und pladderte in die Waschtröge und in die Wanne und ein Ende des Leintuchs war schon in der Waschmaschine indes das andere immer noch im kalten Wasser lag bis es uns zuletzt gelang das Leintuch in die Waschmaschine zu stopfen und den Deckel zu schließen wir standen im Qualm der aus dem brodelnden Wasser im Kessel stieg und bemerkten erst jetzt daß in der Ecke eine Schleuder stand gleichfalls ein schwedisches Fabrikat mein Mann setzte sie in Betrieb und der Ton dieser Schleuder war noch gräßlicher als der Ton der wirbelnden Waschmaschine und so standen wir klatschnaß nebeneinander als wären wir durch einen gewaltigen Platzregen gewatet und als wir einander in die Augen schauten sahen wir in ihnen wir hätten auch spazierengehen hätten nach Nymburk fahren können eigentlich waren wir viel besser dran wenn wir bei der Arbeit waren als bei dieser Wäsche wieviel Arbeit hatten wir noch vor uns sicherlich bis weit in den Nachmittag hinein die nächste große Wäsche würden wir mit Sicherheit in die Waschanstalt Pradlenka bringen ich selbst würde nur noch meine Unterhosen und dergleichen auswaschen   Und fröhlich fing mein Mann an mir zu erzählen   Sieh mal es sind schon mehr als eine Million Bücher auf der Welt geschrieben worden und nun kommt auf einmal ein Herr Schriftsteller daher der meint er könne sie alle in den Schatten stellen er sei die Nummer eins auf den die Leser der gesamten Welt gewartet haben dieser Champion der überdachten Höfe der etwas schreibt was die Leserhimmel erbeben läßt   Kleines ich sage dir aber noch was es genügt ein nur ganz schmales Büchlein nur eine ganz kleine Botschaft zu schreiben einfach so Die Leiden des jungen Werther nur so ein kleines opusculum wie Vita nuova oder Une saison en enfer oder eine Novelle wie Le silence de la mer   Ich weiß jeder dieser Schriftsteller hat sein Brett gefunden über das er auf die andere Seite seines Wesens geschritten ist und zwar durch den Text der nur ihm gehört der die biologische Struktur seiner einsamen Persönlichkeit verkörpert   Aber sieh mal Kleines Vladimír und ich wir wissen beide daß wir uns in solch

einem Warten befinden es gefällt uns wir harren in dieser großen Erwartung aus bis wir meinen Text und seine Graphiken sehen die Spitze sein werden   Das ist einen Versuch wert Kleines   Und meine Bildung? Die ist nur dazu da damit ich nicht schreibe was andere Schreiberlinge schon geschrieben haben nur darum lese ich so viel um den Spalt zu finden diese freie Stelle die allein für mich da ist   Und Vladimír?   Der sucht auch wie er seine Fabrik erhöhen könnte wie es bisher außer ihm noch keiner geschafft hat   Wozu also Fräcke Kleines? Entweder wir machen was und dies wird Spitze sein oder wir schaffen es nicht denn so ist es nun mal das Schönste an der Kunst ist daß niemand sie machen muß   Sagte mein Mann im Qualm und Rauch ich trat ins Freie hinaus fast der ganze Hof hing bereits mit seinen Socken und Hemden und mit meiner Wäsche voll schon wurden im Kessel die prächtigen Vorhänge gekocht die ich zur Hochzeit geschenkt bekommen hatte und jetzt machte mein Mann den Deckel der Schleuder auf wir zogen ein fast verkochtes Leintuch heraus und trugen die Wäsche gemeinsam im Korb in den Hof die Sonne war längst hinter die Wand des Forschungslabors für Dehnbarkeit von Metallen und Kunststoffen gehüpft und als wir die große Mauer anschauten erstarrten wir beide beim Gedanken was wohl wäre wenn just in diesem Augenblick wieder eine riesige Walze entzweibräche und ein Stück Putz herunterfiele und unter großem Lärm aufs Dach des Schuppens stürzte und dann langsam herunterschlitterte es würde auf unsere kostbare Wäsche fallen auf diese Wäsche die so wertvoll war daß wir sie nie mehr selbst waschen sondern lieber in die Waschanstalt bringen wollten   Was aber wenn dieser Putz gerade jetzt wieder anfinge abzubröckeln
Wir warfen die sauberen Leintücher zögernd über die Wäscheleine und befestigten die nassen Tücher mit Wäscheklammern und mein Mann fuhr in seinen Unterweisungen fort das heißt er hielt eigentlich keinen Vortrag er redete vielmehr um das Bild zu verscheuchen ... was wenn der Putz herunterfiele ... Kleines wenn du brav bist werde ich dir auch noch das Schreiben beibringen   Das ist keineswegs etwas zu dem du nicht fähig wärst schau alle verliebten Jungen und Mädchen schreiben Liebesbrieflein so ein Liebesbrief ist eigentlich eine adres-

sierte Botschaft und jeder Mensch der Dutzende Liebesbriefe geschrieben hat ist in gewisser Weise ein Dichter denn in einer solchen Liebesbotschaft schreibt man so viele Kalbereien daß manche davon mit schöner Literatur vergleichbar sind deinem Jirka hast du ganz bestimmt auch einen Briefroman geschrieben zwar nicht so wie Goethe seine Leiden des jungen Werther da du aber verliebt warst vielleicht noch heute bist ist dies der Anfang einer Paradeliteratur so ein Liebesbrief eine Serie von Briefen eine Lovestory Briefe die zuletzt mit irgendeinem Bändchen umwickelt werden Kleines all das verbindet uns denn wir haben schon als Kinder Brieflein geschrieben und sie auf dem Friedhof in die Ritzen der ausgetrockneten Gräber geschoben im Sommer haben wir diese Briefe in die aufgesprungene Erde gesteckt denn das waren die wahren Briefe die keiner zu lesen brauchte und das ist der Anfang des wahren Schreibens auch ich schreibe eine Art Liebeskorrespondenz doch nicht mehr einer Frau nicht mehr einem Objekt meiner erotischen Liebeswünsche ich schreibe vielmehr Briefe die ich an die Elemente adressiere die ich schönen Tieren und Bäumen und Häusern und meinen Kneipen schicke ich schreibe als schriebe ich einem schönen Mädchen und zwar so wie ein verliebter Barbier wie ein verliebter Dreher schreibt und jeder der nach Jahren solche Briefe findet traut seinen Augen nicht was für schöne Bilder er einst erfunden hat welcher Gefühle er fähig war Einzig der Schriftsteller fährt im Schreiben dieser Liebesbrieflein fort er schreibt der ganzen Welt sein Leben lang Liebesbotschaften... Sagte mein Mann und mir knickten die Knie ein es juckte mich in der Nase ich mußte niesen und mein Rücken fing an zu schmerzen und die Waschanstalt Pradlenka kam mir wie ein Rettungsring vor wie mein Zukunftsplan denn eine zweite große Wäsche hätte alle meine Kräfte überstiegen und ich hätte mich lieber aufgehängt als diese Sisyphusarbeit nochmals auf mich zu nehmen bei der bereits Schuhe und Pantoffeln draufgegangen waren und ich meinen schönsten Rock verdorben hatte denn ich hatte törichterweise geglaubt das Wäschewaschen sei eine so leichte und angenehme Arbeit wie es die Waschmittel-Reklamen einem vorgaukeln auch die Gebrauchsanweisung für die italienischen Waschmaschinen der

Firma Zanussi die wir im Hotel Paris hatten um die Küchenschürzen die Mützen der Köche und die Geschirrtücher zu waschen Wir hatten die Wäsche noch nicht abgeschlossen und ich hatte Angst davor mir auszumalen was mich noch alles erwartete... ich sah wie ich mit dem Schirmchen und der Einkaufstasche eines schönen Vormittags in die Waschanstalt Pradlenka gehe mein Mann begleitet mich wir sind beide reinlich gekleidet lächeln und betreten so die Pradlenka sobald wir an der Reihe sind geben wir der Verkäuferin ein Zettelchen sie verschwindet hinter einem Vorhang und bringt ein großes schönes Paket wir bezahlen vierzig Kronen ich gebe eine Fünfzigernote und lasse ihr den Restbetrag für einen Kaffee dann gehen mein Mann und ich hinaus in die Kneipe zum Herrn Vaništa und wir bestellen Kognaks und strahlen vor Glück darüber wie günstig und schön der Kommunaldienst Pradlenka uns diese große Wäsche waschen wird Vorerst waren wir jedoch noch in dieser Waschküche und vor lauter Freude daß es die letzten Wäschestücke waren zogen wir zwei Vorhänge aus dem Kessel und warfen sie in die Waschmaschine und mein Mann erklärte Sieh mal Kleines und das zweite was uns alle verbindet ist das Tagebuch solch ein Tagebüchlein wie es früher geschrieben wurde ist auch wieder ein intimer innerer Monolog denn wer ein Tagebuch führt möchte nicht daß ein anderer etwas von dem weiß was er dort hineingeschrieben hat denn es ist ein intimes ein vertrauliches Tagebuch das von Tag zu Tag weitergeschrieben und allenfalls mal der Freundin gezeigt wird und in ihm steht alles Heikle alles wovor sich der Schreibende fürchtet worauf er hofft und was nur eine Korrespondenz mit ihm selbst ist Nur hört man nach einer gewissen Zeit auf Tagebücher zu schreiben und der Schriftsteller heute ist es der in dieser heimlichen und vertraulichen Art zu schreiben fortfährt und sein Leben lang einen inneren Monolog schreibt

Also Kleines anfangs wenn wir Liebesbriefe schreiben und heimlich Tagebücher führen sind wir alle genial... wer aber ist dann ein Schriftsteller? Schriftsteller ist wer nicht umhinkann in einem fort und so lange zu schreiben bis daraus ein Buch wird und der glaubt daß das was er geschrieben hat nicht nur ihn selbst angeht sondern eine Liebesbotschaft ein vertrauliches Tagebuch ist das die Fähigkeit hat von jedermann gelesen zu werden weil das anfänglich so Subjektive objektiv weil es ein Manuskript geworden ist der Versuch einer Vereinbarung mit dem Leser... Sagte mein Mann in die Dampfwolken der Waschmaschine gehüllt und ich stützte mich auf die schwedische Waschmaschine die zitterte und grollte während sich in ihren Eingeweiden die Vorhänge sträubten und jetzt erschienen mir all die Waschfrauen unserer großen Wäschen als unsere ganze Familie noch in Hodonín und danach in Prag wohnte all die Waschfrauen die unsere schmutzige Wäsche auf Waschbrettern rubbelten diese Waschfrauen hatten für uns gewaschen ich erinnerte mich an ihre schrecklichen Hände abgearbeitete rote Hände und wenn sie in den Trögen wuschen waren sie genauso durchnäßt wie ich jetzt und es war ihr Schicksal für alle die Leute Wäsche zu waschen die sie zu sich bestellten Tag für Tag immer wieder von neuem die gleiche entsetzliche nasse und schwere Plackerei ich erinnerte mich auch daran wie die Kinder dieser Waschfrauen kamen und die Mütter ihnen in der Waschküche das Mittagessen gaben ich erinnerte mich wie diese Waschfrauen davongingen sie schleppten sich als hätten sie Ischias oder schweres Rheuma und ich selbst begriff erst durch das Erlebnis meiner eigenen großen Wäsche was für eine Schufterei das war was für ein Los diese Waschfrauen diese Mütter hatten zu denen mittags auch noch die Kinder kamen um mit ihnen das Essen zu teilen eigentlich konnte diese entsetzliche Plackerei überhaupt nicht entgolten werden Und mein Mann fuhr fort auch er hatte die Arbeit schon satt und sprach zu sich selbst vermutlich träumte er schon davon wie schön es sein werde wenn dieser Tag der großen Wäsche vorüber sei und er in seinen gutgeheizten Kneipen wieder seine Bierchen trinken und in seiner Wirtsstube unweit der Palmovka einkehren könnte... Kleines und was meinst du zu Vladimírek? Der schreibt mit seinen Druckplatten und Graphiken weiterhin Liebesbriefe an seine Dreherei und druckt immer noch seine adressierte Botschaft über all das was in den Werkstätten des ČKD einfach achtlos weggeworfen wird er verleiht dem eine Ordnung der Verliebtheit und mit seinen graphischen Blättern setzt er die Liebe zu all dem fort was wir nicht beachten was einfach ist wie das Wasser das auch keiner bemerkt das Wasser in einer Lache das Wasser in einem Kanal das Wasser in den Tümpeln und Sümpfen der Vorstädte Also Kleines was ich dauernd sage das Wesen wahren schöpferischen Schaffens besteht in einer immerwährenden Liebesbeziehung im Liebeshaß auf sich selbst und in der Suche nach dem hellen Strahl der uns Sinn und Ziel bedeutet weshalb wir hierher auf die Welt gekommen sind Darum existiert für mich und für Vladimír keine Zukunft keine glückliche Zukunft wir kümmern uns nicht darum ob wir einmal ein Atelier oder einen Schreibtisch haben ob wir mit unserer Kunst einmal unseren Lebensunterhalt verdienen werden genaugenommen machen wir keine Kunst im traditionellen Sinn denn unsere Kunst besteht in der Nicht-Kunst unserer Tage aus den Überbleibseln und Fragmenten dieser ungeraden Stunden stellen wir eine gerade und kreative Collage zusammen ein bißchen anders als wir vermutet hatten weshalb jede Graphik Vladimírs und jede Seite Text von mir nichts weiter ist und sie will auch nichts anderes sein als eine marginale Bemerkung zu dem Schönen das uns bei der Arbeit oder auf dem Weg dorthin auf dem Heimweg oder in der Kneipe beim Bier widerfährt Wie einen Liebesbrief in Fortsetzungen werden wir unsere unablässige Niederschrift eines vertraulichen Tagebuchs fortführen Und den Punkt hinter seiner Rede der ich nur mit Mühe folgte hörte ich als wuchtigen Handschlag mit dem er den Knopf der Waschmaschine reindrückte und ich hob den Deckel hoch und wütend quoll heißer Dampf heraus und als es mir gelungen war mit der großen Kelle den ersten Vorhang zu befreien folgte eine weitere Welle wütenden Dampfs und ich wandte mich ab und drehte den Kopf und mein Mann half mir auch noch den zweiten Vorhang in die mit frischem Wasser gefüllte Wanne zu legen und als die Vorhänge sich auf der Wasseroberfläche ausbreiteten wollte ich meinen Augen nicht trauen und auch mein Mann der sich die Ärmel hochgekrempelt hatte traute seinen Augen nicht als er den Vorhang in die Hände nahm und auseinanderfaltete sah er das gleiche wie ich der Vorhang war voller Löcher als hätte er in Salzsäure gelegen als sei er von den Zähnen eines wildgewordenen Hunds gerissen worden und da lief ich nur noch aus dem

Qualm der Waschküche hinaus meine Kleider dampften und drüben auf der Leine sah ich was ich mit Entsetzen erwartet hatte und von dem ich mir wünschte es wäre nicht geschehen die beiden trocknenden Leintücher waren genauso durchlöchert sogar systematisch ja regelmäßig zu einem Muster zerbissen wie absichtlich von einem Patronenhagel durchsiebt Und als erste Reaktion schoß mein Blut bis in die Haarspitzen und als zweite schaute ich auf die Fenster der Nachbarn auch nicht einer war da also nahm ich die beiden Leintücher hastig wieder ab und trug sie ins Haus und als sich der Dampf aus mir verflüchtigt hatte und meine von Scham übergossenen Augen sich beruhigten schaute ich mir die übrige Wäsche an und atmete erleichtert auf während ich hörte wie dort im dichten Qualm die Zentrifugalschleuder leer lief und mein Mann mit den Vorhängen im Wasser planschte sie nochmals hochhob gewiß nochmals betrachtete um sie wieder in die Wanne zu legen und ich hörte wieder Plätschern und rannte in die Waschküche und als ich den Dampf mit den Armen wie in einem vollgequalmten Raum den Zigarettenrauch zerteilt hatte sah ich wieder wie mein Mann sich wohlgefällig ergötzte und diese perforierten und zerlöcherten Vorhänge anschaute ... Das wird herrlich wenn Vladimír das sieht wird er vor Eifersucht platzen ... Du aber Kleines mußt ihm sagen daß wir aus diesen Vorhängen absichtlich ein Kunstwerk gemacht haben verstehst du ein Artefakt Und mit einem Mal fiel alles Entsetzen und alle Scham von mir ab auf einmal war mir wieder alles einerlei und ich hatte nur den Wunsch daß alles schon zu Ende sei und jetzt betrat mein Mann unsere Wohnung und legte neues Holz in dem Ofen nach der ausgegangen war er heizte wieder ein und ich hängte unsere alten Vorhänge auf Vorhänge wie mein Vater sie aus seinem Geburtshaus mitgenommen hatte diese Vorhänge die ich als Hochzeitsgeschenk erhalten hatte und ich schüttete Wasser ins Feuer öffnete das Fenster rieb die Waschmaschine und die Schleuder trocken wischte den Boden auf und ließ das Wasser aus der Wanne ablaufen und als es schon dämmerte und die Frau Slavíčková nach Hause kam und Kohle holen ging und mehrmals über den Hof schlurfte nur um sich an meinen Vorhängen und Leintüchern zu laben da wünschte ich ihr jedesmal guten Abend und mein Mann hatte in der Dämmerung bereits die Lampe angezündet er pfiff vor sich hin und ging einen Krug Bier holen und als die Frau Slavíčková nochmals vorbeikam schüttelte ich die zerlöcherten Vorhänge zurecht und erfreute mich an den Mustern und ließ die Frau Slavíčková die Qualität des Stoffs betasten und wiederholte stolz... Das ist Qualität fassen Sie sie nur an solche Vorhänge werden heute nicht mehr hergestellt... Und dann war es Abend und in unserem Ofen knisterte es und ich ging in die Waschküche um mich zu baden da es immer noch heißes Wasser gab und mein Mann holte Bier er hatte sich schon umgezogen und das Bett gemacht und als ich zurückkam fühlte ich mich durch diese große Wäsche irgendwie gestärkt vielleicht weil ich unsere Waschfrauen begriff denen ich als Kind und als junges Mädchen das Mittagessen in die Waschküche gebracht hatte erst heute hatte ich am eigenen Leib erfahren was so eine große Wäsche bedeutete... nur wird es bei mir nie mehr eine große Wäsche geben unsere Waschfrauen aber hatten davon gelebt diese Frauen damals waren dazu verdammt sich mit der großen Wäsche den Lebensunterhalt zu verdienen   Und dann lagen mein Mann und ich ausgestreckt nebeneinander im Bett und weder er noch ich hatten Lust diese Dinge zu machen wir wären nicht mal auf die Idee gekommen   Wir wünschten uns einfach nur dazuliegen und uns daran zu freuen wie wohlig unser ganzer Körper schmerzte und dann löschten wir das Licht und beobachteten wie der Widerschein der Ritzen im Ofen an der Decke zuckte wie ab und zu ein Lichtblitz durch die gesprungenen Spalten schoß und ich schloß die Augen und preßte mich mit dem ganzen Körper an meinen Mann...

Meist kam mein Mann mich von der Straßenbahn abholen mit der ich von der Arbeit aus meinem Hotel Paris zurückkehrte Mitunter kam er jedoch nicht und dann wußte ich sofort daß er zu Hause war im Bett lag zuviel getrunken hatte und sich schämte   Das war typisch für meinen Mann im nachhinein schämte er sich immer für diese Saufereien und wenn ich dann heimkam lag er lieber im Bett damit ich nicht sah wie er torkelte

Heute war er nicht gekommen um mich abzuholen und ich schritt durch die verlassene Straße Am Damm Niemand kam vorüber und als ich um die Ecke bog und schon die Gaslampe vor unserem Haus sah atmete ich erleichtert auf und zog den Schlüssel aus der Handtasche Da stürzte aus der Ludmillagasse ein Mann auf mich zu sein Hosenschlitz stand offen und er hielt sein Glied in der Hand ich lief los die Beine versagten und dieser Mann rannte hinter mir her er schnaufte schon fast in mein Haar und ich hörte wie er zischte und mit gedämpfter Stimme all das aufzählte was er mit mir anstellen wollte es war grauenhaft was er da sagte Manchmal redete auch mein Mann sehr unanständig wenn wir diese Dinge machten eigentlich alle Männer selbst mein Kleinod Jirka hatte mir wenn wir diese Dinge machten unanständige Sätze gesagt und er war geil gewesen wie ein brünstiges Wildschwein das alles gehörte aber wahrscheinlich zu dem was man Liebe nennt dieser Kerl in meinem Rücken redete jedoch auf mich ein und ich rannte bis zu unserer Tür konnte aber vor Schreck den klappernden Schlüssel nicht ins Schloß stecken der Mann stand ganz nah hinter mir onanierte und schleuderte mir weitere schreckliche Sätze nach in denen er mir versprach mich zu ermorden und ich stemmte mich wie gelähmt gegen die Tür und drückte die Klinke zum Glück war die Tür unverschlossen und ich stolperte in den dunklen Hausflur und als ich mich umdrehte um unsere Tür zuzuschlagen spritzte dieser Mann bereits seinen Samen gegen die Tür ich hörte noch wie er ihn mit der Hand auf die Klinke schmierte und bot meine letzten Kräfte auf steckte den Schlüssel ins Schloß und drehte ihn herum und dann stand ich an die Tür gelehnt da und als wüßte es dieser Mann da draußen auf der Straße zischte er nochmals von ganz nah seine unanständigen Sätze mit denen er wieder drohte mich zu vergewaltigen und danach umzubringen Und mit beiden Händen stützte ich mich gegen die feuchte Wand und als ich den Hof betrat war ich dermaßen schwach daß ich auf allen vieren von einer Stufe zur anderen kroch und da oben im Hof brannte auch schon Licht in unserem Fenster und als ich die Klinke herunterdrückte und in die Wohnung schwankte war alles genau so wie ich es erwartet hatte Mein Mann lag lächelnd im Bett er hatte die Decke bis zur Nasenspitze hochgezogen und erzählte mir gutgelaunt wer mich alles grüßen lasse und Vladimírek läßt dich grüßen und Standa und Vladimír Vávra und der Herr Vaništa und Pepíček Als er zu Ende geredet hatte wer alles mir Grüße schickte als er sah wie ich auf einem Stuhl zusammenbrach und mir die Tasche und die Schlüssel aus der Hand fielen und wie ich zitterte da wurde mein Mann nüchtern er setzte sich auf und ich bat ihn einen Lappen und die Schlüssel zu nehmen und dieses ekelhafte Zeug von der Klinke wegzuwischen und dann legte ich mich so wie ich war aufs Bett während mein Mann die Schuhe anzog lag ich in Kleidern auf dem Rükken im Ofen prasselte das Feuer ich zitterte und meine Zähne klapperten und mein Mann torkelte und ich hörte wie der Schlüssel im Schloß herumgedreht wurde und nach einer Weile kam mein Mann zurück und holte Stück für Stück aus mir heraus was mir in unserer Straße zugestoßen war... Und mein Mann hockte auf dem Bettrand und versprach wie immer mich gegen Mitternacht nicht mehr allein nach Hause gehen zu lassen und mich wieder abzuholen wie früher und dann saß er da und fing an sich selbst mit Vorwürfen zu überhäufen das kannte ich schon Schau Kleines was ist mein Leben schon Jeden Tag muß ich mich neu zusammenflicken Wenn ich nicht schriebe wenn ich meine intimen Tagebücher meine marginalen Bemerkungen nicht schriebe würde ich mich vielleicht erhängen aber nicht nur zum Schein wie Vladimír denn Kleines heute wie so oft in jeder Woche scheitere ich an meiner großen Begeisterung darüber wie schön doch dieses Leben ist und dann knallt mich dieses Saufen auf die Schnauze und ich muß meine zerschlagenen und verstreuten Glieder meine Membra disjecta wieder zusammensetzen auch heute bin ich am Boden und habe unentwegt das Gefühl ein schlechtes Schulzeugnis nach Hause zu bringen immer einen Vierer und manchmal einen Dreier in Betragen Ich weiß nicht mehr was ich mit mir anfangen soll ständig hab ich Bauchschmerzen und meine Därme verwickeln sich vor Angst und statt eines Magens habe ich eine Luftblase wie eine Wasserwaage Verzeih mir aber war dieser Kerl der dir nachgelaufen ist nicht zufällig Vladimír? Sagte mein Mann und ich lag in Kleidern auf dem Rücken und bereute es daß ich geheiratet hatte und das vielleicht einzig und allein um einen festen Wohnsitz und folglich auch meine unselige Arbeit zu haben schließlich hatten mir sehr viele Männer den Hof gemacht auch solche die schon gesetzteren Alters waren und eine Villa besaßen diese Männer waren nett ich aber hatte Jirka meinen Jazzgitarristen diesen Playboy ich hatte ihn geliebt und liebe ihn eigentlich immer noch denn sobald ich heute im Radio oder sonstwo eine Gitarre spielen höre sehe ich immer Jirka im Smoking vor mir wie er in diesen Lokalen mit seiner Kapelle musizierte Jirka konnte auch Klavier spielen und zwar so gut daß er in der Kapelle statt Gitarre auch Klavier spielte und dabei war er immer appetitlich auch als er schon mit anderen Weibern herumzog es war mein Fehler daß ich eifersüchtig war weil ich zu Hause manchmal so lange warten mußte bis er von seinen Verehrerinnen zu mir zurückkehrte Und vor allem hatte Jirka nie so viel getrunken er wußte wann er einen Kaffee bestellen mußte er war ein bißchen wie die Italiener die zwar auch trinken wären sie aber einmal so betrunken wie mein Mann würden sie vor Scham im Erdboden versinken denn alle Italiener schämen sich wie Jirka für ihre Betrunkenheit So lag ich auf dem Rücken atmete tief durch und mein Mann schlug sich auf die Brust und bat mich Schau Kleines verzeih daß ich aus unserer Bude eine Ausnüchterungszelle gemacht habe daß ich mir Vorwürfe mache jetzt da ich auf dem Boden der zehn Gebote einer psychiatrischen Klinik angelangt bin sie herrschen in mir als mein Hauslehrer doch was nützt mir das wenn ich morgens kaum habe ich mich ein bißchen erholt wieder ein Glas trinke damit meine Hände nicht zittern und habe ich das zweite Gläschen geleert bin ich schon wieder ein Weltmeister und freue mich meines Lebens und vor allem darüber daß ich dieses neue Leben bereits angefangen habe Kleines was ist denn überhaupt mein neues Leben dieser winzige Ausschnitt aus der Ewigkeit? Er schlug sich mit beiden Händen auf die Brust und hatte eine ekelhafte Bierfahne und rings um den Mund herum war er gelb wie dieser widerliche unrasierte Trunkenbold Hanťa der um den Mund herum so gelb war als hätte er Eigelb gegessen genau wie mein Mann der jetzt neben mir saß

Mein Jirka aber hatte täglich ein frisches Hemd getragen und alles mußte wie aus einem Modejournal adrett sein wie ein Zuckerl er hatte schönes Haar und wenn er vom Friseur kam sah es immer aus als sei es überhaupt nicht geschnitten worden so eitel war er mit seinem Haar das er wie ein Fräulein tragen mußte und zwei Smokings hatte er einen silbrigen und einen schwarzen und trat er nicht mit seiner Kapelle auf trug er eine graue Hose eine braune Lederjacke ein Hemd oder einen Pullover der farblich zu den Socken paßte vor allem aber stand Jirka alles indes mein Mann sogar im Hochzeitsanzug so aussah wie jetzt als hätte er in einem Straßengraben gelegen und von neuem fing er an sich mit seinem Monolog vor mir aufzuspielen

Schau Kleines was ist denn mein Leben eigentlich? Nichts weiter als ein Blasebalg nicht mehr als das Ein- und Ausatmen himmelhohe Euphorie und danach wie gehabt ein Kater so wie der Tag auf die Nacht folgt und nach Sonnenschein Bewölkung und Regen kommen jetzt weiß ich es ich bin ein Mensch der hier in diesem Mitteleuropa leben muß in einem Land wo acht Monate lang ein kalter Wind bläst und es regnet weshalb ich wie Vladimír ein Mensch bin der wetterkrank ist wie auch die Sudetendeutschen und die Schweden sagen deshalb trinken wir so viel und darum gibt es so viele Selbstmorde Und ich weiß das alles im voraus ich leide unterm Wetter und muß ständig etwas Unangenehmes sagen Jeden Tag muß ich jemanden beleidigen und das stört mich nicht einmal Jetzt weiß ich es ich muß vor allem mich selbst beleidigen und ohne es zu wollen krame ich aus meiner Vergangenheit unentwegt die Ereignisse hervor von denen ich glaubte sie seien längst begraben doch sie stehen wieder auf von den Toten und ich bin ihnen wehrlos ausgeliefert wie all diesen Kätzchen bei uns zu Hause die immer ich töten mußte und all diesen Mädchen die ich verletzt und verlassen habe vor allem bin ich jedoch wehrlos gegen all meine Schuljahre als ich so entsetzliche Zeugnisse nach Hause brachte daß alle in Tränen ausbrachen und meinetwegen zusammenklappten Was wird aus mir? klagte mein Mann über mir und kümmerte sich einen Dreck um das was ich dazu meinte Ich die ich mich von ihm abwandte weil er nach Alkohol stank und vor allem weil er dieses betrunkene Gefasel ausspuckte und sein

Gesicht allem Möglichen glich nur dem nicht was er selbst von sich dachte daß er nämlich ein Schriftsteller sein werde daß er genaugenommen schon jetzt ein Bestseller war der kluge Belehrungen verschenkte als hätte er schon einige Bücher ja sein ganzes Werk hinter sich als erteilte er nur noch Ratschläge wie einfach es sei Schriftsteller oder Künstler zu werden   Und ich liege hier mit ihm in einem Zimmer in einem Bett neben einem Ofen in einem Zimmer mit einem Klo das draußen im Hof ist und wohin zu gehen für mich ein Unglück bedeutet denn nachts zieht immer kalte Luft durch diesen Hof und so liege ich hier in der Tat geschändet als hätte dieser Kerl von der Straße wirklich mit mir angestellt was er versprochen hatte als hätte er mich vergewaltigt und letzten Endes wäre dies vielleicht besser für mich gewesen als all das jetzt mein Mann redete über sich wie irgendein Laureat der in der Altstoff-Sammelstelle der Spálená-Gasse arbeitete und sobald er Zeit hatte in die Kneipe ging der überall war nur nicht zu Hause an der Schreibmaschine um das niederzuschreiben wovon er ständig laberte   Jirka hingegen war ein Profi wenn er nicht mit seiner Kapelle musizierte übte er jeden Tag einige Stunden er spielte Klavier und versuchte zu komponieren   Und ich lag ohne ihn hier wie im Bahnhofswartesaal in Chust und wäre tatsächlich lieber im Bahnhof von Chust als hier denn käme irgendein Zug könnte ich einsteigen und an einen beliebigen Ort fahren um nur nicht Am Damm in diesem Zimmer zu liegen in dem dieser betrunkene Mensch wohnte der mein Mann war und jetzt über meinen Blick erschrak als ich mich aufrichtete und den Kopf auf die Ellbogen stützte und ihn voll Abscheu anschaute als sähe ich ein Schweinchen oder einen der Käfer die in unserem Hof unter Steinen oder heruntergefallenen Ziegeln hausten   Mein Mann faßte sich am Kopf und schrie   Im Grunde ist mein Leben ein einziges Fegefeuer ich bin es der ohne Unterlaß von einer Lanze aus Vorwürfen getroffen wird ich bin dauernd von Spiegeln umzingelt vor denen ich mich fürchte und dennoch kann ich nicht anders als mich darin zu betrachten ich bin schon fähig einen Blick in den Spiegel zu werfen und mich von der anderen Seite der Dinge zu sehen   Ich sehe mich durch ein Schlüsselloch in einem verlassenen Zimmer und ich sehe mich als kleinen

Jungen der Angst hat nach Hause zu gehen   Es ist aber noch schlimmer ich sehe daß ich nachgerade ganz allein bin niemand hat mehr Freude an mir und vor allem ist mir niemand mehr böse und niemand weint mehr über mich niemand schimpft mich aus niemand bricht meinetwegen zusammen denn ich bin abgeschrieben alle scheinen dies zu wissen und keiner hat die Hoffnung mehr ich könnte mich bessern und ein neues Leben anfangen und per definitionem dorthin gelangen wofür ich geboren wurde weil ich vermutlich meine Talente schon vorzeitig vertrunken und verpraßt habe ... Und ich bekam Schüttelfrost und Fieberschauer und zog die Decke über den Kopf und mein Mann legte sich neben mich auch er lag in Kleidern da und versuchte nicht unter der Decke zu mir zu kommen er wußte wahrscheinlich daß ich ihn nicht ertragen daß ich ihn aus dem Bett getrampelt hätte und möglicherweise lieber wieder auf die Straße gegangen wäre daß ich vielleicht lieber mit diesem Irren zusammengewesen wäre der mir nachgelaufen war und onaniert hatte und schließlich seinen Samen auf unsere Tür Am Damm Nummer vierundzwanzig geschmiert hatte ...

Was hab ich mir da eingebrockt was hab ich mir da eingebrockt mein Mann behauptete von sich der geborene Handwerker zu sein für ihn sei nichts ein Problem   Und so bat ich ihn ein Regal zu basteln so ein kleines Speisekämmerchen in dem schmalen aber hohen Fenster das Außenfenster könnte man dann offenstehen lassen und ich würde auf den Regalbrettern in Geschirrtuch eingewickeltes Brot und das Schmalztöpfchen die Butter und die Konserven aufbewahren   Und so brachte mein Mann irgendeinen Pepíček aus Schlesien als Hilfsarbeiter mit nach Hause und dieser Pepíček machte seine Vorschläge für dieses Regal für dieses künftige Speisekämmerchen und mein Mann zerriß eine Mehltüte und zeichnete darauf zusammen mit Pepíček auf dem Fußboden die Pläne und er prahlte damit daß er die Realschule erfolgreich absolviert habe und die Lehrer ihm dort darstellende Geometrie und Mathematik beigebracht hätten   Also zeichneten er und Pepíček und dazu tranken sie

Bier aus dem Krug und als sie das Gestell und die querlaufenden Brettchen entworfen hatten gratulierten sie sich gegenseitig und begossen diese Skizze mit einem Schnaps Und mit einem Maßband mußte ich für sie die Zentimeter zwischen den Fensterrahmen ausmessen ich mußte alles ausmessen denn als ich sah was die beiden auf dem Fußboden gezeichnet hatten da bemerkte ich auf den ersten Blick daß es Blödsinn war Und ein paarmal wäre ich fast über Pepíček mit seinen merkwürdigen Angewohnheiten gestolpert Jedesmal wenn er über was nachdachte mußte er in die Hocke gehen und saß dann wie ein großer Vogel da Ohnehin war dieser Pepíček unglaublich klein und wenn er sich dazu noch auf die Fersen kauerte wie ein Buschmann war er nicht größer als ein Stuhl ja als ein Schemel und immer behielt er seinen Hut auf Dieser Hut war aus Plüsch und sah aus als stammte er aus einem vergangenen Jahrhundert und Pepíček trug diesen Hut bis auf die Augen gedrückt und lächelte dabei unablässig und rauchte und rasierte sich vielleicht einmal die Woche folglich hatte er einen Stoppelbart und nur seine Augen lächelten in einem fort doch war es eher ein schuldbewußtes Lächeln... Und dann war die Hölle los denn die beiden hatten reichlich Zeit für ihre Arbeit immer wieder gingen sie in eine Tischlerei um sich ein Brettchen zurechtsägen zu lassen und kehrten dann ohne Brettchen zurück dafür lächelten sie und rochen nach Bier und Brandy Und während mein Mann noch bei der Arbeit war saß Pepíček schon in der Hocke vor der Schwelle unserer Wohnung er rauchte hatte die Ellbogen auf die Knie gestützt er rauchte und sein Hut war so groß daß es bei Regenwetter aussah als hätte er sich in einen aufgespannten Regenschirm verwandelt Als ich einmal dem Herrn Vaništa begegnete fragte mich dieser sehr ernst was wir in unserer Wohnung denn für Tischlerarbeiten machten ob wir in unserem einen Zimmerchen eine Trennwand errichteten oder eine Küchenecke abteilten und als ich erschrak und fragte weshalb da sagte mir der Herr Vaništa daß Pepíček Sviatek schon jahrelang bei ihm zu Mittag und zu Abend esse sein Stammgast sei in letzter Zeit wäre er aber derart euphorisch und trinke auf die Rechnung des Doktors also meines Mannes Brandy und erzähle mit leiser Stimme von diesen gewaltigen

Tischlerarbeiten die er zusammen mit meinem Mann in unserem Zimmer verrichte   Und nach fast einem Monat brachten mein Mann und Pepíček vier dünne Leisten die so hoch waren wie unser Fenster unser künftiges Speisekämmerchen und als sie sahen daß sie die drei Prismen fast präzis zurechtgesägt hatten da freuten sie sich über alle Maßen und verteilten eine kleine Flasche Brandy auf zwei Tassen kochten Kaffee und Pepíček sprang auf einen Stuhl und saß darauf wie auch am Boden er kauerte in der Hocke und hatte den Hut immer noch auf dem Kopf und rauchte ununterbrochen lächelnd und mein Mann gratulierte ihm daß der Himmel uns solch einen Handwerker ins Haus geschickt hatte   Und dann ging mein Mann um sich einen Hammer auszuleihen und kaufte lange Nägel und es dauerte eine Ewigkeit bis er wieder heimkam und wieder roch er nach Bier während Pepíček mit den Ellbogen auf den Knien wie ein Kormoran ein Geier dasaß vielleicht schlief er so in sich gekehrt wie ein zusammenschiebbarer Taschenschirm   Und mein Mann machte sich daran diese Leisten in die Rahmen des künftigen Speisekämmerchens einzupassen das war typisch für ihn plötzlich hatte er sich in den Kopf gesetzt die verstopften Ofenrohre ins Freie zu tragen da der Ofen schlecht ziehe also müßten die Rohre hinausgetragen und die Asche direkt in den Mülleimer geschüttet werden und das müsse er machen solange Pepíček noch hier sei dann seien sie für diese Arbeit zu zweit

Und ich wußte schon im voraus daß dies wieder eine groteske Komödie aus einem amerikanischen Stummfilm sein würde denn vor meiner Hochzeit mit meinem Kleinod hatte er damit es in der Wohnung warm werde den Ofen in eine Ecke gestellt und weil der ehemalige Kamin der Schmiede in der anderen Ecke stand hatte er ganze Bündel von Rohren gekauft und sie durchs Zimmer gezogen und damit diese Rohre nicht durchbrachen hatte er sie mit Drähten an der Decke befestigt   Und Pepíček Sviatek sagte wozu die Rohre ins Freie tragen es genüge wenn mein Mann eine Bockleiter und einen Kaminfegerbesen bringe er würde den Besen von der Leiter aus ins Rohr stecken und den Ruß bis in den Knick überm Kaminherd stoßen dann könne der Durchzug diesen in den Kamin absaugen schließlich sei dieses Haus früher eine Schmiede gewesen und hier habe die

Esse gestanden Und zum Beweis dieser Zugkraft sprang Pepíček vom Stuhl und klopfte dort wo der Kamin war den Kontakt ab als Pepíček jedoch ungeduldig dagegen pochte regnete die Asche in die Küche sie wirbelte hinein und reichte Pepíček bis zu den Knien er lächelte und freute sich darüber daß die ganze Asche nun in der Küche lag wozu also noch die Rohre putzen? Und ich stand da und war rot vor Scham mein Mann jedoch freute sich und lief in den Hof hinaus und brachte eine hohe Bockleiter und stellte sie unter die Rohre jetzt zog er am Kontakt und die an doppelten Drähten befestigten Rohre neigten sich und mein Mann stieg hinab nahm ein Stück Zeitung und Streichhölzer und nachdem er das Papier in die runde schwarze Kaminöffnung gestopft hatte begann es zu brennen so gut war der Zug daß die Zeitung unter großem Geraschel in den Kamin gesaugt wurde und Pepíček Sviatek und mein Mann lauschten diesem Geräusch und ergötzten sich daran Ich ging zur Sicherheit ins Freie und schaute durchs Fenster hindurch zu wie dieser Ofen gereinigt werde denn bisher hatte alles was mein Mann in die Hände genommen hatte ein schlechtes Ende genommen ganz ähnlich wie damals als er die Beine der beiden Stühle auf dem Dach zurechtgesägt und das Gefälle des Dachs noch vergrößert hatte statt die Neigung auszugleichen und er hatte alles nochmals ausmessen und in der Novákstraße dann neue Stühle und ein neues Tischchen kaufen müssen Und dann kamen mein Mann und Pepíček Sviatek auf die Idee an den Rohren zu ziehen und sie von den Drähten zu befreien es wäre das beste sagten sie diese Rohre in die Kaminöffnung zu stecken und dann einen mit Petroleum getränkten Lappen hineinzustopfen und ihn anzuzünden der Zug im Kamin würde alle Asche zusammentreiben und sie durch den Kamin aufs Dach und bis hinauf in den Himmel schleudern
Also zerknüllte Pepíček Sviatek eine Zeitung und mein Mann war begeistert über diesen wunderbaren Einfall er rückte die Bockleiter zurecht und zog die Rohre aus dem Knick über dem Ofen und steckte sie in den Kamin und Pepíček holte vom Klo eine Flasche mit Alkohol wie mein Mann es ihm befohlen hatte und schüttete ihn auf die zerknüllte Zeitung trippelte wieder in unsere Wohnung zurück und streckte seine Hände in die Höhe

reichte aber nicht bis zu dem Punkt zu dem sich mein Mann hinunterbeugte... Pepíček langte nicht bis zu den Fingern meines Mannes und als er sich auf die Zehenspitzen stellte stürzte mein Mann kopfüber von der Leiter und riß Pepíček um ein Weilchen wälzten sich die beiden auf dem Boden bis mein Mann sich wieder aufrichtete und die mit Alkohol vollgesaugte Zeitung festhielt auf die Bockleiter stieg und sie auseinanderfaltete dann schob er das alkoholgetränkte Papier ins Rohr zündete ein Eckchen an und stieß die brennende Zeitung mit dem Stiel des Kaminfegerbesens so tief wie er konnte in die vier untereinander verbundenen Rohre   Pepíček Sviatek lauschte mein Mann lauschte und ich sah von draußen durch unser Fenster zu und lauschte ebenfalls und jetzt zog mein Mann diese an Drähten aufgehängten Rohre wieder zu sich um nachzuschauen was darin passiert war und in diesem Augenblick kam es in diesen Rohren zu einer Explosion sie schnellten so weit weg wie die Drähte es zuließen und aus der Mündung die mein Mann neben seinem Gesicht in der Hand hielt knallte und spritzte die Asche ihm direkt ins Gesicht und auf sein weißes Hemd   Das war übrigens typisch für meinen Mann selbst wenn wir nach Nymburk fuhren zog er nur widerwillig eine saubere Hose einen sauberen Pullover und neue Schuhe an und auch dort begann er sofort und so wie er war zu gärtnern oder das Gemüse aus einem langstieligen Schöpfer mit Jauche zu begießen und erst wenn er sich völlig versaut hatte zog er die Arbeitskleider über und ausgerechnet heute trug er ein frisches Hemd und die graue Hose denn als er mit Pepíček Sviatek diese schmalen Bretter für unser Speisekämmerchen holen ging mußte er in Gala sein weil die beiden immer auf ein Gläschen in der Stehbar La Paloma einkehrten und jetzt war mein Mann über und über von Ruß bedeckt das wäre ja noch nicht so schlimm doch sein ganzes Gesicht war ebenfalls verschmiert so daß er kaum noch etwas sah er kletterte von der Bockleiter und Pepíček Sviatek mußte ihm die Hand reichen ich eilte herbei brachte Wasser und mein Mann wusch sich die Augen aus er blinzelte nur noch und stieg dann schwarz und schmutzig wieder auf die Leiter um zu horchen und tatsächlich war im Rohr kein Ruß mehr er kletterte hinunter nahm Streichhölzer und riß einen Fetzen Zeitungspapier ab und als er vor der Mündung des Rohrs eine Ecke Rudé Právo anzündete da hatte dieser Kamin einen solchen Zug daß er die brennende Zeitung genüßlich und frohgemut hochsog und mein Mann stand auf der Bockleiter und produzierte sich mit theatralischer Geste und stieg dann wieder hinunter und die beiden Männer gratulierten sich gegenseitig Und wieder kletterte mein Mann auf die Leiter und schob sein System von Patentrohren in den Knick und Pepíček Sviatek nahm vom Ofen eine Schaufel und schaufelte die Reste aus dem Kaminfuß ins Zimmer in das schon vier Eimer Ruß geschüttet waren doch selbst das war ihm noch zu wenig er streckte seine Hand mit der Schaufel in den Ofen rumorte dort herum zog die schwarze Hand dann heraus schüttelte ungläubig den Hut und dann ertönte ein Donnern und aus dem breiten Kamin aus dem der Ruß vermutlich nicht mehr entfernt worden war seitdem die Schmiede ihren Betrieb eingestellt hatte stürzte der seit damals angesetzte Ruß aus der oberen Kaminöffnung nach unten und begrub Pepíček Sviatek mitsamt seinem Hut so unerbittlich daß sogar mein Mann erschrak und vorsichtig auf diesen Rußberg zuging und als Pepíček sich in ihm aufrichtete tauchte zuerst sein Hut auf und dann die Hand und mein Mann reichte ihm seine und zog ihn aus diesem Berg heraus und dann stampften sie beide und liefen um den Tisch herum stampften abermals und verteilten den Ruß im gesamten Raum er wirbelte bis zur Glühbirne empor es wurde dunkel als blickte ich durch schwarzen Organtin wie durch einen Witwenschleier in meine Wohnung Und die beiden gratulierten einander und beschlossen zum Herrn Vaništa zu gehen um im Ausschank im Flur dort alles zu begießen zunächst wollten sie jedoch durch die Brandopfer Gasse gehen in der es immer zog um sich ein bißchen auszulüften und mein Mann bat mich diesen Dreck ein wenig zusammenzukehren damit ich einheizen und einen großen Topf auf den Herd stellen konnte ich könnte auch schon im Waschhaus einheizen denn er müsse ein Bad nehmen Und ich wußte weshalb ich jetzt unsere Wohnung aufräumen mußte mein Mann hatte nämlich eine Rechnung mit mir zu begleichen als ich gestern festgestellt hatte daß weder gemahlener Pfeffer noch Paprika im Haus war da erbettelte ich in unserem Hotel ein bißchen Pfeffer und Paprika von den Köchen und die Köche schlugen alles in Servietten ein und als ich es am Abend mit nach Hause brachte und bestimmt je ein Viertelkilo davon auspackte so viel hatten unsere Köche mir nämlich spendiert da nahm ich die vier Papierservietten zerriß sie gedankenverloren und warf die Fetzen in unsere Toilette und als mein Mann in der Nacht aufs Klo ging und ich bereits im Bett lag und einen Liebesroman las da ertönte im Hof ein Gebrüll und Kreischen und Fluchen ich setzte mich auf und machte große Augen als ich in den Hof hinauslief und Licht machte rannte dort mein Mann mit heruntergelassener Hose herum und jammerte und schrie ich glaubte im ersten Augenblick es sei ihm etwas Furchtbares zugestoßen er habe sich auf die gesprungene Schüssel gesetzt und den Hintern oder sogar diese seine Dinger zerschnitten mein Mann aber brüllte weiter und als er sich die Lunge aus dem Leibe gebrüllt hatte und schon Frau Slavíčková in der Unterwäsche im ersten Stock stand und gegenüber bei Lizaj das Fenster aufflog und Lizajs und Sláveks Schatten sich hinauslehnten da hob mein Mann die Stimme und schrie Wer hat Pfeffer und Paprika ins Scheißhaus gestreut? Das war gestern gewesen und mein Mann hatte es mir ungewollt zurückgezahlt er war heute genauso unschuldig wie ich und diese Papierservietten mit den Resten von scharfem Paprika und Cayennepfeffer es gestern waren Und ich zuckte mit den Schultern und wollte mich gerade daranmachen zu kehren als im Fenster Vladimír erschien und vor Interesse schnurrte er schnurrte mit den Augen als er dieses Chaos sah ganz ergriffen stand er im offenen Fenster und als mein Mann seinen bewundernden Blick auffing lockte er Vladimír näher Kommen Sie nur Vladimírek treten Sie ein! Damit Sie sehen was für ein Spießbürger ich bin wie Sie immer behaupten nur den Hausmantel überwerfen und die Pantoffeln anziehen! Kommen Sie nur das schauen was sonst allenfalls ein Allan Caprow gerade mal zustande bringt... Mein Frauchen und ich haben ein Happening veranstaltet verstehen Sie wissen Sie überhaupt was ein Happening ist? Pepíček und ich haben hier allerdings nichts mehr zu suchen in unserer Aufmachung deshalb verschwinden wir jetzt ins La Paloma doch für Sie ist das nichts in dieser Bar unterhalb der Palmovka gibt es hübsche Frauen und die Soldaten gehen mit ihren Mädchen dorthin denn hinter dem Ausschank gibt es eine Umzäunung mit einer Reklametafel Heu Hafer Stroh und wer fürs Hotel Nitra kein Geld hat geht sein Flittchen dort ficken nein Vladimír das ist nichts für Sie papapa und wenn Sie wollen können Sie meinem Frauchen ein bißchen zur Hand gehen   Und Vladimír war so groß daß er wenn er durch unsere Straße ging fast die Gaslaternen streifte jetzt aber war er bei dem was er in unserem Zimmer gesehen hatte plötzlich ganz klein irgendwie war er demütig geworden er stotterte und schritt um den Haufen alten Rußes herum   Das hätte ich vom Doktor nie erwartet   Junge Frau ich habe doch hier gewohnt ich habe hier in tiefer Nacht meine Tagebücher geschrieben   Nein junge Frau zu so was hätte nicht einmal ich mich durchgerungen   Das ist ein schöner Saustall ein schöner Puff und schauen Sie nur wie herrlich dieser Ruß ist   Junge Frau haben Sie jemals etwas Schöneres gesehen? Und wissen Sie junge Frau Ihnen zu Ehren werde ich jetzt Rußgraphiken anfertigen ich werde eine Serie Graphiken zu Ehren dessen machen was ich hier sehe... Nicht Sie werden saubermachen Sie werden mir nur helfen ich will diesen Ruß selbst aufnehmen und wegtragen junge Frau nehmen Sie und holen Sie einen Krug Bier ich werde inzwischen die Schönheit dieses Rußes hier genießen   Sagte Vladimír stotternd und fiel auf die Knie er streckte die Hände aus und liebkoste diesen lockeren Ruß er war fein wie gemahlener Kaffee zart wie Maulwurfshügel auf der Wiese   Und ich war starr vor Schreck daß einer in unser Zimmer schauen könnte wo Vladimír neben einem Rußhaufen am Boden kniete dieser Vladimír der vom Ein- und Ausatmen schon rußige Nasenlöcher hatte   Und als ich zurückkam traf ich Vladimír immer noch in der gleichen Stellung an er kniete vor dem Rußhaufen und hatte in den Händen Ruß er hielt ihn hoch bis vor die Augen jetzt zog er seine Brille aus der Aktentasche und betrachtete den Ruß und immer wieder lächelte er und ich wünschte mir daß Frau Slavíčková ans Fenster käme und Lizaj ans Fenster träte um unseren Saustall zu sehen und Vladimír redete liebevoll vom Ruß als suchte er in diesen Sätzen all das was er mit dem Ruß anstellen würde

Und dann geschah das was ich erwartet hatte ich kniete neben Vladimír wir hatten beide einen Eimer und nahmen sorgfältig den Ruß auf als Lizaj plötzlich in der Tür stand und sich mit den Fingern durchs Haar fuhr und erschrocken sagte Mein Gott was ist denn hier passiert? Darauf hatte ich nur gewartet und erwiderte Vladimír und ich spielen hier Rußbewundern wie schön kann er doch sein nicht wahr Vladimír? Ich stand auf und trug einen Eimer Ruß ins Freie und Lizaj konnte gerade noch zur Seite springen bevor ich ihr den Morgenrock schmutzig machte und sie lamentierte ... Ach wenn dein Papa das sähe! Und wo ist dein Mann? Vladimír sah mich an und vielleicht sagte ich deshalb als sei nichts dabei ... Er ist mit Pepíček Sviatek in die Stehbar La Paloma gegangen dorthin wo die Soldaten ficken gehen ... Was? fragte Lizaj erschrocken ... Ich habe ficken gesagt wiederholte ich und Vladimír sah mich verliebt an und Lizaj fing seinen bewundernden Blick auf und ich schloß das linke Augenlid und zwinkerte kokett ...

Mein Mann liebte Kinder Kaum verließen wir unsere Bude schien es als ziehe er Kinder geradezu an Schon von weitem schauten diese Kinder ihn an und mein Mann lächelte ihnen zu es kam aber auch vor und da hätte ich vor Scham im Erdboden versinken mögen daß mein Mann irgendeinem Kind aus heiterem Himmel eine prachtvolle Ohrfeige und einem anderen eine Kopfnuß versetzte und wenn wir an der Rokyta entlangliefen fragte mein Mann die Kinder Willst a Watschen? Und wenn das Kind nickte gab mein Mann ihm einen zärtlichen so einen freundschaftlichen Klaps und jedes Kind schloß die Augen und lächelte selig denn mein Mann liebte Kinder und er schlug sie zärtlich und weil er alle diese Kinder liebte versetzte er sich in sie hinein und wurde eines von ihnen und betrachtete deshalb die Welt mit den Augen eines Kindes Wir gingen immer in der Nachmittagssonne spazieren einmal in der Woche machte ich mit meinem Kleinod einen Spaziergang mein Mann war im Grunde genommen ein Kind er lief immer vorneweg und ich spazierte wie eine anständige Frau auf dem schmalen Weg hinterher derweil er zur Rokyta hinunter in die Sonne hineinlief und ich wie alle anderen im Schatten der dichtbelaubten Kastanien und Linden und Pappeln vor mich her schritt planschte mein Mann im Wasser der Rokyta und wusch sich das Gesicht um dann wieder zu mir zu rennen und mir wie gewohnt vorauszulaufen und Kinder anzusprechen ihnen Ohrfeigen zu verpassen und plötzlich liefen einige Kinder zusammen mit meinem Mann los zu den anderen Kindern auf die große Wiese unterhalb des Schloßbergs hier gab es wunderschöne Pfade die kletterten in die Höhe verschwanden und tauchten voller Sand zwischen Bäumen Büschen Blumenbeeten wieder auf mitten in der Wiese dort waren ein großer Sandplatz und kleine Bänke verstreut auf denen Mütter und Großmütter und all jene saßen denen man diese Hunderte von Kindern anvertraut hatte die an der Hand oder im Kinderwagen hierherkamen Die Kinder im Wagen mochte mein Mann vor allem denn sobald die Mütter einmal wegschauten schnitt er Grimassen und die Kinder hätten über meinen Mann verrückt werden können Sie lehnten sich zu meinem Mann hinaus kippten immer wieder vornüber und nur weil sie angeschirrt waren hingen sie ein Weilchen mit dem Kopf nach unten in der Luft manchmal schaffte mein Mann es trotz allem daß so ein Kindchen den ganzen Wagen umkippte dieser stürzte auf die Seite und mein Mann lief dann schnell herbei und half dem Kinderwagen wieder auf die Räder und er tröstete die Mütter daß auch er als kleines Kind oft aus dem Wagen gefallen sei oder die Amme ihn aufs Kopfsteinpflaster habe plumpsen lassen es sei ihm aber nichts passiert Und noch ein Laster hatte mein Mann alle Augenblicke nahm er einem Kind mal ein Butterbrot mal eine Semmel weg und ehe man sich's versah hatte er den Happen heruntergeschlungen ich entschuldigte mich bei den Müttern mein Mann jedoch lachte wühlte in seinen Taschen und gab dem weinenden Kind fünf manchmal sogar zehn Kronen als Entschädigung weil er ihm das Butterbrot oder die Semmel weggegessen hatte Und so ging auch ich mit meinem großen Kind spazieren ich die ich immer noch kein Kind hatte und vermutlich keine Kinder bekommen konnte denn wenn wir diese Sachen machten paßte mein Mann nie auf wir machten das immer ganz scharf und ich wurde nicht schwanger ich war nie schwanger gewesen und interessierte mich nicht für Kinder ich hatte zu Kindern nie so eine Beziehung gehabt wie mein Mann   Also war mein Mann mein Kind geworden   Kinder waren aber doch noch etwas anderes   Er verging fast wenn sie spielten verging fast wenn er sah wie sie mit Bakelitflinten und Bakelitmaschinengewehren und Bakelitrevolvern und Bakelitparabellumpistolen spielten

Wenn er den spielenden Kindern in dem schönen Schloßpark zuschaute wenn er sah wie sie auf den Bäumen herumkletterten und aufeinander schossen wie sie sich auf den Ellbogen ins Gestrüpp robbten wo von der anderen Seite ebenfalls Kinder gekrochen kamen   Wenn er sah wie auch kleine Mädchen sich grüppchenweise hinter Baumstämmen versteckten und auf die anderen feuerten zwar nur aus Bakelitwaffen die für diese Kinder jedoch richtige Waffen waren dann hüstelte und kicherte mein Mann und er schaute sich die Mütter und all die Leute an die auf den Bänken saßen und auf die ihnen anvertrauten Kinder aufpaßten es wäre ihnen niemals in den Sinn gekommen sich über diese Kinderspiele aufzuregen wie mein Mann es tat wenn er mir leise ins Ohr zischte ... Sieh dir nur diese Hunderte von Kindern an wie sie das aus Filmen abgeguckt haben sieh dir nur diese Bengel an wie sie sich verstecken sieh dir diese Schlingel an wie sie einander respektieren wenn einer erschossen hinfällt geht der Schütze gehen die Schützen langsam auf ihn zu und zwar immer mit gezückter Bakelitpistole denn der am Boden Liegende hätte ja nur so tun können als sei er tot Schau nur wie dieser ganze schöne Garten mit Krieg spielenden Kindern bekränzt ist und was für Griffe diese Lausbuben beherrschen   Und siehst du dort das ist der Gipfel dort spielen sie Konzentrationslager sie treten einem am Boden Liegenden gegen den Kopf und zerren ihn hinters Gebüsch und wie diese unschuldigen Kinder die Kniffe und den Drill der SS abgeguckt haben   Mein Goldmädchen flüsterte mein Mann mir zu wo immer man hingeht selbst in der Straßenbahn zücken Kinder mir nichts dir nichts eine Bakelitpistole und zielen im Schutz der mütterlichen Schulter direkt auf dich und drücken ab und aus ist es! Und für so ein unschuldiges Kind sollte ich eigentlich tot sein   Aber unsere Bengel unsere lieben Kinder unsere süßen Kinderlein spielen schließlich nur ach Gott lassen wir sie doch spielen wann soll ein Kind denn sonst spielen wenn nicht als Kind? sagen diese Mütter und alle denen man die Kinder anvertraut hat zu mir   Nur werden die Kinder einmal das sein was sie gespielt haben   Kleine Mädchen die mit Puppen und Puppenhäusern gespielt haben werden später wenn sie erwachsen sind tatsächlich Kinder haben und unsere Bengel die seit sie denken können Soldaten Räuber und Gendarm spielen welch ein Ende werden alle diese Generationen nehmen? Schau nur diese Rabauken führen Krieg einen gnadenlosen Kampf gegen den Feind diese Kinder hier spielen Konzentrationslager und die Erwachsenen plauschen oder dösen vor sich hin sie sitzen da und schauen ihren Schätzchen zu wie schön sie doch spielen diese Kinder spielen und keiner sieht daß sie die Spiele ernst nehmen und ihre Schlachten später mit genau der Begeisterung und mit solcher Verve führen werden wie einst als sie noch als kleine Kinder spielten... Sagte mein Mann lächelnd und zuckte mit den Schultern er breitete die Arme aus ich aber verstand ihn nicht und dann blieb er oberhalb eines sandbedeckten Kinderspielplatzes wieder stehen das hier waren Oasen einer verlorenen Zeit nur einige Dutzend Kinder spielten mit Eimerchen und Schäufelchen sie schütteten scheinbar sinnlos Sand zu Hügeln auf einige Kinder legten Gärtchen an statt eines Zauns steckten sie Zweige und Steinchen in den Sand und mein Mann sah ihnen interessiert zu setzte sich dann neben mich und flüsterte   Sieh nur ich kann dir heute schon sagen was aus diesen Kindern wird wenn sie erwachsen sind dieses Mädchen dort wird schon mit siebzehn von irgendeinem Kerl vollgemacht sie ist eine gutgläubige Seele und der Junge da wird es zu nichts bringen aus dem wird ein Bürogummi er wird schüchtern sein und ein Pantoffelheld sieh ihn dir nur an wie er schon jetzt abseits steht und nicht weiß wohin mit den Händen dieser Junge allerdings der sich dort von einem Ast zum anderen schwingt und immer noch aus seiner Bakelitpistole ballert der wird einmal ein erfolgreicher Mensch im gewöhnlichen wie auch im politischen Leben sein   Sagte mein Mann und ich schaute zum ersten Mal richtig hin und beobachtete wie diese

Kinder spielten mit welcher Leidenschaft sie aufeinander feuerten als sei es ernst was für feindselige böse Gesichter sie hatten und wie sie blindlings aufeinander zielten und ich zitterte denn als ich klein war hatten die Jungen auch so gespielt sie hatten sogar Papiertschakos und künstliche Waffen getragen später waren alle diese Jungen zunächst in der Hitlerjugend dann bei der Wehrmacht und schließlich irgendwo an der Ostfront gelandet   Und so saß ich mit meinem Mann da es war ein herrlicher Nachmittag die Sonne senkte sich über die Rokyta und die Kastanienbaumallee warf ihren Schatten auf uns und überall dort wo die Sonne schien flirrten Hunderte von Kindern in bunten Kleidchen und Jeansanzügen und die bunten Kinderwagen standen wie Schiffchen in diesem grünen Wiesenhafen verstreut eine schlanke Pappel ragte in die Höhe deren Wurzeln ein Wasserquell entsprang   Einige Leute standen mit Gefäßen dort und jemand beugte sich vor der rote Pullover leuchtete kopflos um sich nach einer Weile wieder aufzurichten damit die Gestalt den Krug mit Quellwasser forttrug und während sich alle die sich um die Kinder zu kümmern hatten und alle die gemächlich herumschlenderten kraß von den spielenden Kindern unterschieden waren die Büsche alle verkrüppelten Bäumchen alle Äste mit hinaufkletternden oder von den Ästen herunterspringenden Kindern besetzt über den ganzen Abhang waren flink sich hin und her bewegende Kinder verteilt die nur für einen Augenblick erstarrten damit ihre Händchen und das hinter einem Stamm oder einer Bank versteckte Auge wieder hervorlugte und aus den Bakelitwaffen unsichtbare Schüsse gefeuert wurden wer getroffen war fiel zu Boden breitete die Arme aus und in dem Schloßgarten in diesem schönen Erholungspark für das arbeitende Volk tobte der Krieg ich stand auf und ging spazieren ich merkte mir die Gesichter all dieser Mütter Männer Großmütter und Großväter alle lächelten sie stur vor sich hin oder dösten selig und keiner regte sich darüber auf was meinen Mann erschreckte   Eigentlich erschrak er nicht er sagte und wiederholte nur immer wieder daß man dagegen nichts ausrichten könne weil alle Leute zu nachsichtig gegenüber diesen Spielen ihrer Lieblinge ihrer Kleinode und Schätzchen seien   Mein Mann stand breitbeinig auf der schönen

Wiese er hatte die Arme in die Hüften gestemmt und blickte auf dieses große Bild mit Kindern und Erwachsenen und als ich wieder bei ihm war zeigte er mit in die Luft gebohrtem Finger und sagte Der da wird eine Nummer eins werden und der da ebenfalls und niemand wird es verhindern können daß sie die Nummern eins sind denn es liegt schon jetzt in ihnen ... In der folgenden Woche kam mein Mann früher von der Arbeit nach Hause wieder machten wir den gleichen Spaziergang zum Schloßberg mein Mann lief vorneweg und wieder zurück er war ungeduldig und zwang mich rascher zu gehen er schaute auf die Uhr am Schloßtürmchen und dann gelangten wir zu dieser schönen Wiese und schon am Anfang der Allee standen so viele Menschen und alle waren erregt und von großer Erwartung erfüllt die meisten Besucher dieser Lustgärten unterhalb des Schlosses waren festlich gekleidet und mein Mann drängte weiter er drehte sich in dieser Menge um und winkte mir mit erhobenem Arm zu ich solle nur weitergehen ich hatte jedoch keine Lust mehr denn für mich war es stets grauenhaft wenn ich von einer Menschenmasse umzingelt war ich ertrug Fahrten in überfüllten Straßenbahnen nicht und haßte es überhaupt wenn sich Leute gegen mich preßten und dann schlug mir der Geruch gebratener Klobassen und Würste entgegen aus Lautsprechern schmetterte Blasmusik und mein Mann wartete auf mich nahm mich fest an der Hand und zog mich hinter sich her und als wir uns durchgeschlagen hatten sahen wir es! Auf dieser wunderschönen Wiese standen alle die Kinder und jedes hatte auf dem Rücken eine Nummer und es waren auch die Mütter dort und alle denen diese Kinder anvertraut waren hielten die Roller fest und zwischen den Kronen zweier Kastanienbäume war quer über die Allee ein breites Band mit der Aufschrift Start gespannt und die Organisatoren reihten die erste Gruppe von Kindern zum Rollerrennen ein der Start war dichtgesäumt von Zuschauern vor allem von Müttern und Verwandten dieser Kinder die jeden Augenblick zu diesem großen Rennen starten würden und ich sah es war noch Zeit denn alle schienen noch zu scherzen ich sah allerdings ebenso daß die eine oder andere Mutter sich bereits über ihr Kind beugte und ihm in den Ohren lag es schalt oder ihm eindringlich zuredete und diese Bewegungen und Gesten sagten daß diese Mütter anfingen alles todernst zu nehmen und ihr Kindlein zu beschwören es solle nur ja nicht seine Chance verpassen als künftiger Sieger des Rollerrennens ins Leben zu treten Und dann kam der Augenblick als alle ernst wurden die Zuschauer verstummten und schauten zur Flagge und ich sah daß die Mütter dieser Kinder die Flagge todernst anblickten Und dann wurde das Startzeichen gegeben und die Kinder preschten los und ich sah das was die anderen sahen einige dieser Kinder verstanden es schon sich vorzudrängeln und sie zögerten nicht einen der ihnen im Weg stand mit dem Ellbogen beiseite zu stoßen und einige Kinder fuhren gar nicht erst los sondern gaben es gleich auf andere blieben im Feld und kaum waren die Wettläufer auf ihren Rollern gestartet sah ich wie neben den vordersten schon Mütter mitliefen die ihre Kinder anspornten und ihnen zuriefen eigentlich trugen diese Frauen den Wettkampf aus vielleicht noch eifriger als ihre Kinder diese künftigen Nummern eins und als jene für die der zweite oder vielleicht der dritte Platz übrigbleiben würde Die Mütter fingen sogar an sich gegenseitig anzuschreien einander auszuschimpfen nur weil ihr Kind sich von einem anderen hatte überholen lassen und der ganze Kinderwettkampf hallte von anspornenden Rufen wider und hier und dort auch von Flüchen und ich lief neben meinem Mann nur mit um zu hören was diese Mütter alles sagten was sie ihren Kindern zuriefen die doch um Himmels willen den Wettlauf gewinnen sollten und dort unterm Weißen Fels auf dem sich der Pavillon des Bulovka-Spitals erhebt da wo die Rokyta schon so breit ist daß sie eine Bucht bildet und bei Maniny gemächlich in die Moldau einmündet dort war das Ziel und mein Mann stand schon bei ihm und applaudierte wie die Zuschauer applaudierten die den Sieger erwarteten und jene die mit den Wettkämpfern mitgelaufen waren und jetzt kam der erste Junge angefahren dicht gefolgt von dem zweiten der dritte fiel jedoch samt seinem Roller hin und seine Mama kniete sich neben ihn brüllte ihn an und das schwer atmende Kind schleppte sich mit aufgeschürften Knien und unter den lauten Anfeuerungsrufen seiner Mutter doch noch als Dritter ins Ziel die Mama umarmte das Kind und weinte vor Glück... Leise sagte mein Mann So macht man die Champions der überdachten Höfe so werden die künftigen Nummern eins geboren   So tragen Vladimír und ich Wettkämpfe aus und wir beide sind auch nicht besser dran... Dann wurde der zweite Lauf der Fünfjährigen und dann der Sechsjährigen gestartet und ich kehrte zum Start zurück und sah dort mit eigenen Augen   Eigentlich mit den Augen meines Mannes mir selbst wäre es nie aufgefallen mein Mann hatte mir etwas von seinen Augen geschenkt denn erst jetzt sah ich daß diese Kinder völlig normal waren wenn sie zu diesen großen Rennen antraten kaum aber hatten die Organisatoren ihnen eine Nummer umgebunden wurden die Kinder plötzlich ernst und wieder kamen die Mütter und zurrten die Nummer noch fester und von dem Zeitpunkt an da jedes dieser Kinder seine Nummer trug schien es um zehn Jahre älter zu sein diese Nummer war wie eine Salbung wie eine Firmung und hatten sie die Nummern umgebunden fingen bei einigen die Augäpfel an zu kreisen ich glaubte sie würden ohnmächtig bekämen einen Anfall nicht wegen dieser Nummer sondern davon wie ihre Mütter sie anschauten wie die besorgten Mamas fragten   Was wird aus dir mein Söhnchen? Und mein Mann strich diesen Rennfahrern übers Haar in ihren Gesichtern las er daß sie gar nicht wußten worum es ging alle die keinen Grund hatten zu kämpfen und von vornherein aufgaben mit den Schultern zuckten und schuldbewußt dreinschauten diese Kinder waren doch noch richtige Kinder   Ich sah aber auch die schon gaunerhaften Kulleraugen der Jungen die spezielle Roller hatten die sogar schon Sporthosen für den Wettkampf trugen und deren Mütter die Hoffnung hatten als Sieger dieses Rollerrennens würde die Karriere eines künftigen Rennfahrers beginnen der später bei irgendwas tatsächlich einmal die Nummer eins der Champion dieser überdachten Höfe und ein Weltmeister sein werde   Und mein Mann wurde immer älter je länger er diesem Kinderrennen zusah er hatte Ringe unter den Augen und atmete schwer und strich sich über die Stirn er bewegte die gespreizten Finger vor seinen Augen als wollte er einen bösen Traum eine schlimme Vision verscheuchen als könnte er nicht glauben was er zwar sah die anderen jedoch nicht   Als alle Wettrennen beendet waren und einige Mütter sich derart gekränkt fühlten daß sie einander in die Haare gerieten und sich rauften   Als einige Kinder von ihren Müttern so sehr verprügelt wurden daß sie tatsächlich Anfälle bekamen   Als einige Ehemänner und Ehefrauen sich stritten weil ihr Kind als letztes das Ziel erreicht hatte und sie deswegen bereit waren am Montag die Scheidung einzureichen   Als die Mütter der Sieger ihre glücklichen Kinder glücklich in die Konditoreien zerrten und die Mütter aller Kinder die keinen einzigen Preis gewonnen hatten sich mit diesen Kindern durch die Seitenstraßen nach Hause schlichen   Als all das geschehen war und wir wieder zu Hause waren machte mein Mann sofort sein Bett er verkroch sich darin und zog die Decke über den Kopf und ich mußte den Ofen einheizen und einen Krug Bier holen   Doch nach diesen Kinderrennen aß und trank mein Mann nichts mehr er lag nur noch unter der Decke und wimmerte still vor sich hin...

Irgendwie fing ich an zusammen mit meinem Mann Jirka Šmejkals Atelier zu besuchen das Atelier eines winzig kleinen Malers der ein Kellergeschoß in der Brandopfer Gasse bewohnte dieses Atelier war so groß daß man Tennis oder Eishockey in ihm hätte spielen können die Leute gingen an den Fenstern vorbei und man sah nichts weiter als ihre Beine und in der Küchenecke bei Jirka Šmejkal brannte ein Ofen und die Kohle holte man von einem Haufen in der einen Ecke und Jirka ging in einem weißen Kittel umher er lächelte geheimnisvoll denn er hatte ein Geheimnis und zwar sein gigantisches Bild Traum über meinen Vater ein Bild mit dem er schon letztes Jahr begonnen hatte   Auf der Leinwand lag Jirkas schlafender Vater und über ihm schwebte ein Schmetterling und Jirka blätterte meinetwegen in einem Buch zur Schmetterlingskunde und vertraute mir leise an daß er sämtliche Schmetterlinge auf diesen Traum über seinen Vater malen wolle und nach zwanzig Jahren Arbeit werde er schließlich die Öffentlichkeit mit seinem gigantischen Werk überraschen... Da aber in Jirkas zweitem gigantischen Keller nichts außer einer riesigen Presse stand die so groß wie ein Straßenbahnwagen war wußte er schon im voraus hier würde nicht nur sein Atelier sondern auch eine Galerie sein eine Privatgalerie in der er gemeinsam mit Vladimír arbeiten wollte beide würden sie die Wände und die Decke mit Gips weißen und zwar so daß Jirka auf Stelzen gehen müßte während Vladimír die Decke mit leicht angewinkeltem Arm verputzen könnte Und irgendwie hatte sich Jirka in mich verguckt weil ich zwar nicht gerade Mitleid mit ihm hatte es jedoch nicht ertrug wenn Vladimír und mein Mann von oben herab auf Jirka schauten und irgendwie das unterschätzten was Jirka tat Vladimír aber hatte Jirka gewiß gern denn sie hatten zusammen die Graphikschule besucht und später hatte Vladimír als er größere Formate seiner Kupfer- oder Duralplatten anfertigte dank Jirka die Gelegenheit diese als Graphiken zu drucken... Zu jener Zeit arbeitete Jirka für die Zeitschrift Natur und Universum und war enthusiastisch einmal führte er mir selbst vor wie er diese Schmetterlingsgraphiken druckte und ich kam aus dem Staunen nicht heraus als Jirka eine winzig kleine Kupferplatte in die gigantische Presse schob und wie diese Presse ratterte und solch einen Krach machte sobald die Platte auf der anderen Seite wieder herauskam vollführte sie einen Heidenlärm wie ihn sonst nur diese Maschinen des Forschungslabors bei uns Am Damm machten wenn die Kurbelwellen langsam in die Länge gezogen und auf diese Weise deren Dehnbarkeit geprüft wurde Solch einen Krach machte diese gigantische Presse in Jirkas Keller und Jirka stand da und lächelte irgendwie mußte ich an Charlie Chaplin in Modern Times denken wie er vor diesem riesigen Räderwerk steht und daneben so winzig wirkt wie ein klitzekleiner Zugführer neben der allergrößten Lokomotive... Jirka lächelte mich an er war glücklich wie ein Kind indes sich mein Mann und Vladimír über ihn lustig machten... Jirka aber wußte Bescheid er wußte daß die Zukunft ihm gehörte und er einmal die Nummer eins sein würde wenn er diesen Traum über seinen Vater beendet hätte auf dem sein schlafender Vater von allen Schmetterlingen dieser Welt umflattert sein wird... Deshalb arbeitete Jirka jetzt nur für mich um mir zu zeigen wie seine gigantische Maschine kleine Schmetterlinge für die Zeitschrift Natur und Universum hervorbrachte... Und er drückte einen Knopf und der Krach verhallte und Jirka hob eine Platte von der riesigen Walze hoch sie war nicht größer als eine mittlere Zündholzschachtel er entfernte das Plüschquadrat und löste dann mit einer Pinzette die winzige Graphik vom Plättchen und legte sie vor mich hin und tatsächlich die Graphik war nicht größer als eine Briefmarke und darauf war ein wunderschöner Schmetterling abgedruckt... Toll was? fragte Jirka und mein Mann sagte Jirka ich will nichts vorwegnehmen aber du bist ein künftiger Nationalkünstler Und Vladimír bemerkte Jirka möchtest du nicht eine Kollektion Schmetterlinge in die Galerie Krummes Rad nach Warschau schicken? Möchtest du sie nicht nach Miami dem Direktor Davis schicken? Damit die Amerikaner ein bißchen von ihrem hohen Roß herunterkommen damit ein armer Junge aus Europa aus Böhmen kommt und Mark Tobey und Rothko und Willem de Kooning die Augen öffnet... Jirka wenn ich mir dein Artefakt so anschaue habe ich große Lust meine aktive Graphik aufzugeben... Und ich saß auf einem Stuhl und hieb mit meinen Augen auf diese beiden Champions von Weltformat ein auf diese beiden Nummern eins diese beiden Buben die sich selbst zu Weltmeistern erkoren hatten denn mir gefielen Jirkas Schmetterlinge ich stand auf und betrachtete das Ölbild an der Wand auf dem er mit viel Gefühl seine Mutter gemalt hatte und drehte den beiden Kerls den Rücken zu Und Vladimír ging in die Küche und holte seine Aktentasche und dann trugen mein Mann und er einen Tisch ins Atelier und Jirka lachte und schimpfte freundschaftlich mit ihnen Ihr Schlingel... und dennoch laß ich mich nicht entmutigen! Wartet nur bis ich den Traum über meinen Vater fertig habe... aber! Doktor! Nur immer weiter so! Ich drehte mich um und sah wie Jirka Šmejkal in die Augen meines Mannes schaute wie er die Fäuste ballte und damit in die Luft hämmerte und sich so Mut machte... Und Vladimír sagte leise zu mir... Und jetzt junge Frau werde ich Ihnen etwas vorführen was ich mit Ihrem Mann und Egon Bondy gemacht habe damals als wir noch dort wohnten wo Sie heute wohnen ich habe sogar im selben Bett geschlafen in dem Sie heute mit Ihrem Männlein schlafen... Das ist bitte schön Vladimírs Epidiaskop... Draußen dämmerte es

Vladimír schloß die Fensterläden und steckte das Kabel des Kochers in die Steckdose und auf der weißen Wand des künftigen Ateliers erschien das Bild einer Zyklamenblüte über die verschlungene bunte Fäden krochen... mein Mann legte mir die Hand auf die Schulter ich aber entwand mich und betrachtete die riesige Blüte auf der Wand und das winzige Gerät auf dem Tisch durch das die Glühbirne ihr Licht jagte ich schaute auf die strahlend bunte Blüte und mein Mann drückte meine Hand und nickte und dann erstarrten wir und lächelten denn diese Blüte bekam plötzlich eine große Blase eine Blase die anwuchs und sich blähte als ob Milch überschwappt eine Art Speichel hatte diese große Blume in ihrer Narbe eine Blume auf deren Blättern plötzlich Schaum wie um den Mund eines Epileptikers lag wie steifgeschlagenes Eiweiß und auf der Mauer von Jirkas Atelier wuchs dieser Schaum jetzt an bis er platzte und sich in herabfließenden und sich leicht verflüchtigenden Speichel verwandelte und die Blüte begann jetzt eine weitere Blase zu produzieren und fing an sich zu verwandeln und die Fäden quollen auf durch den Dampf und die sich ausbreitende Flüssigkeit und ich schaute zu und konnte nicht verstehen wie Vladimír das zustande gebracht hatte und Vladimír kniete sich neben mir auf den Boden legte seine Hand auf mein Knie und sagte leise zu mir... Junge Frau das ist eine ganz gewöhnliche Sache die jedes kleine Kind kann auch Sie könnten sich das anschaffen und es dann zu Hause dort Am Damm machen ob aber Ihr Herr Gemahl das erlauben wird Zwischen zwei Stückchen Glas legen Sie eine x-beliebige Blüte und sofort beginnt sie dank der Temperatur im Epidiaskop anzuschwellen sobald es erhitzt wird und so bilden sich schöne unerwartete Muster die sich proteisch verwandeln... Sagte Vladimír und seine Hand lag noch immer auf meinem Knie und ich schaute und auch Vladimír schaute ob mein Mann diese Hand bemerkte mein Mann betrachtete jedoch das Bild an der Wand jetzt als die Temperatur schon einen hohen Grad erreicht hatte schien es als wollte sich die Blüte mit aller Kraft von ihrem Glaspanzer befreien sie bäumte sich mitsamt ihren Fäden auf und das ganze Bild drohte zu zerplatzen Doch die Glasplatten gaben nicht nach und so zerfloß die Blüte allmählich sie veränderte ihre Farbe als zerschmelze Konfitüre als zerschmelze ein Zwetschgenkuchen wenn die Zwetschgen außen am Rand anbrennen und über den Blechrand in den heißen Backofen fallen   Und Vladimír kniete vor mir und sein lockiges Haar berührte fast mein Gesicht und ich sah sein scharfes edles Profil und seine leicht angeschwollenen Lippen und ich seufzte und schaute wieder zur Seite ob mein Mann diesen Lockenkopf vor meinen Augen und diese auf meinem Knie ruhende Hand sah   Doch wir schauten alle was jetzt auf der Wand geschah und alle waren wir gerührt und ergriffen von diesem Bild von diesem Brodeln einer Zyklamenblüte und den darin angebackenen und kreisenden groben Fäden... Und dann öffnete jemand die Tür die zum Gehsteig der Brandopfer Gasse hinausging jemand stieg in den Keller hinunter jemand ging dort hin und her man konnte hören wie die Küchentür geöffnet wurde wir aber schauten alle auf die Wand auf dieses tragische Schauspiel einer unglücklichen Zyklamenblüte und das Schicksal der sich windenden Fäden wühlte uns bis ins Innerste auf   Und dann öffnete sich die Tür zum Flur und zwei Gestalten traten ins Atelier Jirka nickte ihnen zu und legte den Finger auf den Mund und blickte weiterhin zur Wand und so schauten die beiden Augenpaare ebenfalls dorthin bis zu dem Augenblick als die entsetzlich zugerichtete Blüte aufgab völlig zerging und zerlief die Wand hinunterfloß und nur ein unbeweglicher Spritzer Schlacke ein Stückchen verbrannter Materie von ihr zurückblieb in der sich die Fäden allmählich auflösten

Und Jirka gab ein Zeichen und Vladimír nahm seine Hand von meinem Knie Jirka machte Licht und wir sahen einander an als hätten wir einen wunderschönen Film gesehen   Selbst Vladimír war von dem ergriffen was er gesehen hatte doch vermute ich daß er weit mehr davon ergriffen war daß wir alle dank seines Epidiaskops und seines Bilds auf der Wand so gerührt waren   Erst da bemerkten wir die beiden Leute die gekommen waren   Es war ein schöner junger Mann in einem Jeansanzug in Begleitung einer jungen Frau die wie eine Stewardeß gekleidet war sie hatte einen knabenhaften Haarschnitt und trug ein Köfferchen wie Mädchen es für ihre Puppen haben Vladimír kannte diesen Mann im Anzug sie gaben sich die

Hand es war irgendein Burda ein Redakteur der Zeitschrift Bildende Kunst und er stellte uns das Mädchen vor sie hieß Tekla und Jirka bat uns in seine Küche und Vladimír räumte sein Epidiaskop weg und sie trugen den Tisch in die Küche zurück   Der Redakteur kam sofort zur Sache und sagte diese junge Slowakin die Tekla Holenyova hieß sei gerade angekommen und wolle eine Kunstschule besuchen und es sei wohl das beste sie in der Akademie unterzubringen ihre Arbeiten habe sie zur Begutachtung mitgebracht und wolle sie einer Kommission von Professoren vorlegen... Und Tekla öffnete ihr Köfferchen und reichte den Anwesenden gemalte Quadrate als handle es sich um Reklame-Flugblätter und dann kniete sie vor diesem jungen Mann nieder und legte die gefalteten Hände auf sein Knie sie sah ihn mit bewundernden Augen an und der junge Mann erzählte von der großen Begabung dieses Mädchens die wenn nicht jetzt so doch in einigen Jahren unsere Ausstellungssäle bereichern würde... Und dann sollte Jirka Šmejkal als erster seine Meinung über die etwa fünfzehn Aquarelle sagen er lächelte schuldbewußt blickte Tekla mit seinen Hundeaugen an und sagte ich glaube sie hat Talent ich glaube ich glaube sie sollte zeichnen und nur zeichnen lernen   Stammelte Jirka und stand in seinem weißen Kittel voll farbiger Flecken da er stand unter dem Porträt seiner Mutter das von kleingliedrigen Schmetterlingszeichnungen umrahmt war und fügte dann hinzu   Wenn das Fräulein wollte könnte ich ihre Zeichenversuche korrepetieren und der junge Redakteur nickte und rieb sich die Hände er sah zur Decke hoch und seufzte als sei ihm ein Stein vom Herzen gefallen und sagte höflich   Ich weiß Sie sind der berühmte Zeichner Jirka Šmejkal alle bewundern Ihre Schmetterlinge die in Natur und Universum abgedruckt sind... Und er schaute Vladimír an Vladimír war jedoch von dieser Slowakin behext von dieser Tekla die immer noch am Boden kniete und sich mit den Händen auf das Knie desjenigen stützte der sie hierhergebracht hatte und ich erriet sofort daß Vladimír sich auf den ersten Blick in diese Stewardeß oder was auch immer verliebt hatte sie trug so ein blaues Kostüm und hatte eine gute Figur ihr Körper füllte dieses Kleid so aus daß es fast in allen Nähten platzte und sie hatte kräftige

Beine doch ihr kleines Gesicht war ausgemergelt als machte sie eine Diät und wenn sie lächelte legte sich ein blauer Schleier über das eine Auge... Und Vladimír schob ihre Aquarelle zur Seite und sah sich diese junge Frau an er stand einfach da und starrte er konnte die Augen nicht von ihrem Gesicht abwenden und mein Mann der jetzt die Aquarelle in der Hand hielt betrachtete sie zuckte mit den Schultern und sagte... Für den Anfang ist es gut und verrät zweifellos Talent als ich die ersten Zeichnungen und Malereien des siebzehnjährigen Vincent van Gogh sah da dachte ich auch die Professoren an einer Akademie hätten ihn rausgeworfen wenn man ihnen diese Werke vorgelegt hätte aber aufgepaßt! Letzten Endes hat sich Vincent durchgesetzt und seine Zeichnungen im Borinage und in Paris und schließlich in Arles sind gewiß über jeden Zweifel erhaben was aber sagen Sie als meine Frau dazu? Fragte mich mein Mann und ich sagte... Ihr habt alle den Verstand verloren! Für mich sind das Klecksereien und nichts weiter als Klecksereien! Und Tekla stand auf erst jetzt sah ich daß sie leider eine angenehme Frau war die es verstand den Männern den Kopf zu verdrehen und vor allem ein Mädchen in die sich Jirka Šmejkal und Vladimír auf der Stelle verliebt hatten Und Tekla hatte das sofort erkannt und der junge Mann namens Burda zog einen Flachmann mit französischem Cognac aus seiner Brusttasche und goß die bereitstehenden Kaffeetassen voll und alle tranken wir auf den Erfolg dieser jungen Frau Tekla Holenyova die von weit her aus der Slowakei angereist war um in Prag Malerei zu studieren... Und dann produzierten sich alle redeten durcheinander und durch diesen Keller in der Brandopfer Gasse flogen van Gogh und Munch und Salvador Dalí Nur Vladimír schwieg und starrte auf den schmutzigen Fußboden mit verlorenem Blick verfolgte er jede Bewegung der jungen Slowakin und ohne sie direkt anzusehen nahm er sie mit seiner ganzen Seele eines kleinen Jungen wahr und ich sah daß der Augenblick als er mein Knie berührt und seinen Lockenkopf direkt vor meine Augen gehalten hatte daß dieser Augenblick mir genügen mußte weil Vladimír dies hatte ich sofort gesehen und es wurde mir mit jeder Minute deutlicher bewußt sich auf den ersten Blick in diese Frau verliebt hatte und dieses Mädchen Vladimírs

Schicksal sein würde Und als wäre Tekla plötzlich von ihrer Bedrücktheit und ihren Sorgen befreit sagte sie auf slowakisch daß Jirka zwar schönes Haar habe doch trage man es heute nicht mehr so ob Jirka nicht wolle daß sie ihm das Haar zu einem kanadischen Rasen zurechtstutze Und Jirka lachte und röhrte zur Decke empor er tränte und seine Augen kullerten vor Glück sofort zog er eine Schere hervor Tekla band ihm ein Handtuch um den Hals und Jirka der bereits auf dem Stuhl saß hob den Kopf Tekla drückte ihn jedoch wieder hinunter und schnitt ihm mit gewaltigem Schnippschnapp das lange Haar ab auch Vladimír taute jetzt auf er lächelte und lachte dann so vorsichtig als hätte er hinter seinen Lippen eingeschlagene Zähne er blickte Tekla an und da er außerstande war ihr in die Augen zu sehen beobachtete er ihre abgewandte Gestalt die sich nun über Jirkas Kopf beugte... Und dann band Tekla das Handtuch los Jirka stand auf und sah abwechselnd in unsere Augen wie in einen Spiegel und ich wußte sofort was ich bereits gesehen hatte daß Jirka unversehens ein schöner junger Mann war der wie ein kanadischer Eishockeyprofi aussah und ich sah daß alle anderen den gleichen Eindruck hatten und Tekla nahm im Flur den Spiegel vom Nagel und hielt ihn vor Jirka hin und er sah sich so wie wir ihn sahen und vor allem wie ich ihn sah... Jirka rief Wir wollen es einrahmen! Und er lief in den Nebenraum und brachte eine Flasche Brandy und goß die Kaffeetassen nochmals voll und jetzt tranken wir alle auf Jirkas Frisur und in der Tat Jirka war ein ganz anderer Mann geworden immer wieder lief er hinaus um sich im Spiegel anzuschauen den Tekla wieder in den Flur zurückgehängt hatte und dann erschrak der Redakteur und schob seinen Ärmel zurück... Ich muß sofort mit dem Taxi zu einer Beratung und hör mal Jirka Tekla weiß momentan nicht wo sie schlafen wo sie wohnen soll hör mal Jirka ich werde deine Schmetterlinge in der Bildenden Kunst abdrucken und etwas darüber schreiben hör mal laß sie eine Woche hier bei dir wohnen nur vorübergehend bis wir für sie ein Zimmer zur Untermiete gefunden haben... Und Jirka lachte und wurde weich was für ein Glück war da vom Himmel gefallen Jirka fühlte sich geehrt wie alle Männer an seiner Stelle es auch gewesen wären er war dadurch geehrt daß eine junge

Frau bei ihm schlafen und vor allem daß er ihr das Zeichnen beibringen und ihr alles über sein unglückliches Schicksal erzählen konnte nämlich daß sich keine anständige Frau für ihn interessiere... Und Jirka sagte sofort Aber Kamerad für dich tu ich doch alles ich hab hier noch ein Klappbett von der Spartakiade und sie wird hier schön im Bett schlafen ich werde den Raum für sie heizen und nebenan auf dem Klappbett schlafen... Und Jirka Šmejkal frohlockte und alle sagten wir gleichzeitig Man wird schon sehen... Und wir verabschiedeten uns und als Vladimír dieser jungen Frau die Hand gab war er blaß er schaute verliebt an ihren Augen vorbei denn hätte er ihr in die Augen gesehen wäre er gewiß umgefallen und ohnmächtig geworden wie es vorkam erzählte mein Mann wenn der Schneider Vladimír das Maß für Hosen nahm und das Maßband zwischen die Beine hielt dann taumelte Vladimír und fiel ohnmächtig wie ein Holzklotz hin...

Auf die Nerven ging mir nicht mal so sehr dieses Forschungslabor das unmittelbar an der Mauer unseres Zimmerchens klebte sondern diese Perkeo-Schreibmaschine wie ein Phonograph sah diese Maschine aus... zwei Walzen und die gefletschten Zähne der Typenhebel und die Buchstaben die deutsch waren weil sie aus Deutschland stammte Mein Mann verstand bravourös auf ihr zu schreiben er prügelte selbst noch in der Dämmerung auf sie ein mit seinen klobigen rissigen Fingern trommelte er auf ihr herum als wollte er ihr alle Zähne ausschlagen diese Maschine überstand aber alles sogar diese Hammerschläge mit den Fingern Mein Mann schrieb recht sonderbar er spannte das Papier ein und schaute dabei aus dem Fenster als spielte er Zither und er klimperte mit allen zehn Fingern so schnell konnte er schreiben daß ich es gar nicht glauben wollte ich ging nachschauen und tatsächlich er schrieb es ergab einen Sinn wimmelte aber von schrecklichen Fehlern Weil diese Schreibmaschine weder Häkchen noch Dehnungsstriche hatte und nachträglich trug mein Mann sie nie nach eigentlich spielte er auf dieser Maschine irgendwie war sie mit ihm verwachsen wie eine künstliche Niere wie dieser Schrittmacher zur Fütterung des Herzens er sagte mir wann immer er von irgendeinem Text träume träume er so daß er im Geist daran schreibe und diese Perkeo-Schreibmaschine vor Augen habe diese Augen habe er im Kopf und zudem sei die Maschine im Gehirn mit seinen Fingern verbunden wenn er von einem zukünftigen Text träume sehe er auch wie die Typen hochsprängen und die Buchstaben aufs Papier klatschten daß diese Typen ähnlich wie Noten angeordnet seien und bestimmte Wörter bildeten und er diese Wörter dann auf der Tastatur geschrieben sähe und er sagte mir manchmal fürchte er sich auszumalen wie das alles ineinander verfließe wie diese Gedanken durch die Luft flatterten und er sie so abschreibe daß er sie zuerst mit seinen zehn Fingern in die Tastatur hämmere und sich die Buchstaben zu Zeilen verbänden und diese Reihen auf die Seiten gespuckt würden wie eine Seite sich auf die andere türmte so lange bis er müde sei bis die Gedanken woandershin wanderten oder verschwänden... Mein Mann nannte diese Perkeo-Schreibmaschine eine Atomschreibmaschine weil Egon Bondy sie einmal so genannt hatte als er ihm seine Texte vorgelesen hatte damals als er noch nach Kladno zur Arbeit fuhr... Wenn mein Mann schrieb suchte er sich dafür die Augenblicke aus die ich bei der Arbeit verbrachte oder bei seiner Cousine Milada um ein Bad zu nehmen oder wenn ich bei Lizaj saß und Handschuhe strickte oder aus buntem Garn ein Bild webte... Kam ich vorzeitig zurück schrieb er noch ein Weilchen weiter und gab mir ein Zeichen ich dürfe nicht mit ihm sprechen ich saß ein Weilchen da und haßte diese Perkeo-Schreibmaschine weil er ganz mit ihr verwachsen war ohne sie wäre er verloren gewesen mein Mann konnte überhaupt nicht mit der Hand schreiben so wie Soldaten die wie die Ulanen oder die Dragoner auf Pferden ritten sobald sie jedoch vom Pferd stiegen und auf dem Erdboden ausschritten schwankten sie als hätten sie einen wunden Hintern so schrieb auch mein Mann wenn er etwas für mich auf ein Stück Papier notierte wackelte seine Schrift wie ein kleines Kind und kippte bald nach rechts und dann wieder nach links wenn er mit der Hand schrieb stotterte er sogar und war außerstande etwas Phantasievolles mit der Hand zu schreiben allenfalls knappe Mitteilungen und Bekanntmachungen sobald er sich jedoch an seine Schreibmaschine setzte floß es nur so und die Bilder strömten herbei und er schrieb und schrieb manchmal stand ich unterm Fenster und horchte wie rasend er hackte um dann wenn ich eintrat langsamer zu werden und wenn ich ihm die erste Frage stellte hielt er inne er erwachte und sah mich böse an dann tippte er noch ein paarmal auf diesen Tasten herum vermutlich einige Punkte und gab das Schreiben auf er ordnete seine Augen und stieg vom Dach herunter in unsere Wohnung die in der Luft schwimmenden Sätze die irgendwo an seinem Himmel leuchtenden Zeilen waren verloschen er zuckte mit den Schultern nahm den Krug ging Bier holen und verschob sein Schreiben auf ein andermal Nur manchmal schrieb er wie verrückt weiter ich konnte ihn ansprechen es konnte jemand zu Besuch kommen er schrieb weiter und lächelte über die geschauten Sätze er ließ sich von niemandem stören er schrieb und schrieb er mußte es zu Ende schreiben denn wie er später sagte nie mehr hätte er es sonst geschrieben es wäre den Augen in seinem Kopf für ewig entschwunden... und so kaufte ich meinem Mann im zweiten Jahr unserer Ehe eine Schreibmaschine vom Trödelmarkt ebenfalls eine deutsche Maschine der Marke Torpedo und ich stellte sie auf den Tisch neben seine Perkeo-Atomschreibmaschine und verwunderlich genug die alte Maschine sah moderner aus als die neue sie war einfacher die Torpedo war in einem Köfferchen verpackt zwar hatte die Perkeo auch ein Köfferchen gehabt doch der Doktor hatte es weggeworfen er trug diese Maschine nur mit zwei Riemen zusammengebunden wie Schüler ihre Lehrbücher tragen diese Perkeo war gleichsam unverwüstlich er nahm sie sogar mit ans Wasser und wo auch immer er sie hinstellte schrieb diese Maschine sie mochte noch so schief stehen einmal war sie ihm bei der Anlegestelle sogar in die Moldau gefallen dennoch schrieb sie weiter wie dieser österreichische Wecker der Marke Roskop wenn der Herr Vaništa ihn ins Spülbecken warf klingelte er selbst noch unter Wasser er tickte im Wasser weiter wie diese Perkeo-Maschine aus der das Wasser floß und sie schrieb sogar noch besser als zuvor... als mein Mann nach Hause kam und entdeckte daß ich mir erlaubt hatte ihm eine Torpedo zu kaufen da schaute er sich die beiden Schreibmaschinen an setzte sich hin und probierte die neue Maschine aus irgendwie klappte es nicht denn die Tastatur war größer und breiter und hatte eine Reihe mehr eben diese Buchstaben mit den Häkchen und den Dehnungsstrichen ... Er übte auf ihr um aber überhaupt auf dieser Maschine schreiben zu können mußte er erst mal die alte Maschine in den Schrank unter eine Decke stellen damit sie nicht eifersüchtig wurde denn mein Mann war ihr mit einer neuen untreu mit dieser Maschine die hier in Libeň in unserer Wohnung Am Damm aufgetaucht war wie eine Nebenbuhlerin

Dennoch schrieb er seine ersten Texte auf ihr wenn er etwas zum ersten Mal schrieb dann hackte er es immer erst einmal in diese gute alte Jugendstilmaschine der Marke Perkeo er streichelte sie wie ein junges Tier er hatte sie nie gereinigt deshalb war diese Maschine innen verstaubt von den schwarzen Farbbändern rieselte Staub die Zähnchen der Typen waren mit Druckerschwärze verschmiert welche die Bäuchlein dieser Buchstaben ausfüllte weshalb das Innere schwarz ausgefüllt war während die Konturen wie vermauerte Fenster auf das weiße Papier gedruckt wurden meinen Mann aber störte das nicht mein Mann war im Grunde genommen ein schrecklicher Chaot er schätzte zwar Ordnung doch nur die allernötigste er kehrte gern alles unters Bett er machte gern sauber aber so daß er über alle seine Schreibutensilien und Papiere eine Serviette und über den Tisch eine rote Jugendstildecke mit Fransen legte als breitete er auf einem Bett eine Tagesdecke aus die größte Qual bereiteten jedoch die Geschirrtücher denn mein Mann benutzte das Geschirrtuch für alles wenn er sich die Hände abtrocknete tat er das mit dem Geschirrtuch wenn er seine Schuhe polieren wollte nahm er dazu das Geschirrtuch er schneuzte ins Geschirrtuch und wischte sich mit dem speckigen Geschirrtuch den Schweiß ab und wenn ich nicht aufpaßte und er mir eines allzusehr verdreckt hatte stopfte er es lieber gleich in den Ofen und obwohl wir eine Toilette hatten allerdings vor der Tür auf dem Hof hol's doch der Teufel pinkelte mein Mann abends lieber draußen auf den Erdhaufen aus dem die mächtigen Stämme der wilden Reben wuchsen deren Triebe er dann die Mauern entlang und quer über den Hof zog das war ganz nach seinem Gusto nachts im Freien zu pinkeln und dabei so blöd vor sich hinzuschauen übrigens schauen alle Männer blöd drein wenn sie pinkeln Und kraft irgendeiner Gesetzmäßigkeit kam es vor daß mein Mann wenn er meinte ich sei weg sogar tagsüber im Hof in eine Ecke pinkelte und wenn ich unverhofft auftauchte erschrak er so sehr daß er sich die Hose vollspritzte und ich schritt wütend an ihm vorbei und damit er sich auch ja nicht etwa irrte tat ich als müßte ich würgen als wäre mir zum Kotzen ich tat als müßte ich mich übergeben ... Er wiederum belohnte mich dafür sobald ich mich wusch sobald ich vorm Waschbecken stand und meine intime Toilette machte sobald ich mir diese meine Dinge wusch kam er aus heiterem Himmel herein ich war entsetzt und schrie ihn an weil er mich so sah und er zahlte es mir heim jetzt tat er so als müßte er würgen als müßte er sich erbrechen weil das was er da sah zum Verrücktwerden sei ... er lief hinaus und gab so laute Bemerkungen von sich daß ich sie hören konnte ... Das wird heut wieder ein Tag! Schon in der Früh so ein Malheur die Alte mit dem Nachttopf zu sehn! Obwohl er mich noch nie mit einem Nachttopf gesehen hatte obwohl wir nie einen Nachttopf in unserer Wohnung hatten denn mich ekelten Nachttöpfe selbst wenn es schneite ging ich lieber im Frost über den Hof zu der Toilette in der Eiszapfen hingen ... Mein Mann war entsetzlich unordentlich in allem also auch mit seiner Perkeo-Schreibmaschine Wenn ich meinen Mann beim Schreiben ertappte war es genauso als hätte ich ihn beim Pinkeln im Hof erwischt von diesem Augenblick an vollbrachte er nur noch Fehlleistungen von dieser Sekunde an bespritzte er nicht nur seine Hose und seine Schuhe während des Schreibens es erschrak auch die Perkeo und er fing an die Typenhebel in die Mulde hineinzujagen durch die das Band lief so daß die Typen sich verhedderten doch mein Mann schaffte es immer wieder die Hebel während des Schreibens mit zwei Fingern zu entflechten wieder zu trennen in dieser Hinsicht war die Maschine unverwüstlich bei jeder anderen wären die Typen längst abgebrochen diese aber ertrug das gewaltsame Zurückreißen selbst dann noch wenn sich die Typen ineinander verhakt und verschlungen hatten und sobald die kräftigen Finger meines Mannes sie zurückrissen hopste die ganze Maschine hoch als wollten die Typen meinem Mann in die Finger beißen wütend schnellte sie in die Höhe und verharrte in der Luft um keinen Preis hätte diese Perkeo seine Finger freigegeben bis sie schließlich mit heftigem Ruck auf den Boden fiel und mein Mann sie aufhob er streichelte sie mit seinen Fingern die von diesem fortwährenden Zurückreißen schwarz waren und da er sich während des Schreibens ins Gesicht faßte war sein Gesicht auch immer ganz verschmiert wenn also die Maschine zu Boden gefallen war schleuderte er sie auf den Tisch zurück spannte ein neues Blatt ein und die Maschine schrieb weiter als sei nichts passiert es war in der Tat wie Egon Bondy gesagt hatte eine Atommaschine als hätte sie einen Atomantrieb Und dennoch beschloß mein Mann daß diese Perkeo-Maschine in Rente zu gehen habe und nur noch zur Dekoration dienen sollte er hatte hier noch einen großen gespaltenen Föhrenstumpf ein Stück Stamm in dessen Höhlung ein Nest wilder Bienen war wie mein Mann erzählte hatte er sich diesen Baum von russischen Soldaten erbettelt die in der Brauerei Quartier bezogen hatten und dieses Stück Holz war immer an den Ort mitgewandert wohin mein Mann umzog zuerst wohnte er am Altstädter Ring in jenem Haus dort an dessen einer Ecke eine Glocke baumelte und wo das Bestattungsinstitut Schönbach untergebracht war dann siedelte er in die Straße gegenüber der jüdischen Schule in die Jáchymovstraße und dann nahm er diesen Baumstumpf mit sich in die Arbeiterunterkunft Drina bei Kladno und daraufhin mit nach Libeň und da lag der alte Stamm nun dessen Höhlung vor sich hin bröselte und neben ihm stand eine Porzellanpuppe der man das Krinolinenkleid ausgezogen hatte mit ausgebreiteten rosaroten Armen und glatzköpfig schaute sie unverwandt und verwundert auf dieses bröselnde im Föhrenstamm festgefressene Bienennest... Und nun stand da auch noch die Perkeo-Maschine mit den ineinandergeschobenen Walzen die wie fest zusammengepreßte Backenzähne aussahen wortlos berührten sich die Typen im Innern der zusammengeklappten Maschine die hier nun neben der glatzköpfigen Porzellanpuppe ohne Krinoline auf einem Hocker stand Und wer auch immer zu Besuch kam den faszinierte vor allem diese Schreibmaschine jeder streichelte sie und nahm sie auf den Schoß wie ein schönes Tierchen er klappte sie auf und wer dieses Modell nicht kannte der staunte was für eine schöne Maschine das war so winzig und doch modern denn sie hatte eine Reihe Tasten weniger ... Damals lebte in unserem Haus mit dem Eingang zur Straße Franta er war schon in Rente und hatte ein so großes Herz daß man in der Prosektur es kaum erwarten konnte bis man ihn sezieren durfte denn mit solch einem Herzen wie Franta stolz sagte mit solch einem Herzen dürfe man in Rente gehen weil es das größte Herz in ganz Mitteleuropa sei Dieser Franta war Arbeiter gewesen er hatte Backöfen repariert er war ein Mordskerl in Sachen Ofentüren und kleidete Öfen mit Quarzstein aus über die er dann eine Betonmischung und noch irgendwas goß und in seinem ehemaligen Laden in dem Franta auch wohnte standen immer wunderschöne Öfen und mein Mann ging sie sich anschauen und nach dem Muster dieser Öfen hatte Franta auch unseren Ofen gebaut und die Öffnung mit Steinen ausgelegt und eine Mischung aus Schamotte und Wasserglas darübergegossen Dieser Franta ging mir schrecklich auf die Nerven weil er andauernd über diese Dinge redete daß er in der Liebe bei diesen Dingen immer noch ein Mordskerl sei und imstande sie immer noch zweimal am Tag zu machen weil er so ein großes Herz habe Kaum sah er mich fing er schon an über diese Dinge zu reden das war ganz er ich aber las ihm die Leviten und schließlich schaffte ich es ihm auf die Hose zu kotzen Danach redete er mit meinem Mann schweinisch über diese Dinge weiter mein Mann sprach eigentlich nicht gern darüber aber er tat auch nichts dagegen um es nicht zu hören Und so setzte sich dieser Franta in den Kopf daß er alles was er über sein Herz wußte alles was er an sich beobachtet hatte aufschreiben wolle vor allem wolle er jedoch für die Ärzte über diese Dinge schreiben und daß er imstande sei sie zweimal am Tag zu machen ohne dabei Schaden zu nehmen Und mein Mann lieh ihm die Perkeo-Atomschreibmaschine und wenn ich von der Arbeit heimkehrte und wenn ich zur Arbeit ging immer tippte Franta wie ein Specht er übte das Maschinenschreiben konnte es nach drei Monaten auch schon ganz ordentlich war jedoch entsetzt wegen der schrecklichen Rechtschreibfehler zwar schrieb er richtig doch die Häkchen und Dehnungsstriche stimmten nicht   Also fing er an sein Werk über das größte Herz Mitteleuropas zu schreiben worauf sich der Herr Professor Vondráček höchstpersönlich freute   Als er jedoch diese Dinge schilderte daß er imstande sei sie zweimal am Tag zu machen ohne Schaden zu nehmen da erhöhte er es auf dreimal und so geschah es daß sein Herz dreimal am Tag so wild streikte daß er nicht mehr auf der Schreibmaschine tippte sondern auf ihr lag er lag nicht im Bett sondern auf dem Stuhl auf einem Stuhl der auf dem Rücken lag das heißt mit der Lehne auf dem Boden kurzum er lag auf einem umgekippten Stuhl und das war seine beste Position mein Mann sagte wenn er Franta dort so liegen sehe sehe er aus als bumse er eine Ziege er besuchte Franta und scherzte mit ihm er maß Franta mit einem gelben zusammenklappbaren Zollstock schaute sich im Raum um was wohl das Bestattungsinstitut mit dem Sarg hier anstellen würde? Und Franta lachte daß es quietschte mein Mann scherzte immer so mit ihm und Franta nahm das für ein Zeichen ungeheurer Sympathie von seiten meines Mannes   Sie scherzten lange über diesen Sarg und mein Mann machte sich über Franta lustig ob er denn wenn er diesen Stuhl jetzt bumse diese Dinge einmal oder dreimal am Tag machen könne? Bis Franta eines Abends ein Nerv nach dem anderen riß und er immer lauter brüllte... als nun mein Mann zu Franta kam schleuderte dieser ihm aus letzter Kraft entgegen He Doktor nimm diese Schreibmaschine wieder mit! Nimm sie mit! Mein Mann legte aber die Hand auf Frantas Rücken er lag immer noch auf dem umgekippten Stuhl und mein Mann redete ihm zu... Behalt sie ruhig hier František und übe fleißig   Trainierst du? Übst du? František sobald du gelernt hast auf dieser Maschine zu schreiben mußt du etwas über dieses größte Herz Mitteleuropas schreiben du mußt davon berichten schließlich hast du es in dir sakra fang nur endlich an zu schreiben aus dir wird der Schreiber Nummer eins František versteh doch du lebst in Prag und Prag ist das Herz Europas und du bist imstande einen Bericht über das größte Herz in Mitteleuropa zu liefern nur du hast den Schlüssel dazu und obendrein die Papiere und Diagramme und Röntgenbilder du hast dieses Herz dem du's verdankst daß du in Rente lebst um Himmels willen František jammere nicht und fang an zu schreiben Wann soll man denn sonst schreiben wenn nicht in dem Augenblick in dem man anfängt alles von der anderen Seite zu sehen? Behalt die Perkeo-Schreibmaschine ruhig hier... ich habe meine stärksten Texte auf ihr geschrieben... Also František mach weiter schreib weiter an deinem Bericht über dein Herz in dieser Bude hier... Trainiere František übe und trainiere schon das Schreiben und beim Schreiben... Und Franta sagte er wolle sofort im und beim Schreibtraining beginnen sobald er sich ein wenig erholt habe er wolle sein Leben als Ofensetzer schildern und daß er in der medizinischen Fakultät war und die Professoren den Medizinstudenten Vorträge in Ton und Bild hielten sie hatten über dieses größte Herz Mitteleuropas gesprochen und zum Beweis wolle Franta seiner Darstellung den Vertrag mit der Universität beilegen daß František nicht baden nicht mit dem Flugzeug fliegen und auch nicht in einem Schnellzug reisen dürfe da er sein Herz schon zu Lebzeiten der Universität verkauft hatte und der Herr Professor Vondráček es kaum mehr erwarten konnte bis er František endlich sezieren und dieses riesige Herz mit eigenen Augen sehen durfte... Das sagte Franta und dann brüllte er weiter es platzten die Herzgefäße und er kroch unter seinen Ofen für den er ein so schönes Türchen gebaut hatte seinen Ofen der mit Quarzsand verziert und mit Schamotte und verdünntem Wasserglas übergossen war... und als am Morgen seine Freundin kam war Franta schon tot... vor seinem Tod hatte er noch geschrien doch hatte ihn niemand gehört und wenn so hatte man in den oberen Stockwerken angenommen es sei die reinliche Frau Beranová die im Schlaf schrie sie die täglich Eimer voll Wasser über den Flur schüttete und in den Kanal kehrte und wenn sie dann in ihrem finsteren Zimmerchen lag gähnte sie und gähnte so lange bis sie heulte... Vielleicht aber hatten Lizaj und Wulli dort oben oder auch die Slavíčeks geglaubt es heule diese Frau die der reinlichen Frau gegenüber wohnte... eine Witwe die einmal im Monat wenn ihr einfiel daß sie Witwe war wenn ihr einfiel daß ihr Mann wahrhaftig und für ewig tot war sich auf einen Hocker am Ofen setzte und schrecklich heulte sie heulte lange und jaulte wie ein Hund der sein Leben lang in einer Hütte angekettet ist und dem mit einem Mal bewußt wird daß er nie mehr auf dem Dorfplatz herumtollen und nie mehr mit anderen Hunden hinter den Scheunen herumstreunen wird... Also starb František das Begräbnis war schon vorbei und mein Mann wartete bis Frantas Freundin die irgendwo in Žižkov wohnte in die Wohnung kam und mein Mann bat sie ihm die Perkeo-Schreibmaschine zurückzugeben die er František geliehen hatte damit er darauf schreiben lerne und ein Schriftsteller werde... Aber die Freundin sagte sie wisse nichts von einer Maschine und mein Mann bettelte und bot ihr Geld sie erwiderte jedoch von solch einer Schreibmaschine wisse sie nichts und habe sie nie und nimmer gesehen... Und mein Mann war unglücklich er schneuzte sich und betrank sich gleich zweimal denn er sehnte sich nach seiner Perkeo-Schreibmaschine auf der er in seinem Leben Hunderte von Seiten vollgeschrieben hatte und als er den gespaltenen Föhrenstumpf anschaute zerfressen von den wilden Bienen die einst dort ihr Nest gehabt hatten als er die kahlköpfige Porzellanpuppe anschaute vor der seine Perkeo-Schreibmaschine gestanden hatte... da packte er die Puppe und schmiß sie in den Mülleimer er nahm die Axt und hieb auf den gespaltenen Baumstumpf ein den er von sowjetischen Soldaten erhalten hatte er zerhackte obendrein den Hocker auf dem er sein surrealistisches Stilleben aufgestellt hatte und als er nach all dem hin und wieder im Schlaf aufschluchzte tröstete ich ihn   schon gut schon gut denk nicht an deine Perkeo-Atomschreibmaschine... schon gut schon gut...

Einmal verbrachte ich mit meinem Mann eine Woche im Riesengebirge   Wir wohnten in Míšecky in der Jilemnicer Baude weil mein Mann als Student in Míšecky gewohnt hatte und wie er mir zeigte hatte er in Dreihausen bei einem Herrn Scharf gewohnt und unterhalb des Häuschens von Herrn Scharf hatte Herr Donth gewohnt und noch weiter unten Herr Berauer und alle hatten sie im Wald gearbeitet und viele Kinder gehabt sagte mein Mann und jedes Jahr wenn er in den Semesterferien hierherkam hätte es im Haus der Scharfs ein weiteres Kind gegeben weil der Herr Scharf im Wald arbeitete und der Herr Donth sich gelegentlich bei ihm eine Axt oder eine Säge auslieh und da der Herr Donth rotes Haar hatte war jedes zweite Kind des Herrn Scharf ebenfalls rothaarig   Und dann zeigte mein Mann mir das Waldheim ein Gasthaus mit grünem Fachwerk wo er immer zu Abend gegessen hatte wenn er von seinen Skitouren zurückkam er war hier immer der einzige Gast gewesen ab und zu waren sie auch zu zweit und alle tranken das Bier aus der Flasche und mein Mann verzehrte hier außer dem Bier am Abend Butterbrote mit Wurst es war immer heiß hier drinnen und geheizt wurde in einem riesigen Kachelofen... All das war jedoch noch vor jenem Jahre fünfundvierzig gewesen nun gab es hier im Riesengebirge keinen einzigen Deutschen mehr einige waren im Krieg gefallen die anderen hatte man mit Hacken erschlagen und die restlichen wurden ausgesiedelt und außer den ausgesiedelten und den gefallenen Deutschen waren langsam auch deren Kühe ausgerottet worden mein Mann sagte mir hier in diesen Bergen habe es früher sechshundert Kühe gegeben davon seien heute nur noch vier übriggeblieben in der Nordbaude über dem Pečer wo noch eine Deutsche wirtschaftete in deren Hütte abends wenn sie gemolken hatte die frische noch warme Milch mit Rum serviert wurde waren fast alle Hütten jetzt von volkseigenen Betrieben in Beschlag genommen die sie zu Erholungsheimen für ihre Angestellten gemacht hatten

Mein Mann war jedoch in Gedanken immer in der Zeit als hier noch Deutsche wohnten fast in jeder Hütte hatte es Butterbrot mit Bauernschmaus gegeben ein Brettchen und darauf ein Stück Speck ein Stück Wurst ein Stück Leberwurst und eine Scheibe Geselchtes und dazu gab es immer gutes Flaschenbier vor allem war es in all diesen Hütten im Winter fast heiß weil mit Holz geheizt wurde   Am meisten bedauerte mein Mann allerdings daß die sechshundert Kühe und diese kropfigen geschundenen Madonnen diese ausgemergelten Frauen und zusammen mit ihnen dieser schöne Dialekt verschwunden waren

Allerdings fügte mein Mann hinzu war nahezu jeder dieser Deutschen ein Nazi sie hatten gejubelt daß die Tschechen ihre

Sache verloren hatten und so durfte sich keiner auf Erden wundern daß an diesem Ort nachdem der Krieg verloren war ein Auge mit zwei Augen und ein Zahn mit der ganzen Kinnlade vergolten wurde denn wer Wind sät wird Sturm ernten und der Sieger stellt keine Fragen und wehe den Besiegten So redete mein Mann während der Spaziergänge auf verschneiten Wanderwegen wenn wir die Skier stehenließen und uns in Skianzügen und mit dem Rucksack auf den Weg machten wir stützten uns auf die Stöcke und mein Mann führte seine Monologe er war allen Deutschen in Böhmen und Mähren böse weil dieser Zweite Weltkrieg eigentlich mit dem Sudetenproblem angefangen hatte und indem die Deutschen unsere Republik verrieten und den Satz Heim ins Reich zur Losung erhoben bestimmten sie eigentlich im voraus ihr Schicksal und ihre Aussiedlung selbst und somit auch das Schicksal der Tschechen denn als Folge des verlorenen Krieges wurden die Sieger nach Mitteleuropa eingeladen und es begann eine neue Epoche in der nun alles anders ist als es früher einmal war So gingen wir auf den Wanderwegen dahin am liebsten stiegen wir nach Spindlermühle hinab und mein Mann schaute sich hier wie im Traum um denn keiner der einstigen Hotelnamen oder der Touristenherbergen ließ sich wiederfinden und als mein Mann dies entdeckte als er sah daß sich hinter den Hotels und den bescheidenen Häusern Berge von Abfällen und Schlacken aus Zentralheizungen auftürmten und vor allem als wir in einem ehemaligen Hotel nichts zu essen bekamen weil es jetzt das Erholungsheim eines volkseigenen Betriebs war der ausschließlich für seine Gäste kochte da setzte mein Mann seinen inneren Monolog laut fort und schimpfte abermals auf diese Deutschen die hier schließlich weiterhin hätten leben können mein Mann hätte weiterhin mit ihnen geplaudert und wäre zu ihnen in die überhitzten Hütten gekommen um sein Bier zu trinken doch hatten diese Deutschen im Riesengebirge damit daß sie Heim ins Reich wollten meinem Mann diese Berge so sehr verleidet daß er sagte es geschehe ihnen recht und es sei gut daß sie ein so schreckliches Ende genommen hätten denn sie hätten als erste die Regeln des sozialen Verhaltens in dieser Ersten Republik verletzt und das was ihnen zugestoßen sei sei im Grunde genommen noch wenig angesichts dieses größten aller Verbrechen daß nicht nur sechshundert Kühe aus diesem Sudetenland sondern auch die ganze Schönheit des Dialekts aus diesen Bergen verschwunden seien und überhaupt Durch diesen Verrat sei schließlich auch das schöne Prager Deutsch verschwunden und das schöne Deutsch dieser Slang von Brünn und Troppau und Iglau und es sei auch der schöne Dialekt aus dem Zipser Becken verschwunden das Zipserdeutsch der dortigen Deutschen und das der Egerländer Und mein Mann beklagte den Verlust dieses zweisprachigen Unterbewußtseins genauso wie das Verschwinden der sechshundert Kühe aus dem Riesengebirge und des Holzes in den gutgeheizten Hütten und Gasthäusern Doch was soll's? Sie wußten sich nicht zu benehmen und wohin auch immer sie mit ihren Fahnen und Konzentrationslagern und ihrer reinen Rasse gekommen waren überall hatten sie Verderbnis und Tod und Unglück mitgebracht Also geschah es ihnen recht es geschah ihnen recht eigentlich haben sie noch viel zuwenig für all das abbekommen was sie über Europa gebracht haben vor allem aber hatten sie einen Denkzettel verpaßt bekommen denn mein Mann hatte sie gemocht als er noch als Student nach Míšecky in die Semesterferien fuhr vierzig Kronen waren reichlich für eine Woche und für fünf Kronen hatte er beim Herrn Scharf in Dreihausen gewohnt und damals wäre ihm nicht im Traum eingefallen es hätte ihm gar nicht einfallen können was dann geschah als er in jenem Jahre siebenunddreißig wieder zu diesen Deutschen kam da waren es schon ganz andere Deutsche sie hatten die Dachbodenfenster so hergerichtet daß die Sprossen ein Hakenkreuz bildeten und meinem Mann gegenüber waren sie zurückhaltender und einige sprachen schon gar nicht mehr mit ihm plötzlich waren diese Waldarbeiter stolz sie hoben die Stimme und rollten die Augen in Richtung Prag und fingen an weiße Strümpfe zu tragen und diese kropfigen Madonnen trugen Dirndl und in den Schenken wurden deutsche Kampflieder und vor allem Die Wacht am Rhein gesungen Was war das für eine Schmach auch für mich ich schämte mich für diese Deutschen und hauptsächlich dessen daß sie überzeugt waren sämtliche sozialen Probleme lösen zu können und geglaubt hatten die Tschechen und Prag seien an allem schuld was zwischen ihnen schlecht war und daß sich alles ändern würde wenn ihr großer Traum vom Heim ins Reich sich erfüllte ... Wir stiegen einen steilen glitzernden Weg zur Goldenen Anhöhe hinauf mein Mann blieb stehen und blickte zwischen den vom Wetter gezausten Tannen hindurch in die Landschaft es war ein schöner sonniger Tag wir beschloßen nach dem Mittagessen zur Elbbaude zu wandern und so schritten wir langsam auf der Loipe zwischen den Tannen und den Latschen dahin wir hatten den dichten Wald bereits hinter uns gelassen jetzt wurde der Weg nach oben von verwitterten Tannen und Stangen angezeigt die so tief in den Schneeverwehungen staken daß sie nicht einmal mehr einen Meter aus dem Schnee herausragten   Mein Mann blieb stehen und zeigte mit dem Skistock   Dort haben wir einmal eine erfrorene Lehrerin aus Hradec gefunden und fünf Meter tiefer lag ihr erfrorener Mann und beide hielten eine gefrorene Orange in den Fingern   In jenem Jahre vierunddreißig als ich in den Winterferien hierherkam tobte hier zwei Tage lang ein Schneesturm und als man nach achtundvierzig Stunden wieder vor die Tür treten konnte ging man auf die Suche nach denen die nicht heimgekehrt waren   Dreißig Meter von der Elbbaude entfernt wurden zwei Offiziere gefunden die in dem Sturm so lange um die Hütte gekreist waren bis sie umfielen ... und hier unter der Goldenen Anhöhe habe ich zusammen mit anderen die zusammengerollte Lehrerin mit der gefrorenen Orange in der Hand gefunden und wir haben sie so wie sie war ins Hotel Renner hinuntergetragen und ihren Mann ebenfalls wie Stühle sahen die beiden aus wie die sitzende Statue Christi in dieser Stellung waren sie erfroren denn das Riesengebirge ist weit schlimmer als die Tatra wenn Schneestürme heulen   Die Tatra wiederum hat den Vorteil daß dort Dutzende von Touristen abstürzen und zu Tode kommen sich zu Tode schlagen wenn sie sich beim Sturz in eine Schlucht an den scharfen Felskanten verletzen ... Man sagt der schönste gewaltsame Tod sei der Tod durch Ertrinken ... Durften sich aber diese einst so netten kropfigen Deutschen wundern wenn sie nach dem Krieg zwanzig Millionen Gefallener und mehr an den Fronten zurückließen wenn sie sechs Millionen in Konzentrationslagern zu Tode Gequälter zurückließen durften diese Deutschen bei uns sich etwa wundern daß es hieß die ganze Kinnlade für einen Zahn nachdem sie den Krieg verloren hatten? Daß sich in jeder Gemeinde die Vorsteher dieser Gemeinden selbst ihr Grab schaufeln mußten und danach erschossen wurden? Durften sie sich wundern daß sie in Lagern gesammelt und in Prozessionen dorthin weggeschickt wurden wohin sie ohnehin wollten und durften sie sich wundern daß nach Kriegsende Hunderttausende umgebracht wurden? Ich habe nur mit Mühe ein blindes Kätzchen töten können und war trotzdem bei uns zu Hause und notgedrungen derjenige der die Kaninchen töten mußte mit Müh und Not könnte ich vielleicht auch einen Menschen töten wenn es sein müßte   Doch habe ich mich nie über jene gewundert die Deutsche getötet haben nie darüber daß sie in Konzentrationslagern und Gefängnissen zu Tode gequält wurden und ebensowenig erstaunte es mich daß die Betroffenen einen Zahn mit der ganzen Kinnlade vergalten   Man hat mir erzählt im Erzgebirge seien nach Kriegsende zwei SS-Männer auf einen Karren gelegt und gezwungen worden sich gegenseitig die Gliedmaßen eines nach dem anderen abzuhacken und abzusägen daß einer dem anderen ein Auge ausstach und dann einen Arm ein Bein und danach das zweite Bein abschlug und als sie sich gegenseitig alles abgesäbelt hatten blieben auf diesem Karren dort der von einem Traktor durchs Dorf gezogen wurde lediglich zwei Rümpfe und ein Arm liegen nur ein Arm denn der Armlose hatte nichts mehr womit er den anderen weiter hätte verstümmeln können... den beiden war jedoch der Mund geblieben und bevor man sie in eine Grube hinunterstieß schrien sie Heil Hitler... Und mein Mann seufzte allerdings nicht über diese Geschichte sondern weil wir die Bäume schon hinter uns gelassen hatten und die steile glitzernde Anhöhe hinaufstiegen ich spürte daß ich nahe daran war ohnmächtig zu werden nicht etwa weil mein Mann mir das erzählt hatte nein es war etwas das ich bisher noch nie gekannt hatte Schwindelanfälle überkamen mich angesichts der Tiefe des Tals wenn ich ins Tal hinunterschaute so hatte ich solange meine Augen sich an den Stämmen oder Zweigen von Latschen festhalten konnten in den Wipfeln der Nadelbäume einen Halt gefunden als ich jetzt aber den Hang hinaufschritt und die Bäume und das Gebüsch schon tief unter mir lagen da hatte ich nicht das Gefühl sondern die Gewißheit daß die Erde sich zusammen mit mir drehte ich sah wie die Goldene Anhöhe und der Kessel kreisten und bergab stürzten wie auf einer riesigen Kurbelwelle wie ein riesiges Mühlrad drehte sich die Erde und diese Drehung trug mir von unten alle Hütten und Tannen und Büsche entgegen sie stiegen langsam höher und ich sah sie über den Gipfeln wandern und dann zogen sie in einem riesigen unsichtbaren Kreis festgebunden an mir vorbei und diese Vision wie auch das Gefühl einer großen Beklemmung zwangen mich in die Knie ich krallte mich mit den Fingernägeln im Schnee fest und schaute mich um und schrie weil ich das untrügliche und bestimmte Gefühl hatte daß auch ich jetzt an den Haaren in die Luft gezogen wurde die Mütze flog von meinem Kopf weil ich schon in Bewegung war kopfüber ging es abwärts und ich schrie wieder auf da mich ein zweiter Schwindel erfaßt hatte da ich das Gefühl hatte hinausgeschleudert zu werden und im freien Fall den von Schnee und Sonne glitzernden Berg hinunter ins Tal zu stürzen und mein Mann stand vor mir keine drei Meter von mir entfernt er streckte mir die Hand entgegen ich kroch auf allen vieren langsam wie in einem gewaltigen Sturm und gegen das Schneegestöber an auf ihn zu ich robbte auf allen vieren und hatte Angst meine Hand hochzuheben um die Hand meines Mannes zu ergreifen der zunächst lachte und mir wie einem scheugewordenen Pferd zurief als er jedoch sah wie ich auf den Knien zu ihm gekrochen kam wie ich vor Entsetzen schrie daß wir uns zum letzten Mal sähen da kniete er sich nieder und umarmte mich ich preßte mich an ihn und meine Augen kreisten vor Entsetzen ich schloß sie und mein Herz klopfte bis zum Hals und mein Mann half mir auf die Beine ich aber stürzte wieder in den Schnee und stöhnte und wimmerte und mein Mann mußte in Reichweite vor mir hergehen und mich zurückführen und sobald ich die Augen öffnete drehte sich die Erde immer noch und schüttete alles aus was auf ihr war noch einmal durchlebte ich das Gefühl angebunden zu sein mit allen Dingen die mich umgaben an einen riesigen unsichtbaren Mühlstein gefesselt zu sein ... Und erst als ich die erste Stange den ersten verwitterten

Stamm berühren konnte erst als ich eine Tanne umarmte öffnete ich die Augen und die Büsche und Bäume des schräg abfallenden Hangs dieser Goldenen Anhöhe und der steile Weg und die auf ihm hochkletternden bunten Skifahrer und die dort im dunklen Wald herausragenden Dächer und der rauchende Schornstein der Jilemnicer Baude das alles beruhigte mich zwar nicht setzte jedoch diesem gewaltigen Wirbeln kopfunter auf dieser unsichtbaren für mich jedoch ungeheuer wirklichen Kurbelwelle ein Ende   Und ich weinte und schluchzte vor lauter Erregung schwoll meine Schilddrüse an und mein Mann war ernst und führte mich behutsam hinab er hielt mich um die Taille er hielt mich am Arm fest während unsere Skistöcke dort oben im Schnee staken auf diesem Weg der ohne Latschen und Tannen bis hinauf zum Gipfel führte und flimmerte und zuletzt mit dem Blau des Himmels verschmolz ... Tags darauf wollten wir durch die in der Sonne gleißende Schneelandschaft wandern und dann nach Spindlermühle in die Konditorei gehen   Als wir aber beim Renner ankamen dort wo die beiden Skiwege sich auf dem Šerýchhügel kreuzen blieb mein Mann stehen und schaute aufmerksam   Es stand dort eine große Gruppe von Skifahrern auch waren dort ein fahrbares Büffet Tische und Tischchen und darüber ein an Schnüren befestigtes Band mit der roten Aufschrift START und von der anderen Seite leuchtete die Aufschrift ZIEL und alle Skifahrer waren wie richtige Wettläufer eines Weltpokals ausstaffiert einige machten Lockerungsübungen sie drehten sich und spannten die Schultern und bereiteten sich mit Kniebeugen auf dieses Rennen vor die Organisatoren kontrollierten mit großem Ernst die Namen offenbar war es das Rennen der Old Boys sie waren in zwei Gruppen aufgeteilt die eine bis sechzig Jahre die andere von sechzig an aufwärts und es waren unter den Wettläufern Greise und gerade diese Old Boys bereiteten sich überaus ernsthaft für dieses große Rennen vor dieser Wettlauf fand wie einer der Organisatoren meinem Mann erklärte jedes Jahr statt alle Teilnehmer seien Freunde einst seien sie Rennen gefahren nun träfen sie sich hier und nähmen an diesem Rennen teil als ginge es um die Landesmeisterschaft einige trainierten sogar täglich indem sie Fahrrad fuhren und liefen andere die längst schon im Ruhestand waren machten Zweiphasentraining weil sie diesem Old-Boys-Rennen eine außerordentliche ja fast eine lebenswichtige Bedeutung zumaßen es war ein Prüfstein ob sie noch in der Lage waren an einem Rennen nicht nur teilzunehmen sondern einen der zehn Preise zu gewinnen   Und vor dem Rennen lächelten alle einander zu vor dem Rennen klopften sie sich gegenseitig auf die Schultern vor dem Rennen waren sie alle miteinander befreundet rissen Witze erkundigten sich nach der Prostata und danach wieviel Mineralwasser der Kamerad jetzt täglich trinke und mit den Wettläufern zusammen waren auch ihre Frauen und Freunde gekommen einige der Sportler aßen vor dem Rennen sogar ein bißchen Haferbrei während die anderen Würstchen mit Senf verzehrten und die riesige Gruppe von Old Boys verhielt sich wie kleine Jungs ich hatte noch nie so gut gelaunte alte Männer gesehen einigen sah man sofort an daß sie früher gewonnen hatten sogar Preise der Republiksmeisterschaft man sah es ihren Gesichtern und ihrer Skiausrüstung an fast alle hatten sie Rennskier österreichische oder italienische Fabrikate   Und dann kam der Augenblick als die Herren Organisatoren den Wettläufern die Nummern nach einer Liste zuteilten und mit Hilfe der Frauen und Freunde bekam jeder Läufer eine Nummer auf den Rücken und als die letzte Nummer mit Schnürchen festgebunden war verstummten die Gespräche und die Scherze und es schien als kennten die dieses Rennen fahren wollten einander nun nicht mehr sie warfen sich sogar feindselige Blicke zu   Und dann wurde ein Skifahrer nach dem anderen entsprechend seiner Nummer von einer Stoppuhr auf die Loipe geschickt zum Lauf über die Flächen des Šerýchhügels und mein Mann nahm mich an der Hand und wir liefen einen schmalen Seitenweg hinab bis zu der Stelle wo die Loipe eine Kchrschleife hatte und wieder dorthin zurücklief wo zunächst der Start und dann auch das Zicl war . . . Und die Loipe war von Zuschauern vor allem von Verwandten der Wettläufer gesäumt die jetzt bemüht waren einer nach dem anderen so schnell wie möglich zu gleiten ich sah es ihren Gesichtern an daß sie diesen Wettlauf todernst nahmen und wenn einer hinfiel stand er mühsam und beschämt wieder auf diese Wettläufer die von Beruf ohne weiteres Ingenieure und Ärzte sein mochten und zudem Mitglieder von Skiklubs waren wo sie sicher als Spezialisten für Skirennen galten sicherlich schauten alle Fernsehen sobald Weltcuprennen übertragen wurden sicherlich schauten sie alle zu und gaben ihre sachkundigen Kommentare dazu ab Und wenn jetzt einer stürzte empfand er es als fürchterliche Schande rasch stand er wieder auf und versuchte jene einzuholen die einen Vorsprung hatten . . . Und mein Mann las das alles in ihren verzerrten und verschwitzten Gesichtern und an ihren Bewegungen ab Und wir dort unten wurden Zeugen wie ein Wettläufer den anderen überholen wollte dieser es jedoch nicht zuließ sogar versuchte ihm den Weg zu blockieren also schrien sie sich an . . . Mach Platz! . . . Und wer nicht zulassen wollte daß sein Kamerad ihn überholte schrie . . . Niemals! . . . Und so wurde das Old-Boys-Rennen zu einem Lauf auf Leben und Tod Einige Wettläufer waren als sie dort unten bei uns ankamen schon in der Kurve todmüde der Schweiß lief ihnen herunter und die gequälten Gesichter drückten Entsetzen darüber aus daß die Kräfte sie verlassen und sie diesen Lauf nicht mehr durchstehen könnten Aber es waren die Frauen da und die Freunde die ein Stück weit mit den erschöpften Wettläufern mitgerannt waren sie anfeuerten und ihnen Plastikbecher mit erfrischenden Getränken reichten Und für keinen weder für die Frauen noch für die Freunde der Wettläufer war dieses Rennen noch eine Freundschaftsbegegnung der Old Boys sondern eine Prestigefrage Und vor allem wenn ein Wettläufer einen anderen überholte geiferten sie sie beschimpften sich und beleidigten einander Und so kam es daß zwei sich beim Überholen ineinander verhakten und einen Fichtenhain hinunterrollten feiner Schnee rieselte auf sie nieder und obwohl sie dort oben am Start einander den Arm um die Schultern gelegt und freundschaftlich ins Gesicht geblickt hatten lagen sie jetzt mit Skiern und Händen und Stöcken ineinander verkeilt da sogar die Gesichter klebten aufeinander und voll Abscheu brüllten sie sich an und wer an den Zusammenstößen der Old Boys keine Schuld hatte wer vom anderen mitgerissen wurde biß seinem Kameraden nun in maßloser Wut ins Ohr daß das Blut spritzte Schließlich rollten sie voneinander der eine richtete sich langsam wieder auf und lief den

Wettläufern die schon einen Vorsprung hatten hinterher der andere aber blieb so liegen wie er hingefallen war der mit dem durchgebissenen Ohr und er schrie ... Du Arschloch ich werd mich über dich beschweren du mußt disqualifiziert werden! Und so lag er auf dem Rücken in einer prächtigen Skiausrüstung wie ein Käfer den man auf den Rücken gedreht hat er bewegte die Skier helfen durfte ihm jedoch keiner er hatte Hilfe abgelehnt und immer wieder bemühte er sich aus eigenen Kräften auf die Skier zu kommen um das Rennen wenigstens zu beenden und bei der zuständigen Stelle Protest einzulegen Und mein Mann schaute mich an und ich wußte ich kannte meinen Mann mittlerweile wir verstanden einander auch ohne Worte ... Ich sah in seinen Augen die Erinnerung an das Rollerrennen unterhalb des Schloßbergs an das Kinderrennen bei dem es für die Kinder und vor allem für die Mütter auch um Leben und Tod gegangen war   Auf einem Umweg kehrten wir wieder nach oben zum Ziel zurück   Und in der Zielebene setzte gerade das Finish der Old Boys ein und in der Tat sie verausgabten sämtliche Kräfte alle waren sie einem Infarkt nahe

Zwei alte Männer fuhren dicht nebeneinander und wurden an ihren Seiten von den Frauen und Freunden angefeuert die sich wenig darum scherten ob der Sieger einfach nur ins Ziel kam oder nach einem Kollaps im Erschöpfungstod enden würde ... Und schließlich war einer dieser Alten dennoch der Erste und als der Zweite ebenfalls das Ziel erreichte beugte er sich über den am Boden liegenden Sieger und fauchte feindselig ... Du Krüppel hättest du mich überholen lassen hätt ich dir's gezeigt ... Und auch er sank in den Schnee rollte sich auf die Seite und atmete schwer plusterte sich auf kühlte sich das Gesicht und der gleißende Schnee und die Sonne strahlten und weitere Wettläufer kamen ins Ziel und die Organisatoren stoppten die Zeiten und notierten sie in ihren Listen und die Frauen und die Freunde der ersten sechs Wettläufer packten die Sieger in Decken und erstaunlicherweise entspannten sich die zu Tode erschöpften Sieger und ihre verzerrten Gesichter wurden glatter und lächelten   Diese Gesichter lächelten und glichen Kindergesichtern die vor Glück strahlen wenn sie einen brennenden Christbaum sehen unter dem ein Haufen Geschenke liegt ... Und dann lief auch der Zehnte ins Ziel und als er sich auf die Stöcke stützte und vornüberbeugte und der Schweiß von seinem baumelnden Kopf tropfte da war auch dieser Zehnte als er den Kopf hob auf einmal glücklich auf einmal war er nur noch ein Wettläufer des großen Old-Boys-Rennen und er nahm Gratulationen entgegen und die ersten zehn schüttelten sich gegenseitig die Hände und lachten einander wieder zu und hielten sich wieder um die Schultern fest und waren auf dem Gipfel des Glücks daß sie noch da waren und fähig einen so mühsamen Lauf zu beenden ... Und dann trafen jene Alten ein für die es keine Preise mehr gab und sie fuhren schuldbewußt ins Ziel vielleicht hatten sie sich mehr verausgabt als jene die unter die ersten zehn gekommen waren ... Als dann die letzten aus dem Feld eintrafen wurden sie von keinem mehr begrüßt keiner ermunterte sie keiner feuerte sie an sie sollten doch aufdrehen und keiner lief neben ihnen über die Ziele-bene ... Und als sie hier einfuhren schmissen ihre blassen und wütenden Ehefrauen Decken über sie und als diese Frauen den Blick hoben sah man in ihren Augen daß sie es waren die dieses Rennen im Grunde genommen verloren hatten ... Und so bildeten sich zwei Gruppen die der glückstrahlenden ersten zehn und jene die am Wettlauf teilgenommen und das Ziel erreicht hatten ... Und alle in der letzten Gruppe waren traurig schuldbewußt und schämten sich ... Einer der seinen Wagen am Waldrand geparkt hatte und als Zwanzigster ins Ziel gekommen war schnallte seine Skier ab und lief zu seinem Auto ... Was heißt er lief er schleppte sich dorthin befestigte die Skier auf dem Dach schwang sich hinters Lenkrad und kurbelte die Fensterscheibe herunter   Die Organisatoren liefen ihm nach und riefen ... Doktor großer Gott was machen Sie! ... Und fast unter Tränen schrie dieser Doktor ... Ihr werden mich hier nicht mehr sehen! Lebt wohl! Er trat aufs Gas die Räder drehten eine Weile auf dem glatten Schnee durch   Und dann fuhr er los und die Organisatoren klopften links und rechts auf das Auto des unglücklichen Wettkämpfers der aber fuhr auf die Straße und hinunter Richtung Jilemnice   Und dann holten die Organisatoren die Pokale von einem Jeep und stellten sie in die Sonne auf einen großen mit einem weißen Tischtuch bedeckten Tisch zehn Pokale die so angeordnet waren daß über allen der riesige Siegerpokal thronte   Und die zehn Old Boys standen in einer Reihe und nahmen nochmals die Glückwünsche der Freunde und die offizielle Gratulation des Vorsitzenden und Leiters des Wettlaufs entgegen   Und alle die lediglich teilgenommen hatten standen mit gesenkten Köpfen etwas abseits sie hatten sich noch nicht davon erholt daß sie nicht einen der Pokale erlaufen hatten   Mein Mann flüsterte mir zu... Das ist ein schwacher Kaffee verglichen damit wie Dichter wie Schriftsteller aufeinander eifersüchtig sind   Kleines die können sich gegenseitig so beschimpfen daß es für eine Anklage reichen würde die sind dermaßen aufeinander eifersüchtig daß die Wohnparteien der Libener Pawlatschen-Mietskasernen es nicht mit ihnen aufnehmen können   Was du hier siehst ist eine Säuglingsratsche verglichen mit dem wenn Maler sich anschreien und dann ein Leben lang nicht mehr miteinander verkehren wenn einer den Staatspreis bekommt und der andere nicht   Aber aufgepaßt Kleines   Das was du hier gesehen hast ist ein symbolisches Bild nicht nur von unserer Gesellschaft sondern von der Menschheit insgesamt   Nach Hegel ist das die treibende Kraft der Geschichte und daher der Entwicklung von Idee in der Welt... Allein der Mensch allein die Gesellschaft die sich zu verjüngen und zu siegen versteht hat das Recht auf einen Platz unter der Sonne   Laberte mein Mann und ich hörte nur mit halbem Ohr zu mir war übel geworden bei dem was ich gesehen hatte   Ich sagte... Ich habe keine Lust mehr in die Konditorei zu gehen   Ich will nach Hause   In unsere Jilemnicer Baude gingen wir jedoch erst eine Stunde später   Denn wie durch einen Zauber begann die Gruppe der Besiegten vor der Preisverteilung auf einmal zu strahlen auf einmal schauten sie sich wieder in die Augen langsam hellten sich die verweinten Gesichter auf sie schämten sich einer nach dem anderen wie auf ein Zeichen hoben sie die Köpfe schritten aus und mischten sich unter die Sieger und gratulierten ihnen ohne Falsch auch ihre Frauen und Freunde schüttelten die Köpfe als wollten sie diese unaufrichtige Wehmut und den Kummer von sich werfen sie reichten den Frauen der Sieger die Hand alle lachten schallend und kaltgestellte

Sektflaschen wurden entkorkt und Ströme von perlendem Schaumwein spritzten hoch und es wurden Kelche und Gläser aus dem fahrenden Büffet des Reisebüros Čedok gefüllt Auch der mit dem durchgebissenen Ohr kam hinzu und gratulierte dem der ihm ins Ohr gebissen hatte und mit einer Flasche Sekt in der Hand schwor er seinem Freund beim nächsten Mal zur Vergeltung das Ohr schon vor Beginn des Wettlaufs durchzubeißen damit der Himmel wieder ausgesöhnt sei Und mein Mann spielte wieder einmal den Schulmeister und erklärte mir leise... Kleines wenn ich dich einmal nach Berlin nach Ostberlin mitnehme dann gehen wir zusammen ins Pergamonmuseum... Dort gibt es lange Reliefs auf denen die Siege der Griechen über die Gallier abgebildet sind... Solch ein Relief war damals so etwas wie ein Kino... Darauf sind die einzelnen Etappen dieses Sieges wiedergegeben... Am allerschönsten ist dort aber ein junger Gallier der als er sah daß sie verloren hatten mit dem Schwert zuerst seine Frau tötete und sich dann selbst ins Schwert stürzte... Dieses Mitleid der Bildhauer mit dem besiegten Feind... das ist die größte Zierde des Triumphs der Griechen über die Gallier... Und dieser Siegespokal der Old Boys sollte der mit dem durchgebissenen Ohr erhalten... verstehst du? Tags darauf blieb ich im Bett und mein Mann ging liebend gern und mit Wonne allein in dieses Wintermärchen hinaus er ging allein nach Spindlermühle in die Konditorei um etwas Leckeres zu speisen und ich lag da und starrte auf die Decke und sah dort immer diesen Gallier wie er nach der verlorenen Schlacht zuerst seine Frau und dann sich selbst tötete

Ich sah aber auch diesen Bildhauer der voller Mitleid und Mut den Einfall hatte diese melancholische Statuengruppe in ein Relief einzufügen das schließlich nur den Sieg besingen sollte Ich starrte auf die Decke lag auf dem Rücken und begriff daß die Völker damals vermutlich grausamer zugleich aber edler gewesen waren wenn sie so viel Mitgefühl für den Besiegten hatten Und ich lag auf dem Rücken und sah auf der Decke mein Schicksal ich die ich überhaupt nicht am Krieg teilgenommen hatte trotzdem aber zu den besiegten Deutschen gehörte ich war im Arbeitslager gewesen und niemand hatte Mitleid mit mir gehabt... auch nicht als ich auf dem Feld arbeitete und in der Frühstückspause abseits mit den deutschen Frauen sitzen mußte   Ein Stück von uns entfernt saßen tschechische Arbeiterinnen und sie taten als seien wir Aussätzige und eines Tages hatte ich furchtbaren Hunger und die Arbeiterinnen aßen Schmalzbrote und als eine meine Augen sah ... da hielt sie mir die Hand mit dem Brot hin und als ich aufstand und meine Hand nach diesem Schmalzbrot ausstreckte ... da zog die Arbeiterin ihre Hand zurück und aß weiter ... und ich stand beschämt da die deutschen Frauen schauten mich finster an und die Tschechinnen lachten mich aus und niemand hatte Mitleid mit mir ... wie mein Mann sagte Jedem das Seine ... auch ich hatte als Unschuldige etwas abbekommen ... doch dieses Bild mit dem Schmalzbrot ist mir bis heute geblieben ... dann kehrte mein Mann zurück er duftete nach Bier hockte sich auf den Bettrand und sagte zu mir ... Kleines dieses Old-Boys-Rennen hat gestern nacht ein trauriges Ende gefunden ... all die Rennläufer und ihre Freunde haben ihre Siege und Niederlagen zusammen gefeiert und darauf getrunken und kurz vor Mitternacht sind die Sieger noch in die Sauna gegangen ... und der das Rennen gewonnen hat ... ist noch ein Weilchen länger geblieben als die anderen schlafen gingen ... und am Morgen konnte man ihn im Hotel nicht finden und so gingen sie in die Sauna und fanden ihn dort halb verbrannt ... er war ohnmächtig geworden und auf die glühenden Quarzsteine gefallen ... als man ihn hochhob fiel das Fleisch in Fetzen von ihm ab ... Kleines es ist nicht einfach auf der Welt zu sein ...

Alle Leute glaubten mein Mann sei ein glücklicher Mensch daß jede Frau mich um so einen Mann wie ich ihn bekommen hatte beneiden sollte und es eine große Freude und ein Glück sein müsse mit meinem Mann zusammenzuleben   Doch es war alles ganz anders   Mein Mann war ein sehr unruhiger Mensch er wich ständig aus und wollte immer woanders sein nur nicht dort wo er gerade war und was immer er auch tat er machte es rasch um möglichst schnell damit fertig zu sein damit er wieder woandershin gehen konnte wo er dann erneut unzufrieden war und sich nichts anderes wünschte als dort zu sein von wo er weggelaufen war Mein Mann befand sich immerfort in der Situation als habe er es eilig um ja nicht den Zug zu verpassen als beeilte er sich damit wir nicht etwa eine Vorstellung versäumten Wenn er sich ankleidete war es das gleiche Mein Mann war immer schon längst angezogen das heißt eigentlich nicht angezogen auch seine Mutter hatte mir erzählt daß er immer wie verkleidet aussah immer fehlte etwas immer zog er sich im Weggehen an und mußte aufpassen daß er sich nicht verletzte sich kein Auge ausstach den Mantel nicht zusammen mit dem Kleiderbügel umlegte er aß sogar im Stehen und schaute dabei immer zum Fenster hinaus Er schaute woandershin und nicht auf das was er gerade tat und wie ich nach einiger Zeit feststellte schaute er auch woandershin damit er mich nicht anschauen mußte Und wenn er mich ansah wenn unsere Blicke sich begegneten dann stellte ich fest daß er sehr unglücklich war und sich nichts anderes wünschte als daß ich fort wäre damit er woanders sein konnte wo ich nicht war Und dabei hatte er so viel Zeit so viel Freizeit denn ich war ja den ganzen Tag weg und wenn er von der Arbeit kam hatte er fast bis Mitternacht reichlich Zeit um das zu schreiben was er schreiben wollte Aber es war immer wieder das gleiche Wenn ich bei der Arbeit war marschierte er in Libeň herum ging nach Hause und wieder aus und setzte sich dann hin stand wieder auf und ging im Hof herum war wütend weil er seine Zeit nicht zu nutzen wußte diese Zeit die allein seine Zeit eine Zeit ausschließlich für ihn war Eigentlich konnte mein Mann überhaupt nichts Er fing immer alles nur an und brachte nichts zu Ende er gärtnerte gern pflanzte Gemüse an oft kamen wir aber nach Nymburk und Unkraut hatte sein ganzes Beet überwuchert und so bestand sein Gärtnern einzig und allein im Jäten des Unkrauts und bei alledem prahlte er wenn wir im Zug fuhren im Abteil derart mit seinen Gärtnerkünsten daß alle staunten und die Frauen ihn ihren Männern als Vorbild hinstellten wie mein Mann es verstehe so schönes Kraut und so schöne Kohlköpfe und Salat zu ziehen wie er Spitzenäpfel- und Ringlottenbäume züchten könne Das kam jedoch daher daß mein Mann das alles zwar züchtete noch lieber aber im Gartenratgeber von Předmostí las und deshalb immer das nachholen mußte was er vernachlässigt hatte was er ins Kraut hatte schießen lassen So waren auch unsere Liebesakte ich bat ihn immer sich darauf zu konzentrieren und an nichts anderes als an die Liebe zu denken und nicht darüber zu sinnieren was morgen sein würde Doch hielt es mein Mann im Bett nie lange aus es gab bei ihm kein Abklingen nach diesen Dingen konnte er im Bett nie plaudern nie etwas erzählen oder einfach nur so daliegen und zum Beispiel zur Decke hochschauen auf der die Lichtflecken aus den gesprungenen Herdplatten tanzten Bevor es jedoch zu diesen Dingen kam ja da war er wild wie ein Stier er war unerbittlich und riß mir den Pyjama vom Leib und es mußte alles sofort und jetzt sein es sah aus als hätte er mich wahnsinnig gern und daß ich ihm gehören müsse gerade jetzt und nicht ein andermal Wenn seine Lust dann abgeflaut war und er gleichsam aus seiner Bewußtlosigkeit erwachte wenn er von diesem Geblitze nicht nur im Gehirn sondern in allen Gliedern wieder zu sich kam wenn er einigermaßen aus diesem wilden Liebesspiel erwachte und ins Bett ins Zimmer Am Damm Nummer vierundzwanzig zurückkehrte dann stand er auf und wischte seine Dinge in ein Handtuch in ein Taschentuch oder in unsere zerlöcherten Vorhänge er wandte sich von mir ab und sah überall hin nur nicht zu mir und ich sah und wußte daß er in diesem Augenblick noch einsamer und noch unglücklicher war daß er in diesem Augenblick den Wunsch hatte sich anzuziehen und auf den Schloßberg oder überhaupt woandershin zu gehen wie er das auch bei der Arbeit tat Ich konnte in die Spálená-Gasse kommen wann ich wollte beständig war er woanders immer kam er eben mit einem Krug Bier vom Husenský zurück immer war er gerade weggegangen um Leberkäs zu essen um nach der Rückkehr dann wieder diese Berge von Makulatur zu stampfen und ein Stündchen später schon wieder irgendwohin zu verschwinden

Mein Mann kochte gern allerdings kam auch bei diesem Kochen nie das heraus womit er prahlte wenn er in Gesellschaft Vorträge über alle möglichen Gerichte hielt die er in Kochbüchern nachgelesen hatte oder von seiner Mutter her kannte Überall galt mein Mann als vorzüglicher Koch und nur ich wußte alles was er zubereitete war immer irgendwo mißlungen immer brannte ihm etwas an denn mein Mann las beim Kochen oder mußte mal schnell auf einen Sprung in die Kneipe um nachzufragen Ist Pepíček Sviatek nicht da? Und wenn er zurückkam war ich zu Hause und las ebenfalls und so war das Essen immer ein bißchen angebrannt immer fehlte etwas und mein Mann versuchte das alles wiedergutzumachen indem er schrecklich viele Gewürze hinzugab unsinnig viel Gewürz und aus einem ganz gewöhnlichen Gulasch mußte er zum Schluß etwas Chinesisches machen und wenn dieses Gulasch angebrannt war rühmte mein Mann sich ein richtiges Gulasch müsse immer ein bißchen angebrannt sein weshalb einige Köche mit denen er befreundet sei eine Maurerkelle hätten mit der sie dieses angebrannte Fleisch vom Topfboden kratzten und zum Schluß etwas Essig darauf tropfen ließen Das war typisch für meinen Mann auch in Gesellschaft von Köchen wenn alle davon erzählten wie sie ihr Gulasch zubereiteten nickte er schloß die Augen und fragte zu guter Letzt Und was zum Schluß? Und keiner wußte es und mein Mann verkündete mit Kennermiene und unter großem Lachen Zum Schluß gibt man ein paar Essigtropfen darauf nur ein klein bißchen als ob man die Wäsche einsprengt als ob man mit einem Finger Weihwasser versprengt Also galt mein Mann als Nummer eins unter den Köchen und ich mußte immer lachen wenn er jedoch wie so oft daheim ein Gulasch verdarb lachte ich nicht und falls doch dann einfach nur so als hätte ich statt eines Mannes ein schwachsinniges Kind oder einen Mann allerdings nur für den Samstag den man mir gegen Revers aus der Anstalt für Schwachsinnige in Dolní Beřkoviče ausgeliehen hatte So hastete mein Mann immer irgendwohin immer war er woanders immer dachte er woanders könnte plötzlich etwas passieren es könnte sogar ein Satz vom Himmel zu ihm herabschweben und er wäre gerettet mit diesem einzigen Satz wäre er die Nummer eins und ein Champion der überdachten Höfe Wie ich feststellte nahm mein Mann das Essen in diesem ersten Jahr unserer erfolgreichen Ehe genauso zu sich Er aß nie wie die anderen ging nie schlafen wie die anderen das Mittagessen verschlang er bei der Arbeit immer schon am Vormittag oder erst nach Arbeitsschluß er frühstückte nie zu Hause und wenn er einmal mit mir frühstücken mußte schlürfte er nur seinen Kaffee rauchte drei amerikanische Zigaretten dazu und wurde blaß und jedesmal wurde ihm übel davon   Dafür nahm er jedoch immer ein Stück Schmalzbrot mit ins Bett und verschlang es gierig wurde er um Mitternacht wach schmierte er sich ein Brot und kaute und schlang diese Scheibe so gierig herunter wie er mich gierig liebte und sich danach ausruhte und ich lag dann neben ihm und spürte selbst noch im Schlaf daß das Leintuch voller Krümel war mein Mann aber schmatzte und mein Kopfkissen war fettig von seinem Mund   Und auch Lizaj und Frau Slavíčková erzählten mir daß mein Mann wenn ich außer Haus war heimkam das Bett aufschlug und sich hineinlegte und wie ein Murmeltier schlief schön ausgezogen und selig vor Glück daß ich nicht zu Hause war und er sich ins Bett legen konnte manchmal überkam ihn nachmittags solch eine Lust zu schlafen daß er sich kaum war er daheim einfach mir nichts dir nichts ins Bett legte und selig schlief   Und Lizaj und Frau Slavíčková trösteten mich früher habe er sich sogar schon mittags schlafen gelegt um dann abends und nachts alle Mietparteien durch den Radau aufzuwecken den er bei seinen berühmten Hochzeiten im Hause veranstaltete   Und so wie mein Mann liebte so wie mein Mann kochte so wie mein Mann dort in der Spálená-Gasse arbeitete so wie mein Mann gärtnerte genau so schrieb er auch

Es drängte ihn etwas mit seinen steifen Fingern in die Maschine zu hacken und wenn ich irgendwo seine vollgeschriebenen Blätter entdeckte versteckte er sie vor mir noch nie hatte ich etwas so Schauerliches gesehen denn mein Mann schrieb so rasch daß er schneller als seine Gedanken war also ergaben sich in jeder Zeile so grauslige Fehler daß das Geschriebene keinen Sinn ergab mein Mann aber hämmerte so wild auf die Maschine ein daß die Seiten wie Fahrkarten durchlöchert waren er ratterte die Seiten in Windeseile herunter und beeilte sich wie auch bei diesen Dingen das Blatt aus der Maschine herauszuzerren oft riß er dabei eine Ecke ab so wenig konnte er es erwarten weiterzuschreiben   Und ich meinte vermutlich schreibt er den ganzen Vormittag so wenn ich in meinem Hotel Paris bin

Frau Slavíčková und Lizaj aber die meinen Mann meinen

künftigen großen Schriftsteller diese künftige Nummer eins ebenfalls schreiben hörten waren ebenfalls verwundert weshalb sich mein Mann beim Schreiben denn dermaßen abhetze wohin er haste Sobald mein Mann also schrieb ließen die beiden Frauen ihre Arbeit liegen und lauschten dem wilden Gehacke immer waren sie im Bilde weil sie durch die Mauern und die geöffneten Fenster hindurch wenigstens mal hörten wie so ein Schriftsteller arbeitete Und sie hörten auch wie mein Mann schimpfte röhrte und sich selbst Mut zusprach sich Hü zurief wie einem Gespann und fluchen konnte mein Mann auch wie ein Brauereikutscher um eine halbe Stunde später dann ganz verschwitzt das Haus zu verlassen und einen Krug Bier zu holen Mein Mann war immer verschwitzt und müde er strich sich über die triefende Stirn und spritzte eine Handvoll Schweiß auf das Pflaster unseres Hofs Nur auf dem Dach dort schrieb mein Mann ruhig wenn schönes Wetter war und die Sonne schien und er mit der Schreibmaschine auf das schiefe Dach des Schuppens stieg hinauf zu seinen beiden zurechtgesägten Stühlen die Schreibmaschine war tatsächlich so klein daß sie auf der Sitzfläche eines Stuhls Platz hatte hier ruhte die Schreibmaschine wie auf einem Tischchen und wie Frau Slavíčková und Lizaj mir sagten die von ihren Fenstern aus direkt auf meinen künftigen Schriftsteller sehen konnten gab es keinen angenehmeren Menschen als meinen Mann sobald die Sonne schien und er zum Beispiel nachmittags auf dieses Dächlein hinaufkletterte und dort bis zum Sonnenuntergang schrieb mein Mann schrieb aber nur deshalb dort weil er sich beim Schreiben sonnen konnte mein Mann hatte nämlich die fixe Idee nur ein braungebrannter Mann sei ein schöner Mann deshalb wanderte er mit seinem Stuhl wenn er freihatte schon ab zehn Uhr vormittags dorthin wo die Sonne prall schien und mit der wandernden Sonne trug er seine Schreibutensilien weiter und da störte es ihn nicht daß ich neben ihm saß und häkelte oder las nichts störte ihn sobald er nur in der Sonne sein und schreiben konnte in diesen sonnigen Augenblicken nahm mein Mann mich nicht wahr er ging ganz in seinem Schreiben auf und sobald die Sonne schien und mein Mann schrieb hatte ich den Eindruck daß mein Mann eines Tages doch noch etwas zustande brächte gerade wenn er so in Trab in Eile war weil er zwar woanders dennoch aber bei mir im Hof war seine Mutter erzählte daß er von klein auf immer woanders war und wenn die Sonne schien und er schrieb wußte ich daß dieses Anderswo einzig und allein in diesem wilden Schreiben bestand das der religiösen Ekstase einer Sekte von Sonnenanbetern glich Und auch deshalb konnte mein Mann nur in der Sonne schreiben weil er wegen des gleißenden Lichts außerstande war zu erkennen was er schrieb Und wenn die Sonne dann hinter den Wolken verschwand erwachte mein Mann und trug seine Schreibmaschine ins Haus und verstaute das was er geschrieben hatte er nahm sich den Krug und ging schon wieder woandershin einmal Zum Füchslein ein andermal in die Braustube und danach ging er mit dem Krug bis zum Doudy oder zum Merkur manchmal zum Vaništa und in die Alte Post nur immer wieder woandershin denn die Sonne war untergegangen und fürs Schreiben hatte er keine geeignete Atmosphäre mehr Und wenn mein Mann in der Sonne schrieb hatte ich den Eindruck als spielte er Klavier Allerdings nur mit dem Pedal Und ich hatte nie den Mut mir anzuschauen was er geschrieben hatte Angst hielt mich davon ab und er selbst gab mir seine beschriebenen Blätter nie zu lesen also weckte er nie mein Interesse für seine mit dem Pedal geschriebenen Improvisationen Nur eines sah und wußte ich sobald er in dieser Sonne etwas zu Ende geschrieben sobald er alles was er in seinem Innern barg heruntergerattert hatte war er mutig genug mich anzuschauen er schaute mich lange an und auch ich war imstande ihm in die Augen zu schauen und in diesem Augenblick war ich glücklich daß ich ihn geheiratet hatte Doch so wie ich ihn ansah wie auch seine Mutter und Frau Slavíčková und Lizaj ihn ansahen genau so konnte mein Mann auch sich selbst anschauen Er kannte alle seine Laster und wußte über sie Bescheid er brach ihretwegen zusammen um dann wieder davon überzeugt zu sein daß alle diese Laster eigentlich seinen Stil ausmachten und er sich nicht von ihnen lossagen durfte Irgendwie ahnte er wenn er dieses Tempo diesen Rhythmus mit dem bis auf den Boden durchgedrückten Pedal ein paar Jahre durchhielt dann könnte er etwas einfangen etwas das nur ihm eigen war und womit er die

Trommel durchstoßen würde wie er sein Schreiben immer wieder nannte Mein Mann verstand es aber um sich zu schauen und in dem was er sah Verwandtschaften mit sich selbst zu entdecken Wenn wir an der Rokyta entlangspazierten fand mein Mann daß alles was die Leute ins Flüßchen geschmissen hatten seinem Schreiben glich Wenn wir die Fabrikhöfe in Vysočany und Libeň betrachteten sah mein Mann in diesem Chaos daß er selbst eigentlich kein bißchen anders war und sein Schreiben diesem weggeworfenen Gerümpel all diesen Werkzeugen und Maschinen entsprach Wenn mein Mann zusammen mit mir über den Zaun bei der Stehbar La Paloma schaute wohin wie er unter lautem Gelächter erzählte die Soldaten ficken gingen dann verglich er all die herumliegenden Bretter alle diese umgestürzten Balken und Pfosten mit sich selbst denn in seiner Seele herrsche genau so ein Chaos wie in diesem Hof mit den verstreut herumliegenden Balken und Pfosten Welchen Hof auch immer wir betraten es lag dort sinnlos weggeworfenes Zeug herum als seien für den Eisernen Sonntag Mülltonnen umgekippt worden und mein Mann wies mit dem Zeigefinger darauf und bekam einen Schreck denn all dies ergab ein genaues Bild nicht nur seines Schreibens sondern auch seines Denkens er gehörte zu dieser Epoche und war eigentlich ein Kind seiner Zeit Und wenn wir auf dem Rückweg von unserem Spaziergang zum Schloßberg vor den Geschäften stehenblieben sah mein Mann sich am liebsten die Läden mit vorgekochten Speisen an und was er dort sah stimmte ihn freudig und gab ihm die Erkenntnis daß im Grunde genommen das was er machte auch immer nur vorgekocht war daß der Leser gerade der Käufer von Vorgekochtem war von Gerichten die er zu Hause noch nach seinem Geschmack würzen und zu Ende kochen mußte alle diese vorgekochten Speisen waren nicht nur ein Symbol sondern eine Chiffre der modernen Kunst vor allem wird aber das was er schreiben wollte niemals mehr sein als solch ein Betrieb mit vorgekochten Lebensmitteln ... Und ich konnte nie begreifen daß mein Mann in jungen Jahren dort in Nymburk gern auf dem Korso promenierte daß er wie seine Mutter erzählte die Hose selbst aufbügelte damit sie Bügelfalten hatte daß er die Schuhe selbst polierte und immer die besten Schuhe von Kabele haben mußte ein Paar schwarze perforierte und ein zweites aus Hirschleder ebenfalls perforiert und mein Mann besaß ganze Garnituren von Krawatten und Hemden und bevor er sich anzog wählte er lange aus er trug ein Haarnetz weil sein Haar so dicht war daß er Öl daraufgießen mußte um sich frisieren zu können und dann nahm er vor dem Spiegel das Netzchen wieder vorsichtig vom Kopf und wenn er je nach Jahreszeit einen modischen Anzug trug und seine Krawatte farblich auf Hemd und Schuhe abgestimmt hatte lachte er sich im Spiegel an und drapierte lange sein weißes Taschentuch in der Brusttasche mit einer Eleganz wie sie damals Mode war und dann wählte er einen Hut der immer von Čekan sein mußte und obendrein Handschuhe aus Sämischleder mit einem kleinen Loch auf dem Handrücken und war es heiß dann hielt er die Handschuhe einfach in der Hand und verließ erst danach die Brauerei und stolzierte durch die Stadt zum Korso und in diesem Aufzug kehrte er vom Korso wieder zurück und nachmittags ging er gern mit schönen Mädchen Boot fahren oder in den Tyrš-Gärten auf der Insel flanieren und am Abend ins Hotel Fürstenhof oder ins Grand oder zum Šafránek Karten spielen immer so gekleidet und wenn es im Sommer mittags heiß war hatte er das Jackett über den Unterarm geworfen wie die Mutter erzählte... So war es ich hatte das auch auf Photographien gesehen einen jungen Herrn mit Handschuhen und unglaublich elegant gekleidet... jetzt war er allerdings zum letzten Mal an unserer Hochzeit schön gekleidet gewesen und schon damals hatte er den guten Anzug und den Hut wie ein Kostüm getragen und sich darin höchst unwohl gefühlt... Doch war auch etwas mit diesen Fabrik- und Hinterhöfen geschehen wie auch mit den Menschen denn in unserer Fabrik für Sperrholzplatten wurde früher am Samstagabend das heißt schon am Freitag nein eigentlich jeden Tag gegen Abend alles ordentlich zurückgelassen und aufgeräumt und sobald der Samstag kam gingen alle Dorf- und Stadtbewohner schön gekleidet aus und trafen sich auf Dorfplätzen Marktplätzen und in Wirtschaften und Kneipen damals waren die Höfe und die Gebäude sauber und wer so wie mein Mann heute und eigentlich fast jeder dem man begegnete herumgelaufen wäre wenn einer damals so herumgelaufen wäre ... ein Vagabund ein Landstreicher wäre er gewesen weil jeder Mensch genau wie mein Mann in jungen Jahren damals samstags wie sonntags nie ohne Krawatte und Hut und in ungeputzten Schuhen ausgegangen wäre ... Ich mußte gestehen mein Mann hatte recht eigentlich war er nichts anderes als ein Kind seiner Zeit und er entsprach in allem seiner Umgebung in der er und natürlich auch ich lebten ...

Als nun mein Söhnchen erzählte mir meine Nymburker Mama die Hochschule die Karlsuniversität besuchte war ihm diese Jurisprudenz nach vier Jahren so verleidet daß ihm die Deutschen wie gerufen kamen und als sie Böhmen und Prag besetzten schlossen sie auch die Hochschulen und mein Söhnchen war glücklich und freute sich darüber daß die Universitäten geschlossen waren und er nun eine Ausrede hatte um dieses Rechtsstudium nicht abzuschließen weil diese bösen Deutschen die Universität besetzt hielten und ihn am Fertigstudieren hinderten und anstatt nach Abschluß des Studiums irgendwo Rechtsanwalt zu werden begann er bei einem Herrn Notar zu arbeiten und Eintragungen aus den Grundbüchern abzuschreiben ... und dann ging er zur Eisenbahngenossenschaft und arbeitete dort als Schreiber und machte zusammen mit den Buchhaltern den Monatsabschluß und wenn er mit seiner Arbeit fertig war saß er nur so da und schaute aus dem Fenster er saß da hielt den Bleistift in der Hand und lernte über Stunden hinweg für den Fall vorbereitet zu sein daß aus heiterem Himmel der Genossenschaftsvorsitzende hereintreten könnte und kaum klapperte die Türklinke fing mein Söhnchen an Zahlen zu schreiben man war mit ihm zufrieden weil er vorgab fleißig zu sein es gelang ihm sogar mit dem Bleistift in der Hand auf den Papieren zu schlafen er hielt nachmittags sein Nickerchen kaum aber berührte jemand die Türklinke tat er als schriebe er immer noch Zahlen ... Aber es machte ihm keinen Spaß also ging er zur Eisenbahn und überprüfte die Strecke von Poříčany nach Nymburk und zurück und das war seine goldene Zeit immer hübsch draußen hübsch in der Natur und hübsch mit den Arbeitern und hübsch mit ihnen Geschichten austauschen und Schwellen heranschleppen und auswechseln und die Strecke mit Sturzpflaster unterstopfen und sich das Kreuz wieder geradebiegen und sich hübsch umschauen hier in den Feldern und in den Kiefernwäldchen und dort in den Auwäldern und dann die Augen bis zu den Hügeln von Sázava oder zu jenem Hügel schweifen lassen auf dem das Dörfchen Loučeň glänzte und in Richtung Westen das Semicer Berglein und das Weiße Berglein von Přerov und mein Söhnchen war stolz darauf und er spielte nicht einmal mehr Klavier eigentlich war er sogar froh daß die Deutschen die Hochschulen geschlossen hielten und er durch diese Spitzhacke und diesen Krampen durch diese Rackerei so harte Schwielen bekommen hatte daß er nicht mehr Klavier spielen konnte und er zeigte seine Tagelöhnerhände und sagte die Deutschen seien daran schuld daß er Strecken unterstopfen mußte ... in Wirklichkeit aber war er froh denn das was mein Söhnchen auf dem Klavier hätte spielen wollen dafür hatte er das Zeug nicht mehr und das was er spielte machte ihm keinen Spaß ... und so war er die Nummer eins und der arme Tropf und das Opfer der Nazis mein Söhnchen war aber für sich selbst eine Nummer eins weil er einmal alle zwei Wochen auf dem Bahnhof die Draisine auf die Geleise fahren durfte zusammen mit einem anderen Arbeiter trat er dann auf zwei aneinandergekoppelten Fahrrädern die Pedale und vor ihnen auf dem Bänkchen räkelte sich der zentnerschwere Streckenmeister guckte zu und lauschte mit dem ganzen Leib wie der Zustand der Trasse war einmal in der Woche konnte mein Söhnchen es also nicht mehr abwarten bis er mit verschränkten Armen auf der Draisine nach Poříčany und dann wieder zurück in den Heimatbahnhof Nymburk fahren würde und ob Regen oder Sonne mein Söhnchen labte sich romantisch an der schönen Elblandschaft entlang der Trasse und bibberte vor Angst daß er wieder nach Prag fahren und an der juristischen Fakultät studieren müsse wenn dieser Krieg ein Ende nähme ... und jetzt traten er und der andere Arbeiter hübsch in die Pedale ihre Ellbogen berührten sich und vor ihnen auf dem Bänkchen döste der Herr Streckenmeister und lauschte mit jeder Faser seines Körpers wie der Zustand der Trasse war ... der gleiche Streckenmeister der gegen Abend im hiesigen Bahnhofsrestaurant schmerzerfüllt erzählte daß die Deutschen hier seien und unsere Intelligenz unter dem Stiefel des Faschismus leide statt fürs Volk zu studieren ... Und die Leute kamen herbei um sich mein Söhnchen anzuschauen und zwar immer an den Tagen wenn er den Herrn Streckenmeister auf der Draisine herumkutschierte sie schauten bis er vorübergefahren war sie schauten ihn an und hatten Mitleid mit ihm mein Söhnchen aber strahlte vor Glück und strotzte vor Gesundheit und winkte allen Leuten an der Strecke Poříčany-Nymburk mit seinem braungebrannten Arm zu   Und es war immer eine große Freude für mein Söhnchen wenn er einmal die Woche die gleiche Strecke zu Fuß abschreiten durfte   Hübsch mit dem Schlüssel über der Schulter schritt er aus und gab acht daß alle Schrauben gut angezogen waren   Und so ging er bis nach Poříčany und zurück fuhr er dann mit dem Zug dafür bekam er einen Tag frei weil er gegen Abend aufbrach und erst nach Mitternacht zurückkehrte und begeistert schilderte mein Söhnchen dann in der Kneipe Unter der Brücke wie wunderschön die Landschaft entlang dieser Strecke sei und er zählte alle Wäldchen alle Kiefernzapfen alle Auwälder auf alle Bäche und alle Weiler und an der Strecke alle Bahnwärterhäuschen in denen hübsche Mädchen in Uniform die Schranken herunterließen und mein Söhnchen durfte durch diese Schönheit wandern und wurde auch noch dafür bezahlt   Und nachts war es in diesen Bahnwärterhäuschen mollig warm   Und schöne Fräuleins in Uniform kochten meinem Söhnchen Tee er trug sich nur ins Wärterbuch ein und sobald er wieder Lust hatte schritt er weiter aus mit seinem Schlüssel über der Schulter und der Büchse mit Alarmsprengkapseln die er nur einmal aus Neugier auf die Schiene legte und von oben einen Stein darauf fallen ließ was war das für eine Explosion wie ein Donner der Bahnhofsvorsteher mußte ein Protokoll unterzeichnen und mein Söhnchen durfte nicht mehr auf der Draisine fahren und auch nicht mehr die Trasse unterstopfen da wurde er Schreiber in der Signalmeisterei im Hauptbahnhof von Nymburk und diese Funktion erfüllte ihn mit noch größerem Stolz mein Söhnchen war immer auf Dinge stolz die sonst niemandes Stolz waren

Und nun hatte er eine Legitimation auf die er stolz war weil er in dem ganzen Nymburker Bezirk herumfahren durfte und mit den Signalmeistern und den Schlossern auf allen Lokomotiven reden konnte weil man mein Madl von der Lokomotive aus jedes Signal an der Strecke genau überwachen und notieren konnte was daran repariert werden sollte Hauptsache aber war daß mein Sohn auf Lokomotiven mitfahren durfte auf diesen Maschinen von denen er schon als kleiner Bub geträumt hatte als die Lokomotive an der Brauerei vorbei und in die Brauerei hineinfuhr um die leeren Malzwaggons herauszuziehen und die beladenen hineinzubugsieren Damals konnte mein Sohn nicht einschlafen er konnte nicht schlafen das war typisch für ihn wenn die Schnellzüge in den Hauptbahnhof von Nymburk einfuhren und die riesigen Lokomotiven anhielten dann stand mein Söhnchen auf dem Perron und mit ihm standen andere Jungen dort denn die Nymburker Buben lebten von den Lokomotiven und ein Junge dessen Vater Lokführer war der galt so viel wie heute ein Fußballspieler oder ein Präsident... und mein Sohn stand dort und wenn die Lokomotive eines Schnellzugs ankam schaute er zu wie der Lokführer drunterkletterte und die Maschine mit Putzwolle und dem Handrücken polierte und tastend nachprüfte ob die Maschine und die Kupplungen in Ordnung waren... und ein Lokführer aus Königgrätz trug ein weißes Hemd und eine Fliege eine Chauffeurmütze und eine Weste und eine Taschenuhr und während der Heizer die Stufen hinuntersprang und ins Bahnhofsbüffet lief um ein Maß Bier zu holen spielte sich der Lokführer vor den Buben auf bis der Heizer mit seinem Maß zurückkam von dem der Schaum tropfte und er ließ den Dampf ab und die Buben standen da und waren noch eine Viertelstunde später sprachlos denn so eine Lokomotive war für sie wie eine Vision Und dann widerfuhr meinem Söhnchen das Glück daß er nach Königgrätz gehen und dort einen Kurs absolvieren durfte um Fahrdienstleiter zu werden... Schon bei dem Gedanken fiel er in Ohnmacht daß er bereits während dieses Kurses eine Uniform tragen durfte zwar noch ohne Rangabzeichen aber immerhin eine Uniform... Und fast hätte man ihn rausgeworfen mein Madl weil er in Königgrätz im zweiten Stock des Hauptbahnhofs uriniert hatte

dort wo doch nur die Höchsten von der Verwaltung urinieren durften... und mein Söhnchen war gerade dabei zu urinieren als der Dezernent herbeilief und schrie Was machen Sie da? Und mein Söhnchen sagte... ich pisse... Und der Dezernent packte ihn an der Schulter und fuhr ihn nochmals an... Was machen Sie da? Und mein Söhnchen pinkelte dem Dezernenten ein bißchen auf die Spitzen seiner Lackschühlein und wiederholte... Wie Sie sehen pisse ich... Und der Dezernent schrie... Ich werde mich über Sie beschweren!... Und mein Sohn sagte... Beschweren Sie sich nur beim Heiligen Geist
Und da verfaßte der Reichsbeauftragte höchstpersönlich ein Protokoll über diesen Vorfall es half aber alles nichts denn man hatte alle Fahrdienstleiter die diesen Kurs einst absolvierten als Fahrdienstleiter ins Reich auf die Strecke Görlitz–Breslau geschickt... und so wurde mein Sohn durch diese Episode im zweiten Stockwerk des Bahnhofs von Königgrätz berühmt und so kam es daß mein Sohn nachdem er die Prüfungen schon hinter sich hatte und schon Uniform und Mantel und das Rangabzeichen und den Mittelschülerknopf und den goldenen Knopf als Eleve tragen durfte sich in der Mánesstraße in Königgrätz anzog und in dieser Paradeuniform auf den Korso ging und dort barfuß flanierte als mir der Bahnhofsvorsteher in Nymburk davon berichtete daß mein Söhnchen den Mut gehabt hatte in Uniform und barfuß herumzuspazieren da wußte ich daß er es einmal zu etwas bringen würde... Ihr werdet sehen Mädel mein Madl daß aus meinem Söhnchen was wird schon weil er in seinem Namen dieses r hat... denn dieser Buchstabe garantiert daß er entweder Präsident wird oder im Gefängnis landet... ich denke aber weil er in Gedanken immer woanders ist daß aus ihm eher ein Schriftsteller wird nachdem er in der Mittelschule der Reihe nach in vier verschiedenen Fächern durchgefallen ist und Tschechisch war immer eines davon... Und so mußte mein Söhnchen auf dem Bahnhof als Telegraphist arbeiten und dann ist er Fahrdienstleiter geworden das aber habe ich Euch schon erzählt daß mein Sohn aber in Kostomlaty eine Prüfung ablegte um den Bahnhof allein bedienen zu können das habe ich Euch noch nicht erzählt... da kamen diese Herren aus Königgrätz vor denen alle Vorsteher

und alle Fahrdienstleiter Angst hatten... und der Verkehrsinspektor Chmelec fragte mein Söhnchen der von Beamten umringt war... Wenn die Signale blockiert wären wie könnten Sie feststellen daß sich ein Zug dem Bahnhof nähert?... Und mein Söhnchen sagte... Mit den Augen... Ganz richtig und bei Nebel? Da zog mein Söhnchen ein weißes Taschentuch hervor und legte es vor das Gleis kniete nieder stützte sich auf die Erde und legte das Ohr auf die Schiene und lauschte eine Weile dann stand er auf und sagte zum Inspektor Chmelec Zug Nummer achthundertundvier fährt gerade durch Kamenné Zboží... Und der Inspektor war entsetzt und sagte... In welchen Vorschriften haben Sie denn das gelesen... Und mein Söhnchen erwiderte... In einem amerikanischen Film einem Western mit Gary Cooper als Anhalter in der Hauptrolle... als Pfadfinder hat er so festgestellt ob die Indianer sich auf ihren Mustangs näherten oder wo eine Büffelherde sich befand... Und Chmelec lobte ihn und sagte der Kommission aus meinem Sohn würde ein guter Fahrdienstleiter da er peinlich auf seine Uniform bedacht sei... meine Herren er hat ein Taschentuch unters Knie gelegt damit diese schöne Hose nicht schmutzig wird... Und so wurde mein Söhnchen Fahrdienstleiter noch nie war einer so stolz auf seine Uniform wie mein Söhnchen und je größer sein Wunsch wurde diese Uniform bis zur Rente zu tragen desto unerbittlicher drängten die Sowjetarmeen die Deutschen zurück und mein Söhnchen war traurig und freute sich zugleich weil er den Sowjetarmeen die Daumen drückte und als diese Armeen in Richtung Böhmen vorrückten wußte mein Söhnchen daß die Hochschulen nach dem Sieg wieder geöffnet würden und er die schöne Uniform würde ausziehen müssen die ihm mein Madl tatsächlich stand und in der er fast erschossen worden wäre als die Partisanen in seinem Bahnhof einen Munitionszug in die Luft sprengten und dann noch ein zweites Mal als die Partisanen kurz vor Kriegsende ein Gleis abmontierten und der Kommandant der SS mein Söhnchen zu sich auf die Lokomotive nahm und erst dort irgendwo bei Ostrá den Befehl gab ihn wieder freizulassen... mein Söhnchen war aber immer noch traurig weil er Angst hatte die letzten Deutschen könnten gefangengenommen werden die letzten

Deutschen könnten irgendwo fallen und Prag würde den Sieg der Sowjettruppen und überhaupt das Ende dieses entsetzlichen Krieges bejubeln ... also war mein Söhnchen traurig weil er sein Rechtsstudium abschließen und das Diplom eines Doktors der Rechte in Empfang nehmen müßte und Schluß wäre mit dieser schönen Uniform und er wäre kein Held und kein Opfer der Nazis mehr müßte sein Leben vielmehr neu und nochmals anders anfangen ... Und wißt Ihr Madl er hat die Uniform so geliebt daß er nach Kriegsende noch zwei Monate darin diente ... man mußte sie ihm gewissermaßen vom Leibe reißen und ihn zwingen dieses Studium doch noch zu einem Ende zu bringen ... Und dann war mein Söhnchen schon in Zivil und nie mehr hat ihm etwas so gut gestanden wie diese Uniform des Herrn Fahrdienstleiters ... in Zivil war er nur ein ganz gewöhnlicher Mensch und eigentlich hatte mein Söhnchen völlig andere Erinnerungen ans Protektorat als alle die inhaftiert oder deren Verwandte im Kampf und in Konzentrationslagern umgekommen waren   mein Söhnchen ... und das war sein Paradox ... erinnerte sich dank seiner Uniform ans Protektorat und wenn er so zurückdachte wie er in jener Zeit war dann strahlte er ... Auch wenn man ihn fragte wann er am glücklichsten gewesen sei und was er werden wolle wenn er nochmals zur Welt käme   Dann antwortete mein Söhnchen stets und ohne zu überlegen ... Fahrdienstleiter ... Herr Fahrdienstleiter ...

Mein Mann wurde sozusagen in Fortsetzungen von seiner Vergangenheit eingeholt   Mitten in einem Ereignis oder während eines Gesprächs über ganz etwas anderes strahlte er auf einmal und schrie Das Gartenhäuschen! Das Gartenhäuschen! Kleines gerade ist dieses Gartenhaus in Židenice vor mir aufgetaucht diese von Reben umrankte Hütte ganz hinten dort in Großmutters Garten in dem all die Blumen blühten die ich als Kind in der Kirche von Zábrdovice gesehen habe in der ich getauft wurde und in die ich jeden Sonntag mit meiner Großmutter zur Messe ging und in dieses Gartenhaus trug die

Großmutter während der Ferien jeden Sonntag das Mittagessen ich habe nämlich Kleines vier Jahre bei meiner Großmutter gelebt und dann alle Ferien bei ihr verbracht ganze zwei Monate selbst als ich schon die Hochschule besuchte verbrachte ich zwei Monate bei der Großmutter und dieses Gartenhäuschen war meine Kapelle mein Kapellchen dort habe ich gelesen dort habe ich mit meiner Großmutter zu Mittag und zu Abend gegessen dort hat immer der mit roten Erdbeeren und Erdbeerblättchen bemalte Blechteller auf mich gewartet   Und direkt neben unserem Gärtchen lag das Gärtchen der Turečeks und auch dort waren lauter Blumen und unterhalb von uns im Nachbargrundstück das Gärtchen des Herrn Musil und auch dort Blumen über Blumen und jetzt hab ich's! Jetzt weiß ich wer auf der Photographie über der Bank im Gartenhäuschen war! Es war Wagner   Wagner mit einem Barett und Wagner im Profil... Rief mein Mann und aß das Butterbrot auf und wenn wir mit der Straßenbahn fuhren war er plötzlich wie geblendet und fuhr völlig unerwartet in seinen Erinnerungen an Židenice fort   Erst jetzt habe ich es begriffen! Nach so vielen Jahren ist es da! Kleines dieses Gartenhäuschen grenzte mit der Rückwand an ein Grundstück das sich von unten von der Poděbradystraße hochzog und durch dieses Grundstück schlängelte sich ein von Bäumen gesäumter schmaler Weg und diesen Weg stiegen die Steinmetzen Stanovský zweimal am Tag hinauf und zweimal hinunter! Stanovský hießen sie! Rief mein Mann in der Straßenbahn und ich schämte mich und tat als wäre er nicht mein Mann als hätte ich nichts mit diesem Menschen zu tun der da in der Straßenbahn herumgrölte   Mein Mann aber schrie munter weiter   Dieses Bild sehe ich erst jetzt wieder vor mir   Und jetzt ist es lebhaft als sei es gestern passiert   Diesen Weg sind die Steinmetzen Stanovský jeden Tag zweimal in ihre Werkstatt neben dem Friedhof hinaufgestiegen und dann wieder den Hügel hinunter bis zu der Stelle wo ihr kleines Häuschen stand   Und ich hörte ihre schweren Steinmetzschuhe und ihre Gespräche sah sie aber nie weil ich vor der Rückwand des Gartenhäuschens saß und nur diese Schuhe und die Gespräche hören konnte   Und einmal erzählte mir die Großmutter als um uns herum das Klappern dieser Schuhe lauter wurde und dann wieder verstummte daß der jüngste Stanovský Tuberkulose hatte weil er immer die großen Felsblöcke behaute und zusammen mit seinem Vater und dem älteren Bruder aus ihnen Grabsteine schlug Also ging ich einmal zum Friedhofstor um mir die Steinmetzwerkstatt anzuschauen das Tor stand offen damit jeder der einen Verstorbenen hatte sich die ausgestellten Grabsteine anschauen konnte Mustergrabsteine auf denen noch keine Namen standen Und da Kleines habe ich diese Steinmetzen bei der Arbeit gesehen sie trugen vor dem Mund ein Tuch und die Grabsteine lagen über Holzböcken auf Brettern und die Steinmetzen hatten Schürzen umgebunden trugen Hüte auf dem Kopf und in der einen Hand hielten sie einen Hammer und in der anderen einen Meißel und einer behaute den Stein und der andere meißelte den Namen hinein und der dritte schliff die Steinplatte und überall in der Werkstatt war der feine Staub die Werkstatt stand offen wie eine Weihnachtskrippe die ausgestellten Grabsteine standen in einer großen Voliere wahrscheinlich damit keiner diese namenlosen Steine stahl Erst viel später begriff ich daß diese Voliere mit ihrem kleinmaschigen Drahtnetz dazu da war damit nur keiner etwa von einem Steinsplitter verletzt wurde Und diese Stanovskýs meißelten täglich von morgens bis mittags und stiegen dann alle drei hinunter um zu Mittag zu essen und wieder hinauf damit man bis in die Abendstunden ihre Arbeit hören konnte bis in unseren Garten hinein selbst wenn die Großmutter das Küchenfenster geschlossen hatte hörten wir diese Meißel und die anderen Werkzeuge und die Hammerschläge... Kleines erst jetzt nach all den Jahren ist mir das wieder in den Sinn gekommen erst jetzt sehe ich wieder das Bild vom jüngsten Stanovský vor mir dem ich zuschauen ging weil er einen blauen Schleier auf einem Auge hatte die Großmutter erzählte er habe dieses Auge bei der Arbeit verloren ich aber ging und schaute ihm zu weil er hustete und bellte nicht nur bei der Arbeit auch wenn er mit seinem Vater und seinem Bruder den Weg hinter unserem Gartenhäuschen hinauf- oder hinabstieg

Und dieser jüngste Stanovský hatte eine Freundin sie standen kurz vor der Hochzeit und seine Braut saß häufig auf einem Stuhl vor der Werkstatt und ihr Bräutigam arbeitete und hustete im Innern und dann sah ich wie der junge Stanovský oft mit diesem Mädchen schweigend unter den Akazienbäumen auf und ab spazierte und beide waren traurig und wenn ich sie grüßte blickte dieser Stanovský zu mir herüber und ich sah sein totes Auge blaßblau wie ein Vergißmeinnicht oder eine Immergrünblüte erst heute weiß ich daß die Stanovskýs niemals gelacht haben sie waren alle drei traurig nicht etwa weil sie Steinmetzen waren sondern weil sie Grabsteine bearbeiteten und an Menschen verkauften die einen Toten hatten und sie meißelten die Namen in die behauenen Steine und teilten die Trauer mit den Verwandten der Toten und im Laufe der Jahre waren ihre Gespräche traurig geworden und ganz leise so wie man in der Kirche spricht Und in einem Winter schickte die Großmutter einen Brief in die Brauerei der jüngste Stanovský war an Tuberkulose gestorben ein knappes Jahr nach seiner Hochzeit... Das alles erzählte mein Mann nicht etwa mir sondern der ganzen Straßenbahn und zwei alte Leute die schon längst hätten aussteigen müssen fuhren nur deshalb weiter um die Erzählung meines Mannes über den Steinmetz Stanovský zu hören... An dem Tag als wir von der Hausbesitzerin den Schlüssel für den Nebenraum bekamen der unsere Wohnung vergrößern sollte kam auch Pepíček Sviatek lächelnd und mit einem Hut der einige Nummern zu groß war für seinen Kopf und die Fußsohlen auf einer Zeitung setzte er sich auf einen Stuhl rauchte und schaukelte hin und her er hatte Hammer und Meißel dabei und kaum hatte mein Mann den neuen Raum betreten in dem er früher gehaust hatte bevor er die Wohnung dann mit Vladimír getauscht hatte öffnete er das Fenster denn es war eine schreckliche Luft hierin und viel dunkler als in dem Raum den wir einstweilen noch bewohnten weil vor seinem Fenster die Wendeltreppe zur Pawlatsche der Frau Slavíčková hinaufführte Und mein Mann machte sogleich im Herd wie auch im Ofen Feuer es prasselte und ich wußte hätten wir noch einen weiteren Raum dann würde mein Mann auch noch den dritten Ofen einheizen denn Feuer zu machen war seine Lieblingsbeschäftigung Und so stieg Pepíček Sviatek auf die Leiter die ich ihm ausgeliehen hatte und fing an mit dem Hammer in diesem neuen Raum die Ziegelsteine der dünnen von einem

Türrahmen eingefaßten Mauer zu lockern Bald schon war der erste Ziegel freigehauen und mein Mann trug ihn hinaus und Pepíček Sviatek stand auf der Leiter in Mörtelstaub Putz und mehreren Farbschichten und ich saß auf dem Stuhl in unserer Küche und blickte zu dem Fleck Himmel überm schrägen Dach des Schuppens im Hof hoch und trotzte weil ich meinen Mann vergeblich darum gebeten hatte alte Kleider und nicht schon wieder die neusten anzuziehen oder doch wenigstens das weiße Hemd auszuziehen Mein Mann aber war begeistert er trug die Ziegelsteine aus dem Staub des Zimmers und kehrte wieder zu der Wolke von niederrieselndem Putz und Mörtel zurück und mein Mann wie auch Pepíček Sviatek dessen Torso schon zur Küche hindurchschimmerte sein Oberkörper war in der Staubwolke zu erkennen die glücklicherweise jedoch bei den Männern dort drüben blieb von woher die Schritte meines Mannes durch das leere zukünftige Zimmer dröhnten und auf einmal schrie mein Mann mit frohlockender und begeisterter Stimme ... Jetzt hab ich's! Jetzt ist mir meine Vorliebe für Begräbnisse klar! Die Fenster von Großmutters Häuschen dort in Židenice gingen auf die Balbíngasse hinaus und dort zogen an jedem Werktag drei bis vier Begräbnisse vorbei! Mit Musik! Hinter dem Gartenhäuschen die Steinmetzen Stanovský und ein Stück weiter die sich steil hinaufwindenden Leichenzüge! Und die Pferde hatten nicht die Kraft die Leichenwagen mit dem Sarg und den Kränzen an den Ecken ohne Pause zu ziehen sie mußten zweimal verschnaufen das erste Mal stets unter unserem Fenster und ich stand immer dort und schaute zu wie die Totengräber einen Ziegel unter ein Wagenrad legten und unterhalb des Fensters sah ich den Sarg und vor allem die Trauergäste die Verwandten die sich vor Weinen krümmten und niemals konnte ich verstehen weshalb die Leute wenn sie einen Toten beklagten so heftig weinten und Krämpfe bekamen! Und das ging die ganze Kindheit so diese zwanzig und mehr Ferien über habe ich unterm Fenster in Armlänge gesehen wie die schwarzen Pferde dann wieder anzogen und der Leichenzug sich hochschleppte bis zur ersten Kurve und dort legten die Angestellten wiederum einen Ziegel unters Rad damit der Zug es schließlich bis zum Tor schaffte wo die Steinmetzen Stanovs-

ký ihre Voliere ihre Werkstatt hatten und alle drei standen mit den Hüten in der Hand da und bevor der Zug im Friedhofstor verschwand erwiesen die Stanovskýs dem Toten die Ehre und jetzt ist mir klar! Sie standen dort als Aushängeschild des Steinmetzbetriebs damit die Hinterbliebenen auf sie aufmerksam wurden und erfuhren daß sie auf kürzestem Wege gleich beim Friedhofstor einen Grabstein für den Toten über dem sich jetzt alle in Weinkrämpfen wanden kaufen konnten! Komm her Kleines komm uns helfen komm mein Täubchen und bring den Putz im Eimer weg! lockte mein Mann und ich drehte mich um und sah daß er im Türrahmen unseres künftigen Zimmers stand und es fehlten nur noch wenige Ziegel bis die Tür freigeschlagen war mein Mann streckte mir seine Hände entgegen und war ganz weiß vom Staub er lächelte mich an ich aber war immer noch widerspenstig wandte mein Profil wieder ab und betrachtete verbiestert dieses Stück Himmel   Da betrat Vladimír den Hof und wie zum Hohn trug er seinen Festtagsanzug diesen Anzug in dem er am Ersten Mai die Staatsflagge getragen hatte und mein Mann quasselte weiter und stand immer noch zwischen den neuen Türpfosten und ich dachte daran wie Vladimír sich in dieses schreckliche Mädchen aus der Slowakei verliebt hatte um mir so ein bißchen einen Korb zu geben denn er hatte mich immer gemocht und dauernd so getan als sei er ein bißchen in mich verliebt und jetzt erlaubte er sich in diese Tekla mit dem blauen Schleier im Auge verliebt zu sein ein Auge Teklas glich dem des jüngeren Stanovský der an Tuberkulose gestorben war und aus Trotz über das was ich bei Jirka im Keller erlebt hatte war ich froh daß mein Mann immer noch dastand und mir die Hände reichte und als Vladimír eintrat sprang ich absichtlich mit ausgestreckten Armen über die paar Ziegel und mein Mann und ich standen in unserem neuen Zimmer voller Staub während Vladimír allein in der Küche zurückblieb
Und ich nahm sofort die Eimer und kehrte den Putz zusammen und Pepíček Sviatek trug die Leiter hinaus und lockerte die letzten Ziegel dann hockte er sich nieder kauerte auf den Fersen beim Ofen und schaute auf die neueröffnete Tür dann kam Vladimír sah sich um und was er da sah überraschte ihn sehr mein Mann band sich eine Schürze um holte einen Eimer Was-

ser und wusch die Türpfosten ab und als ich zurückkam und Vladimír nicht die Hand sondern den Ellbogen hinstreckte frohlockte mein Mann... Und jetzt kommt mir ein weiteres Bild! Jetzt entsinne ich mich daß ich damals immer wahnsinnig unglücklich war weil noch keiner von uns gestorben war Was habe ich darüber geweint daß wir auf dem Židenicer Friedhof keinen Grabstein hatten! Und deshalb habe ich in all den Ferien für eine Krone täglich ein Grab gegossen wie gern habe ich diese Gräber gegossen! Und ich harkte den Sand um das Grab herum und saß dann wie die Frauen da die auf den Gräbern sitzen und ich unterhielt mich mit ihnen und lauschte wie schön sie über ihre Toten sprachen! Dreißig Kronen im Monat zahlte mir der Totengräber für das Gießen dieses Grabs! Rief mein Mann und wischte die Türpfosten sauber und Vladimír stand da und sah sich um und als ich mit den leeren Eimern wiederkam sagte er... Wissen Sie was Ihr Herr Gemahl sein sollte? Junge Frau Ihr Herr Gemahl jetzt weiß ich es sollte ein Bestattungsinstitut haben Er hat die Veranlagung dazu Das würde gewiß gut zu ihm passen... Nicht wahr Doktor es würde doch gut zu Ihnen passen? Wenn Sie den Trauerzug anführten und wissen Sie Doktor wie gut Sie Särge verkaufen könnten? Dazu würden sich Ihre Zitate eignen! Sie würden Ihre Reden mit Zitaten aus berühmten Dichtern schmücken und wären steinreich! Werden Sie also ein Zimmer mehr haben? Man staune! Und hier wird der Schreibtisch des Herrn Schriftstellers und hier die Bibliothek sein! Genau wie Jirka Šmejkal! Zuallererst eine Wohnung und ein Atelier einrichten dann schön einheizen und in Monographien blättern Besuche abstatten und begeistert da über Munch und dort über Picasso reden

Vor allem über Picasso das tut man heute überall In erster Linie jedoch über Vincent van Gogh Ausführlich und nachdenklich über ihn reden obwohl seine Reproduktionen mittlerweile in jeder Kneipe hängen und von keinem mehr beachtet werden doch aufgepaßt! Und hier ist Bonjour Monsieur Gaugin! Bonjour... sagte Vladimír bissig und mein Mann lächelte und frohlockte Ach wie gut ich plötzlich denken kann! Vladimírek das haben Sie schön gesagt daß ich der Inhaber eines Bestattungsinstituts sein sollte! Ich habe schließlich jedes Begräbnis aus dem Fenster unseres Häuschens in Židenice verfolgt Wissen Sie aber weshalb auch meine Großmutter sich alle Begräbnisse anschaute? Darauf kommt keiner denn auch ich habe es erst nach einigen Jahren herausgefunden Die Pferdeäpfel der Begräbnispferde und überhaupt aller Pferde gehörten immer jener Frau unter deren Fenster sie gefallen waren wenn also ein Leichenzug zum Friedhof hinaufzog und die Großmutter das Glück hatte daß vor unseren Fenstern Pferdeäpfel lagen dann kehrte sie diese mit einer Schaufel zusammen und trug sie in den Hof und verwahrte sie für ihre schönsten Blumen damit sie herrlich blühten und dufteten ... Und Pepíček Sviatek hockte auf den Fersen er lächelte hopste und rauchte er war von langsam herabschwebendem Staub über und über bedeckt und mein Mann brachte theatralisch einen Schrubber wickelte einen feuchten Lappen um ihn herum und machte sich daran die Spinnweben aus den Ecken herunterzuholen und Vladimír stand mitten im Zimmer und als ich mich aufrichtete nahm er mir den mit abgeschlagenem Putz angefüllten Eimer aus der Hand und lachte ... Ich helfe Ihnen junge Frau ... Und erwartete den nächsten Eimer und trug dann theatralisch zwei schwere Eimer mit ausgestreckten Armen hinaus als trüge er zwei Kinderkesselchen mit ein bißchen Sand

Und ich blickte ihm durchs Fenster nach und sah daß er gerade Beine wie ein Fräulein hatte nur in den Knien knickte er ein wenig ein vermutlich weil er fast zwei Meter maß Und dann lief er die Stufen hinunter zweimal polterte der ausgekippte Schutt und wieder erschien Vladimírs Lockenkopf und dann kam der ganze Vladimír die Treppe hinauf als stiege er aus einem Schwimmbassin ... Und mein Mann legte im Ofen Holz nach und pützelte nochmals in den Ecken und Winkeln des Zimmers dann zwischen den Fenstern und jubelte über eine Erinnerung die zurückgekehrt war ... Mein Großvater mein Opa spazierte immer mit einer Blume im Knopfloch herum und jeden Tag war er woanders einen Abend ging er singen den anderen Karten spielen und am dritten war er bei der Feuerwehrversammlung und samstags und sonntags schießen wenn wir ihn sonntags besuchten spielte er mit den Jägern Karten mein Großvater begleitete mich also am ersten Schultag in

Nymburk in die erste Klasse und als er mich hinbrachte trug nicht nur er sondern auch ich eine Blume im Knopfloch des Mantels mein Großvater pfiff immer wenn er seine Schuhe und Kleidung putzte und er war stets fröhlich und meine Mutter sagte von ihm ihr Vater habe immer ein kleines Äffchen gehabt und wenn er einmal im Jahr einen Abend zu Hause habe bleiben müssen weil er eine Grippe hatte sei die ganze Familie unglücklich gewesen dermaßen habe er sie genervt weshalb alle aufatmeten wenn der Großvater wieder bei der Arbeit war und in der Preßburgerstraße bei der Firma Heinrich Pisco auf Bestellung Stoff zuschnitt ... Sagte mein Mann und Vladimír lauschte Pepíček Sviatek lauschte und mein Mann pützelte weiter mit seinem feuchten Lappen er hatte ihn schon zum zweiten Mal ausgewrungen und holte noch immer die mit feuchtem Staub besetzten Spinnweben herunter und Vladimír schlug sich an die Stirn und sagte Schauen Sie Doktor jetzt jetzt ist es mir eingefallen irgendein Freier hat bei meiner Mutter einen alten Morgenrock zurückgelassen Wissen Sie was ich bringe ihn her und wenn Sie jetzt ihre nette kleine Wohnung herrichten können Sie in diesem Morgenrock einherwandeln Was für ein Jammer daß Sie keine Kinder haben! Sie wären ein vorbildliches Papachen Sie würden sich um Ihre Kinder kümmern wie keiner sonst Ich sehe es Ihnen an was für ein vorbildliches Papachen Sie wären Was meinen Sie dazu junge Frau? Und ich erriet sofort daß Vladimír sich mit meinem Mann einen Spaß erlaubte zugleich wurde mir jedoch bewußt daß mein Mann tatsächlich wohl ein guter Vater wäre weil er allzu gerne dozierte genauso wie er Vladimírek gern belehrte und ich selbst war oft außer mir vor Wut weil mein Mann wenn wir zusammen waren mich von früh bis spät erzog oder mir ständig etwas erklärte so daß auch das was er mir erzählte Teil seiner ewigen Belehrungen war die mich wahnsinnig machten weil ich nie eine Antwort wußte Jetzt war mein Mann aber nicht zu halten vielleicht hatte er gar nicht gehört was Vladimír ihm ins Gesicht geschleudert hatte Vladimír hatte ihn eigentlich beleidigt mein Mann aber tat als habe er nichts davon mitbekommen und setzte seinen Vortrag fort ... Und so hat sich mein Opa einmal hingelegt und ist nicht mehr aufgestanden der Krebs hat ihn ausgezehrt er war gestorben   Und es traf ein Telegramm in Nymburk ein damals herrschte Maienhitze und die Mutter war bereits bei der Großmutter in Židenice als das Telegramm eintraf daß der Opa tot war also fuhr ich mit meinem Vater dorthin erst in der Nacht kamen wir an und klopften bei den Turečeks den Nachbarn sie gaben uns den Schlüssel vom Häuschen denn die Großmutter und die Mutter waren in Obrany beim Onkel Bob wir schlossen auf und da lag auf dem Bett in dem ich zur Welt gekommen war der tote Großvater er war gelb und ausgemergelt und roch süßlich der Vater legte sich aufs Sofa und ich neben meinen toten Opa ich konnte nicht einschlafen schaute mir immer wieder die Leiche an und wußte je länger desto gewisser das war nicht mein Großvater sondern eine Leiche nichts weiter als ein Toter . . . Und dann fand das Begräbnis statt am Vormittag kamen sie und legten den Großvater in einen Sarg es waren Angestellte des Bestattungsinstituts wie ich sie immer bei den Trauerzügen unterm Fenster gesehen hatte und es kamen die Verwandten ganze Horden von Verwandten und nachdem sich alle ins Zimmer gezwängt hatten in dem der Großvater im Sarg lag hoben sie die Hände und warfen sich wehklagend über die Leiche und küßten sie und ich stand da und stützte mich mit einem Finger auf den Sarg   Es war nichts mehr zu machen sie brachten den Deckel und nagelten den Sarg zu und trugen ihn weg konnten den Sarg im Flur jedoch nicht drehen denn vom Dachboden führte eine steile Treppe herunter und da kippten sie den Opa irrtümlich aus und legten ihn wie eine umgedrehte Puppe wieder in den Sarg zurück und dann traten wir schon in die Sonne hinaus und man reihte mich ein die Musik begann zu spielen und alle waren schwarz gekleidet wir stiegen die Balbíngasse hinauf und der Zug und der Wagen mit dem Sarg des Großvaters blieben stehen zum einen weil die Pferde schon lahmten hauptsächlich allerdings um Opas Lieblingslied Mähren mein Mähren vor dem Haus zu spielen in dem er gewohnt hatte ich stand da und schaute auf die beiden Fenster unseres Häuschens jetzt krümmte auch ich mich in Weinkrämpfen und begriff plötzlich wie anders es war wenn man als Zuschauer einen fremden Trauerzug betrachtete und vor allem wenn ein anderer Junge und nicht ich dort stand   Und damals begriff ich erst das eigene Unglück ist das eigentliche Unglück

Nicht einmal die Pferdeäpfel die ich vom riesigen Hintern des schwarzen Pferds plumpsen sah nicht einmal diese Pferdeäpfel konnten die Großmutter beruhigen die sich in Weinkrämpfen wand Stand sonst ein Trauerzug an dieser Stelle war es nie vorgekommen daß sie nicht hingeschaut hatte um nur ja nicht den Augenblick zu verpassen da sie herbeieilen und mit einer Schaufel die Pferdeäpfel zusammenkehren konnte damit in ihrem Gärtchen schöne Blumen wuchsen Und als unser Zug einbog und die Pferde im Friedhofstor stehenblieben sah ich in der Steinmetzwerkstatt dort zwei kahle Schädel stehen den des alten Stanovský und den seines älteren Sohnes doch sah ich auch den der schon tot war mit gesenktem Kopf den Hut in der Hand stand er da und kondolierte uns und machte uns auf das aufmerksam was nachher prompt eintraf auch die Großmutter ging zu den Stanovskýs und bestellte einen Grabstein in den der alte Herr Stanovský mit großen Lettern Tomáš Kilián einmeißelte ... Hören Sie Vladimír Sie haben gesagt daß jemand einen Morgenrock bei Ihnen vergessen hat der mir passen müßte und ich darin als Papachen herumlaufen könnte Vladimírek wann bringen Sie mir diesen Morgenrock? Und Vladimír stotterte brummelte eine Entschuldigung und sagte bald werde es regnen und ein riesiger Nagel sei in seinen Kopf getrieben worden und dieser Nagel spüre barometrische Veränderungen wenn er durch den Gaumen in den Mund dringe und es wäre doch das beste Doktor wenn wir alle zusammen einen heben gingen und auch ich und Pepíček Sviatek sollten mitkommen er habe heute nämlich seinen Lohn ausgezahlt bekommen und wir seien seine Gäste beim Herrn Vaništa allzumal wir doch ein zusätzliches Zimmer zu feiern hätten ... Mein Mann nahm jetzt mit einem nassen Lappen den Staub vom Fußboden auf und sagte mehr für sich ... Vladimírek natürlich werden wir einen heben ich aber habe vernommen daß Sie ständig einen heben und sogar wieso sollte ich mich scheuen es zu sagen Saufen Vladimírek Ich sage nichts wenn man ein paar Bierchen trinkt gut Sie haben Grund zur Freude also trinken Sie Ihre zehn Bier nur haben Sie fast jeden Tag einen Grund zur Freude also bechern Sie täglich so wie Väterchen Nohejl

Und wenn einer in Ihrer Werkstatt zum Beispiel Geburtstag hat gut dann trinken Sie fünfzehn Bier und dann kommt ein großer Feiertag und Sie trinken weitere zehn Ich bitte Sie auf Knien fangen Sie nicht an zu saufen Saufen Sie nicht wie dieses Jahr Korn und Schnaps Schauen Sie Vladimír seien wir ehrlich Braque hat geschrieben Unterdrückte Leidenschaft ist Edelmut

Sie glauben ich will Sie schon wieder belehren denken Sie doch nur an Ihr Mütterchen warum machen Sie ihr solche Sorgen daß Sie saufen und solche Quanten! Seien Sie edelmütiger

Unterdrücken Sie Ihre Leidenschaften Sogar Ihre Kameraden beklagen sich bei mir daß Sie so saufen Sie waschen ihre Hände und sagen man sollte besser die Finger von Ihnen lassen weil zu befürchten sei daß Sie eines Tages beim Professor Skála eingeliefert würden und Ihnen auch diese Apollinaris-Klinik nicht mehr helfen könne und folglich nur noch das Irrenhaus Bohnice auf sie warte Und anstatt uns ein Beispiel zu geben wollen Sie uns noch zum Trinken zum Saufen verleiten Das tut mir weh Vladimír Wollen wir uns nicht ein bißchen Mühe geben um von dieser verfluchten Leidenschaft von diesem Saufen freizukommen? Schauen Sie mich an Ich habe schon über dem Abgrund gestanden doch hat meine Stärke mein Wille gesiegt Heute bin ich ein anderer Mensch und das ist für Sie Salz in den Augen Vladimír ich flehe Sie an ziehen Sie mich nicht mit in diesen Sumpf und besinnen Sie sich solange noch Zeit ist! Sagte mein Mann und gab sich viel Mühe beim Aufnehmen des Staubs vom Fußboden jetzt packte er den Lappen tauchte ihn in den Eimer und wrang ihn aus und von dem Lappen tropfte Gipswasser und derweil mein Mann schon wieder am Boden kniete und sorgfältig äußerst sorgfältig den Boden aufwischte stand Vladimír blaß da und sah sich im kahlen Raum um und mein Mann fuhr fort Wissen Sie um wen es mir einzig und allein leid tut? Ihre Schande schreit schon zum Himmel Nichts ist Ihnen heilig Ich beschwöre Sie noch einmal denken Sie an Ihre Frau Mutter Lassen Sie das Saufen lassen Sie es Hier liege ich auf Knien vor Ihnen... Und Vladimír wandte den Kopf ab und brüllte fürchterlich zur Decke hoch und war mit wenigen Sätzen beim Herd wo er den auf dem Stuhl sitzenden Pepíček Sviatek umstieß und bevor wir uns versahen hatte er den schweren Herd in dem noch das Feuer brannte unter ungeheurem Kraftaufwand hochgestemmt und tänzelte mit ihm herum er riß die Rohre aus dem Ofenloch und hob den Küchenherd wie einen leeren Fünflitertopf hoch und ein Rohr knallte auf Pepíček Sviateks Hut und fegte ihm diesen vom Kopf ich konnte gerade noch von der Tür wegspringen da lief Vladimír mit dem heißen Herd ins Freie und stellte ihn mitten im Hof ab er schüttelte die Arme aus und rannte die Treppe hinunter und schlug dort unten die Tür ins Schloß und dann noch das Haustor hinter sich zu und mein Mann wischte unbeirrt den Fußboden als sei nichts geschehen und trällerte leise vor sich hin und ich ging mit Pepíček Sviatek in den Hof und holte Topflappen und Tücher und wir versuchten den Herd anzuheben der rührte sich nicht von der Stelle Dann kam mein Mann in diesem schon völlig verdreckten in seinem letzten schönen Anzug jetzt waren auch die Knie schon naß und seine vor einer Woche gekauften Schuhe kaputt er aber trällerte vor sich hin und so schleppten Pepíček und ich auf der einen und mein Mann auf der anderen Seite diesen Herd wieder zurück etwa zehnmal mußten wir ihn absetzen und Vladimír war längst schon weit weg und dennoch war er noch immer hier denn nicht einmal Pepíček Sviatek konnte begreifen wie Vladimír mit diesem Herd durch die Tür in den Flur und vom Flur durch die zweite Tür in den Hof gerannt war so leichtfüßig so federleicht denn als wir uns mit diesem Herd durch die Tür stemmten da mußten wir zweimal Anlauf nehmen und blieben zweimal mit den Kanten an den Türpfosten hängen und erst als wir den Herd hochkant auf die Schwelle stellten und an ihm zerrten gelang es uns mehr schlecht als recht

Wenn ich Spätschicht hatte verließ ich immer ein wenig früher das Haus stets mit meinem Schirmchen ausgerüstet und besuchte meinen Mann dort in der Spálená-Gasse in seiner Altstoff-Sammelstelle und wie immer trat ich in die Durchfahrt und es kam mir vor als hätte man mir eine Prißnitzkompresse auf den Rücken gelegt derart zog es hier und es war kalt und im

grellen Licht der Glühbirnen dort arbeitete mein Mann der immer irgendwie stolz war auf seine Arbeit als Packer von Büchern und unbedrucktem Papier und an der Wand stapelten sich die Ballen die er schon gebündelt hatte und jetzt beugte er sich über eine Kiste und polsterte sie mit Büchern ohne Schutzdeckel aus und die Garage lag voll von Büchern und im Hof türmten sich erschreckende Massen von Makulatur von schrecklichem Papier und bei meinem Mann saßen zwei Katzen und seit dem frühen Morgen trank er schon Pilsnerbier angeblich könne er sonst nicht warm werden woher denn Tee ... Bier aus einem Blechmaß und immer gleich einen Liter und er hatte zudem noch einen Tonkrug hier ... und manchmal war ich Zeuge wenn der Lastwagen schon eingetroffen war um die Ballen abzuholen wie mein Mann dem Beifahrer half sie aufzuladen und der Chauffeur diese Ballen aufeinanderlegte mein Mann produzierte sich wie gut er in Schuß sei und spielend hoben sie zusammen mit dem Beifahrer die Ballen in die Höhe und warfen sie auf den Blechboden des Lastwagens und mein Mann schickte mich immer mit dem Krug und dem Maß zum Husenský los um Bier zu holen und als ich das erste Mal dort hinkam sagten die Kellnerinnen vorwurfsvoll zu mir   Das ist der Krug des Doktors und ich sagte ich bin seine Frau ... und seitdem lächelten mich die Kellnerinnen und der Schankbursch an und nannten mich Schätzchen ... und ich trug die Gefäße dann zurück und paßte auf wenn ich die Straße zum Palais Diamant überquerte daß ich nicht von einem Auto überfahren wurde ... und dann kam ich am heiligen Thaddäus vorbei an der Dreifaltigkeitskirche die Kirchenmauer hing voll von Votivtäfelchen und in der Ecke stand die Statue des heiligen Thaddäus und davor ein Betschemel ... und eines Nachmittags ertappte ich meinen Mann und Haňta dort beide waren betrunken und knieten hier und sprachen ein Gebet mein Mann und Haňta hatten auf dem Hut und den Schultern ihrer Arbeitskluft rote Sterne und sie beteten und die Passanten strömten an ihnen vorbei ich blieb stehen und hörte wie zwei alte Herren die zu den beiden knienden Kerlen herabschauten zufrieden sagten
  Ei wie fein die Bolschewiken kriechen schon zu Kreuz ... und ich setzte meinen Weg fort in meinem neuen Kostüm und

mit dem Schirmchen ohne meinen Mann anzusprechen ... erst zu Hause sagte ich Was habt ihr denn dort für einen Zirkus veranstaltet? Und mein Mann lachte und sagte daß irrtümlicherweise statt Papier Säcke mit ausgesonderten Polizeisternen abgeliefert worden seien und so hätten Haňta und er diese Sterne an den Hut auf die Schultern und Ärmel ihrer Arbeitsanzüge geheftet und so herausgeputzt seien sie ihr Bier trinken gegangen und hätten im Antiquariat kostbare Bücher verkauft die ebenfalls irrtümlicherweise in ihrer Garage abgeladen worden seien ... und mein Mann sagte noch laut lachend ... das hättest du sehen sollen Kleines als Haňta diese Sterne massenweise ins Kanälchen des Pissoirs dort am Karlsplatz geworfen hat ... kaum waren die Pisser dort eingetreten und hatten den Hosenschlitz aufgeknöpft kamen sie auch schon wieder herausgerannt und pißten lieber ins Gebüsch ... dermaßen hatten sie all die Polizeisterne im geteerten Kanälchen erschreckt ... Und wann immer ich meinen Mann in seiner Sammelstelle besuchte lief ich zum Husenský um mehrere Maße und Krüge Bier zu holen ... und die Kellnerinnen nannten mich Schätzchen und sagten grüßen Sie den Doktor! Wir erwarten ihn zum Mittagessen ... Manchmal ging ich mit meinem Mann essen ... niemals in ein Lokal immer nur in diesen engen Ausschank wo eine Reihe Tischchen mit jeweils zwei Stühlen stand ... die Küche hier war gut und ich aß gern Fasan und Rebhuhn im Nestchen mit Rotkraut ... und mein Mann produzierte sich und scherzte nirgendwo sonst war mein Mann so fröhlich wie hier beim Husenský und die Kellnerinnen berührten sobald es nur ging gerne mit ihren Fingern die Schultern meines Mannes und die Gäste des Ausschanks spornten meinen Mann mit Zurufen an am meisten eine bucklige Frau die immer einen Hut mit Kirschen trug und mein Mann schwang Reden mit ihr als sei er in sie verliebt und wie immer wenn er glaubte etwas Außergewöhnliches zu sagen schrie er es lauthals heraus und die Bucklige krümmte sich vor Lachen und fand eine passende Antwort als erwiderte sie seine Liebe ... und hin und wieder war auch ihr Mann da ein Hüne mit Schnurrbart der Wärter im Pankrácgefängnis war und beim Husenský die Szene spielte daß er auf seine bucklige Frau eifersüchtig sei und so fand hier jeden Mittag ein Theater mit stets dem gleichen Thema statt doch mein Mann wußte es immer wieder neu zu spielen   Und ich senkte den Blick und zuckte mit den Schultern und die Kellnerinnen nannten mich Liebling und lachten Tränen über diese Clownerien die ihren Höhepunkt erst dann erreichten wenn Haňta eintrat und seine Schnäpschen leerte... Mein Mann hatte dort im Hof der Spálená-Gasse auch ein zutrauliches Kätzchen das war so in ihn vernarrt daß mein Mann sich niederknien und seine Schürze ausbreiten konnte er hatte bei der Arbeit immer eine große grobe Schürze umgebunden da lief dieses Kätzchen los und sprang Kopf vorweg in seine Schürze hinein und mein Mann herzte es da kniff es die Augen zusammen und schmiegte sich an ihn und vermutlich liebte mein Mann diese Arbeit hier so sehr weil dieses Kätzchen nicht von seiner Seite wich wenn er arbeitete und wenn er zum Husenský ging stand es dort und schaute wie gebannt auf die Einfahrt und sobald mein Mann kam lief das Kätzchen los und mein Mann hielt ihm die Schürze hin und es sprang hinein... Eine Zirkusnummer... Mit dem Herrn Haňta war das zwar immer eine Riesengaudi ich ertrug aber diese Späße nicht mehr... Einmal lief ich vor Mittag noch rasch zum Husenský um für meinen Mann Bier zu holen und da saß schon Haňta auf einem Stuhl wie beim Barbier und ich hatte Angst überhaupt hinzuschauen weil der ganze Ausschank sich bereits über ihn amüsierte... Einer der Gäste hatte ein Töpfchen mit Kremser Senf umgedreht auf seine Glatze gestellt Haňta hatte den gleichen kahlen Kürbis wie mein Mann und die Gäste bestellten heiße Würstchen und tunkten sie in den Senf der neben Herrn Haňtas Ohren herunterlief und sie tunkten ein Würstchen nach dem anderen sozusagen in Haňtas Kopf er hatte die Hände auf die Knie gelegt und lächelte und der Ausschank wieherte und die Kellnerinnen quietschten und tränten... Haňta zog überhaupt Leute an die Spaß verstanden... Mein Mann erzählte mir einmal daß Haňta nicht zur Arbeit gekommen sei weil die Polizei ihn in die Appolinaris-Klinik abgeführt hatte   Haňta hatte auch mal eine Hochzeit im Hause gefeiert und als er um Mitternacht zwei Arbeiterinnen zur Straßenbahnhaltestelle begleitete ging er nur so auf einen Sprung aus dem Haus und hielt sich lediglich ein Handtuch vor und als der Wind vom Kapitänshafen her blies war dieses Handtuch futsch und Haňta blieb nur noch ein kleines Stück bis zur Haltestelle also ging er nackt weiter und bedeckte sich sein Lümmelchen mit dem Schlüsselbund ... Und es fuhr eine Streife vorbei die Säufer und Zigeunerinnen und Wechsler in einem vergitterten Kastenwagen eingesammelt hatte und man warf Haňta samt seinen Schlüsseln in diesen Wagen und fuhr zunächst noch nach Žižkov um andere Trunkenbolde aufzulesen und so kam Haňta erst am Nachmittag zur Arbeit noch ganz geblendet und verwundert über das was ihm Schönes widerfahren war ... Und dieser Haňta über den sich alle lustig machten erzählte mir jedesmal wenn ich bei meinem Mann vorbeischaute irgendwas woran ich dann ständig denken mußte ... Das letzte Mal fing er aus heiterem Himmel an und dabei plagte ihn ein schrecklicher Schluckauf er hielt sich an der Mauer fest um nicht hinzufallen ... gnädige Frau Sie sind eine gebildete Dame Sie haben sicherlich die Nürnberger Rassengesetze über die Reinerhaltung der deutschen Rasse gelesen ... Wissen Sie woran ich denke wenn ich Sie so sehe ... An Nürnberg! Ich denke an diesen Teufelskerl von Kaiser und König Wenzel den Vierten ... Das gnädige Frau war ein Prachtskerl! Zu Hause versoff er einige Sommergüter im Egerland und in der Gegend von Ellbogen ... und mit wem ... mit der Badefrau Susanna! Und das reichte ihm noch nicht ... also kehrte er auf seiner Reise nach Frankreich mit seinem Gefolge in Nürnberg ein und dort nahmen sie eine kleine Jause zu sich ... und soffen tagelang das war diese kleine Jause welch ein Ruhm! Der böhmische König und der römische Kaiser versoff in diesem Nürnberg neben seinem Zaster auch noch die Kaiserkrone ... verpfänden mußte er sie ... Und wer hat ihm das Geld geliehen damit er doch noch mit dieser Krone in Frankreich eintreffen konnte? Die Bankiers von Nassau ... die hatten Zaster! Und in Nürnberg ... Und ich vertrinke heute zu seinen Ehren den Vorschuß denn gnädige Frau ... Wenzel der Vierte ist der König der Könige er ist die Nummer eins von Weltformat ein Gradmesser er ist dieser Champion der überdachten Höfe und der Weltmeister und ein herrlicher Kämpe ... wie Ihr Herr Gemahl und ich ... An ihm sollten sich alle Präsidenten und Könige und Scheichs der ganzen Welt ein Vorbild nehmen... denn wenn man alles versäuft wie könnte man sich dann noch zu einem Krieg aufraffen... es würde nichts als tiefer Friede herrschen... weil sämtliche Staatskassen und sämtliche Orden und Auszeichnungen und sämtliche Kronen weil das alles versoffen oder verpfändet wäre Und wer leiht einem denn heute noch was? Es gibt keine Nassauer aus Nürnberg und auch keine Fugger aus Augsburg mehr... auch keine Rothschild aus Wien und Berlin Gnädige Frau zu Ehren dieses Teufelskerls Wenzels des Vierten geh ich weiter meinen Vorschuß versaufen Verzeihung vertrinken... mit der Kellnerin Zuzana... Und ich stand da und wandte den Kopf ab weil der Atem des Herrn Haňta entsetzlich aber wirklich entsetzlich nach Schnaps und Bier stank doch ich stand wie angewurzelt da und konnte mich nicht rühren weil das was der Herr Haňta im Rausch erzählt hatte so erschreckend schön war ich hörte nur noch wie er sich an der Wand entlang wegtastete seine Gestalt verschwand in der Durchfahrt zeichnete sich dann in der Spálená-Gasse gegen das Sonnenlicht ab und bog scharf nach links ab zum heiligen Thaddäus und über die Straße zum Husenský... Und ich stand in dieser zugigen Durchfahrt und hielt ein Maß Pilsner in der Hand und aus heiterem Himmel meine Güte was war ich über diesem Haňta durstig geworden nahm ich einen Schluck und trank und trank in langen Zügen... es war ein wunderbar wohltemperiertes Bier und so blieb mir nichts anderes übrig als auf die Spálená hinauszugehen und noch eines zu holen... dieser böhmische König und römische Kaiser Wenzel der Vierte hatte nämlich recht gehabt... Manchmal kam ich zu meinem Mann wenn er sich bereits wusch und die Schicht zu Ende war der Leiter Herr Slezák war galant und bot mir einen Stuhl an... Und dann schritt ich mit meinem blitzsauberen Mann durch die Spálená und wie immer gingen wir zum Pinkas... dort bestellte mein Mann im Flur zwei Bier wir tranken es und erst dann führte er mich ins Lokal und wieder wurde Bier gebracht und wenn mein Mann das vierte Bier getrunken hatte überfiel ihn wie er sich ausdrückte ein Tertiärhunger und er aß hier nichts anderes als Schweinebraten mit Kartoffelknödeln und gerösteten Zwiebeln und die Soße war immer rostbraun auch ich bestellte hier nichts anderes wenn ich einmal die Woche mit meinem Mann hierherkam aß ich ebenfalls diese Kartoffelknödel mit magerem Schweinebraten wahrlich ich hatte noch nie einen so phantastischen Braten gegessen ... mein Mann sagte mir daß Beim Pinkas schon zwanzig Jahre lang eine Frau diesen Braten zubereite nichts außer dieser Pinkas-Spezialität ... er befürchte nur die Alte könnte ihm wegsterben ...

Nicht einmal im Traum hätte ich gedacht daß die Vergangenheit so lebendig und so verletzend sein könnte   Nein das hätte ich nicht gedacht   Ich stand vor meiner kleinen versiegelten Wohnung in Piešt'any vor der Wohnung die ich mit meinen Eltern und der Schwester und dem Brüderchen bewohnt hatte und als sie dann nach Deutschland abgereist waren nachdem mein Vater unterschrieben hatte daß er alles was einst sein Besitz gewesen war dem Staat vermache da blieb ich mit dem kleinen Heini allein dort zurück und ein Jahr später kam das Internationale Rote Kreuz und holte Heini ab danach wohnte ich ganz allein dort allerdings nicht sehr lange denn ich verliebte mich und wohnte nun mit meinem Kleinod mit Jirka diesem Gitarristen der mich gerade durch dieses Gitarrenspiel bezaubert hatte von Kindheit an hatte ich diese Musik geliebt konnte jemand Gitarre spielen schaute ich zu ihm wie zu einem Gott hinauf und so wohnte Jirka zusammen mit mir dort und wir liebten uns und standen kurz vor der Hochzeit und zum Baden fuhren wir an einen Stausee und besuchten meine Bekannten und überall war Jirka mein Verlobter und wir waren ein nettes Paar obwohl Jirka ein ganz gerissener Gauner war doch das gehörte zu seinem Beruf denn wer wie Jirka in so einer Kapelle spielt ist immer Gegenstand der allgemeinen Bewunderung und diese Frauenzimmer diese Luder saßen an einem Tischchen direkt neben der Kapelle und machten Stielaugen in Jirkas Richtung und er vergalt es ihnen denn er war ein professioneller Pianist vor allem aber Gitarrist ... Und wie mein Mann und ich es besprochen hatten war er zusammen mit seinem Bruder Břeťa nach Piešťany gefahren sie waren schon seit zehn Uhr da ich kam verspätet da meine Wohnung versiegelt war und ich vor der Ankunft meines Mannes keine Zeit gehabt hatte die Spuren meines Jirka zu tilgen also standen wir alle drei im ersten Stock und ein Beamter des Volksausschusses entsiegelte die Wohnung ich schloß sie auf die Vorhänge waren zugezogen und als ich die Fenster öffnete damit der frische Wind den Modergeruch wegblase ich war ja mehr als zwei Jahre nicht mehr hier gewesen da bat mich der Beamte ihm den Schlüssel wieder vorbeizubringen wenn wir alles eingepackt hätten und war froh daß er wieder ging denn das hatte ich hier tatsächlich nicht erwartet überall sah es aus als hätte eine Hausdurchsuchung stattgefunden als hätten Diebe und Räuber hier gehaust und nach Geld gesucht alles lag kreuz und quer und mein Mann und Břeťa die einen Tag früher aufgebrochen waren weil sie in der mährischen Slowakei noch Bekannte besuchen wollten waren noch sturzbetrunken mein Mann sah entsetzlich aus ich sah ihm an daß er sich fast kaputtgesoffen hatte er sah aus wie Haňta war unrasiert und hatte wie alle Trunkenbolde gelbe Ränder um den Mund als hätte er weiche Eier gegessen und vor allem stank er gräßlich nach Slibowitz und er war ebenso unausgeschlafen wie Břeťa beide trugen Overalls und setzten sich vorsichtshalber hin das heißt sie brachen zusammen atmeten tief durch und schlossen die Augen sie hatten beide Schluckauf und ich war ganz froh darüber daß mein Mann betrunken war denn ich war dabei die eingerahmten Photos von der Wand herunterzunehmen und in einen Wäschekorb zu legen zehn und mehr Photographien von unseren gemeinsamen Reisen und Ausflügen Photographien wie ich mit Jirka im Badeanzug dalag und Photographien von Jirka im blauen Smoking und mit der Gitarre und schöne Photographien auf denen Jirka umwerfend aussah und wieder beklagte ich es daß es so ein Ende genommen hatte und dann noch eine Aufnahme von mir wie ich ausgestreckt im Badeanzug und mit geschlossenen Augen am sandigen Ufer des Stausees in der Sonne lag   Ich wollte meinen Augen nicht trauen daß ich einmal so schön war daß ich eine so gute Figur und so schöne Brüste und Hüften gehabt hatte vor allem aber war ich auf all diesen Photographien mit oder ohne Jirka glücklich das Glück der Verliebtheit strahlte aus mir und man konnte mir am Gesicht ablesen daß ich verliebt war   Und dann standen diese beiden Säufer auf und begannen das zusammenzutragen was ich ihnen nannte Břet'a humpelte hielt sich aber weit besser auf den Beinen als mein Mann der jetzt zwanzig und noch mehr Jahre älter aussah denn das was ich auf den Photographien entdeckte sah er ebenfalls er setzte seinen eifersüchtigen Blick auf und ich sah daß ihn diese Bilder aus meinen glücklichen Jahren noch mehr taumeln ließen als der Slibowitz also schob er den Wäschekorb mit den Photographien zur Seite unter den großen Spiegel der sich über die ganze Wand hinzog ein Spiegel in dem sich dieses schreckliche Zimmer spiegelte wie nach einem Mord sah es in diesem Spiegel hier aus den ich hierlassen wollte doch mein Mann beharrte darauf ausgerechnet diesen Spiegel mitnehmen zu wollen gerade diesen Spiegel halte er für das einzige anständige Hochzeitsgeschenk und ich schaute in diesen Spiegel und die beiden rückten Schränke und Stühle zusammen und stiegen schweren Schritts hinunter und herauf draußen war es heiß und wenn mein Mann in das Zimmer trat schaute er jedesmal in den Spiegel und ich wußte daß er in ihm das sah was auch ich jetzt sah es war der Spiegel in den ich ein letztes Mal geschaut hatte nachdem ich die Tabletten geschluckt hatte und auf dieses Kanapee gesunken war dieses Kanapee das mein Vater sich für seine Größe hatte anfertigen lassen genaugenommen waren es zwei Kanapees für die massive Gestalt meines Vaters der mehr als hundertdreißig Kilo schwer war ... Hier hatte ich zum letzten Mal in den Spiegel geschaut in diesen Spiegel der fast die ganze Wand bedeckte und hier hatten meine Piešt'aner Freunde mich gefunden jene Leute die gerade vorbeigekommen waren um uns zu helfen und vor allem um uns zu sagen wir sollten bei ihnen vorbeischauen denn mein Vater habe bei ihnen noch einen Original-Empire-Wäscheschrank zurückgelassen

Und als die Freunde kamen blickten auch sie als erstes zum Bett wo sie mich damals gefunden hatten auf das ich im Spiegel gefallen war in den sie ebenfalls geschaut hatten als sie mich hochhoben   Und meine beiden Freunde waren entsetzt als ich ihnen meinen Mann vorstellte sie schauten mich an als woll-

ten sie sagen um so einen Ehemann zu bekommen hättest du dir ruhig mehr Zeit lassen können   Und mein Mann schwitzte und da er jeden Schrank auch noch mit der Stirn abstützte und alle Möbel staubig waren sah er schrecklich aus und ich war so angezogen wie ich früher hier in Piešt'any spazierengegangen war wie immer trug ich diese roten Schühchen mit den hohen Absätzen ich hatte mein schönstes Kostüm angezogen und war beim Friseur gewesen ich war genau das Gegenteil meines Mannes was die Kleidung betraf und überhaupt war er den Tränen nahe denn irgendwie hatte diese Wohnung ihm den Rest gegeben er trug den Krempel den ich mit dem Kinn bezeichnete hinunter und hielt das alles nur aus weil Břet'a bei ihm war Břet'a der schon beim Betreten der Wohnung gewußt hatte daß hier meine Vergangenheit lag die ich rechtzeitig zu liquidieren vergessen hatte das nahm er mir übel genauso wie meine beiden Freunde die jetzt eigentlich froh waren daß sie mir helfen durften und wir uns von diesem Tag an nicht mehr sehen würden und schon gegen Mittag waren fast alle Möbel und vor allem die beiden riesigen Kanapees aufs Auto geladen auch die hellblaue Küche und zum Schluß blieben im leeren Zimmer nur noch dieser Spiegel und darunter der Wäschekorb mit Jirkas Photos zurück die mein Mann mit einem Leintuch zugedeckt hatte
Und dann liefen meine Freunde weg um Schraubenzieher zu holen und die Männer lösten sich eine ganze Stunde lang bei dem Versuch ab den drei Meter langen Spiegel von der Wand loszuschrauben mein Mann gab es auf er zeigte allen seine steifen Finger die durch die Plackerei in dieser Altstoff-Sammelstelle abgearbeitet waren statt dessen packte er meine Vergangenheit mit beiden Händen an den Henkeln und trug den Wäschekorb nach unten und dort konnte er sich dann nicht mehr beherrschen er zog das Leintuch weg saß auf einer Treppenstufe und sah sich immer wieder ein Photo nach dem anderen an und ich lief hinunter und mußte wieder zum vollgepackten Auto auf das Břet'a und ich diese riesigen Kanapees horizontal so befestigten daß man den riesigen Spiegel auf das eine legen und das andere darauf klappen konnte wie zwei geschmierte Brotscheiben und als meine Freunde diesen Spiegel hinuntertrugen als sie ihn sorgfältig wie Břet'a es wünschte

obendrauf legten da erhob sich mein Mann mit dem Wäschekorb in den Händen und war plötzlich stocknüchtern irgendwie hatte das Betrachten dieser Photos ihn wieder ins Lot gebracht er lachte und suchte meine Augen und als er mich anschaute sah ich daß er alles begriffen hatte er hatte sich gequält war bis auf den Grund seiner Eifersucht hinabgestiegen er hatte mir vergeben und war froh daß ich die Wohnung so gelassen hatte wie ich sie damals verlassen hatte er dankte mir dafür daß ich ihm Einblick in mein Geheimnis gewährte und er jetzt mein Mann war und ich durchsichtig vor ihm stand wie Vladimír von dem mein Mann sagte er lebe in einem Glashaus in dem man sehen könne wer zu Besuch sei und auch ich lag jetzt in einem gläsernen Bett und war mit einem gläsernen Leintuch zugedeckt auf dem früher oder später die Inschrift Wer ich bin auftauchen würde ... Das trug mein Mann mit schöner betrunkener und heiserer Stimme meinen Freunden vor und er reichte Břet'a den nicht mehr mit einem Leintuch zugedeckten Wäschekorb nach oben und Břet'a verstaute ihn unterm Kanapee und befahl dann die Stricke zu nehmen und zu verknoten und mein Mann machte aus den Seilenden über der Seitenwand des Wagens Schlaufen und warf sie hinauf und meine Freunde entfernten sich und winkten damit wir wußten daß wir noch ein Stück weiterfahren mußten bis dorthin wo sie wohnten und verschwanden   Und ich schloß die leere Wohnung ab meine Schritte hallten wider als ich zu den Fenstern trat um sie zu schließen und ein letztes Mal sah ich mich um und begriff es wäre besser gewesen ich hätte das getan was mir beim Betreten dieser Wohnung durch den Kopf geschossen war ... sie mit Benzin übergießen anzünden und so lange zuschauen bis meine ganze Vergangenheit verbrannt wäre ... Und dann waren wir bei diesen Piešt'aner Freunden und verschnürten den schönen Empireschrank auf dem Anhänger und ich sah daß meine Freunde dieses Ehepaar bis zur letzten Sekunde gehofft hatten ich würde ihnen diesen Wäscheschrank überlassen bevor sie ihn heruntertrugen sagten sie noch er sei doch völlig morsch und ich müßte ihnen eigentlich Lagerkosten bezahlen er habe ihnen nur im Weg gestanden   Ich beharrte jedoch auf das Stück dieser Schrank sei das einzige Schöne was mir geblieben war ein

Beweis unseres Lebens damals es war das einzige kostbare Möbelstück das noch von meinem Vater stammte... Also befestigte Břeťa ihn mit starken Seilen und der Empireschrank hing über der Rückwand und es sah aus wie damals als die Russen gekommen waren und Kaninchenställe voller lebendiger fiebernder Kaninchen mitnahmen die sie in den deutschen Dörfern erbeutet hatten ich bedankte mich bei meinen Freunden die jedoch von der Minute an als ich bestimmt hatte daß dieser Wäscheschrank mir gehörte und ich ihn mitnehmen würde aufgehört hatten zu lächeln mit einemmal waren sie fremd und keiften einander an es sei Zeit fürs Mittagessen und wir winkten ihnen zu und kletterten in den kleinen Lastwagen und machten uns auf den Heimweg   Ich saß in der Mitte mein Mann rückte von mir ab er war wieder in Wehmut und Melancholie versunken alle Augenblicke fuhr er sich mit dem Handrücken übers Gesicht und rückte noch weiter von mir ab er focht einen Kampf mit sich aus und ich wußte sehr gut daß ich nichts tun konnte weil sich nichts mehr in den früheren Zustand und in frühere Zeiten zurückführen ließ und so schaute ich zur Straße hinaus es begann zu tröpfeln und wir sahen einander an und mein Mann sagte leise... Wo ist die Plane? Und erst nach einer halben Stunde antwortete Břeťa... Die Plane liegt unten
Die Plane ist ganz ganz unten... Und mit dem Daumen zeigte er nach hinten und die Scheibenwischer fegten melodisch den Regen von den Scheiben und dieser Regen verbesserte irgendwie unsere Laune ich wünschte mir sogar er möge in einen Sturm übergehen es möge Bindfäden gießen damit wir nur noch Ramsch nach Hause brächten und vor allem freute es mich daß dieser Regen die Photographien verwaschen und aufquellen würde und Wasser unters Glas in die Rähmchen liefe daß der Regen allen Staub von den Möbeln spülen und unser Auto Bäche von Dreckwasser zurücklassen werde und so könnten wir mitsamt unserer Ladung mit der Küche und mit dem Zimmer meiner Vergangenheit geläutert nach Libeň an den Damm zurückkehren   Vielleicht hatte der Regen mit dem Ende der schwülen Luft uns Befreiung in die Fahrerkabine gebracht   Břeťa kurbelte das Fenster runter und atmete die frische Luft ein und die Landschaft durch die wir fuhren

dampfte und lag in zartem Nebel da Und der Lastwagen fuhr in Wälder hinauf und dann wieder hinunter auf die Hauptstraße er fuhr an kleinen Dörfern und Städten vorbei zweimal machten wir an einer Tankstelle halt und einmal lief ich rasch in eine Metzgerei vor der eine schwarze Tafel mit der Kreideaufschrift Heute heißer Leberkäs stand Und ich kaufte ein Kilo und zehn Semmeln und dann standen wir da und aßen schweigend und hungrig und draußen fiel immer noch feiner Regen und die Felder und Wälder dampften wie der heiße Leberkäs und wir aßen mit großem Appetit und kauten Semmeln dazu wir aßen nur und waren froh daß wir aßen und nicht sprechen mußten auch Břet'a war über meine Vergangenheit über das was er in meiner ehemaligen Wohnung gesehen hatte ganz erschrocken und auch er fuhr sich wiederholt mit dem Handrükken übers Gesicht und war froh daß er nicht an das denken mußte woran sein Bruder dachte er war froh daß er sich ganz der Fahrt widmen konnte und es regnete und er noch mehr auf die Straße achtgeben sich noch mehr konzentrieren mußte um vorschriftsgemäß zu fahren denn er konntte sich den Luxus nicht erlauben von der Polizei bei einem Verstoß erwischt zu werden und ins Röhrchen zu blasen Und mein Mann hüstelte einige Male und fing an zu erzählen ... Erst jetzt verstehe ich erst jetzt begreife ich mich selbst! Ich hatte immer nur solche Jungen zu Kameraden die noch schlimmer dran waren als ich Ich hatte immer nur Freunde die in der Schule durchfielen oder ein bißchen debil waren und warum das? Jetzt verstehe ich es! Weil ich für sie und für mich selbst die Nummer eins war! Ich stopfte die Jungen die daheim nicht genug zu essen bekamen Ich saß mit den Jungen bei denen es daheim kalt war in unserer Küche und wir wärmten uns und ich spielte mich vor diesen Jungen als Menschenfreund zugleich jedoch auch als das Söhnchen des Brauereiverwalters auf Und ich briet ihnen zehn Eier und schmierte ihnen Brote und zwang sie zu essen bis sie alles aufgegessen hatten und sich erbrechen mußten und es ging ihnen noch schlechter als zuvor ehe sie zu mir in die Brauerei gekommen waren und ich brachte diesen Jungen auch bei wie man Briefmarken in ein Album klebt ich kaufte ihnen Alben konnte aber nicht mit dem Leim umgehen also klebten wir die Marken mit Gummiarabikum ein so daß sie wie verglast wie eingekocht unter einer Schicht von trocknendem Gummiarabikum aussahen und die Jungen die nur fünf Klassen absolviert hatten und ein bißchen debil waren bewunderten mich und staunten wie geschickt ich beim Einkleben der Briefmarken war und als ich sie aufforderte es ebenfalls zu versuchen verklebten sie sich nicht nur die Hände sondern auch unseren Tisch und ihre Kleider und selbst in die Haare schmierten sie Gummiarabikum   Ich brachte ihnen bei wie man die Dinge anzugehen hatte ich belehrte sie die noch dümmer noch unglücklicher noch häßlicher waren als ich und ertrug es nicht wenn einer zu mir kam der gescheiter oder hübscher war als ich

Kurzum ich habe mich immer nur mit denen angefreundet die ich überragte   Ihr könnt euch vermutlich vorstellen wie ich als Schüler war ab der dritten Klasse lauter Dreier und Vierer und in Betragen eine Vier ihr könnt euch vorstellen wie ich in diesen Kleidern aussah in denen immer Löcher waren und in den Schuhen auch ... Mein Mann redete und draußen wurde es schon dunkel und noch immer nieselte dieser feine Regen ein Scheibenwischer war defekt der rechte hinter dem durch die Scheibe getrennt mein Mann saß der jetzt ab und zu mit der Hand durchs geöffnete Fenster hindurch diesem Scheibenwischer nachhalf doch auch dieser Schaden war barmherzig und kam ihm gelegen weil er die Aufmerksamkeit von meiner Vergangenheit ablenkte der wir aber nicht davonfahren konnten sie war immer mit uns meine Vergangenheit die wir auf dem Lastwagen transportierten und anstatt zu fliehen schleppten wir das was wir angestellt hatten immer mit uns während wir uns Libeň näherten   Und zweimal hielten wir noch an und gingen um unseren Wagen herum die Seile waren durch den Regen noch straffer geworden jetzt konnten wir wirklich nichts mehr von unserer Ladung verlieren und es schien als habe der Regen dieser unendliche Nieselregen alles gewaschen sogar die beiden Kanapees wirkten wie frisch aus der Reinigung und wir machten ein paar Schritte im Wald kehrten jedoch bald schon schweigend zurück nicht nur um die Fahrt fortzusetzen mein Mann erzählte ja weiter ... Und so passierte es mir daß der um ein Jahr jüngere Famfík Schaniel mit seiner Mutter oft zu uns in die Brauerei kam wenn sie den Direktor Herrn Sklenář besuchten ... Dieser Famfík trug immer einen Matrosenanzug ... ein hübsches Matrosenmützchen mit blauen Bändern ... Wie ein amerikanisches Kind in einem Stummfilm von Chaplin sah dieser Famfík aus wie ein Kind das jedem der sich ihm nähert lächelnd die Faust auf die Nase haut ... Famfík der mit Papa und Mama im ersten Stock eines Hauses am Marktplatz wohnte ... dieser Famfík war geschickt er konnte bauen war ein begabter Konstrukteur und imstande eine Dampfmaschine in Betrieb zu setzen ... sein Vater war ein österreichischer Major im Ruhestand er hatte einen Kahlkopf und konnte Obst einmachen ... das war sein Steckenpferd Hunderte von Gläsern mit sterilisierten Früchten ... Und in der Schule war Famfík die Nummer eins und er war so stark daß er jeden von uns verprügelte ... Das war weil sein Vater ihm seit dem vierten Lebensjahr das Klavierspielen beibrachte ... auch ich hatte Klavierstunden ... klimperte aber gerade nur Bayers Kleine Schule ... Die Schule der Fertigkeit ... wenn ich jedoch zu Famfík kam setzte er sich in diesem weißen Matrosenanzug ans Klavier und donnerte Webers Polacca herunter ... und ich stand wie ein begossener Pudel da und wurde rot ... so winzig war ich ... und wenn Famfík in die Brauerei kam konnte er immer alles besser als ich und dieser Famfík machte mich ganz unsicher und ich kam erst wieder in Form wenn ich mit meinen Mitschülern zusammen war mit diesen leicht Schwachsinnigen die nach der fünften Klasse von der Schule abgingen ... und dann zogen Famfíks Eltern nach Prag ... während der Ferien kam er jedoch weiterhin in die Brauerei zu seinem Onkel ... und ich ging schon in die Quarta und war nicht nur in der Prima sondern auch in dieser Quarta durchgefallen ... Famfík hingegen lernte vorzüglich und wenn er sich bei uns ans Klavier setzte donnerte er Chopins Nocturne herunter und zum Schluß seine Polacca von Weber ... und dann war es still und meine Mutter schaute mich vorwurfsvoll an ... und zudem hatte dieser Famfík einen schönen Körper einen Körper wie eine antike Statue ... denn Famfík war zusammen mit Štorkán auch Republiksmeister des Schwimmnachwuchses ... manchmal kamen sie beide und während wir anderen wie Kleinkinder herumplanschten trainierten Famfík Schaniel und Štorkán Kraulen gegen die Strömung von der Eisenbahnbrücke bis zur Steinbrücke ... immer und immer wieder ... und wenn sie aus dem Wasser stiegen sahen ihre Körper wie die braungebrannten Körper von Bodybuildern aus ... Und ebenfalls aus Prag kam ein weiterer Champion ein weiterer Weltmeister in unser Stadtviertel jenseits der Elbe ... Harry Jelínek ... er konnt nichts ... war aber siebzehn und hatte einen Körper wie Famfík Schaniel ... und konnte auch schwimmen zwar keine Rekorde aber so ... der Körper dieses Harry Jelínek war eigentlich noch schöner als die der beiden Champions und während der Ferien wohnte er bei den Hulíks ... die hatten in der Mulde hinter der Brauerei eine Gärtnerei und dieser Harry wußte wie man braun wird und war auch ganz bronzefarben ... also war Harry Jelínek während der Ferien der König im Garten der Hulíks ... und wenn Harry gegen Abend in die Stadt ging bewunderten ihn die Leute so daß es ihnen die Sprache verschlug ... und alle Mädchen hoben nur mit Mühe den Blick und wenn sie Harry anschauten der wie ein König daherkam dann konnten sie sich kaum mehr fassen ... und immer war er gebräunt und sah aus wie ein prächtiger Schweizer Stier ... und obendrein hatte er blonde Locken die immer mit Brillantine eingeschmiert waren ... und wenn er redete dröhnte seine Stimme und wirkte ein bißchen erkältet ... Dann studierte ich schon an der Hochschule und liebte Jiřinka ... Georgine ... sonntags ging ich mit ihr Boot fahren und als ich einmal vor mich hin ruderte und Georgine mit ihrem Sonnenschirm auf der Rückbank saß und wir zur Brücke gelangten ... da stolzierte Harry Jelínek in einer Dragoneruniform darüber ... ich habe vergessen zu sagen daß Harry beim Militär war und mir konnte nichts Schlimmeres passieren als wenn Harry zu den Hulíks und in unser Städtchen kam und nun in Stiefeln und roten Reithosen und in dem grünen Mantel mit den gelben Aufschlägen über den Korso spazierte dann waren nicht nur ich sondern alle Studenten dermaßen eifersüchtig, daß keiner mehr mit ihm reden mochte ... In dieser Sekunde also hob Georgine den Blick und von oben beugte sich Harry Jelínek übers Geländer er winkte und rief Georgine wie in einem amerikanischen Film zu ...

Hello! Und meine Georgine hob ihre Fingerchen und ließ sie flattern und rief erfreut und geehrt zurück... Hello! Harry!... Und ich ruderte und das Boot verschwand unter dem Brückenbogen... und ich war müde und rot und sagte nichts mehr Schüttelfrost plagte mich und ich wurde ganz krank... weil Georgine die Augen geschlossen hatte und selig war wegen des schönen Grußes vom Dragoner Harry Jelínek der sich braungebrannt übers Brückengeländer gebeugt hatte und dessen blondes Haar das Militärschiffchen auf dem Kopf ausbeulte... Und dann kam das Protektorat... und Famfík wie auch Harry Jelínek verschwanden aus Nymburk... und ich wünschte mir nach Kriegsende so sehr daß sie in den Ferien wieder hierher kämen... weil ich die schöne Uniform eines Fahrdienstleiters trug und einen schönen Mantel und ein Glitzersakko für den Sommer und auf ihm waren der goldene Mittelschulknopf und ein geflügeltes mit Goldfäden gesticktes Rädchen... ich wünschte mir so sehr sie könnten mich sehen... doch sie kamen nie mehr nach Nymburk... später erfuhr ich... daß Harry Jelínek zum Piloten ausgebildet und heimlich nach England gegangen war... und ein Jahr später über dem Kanal abgeschossen wurde... und Famfík Schaniel war einige Tage vor Kriegsende in Libeň auf dem Weg zu einem Mädchen... da begegnete ihm ein Kamerad aus der Armee... hör mal Famfík du warst doch als Schütze mit uns im Militär... komm mit die Deutschen haben die Bulovka besetzt und wir wollen die Trojabrücke verteidigen... und so ging Famfík statt zu dem Stelldichein mit den Kameraden... und dort bekam er die Rechnung die Deutschen beschossen die Partisanen von der Trojabrücke von der Bulovka aus mit Maschinengewehren und verletzten Famfíks Wirbelsäule... Ein Jahr lang konnte er nicht mehr gehen und wurde dann nach Kanada gebracht wo man ihm in einem Militärkrankenhaus den Nerv wieder zusammenflickte... zwei Monate später schwamm Famfík bereits wieder im Schwimmbecken des Krankenhauses... und schloß dann in Kanada ein Ingenieurstudium ab... er heiratete... und kaufte sich einen Pleyelflügel... Und einmal tauchte er in Nymburk auf... er hinkte... er war mit seiner Frau gekommen... und war gerührt als wir ihm von seinem

Vater erzählten wie er im ersten Stock am Marktplatz von Nymburk Obst eingemacht und diese Dampfmaschine in Betrieb gesetzt hatte ... und davon wie er mit Štorkán gegen die Strömung geschwommen war ... und Frau Famfíková stammte aus Wales und sie hatten schöne Zukunftspläne denn Famfík war Ingenieur bei der Armee und konnte schon mit fünfundfünfzig in den Ruhestand gehen und die beiden freuten sich darauf nach Wales zu ziehen wo Frau Famfíková ein Haus hatte in das sie auch den Pleyelflügel mitnehmen konnten ... Sagte mein Mann und der Lastwagen arbeitete sich langsam und unerbittlich durch die Elbebene und die Erzählungen meines Mannes beruhigten mich denn im Grunde genommen hatte er auch über meinen Jirka gesprochen den er dort an der Wand zum ersten Mal gesehen hatte eigentlich war mein Jirka auch so ein Playboy so ein Schönling wie Famfík und Harry Jelínek gewesen und mein Mann hatte das alles bestimmt nur erzählt um sich zu beruhigen und auch meinen Jirka unter diese Porträts seiner Freunde einzureihen die eigentlich keine Freunde waren   Jetzt war Famfík durch die Distanz diese Nummer eins geworden genauso wie auch Harry heute noch eine Nummer eins war er der als Held in der Schlacht um England gefallen war und meinem Mann blieb nichts anderes übrig als alles darauf zu setzen im Schreiben die Nummer eins zu werden deswegen hatte er wohl auch diese Angst vor dem Schreiben weil er die fünfundvierzig schon überschritten hatte und immer noch nicht das war wofür er sich selbst und seine Freunde ihn hielten und ich hatte mir vorgenommen ihm sobald er sich von diesem Umzug etwas erholt haben werde eine Schreibmaschine zu kaufen und dafür Sorge zu tragen daß er seine Arbeit aufgab und zu Hause blieb und schrieb und schrieb so lange bis er seinen Roman geschrieben haben würde seinen ersten Text der ungedruckt bliebe eine Art Botschaft von der er und seine Freunde träumten   Und dann dösten wir vor uns hin Břet'a rauchte eine Zigarette nach der anderen und als ich mir die Augen rieb lag der Kopf meines Mannes auf meiner Schulter der Regen hatte vermutlich schon lange aufgehört und wir fuhren in Libeň ein und blieben unter der Laterne stehen Mitternacht war längst vorüber Břet'a kletterte auf den Möbelberg und löste die Seile und mein Mann lief um den Lastwagen herum und warf sie zur anderen Seite hinüber vorsichtig reichte Břet'a ein Stück nach dem anderen herunter und als erstes trat mein Mann durch das offene Tor und als er im Hausflur und im Hof Licht machte sah er daß Pepíček Sviatek in unserer Wohnung war geduldig hatte er gewartet nachdem er den ganzen Tag unser neues Zimmer geweißt hatte dieses Zimmer das nach unserem Beschluß die Küche sein sollte und wir wollten das Schlafzimmer mit dem Empirewäscheschrank dort einrichten wo wir bisher gewohnt hatten mein Mann trug den großen Spiegel vorsichtig ins Haus und lehnte ihn gegen die Wand dann kam er zurück und als er auf den Wagen kletterte um Břet'a zu helfen reichte er mir den Wäschekorb mit den Photographien herunter ich trug ihn in die Wohnung und schob ihn unters Bett   Dann schafften wir die Stühle in die Wohnung und schleppten mit Pepíček Sviatek wortlos Tischchen Schränke und Koffer herein und Břet'a wollte nicht mehr zu uns reinkommen er wollte nicht hier schlafen und hatte nur einen Wunsch nach Nymburk zurückzufahren dort zu essen und Kaffee zu kochen und sich erst dann wie gewohnt neben seine Frau ins Bett zu legen und auch Pepíček Sviatek verabschiedete sich so wie gewohnt und sagte ... Doktor morgen werd ich beim Vaništa auf Ihre Rechnung eine Reihe Brandy trinken ... Und mein Mann sagte unter herzhaftem Lachen zu mir ... weißt du als ich mit Břet'a auf dem Lastwagen stand habe ich von dort oben in ein Fenster im ersten Stock des Nachbarhauses geschaut und gesehen wie ein Mann im Bett gerade einer Frau den Rock aufknöpfte und sie dann langsam auszog und ich habe an nichts anderes mehr denken können ... wie wär's wenn wir es auch versuchten und zwar sofort?

Innerhalb einer Woche hatten mein Mann und Pepíček Sviatek die Küche und das Zimmer eingerichtet und ich fing an mich auf mein Zuhause zu freuen   Erst von dem Augenblick an als mein Mann die Tür durch die wir früher den Raum betraten verschlossen und sie mit einem Teppich verhängt und unter die

Klinke einen hohen Tisch geschoben hatte erst seit dieser Zeit gelangte man in unseren neuen Raum durch eine Tür vom Flur aus den Pepíček Sviatek wunderschön gestrichen hatte auch das Deckengewölbe hatte er ausgemalt und zwar ganz ohne Flekken erst von dem Augenblick an als Pepíček und mein Mann den großen Spiegel seitlich an die Mauer geschraubt hatten und dieser fast die ganze Wand abdeckte und die beiden Fenster wie überhaupt alles was im Hof in die Höhe ragte widerspiegelte alle Gestalten nicht nur jene die zu uns kamen sondern auch alle anderen die zur Treppe abbogen über die man zur Pawlatsche und dann zur Wohnung der Slavíčeks emporstieg ... Erst seit dem Tag als ich in der Küche neue Vorhänge aufgehängt hatte in dieser Küche die ich genauso einrichten ließ wie es bei meinem Vater war erst von diesem Zeitpunkt an war ich wirklich eine junge Frau   Und unter der Jugendstil-Zuglampe stand jetzt in der Küche ein hell erleuchteter Tisch und darauf ein Blumenstrauß mein Mann war es der diese Vorliebe für Blumen hatte

Ich selbst hatte nie die Gabe einen Blumenstrauß in eine Vase zu stellen ich konnte nie Pflanzen für die Blumentöpfe kaufen hatte nie einen Sinn für Arrangements denn seit der Zeit als man mich aus unserer Villa abholte mich internierte und zur Arbeit in die Ziegelei abführte seit jener Zeit hatte ich das Interesse an schönen Dingen verloren damals hatte mein Vater alles für mich erledigen und mich aus meinen Depressionen herausholen müssen und jetzt war es mein Mann der Topfpflanzen ins Fenster hängte und Zyklamen und andere Blümelein auf das Spiegelchen zwischen die Fenster stellte mein Mann der sich irgendwie verändert hatte seit wir diese Möbel aus Piešt'any hierhergebracht hatten ... Vor allem aber war mein Mann jetzt in seinem Element weil er in zwei Öfen auf einmal heizen konnte wann immer ich nach Hause kam überall war es warm denn für unser ehemaliges Zimmer hatte mein Mann im Basar einen Musgrafofen gekauft und heizte jetzt darin ein und die Zigeuner brachten ihm Bütten voll Briketts und abends wikkelte er vier davon in Zeitungspapier und schob sie behutsam in den Ofen die Briketts schwelten dort die ganze Nacht und am Morgen brauchte er nur das Türchen zu öffnen und Holz nachzulegen und schon prasselte es im Musgrafofen und das Feuer flackerte fröhlich weiter Und in der neuen Küche stand ein Herd ein nagelneuer Herd den alten hatten wir in den Hof hinausgetragen und mein Mann kaufte zwei Asparagus und Topfpflanzen und verschönerte auch diesen Eisenherd neben dem Schuppen unter den Fenstern wohin vom Dach die Triebe und Ranken des wilden Weins fielen und zwar über die Totenmaske meines Mannes die Vladimír für ihn gegossen hatte als er hier gewohnt hatte Und in der Küche waren die Dämmerstunden und die Abende wunderschön wenn ich über dem Tisch die Lampe mit dem geblümten Schirm anzündete dieser Schirm der wie eine über die Glühbirne geworfene Schürze aussah wie ein Dirndl wie ein durchsichtiges Bäuchlein eines Dirndls und die gewölbte Zimmerdecke war beige und das weiße Tischtuch strahlte auf meine Hände ab Gern saß ich so da und betrachtete meine Hände auf dem weißen Tischtuch neben ihnen stand immer eine kleine Vase eine billige Vase mit einer Zyklamenblüte und einem Asparaguszweig Mein Mann verdarb wirklich alles was er anfaßte an allem mußte er sich seine krummen Finger schmutzig machen eines aber mußte ich ihm lassen er wußte immer wo ein Blumenstrauß wo der Stuhl und wo das Tischchen zu stehen hatten das gab ihm ein weiblicher Geschmack ein und allem voran liebte er die klitzekleinen Blümelein nur die winzigen die er mit Vorliebe in Senfgläser oder gläserne Stamperl stellte aus denen man in alten Zeiten Kornschnaps getrunken hatte Jetzt war ich gerne zu Hause und freute mich jeden Tag auf den Abend manchmal konnte ich es kaum erwarten bis ich meine von Blümchen überschattete Dirndlschürzen-Lampe anzünden durfte und dann betrat ich gerne durch die neue Tür das Zimmer und sah mich jedesmal im Spiegel an in dem sich alles spiegelte und gerade in diesem Spiegel sah ich wie schön unsere Wohnung war am meisten aber überraschten Pepíček Sviatek und mein Mann mich damit daß sie nicht mehr so viel soffen sie tranken nur noch ihre Krüge Bier und nicht mehr diese Fläschchen Brandy und beide freuten sich wie schön nun unsere Wohnung aussah Mein Mann war stolz darauf wie er unser Schlafzimmer eingerichtet hatte Ich mußte Dutzende Meter Kretonstoff kaufen und mein Mann und Pepíček errechneten einen Tag lang die Maße ständig flüsterten sie miteinander und standen in unserem ehemaligen Raum sie maßen und rechneten und trugen diesen Kreton zum Schneider Barták hinüber der innerhalb nur eines Tages einen riesigen Vorhang nähte und dann tranken mein Mann und Pepíček wieder lächelnd diese Krüge Bier und dann saßen sie mit mir am Küchentisch und mein Mann nähte mit seinen krummen Fingern die Ringlein an diesen Vorhang und als ich eines Tages dann von der Arbeit nach Hause kam saßen mein Mann und Pepíček da und beide strahlten und gossen mir ein Schnäpschen ein und dann ging mein Mann in unser Zimmer und als er den Lüster und die große Tischlampe mit dem riesigen beigen Schirm anmachte da entdeckte ich einen in zwei Metern Höhe gespannten Draht und an diesem Draht an den Ringlein hing der Vorhang der wenn er zugezogen war die ganze Wand verdeckte und unmittelbar vor diesem Vorhang stand das große Kanapee das wir aus Piešt'any mitgebracht hatten und davor ein rundes Tischchen mit einer blauen Zierdecke und nun schob mein Mann den Vorhang zur Seite und ich sah in der Ecke den brennenden Musgrafofen und rechtwinklig zu dem Vorhang stand das zweite Kanapee auf dem früher mein riesiger Papa geschlafen hatte und auf diesem Kanapee lagen ausgerichtet die Federdecken die der Vorhang verdeckte und auf diese Weise hatten mein Mann und Pepíček Sviatek den Raum eigentlich in zwei Zimmer aufgeteilt und jetzt schob mein Mann den Vorhang ganz zur Wand die Ringlein rasselten und ich sah daß wir uns beim Schlafen mit den Köpfen fast berührten... Und dann verneigte sich Pepíček Sviatek und hatte es eilig um noch drei Brandy auf den Doktor zu kippen ehe die Kneipe des Herrn Vaništa schloß... Und ich machte die Betten und tatsächlich die Kopfkissen berührten sich im rechten Winkel die beiden Kanapees stießen am Kopfende gegeneinander Ich lächelte und an diesem Abend und danach an jedem Tag wenn ich mich hinlegte und mit dem Kopf neben meinem Mann schlief berührten wir uns mit den Händen und lauschten dem Atem des anderen und um es mit meinem Mann aufzunehmen trank ich am Abend ebenfalls Bier so dufteten wir beide nach Bier und seit der Zeit kam ich nicht mehr auf den Gedanken mich von meinem Mann abzuwenden nur weil er eine Bierfahne hatte und seitdem wir die Möbel hierhergebracht hatten und mein Mann ein so schönes Schlafzimmer eingerichtet hatte war es erst jetzt so schön hier daß ich meinen Mann oft dabei ertappte wie er hinter dem zugezogenen Vorhang in seinem Bett schlief denn mein Mann ging nicht gerne wie gewöhnliche Menschen schlafen mein Mann legte sich umgehendst hin wenn er von der Arbeit nach Hause kam draußen schien noch die Sonne mein Mann schlüpfte jedoch genüßlich unter die Bettdecke hinterm Vorhang und schlief eine Stunde tief in den Federn weil er von seiner Plackerei dort in der Spálená so müde war ... Kaum aber hatte er ausgeschlafen wurde er wieder munter und war nun in der Lage mit dem Netz auf seine imaginären Einkaufstouren zu gehen immer spazierte er mit diesem Einkaufsnetz in der Hand über die Hauptstraße und suchte seine Kneipen und Schenken auf während ich bei der Arbeit war oder freihatte und mich nicht satt sehen konnte an unserer neuen Wohnung ... Mein Mann liebte unsere Öfen und wenn er in beiden nachlegte wenn er die zertrümmerten Schränke und Balken welche die Zigeuner und Zigeunerinnen ihm gebracht hatten in seinen Musgrafofen geschoben hatte wenn er die Furniere von Fässern von bunten Farbfässern verbrannte davon hatte mein Mann den ganzen Holzschuppen voll da auf einem Nachbargrundstück ein Lager für Farben und Lacke gestanden hatte und nach der Verstaatlichung Hunderte ja Tausende von leeren Farbfässern liegengeblieben waren Mein Mann hatte den Schlüssel dazu und schaffte die ausgedienten Fässer in einem Kinderwagen von benachbarten Zigeunern herbei es waren Furniere aus Eichenholz und sie brannten wunderbar sie brannten daß es im Ofen prasselte und knackte und wenn er diese Furniere verbrannte qualmten zunächst die Farbreste und dann als sei im Ofen ein Knallfrosch explodiert loderten die Furniere so rasch daß die Ofenplatten bald schon glühten   Also schob mein Mann dieses bunte Furnierholz oft in den Ofen und lief dann in den Hof hinaus die Stufen hinunter und schaute von dort aus wie der gewaltige Rauch in den Himmel abzog denn unser Schornstein hatte einen kräftigen Zug schließlich hatte er einmal zu einer ehemaligen Schmiede gehört   Und meinen Mann begeisterte dieser Rauch und er war stolz auf diesen Zug und wer immer vor Einbruch der Dunkelheit zu uns auf Besuch kam dem erzählte er von unserem berühmten Schornstein und alle mußten sich von dessen Zugkraft überzeugen und mein Mann nahm die Besucher bei der Hand und lief mit ihnen in den Hof hinaus und dann hinunter damit alle sahen wie kräftig der Kamin zog und wie verschwenderisch die Rauchsäule aufstieg die wie mein Mann behauptete bei Windstille kerzengerade war wie ein Birkenstamm Eigentlich war die Bewunderung für dieses Haus von meinem Mann auf mich übergegangen Jetzt da es bei uns so schön war wenn ich nach Einbruch der Dunkelheit alle Lichter angezündet hatte ging ich oft in den Hof hinaus in die Finsternis und betrachtete von dort aus unsere erleuchteten Fenster ich schaute und war begeistert erst jetzt bemerkte ich wie schön die in unseren Fenstern hängenden Blumentöpfe mit den üppigen Pflanzen aussahen die nur ein wenig in die Höhe wuchsen um sich dann steil nach unten fallen zu lassen von wo aus sie sich im Spiegel zwischen den Fenstern scheinbar wieder aufrichteten

Ich schaute und lernte die Vorhänge so zu drapieren daß ich den Eindruck hatte hier würde auch ich gerne wohnen wenn ich eine Fremde wäre und ich hielt die Vorhänge in der Mitte mit einer großen Schleife zusammen wie man es in Wien so schön versteht damit der oben befestigte und in der Taille zusammengebundene Stoff unten weit ausladend auf den Boden fällt Manchmal schaute ich vom Hof aus und kam auf die Idee die Vorhänge einfach locker hängen zu lassen und sie nur ein bißchen zur Seite zu schieben damit jeder hineinschauen mochte sehen konnte was dort vor sich ging Und ich wünschte mir ich könnte mich selbst sehen wie ich in der Dunkelheit durch meine Küche husche und mich in diesem langen Spiegel wiederfinde der die ganze Wand verdeckt und wie zwei nebeneinander stehende Aquarien beleuchtet ist . . . So begeistert war ich von meiner Wohnung daß ich alle Glühbirnen die von draußen gesehen durch die Vorhänge gedämpft wurden immer brennen ließ und mich auf der Straße unter die Gaslaterne stellte dort verharrte ich ein Weilchen und versuchte zu vergessen wo ich war ich versuchte mit aller Kraft mir vorzustellen daß ich noch nie in diesem Haus gewesen und eine fremde Frau sei die jemanden suchte und die Fremde betrat den Hausflur durchquerte den ersten Hof an den Fenstern der Frau Beranová vorbei sie stieg die Stufen hoch und wurde von dieser erleuchteten Wohnung angezogen also blieb ich im Hof stehen als sei ich das erste Mal hier ich schaute von einem Fenster zum anderen starrte dann regungslos auf das Ganze ich bewunderte den wilden Wein wie er dem kräftigen Stamm entsproß und wie seine Triebe herauswuchsen und sich quer über den Hof spannten die Ranken fielen in die Tiefe und bildeten genau vor dem Waschküchenfenster einen Vorhang und hinter zwei großen und zwei kleinen hohen Fenstern schimmerte eine stille vertraute Wohnung hindurch... und ich sagte als sei ich das erste Mal hier... Da zu wohnen muß schön sein wer mag wohl hier wohnen? Und in solchen Augenblicken hatte ich das Gefühl als sei ich von den Toten auferstanden als sei ich aufgewacht und ich fing ein neues Leben an alles was geschehen war schien jemand anderem zugestoßen zu sein und ich hatte den Eindruck daß der Augenblick gekommen sei da ich mich nun endgültig und für immer von meiner Liebe zu meinem Jirka abnabeln konnte da holte ich als ich einmal allein zu Hause war diesen Wäschekorb mit den Photographien hervor die einfach in Passepartouts geklebt waren Aufnahmen von Jirka und von mir das Feuer brannte im Ofen und ich schaute mir wieder Jirkas Augen und sein Gesicht an und dann warf ich dieses geliebte Gesicht in die Flammen und beobachtete wie das Feuer es zunächst langsam und dann schnell verzehrte und ich löste alle Photographien aus den Rahmen und wenn ich mich an diesem Gesicht und den Augen satt gesehen hatte mußte ich die Photos knicken um sie durchs Türchen stopfen zu können und genauso wie mein Mann sagte und mit diesem prächtigen Zug prahlte schien das Feuer nur gierig auf diesen Happen gewartet zu haben es war als verbrennte ich feuergefährliches Papier als hätte ich diese Photographien zuerst mit Benzin oder Petroleum übergossen so verschlang das Feuer diese Augenblicke meines Lebens Momentaufnahmen von denen ich damals geglaubt hatte sie würden mich bis ans Ende meines Lebens begleiten und als letztes entnahm ich dem Wäschekorb ein ovales Porträt Jirkas nur sein Gesicht und als ich die Photographie umdrehte sah ich daß auf der Rückseite mein Photo klebte ich hatte damals törichterweise geglaubt unsere beiden Leben gehörten so zusammen wie diese aufeinandergeklebten Photographien... Jirka hatte hier ganz andere Augen er kam mir ganz anders vor als früher Und in diesem Augenblick erinnerte ich mich daß Jirka ganz anders als die anderen mit mir Weihnachten gefeiert hatte an Heiligabend blieb er immer zu Hause und schmückte nachdenklich den Christbaum und an dieses Bäumchen hängte er nie Schokoladefiguren und zierte es auch nicht mit glänzenden Sternen auch mußte es immer ein Tannenbaum sein er sagte zu einer böhmischen Weihnacht gehöre ein Tannenbaum anstelle all diesem Flitterkram hängte er also kleine rote Äpfelchen an die Zweige und ganz gewöhnliche Plätzchen mit weißem Faden umwickeltes Ingwergebäck und an Heiligabend zündete Jirka die Kerzen an und war traurig und ernst und ich mußte den Fisch backen und dann aßen wir Karpfen mit gewöhnlichem mährischen Kartoffelsalat und danach schlug Jirka die Bibel auf und las mir jede Weihnacht den Anfang des Lukasevangeliums vor wie Augustus der mächtigste Mann des römischen Reiches die Einwohner seines Landes aufforderte zur Volkszählung zu kommen und daß Joseph mit seiner schwangeren Frau Maria wie alle anderen nach Bethlehem ging mit Maria die dann in einem Stall ein Kindchen gebar und es in Windeln wickelte und es erschien den Hirten ein Engel und sie kamen um dem Neugeborenen zu bringen was es brauchte... Und die beiden Male die wir Heiligabend zusammen verbracht hatten war Jirka ernst gewesen er hatte nur ein bißchen Wein getrunken und war im Zimmer auf und ab gegangen er war in diesem Spiegel hier herummarschiert und hatte sich angeschaut sich gemustert als hätte er sich noch nie gesehen und dann sagte er zu mir daß in der Bibel eigentlich nirgendwo etwas über Weihnachten oder den Heiligen Abend stehe und die Leute wohl verrückt geworden seien wenn sie Christi Geburt mit Fressen und Saufen und vorgetäuschter Fröhlichkeit feierten weshalb dann ab Mitternacht die Ambulanzen herumfahren und Ärzte herbeieilen müßten um Spritzen zu verabreichen weil die Leute sich dank der Tatsache daß Jesus zur Welt gekommen war dermaßen überfressen hatten daß ihnen Leber und Niere anschwollen ... Und im Ofen prasselte das Feuer und ich zögerte und hatte nicht den Mut diese letzte Photographie von Jirka und mir in den Ofen zu werfen und so saß ich vor dem offenen Feuer auf einem Schemel ich saß vor dem Ofen in dem das Feuer prasselte und wünschte mir ich könnte doch auch noch diese beiden mit Gummiarabikum aufeinandergeklebten ovalen Photos hineinwerfen sie waren so klein daß ich sie in der Hand verbergen konnte ich hätte sie in die Handtasche stecken können also schloß ich das Ofentörchen und versteckte die beiden Photos damit mein Mann eifersüchtig würde wenn er sie entdeckte er war jedoch ohnehin auf Jirka eifersüchtig und ich wußte daß ich diese leeren Rähmchen diese Gläser hinter denen die Photos von Jirka und mir unsere Photos vom Baden und den gemeinsamen Reisen gesteckt hatten nicht zerstören durfte gleichzeitig wußte ich selbst wenn diese Rähmchen und dieses Glas jetzt blind waren sobald ich oder mein Mann einen Blick auf sie würfen sähen wir die Photos trotz alledem eigentlich hatte ich sie gar nicht verbrannt im Gegenteil da ich sie dem Feuer preisgegeben hatte waren diese Porträts noch tiefer in mich hineingedrungen erst jetzt sah ich wenn ich ins Feuer blickte wie Jirka dort zusammen mit den Photos und mit mir brannte und erst in diesem Augenblick sah ich Jirka neben dem Christbaum der ihn immer unendlich ernst gestimmt hatte so wie er auch an Silvester ernst war und niemals mit seiner Kapelle auftrat vielmehr saß er zu Hause ging im Zimmer auf und ab betrachtete sich lange im Spiegel nahm dann die Gitarre und spielte spanische Romanzen diese wehmütigen spanischen Lieder er griff in die Saiten seiner Gitarre aß Butterbrote und trank dazu nur ein wenig Weißwein dann ging er wieder schweigend im Zimmer umher sah mich traurig an und seufzte und erst heute begriff ich daß mein Kleinod mein Jirka als er so im Zimmer auf und ab ging und sich und mich im Spiegel betrachtete irgendwie mit diesem vergangenen Jahr abrechnete und daß er seinem Doppelgänger im Spiegel beichtete und sich vermutlich vornahm im nächsten Jahr nun wirklich ein anderer zu werden   Und jetzt sah ich Jirka vor mir wie er auf diesem Porträt aussah auf dessen Rückseite ich klebte   Im Grunde genommen wurde mir erst heute klar daß dieses Bild von Jirka nicht aus der Zeit stammte als wir uns kannten sondern als er das Konservatorium besuchte es war ein Porträt aus einer Zeit als er noch voller Idealismus war und sich in den Kopf gesetzt hatte die Nummer eins im Gitarrenspielen zu werden... und ich nahm die Photographie aus der Schutzhülle und als ich mein Bild anschaute das an Jirkas Photo klebte wurde mir klar daß diese Aufnahme aus der Zeit stammte als ich zu Hause lebte und glücklich war als wir in einer schönen Villa wohnten und einen Studebaker und zwei Dienstmädchen hatten und eine Erzieherin sich um mich kümmerte es war eine Photographie auf der ich sechzehn Jahre alt war...

Und es war genauso wie ich es beim allerersten Mal gesehen hatte als der Herr Redakteur Burda diese Slowakin in Jirka Šmejkals Keller mitgebracht hatte   Ich hatte nur gesehen wie Vladimír diese Gräfin anschaute und bekam einen Schreck dies könnte Liebe auf den ersten Blick sein daß Vladimír sich verliebt habe daß diese Gräfin sein Schicksal sei seine Vision und sein Phantom diese Gräfin... eine Gräfin...! Sie war tatsächlich eine Gräfin und mein Mann überbrachte mir die frohe Botschaft daß ihre Eltern in der Slowakei ein zweistöckiges Haus an einem Marktplatz besessen hätten schon damals hatte ich als sie im Keller auftauchte sofort gesehen daß sie nicht wußte wo sie bleiben sollte also hatte Jirka sie bei sich untergebracht und ich hatte gleich gewußt daß sie von zu Hause ausgerissen war wie es jetzt Mode war   Doch hätte mich das nicht gestört ich bedauerte nur daß Vladimír sich auf Leben und Tod verliebt hatte   Und als ich einmal vom Einkaufen zurückkehrte und an Jirkas Keller vorbeikam sah ich es mit eigenen Augen   Vladimír ging bereits in diesem Keller in dem Jirka seine gigantische Presse stehen hatte unter den brennenden Glühbirnen hin und her und damit jeder der auf dem Gehsteig der Brandopfer Gasse an den Kellerfenstern vorbeiging es sehen konnte hatte Vladimír in eine Ecke zwei Matratzen gelegt ich stand da und schaute traumverloren und es stand da noch ein Ständer und auf dem Boden lagen ausgebreitete

Zeitungen und darauf waren ein Glas mit einem Blumenstrauß eine Weinflasche und zwei Tassen mit eingetrocknetem Kaffeesatz und dann trat Tekla ein und stand vor Vladimír sie schaute zu ihm hoch und er stand da Vladimír war ergriffen streichelte sie und las ihr aus den Augen und schloß die Lider halb wunderschön mußte das Gefühl sein daß die Gräfin dastand und zu ihm hochschaute sie trug noch immer dieses gutsitzende blaue Kleid ein Kostüm wie eine Stewardeß Und ich wußte daß Vladimír nie mehr mein Knie berühren daß er mich nie mehr so anblicken würde wie er mich angeblickt hatte als wir dort oben auf dem Ládví waren und der Reihe nach vom Gipfel dieses Hügels Grüße in europäische Städte geschickt hatten wir riefen allen die wir in der Fremde liebten Grüße zu und ich wußte daß ich Vladimír fast schon geliebt hatte und nicht nur verliebt war daß ich ihn von diesem Augenblick an noch mehr lieben würde auch wenn ich wußte daß er von dieser Gräfin bereits vollkommen fasziniert war mit der er in diesen großen Kellerraum in diese ehemalige Drechslerwerkstatt gezogen war die Jirka mit Kalk geweißt hatte und aus der er ein Maleratelier und eine Galerie machen wollte jetzt aber wohnte Vladimír mit seinem Luder mit dieser Gräfin hier Und ich stand auf dem Gehsteig und schaute durch die halb offenstehenden Fensterläden in die Tiefe und jeder der vorüberkam konnte in den von zwei Glühbirnen beleuchteten Keller hineinschauen die Glühbirnen hingen direkt unter der Decke und strahlten grell es waren bestimmt Zweihunderterbirnen sie wirkten wie Beleuchtungskörper in einem Eishockeystadion wie Glühbirnen die den grünen Filz eines Billardtischs anstrahlten Birnen die so hell leuchteten daß man in ihrem Licht alles sehen konnte Glühbirnen die die Arbeiten in dieser ehemaligen Drechslerwerkstatt in Jirkas künftigem Atelier und in seiner Galerie der jetzigen Wohnung von Vladimír und seiner Tekla erleuchteten Wie in einer Gesindestube hielten sie die eine Hälfte von Jirkas einstiger Werkstatt besetzt während sich die gigantische Druckerpresse in eine Ecke drückte Ich stand da schaute hinunter und jetzt sah ich es Vladimír wußte daß ihm jemand zuschaute doch war es ihm nicht nur egal ob er gesehen wurde er fand es sogar gut er wünschte gesehen zu werden und spielte also ein bißchen Theater als stünde er auf einer Bühne ... Es war längst schon dunkel geworden ich konnte mich aber nicht von diesem Schauspiel lösen je länger ich zuschaute und beobachtete wie Vladimír vor dieser Gräfin kniete die auf einer über die Matratze geworfenen roten Decke auf dem Rücken lag die Arme unterm Kopf verschränkt und die Beine angewinkelt desto heftiger geriet ich ins Schwitzen angesichts dessen was ich da sah wie Vladimír sie streichelte und von grenzenlosem Glück überwältigt lächelte und ich sah daß auch die Gräfin in Vladimírs Augen zerfloß und mit einem Finger seine Lippen berührte Vor allem wußte auch diese Gräfin daß die Läden der beiden Fenster die zur Hälfte in den Gehsteig eingelassen waren absichtlich halb offenstanden auch Tekla fand es wie Vladimír gut daß jeder Passant dieses Liebespaar betrachten konnte und das erfüllte mich mit falscher Scham ich schämte mich für die beiden dort unten weil ich mir nicht vorstellen konnte mich selbst so zur Schau zu stellen und diese neugierigen Blicke auch noch zu billigen wie Vladimír und Tekla   Und tatsächlich einige Passanten standen schon da sie schauten in den Keller und waren gefesselt von dem was sie dort sahen einige winkten ab oder spuckten aus und gingen weiter nur vereinzelte blieben stehen und schauten Vladimír und Tekla zu   Und als ich genauer hinsah entdeckte ich daß einer dieser Gaffer dieser Glotzer dieser Voyeure mein Mann war und von dieser Sekunde an schaute ich nicht mehr in den Keller sondern zu meinem Mann der mit starrem Blick voll Bewunderung seinen Freund Vladimír beobachtete jetzt hatte ich es begriffen dieser Vladimír produzierte sich nur und präsentierte sich seinem Freund auch im Keller dort unten spielte er für Jirka Theater denn die Tür zum Flur stand offen ein gelber Lichtstrahl fiel schräg herein und bestimmt beobachtete Jirka diese Szene ebenso jawohl jetzt kam er in sein Atelier er trug eine Zinnplatte zur Presse hinüber während Vladimír noch immer Tekla anhimmelte und in der anderen Ecke des Raums musterte Jirka mit großem Interesse die Zinnplatte sicherlich wollte er einen weiteren Schmetterling drucken und ich sah daß Jirka die glänzende Platte umdrehte und die Lichtreflexe über sein Gesicht huschten und ich sah daß Jirkas weißer Kittel von Druckerschwärze und Ölfarbenflecken beschmiert war daß Jirka dastand damit jeder der hier auf dem Gehsteig der Brandopfer Gasse vorbeiging sah hier arbeitet ein Graphiker ein Maler der sich für nichts zu schämen braucht im Gegenteil jeder soll sehen daß so ein Graphiker und Maler sogar noch am Abend und in der Nacht arbeitet... Und mein Mann stand breitbeinig da vom Gürtel abwärts war er von den Glühbirnen im Keller angestrahlt während sein Oberkörper von der Dämmerung der Straße verschluckt wurde jetzt breitete er beide Arme aus stützte sich mit den Handflächen gegen die Mauer und sah noch konzentrierter dort hinunter in die Tiefe zu Vladimír und Tekla also ging ich los rempelte meinen Mann wie aus Versehen an und tat als sei ich gerade erst hierhergekommen als sei ich nur zufällig an diesem erleuchteten Keller vorbeigekommen und mein Mann nahm mich an der Hand und zeigte in die Tiefe   Kleines das was du hier siehst das ist auch eine der Antriebskräfte von Vladimírs Kunst die Kunst nämlich sich zu produzieren die Kunst ein Narziß zu sein   Hier steht er vor dir wie am Ersten Mai als er an der Spitze des Umzugs die Staatsfahne trug hier siehst du ihn wie er sich in allen Kneipen in allen öffentlichen Gebäuden produziert hier siehst du ihn mit seinem Strangulationskomplex hier hast du Vladimírek der sich die Schlinge immer so um den Hals legt daß noch einer kommen und ihn losbinden kann hier siehst du seine stolze Bescheidenheit mit der er seine Graphiken an alle Interessenten verschenkt... Und die Tür zu diesem Kelleratelier ging auf und das Licht ergoß sich auf den Gehsteig und auf den Stufen erschien zuerst ein großer Zehnliterkrug und dahinter Jirka so wie Tekla ihn zurechtgestutzt hatte und dieser kanadische Haarschnitt ließ Jirkas schöne Hundeaugen noch größer erscheinen dann stand er auf dem Gehsteig und zeigte in den Keller hinunter sein Krug glänzte im Licht der Glühbirnen er stellte ihn vors Kellerfenster es war mit einem dichten Drahtnetz vergittert das wie ein Sandsieb aussah und Jirka zuckte mit den Schultern und sagte nur   Eine schöne Bescherung   Mein Atelier und meine zukünftige Galerie sind vorläufig im Eimer und er hob den Krug wieder hoch und sagte wir sollten hinuntergehen er werde gleich einen Krug Bier bringen er trinke heute bereits den zweiten denn er könne sich von all dem nicht erholen was er dort in seinem Atelier erlebe wovon er Zeuge sei und wovor er Angst habe daß es erst noch kommen werde Ach fügte Jirka bereits von der Wasserpumpe unterm alten Birnbaum hinzu Das wird mir heut eine Nacht! Mein Mann aber atmete auf und schloß wonnevoll die Augen alles was er bisher gesehen hatte versetzte ihn nicht nur in Begeisterung er war tief gerührt weil er Vladimír vermutlich noch nie so erlebt hatte so verliebt hatte er Vladimír noch nie gesehen er hatte wahrscheinlich nicht einmal zu denken gewagt daß Vladimír so vollkommen daneben so total und schön deppert sein könnte so trunken so besoffen vor lauter Liebe zu einer Gräfin namens Tekla die wie wir alle sahen Vladimírs künftiges Schicksal war Und wir traten durch die offene Tür in den kühlen Flur rechts stand die Tür zu Jirkas künftigem Atelier offen und mein Mann klopfte als er sich an Vladimír satt gesehen hatte der nun mit großen Schritten über den Zementboden ging und wirr auf Tekla einredete die schon wieder auf der roten Decke lag und mit langen Zügen den Rauch inhalierte nach jedem Zug hob sie die Hand mit der Zigarette und der von der Glühbirne grell angestrahlte Rauch schlängelte sich in die Höhe jetzt kniete Vladimír sich wieder nieder er stützte sich mit beiden Händen auf Tekla und sah sie an als schaute er in einen Spiegel in einen Brunnen in dem man an Heiligabend sein Schicksal lesen kann immer heftiger war er ergriffen und konnte sich nicht satt sehen nicht satt werden von dem was er auf dem Grund von Teklas Augen sah Und mein Mann klopfte noch einmal an den Türrahmen doch die Liebenden verharrten in ihrer Lage sie sahen und hörten nichts oder täuschten vor nichts zu sehen und zu hören sie waren allzusehr mit sich selbst und mit den Zuschauern auf dem Gehsteig beschäftigt und mein Mann und ich standen unter der Tür im Flur und klopften und natürlich hörte es Vladimír er tat aber weiterhin als spiele er dieses erhabene Theater nicht über die Liebe sondern das Theater der Liebe... Und schon kam Jirka mit schweren Schritten die Treppe hinunter und schleppte diesen Zehnliterkrug gefüllt mit Bier herbei der Schaum tropfte herunter und bildete auf jeder Stufe einen weißen Fleck und so betraten wir die Küche und Jirkas Arbeitsräume die Türen zum

Flur und zum Atelier ließ Jirka offenstehen und Vladimír schritt wieder durchs Atelier und schlug sich mit beiden Händen auf die Brust und stöhnte eher als daß er redete als befände er sich hinter Glas hinter dem dicken Glas eines Aquariums man konnte seine Stimme zwar hören doch nur wie aus weiter Ferne er erzählte von sich von seinem Leben von seinem sehnlichen Wunsch die Nummer eins zu werden jetzt aber da er Tekla kennengelernt habe jetzt sei sie sein ein und alles sein Leben und er wolle nichts anderes mehr als daß sie für immer bei ihm bleibe ... Und wir tranken Bier und schauten durch die offene Tür Vladimír zu sogar Jirka stand auf und schleppte den Krug bis vor Vladimír doch dieser sah den Krug nicht er sah auch Jirka nicht er sah überhaupt nichts die Welt bestand in diesem Augenblick nur aus ihm und Tekla und aus allen die wir durch Fenster und Türen ihnen zuschauten und die wir Zeugen seiner wirren Beichte und seiner theatralischen Gesten und Bewegungen waren   Als Mädchen hatte ich Harald Kreutzberg gesehen den besten Tänzer von Reichenberg von Liberec der als einziger im Tanz seine Gefühle und Leidenschaften und Sehnsüchte zum Ausdruck bringen konnte wie Vladimír der mit einer ausholenden Geste seines langen Arms den angebotenen Krug leicht zurückschob und sich wieder über Tekla neigte und in ihren Augen einen Beweis für das suchte was er vor einem Weilchen gesagt hatte und ohne seinen Blick von Tekla abzuwenden zog er jetzt ein Päckchen Zigaretten hervor und legte sie zwischen Teklas Finger aus denen kurz zuvor ein Zigarettenstummel gefallen war und Vladimír zündete ihr wie im Traum eine Zigarette an er riß ein Streichholz an wartete bis es sich entzündete und schob die Flamme dann langsam vor und Tekla inhalierte tief und blies den Rauch aus und Vladimír wartete zeremoniell er hielt das brennende Streichholz in der Hand vor Teklas Mund und sie hob den Kopf und pustete es aus Vladimír stand im grellen Licht der Glühbirnen und schaute zusammen mit Tekla wie von dem erloschenen Streichholz beißender Rauch aufstieg   Jirka saß da und war traurig und lächelte auf eine Weise daß es besser gewesen wäre er hätte geweint und getobt er sah lächelnd zu und seinem Lächeln konnte man entnehmen daß schon am zweiten Tag schon am zweiten Morgen dieser für Jirka so kostbaren Zeit da nun Tekla bei ihm wohnte daß Vladimír also bereits nach so kurzer Zeit aufgekreuzt war und Tekla mit in die Stadt genommen hatte und als sie wiederkamen hatten sie bereits Matratzen Besteck Decken und sie richteten sich auf dem kalten Zementboden ihr Schlafzimmer ein die ausgebreiteten Seiten des Rudé právo waren ihr Tisch und wie Jirka wehmütig erzählte konnte man von diesem Augenblick an mit Vladimír kein vernünftiges Wort mehr reden und das dauere nun schon drei Tage und sie würden allenfalls ein Stück Delikateßleberkäs mit Brot essen und Kaffee und eine Flasche Wein trinken und dann legten sie sich hin und stünden wieder auf und die zwei Zweihundert-Watt-Birnen würden sogar tagsüber brennen und sie erzählten sich nur Geschichten und gingen auf und ab und Vladimír tanze herum und begleite alles was er sage mit seinen fürchterlichen Gesten ... Das erzählte Jirka und dann kam er auf eine Idee und bereitete eine Druckplatte mit einem Schmetterling vor er ging in seine Werkstatt und setzte seine furchterregende Presse unter der Zweihundert-Watt-Birne in Betrieb und die Druckplatte schnellte raus und Jirka polierte die Matrize nochmals und schaffte dann Farbe herbei die er aus einem Fünfliterkübel nahm zwei weitere mit schwarzer Farbe gefüllte Fünfliterkübel standen dort als Reserve das war nicht nur Farbe für Jirkas Leben nein auch noch für die Graphiken seines Sohns und seines Enkels und dann nahm Jirka ein Samtdeckchen und schob es unter die Matrize und die Deckplatte danach drückte er auf einen Knopf und es ertönte ein Donnern und wir sahen wie all die Neugierigen die Vladimír und Tekla vom vergitterten Fenster aus zuschauten zum Fenster traten hinter dem die gigantische Presse ratterte wir sahen nur ihre Beine bis zur Hüfte einige hatten sich hingehockt und hielten sich in gebückter Stellung mit geballten Fäusten am Gitter fest und schauten auf die gigantische Presse hinunter aus der ein dünner Packen herausgepreßt wurde und in dessen Kern eine neugeborene Graphik lag und Jirka zog nur die Augenbrauen hoch als er sah wie viele Menschen sich hinter dem Fenster drängelten er hob den Finger und lauschte mit zurückgeworfenem Kopf und an die Maschine gelehntem Ohr ob diese auch richtig funktioniere irgend etwas an ihrem Ton gefiel ihm nicht also schaute er eine Weile zu als drohte diese Presse jeden Moment stillzustehen offenbar hatte sie das Hindernis jedoch überwunden und arbeitete wieder so daß Jirka nickte und den Zuschauern hinter dem Fenster wie auch mir zulächelte und ich sah daß Jirka ein ziemlich armer Tropf war der sich ebenso gern wie Vladimír produzierte daß er gern Theater spielte weil er die unerschütterliche Vorstellung von sich hatte daß er die Nummer eins nicht erst sein werde sondern die Nummer eins schon war zwar nicht in großformatigen Leinwänden nein ganz im Gegenteil in diesen Miniatur-Schmetterlingen mit denen er sein ganzes Leben als Graphiker und Maler dieses gigantische überlebensgroße Porträt ausschmücken würde auf dem sein in Öl gemalter Vater wie erschossen in Wirklichkeit jedoch schlafend in einer Wiese lag und davon träumte daß alle Schmetterlinge ihn umflatterten nicht nur die aus Europa auch die aus Afrika und Asien und sein Vater würde schlafen wie Gott der alles und folglich auch die Schmetterlinge erschaffen hat denn Jirka sagte sein Vater sei im Grunde genommen Gott und schlafe allein deshalb weil der wahre Gott immer ruhe da sich ja alles so bewege wie er es in sechs Tagen erschaffen habe seit jener Zeit also liege er nur noch da... Und die Maschine ratterte und machte einen Höllenlärm schon hielten sich einige Zuschauer auf dem Gehsteig die Ohren zu Vladimír marschierte jedoch weiter auf dem Zementboden auf und ab und setzte seine Füße als trete er auf dünnes Eis er berührte seine Brust mit beiden Händen und riß sie dann wieder mit pathetischen Gesten in die Höhe er brüllte etwas zur Decke hinauf und seinem Mund entströmten Sätze die vermutlich nur er verstand   Nur er und Tekla die jetzt wieder mit untergeschlagenen Beinen dasaß und rauchte Vladimír ging weiter auf und ab und ließ dabei die Augen nicht von Tekla sie konnte ihm von Zeit zu Zeit nur verwirrt zunicken und einen Augenblick lang verdutzt sein um dann wieder mit einer mächtigen Verbeugung alles gutzuheißen denn Vladimír beugte sich mit seinem ganzen Körper über sie und stand mit ausgebreiteten Armen da ganz starr in Erwartung dessen was Tekla wohl sagen werde... Und in diesem Augenblick des großen Fragezeichens als auch mein Mann einen Schreck bekam und flüsterte Jetzt wird es Tekla so ergehen wie Desdemona ... Da hob Jirka vielleicht aus Ungeschick vielleicht auch absichtlich die große Stahlplatte hoch und ließ sie auf die Holzumrandung der Presse fallen ein Knall wie aus einem Kanonenrohr die Bretter krachten wo der Aufprall war und knickten wie Streichhölzer Holzspäne flogen nach allen Seiten Vladimír aber rührte sich nicht und wartete bis Tekla nickte und ihn mit ihren Augen wieder umarmte er fixierte Teklas Augen und tanzte wie mit einem Lasso um Tekla herum mit zögernder Hand deutete er an daß das was Tekla nun erzählen das wonach sie fragen würde über sein Leben und seinen Tod entscheiden werde Dann geschah etwas das meine Kräfte überstieg Ich sagte ich will nach Hause ... Vladimír nahm die zwei Eimer mit Teer die in der Ecke standen und womit Jirka die immer feuchten Mauern unter den Fenstern hatte imprägnieren wollen er hob den Deckel tauchte den Pinsel in den Teer und stürzte sich auf die weiße Wand auf diese Wand die Jirka mit soviel Sorgfalt gestrichen hatte als hätte er eine riesige Leinwand präpariert Mit gewaltigen Gesten zog er mit dem Pinsel schmierige Streifen er fing die herabfallenden Tröpfchen auf und stürzte sich wieder auf die Wand in diesem Augenblick war es kein Spiel mehr vollkommen konzentriert verschönerte er diese weiße Wand mit mächtigen Striemen als preßte er mit dieser schwarzen Farbe all das aus sich heraus was noch in ihm war all das Unreine das er loswerden wollte vielleicht entlud er sich aber auch in diesen heruntertropfenden Borten und Schleifen um in dem Maße wie er sich selbst reinigte diese ehemals weiße Wand immer dichter zu beflecken Als mein Mann merkte daß Jirka eingreifen wollte als Jirka rief Ich schlag ihm die Fresse ein das ist mein künftiges Atelier meine künftige Galerie! Da hielt mein Mann Jirka zurück und stammelte Jirka um Himmels willen laß ihn wann werden wir wieder die Ehre haben Vladimír auf einer so großen Fläche arbeiten zu sehen und zuzuschauen wenn er wie schon Jackson Pollock arbeitet! Der allerdings auf dem Boden! Jirka hingegen war unglücklich und klagte Ach Doktor das dauert jetzt schon den dritten Tag ohne Unterbrechung das ist der Gipfel drei Tage und ich müßte doch arbeiten ... Und ich war außerstande Vladimír anzuschauen nur diese Gräfin war von Vladimír begeistert sie geriet in ihrem blauen Kostüm in Ekstase das Luder und schenkte Vladimír durch ihren Blick eine solche Kraft daß er anfing mit mächtigen gestischen Streifen und Klecksern auch noch die Vorderwand zu bemalen über die sich im Handumdrehen schwarze Striemen zogen und ich hatte keinen anderen Wunsch als nach Hause zu gehen   Doch mein Mann dozierte ohne Unterlaß

Wir sind Zeugen eines außergewöhnlichen Ereignisses! Jirka ich habe gelesen daß ein Walfischweibchen wenn es Hochzeit feiert von drei Männchen begleitet wird und sie schwimmen bis irgendwohin an den Südpol sie schwimmt und die Männchen tänzeln im Meer um das Weibchen herum sie umwerben es tausend Kilometer und mehr Jirka! Und wenn sie in dem Meer dort eine bestimmte Stelle erreicht haben befruchtet eines der Männchen das Weibchen und dieser Liebesakt Jirka dauert nicht einmal dreißig Sekunden und die beiden anderen Männchen stützen das Weibchen bei diesem Akt damit es nicht zusammenbricht   Jirka versteh doch Vladimírs drei Tage und dieses Walfischweibchen das mit seinen Liebhabern tausend und mehr Kilometer schwimmt damit der Liebesakt dann nicht länger als dreißig Sekunden dauert bei Gott Jirka wir beide sind diese Männchen die nur dazu da sind um Vladimír zu stützen damit er nicht zusammenbricht... Und Vladimír öffnete auch noch den anderen Eimer und auf dem Gehsteig starrten die Augen von hockenden und vornübergebeugten Zuschauern die sich von diesem Theater nicht losreißen konnten das Vladimír ihnen vorführte ich aber bettelte nur   Ich möchte nach Hause

Und Vladimír malte jetzt nicht mehr er nahm mit dem großen angefeuchteten Pinsel nur noch Teer aus dem Eimer und klatschte ihn schwungvoll auf die Wand der Teer lief an der Mauer herunter und mein Mann unterwies uns schon wieder und war auch weiterhin begeistert und sagte mehr zu sich
Ach das ist doch Stawrogin dieser schöne Mann aus den Dämonen der die ganze zaristische Gesellschaft beschmutzte und ihr sein Spülwasser ins Gesicht schüttete er schleuderte ihr seine Eingeweide entgegen nur um zu siegen um jeden Preis zu siegen und sich schließlich zugrunde zu siegen und irgendwo auf einem Dachboden zu erhängen... Ich will jetzt nach Hause

bat ich Laß uns nach Hause gehen bat ich und Jirka klagte leise Wenn mich jemand anzeigt weil wir hier Orgien veranstalten dann wird der Volksausschuß mir den Mietvertrag aufkündigen und ich werde keine Unterkunft mehr haben weder ein Atelier noch eine Galerie ... Und Vladimír nahm die jetzt schon fast leeren Eimer er ließ sie kreisen und schleuderte den Rest der Teerfarbe in mächtigem Strahl an die Wand und legte sich dann wehklagend auf den Rücken er stöhnte und lag da wie vom Blitz getroffen als sei er von einem Felsen gestürzt Und Tekla beugte sich über ihn schlug die Hände zusammen und bedeckte ihr Gesicht und mein Mann nahm einen langen Schluck aus dem Krug und reichte ihn dann Jirka und solange die beiden Männer tranken ließen sie Vladimír nicht aus den Augen Dieser setzte sich auf hob seinen schönen Kopf stand auf und fing an zu laufen er stieß mit dem Kopf gegen die feuchte geteerte Wand gegen diese Mauer auf die er in Streifen und Klecksen seine Seele entleert hatte doch auch das war ihm noch zu wenig und wie ein Widder stand er jetzt vor dieser Wand und schlug mit dem Kopf mit der schon ganz nassen Stirn dagegen das Blut rann an seinen Schläfen herab und wieder stand Vladimír da und stieß mit dem Kopf gegen die Wand und jetzt lief Tekla auf den Flur hinaus sie rannte in die Küche und bat Jirka und meinen Mann weinend um Hilfe die beiden Männer liefen hinaus Vladimír lag jedoch schon am Boden unterhalb der Wand dieses künftigen Ateliers und der Galerie und auf der Mauer waren im heruntertropfenden Teer Abdrücke von dem Kopf Abdrücke als hätte jemand einen teergetränkten Schwamm an die Wand geschmissen Vladimír lag bewußtlos am Boden mein Mann und Jirka hoben ihn auf sie hoben seinen leblosen Körper hoch und trugen ihn in den Flur hinaus und Jirka brachte einen Eimer voll Wasser und wusch Vladimírs Gesicht sauber Und es reichte mir ich schrie Tekla aus vollen Kräften an ... Seid ihr verrückt geworden seid ihr eigentlich alle verrückt geworden! Was macht ihr denn um Gottes willen für Kalbereien! Und ich drehte mich zu meinem Mann um und schrie ihn an Auch du hast den Verstand verloren Wie kannst du denn deinem Kameraden einfach so zuschauen! Mein Mann wusch Vladimírs Stirn und legte ihm einen feuchten

Lappen in den Nacken Vladimír öffnete die Augen ein wenig und sagte lächelnd   Doktor Sie haben doch alles gesehen! Und mein Mann sagte   Vladimír davon werden Sie vielleicht Ihr ganzes Leben zehren... Und Vladimír legte ihm seine schwarze Hand auf den Handrücken und lächelte... Und Sie haben alles gesehen! Es war doch schön sagen Sie Doktor wie es war! Und auch Tekla sah meinen Mann an sie hörte auf zu weinen und trocknete sich die Tränen mit dem Handrücken und Jirka sah meinen Mann an und die beiden warteten darauf was mein Mann der andere so gern belehrte wohl sagen würde und mein Mann wurde noch ernster und sagte   Schau Vincent van Gogh hat sich ein Ohr abgeschnitten und als Liebesbeweis einem Barmädchen geschenkt   Und schauen Sie Vladimír wie Emma Bovary haben Sie sich selbst auf die Todesschwelle gejagt nur um sich zu läutern und zu beweisen daß Tod und Verletzung Ihnen nichts anhaben können und Bagatellen sind... Vladimír wenn ich auf die Philosophie zurückgreifen wollte so hat Karl Jaspers eine schöne Grenzkategorie definiert das Sich-selber-durchsichtig-Werden... Vladimír ich zitiere gern und vor allem Breton seien Sie nicht schon wieder böse auf mich deswegen werden Sie mich nicht weniger mögen denn was mir da gerade einfällt trifft einzig und allein auf Sie zu mehr als auf den der es geschrieben hat... Und ich werde weiter in einem Glashaus leben in dem alles aus Glas sein wird wo ich jeden sehen werde der auf der gläsernen Treppe zu mir kommt dort werde ich in einem gläsernen Bett schlafen und mich mit einem gläsernen Leintuch zudecken auf dem früher oder später die mit einem Diamanten eingeritzte Aufschrift auftaucht... Wer ich bin   Mein Mann trug diese Sätze ruhig vor sie besänftigten diesen Keller und erfüllten ihn mit dem Geheimnis das auf dem Grund dessen lag was mein Mann gesagt hatte   Und auch ich verfiel diesem Zauber denn vielleicht traf das was mein Mann gesagt hatte zum ersten Mal zu ich sah daß auch Vladimír durchsichtig war und dieser ganze Keller in dem das geschah was geschehen war alle Mauern und Wände waren aus Glas und Vladimír zeigte sich uns in seinem gläsernen Bett zugedeckt mit dem gläsernen Leintuch seiner durchsichtigen Haut durch die man Vladimírs törichtes Herz sehen konnte Vladimír lächelte er lag da und stützte sich leicht auf einen Ellbogen er lächelte Tekla an die wieder strahlte und Vladimír in die Augen sah irgendwie schien alles was hier in diesem gläsernen Keller vorgefallen war sie für ewige Zeiten mit Vladimír zu verbinden Und als ich sah was ich in meinem Leben noch nie gesehen hatte zwei ineinander versunkene liebende Augenpaare da schlug ich die Hände zusammen und sagte leise Ich möchte nach Hause . . . Das sagte ich und dabei hatte ich gar keine Lust nach Hause dort an den Damm zu gehen ich hatte keine Lust mit meinem Mann zu gehen irgendwie überfiel mich plötzlich wahnsinnige Sehnsucht nach meinem Kleinod der mich verlassen hatte nach meinem Jirka der mir immer etwas auf der Gitarre vorgespielt hatte wenn es mir schlechtging Ich hatte wahnsinnige Sehnsucht nach der großen Liebe nach einer so großen Liebe wie es sie nur in Romanen und Liebesfilmen gibt all das was ich hier in diesem gläsernen Keller gesehen hatte all das hatte auch ich einmal erlebt doch schon vor langer Zeit eigentlich hatte auch ich aus Liebe aus unerwiderter Liebe nicht mehr leben nicht mehr auf der Welt sein wollen damals als mein Kleinod mit einer anderen davonzog und mich wie einen Koffer schmutziger Wäsche bei seiner Frau Mama zurückließ

Jirka Šmejkal hatte sich unsterblich verliebt er konnte nicht mehr schlafen nicht mehr an seiner gigantischen Presse arbeiten nicht einmal die Krüge Bier schmeckten ihm noch Jirka wollte auch einen Menschen an seiner Seite haben wie Vladimír seine Tekla die sogar mit ihm in die Fabrik ging an der Drehbank in der ČKD lernte und Vladimír befand sich im Zenit seines Glücks frühmorgens standen sie zusammen im Keller der Brandopfer Gasse auf Tekla trug einen amerikanischen Arbeiteroverall und Hand in Hand gingen Vladimír und sie wie kleine Kinder in die Fabrik und gemeinsam kamen sie von der Arbeit zurück und kochten in ihrem Keller auf einem Gaskocher das Essen Jirka aber war allein und Vladimíreks Mutter war ebenfalls allein weil Vladimír so verliebt war daß er nichts anderes mehr sah und nichts anderes mehr hörte als Tekla die seine Verlobte seine Geliebte sein alles geworden war   Das Mädchen in das Jirka sich verliebt hatte hieß Helenka sie war Verkäuferin in einem Laden ein stattliches Mädchen eine Riesin als Jirka sie das erste Mal in seinen Keller einlud richtete er seine Werkstatt sein Atelier den ganzen Vormittag lang her er schaffte alle Zeichnungen alle Gemälde die er jemals angefertigt hatte herbei und sein Atelier glich jetzt einem Auktionssaal für Bilder und Graphiken und seine große Druckerpresse diente als Staffelei an die er einige Bilder anlehnen konnte mit viel Geschmack stellte Jirka alle Wände voll und selbst noch den Flur auch hier hingen an den Wänden Bilder und Graphiken sogar seine Schülerarbeiten hatte er aufgehängt Jirka kaufte sich eine weiße plissierte Bluse wie sie die Maler in alten Zeiten trugen er kaufte sich eine große Baskenmütze und legte eine aufgeschlagene Monographie über Rembrandt und Purkyně auf den Tisch und als wir dort saßen und Helenka eintraf sprach Jirka von nichts anderem als von seiner Zukunft und über seine große Chance und mein Mann hielt einen Vortrag über Jirkas Werk als wären wir auf einer Vernissage er sagte überall auf der Welt sei die neue Figürlichkeit im Vormarsch und die Abstraktion auf dem Rückzug und dann schritt er von einem Bild zum nächsten und erläuterte Jirkas Schaffen daß es von Purkyně ausgehe und er die sichtbare Welt lediglich zum Vorwand nehme um sich künstlerisch zu betätigen um den Menschen mitzuteilen daß er sie liebe Jirkas Liebe zu den Menschen sei nämlich so groß daß er seine Zuschauer vor allem jedoch Kunden haben werde . . . Auch Vladimír kam hinzu er hörte und schaute lächelnd zu und ich sah wie sehr Vladimír das alles verachtete und daß er meinen Mann für eine Art Monstrum hielt das es zu töten galt . . . Als mein Mann geendet hatte und Jirka in seiner weißen bis über die Knie reichenden gebügelten Bluse dasaß da verkündete Vladimír es wäre gut wenn mein Mann sich einen langen Morgenrock kaufte er empfahl mir meinem Mann aparte Pantoffeln zu besorgen und zu Jirka sagte er mit seinen Arbeiten werde er bestimmt viel Erfolg haben und wenn er noch einen Traktor oder zumindest Fabrikschlote im Hintergrund malte könnte er bestimmt einen Bezirkswettbewerb irgendwo in Humpolec oder vielleicht gar in Chlumec an der Cidlina gewinnen   Das sagte er schritt über den Flur und ging wieder in diesem großen Kellerraum umher redete unaufhörlich und Tekla lag immer noch mit dem Rücken auf den gestickten Decken sie rauchte immer noch und braute sich alle halbe Stunde einen starken Kaffee Jirka saß da und schaute auf sein stattliches Mädchen das noch keine einzige Zigarette zu Ende geraucht hatte alles verwirrte sie auch weil sie Jirka um einen ganzen Kopf überragte kaum hatte sie eine Zigarette angesteckt drückte sie diese schon wieder wütend im Aschenbecher aus und zog die nächste aus der Packung und Jirka gab ihr jedesmal Feuer er riß das Streichholz an wartete einen Augenblick und zündete dann mit zitternder Hand die Zigarette an und mein Mann tat weiter so als gefielen ihm Jirkas Bilder er ging vom einen zum nächsten und mir tat Jirka leid weil dieses Mädchen sich nichts aus ihm machte irgendwie schämte sie sich mit Jirka etwas zu tun zu haben Jirka spazierte in dieser weißen Malerbluse mit dem gelben Zollstock herum er vermaß die Wände kritzelte Zeichen darauf und verkündete hier würden kleine Schränke mit dem ganzen Malzubehör stehen und hier in einem weiteren Schränkchen werde der Farbenvorrat verstaut im nächsten die Bestände an Meißeln und Schlegeln denn Jirka würde auch bildhauern und aus Linden- und Eichenstämmen Statuen schnitzen die Zukunft liege nämlich vor ihm und er werde in Figurendarstellung bestimmt die Nummer eins sein . . . deshalb habe er ein Gesuch eingereicht um als Mitglied in den Künstlerverband aufgenommen zu werden als Mitglied würde er auch Aufträge bekommen für neue Kaufhäuser und neue Schulen für alle öffentlichen Gebäude denn die Türen für Maler und überhaupt bildende Künstler stünden jetzt sperrangelweit offen . . . Helenka aber schaute nervös auf ihre Uhr und verkündete sie müsse nun nach Hause sie wohnte irgendwo in der Nähe der Pfeifenbrennerei im ersten Stock des Gasthauses Zum Rokos und als sie aufstand sah ich sofort daß auch ich an ihrer Stelle nicht mit Jirka gegangen wäre denn als sich diese Helenka aufrichtete schien sie immer weiter zu wachsen als türmten sich Bauklötze aufeinander sie mußte sich fast bücken um durch die Tür zu kommen solch eine Riesin war diese Helenka . . . auch mein Mann erschrak und stellte sich absichtlich neben sie und in der Tat Helenka war länger als mein Mann und als Jirka vorauslief um ihr die Tür zu öffnen und sie hinauszubegleiten da prallte er mit seinem Kopf gegen Helenkas angewinkelten Ellbogen er glich im Verhältnis zu Helenka dem Entwurf der Statue die den Zusammenfluß der Modlau und Malše als eine alte Katze mit Katzenjungem symbolisiert... mein Mann nahm eine Graphik schaute sie sich an es war die Windung der Moldau bei der Libener Brücke dort unten wo ein großes Schiff mit zwei dicken Seilen vertäut lag vom Ufer aus führte ein Steg auf dieses Schiff das an beiden Seiten Fenster hatte und auf dem Deck stand ein Häuschen so ein Gartenhäuschen und oben drauf ein Schornstein aus dem es rauchte... Mein Mann sagte das müsse ihm Jirka geben er werde Jirka dieses Blatt abkaufen... Das wiederholte er mehrmals und hielt die Graphik wie ein Heiligtum vor sich und als Jirka wieder herunterkam fuhr er fort   Dieses Blatt werde ich aufhängen hier haben Vladimír und ich im ersten Jahr als wir zusammen Am Damm wohnten immer gebadet und Vladimír hat hier gezeichnet hier hat noch ein kleines Motorboot gelegen so ein Hausboot ans Ufer hochgezogen lag es da schief und die Nachmittagssonne brannte hinein... Jirka wollte etwas Wichtiges sagen oder fragen... mein Mann hob jedoch die Hand und gab damit zu verstehen daß er noch nicht am Ende sei sein Gesicht war heiter er glaubte wohl etwas Bedeutendes zu sagen und fuhr also fort... Wenn wir zu diesem Hausboot hinübergeschwommen sind und uns aus dem Unrat im Wasser herausgewühlt hatten lagen wir dort auf den heißen Brettern die Sonne schien und mit uns badeten Zigeunerkinder die in den Schornstein dieses Hausboots schissen vielleicht gingen überhaupt alle Zigeunerkinder in dieses Hausboot scheißen... und hier am Ufer stand das riesige Restaurant Vlasta für Hunderte von Gästen die Umgebung war ein Ausflugsziel die Prager kamen mit ihren Kindern zum Sonntagsspaziergang hierher und sie wanderten die Rokyta entlang bis zum Tirolerhof hier im Hintergrund hat Jirka diese Vlasta festgehalten daneben war ein Laden in dem man damals als Vladimír und ich dort baden gingen Netze kaufen konnte und da war auch einer der diese Netze knüpfte und in seinem Schaufenster stand... Berge sämtliche gesunkenen Schiffe

Auskunft im Laden... diese Graphik will ich kaufen Jirka da hast du zweihundert Kronen genügt das? Jirka hob seinen Hundeblick und hauchte... Ihnen Doktor geb ich sie umsonst... aber wollte ich sagen... und mein Mann rollte die zwei Hunderter zusammen und steckte sie Jirka in die Tasche... Und dieser fragte endlich... Was sagen Sie zu Helenka? Haben Sie gesehen wie zärtlich sie ist? Wie zart ich würde ihr gern was meinen Sie das Zeichnen beibringen... mein Mann erwiderte er habe schon lange kein so zartes kein so verträumtes Mädchen mehr gesehen er hoffe daß Jirkas Liebe erwidert würde und es hier so wäre wie dort drüben in der großen Werkstatt zwischen Vladimír und Tekla... Jirka hing an den Lippen meines Mannes noch nie hatte ich so treuherzige Augen gesehen für die alles was mein Mann sagte die Wahrheit und nichts als die Wahrheit war und als ich zu schwitzen anfing zündete ich mir nervös eine Zigarette an denn ich begriff daß die Reihe jetzt an mir war und so war es denn auch Jirka fragte mich was ich von seiner Helenka halte von dieser Verkäuferin in einem großen Lebensmittelgeschäft wo sie herumfuhr und den Laden aus dem Lager mit Kästen Bier und Limonade auf Rolluntersätzen versorgte Ich schaute in Jirkas Augen und er sah mich so vertrauensvoll so flehend an und obschon ich mich die ganze Zeit über als Helenka hier gewesen und seit sie weg war darauf vorbereitet hatte meinen Mann zu schelten und Jirka das zu sagen was ich dachte war mir auf einmal klar daß ich damit einen Menschen verletzen würde Jirka könnte sich etwas antun es wäre genauso als nähme ich einem Kind das Spielzeug weg also sagte ich Helenka sei wirklich ein reizendes Mädchen und Hauptsache sei daß sie sich für Malerei interessiere ich hätte Freude daran ihr später vielleicht einmal beizubringen wie man Bilder webte so wie ich es konnte... Und Jirka warf sich mir zu Füßen und bat mich auf Knien und zwar um nichts anderes als daß ich Helenka für den Anfang zeigte wie man Bilder webte er würde ihr auf die eingespannten Fäden eine Vorlage zeichnen damit sie ein großes Bild mit dem Titel Der Traum des schlafenden Vaters weben könnte er würde die Farben der Schmetterlinge vorgeben die um den schlafenden Vater herumflattern... und wir verließen ihn und schritten durch die Brandopfer Gasse wir schwiegen irgendwie waren wir durch die Szene deren Zeugen wir waren kleiner geworden es war finster und die Gaslaternen zischelten wie Schlangen als wir an ihnen vorübergingen zu Hause heizte mein Mann noch den Ofen ein und bald schon zischten die Flammen ich legte mich hin und der Doktor legte sich wie immer in Kleidern ins Bett unsere Köpfe stießen fast gegeneinander der Doktor löschte das Licht und es leuchtete nur noch der Spalt des Ofentürchens so lagen wir auf diesen beiden im rechten Winkel aufgestellten Kanapees wir berührten einander mit den ausgestreckten Armen und dachten nochmals über die Szene nach deren Zeugen wir gewesen waren und schliefen dann langsam ein... Und als hätten wir uns abgesprochen mieden wir Jirkas Atelier seit diesem Abend manchmal wartete Jirka auf uns er konnte sich kaum mehr auf den Beinen halten und saß wie Pepíček Sviatek da einmal hockten sogar beide vor unserer Tür und tranken Brandy   Jirka lud uns zu einem Treffen mit Helenka ein er wollte sogar daß wir ihn nächste Woche besuchten zu Ehren der Tatsache daß er Helenka schon drei Monate kannte sie wollten an diesem Abend dann Verlobung feiern... Und Pepíček teilte uns mit er werde im Sommer Zeit haben er sei gelernter Lackierer und werde uns alle Fenster und alle Türen streichen... Also lud Jirka uns ein und Pepíček zählte gleichzeitig all die Arbeitsvorgänge auf und die beiden hockten nebeneinander wie zwei Kormorane zwei Vögel in der Voliere eines zoologischen Gartens... Und alle zusammen kehrten wir zum Herrn Vaništa in die Kneipe zurück tranken Brandy und die ganze Kneipe spielte verrückt alle tranken Brandy weil wie sie behaupteten Föhn in der Luft liege oder Flecken auf der Sonne die Frau Boženka kippte mit dem Herrn Postmeister einen Schnaps nach dem anderen   Sie kuriert sich vom Föhn und den Sonnenflecken und bekommt nie genug davon beschwerte sich der Herr Vaništa... Und tatsächlich war die Frau Boženka genauso groß wie Helenka Jirkas zukünftige Verlobte Boženkas Augen schwammen schon im Brandy als wäre sie in ein Schnapsfaß gefallen der Alkohol war aus ihren bleiernen Beinen hochgestiegen und in ihren Mund zurückgeflutet und schwamm jetzt in ihren schönen großen Augen und Pepíček Sviatek bestellte ... drei Brandy hierher ... Und Jirka saß in einer Ecke sein Kopf lag fast auf der Tischplatte ich dachte er ruhe sich aus in Wirklichkeit war Jirka kein bißchen größer als Pepíček der am Tisch auch nur den Mund vorzustrecken brauchte um direkt aus dem Glas trinken zu können als Frau Boženka den Brandy brachte legte sich ihr riesiger Schatten wie eine große Federdecke auf Jirka wie eine Wolke die dicht über der Landschaft dahinsegelt als Jirka dann aufstand und mit der Frau Boženka anstieß mußte er den Kopf zurücklegen um ihr in die Augen zu schauen denn die Frau Boženka sagte zu jedem mit dem sie anstieß ... Auf die Gesundheit und von Äuglein zu Aug ... Und Jirka erzählte der Frau Boženka und allen anderen in einem fort von seiner Helenka wie allerzärtlichst und allerliebst und wunderschön sie sei ... er lief Frau Boženka hinterher und als er ihr alles anvertraut hatte was er schon allen gesagt hatte fügte er hinzu ... Frau Boženka meine Helenka ist genauso schön wie Sie ... Und Frau Boženka lachte und sagte ... Sie Schwadroneur aus Schweinfurt ... und hob Jirka hoch wie man ein Kind hochhebt ganz mühelos hob sie ihn hoch und beide schauten sich aus betrunkenen Gesichtern von Äuglein zu Aug an Jirkas Beine baumelten in der Höhe von Frau Boženkas Knien und Frau Boženka küßte Jirka und stellte ihn wieder auf den Boden um im Ausschank weitere Brandys zu holen weil es das beste sei die Flecken auf der Sonne mit reduzierter Bewegung und Alkoholgenuß zu bekämpfen Als mein Mann und ich die Hochzeitskleider angezogen und für den morgigen Tag einen Blumenstrauß gekauft hatten da gingen wir am Vorabend von Jirkas und Helenkas Verlobung durch die Brandopfer Gasse und als wir ins Kelleratelier hinunterstiegen lag Jirka gebrochen und kleinmütig in den Decken Er erzählte mit geknickter Stimme Helenka wolle ihn nicht sie habe ihm das ausrichten lassen die einzige Rettung sei jetzt mein Mann wir müßten mit Helenka auch so ein Theater veranstalten wie es Vladimír seiner Tekla an jenem Abend vorgespielt hatte als er sich den Kopf an der Wand aufschlug ich müsse jetzt um Himmels willen Helenka holen gehen denn an mich erinnere sie sich als einzige im guten ich sollte also rasch zu ihr laufen und warten bis sie aus diesem großen Geschäft auf der Hauptstraße herauskomme und dann müsse ich sie hierherbringen damit sie sehe wie auch Jirka ihretwegen um dieser Liebe willen leide und daß er ohne sie nicht leben könne ... Sagte Jirka und bat meinen Mann ihm die Nase einzuschlagen ihm mit der Faust eins auf die Nase zu geben er selbst habe dazu nicht das richtige Naturell... Also stellte ich den Blumenstrauß in einen Topf mit Wasser es näherte sich die Zeit da die Geschäfte der Pramenkette schlossen und ging gegen sechs vor dem Laden auf und ab hörte und sah wie die Mädchen die Rolläden herunterließen und mein Warten wurde belohnt die Hünin Helenka kam heraus und ich bat sie doch bitte zu Jirka mitzukommen er wolle sie ein letztes Mal sehen er sei vor lauter Liebe erkrankt Und Helenka schaute auf die Uhr und nickte und wir folgten schweigend der Hauptstraße bis zu den Schranken die geschlossen waren und aus dem Bahnhof kam ein Personenzug eine Weile standen wir in der Dampfwolke die Lokomotive mit den Waggons rollte ganz dicht an uns vorbei und ich erinnerte mich an die Stummfilme mit Faty die mein Mann und ich gesehen hatten der hatte auch so an der Bahnstrecke gestanden und als der Zug in Reichweite vorbeifuhr nahm Faty ein Streichholz hielt es hin der Zug streifte das Streichholz und Faty zündete sich eine Zigarette oder Zigarre an und genauso nah fuhr jetzt ein Waggon nach dem anderen an uns vorüber und dann gingen die Schranken hoch und wir überquerten schweigend die Gleise und liefen durch die Brandopfer Gasse an der rostigen gußeisernen Wasserpumpe unterm alten Birnbaum und an der alten Parkbank vorbei auf der Pepíček Sviatek im Schneidersitz saß er hockte da rauchte und hatte die Ellbogen auf die Knie gestützt er rauchte und hatte sich den Hut tief ins Gesicht gezogen er lächelte in die Dämmerung hinein und nickte zum Gruß er rauchte weiter und sah sich um ich ging bereits die Stufen zum Kelleratelier hinunter in der großen Werkstatt war es dunkel und als ich die Tür öffnete war ich genauso entsetzt wie Helenka Unter der Bettdecke dort lag Jirka das Gesicht war blutverschmiert aus seiner Nase floß immer noch Blut nur seine Augen waren die treuherzigsten Hundeaugen der Welt die Decke war voller Blut einige Zeichnungen waren übersät mit blutigen Fingerabdrücken auf dem Tisch waren auch Blutflekken... Im Hochzeitsanzug saß mein Mann auf einem Stuhl neben dem Bett er sah Helenka vorwurfsvoll an und schrie... Schauen Sie nur was Sie angestellt haben! Jirka mag Sie Helenka Jirka liebt Sie... Und Jirka stammelte... Helenka ich kann ohne dich nicht leben bleib hier... Und es war still nur die Schritte von Passanten klapperten auf dem Gehsteig an den geschlossenen Fensterläden vorbei Helenka verstand das alles jedoch ganz anders Ekel und Abscheu erfüllten sie ihre Augen loderten vor Zorn und Entrüstung... Sie rief... Also das ist endgültig das Ende! Idiotische Idioten dummer Dummkopf das also willst du mir vormachen was würdest du erst veranstalten wenn ich deine Frau wäre Der letzte Kuhhirt wäre mir lieber den letzten Tagelöhner der mir die Fresse einschlagen würde nähme ich eher zum Mann als dich auch wenn du die Nummer eins wärst wie du immer behauptest selbst wenn du dieser Weltmeister wärst du dummer Dummkopf du ahnst ja gar nicht wie sehr du mich anwiderst wie sehr ihr mich alle anekelt ekelhaft eklige Bande ihr alle hier Und das ist für dich Kunst ein hysterisches Theater hier aufzuführen... Mit ausgestreckter Hand den Zeigefinger auf Jirkas Hundeaugen gerichtet stand die Hünin Helenka da und stieß diese Sätze hervor jetzt sprang sie auf Jirka zu riß die blutverschmierte Decke hoch und schrie... Mach keine Kalbereien elender Dummkopf laß das und zwar nicht meinetwegen sondern um deinetwillen hast du denn kein Quentchen Stolz in dir? Willst du daß ich dich so sehe? Denk daran wenn du mir über den Weg läufst werde ich dich mit der Faust niederstrecken ich brauch dich nur zu sehen und schon schlag ich dich windelweich... drohte sie mit dem Finger und als wäre ihr bei all dem übel geworden zeigte sie theatralisch wie sie alles einschätzte und tat so als müßte sie sich erbrechen... irgendwie wurde ihr dann tatsächlich flau im Magen und sie kotzte sicherlich hatten die Mädchen am Nachmittag hinten im Laden Heringe und Rollmöpse genascht denn es flogen Fischschwänze und Reste von unverdautem Kartoffelsalat auf die Bettdecke... Sie erschrak nun aber als sie sich im Atelier umschaute und die blutbeschmierten Decken und Jirkas blutiges Gesicht sah da heiterte sich ihre Miene wieder auf und anerkennend nickte sie zu all dem was sie gesagt und getan hatte   Unter großem Gelächter lief sie dann die Treppe hinauf und schlug mit Wonne die Glastür so hinter sich zu daß die ganze Scheibe zersplitterte und auf den Gehsteig spritzte   Jirka hob seinen Hundeblick und sagte zu meinem Mann... Doktor was meinen Sie? Wahrscheinlich liebt sie mich nicht mehr nicht wahr?

Mein Mann hatte ein kleines Radio das immer auf Wien eingestellt war und mit tiefer Ergriffenheit hörte er sich Symphonien und Violinkonzerte an und wenn er so lauschte schaute er aus dem Fenster auf ein Stück Himmel und die Musik trug ihn über die Dächer der Wohnhäuser von Libeň mit ihren Pawlatschen hinweg ganz woandershin ich spülte Geschirr oder löste Kreuzworträtsel mein Mann stand breitbeinig am Fenster und wurde von dieser Musik weggetragen und ich spülte absichtlich Geschirr und spülte es noch mal ich verstand diese symphonischen Romane nicht ich begriff nicht einmal den Satz den mein Mann mir zu erklären versuchte um mich in die Herrlichkeit dieser symphonischen Musik einzuweihen... er sagte Eliot der Dichter des Weiten Lands habe geschrieben die Musik sei eine gegen das Pochen des menschlichen Herzens gebaute Vertikale... Ich verstand das aber nicht und wenn er mir immer und immer wieder mit diesen symphonischen Romanen und Violinkonzerten kam fing ich an aufzuräumen absichtlich verrückte ich den Geschirrschrank polterte mit den Stühlen und legte die Kohle bewußt so nach daß ich mit der Schaufel gegen den Kessel schlug und das Türchen dann wütend schloß um nochmals die Gläser und Gläschen zu spülen   Mein Mann aber hörte mich nicht vielleicht hörte er mich auch machte sich jedoch nichts daraus weil er mit dieser Musik woanders war wie seine Nymburker Mama sagte schon als Kind sei er immer woanders gewesen... und ich sah wie mein Mann sich der Tränen nicht erwehren konnte wie die Tränen über seine Wangen liefen und er tief ergriffen immer noch gebannt auf das Stück Himmel über dem schrägen Schuppendach starrte und weil ich den Schlüssel zu dieser Musik nicht besaß ging ich hinaus und schlug krachend die Tür ins Schloß dann kam ich wieder zurück öffnete einen Schrank als suchte ich etwas mein Mann stand jedoch weiterhin breitbeinig am Fenster und lauschte diesen symphonischen Sätzen aus Wien die aus dem kleinen Radio strömten und wenn die Trompeten Posaunen Hörner und Trommeln immer lauter wurden nahm mein Mann den kleinen Empfänger in die Hand drehte ihn voll auf und diese laute Musik füllte unser ganzes Zimmer aus sie drang durch die Mauer hindurch auf den Hof hinaus und schließlich zog ich es vor einkaufen zu gehen oder zu Lizaj um meine Bilder mit bunten Fäden zu weben und bis zu ihrem Balkon klangen diese gewaltigen Trompeten Trommeln und Hörner hinauf ... Wenn aber diese Symphonien Violinkonzerte und Klavierkonzerte nicht aus Wien gesendet wurden ... dann hörte mein Mann ebensogern Luxemburg und lauschte mit der gleichen Ergriffenheit Jazz ... und da war auch ich still die Jazzmusik verband uns beide und ich saß da selbst wenn die Sonne draußen schien und es bei uns düster war ein Kreuzworträtsel lag vor mir auf dem Tisch unter der Zuglampe und ich suchte die Lösungen während aus Luxemburg Glenn Miller und Benny Goodman schallten ... und wie mein Mann liebte ich Armstrong mit seiner beeindruckenden Stimme und seiner Trompete und Count Basie mit seinen schwarzen Wurstfingern die zur Begleitung einer Jazzkapelle Blues spielten ... und wieder stand mein Mann da und schaute durchs Fenster auf das Stück Himmel über dem schrägen Schuppen der immer mit abgebröckeltem Putz von der Mauer dieses Forschungsinstituts übersät war in dem die Dehnbarkeit von Stahlwellen und Kunststoffen erprobt wurde und von wo unregelmäßig doch täglich und sogar nachts Donnerschläge dröhnten als sei eine riesige Wertheim-Kasse vom Himmel auf dieses Dach gefallen ... und so lauschten wir Luxemburg und wenn ich dann mein Lied wenn ich die Stimme dieser schwarzen Sänger hörte und die Stimmen von Grace Kelly und Frank Sinatra mir zu Herzen gingen dann nahm ich das kleine Radio und drehte den Knopf bis unser ganzes Gebäude von ohrenbetäubender Musik und menschlichen Stimmen durchdrungen war und mein Mann hatte Tränen in den Augen und ich war dermaßen erschüttert daß ich fast losheulte also hörten wir nicht einmal wenn die Frau Slavíčková uns von oben zurief ... ihr seid wohl verrückt geworden oder was Und am liebsten hörten wir aus Luxemburg Armstrong ... Mein Gott wie viel Mitgefühl er mit Nelly Grey hatte ... und da konnten wir nicht anders als uns zu umarmen nur einmal in der Woche zu den Klängen von Nelly Grey preßten wir uns aneinander wir überließen uns den Tränen und nahmen uns vor ein Tonbandgerät zu kaufen um diesen Louis Armstrong aufzunehmen ... Heute hatte mein Mann aber Schweinefleisch auf Kümmel gebraten und frisches Brot mitgebracht er hatte seinen Freund Kolář eingeladen einen Dichter den man den Hackenden Adler nannte und mit diesem Poeten kam auch der Dichter Hiršal und ich ging Bier holen und Herr Kolář war wirklich ein Gentleman er brachte mir einen Blumenstrauß und war geschmackvoll gekleidet und verstand es eine graue Hose zu tragen und wenn er dasaß zog er die Bügelfalten zurecht damit sie überm Knie nicht ausbeulten und er trug eine elegante Krawatte und in der Tasche des karierten Sakkos steckte ein Taschentuch und er zog es aus der Tasche und putzte sorgfältig seine Brille damit ... und mein Mann saß da ich hatte ihn noch nie so ehrfürchtig und bescheiden gesehen wie in Gegenwart dieser beiden Dichter Eigentlich sah Herr Hiršal gar nicht wie ein Poet aus eher wie ein Geselle vom Schlachthof er trug eine Manchesterhose und einen Manchestermantel zog eine Kunststoffhaarbürste aus der Tasche und bürstete sich immer wieder das Haar er hatte dichtes kurzgeschnittenes Haar das unter der Bürste knisterte Und immer wieder sagte Herr Hiršal Phantastisch Und rauchte dabei eine Zigarette nach der anderen klopfte die Asche auf den Boden oder ließ sie auf seinen Anzug fallen Und mein Mann redete eine Weile über sein Schreiben doch war seine Stimme unsicher er hüstelte und verlor den Faden wußte nicht mehr womit er angefangen hatte er lief rot an schaute zu Boden und gab dem Dichter Hiršal devot Feuer und Herr Kolář zog ein Hosenbein hoch und schlug ein Bein übers andere und seine Stimme dröhnte ... Doch aufgepaßt! Diese amerikanische Lyrik ruht von Anfang an auf zwei Pfeilern ... auf Whitman und Poe ... war das ein Einstieg ins zwanzigste Jahrhundert für die

amerikanische Dichtung   Und die moderne französische Literatur hatte ihren Baudelaire der nicht nur Poe übersetzte sondern sich auch von dessen Poetik inspirieren ließ   Schaut wir dürfen nicht vergessen daß in Paris die Ausstellung der Impressionisten stattfand während bei uns Mikoláš Aleš das Zepter schwang   Doch aufgepaßt   Wir haben unseren Purkyně und wir haben Karel Hynek Mácha   Doch aufgepaßt In Paris hatte Rimbaud bereits Eine Zeit in der Hölle und Lautréamont seinen Maldoror geschrieben während Neruda bei uns das Zepter schwang   Doch aufgepaßt   Wir haben Božena Němcová eine Nummer eins eine weit größere Dichterin als Frankreich sie in Gestalt von George Sand hat   Und ihre Liebesbriefe nehmen die Amerikanerin Anaïs Nin vorweg   Und ich mache dich auf unseren Schikaneder aufmerksam der als erster eine Konfrontage gemalt hat ein Arbeiter ist vom Gerüst gefallen Passanten gehen an ihm vorüber können den Toten jedoch nicht sehen weil zwischen ihnen und der Tragödie dieses Arbeiters ein Holzzaun verläuft   Donnerte der Dichter Kolář und ich sah daß er tatsächlich ein Hackender Adler war denn mein Mann fing an zu schwitzen und hielt den Blick gesenkt und der Dichter Hiršal klopfte die Asche auf die Kaminfegerhose meines Mannes und sagte   Phantastisch   Und der Dichter Kolář donnerte weiter als trüge er das was er sagte in einem großen Saal einer Menge Zuhörer vor   Und dennoch ist das Schönste an der Kunst daß keiner sie machen muß   Vor allem kann ein Schriftsteller tun was ihm beliebt er darf nur sein Innerstes nicht verraten   Wenn du eine Familie hast und dich nicht um sie kümmerst ist das in der Kunst gestattet   Doch aufgepaßt   Du darfst die dir anvertrauten Talente nicht vergraben verraten oder vergeuden   Das was du als Künstler gemacht hast ist entscheidend weil die Kunst das Grausamste ist was es auf der Welt gibt   Unmittelbar nach der Natur
Gut du sagst daß du dort in der Spálená Papier packst und stapelst und dies deine Ergriffenheit sei   Daß du Gespräche hörst und Mengen von Bier trinkst und darauf wartest daß einmal dein Augenblick kommt   Aber wann? Er wird nicht vom Himmel fallen du mußt dir deinen Freiraum selbst schaffen mußt ihn dir nehmen   Wie Prometheus stehlen   Nur

Dreck kommt von allein Du kommst von der Maloche nach Hause knallst dich aufs Bett schnarchst und hast deine besten Kräfte in der Spálená und in den Kneipen verpraßt Wie alt bist du eigentlich? Und mein Mann sagte mit schwacher Stimme Dreiundvierzig Und der Hackende Adler Herr Kolář donnerte weiter Um Himmels willen da hat schon die Hälfte der berühmten Schreiber ihr Werk vollendet und einige sind schon verendet Schau ich hab das an mir selbst beobachtet der günstige Augenblick dauert nicht ewig Er geht vorüber Aufgepaßt in der Sekunde da wir geboren werden beginnt sich schon der Keim des Todes zu regen Vorläufig hast du keine Kinder worauf wartest du also? Das Arbeitsamt läßt dich in Ruhe du kannst zu Hause bleiben und schreiben Deine Jarmilka verpflichtet dich Du hast das Zeug dazu also setz dich hin und schreib Und ich lächelte weil ich wußte daß mein Mann gerade davor Angst hatte er fürchtete sich vor dem Augenblick da er zu Hause bleiben mußte und er allein das zu verantworten hatte was er schrieb und ich lächelte und ging Bier holen und der Dichter Hiršal bürstete sich mit seiner Kunststoffbürste das Haar und klopfte seine Asche immer noch neben den Aschenbecher auf mein Tischtuch und wiederholte Phantastisch Und als ich mit dem Krug und einem Maß Bier vom Vaništa zurückkam aßen die Dichter bereits Schweinefleisch und kauten dazu frisches Brot sie schnitten das Fleisch in der Pfanne klein und kratzten das Angebrannte vom Boden Jiří Kolář aß elegant und gesittet Mein Mann fraß das Fleisch und schlang die Bissen wie ein Hund hinunter und Herr Hiršal hatte vermutlich schon fertiggegessen oder keinen Appetit denn er rauchte weiter jetzt legte er seine Zigarette in dem gewellten Aschenbecher ab und ich stellte den Krug und das Maß auf den Tisch und wollte Gläser holen doch der Herr Kolář sagte Nein Frau Pipsi das ist nicht nötig Ich trinke es gern so Und er nahm den Krug trank daraus und wieder gab sich Herr Kolář als werde er photographiert Und als er zu Ende getrunken hatte zog er sein Taschentuch heraus und tupfte sich den Mund trocken Und ich erschrak Bei Gott ich hatte die Papierservietten vergessen Und der Herr Hiršal rauchte weiter und sagte Phantastisch Und klopfte die

Asche auf die Hose meines Mannes Und aus dem dämmrigen abend sprang plötzlich Vladimír in unseren Hof und hinter ihm stieg Tekla die Stufen hinauf sie traten sich vor der Schwelle ehrfürchtig die Schuhe ab Vladimír klopfte an und fragte Sind Sie zu Hause Doktor? Und mein Mann riß die Tür auf und forderte Vladimír und Tekla auf einzutreten Die beiden zogen ihre Schuhe aus und Vladimír streckte meinem Mann eine Tasche hin und sagte Doktor meine Mutter hat mir einen Topf mit kaltem Schweinebraten mitgegeben damit Sie nicht zu kurz kommen Und die Dichter begrüßten Vladimír und aus dem Gespräch ging hervor daß sie sich für hier verabredet hatten Tekla allerdings sah die Dichter zum ersten Mal Sie trug noch immer dieses blaue Kostüm wie eine Stewardeß und schaute Vladimír nach wie vor mit großen Augen an und nachdem Vladimír Platz genommen hatte setzte sie sich neben ihn und legte ihre gefalteten Hände auf sein Knie sie himmelte Vladimír wie einen Gott an Vladimír mein Gott was soll ich mit diesem Topf? Nehmen Sie sich Kümmelfleisch aus der Pfanne

Und trinken Sie Bier dazu trinken Sie meine Frau wird noch mehr Bier holen Stotterte mein Mann Er leerte den Krug die Dichter tranken das Maß aus und ich nahm die Gefäße und lief wieder zum Vaništa Und als ich wiederkam war es gerade zur rechten Zeit Tekla zog ihre Zeichnungen und Skizzen hervor und Herr Jiří Kolář breitete diese Zeichnungen und Aquarelle zunächst wie einen Fächer aus und nahm dann eine nach der anderen in die Hand und reichte sie Herrn Hiršal Und Vladimír war gespannt und Tekla schaute auf den Hackenden Adler der die Zeichnungen jetzt zur Seite legte sein Taschentuch hervorzog die Brille die er in der Hand hielt anhauchte und sorgfältig putzte und wir schauten alle auf ihn als sollte vor Gericht ein Urteilsspruch verkündet werden es herrschte Stille nur die Maschinen die in der Nachbarschaft Stahlwellen dehnten und spannten dröhnten und pfiffen leise

Und Herr Kolář sah Vladimír an und sagte Mein Gott Vladimír das meinen Sie doch nicht etwa im Ernst Das sind doch nicht etwa Kunstwerke für Sie Sie können doch nicht im Ernst glauben darin liege Talent Mein Gott so was malen Kinder in der dritten Klasse am laufenden Meter Ich nahm den Topf aus Vladimírs Tasche und fragte Vladimír möchten Sie das Fleisch kalt essen oder soll ich es aufwärmen? Vladimír aber war bleich und hatte die Ohren wie ein bissiges Pferd nach hinten gepreßt und Tekla krallte die Fingernägel in sein Knie und ließ die Augen rollen als hätte sie einen Tobsuchtsanfall und wollte jeden Augenblick rücklings auf den Boden fallen und ich blickte zu meinem Mann der im Keller dort bei Jirka verkündet hatte dieses Gekritzel habe etwas in sich ich war damals die einzige die sofort die Wahrheit gesagt hatte die der Hackende Adler Jiří Kolář nun aussprach als er nochmals ganz ernst sagte Vladimír damit kann Ihre Tekla weder auf die Akademie noch auf die Kunstgewerbeschule schauen Sie doch

Und er legte die Rechtecke wieder vor sich hin und fuhr mit dem Finger über die Zeichnungen und Aquarelle und sagte sachverständig Das alles ist in einer Woche gemacht das ist keine Kunst selbst wenn man sie an den Haaren herbeiziehen wollte nicht die Ahnung davon Aber sie soll ruhig weiterzeichnen und weitermalen In Amsterdam liegen die ersten Malversuche des Vincent van Gogh Ein Graus auch nicht ein Professor hätte ihn an die Akademie aufgenommen und doch war schon alles in ihm und er fragte keinen nach seiner Meinung und malte unbeirrt weiter Und hat es geschafft Tekla arbeiten Sie weiter Und schauen Sie Vladimír wenn Sie schon mal hier sind Wenn ich für Sie eine Ausstellung organisieren wollte wo sind Ihre Arbeiten? Und jetzt stotterte Vladimír und sagte mit belegter Stimme Ich habe sie verschenkt Und der Hackende Adler donnerte los Also schauen Sie schauen Sie Ich gebe Ihnen für jede Graphik fünfzig Kronen und Ihre Arbeiten werden bei mir liegen Und sobald ich hundert habe darauf geb ich Ihnen meine Hand wird eine Ausstellung stattfinden Und der Hackende Adler reichte ihm die Hand an der ein Daumen fehlte und der Dichter Hiršal wiederholte Phantastisch Und klopfte die Asche in die Pfanne mit dem Rest Schweinebraten und ich sah daß Tekla tatsächlich einen Tobsuchtsanfall bekommen könnte und ich lächelte lächelte meinem Mann und Vladimír zu diesen beiden Nummern eins diesen Champions und Weltmeistern denen Herr Kolář jetzt die Wahrheit gesagt hatte Und dem Hakkenden Adler reichte das noch nicht also stand er mit ausgestrecktem Arm da und fügte hinzu Und Vladimír noch etwas... Was heute in der Welt zieht sind die größeren Formate... schauen Sie lassen Sie sich eine größere Satinierpresse machen oder ich werde es tun machen Sie aber vor allem größere Matrizen... und aufgepaßt! Vladimírek diese Matrizen dürfen Sie nicht wegwerfen das sind an sich schon Artefakte Daher erstens größere Formate und zweitens... werden Sie mir Ihre Artefakte bringen und ich zahle Ihnen für jedes Stück fünfzig Kronen... doch aufgepaßt! Sie werden trotzdem Ihnen gehören... und dann wird eine Ausstellung stattfinden! Dafür garantiere ich... Jiří Kolář... Und in diesem Augenblick stürzte sich Tekla auf die Knie und raffte ihre Rechtecke zusammen und schrie die beiden Dichter wie irre an... Nichtsnutziges Lumpenpack! Dann spuckte sie ungarische Flüche aus und überschüttete die Dichter damit bis ihr die Zunge anschwoll Und sie brüllte... Vladimírek Abmarsch! Und im Korridor nahmen die beiden ihre Schuhe in die Hand... und Tekla schrie vom Kanälchen in der Hofmitte zu unseren offenstehenden Fenstern hinüber... Nichtsnutziges Lumpenpack... Trottel

Ich nahm den Topf stellte ihn in die Tasche folgte ihnen und streckte Tekla die Artefakte in ihre geballte Faust... Damit Ihr was zum Abendessen habt... sagte ich doch der Topf fiel auf den Boden und Tekla und Vladimír liefen hinunter zu der brennenden Glühbirne dort schüttete die Frau Beranová mächtige Güsse über den Hof und fegte das Wasser ins Kanälchen ich hob den Topf auf und lief Tekla und Vladimír hinterher durchs Wasser Und Frau Beranová schrie... Passen Sie auf!... Und ich lief hinter den beiden zur Straße hinaus und dann von unserer brennenden Gaslaterne bis zum Anfang der Brudergasse wo Grablichter und Urnen hergestellt werden... und dort drängte ich Vladimír laut lachend was ich mir nicht verkneifen konnte seine Tasche mit dem Topf auf... Tekla lief zum Bahndamm hinauf und rief nichtsnutziges Lumpenpack... Vladimír sagte... Junge Frau sind wir nicht Klasse? Und lief Tekla hinterher... Als ich zurückkam schüttete Frau Beranová immer noch eimerweise Wasser aus dem Hahn übers Pflaster und wie immer rühmte sie sich... Sie wissen ich bin reinlich... war das aber ein schöner Zirkus bei Ihnen... Sie armes Geschöpf... Und als ich in unsere hell erleuchtete Wohnung zurückkam waren die Dichter ernst und feierlich sie erhoben sich Herr Hiršal hielt einen Zigarettenstummel in der Hand er schaute sich um seine Augen schweiften über den Aschenbecher dann tippte er die Asche in die Pfanne mit dem restlichen Schweinefleisch und Herr Kolář bedankte sich für den schönen Nachmittag und Abend und sagte zu mir... Also schauen Sie Aufgepaßt! Ihr Mann ist ein Schriftsteller... für ihn machen wir eine Ausnahme... wir lassen die Parallelen sich vorzeitig kreuzen... Seine Jarmilka seine Hüttenbesitzerin ist mein Lieblingsbuch... doch aufgepaßt! Man muß sie so lassen wie sie auf dieser deutschen Perkeo-Schreibmaschine geschrieben ist... keine Häkchen keine Dehnungsstriche keine Punkte... Vor allem nichts überstürzen... Sherwood Anderson hat mit dem Schreiben begonnen als er in Rente ging... Und er ist ein Prachtskerl der amerikanischen Literatur und war mit dem ersten Buch sofort eine Nummer eins Sie wissen man nennt mich den Hackenden Adler und ich hacke tatsächlich auf allen herum es ist meine Pflicht zu hacken nicht nur auf den anderen sondern auch auf mir selbst Und der Dichter Hiršal fügte hinzu Das war heute phantastisch...

Und es kam der Tag an dem ich ein letztes Mal im Hotel Paris war Zum letzten Mal saß ich in der Küche zum letzten Mal notierte ich alle Speisen die auf Tabletts und in Schüsseln aus der Küche ins Restaurant des Hotels Paris wanderten zum letzten Mal saß ich in den Düften und Dämpfen in der Hitze der Küche im Licht der Glühbirnen und Lampen das durch eine in der Decke versteckte Luke drang zum letzten Mal scherzte ich mit den Köchen diesen jungen Männern die auf ihren Motorrädern ihren zweihundertfünfziger Crossmaschinen zur Arbeit kamen zum letzten Mal arbeitete ich mit den Küchenmädchen und den Serviererinnen und den Hilfskräften zusammen zum letzten Mal mit dem Ober Mašek dessen Traum in Erfüllung gegangen war so viele Jahre hatte er selbst bei der

Arbeit nur einen Gedanken gehabt seine Tochter die Eiskunstläuferin der er und seine Frau ihre ganze Zeit und alles Geld gewidmet hatten und nun nach so großen Anstrengungen war sein Traum in Erfüllung gegangen und seine Tochter war die Nummer eins Hana war nicht nur Europa- sondern auch Weltmeisterin im Eiskunstlaufen geworden Der Herr Ober Mašek der gern Witze machte und uns alles schilderte was seine Tochter im Training leisten mußte dieser Herr Ober Mašek schaute nun da seine Tochter ein Champion der ganzen Welt war nun da es Wirklichkeit war nun schaute der Herr Ober Mašek trübsinnig drein erst jetzt hatte ihn nach all den Sorgen die Müdigkeit eingeholt Der Herr Ober Mašek war so sehr von diesem Weltmeistertitel geblendet daß ihm Fehlleistungen unterliefen er vertraute uns nichts mehr an denn seine Tochter gehörte jetzt der Öffentlichkeit bei uns daheim in Europa und in Amerika Und still und bescheiden genoß der Herr Ober Mašek die Nachrichten in den Zeitungen er freute sich wenn seine Tochter von den Wettkämpfen und Schauläufen heimkehrte und sich eine Luxuslimousine kaufte und wenn ich mich früher bei dem Herrn Mašek nach seinem Töchterchen Hana erkundigt hatte erzählte er mit begeisterter Stimme von den Vorbereitungen wie sie im Morgengrauen aufstanden und die Trainingsstunden absolvierten jetzt aber winkte er nur ab und spielte allen Ruhm seiner Tochter ins Aus seine Tochter gehörte ihm nicht mehr sie gehörte der Weltöffentlichkeit und nicht mehr dem besorgten Ober Mašek irgendwie spürte ich daß der Herr Mašek auf diese Stadions auf diese Hunderttausende menschlicher Augen eifersüchtig war die ihm seine Tochter geraubt hatten er hatte das Seine getan sein Traum war in Erfüllung gegangen und er war einsam und allein zurückgeblieben

Gegen Ende der Schicht überreichten meine Kollegen mir einen Blumenstrauß und ich schenkte ihnen einige Flaschen Kognak dann zog ich die Schublade aus meinem hohen Kassenthron entnahm ihr meinen Bleistift und andere Kleinigkeiten und als ich aufbrach schluchzte ich und in der Küchentür drehte ich mich noch einmal um alle standen wie versteinert da wie im Dornröschen als der Koch am Herd erstarrte standen sie da und sahen mir nach vermutlich hatten sie mich in all den

Jahren ebenso liebgewonnen wie ich sie   Und am nächsten Tag trat ich in einem funkelnagelneuen Betrieb an in der Heinrichsgasse im Hotel Palace das Lokal betrat man von der Herrengasse der Ober hieß Herr Borek und die Köchin Boženka und ich war Serviererin wir kamen um acht zwei Stunden bevor der Grill öffnete um die Vorbereitungen zu treffen wir holten die Hähnchen aus der Küche und der Kühltruhe und spießten sie auf die Stäbe eines italienischen Grills und ich legte die Bestecke bereit die Kipferl und die Brote ich stellte die Salate in die Kühlvitrine und zog diesen schönen schwarzen Rock mit der ausgeschnittenen Bluse an ich kämmte mir das Haar schminkte die Augen und nahm meine weiße mit einem Spitzenvolant eingefaßte Schürze und steckte mir das weiße Krönchen ins Haar und um zehn schloß ich die Glastür auf und es kamen die ersten Gäste um Brathendl zu verzehren der Herr Ober Borek reinigte zu Reklamezwecken die Schnapsgläschen indem er sie gegen das Licht hielt mit dem Herrn Borek konnte man immer gut zusammenarbeiten er spielte keine Karten er trank nicht und setzte nicht auf Rennpferde er lächelte dauernd und sah aus wie ein junger Kaplan in den die Christenmädchen sich bei der Beichte oder während der Messen verlieben   Nur eine Leidenschaft hatte er sein Hündchen   Wenn er von etwas sprach dann von seinem Hündchen das er wie sein Kind liebte denn Kinder hatte er keine   Und als Serviererin schien ich in meine Mädchenjahre zurückversetzt als ich mit Vater und Mutter und den Geschwistern zusammengelebt hatte und Gäste zu Besuch kamen als wir viele Zimmer bewohnten und schöne Möbel und auch eine Köchin und einen Chauffeur hatten   Dieses Bistro im Hotel Palace hatte Glaswände und in den Türen Vorhänge die Fenster schauten nach Süden und so war es in diesem Bistro schön wie in einem gigantischen Brillantring wenn die Sonne schien strömten die Menschen durch die Gasse und die Ventilatoren reinigten unablässig die Luft im Lokal und wenn Gäste kamen tanzte ich zu ihrem Tischchen nahm die Bestellungen entgegen und wenn ich mich umdrehte und auf die Grillvitrine zuging in der sich schön langsam die Brathendl drehten neun Hendl von denen der Saft tropfte und die goldbraun waren wenn Boženka den Glasdeckel hob stiegen zischend Rauch und

Düfte zur Decke und ich wußte ohne daß ich mich umzudrehen brauchte daß die Gäste mir hinterhersahen und mich musterten und ich war stolz wieder im Mittelpunkt des Interesses zu stehen so wie es in meinen Mädchenjahren war als Offiziere und Geschäftsfreunde meines Papas des Geschäftsrats der UP-Fabriken in Brünn zu Besuch kamen wenn ich Liköre servierte und den Gästen auf dem Klavier vorspielte wenn ich mich mit ihnen unterhielt schon damals hatten mich alle Männer als Frau betrachtet viel früher als andere Mädchen war ich Frau ich hatte schöne Brüste schlanke Beine und nahm Tanzstunden und nachdem ich diese Ballettschule absolviert hatte nahm ich immer auch wenn ich einfach nur beim Fenster zur Terrasse stand sobald ich nicht in Bewegung war die Grundposition einer Ballerina ein die Hände vor dem Körper die Finger gegeneinandergepreßt und den rechten Fuß mit dem Rist abgewinkelt als wollte ich jeden Augenblick zu tanzen beginnen ... Und wenn ich hier im Bistro des Hotels Palace die Teller mit den Hendlportionen austrug wenn ich die Beilagen und die Schüsselchen mit dem lauwarmen Wasser brachte damit sich die Gäste nach dem Essen die Finger säubern konnten dann tat ich das alles mit schwingenden Tanzbewegungen kaum aber stand ich ein Weilchen da und wartete mit den Augen wann ein Gast auch nur den leisesten Wunsch andeuten wollte nahm ich die gewohnte Position mit der Serviette ein und in unseren Grill des Palace kamen Schauspieler und Filmleute Dichter und Passanten die nur einmal vorbeischauten und ich war der Mittelpunkt des Interesses weil ich es noch an mir hatte weil ich noch immer ganz hübsch war das sagten mir nicht nur der Spiegel sondern in erster Linie die Augen der Männer indes die Frauen wenn sie feststellten daß ich wer war ihre Augen sofort ins Aus spielten und so taten als wollten sie nichts davon wissen daß mir das alles so gut stand

Und der Ober Herr Borek brachte immer lächelnd eine Flasche Pilsner und bediente so gut er nur konnte und wie jeder gute Kellner sprach er fast lautlos und überhaupt nur wenn er gefragt wurde und er beugte sich leicht vor und redete vertraulich mit dem Gast und weil er schöne braune Augen und dichtes von einem Scheitel geteiltes pomadisiertes Haar hatte blickte er dem Gast immer in die Augen ... Und in diesem Grill in diesem

Licht in diesem gut sitzenden und schönen Serviererinnenkleid hatte ich mich wieder gefunden ich verlor meine Schüchternheit und meine Schuldgefühle denn ich konnte doch nicht die Schuld an allem tragen und hatte mich dennoch aus lauter Unschuld schuldig gefühlt   Durch dieses Kriegsende war ich in die Schuld mit hineingezogen worden wie ein Kriegsverbrecher doch hier in diesem Grill schrie mich keiner mehr an wie im Lager in das wir nach dem Krieg abgeführt wurden man schrie mich nicht mehr an wie in der Ziegelei wo ich zusammen mit den deutschen Frauen abseits sitzen mußte wie eine Aussätzige denn hier im Grill des Hotels Palace wurde ich allmählich zur Nummer eins der Serviererinnen es gab Gäste die nur meinetwegen kamen Stammgäste die meine Kunden waren und mich zärtlich ... Frau Eliška nannten und wenn sie etwas tranken fragten sie mich ob ich auch ein Gläschen mittrinken wolle Ich stieß mit meinen Gästen an nippte am Glas und tanzte dann wieder zu einem anderen Tisch mein Traum La Jana zu werden eine Tänzerin die im Varieté Furore machen würde war ja nicht zerronnen ... hier machte ich was ich gerne tat hier konnte ich anwenden was ich vor Jahren in der Ballettschule gelernt und scheinbar längst vergessen hatte dabei hatte es in mir nur geschlummert und war nun wieder zutage getreten ich hatte mich zuletzt dann doch geschämt daß ich Varietétänzerin hatte werden wollen ich hatte nicht das Zeug zur Profitänzerin tanzte nur so wie ich Klavier spielte es hatte mich immer viel Mühe gekostet und fehlerfrei konnte ich nie spielen ... Doch war ich auf dem Weg als Serviererin eine echte Nummer eins zu werden hier im Grill stand ich jeden Tag acht bis zehn Stunden auf einer kleinen Bühne schön gekleidet und immer hübsch frisiert tanzte ich mit Tellern und Tellerchen zu meinen Gästen und dann wieder zum Ausschank und zur Vitrine in der sich unablässig neun Hendl drehten ... Und als mein Mann mich das erste Mal hier sah erschrak er und war zunächst einmal entsetzt

Und ich wußte sofort daß dies ein gutes Zeichen war daß es mir gut stand irgendwie sah er mich an als sähe er mich zum ersten Mal irgendwie verliebte er sich in mich   Erst an dem Tag als er die Türklinke in der Hand dastand und zögerte ob er vor mir davonlaufen sollte und ich ihn am Arm packte und zu

Borek und Boženka führte da hatte ich den Eindruck daß ich seine Kräfte überforderte denn umgeben von den fragenden und neugierigen Blicken der Gäste schien ich ihm hier ganz anders als er mich kannte dort in Libeň verhielt ich mich nämlich immer wie das Aschenbrödel denn solch eines war ich als mein Mann mich kennenlernte eine unglückliche Frau die aus unglücklicher Liebe Hand an sich legen wollte er hatte den Eindruck mich durch die Heirat gerettet zu haben dadurch daß er mir seinen schützenden Namen und einen festen Wohnsitz schenkte mein Mann ließ mich das auch spüren doch jetzt im Grill des Hotels Palace in diesem Luxusgrill aus Glas im hübschen schwarzen Kleid und mit der weißen Schürze und dem diademartigen Krönchen im Haar jetzt sah ich wie die Rollen vertauscht wurden wie betroffen mein Mann war daß ich begehrenswert und schön war jetzt fühlte er sich gedemütigt nun war ich diese Parisertorte mit Schlagobers meine Tante hatte recht behalten ich hatte das alles durchmachen müssen so viele Jahre hatte ich ein Erdäpfelknödel sein müssen um mich schließlich in diese Parisertorte zu verwandeln Seit der Zeit als Serviererin war mein Mann in mich verliebt eigentlich weniger in mich als in meine Kleidung in die Tatsache daß ich Serviererin war er schleppte alle seine Freunde hierher damit sie durch die Glasscheiben einen Blick auf mich werfen konnten sie kamen niemals herein und ich sah wie seine Freunde mich in der Dämmerung anschauten daß mein Mann auch dort stand und sie über meine Biographie aufklärte und jetzt führte er sogar vor wie ich mit schwingenden Tanzschritten die Teller mit den heißen viertel und halben Hendl auftrug wie ich die Reste von den Tischen räumte und mit dem Messer die Knochen zusammenkratzte die dann von alten Frauen für ihre verirrten und gefundenen Hündchen und Kätzchen abgeholt wurden die sie in Gassen Kellern Parkanlagen gefunden hatten

So wurde ich langsam aber sicher auch bei meinem Mann die Nummer eins er fühlte sich durch meinen Beruf geehrt er war stolz darauf daß ich Serviererin war in seinen Augen war das der schönste Beruf den eine Frau haben konnte er sagte mir daß er Kellnerinnen von jungen Jahren an gemocht habe er fühlte sich geehrt wenn er sich in Kneipen mit Damenbedienung aufhielt diese Frauen waren immer nett zu ihm und wenn sie vor den anderen Gästen einige Worte mit ihm wechselten setzten sie sich sogar für einen Augenblick zu ihm er hätte nie zu hoffen gewagt eine Serviererin zur Frau zu bekommen die sich anzuschauen seine Freunde losgehen würden eine Serviererin um die sich andere Männer bemühten mit der sie sich wenigstens zu verabreden suchten eine Frau die diese Rendezvous jedoch stets dankend und lachend ablehnte nie hätte er zu hoffen gewagt daß eine solche Frau seine Ehefrau sein werde Mein Mann wartete gern auf mich wenn meine Schicht zu Ende war der Ober Borek forderte ihn auf er solle doch im Lokal Platz nehmen mein Mann lehnte jedoch dankend ab und ging vor den erleuchteten Fenstern des Grills auf und ab Boženka hatte die Vitrine des Grills längst saubergewischt wir hatten die Salate und die Beilagen schon lange im Kühlfach verstaut nur der Ober Borek saß noch da und rechnete die Einnahmen des Tages zusammen ich wusch mich im Nebenraum zog mich um nahm mein Schirmchen und der Ober Borek gab mir und den Mädchen immer die Hälfte der Trinkgelder und wenn ich auf die Heinrichsgasse hinaustrat hakte sich mein Mann bei mir unter und wir spazierten über den Wenzelsplatz ich schritt aus und stützte mich rhythmisch auf mein Schirmchen manchmal borgte mein Mann es sich aus also flanierten wir unter den Linden dahin genehmigten uns dann mit großem Genuß ein letztes Pilsner und beim Pinkas fand ich Gefallen daran wenn der Pikkolo aus dem Keller geschossen kam in jeder Hand sechs Krügerl trug und sie auf die Ablage knallte Mein Mann nahm zwei Gläser schmierte sich wie bei einem Ritual etwas Schaum auf die Stirn und nahm dann einen Schluck während ich das ganze Glas immer in einem Zug leerte Einmal als ich mein Bier trank und mein Mann sich mit diesem Schaum auch noch die Wangen und das Haar vollschmierte als ich dem Pikkolo zulächelte der an seinem freien Tag immer zu uns kam und ein ganzes Hendl verspeiste da sagte dieser Pikkolo ... Frau Eliška wollen Sie mal was sehen? und ich erwiderte herzlich lachend ... Natürlich und mein Mann auch! Der Pikkolo zeigte mit dem Finger seines in der Hüfte abgewinkelten Arms ... Das ist Ihr Mann? wer hätte das gedacht und da kennen wir uns schon so viele Jahre Der Pikkolo stand auf der Treppe und schnalzte mit den Fingern vermutlich hatte er auch schon einen sitzen ich stieg mit meinem Mann ihm hinterher in den Keller hinunter dort zapfte der Schankbursch in einer weißen Plastikschürze Bier und auf der feuchten Erde standen die Doppelliter in die durch durchsichtige an der Decke befestigten Röhren mit Nadelspitzen Bier tropfte... Der Schankbursch rief... Aber Frau Eliška das sind mir Gäste... er streckte mir seinen Ellbogen hin zapfte weiter und lächelte ein junger Mann mit dichtem schwarzen Haar Frau Eliška wo kommen Sie denn her... Der Pikkolo lachte... Frau Eliška ist mein Gast... Frau Eliška das hier ist das letzte Paradebier von Prag es hat die gleiche Temperatur wie im Faß sieben Komma sechs Frau Eliška was für einen guten Katholiken Rom was für einen guten Kommunisten Moskau ist das ist für einen guten Biertrinker Pilsen Es würde sich aber jeder irren der annähme das Zentrum der Pilsener Welt läge in Pilsen oh nein es liegt in Prag und in Prag beim Pinkas hier bei uns ist das Bier Nummer eins das Meisterbier der Welt... Der Schankbursch gab mir ein Glas ich neigte mich vor mit der einen Hand hielt ich das Schirmchen fest dessen Spitze in der feuchten Kellererde steckte und ich trank und trank der Schaum lief mir rechts und links am Mund herunter und der junge Schankbursch band seine Schürze los hängte sie auf dann drehte er den Zapfhahn zu und legte eine weiße Serviette darüber... Und er brach auf seinem Stuhl fast zusammen eine Weile sah er um sich die lange Schicht über hatte er hier gestanden und dieses Bier Nummer eins das beste Bier der Welt gezapft die Gläser ausgespült und die Köstlichkeit gekostet um sich zu vergewissern wie unendlich gut dieses Bier war Ich kannte das auch ich brach nach meiner Tanzschicht fast immer zusammen ich wußte keiner nicht einmal mein Mann verstand was es hieß den ganzen Tag in Bewegung zu sein oder dazustehen was es bedeutet hatte auf dem Hocker in der Küche zu sitzen im Qualm und Rauch angebrannter Soßen und was es heute hieß mit den vollen Tellern hin- und mit den leeren Tellern und den Resten zurückzutanzen... also blickten wir uns irgendwie an der Schankbursch zuckte mit den Schultern und lächelte traurig ich lächelte ihm zu und wir verstanden einander verstanden einander gut... Der Schankbursch sagte nur... Wer begreift das schon? Mein Mann stand da er hatte kein Bier bekommen er fühlte sich beiseite geschoben und betrogen... Hier unten beim Pinkas begriff ich etwas das ich bisher nur gelesen oder im Radio gehört hatte... den Klassenblick... auf irgendeine Weise gehörte ich schon jahrelang der Klasse der Pikkolos Serviererinnen und Kassiererinnen an sie alle lächelten während der Schicht und tranken schrecklich viel Kaffee und Alkohol aber sie lächelten und wenn die Schicht zu Ende war brachen sie fast zusammen als Kassiererin war ich fast gekocht worden in dieser Küche und jetzt schwächte mich der Tanz mit den Tellern und all dem andern im Hotel Palace wenn die Hendl und alles weitere die Wendeltreppe hoch aus dem Keller gebracht wurde und wenn der Gast im Restaurant Backhendl wünschte mußte ich mit dem Tablett über die Wendeltreppe zwei Stockwerke hinauf ins Restaurant genauso wie dieser Schankbursch der zwölf Stunden lang sein berühmtes Pilsner Pinkasbier zapfte genauso wie dieser Pikkolo der gerade noch zwölf Krügerl auf einmal getragen hatte und dessen Storchenbeine mit dieser Last zum zweihundertsten zum tausendsten Mal über die feuchten Stufen nach oben stiegen wo er nur mit Müh und Not vor Müdigkeit nicht umfiel...

Vladimír war mit Tekla zu seiner Mutter gezogen und Jirka Šmejkal hatte den riesigen Kellerraum diese ehemalige Werkstatt wieder geweißt doch der große Raum rief in ihm jetzt ganz andere Assoziationen wach   Liebend gern saß er mitten in dieser leeren Halle er hockte auf einem Stuhl und zeichnete winzige Käferchen klitzekleine Insekten auf winzige Kupferplättchen weshalb die Graphiken noch kleiner waren als seine mit den Schmetterlingen   Er hatte Helenka längst vergessen wie auch die Tatsache daß mein Mann ihm auf seinen Wunsch hin zweimal die Nase eingeschlagen und sie die Bettdecke mit Blut beschmiert hatten und Helenka statt gerührt zu sein ihn schrecklich beschimpft hatte vielleicht war es gut so denn seit dieser Zeit war Jirka in sich gekehrt   Er hatte mit einer geschiedenen Frau angebändelt die um viele Jahre jünger war als er doch genauso klein und ebenso gern Bier trank   Dieses Biertrinken brachte sie einander näher die beiden tranken beim Vaništa so viel daß zuerst der Ausschank und dann das ganze Lokal ihnen zuschaute ja es kamen sogar Leute von der Straße herbei   Und Jirka und seine Herzallerliebste tranken schon das fünfzehnte Bier vor Jirka lagen seine Druckplatten und er zeigte seine Graphiken den Gästen diese winzigen Käferchen in Lebensgröße an solchen Abenden war er die Nummer eins denn in Libeň ist derjenige die Nummer eins der am meisten Bier trinkt und zudem erzählte Jirka was für Graphiken und wie er sie mache und die Gäste staunten   Und dann gab Jirka jedem Interessenten eine Graphik genau wie Vladimír der keine Kneipe in Libeň oder in Vysočany oder in Žižov verließ bevor er nicht alle seine aktiven Graphiken verschenkt hatte   Und Jaruška Jirkas neue Liebe schmiegte sich an ihn das war ein reizender Anblick wie gut diese Verliebten zueinander paßten und sie schmusten wie zwei Kätzchen   An jenem Abend als Jirka seine Liebe zu später Stunde auf den Pragerhügel begleitete erfüllte ihn plötzlich ein so ungeheuerliches Kraftgefühl daß er drei Prellsteine an der Straße herausstemmte die vom Krejcárek auf den Pragerhügel hinaufführt wie ein Zyklop stand er mit ausgebreiteten Armen dort und nachdem er die Prellsteine hatte fallenlassen schaute er sich um auf der Suche nach etwas an dem er sich nochmals austoben konnte   Unten an der Eisenbahnstrecke lagen alte Gleise solche Schienen Jirka lief hinunter und während seine Liebste oben bei den herausgerissenen Prellsteinen stehenblieb hob Jirka die aufeinandergeschichteten Gleise in bedrohlicher Position wie Kingkong hoch und warf sie um sich herum ... Dann erst kehrte er wieder zur Straße zurück stieg hinauf und hakte sich bei seiner Liebsten unter und begleitete sie irgendwohin hinter die Kohlenlager zum Žižkover Güterbahnhof ... Seine Liebste war Schneiderin und hatte einen kleinen Jungen der aussah als sei er drei obwohl er schon sechs Jahre alt war   Wann immer wir in diesem Atelier zusammensaßen und mit Freude die neuen kleinen Käferblätter anschauten ging Jirkas Verlobte Bier holen mit diesem

Riesenkrug der zehn Liter Smíchover Zehngrädiges faßte Und alle fünfzehn Minuten konnte Jirka diesen kleinen Jungen nicht mehr entdecken er war abhanden gekommen und nicht wieder aufzufinden... als ob die Katze oder der Wellensittich oder die Schlüssel oder die Brille in der Wohnung verschwinden und so waren Jirka und seine Verlobte ganz entsetzt und mußten in die Riesenpresse hineinkriechen sie schauten sogar hinter den Fensterläden und unter den Bettdecken nach... und suchten dieses winzige Kind nicht etwa aus Angst es könnte verlorengegangen sein vielmehr litt dieses Kind an der Krankheit alles austrinken zu müssen was in Reichweite stand Und so war es in der Tat kaum war es ihren Blicken entschwunden soff es Bier und wenn sie nicht eingeschritten wären hätte dieses kleine Kind die zehn Liter Bier ausgetrunken ein andermal als Jirka seiner Verlobten Feldblumen von einer Wiese am Ufer der Berounka wo sein Vater wohnte mitgebracht hatte da zog dieses Kind den Strauß aus der Vase und schlürfte das ganze Wasser aus drei Liter samt den verwelkten Blättchen... Dann heiratete Jirka und es fand eine Hochzeit im Hause statt mein Mann und ich waren auch eingeladen und zur Feier kamen Jirkas Verwandte und die seiner Braut ich lernte seinen Vater kennen der Schmetterlinge fing und den Jirka schon jahrelang malte Woche um Woche wurde das Bild um einen Schmetterling größer indes der abgebildete Vater in der Wiese immer den gleichen tiefen Nachmittagsschlaf schlief die eine Hand unterm Kopf und in der anderen ein Schmetterlingsnetz das still neben dem ruhenden Körper lag Und ich sah daß Jirka bei seinem Papa die Nummer eins der Champion der Weltmeister war Er blickte seinen Jirka wie die kleine Statue eines großen Gottes an und mit meinem Mann redete er über nichts anderes als über die leuchtende Zukunft seines Sohnes er war felsenfest davon überzeugt daß sein Sohn ein künftiger Nationalkünstler sei weil er mit seinen graphischen Schmetterlingen und seit kurzem auch mit Käfern schon ganz Prag bedeckt hatte... Und mein Mann spann die Idee weiter er schlug den gleichen Ton an und potenzierte die schöne Vorstellung um zwei so wie Jirka jedesmal wenn er weitere zehn Liter holte zwei Krügerl umsonst kriegte so vergrößerte und verbreiterte mein Mann das Gebiet das Jirka übersäen würde Jirka war heute dreißig und in zehn Jahren würde er mit seinen Graphiken und Schmetterlingen ganz Böhmen bedecken und weitere zehn Jahre später auch noch Mähren die Slowakei würde ausgespart in fünfzig Jahren aber wäre ganz Mitteleuropa mit Schmetterlingen und Käferchen überzogen in jedem Haushalt würde eine Graphik eine von Jirka aus Prag von Jirka Šmejkal eigenhändig unterzeichnete Graphik hängen denn die Welt habe die großen Leinwände mit Landschaften die großen Leinwände mit Schlachten und Darstellungen von historischen Ereignissen satt die Welt würde wieder demütig in der wiederentdeckten Liebe zu der schönen kleinen Welt der Schmetterlinge und Käferchen... Die ganze Familie der Braut trank entsetzlich viel alle litten an der gleichen Krankheit wie dieser kleine Junge den man immer wieder dabei ertappte wie er in der Küche Wasser aus dem Hahn trank oder sogar das Wasser aus dem Waschbecken wenn jemand sich die Hände gewaschen hatte dieses Seifenwasser schien durch ihn hindurch im Boden zu versickern als wäre er löchrig nie hatte dieses Kind einen aufgeblähten Bauch es war ganz normal und das Wasser verschwand in ihm als fließe es direkt in ein Kanälchen ab   Also hatte Jirka außer diesem winzigen Kind mit dem riesigen Durst auch noch die Familie seiner Braut geerbt alle waren klein wie sie hatten jedoch den gleichen großen Durst wie Jirka   Und Jirka erheiratete sich auch noch oberhalb von Schreckenstein an der Elbe ein konfisziertes Wochenendhäuschen das früher mal ein Gasthaus war er zeigte uns die Photos und lud uns ein aber nicht einmal mein Mann hatte die Kraft es sich anzuschauen und dieses ehemals sudetendeutsche Gasthaus aufzusuchen denn es war so groß daß man dieses winzige Kind dort oftmals erst nach fünf Stunden ausfindig machte und einmal hatte ein Polizeihund es aufspüren müssen   Jirka zeigte die Photos von dem Gasthaus allen Hochzeitsgästen jedes Zimmer war abgelichtet die Gaststube hatte die Größe seines Ateliers im Keller der Brandopfer Gasse nur mit dem Unterschied daß es in diesem sudetendeutschen Gasthaus noch ein Stockwerk mit zehn Zimmern für Kurgäste und unten einen großen Saal gab... Und Jirka redete begeistert es hörte ihm jedoch keiner zu alle Hochzeitsgäste unterhielten sich über Rekorde wie wann und wer aus der Familie sich im Trinken ungeheurer Mengen Bier ausgezeichnet hatte nur sein Vater mein Mann und ich lauschten andächtig schon deshalb weil Jirkas Gigantomanie monströse Ausmaße angenommen hatte er sagte und zeigte auf diesen Sudetensaal daß er dort erst sein richtiges Atelier einrichten und alles hinauswerfen wolle damit der gesamte Saal leer sei und er werde noch eine gigantische Presse dort aufstellen damit er wenn die Inspiration über ihn käme weitere Graphiken mit Schmetterlingen und Käferchen in Lebensgröße pressen und durchs Räderwerk jagen könne und wir sollten uns doch vorstellen wie groß dieser Saal sei so groß daß einstmals dort Korbball gespielt wurde und er jetzt gern mit dem Fahrrad in ihm herumradle und die Jungen Flugzeuge an einem Gummiband kreisen ließen ... Allmählich wurde es dunkel und die Augen von Jirkas Vater schimmerten in der untergehenden Sonne feucht vor Rührung drei braune Steinkrüge gingen von Hand zu Hand und jeden Augenblick eilte die Braut hinaus um einen weiteren Krug herbeizuschleppen sie schleifte ihn mit dem Boden fast über die Erde sie hielt den Henkel unmittelbar neben ihrem Ohr über dem noch immer das weiße Hochzeitshütchen mit einem gräflichen Krönchen aus Kunstperlen und einem kleiner Schleier schwebte den die Braut sich immer wieder aus der Stirn pustete ... Wir verabschiedeten uns und blieben noch auf dem Flur stehen Jirkas Vater sagte uns wir hätten ihm wieder Kraft gegeben er habe schon gedacht aus Jirka werde nie eine Nummer eins er werde sich irgendwo im Mittelfeld der graphischen Champions bewegen doch nach dem Gespräch mit meinem Mann habe er wieder den Mut zu glauben daß Jirka es schaffen werde und wie mein Mann gesagt habe die Nummer eins in europäischer Graphik sein werde ... wir wollten gerade Auf Wiedersehen sagen als der Bräutigam aus der Wohnung torkelte und verkündete ... Immer weiter so ... Doktor geben Sie acht in dieser großen Werkstatt! Eine acht Meter lange Leinwand fast über die ganze Wand hinweg wie hoch ist sie eigentlich? Eine etwa zwei Meter hohe Leinwand und mein Lebenswerk wird mein Vater sein sechs Meter lang in liegender Position auf dem Bauch wie ein angeschossener schlafender Soldat und dann nur noch eine Wiese eine Blumenwiese vor der Mahd nicht Grummet sondern Heuernte und rundherum werde ich alle Schmetterlinge malen die es in Böhmen gibt viele hundert flatternde Schmetterlinge... nur in einer Ecke des Bilds wird es einen Bach geben und mein Söhnchen das ich erheiratet habe wird den ganzen Bach leersaufen alles was der Bach anschwemmt alles verschwindet von meinem Söhnchen weggeschluckt... Mag er auch unsterblich sein er säuft uns das Wasser weg also her mit ihm! Ich werde ihn durch dieses Saufen in den Himmel heben so wahr ich bin Mein Mann nahm die dargebotene Hand und sah Jirkas Vater an der sich Tränen der Begeisterung abwischte und mein Mann sagte

Kalligraphisch... Und ich wunderte mich über gar nichts mehr er war ganz schön verrückt geworden genauso wie Vladimír auch Vladimír konnte nicht mehr ohne seine Tekla sein er fing schon an um sie zu fürchten er wünschte sich nichts sehnlicher als daß sie ihm vom Volksausschuß zugesprochen werde

Und wie auch die aktive Graphik für ihn das Höchste gewesen war wurde nun seine Liebe für ihn eine Frage von Leben und Tod Er kam immer strahlend zu uns nach Libeň an den Damm zur Ewigkeit meinen Mann nahm er nicht mehr ernst dafür war ich jetzt Gegenstand seiner Vorliebe geworden Junge Frau fing er schüchtern an Sie sind eine Frau und verstehen mich... Wissen Sie wenn die Meine ihre Dinge hat... Sie wissen doch was diese Dinge sind? Ich nickte und wurde unruhig Da bin ich aber froh wissen Sie wenn Tekla ihre Dinge hat muß ich dabeisein ich muß sie pflegen verstehen Sie ich bin ihr Verlobter und als Verlobter und künftiger Ehemann muß ich alles von ihr wissen und alles sehen! Also wechsle ich ihr in Würde die Binden ich pflege sie die drei Tage lang ich wasche sie und wickle sie wieder weil ich der Meinung bin daß ein verliebter Mann das Recht darauf hat... Rief jetzt Vladimír weil ich ihn anstarrte und ihn nicht aus den Augen ließ mein Mann saß da stand dann auf und schaute zum Fenster hinaus er stützte die Hände auf den Spiegel irgend etwas auf dem Dach dort interessierte ihn ungemein er kam wieder zurück um Holz nachzulegen und ich wußte was Vladimír gerade gesagt hatte war für meinen Mann bestimmt Vladimír war nur gekommen um es ihm nicht nur zu sagen sondern zu prahlen mein Mann hätte ihn in Stücke reißen können denn mein Mann mochte solche Dinge nicht er genierte sich... Vladimír hingegen lebte auf Vladimír war wieder die Nummer eins weil er mir das so frank und frei erzählt hatte bestimmt fragte er auch Boženka beim Vaništa und die Arbeiterinnen in der Fabrik aus er besudelte mit diesen Dingen mit dieser intimen Frauengeschichte so viele Menschen wie möglich denn eines hatte ich sofort erkannt eigentlich war er zum ersten Mal so richtig verliebt zum ersten Mal konnte er mit seinen Händen eine Frau berühren der das guttat da sie ihn ebenfalls mochte... als Tekla es war im Winter ihren Beruf wechselte und Straßenbahnschaffnerin wurde da ging Vladimír Tekla im Depot abholen und wann immer es möglich war fuhr er so lange mit ihr hin und her bis die Straßenbahn wieder im Depot verschwand oder Tekla von einer anderen Schaffnerin abgelöst wurde und in dieser winterlichen Zeit trug Vladimír lediglich einen zerrissenen Pullover und ein dünnes Mäntelchen auf dem bloßen Körper er bibberte vor Kälte wann immer er zu uns gelaufen kam wärmte er sich die Hände über den heißen Ofenplatten und mein Mann legte kleingehackte Schränke nach jede Woche erstand er einen neuen im Trödelladen in der Novákstraße und wenn sich Vladimír aufgewärmt hatte sagte er aus heiterem Himmel zu meinem Mann... Schauen Sie Doktor ich habe im Trödel in der Altstadt vorzügliche Morgenmäntel gesehen Ausschußexport für die Türkei möchten Sie sich nicht einen kaufen er würde Ihnen blendend stehen was sag ich da korrigierte er sich er würde Ihnen nicht nur blendend stehen er würde vortrefflich zu Ihrer augenblicklichen mentalen Situation passen... sagte er und ich sah wie mein Mann betroffen war gern hätte ich das Geheimnis entdeckt wie man meinen Mann mit ganz gewöhnlichen Sätzen treffen und so herrlich verletzen konnte wie das Vladimír verstand... Ich sagte... Vladimír warum sind Sie so leicht gekleidet? Vladimír zog sein Mäntelchen aus und tat als sei ihm heiß doch hatte er den Mantel nur ausgezogen damit auch mein Mann sah daß Vladimír auf bloßem Körper einen Pullover voller Löcher trug... mit winselnder Stimme sagte Vladimír Junge Frau Sie verstehen mich doch wenn mein Mädchen als Schaffnerin im frostigen Sturmwind herumfahren muß und vom Herumstehen auf dieser offenen Plattform schon jetzt verkühlte Eileiter hat soll ich da etwa zuschauen? Soll ich im Morgenrock zu Hause sitzen und warten bis sie zurückkommt oder Pelzmantel und Pelzmütze nehmen und sie abholen gehen wenn sie ihre Schicht hinter sich hat? Ich würde schrecklich leiden wenn ich allerdings so friere wie sie wenn ich am eigenen Leib erlebe was sie während der Schicht erleidet dann bin ich glücklich daß sie fürs Volk friert und ich für sie friere wir beide frieren grauenhaft können aber nicht ohne den anderen leben also haben wir uns gesagt einer darf ohne den anderen nicht erfrieren... Sagte Vladimír und ich sah wie mein Mann sich bückte und wieder Holz nachlegte und dann ging er über den Teppich ins Nebenzimmer nahm ein großes Messer trat vor die Tür und wetzte es im Hof an einer Treppenstufe und Vladimír stand immer noch da mit seinen endlos langen Armen und den gespreizten Fingern die wie Schwimmhäute aussahen er wärmte sich immer noch die Hände und überlegte wie er dieses Mädchen das er liebte und das an diesem eisigkalten Tag als Schaffnerin mit der Straßenbahn herumfuhr noch mehr an sich binden könnte und als mein Mann zurückkam und am Fenster die Schärfe des Messers mit dem Finger prüfte er liebte geschliffene Messer und hatte daher jede Woche einen anderen Finger verbunden da fuhr Vladimír fort... Junge Frau wissen Sie ich bin nicht imstande mir einfach irgendwas auszudenken ich muß alles was ich mache vorher am eigenen Leib erlebt haben ich muß es durchleben muß es mit meinem Blut zu einem Erlebnis verarbeiten seit der Zeit da die Meine mit der Straßenbahn herumfährt und von dieser Zugluft und dem Gerüttel entzündete Eileiter hat tun mir beide Nieren weh was soll ich dagegen tun? Ich lächelte und sagte... Diese Nieren Herr Vladimír das kommt von der Zugluft auf der Straßenbahn von diesem Gerüttel und es wird Ihnen erst dann wieder gutgehen wenn Ihre Tekla die Kündigung einreicht oder sich krank schreiben läßt... Vladimír hörte mir aufmerksam zu zog langsam seinen Mantel an und sagte... Es wird was dran sein Die kommunizierenden Gefäße der Hysterie Am besten wäre es wenn sie gravide wenn sie schwanger wäre wenn wir ein Kind hätten! Und mein Mann schrie aus heiterem Himmel... Sakra noch mal Vladimír! Das ist die erste Erzählung die Hemingway geschrieben hat ... er fährt mit seinem Vater der Arzt war zu einer Indianerin die gebären soll kümmert sich um diese Frau und hilft dem Kind auf die Welt ... dann hebt Hemingways Vater die Decke vom Lager hoch ... und da liegt dort ein durchbohrter Indianer mit einem Metzgermesser hatte er sich selbst erstochen weil er diese mit seiner Frau gekoppelte Spannung nicht mehr aushalten konnte sakra und Sie würden eine Geburt ebensowenig überstehen! Vladimír neigte den Kopf vor sein eiförmiger Schädel schien noch edler und er sagte verächtlich ... Dann würde ich mich eben erstechen und hätte ein totales Erlebnis vor allem würde ich aber nicht im Morgenrock zu Hause hocken und bis zur Bewußtlosigkeit lesen was andere erlebt haben ... Doktor! Im Trödelmarkt ist billiger Ausverkauf für die Türkei! Sagte Vladimír siegesgewiß und mein Mann stand da wie das verkörperte Elend und plötzlich hob er den Blick und rief mit breitem Lächeln ... Vladimírek wissen Sie wer außer Ihnen prachtvolle Epilepsie hatte? Der Prophet Mohammed und der Schriftsteller Dostojewski Die gleiche königliche Aureole! Doch aufgepaßt! Der Anfall darf nicht länger als dreißig Sekunden dauern! Und keine Schlinge! Der angenehmste Tod ist der Tod durch Ertrinken ... Phönizischer Seemann! Und Vladimír stand da wie ein vom Blitz getroffener Turm mit einem Sprung war er beim Herd aber ich stellte mich ihm in den Weg breitete die Arme aus und rief ... Daß Sie sich unterstehen Vladimír diesen Herd noch einmal hinauszutragen wenn Sie sich erdreisten werde ich mein Lebtag kein Wort mehr mit Ihnen reden! Und Vladimír lief auf den Hof hinaus und biß sich in die Zunge draußen schneite es und Vladimír lief baren Haupts die Stufen hinunter sein Kopf verschwand und jetzt wußte ich daß Vladimír in seiner Verliebtheit ein Weltmeister und ein schöner Rappelkopf war ich wußte es und nickte zustimmend so mußte es sein ... Und dann waren mein Mann und ich in Hochzeitskleidern bei Vladimírs konventioneller Hochzeit im Žižkover Rathaus und alle Hochzeitsgäste waren konventionell und die Beamten waren ebenfalls alle konventionell die Rede war konventionell und dann kam das konventionelle Überstreifen der Eheringe und Vladimír war der konventionellste Bräutigam den ich je gesehen hatte diese Hochzeit verwirrte ihn völlig er konnte sein großes Glück noch immer nicht fassen dieses große Glück daß er eine so konventionelle Braut hatte ehelichen dürfen die in so konventionellem Glück erstrahlte... und dann kam ein konventionelles Auto und dann noch eins und noch eins und dann ein konventionelles Hotel am Wenzelsplatz und ein konventioneller Salon und dann ein konventionelles Essen das konventionelle Löffeln der Suppe aus einem Teller und das konventionelle Photographieren die konventionellen Tränen und die einzige Nichtkonventionelle war Vladimírs Mama sie sah aus wie eine ehemalige Basketballspielerin und sie glich Vladimír so sehr als wäre sie seine Schwester und die Familie der Tekla Holenyová ging mir furchtbar auf den Wecker sie war auch konventionell aber anders so wie wohlhabende Leute eben konventionell sind und man konnte ihnen sofort ansehen daß sie einst Grafen waren und sich zu benehmen wußten... ich ließ Vladimír nicht aus den Augen und er enttäuschte mich er war so konventionell so kleinbürgerlich und so ein konventioneller Ehemann der imstande wäre für ein einziges konventionelles Lächeln seiner konventionellen Ehefrau sich von seiner aktiven Graphik loszusagen der hier in diesem konventionellen Salon am Wenzelsplatz bar seines Willens ohne seine Ironie dasaß er war nur noch eine konventionelle Puppe aus einem konventionellen Schaufenster... Und schließlich verschwanden die Frischvermählten am Nachmittag... und fuhren los zu ihrer konventionellen Hochzeitsreise...

Manchmal spazierten mein Mann und ich zusammen der Sonne nach bis zum alten Hafen von Libeň auf der anderen Seite des Flusses wo das alte Hausboot langsam verrottete wo am Ufer große Eichenkisten für die Fische aufeinandergestapelt standen die an diesem Flußarm zu Weihnachten und dann zu Ostern verkauft wurden   Hier lag mein Mann gern auf einer Decke in der Sonne hier hatte er gern mit Vladimír gebadet und hier hatte Jirka Šmejkal dieses Hausboot und die langen Schiffe gezeichnet in denen im Winter wunderbar duftende Äpfel lagerten hier war mein Mann von Buben umgeben die ihm keine Beachtung schenkten und er tat als ob auch er sie nicht beachtete dabei entgingen ihm keine einzige Bewegung kein einziger Schrei kein einziges Wort... Dort fühlte sich mein Mann glücklich weil hier früher einmal ein Hafen war und der von alten Akazien gesäumte Weg der bis nach Karolinenthal und dann stromaufwärts bis zum Tirolerhof führte wo das verlassene längliche Gasthaus Moldauer stand von dem mein Mann sagte daß dort an Wochenenden bis zu zweihundert Gäste waren weil die Prager gerne ihre Familienausflüge hierher machten Ich hatte hier allerdings nur einmal gebadet denn als ich aus dem Wasser stieg lag auf meiner Schulter ein ekelerregendes Präservativ angewidert warf ich dieses Zeugs weg mein Mann wieherte und die Buben die auf dem Hausboot saßen lachten ebenfalls und pinkelten ungezwungen in einer großen Sichel vom Hausboot ins Wasser und ich sah auch einige Male wie diese Buben mit ihren Pimmelchen spielten und einer den anderen anfeuerte und mein Mann schaute woandershin sah aber alles sehr wohl und schritt nicht ein und wie er mir sagte fand er das gut denn als er klein war hatte auch er mit seinem Pimmelchen gespielt und er bedaure es daß er es nicht auch heute noch tun könne... Und dann erzählte er mir von einer alten Frau die in der Libener Schwabenstraße wohnte sie hieß Salzmann und lebte davon daß sie in der Umgebung des Straßburger Hofs dort an den Abhängen beim Zaun rund ums Holzlager und in der Sonnengasse am Morgen die weggeworfenen Präservative in ein Eimerchen einsammelte und auch hier beim ehemaligen Hafen fischte sie die Präservative aus dem Wasser und zwar mit einer Stange manchmal brachten ihr auch die Buben Präservative die dazu extra hinausschwammen und dann wusch die alte Salzmann all die Präservative aus dem Eimerchen auf einem Waschbrett in Waschtrögen am Moldauufer unter den Akazien und nachdem sie sie umgestülpt hatte wusch sie sie nochmals liebevoll und ließ sie dann auf einem Leintuch trocknen und bestreute sie mit Reismehl oder Reispuder steckte sie dann auf Kochlöffelstiele rollte sie danach wieder zärtlich auf und legte sie in kleine duftende Umschläge in rosa-

rote oder himmelblaue Umschläge wie für Liebesbriefe und am Abend verkaufte sie diese Präservative mit Rabatt den Fräuleins und den Prostituierten im Straßburger Hof und den Flittchen aus der Stehbar La Paloma und den Nutten die vor dem Hotel Nitra standen in dem es Zimmer gab die man für ein oder zwei Stündchen mieten konnte... und ich lag auf der Decke in der Sonne und mir war sterbensübel ich lag auf dem Rücken und beschattete die Augen mit der Hand und wollte meinen Augen nicht trauen... über die Brücke rasten rasselten donnerten die Straßenbahnen es gingen Passanten darüber und hier auf dem Boden des Hausboots lagen Buben und spielten mit ihrem Pimmelchen manchmal kamen auch kleine Mädchen hinzu und die Buben spielten mit ihnen Doktor sie legten die Mädchen auf den Boden des Bootes der von der Seite nicht einzusehen war betrachteten sie und spielten mit den kleinen Fötzchen und mein Mann schaute woandershin sah aber alles genauso gut wie ich und er war keineswegs empört er lächelte denn er hatte wie er mir erzählte mit den kleinen Mädchen dort jenseits der Elbe auch gern Doktor gespielt und sich nicht an den Fötzchen sattsehen können genauso wie die kleinen Mädchen sich nicht an diesen Pimmelchen sattsehen konnten... Heute lagen wir also wieder einmal hier und mein Mann fing plötzlich an zu erzählen wie er dort in jenem Häuschen in Židenice die Begräbnisse vom Fenster aus beobachtet hatte als er mit seinen Eltern dann aber in Polná lebte habe er an jedem Begräbnis teilgenommen er sei als einer der Leidtragenden im Trauerzug mitmarschiert
In einem roten Mäntelchen mit goldenen Knöpfen und einem Hut mit Federbusch habe er sich in jeden Leichenzug gleich hinter die trauernde Familie eingereiht Wenn sie weinten weinte auch er und schritt mit diesem Zug dahin weil er die Trauerkapelle liebte die goldenen Trompeten und die Flügelhörner und die Baßtuben und die schwarzen Klarinetten und er liebte den schwankenden Schritt des ganzen Zugs wie alle auftraten und die schweren Schuhe abwechselnd mit der linken dann mit der rechten Sohle aufsetzten und der ganze Leichenzug wankte im Rhythmus der wehklagenden Musik und alles glänzte in der Sonne daß einem Tränen in die Augen traten der Zug bog in den Friedhof ein die Musik spielte weiter sie war

schon stehengeblieben und die Leute und mein Mann damals noch ein kleiner Bub gingen an dieser wehklagenden funkelnden Musik vorüber und versammelten sich ums Grab und der Priester und die Ministranten standen am Kopfende des Grabs und die Leidtragenden bildeten einen Kreis um das Grab herum und der schwarze Sarg ruhte auf zwei Brettern und die Angestellten des Bestattungsinstituts hatten als sie den Sarg vom Wagen hierher trugen auch die Kränze mitgebracht dann war es still und der Priester hielt eine Predigt schließlich redete noch ein Mann im schwarzgestreiften Anzug und alle Begräbnisteilnehmer standen barhäuptig da und mein Mann fuhr jetzt am Ufer des ehemaligen Hafens in seiner Erzählung fort... auch ich setzte den Hut ab und weinte wie diese gebrochenen Verwandten deren Gesichter man nie sehen konnte da sie alle in schwarze Tücher gehüllt waren und dann besprengte der Priester den Sarg mit dem Weihwedel den ein Ministrant ihm reichte und einer gab mit einem weißen Tüchlein ein Zeichen die Kapelle begann zum Abschied ein Trauerlied zu spielen und die vier Angestellten die wie Marschalle gekleidet waren packten die Tragriemen und ließen den Sarg langsam in die Erde hinunter und die Familienangehörigen diese schwarzen Gestalten gerieten in Bewegung als wollten sie sich auf den Sarg stürzen als wollten sie dem Toten hinterherspringen dann war es still und man konnte Schluchzen Schreie Klagen hören und immer brach eine dieser schwarzen Gestalten zusammen und mußte von zwei anderen schwarzen Gestalten gestützt werden und der Priester warf etwas Erde in die Tiefe mit einer Schaufel die der Totengräber ihm gereicht hatte dann gingen wir einer nach dem anderen am Grab vorbei und warfen eine Schaufel Erde hinein und die Erde trommelte auf den Sarg und als erster ging der Priester weg und nachdem er den Hinterbliebenen nochmals die Hand gedrückt und ihnen etwas zugeraunt hatte liefen die Begräbnisteilnehmer ebenfalls auseinander die Musik hatte sich schon vor dem Friedhofstor aufgestellt und die Totengräber steckten das Geld in die Tasche und ich setzte mir den Hut auf und mit rotgeweinten Augen stand ich dann neben der Trauerkapelle und wenn die Teilnehmer sich wieder hinter ihr eingereiht hatten schmetterte diese Kapelle die eben noch einen

Trauermarsch geblasen hatte einen Parademarsch und alle Begräbnisteilnehmer alle die ins Städtchen zurückkehrten schritten fröhlich im Gleichschritt aus und die Trompeten und die Hörner und die Baßflügelhörner funkelten im Sonnenlicht und so wie wir weinend zum Friedhof geschritten waren gingen wir jetzt frohen Muts in die Kneipe wo auf den Verstorbenen getrunken wurde alle unsere Tränen versiegten wir schauten einander an lächelten und wie vor dem Friedhofstor stand die Trauerkapelle jetzt auf dem Marktplatz vor der Kneipentür und spielte lustige Liedchen und einer hinter dem anderen betraten wir die geheizte Kneipe zuletzt schlüpfte auch die Kapelle hinein die Musikanten nahmen an einem Tisch Platz und ich saß bei jedem Begräbnis mit ihnen zusammen ich war nämlich so eine Art Gemeindekind und jeder mochte mich weil er glaubte ich sei der schwachsinnige Dorfjunge... Und über die Brücke von Libeň ratterten die Straßenbahnen wir lagen im Gras neben dem Hausboot und die Buben badeten in diesem ekelhaften Wasser immer wieder tauchten sie in dem Fluß unter und schwammen bis zu den Seilen an denen die Schiffchen an Bohlen vertäut lagen und dann schwammen sie wieder zurück immer und immer wieder... und wenn die Sonne dann mit voller Macht herunterbrannte und es heiß und schwül wurde waren diese Buben ganz violett sie kauerten sich hin bibberten und klapperten mit den Zähnen und es wurde ihnen einfach nicht mehr warm obwohl sie sich mit Decken und dann auch noch mit ihren Jacken und Hemden zudeckten... kaum aber fühlten sie sich wieder wohler drängte es sie von neuem ins Wasser sie sprangen vom Hausboot das halb im Wasser lag und planschten so lange herum bis sie abermals vor Kälte zitterten

Mein Mann legte sich neben mich und flüsterte mir ins Ohr... Jetzt ist mir der Konzertmeister von Schraubek in den Sinn gekommen... dort im Smetanasaal gibt es eine Kantine und die Frau des Kantinenwirts hatte schon jahrelang den Schluckauf und konnte ihn einfach nicht loswerden der Kantinenwirt hatte mit seiner Frau verschiedene Ärzte aufgesucht denn wenn sie den Mitgliedern der Philharmonie und anderer Orchester Kognak oder Wein einschenkte kam plötzlich dieser Schluckauf und sie verschüttete den Kognak oder Wein... und einmal schaute der Konzertmeister von Schraubek sie an und sagte Was ist denn das? und der Kantinenwirt winkte ab es handle sich um einen unheilbaren Schluckauf Und der Konzertmeister von Schraubek sagte Ich tät mir das anschauen für ein Fläschchen Kognak könnte ich sie kurieren... und sie gaben sich die Hand und da die Probe noch nicht angefangen hatte nahm der Konzertmeister die Kantinenwirtin die immer noch den Schluckauf hatte an der Hand und geleitete sie in den Saal dort half er ihr aufs Podium und führte sie hinter die Orgel und in dieser musikgeschwängerten Dämmerung zog er plötzlich seinen Pimmel hervor und wie man sich erzählte war seiner wie ein Schürhaken wie ein Kalbsfuß... und er legte ihn in die Hand dieser Kantinenwirtin und sie schrie Jeeeeee! Und fünf Minuten später brachte er die Kantinenwirtin wieder zum Kantinenwirt zurück es vergingen eine Woche zwei Wochen und schließlich ein Monat ohne daß die Kantinenwirtin noch einmal den Schluckauf gehabt hätte und von Schraubek stand für den Preis einer Flasche Kognak im Ruf eines Wunderdoktors... Oder mein Frauchen was da im Nationaltheater passiert ist als gerade die Libussa gespielt wurde bei den Stehplätzen stand ein älterer Herr wie man im nachhinein feststellte ein Ingenieur der hatte die Gewohnheit ab und zu jemandem der vor ihm stand sein schwächliches Glied in die Hand zu legen... und an der Stelle wo Libussa den Ruhm Prags prophezeit legte er sein Glied in die auf dem Rücken gefalteten Hände eines jungen Mädchens und es ertönte der Schrei dieses Ingenieurs der nicht bemerkt hatte daß dieses Mädchen eine künstliche Hand mit einer Federung am Finger hatte bei Berührung zog diese Feder sich zusammen und klemmte diesen unglücklichen Ingenieur ein er schrie man mußte Licht machen und dann sahen es die Garderobenfrauen und holten die Polizei die schließlich auf einen Knopf drückte und die Prothese löste und der Ingenieur wurde des unzüchtigen Auftretens und der Einschränkung persönlicher Freiheit angeklagt denn dieses Mädchen war in jenem Augenblick tatsächlich in seiner Freiheit eingeschränkt... Der schwerwiegendste belastende Umstand dieses Verbrechens aber war daß der Täter es ausgerechnet in dem Augenblick ausgeführt hatte als Libussa den Ruhm Prags prophezeite...

Oder dann ist ebenfalls während der Libussa noch etwas in der Loge passiert... das wird dein Herzchen interessieren Frauchen... Und ich stand auf und packte meine Sachen zusammen und wollte nichts mehr hören ich hatte genug denn auf dem Boden des Hausboots spielten schon wieder zwei Buben mit ihrem Pimmelchen sie hatten sich von der Baderei wieder erholt und ich ging nach Hause und mein Mann trottete hinter mir her ich aber ging geradewegs heim... Und am Abend fuhren wir mit der Straßenbahn über die Libener Brücke zur Cousine um bei ihr ein Bad zu nehmen... das heißt dieses Bad nahm immer ich hätte mein Mann ein Bad genommen wäre er gleich an Angina erkrankt mein Mann wusch sich ohnehin erst wenn ich zu lamentieren anfing und auch dann nur ein Bein und wenn ich weiter lamentierte auch noch das zweite und nahm dann sofort zwei Aspirin vermutlich wäre mein Mann hätte er einmal in der Wanne gebadet sofort an Grippe erkrankt... und als wir mit der Straßenbahn zurückfuhren bekam jemand auf der vorderen Plattform Schluckauf mein Mann stand auf und dort vorn klammerte sich eine Frau an der Stange fest mein Mann drängte sich bis zu ihr vor und ich errötete und stand ebenfalls auf konnte aber nicht verhindern daß mein Mann diese Frau mit dem Schluckauf fragte... Gnädige Frau nichts für ungut aber ich kenne eine Methode wie Sie diesen Schluckauf loswerden... möchten Sie nicht von mir geheilt werden? Und ich drängte mich zu dieser Frau vor und sagte rot vor Scham... Am besten nimmt man ein Stückchen Zucker wir aber müssen jetzt aussteigen... Die Straßenbahn bremste schon und wir sahen die Lichter von der Kneipe Batterien und beim Aussteigen sagte mein Mann so laut zu mir daß die ganze Straßenbahn es hören mußte... du Spielverderberin...

Eines Tages kam Karel Marysko ein Freund meines Mannes uns besuchen er humpelte über den Hof weil er von den vielen Schweinshaxen Gicht bekommen hatte... als ich ihm einen Stuhl anbot wurde er ganz verlegen... und sagte wie aus heiterem Himmel zu mir es wäre wunderbar wenn ich schwanger würde und mich im vierten Monat ausbaggern respektive eine Kürettage machen ließe ... Was fragte ich ganz entsetzt ... Und der Herr Marysko hielt mir einen Vortrag darüber wie die Hormone die Welt in Trab hielten wenn eine schöne Frau schwanger werde gärten diese herrlichen Säfte in der Schwangerschaft und ließen Brüste wie auch Hüften anschwellen in den ersten drei Monaten sei eine solche Frau sehr begehrenswert und die Männer brauchten nicht aufzupassen und man benötige keine Verhütungsmittel keine Präservative ... es sei ganz einfach herrlich mit so einer Frau zu schlafen ... Sie sind nämlich Frau Eliška ein bißchen blaß und vor allem verschüchtert also würde eine viermonatige Schwangerschaft eine Sexbombe wie Liz Taylor oder Marilyn Monroe aus Ihnen machen ... Aber ich bin vorbeigekommen um das Porträt Ihres Mannes der jetzt irgendwo auf der Pirsch ist für Sie zu ergänzen   In jungen Jahren spielte ich mit meinem Vater im Unterhaltungsorchester Karma und ich erinnere mich wie wir auf der Insel in Nymburk spielten und Ihr Mann ein Student damals ein wenig wie Charles Baudelaire sein wollte der sich das Haar hatte grün färben lassen und dann in einem prächtigen Aufzug in die Oper kam und eine ähnlich revolutionäre Tat wollte Ihr Mann vollbringen er ließ sich den Schädel kahlscheren damals war er in Georgine verliebt in eine Schönheit vom anderen Elbufer und ich spielte im Salonorchester den Kleinen Gigolo ... armer Gigolo kleiner Gigolo denke nicht mehr an die Zeiten ... Ihr derart kahlgeschorener Mann war fürchterlich anzusehen er hatte nämlich ein braungebranntes Gesicht und darüber diesen weißen Schädel der so grell strahlte daß alle nur noch auf seinen Schädel schauten und statt glücklich zu sein daß er die Aufmerksamkeit aller provozierte errötete er und seine Georgine wollte nicht mehr mit ihm tanzen und es tanzte der Ingenieur Nevečeřal mit ihr man nannte in Pascha er hatte schönes dichtes Haar blondes lockiges Haar ... und statt sich an seinem kahlgeschorenen Schädel zu erfreuen wurde Ihr Mann schwermütig er schlich sich aus dem Saal und kletterte im Gebüsch auf den Sims der sich zwischen den Fenstern des Tanzsaals entlangzog und mit dem Rücken zur Wand rückte er im Smoking Schrittchen für

Schrittchen bis zum Fenster vor und dort sah er ... seine schöne Georgine tanzte mit dem Ingenieur und lachte Pascha war der beste Tennisspieler des Ruderklubs der beste Athlet der beste Volleyballspieler und er hielt Georgine fest in seinen Armen und Ihr Mann drehte seinen kahlen Schädel und schaute mit dem Rücken an die Wand gelehnt zur Mitte des Tanzsaals auf der Insel er verging fast vor Eifersucht und dank des großen Komplexes den er immer mit sich herumgetragen hat ... Weshalb ich Ihnen all das erzähle? Damit Sie Frau Eliška wissen wen Sie geheiratet haben denn wenn Ihr Mann Liebesgeschichten hatte war immer etwas Verrücktes daran Ihr Mann war damals immer die Schellen-Zehn die Spielkarte auf der ein Bärenführer abgebildet ist der einen Bär an der Kette führt und am Ende dieser Kette ist ein Ring der durch die Nüstern des Bären geführt ist ... Und Ihren Mann haben seine Liebsten immer so an der Nase herumgeführt sie wußten wie man an dieser Kette zerrt die an der Nase Ihres Mannes befestigt war ... Also stand er dort an die Wand gelehnt und schaute wie seine Georgine an der Kette zog und seinen Nasenlöchern weh tat er litt schrecklich und bedauerte es daß er sich das Haar hatte scheren lassen es war doch auch blond und genauso dicht er konnte es nur mit Brillantine bändigen und er hatte Locken die aussahen als wären sie mit Wasserstoff gefärbt ... ich weiß ... seufzte der Herr Marysko und schaute wie mein Mann aus dem Fenster immerzu auf dieses Stück Himmel über dem schrägen Schuppendach ... Wissen Sie so ein Yul Brynner ist für die Frauen ein König ... doch Ihr Mann ohne ein einziges Haar war das Unglück in Person er wurde kleinmütig und trug seit diesem Tag lieber eine Baskenmütze bis ihm die Haare wieder nachgewachsen waren und vergeblich habe ich ihn angefleht er möge doch weiterhin als Surrealist auftreten ... und wegen dieser Haare hat Georgine ihn sitzenlassen ... es ist ihm ergangen wie mir ... Ich hatte mich in eine Metzgerin verguckt und ging nach dem Mittagessen immer in die Hopfenperle gegenüber dem Theater und meine Fee mein Sexualobjekt begrüßte mich mit Was darf's heut' sein Herr Marysko? Und ich bestellte wie jeden Tag fünfzehn Deka homosexuellen Hackbraten Und mit ihrem schönen Haar und ihrem schönen Lächeln nahm sie den warmen Hackbraten sie schnitt mir ein Stück ab und sagte... Ja Herr Marysko er ist noch warm... und ich schrieb ihr Gedichte und liebte sie und ging jeden Tag nach dem Mittagessen dorthin um den warmen Hackbraten zu essen und träumte von meiner schönen Metzgerin... doch halten Sie sich fest sie bekam einen Ausschlag auf der Kopfhaut und mußte kahlgeschoren werden   Also trug sie ein Kopftuch und ich ging weiterhin nach dem Essen durch die Nationalstraße und zu ihr essen und dann hatte ich eine Idee und ließ in der Perückenmacherei eine Perücke anfertigen und verlangte weiterhin meinen homosexuellen Hackbraten... und dann wurde meine Metzgerin in die Pernsteingasse versetzt wieder in eine Metzgerei... und eines Tages brachte ich ihr dann statt Verse diese Perücke als ich jedoch diese Metzgerei auf der Pernsteingasse betrat was sahen meine Augen da? Mein Sexualobjekt stand hinterm Pult und eine schöne Perücke thronte auf ihrem Kopf und ich hielt meine Perücke in der Hand sie hatte ihre Perücke vom Filialleiter dafür bekommen daß sie wenn er verkaufte unterm Pult lag und an seinem Hosenschlitz herumfummelte... und ich ging mit meiner Perücke wieder hinaus und da stand eine Menschenschlange für Ausreisegenehmigungen an und allen war so elendiglich zumute wie mir also zeigte ich dieser Menge meine schöne Perücke die die Perückenmacherinnen im Nationaltheater für sechshundert Kronen angefertigt hatten ich hob sie in die Höhe und segnete diese Schlange für Ausreisegenehmigungen und sagte mit erhabener Stimme... Güte bringt den Menschen an den Bettelstab... Daran sehen Sie Frau Eliška daß es gar nicht so einfach ist sich die Haare abzuschneiden... das steht vielleicht nur dem Yul Brynner oder früher als wir jung waren noch dem Erich von Stroheim... Also ich muß jetzt gehen Frau Eliška richten Sie dem Ihren aus daß mein Schweinchen gedeiht und ein Schlachtfest in Sicht ist... Jetzt muß ich nach Hause nach diesem Malheur schreibe ich keine verliebten Gedichte mehr jetzt schreibe ich unter dem Eindruck der Schriften des Herrn Professor Jirásek ein Traktat Wie ich in die Hosen geschissen habe   Was ich jetzt schreibe ist ein großes Werk mit philosophisch-biologischem Über- und Untertext... Sagte der Herr Marysko und ich wurde abwechselnd blaß und rot und zum Selbstschutz begann ich ein Bild nach der Vorlage Landschaft im Wintergewand zu weben ich wählte schwarze Baumwollfäden aus und der Herr Marysko schaute mir bei der Arbeit zu und besänftigte mich ... Das ist nichts arbeiten Sie ruhig weiter mein Kind ... ich aber werde bis heute von einem Bild heimgesucht und zwar von dem Ihres Mannes als er aus dem Tanzsaal dort auf der Insel davonlief ... ich habe sein Gesicht im Profil gesehen als er seine Georgine anschaute und ich ließ das Klavier Klavier sein ... und trat hinaus unter die gestutzten Ahornbäume und durchquerte das Gartenrestaurant und lief dann in die Dunkelheit die nur hier und da von gedämpftem Licht aus dem Tanzsaal durchbrochen war und dort sah ich Ihren Mann wie er sich mit dem Rücken an die Wand preßte und seine Gestalt im Smoking war schwarz genauso wie Ihre Fäden hier ... Ihr Mann stand ungefähr in zwei Metern Höhe auf einem schmalen Sims und verging fast bei dem was ich jetzt auch sah wie seine Georgine tanzte und wie sie sich fast totlachte und stolz darauf war daß der schöne Ingenieur Nevečeřal sie in den Armen hielt und ihr etwas ins Ohr flüsterte ... was er glaubte flüstern zu dürfen ... Und Ihr Mann war diese Schellen-Zehn mit dem Ring der Liebe und Sehnsucht in der Nase ... Und der Herr Marysko stand auf und als er zu mir trat gab er mir nicht die Hand und ich ihm ebensowenig ... Ich fand den Herrn Marysko sonst recht nett wußte aber daß ich das was er mir gesagt hatte erst später bis zu Ende denken konnte erst wenn er weggegangen war wenn ich mich erholt haben würde nicht allein von seiner beklemmenden Gegenwart sondern hauptsächlich von dem was er mir gesagt hatte ...

Der liebste von allen Freunden meines Mannes war mir Standa Vávra er war gelernter Buchdrucker sein Benehmen und seine natürliche Eleganz bezauberten mich neben ihm wirkte mein Mann wie ein Ochsentreiber wie ein Hausknecht eines Hotels in der Peripherie Standa der lachen konnte und wußte wie man Krawatten und Pullöverchen und Hemden trägt Standa dessen Schuhe immer blank poliert waren indes mein Mann morgens durch die Wiese des Libener Parks streunte weshalb seine Eleganz sofort verschwunden war... Diesen Standa beseelte das stille Glück daß er Gedichte schrieb und Vladimír ihn bei seinen Straßenaktionen mitnahm zusammen hatten sie sogar das vierte explosionalistische Manifest verfaßt das deshalb auch von Stanislav Vávra unterschrieben ist der in Gérard de Nerval verliebt war in diesen Dichter der irgendwo dort im Orient verschwand und nach Standas Worten ein phantastisches Werk geschrieben hatte das dieser schöne Buchdrucker auf sich übertrug der keinen anderen Wunsch kannte als ein winziges Büchlein zu Ehren Gérard de Nervals zu veröffentlichen... Und wie auch Standa Vávra faszinierte mich vor allem eine Geschichte die er mir einmal erzählt hatte und von der er behauptete sie habe ihn fürs ganze Leben wie Gérard de Nerval geprägt... als er noch ganz klein war hatte er in diesem Schloß über der Kolčavka gespielt wo im vergangenen Jahrhundert Weinberge und Lustgärten angelegt waren und man in der Rokyta noch Forellen fing... doch hauste als Standa Vávra ein kleiner Junge war bereits das arme Volk im Schloß und in der Rokyta lagen weggeworfene Töpfe und Öfen... und Standa spielte unter einer Pawlatsche und oben auf dieser Pawlatsche schritt eine mächtige dicke Frau die Dielen des Bodens waren schon morsch... und sie brachen genau in dem Moment ein als Standa nach oben schaute und die dicke Frau vom ersten Stock hinabschwebte ihre Röcke breiteten sich aus und Standa schaute und schaute bis zu dem Augenblick als sich seine Welt verdunkelte und er von diesen Röcken zugedeckt wurde und unter ihnen in Ohnmacht fiel... Standa war nichts passiert die Frau hatte sich jedoch am kleinen Standa die Hüfte ausgerenkt... Das ist meine Geschichte die ich gerne aufschreiben möchte sagte Standa Vávra wiederholt mit seinen langen Fingern eines Grafen rauchte er elegant er lachte herzlich und hatte dichtes schwarzglänzendes Haar mit einem Scheitel und eine bräunliche Hautfarbe wie ein italienischer Fußballspieler sah er aus mein Mann bot mir nie eine Zigarette an nie gab er mir Feuer Standa aber konnte das alles in gräflicher Manier und er glich immer einem Kunstwerk... Sein Bruder war älter und hieß Vávra Vladimír und als ich diesen Vladimír zum ersten Mal sah da wußte ich sofort daß er im Gefängnis gesessen hatte weil er Knastaugen hatte solche kriminellen Gucker wie mein Mann sagte und sein Lachen war das Lachen eines Menschen der die Schule des Zuchthauses hinter sich hat und dieser Vávra quietschte vor Glück seine Augäpfel rollten vor Glück daß er zwar nur ein gelernter Elektromechaniker dennoch alle surrealistischen Manifeste alle Dichter auch alle französischen Lyriker des vergangenen Jahrhunderts kannte und vor allem daß er der sechs Jahre gesessen und das stalinistische Lager Bitýz hinter sich gebracht hatte ein bißchen mehr Realität in diesen Surrealismus bringen und folglich die Nummer eins sein würde... er lachte über alle anderen und hielt sich mit beiden Händen das Knie fest dann lächelte er nur noch und erklärte er brauche nichts mehr zu sagen weil er längst schon alles aufgeschrieben habe in die Seele in den Geist habe er es sich geschrieben und dann auf zerschnipselten Mehltüten notiert er hatte einen Kassiber verfaßt von dem er nur noch das abzuschreiben brauchte was er in den Kohlengruben dort wo es nur unter Tage Lichter gab alles erlebt hatte... Ich sah daß Standa seinen Bruder nicht nur liebte sein Bruder Vladimír war dadurch und deshalb weil er inhaftiert gewesen war die künftige Nummer eins an der Standa keine Sekunde zweifelte Und mein Mann der mit Standa schon herumzog als Vladimír noch im Knast saß hatte von Standa und den Freunden Vladimírs zwei Jahre lang viel von ihm gehört auch von Herrn Buřil der zu Ehren André Bretons in seinem Garten in Spořilov ein großes Hausboot gebaut hatte das bis heute in diesem Garten steht weil niemand es aufs Wasser schaffen konnte so riesig war es und zwischen den Zäunen eingekeilt... Mein Mann kannte Vladimír Vávra also schon vor seiner Rückkehr die sie sehnlichst erwartet hatten damit die sogenannte Gruppe der Libener Psychiker endlich vollzählig sei... erst dann würde sie anfangen zu leben erst wenn Vladimír zurückgekehrt sei sagten diese Arbeiterdichter würde mein Mann einen wahren und lebenden Dichter sehen... Die Geschichte weshalb Vladimír in den Knast kam war sehr einfach... Sein Chef hatte einen Radiosender der bis nach Westeuropa ausstrahlte und zwar so daß es gerade zwei Jahre lang gutging dann wurden sie mit Hilfe von Radar von einem Suchdienst ausfindig gemacht und direkt unter der Palmovka gefaßt in ihrem Wagen mit allen Apparaten... es folgte die Untersuchungshaft und dann die Gerichtsverhandlung in Pardubice in jenem Jahre einundfünfzig... und eines Tages saß Vladimír Vávra dann in der Dämmerung an unserem offenen Fenster er hielt sich mit beiden Händen das Knie fest und erzählte die grauenvollste Geschichte seines Lebens... ich wurde in Fesseln zum Gericht geführt durch ein hundert Meter langes schmales Spalier hindurch das von gewöhnlichen Menschen vor allem von Frauen gebildet wurde sie drohten mir spuckten mir ins Gesicht schrien mich an und alle riefen man sollte mich hängen... Das war das Schrecklichste diese Spucke und diese Schreie diese Augen dieser Haß von Menschen die wie unser Alter und unsere Mutti aussahen... und ich habe zwanzig Jahre bekommen und bin wieder durch diese Gasse schreiender und spuckender Menschen zurückgelaufen und dort stand mein Bruder der Standa hier und rief verzweifelt... Vladimír!... Was sind dagegen die Surrealisten was sind dagegen Ferdinand Louis Céline oder Hašek und Kafka... und dann folgten die vielen Jahre Bitýz das Lager hat mich abgehärtet wie ein guter Radiosender... darüber will ich berichten darüber will ich eine Reportage schreiben ich möchte auf kleinem Raum nicht nur mein Schicksal sondern auch das aller anderen schildern...

Dann war es soweit daß mein Mann die Chance bekam die Nummer eins als Schriftsteller zu werden   In einem Brief bot ein Verlag ihm an einen Band mit Erzählungen herauszubringen er solle ihn zusammenstellen und bekäme ein Stipendium der Verlag könnte für ein halbes Jahr für die Hälfte seines Lohns aufkommen wenn er mit seinem Betrieb vereinbare dort nur noch halbtags zu arbeiten   Also händigte der Leiter der Altstoff-Sammelstelle in Bubny der Herr Kučera meinem Mann einen solchen Arbeitsvertrag aus   Und mein Mann suchte in seinen Papieren Erzählungen zusammen die sich für eine Publikation eigneten je länger er aber auswählte desto weniger Erzählungen blieben übrig und so mußte er weitere Texte schreiben allerdings nicht mehr in seiner gewohnten Art keine Schocker die ihn so sehr amüsierten wie ich sah und hörte begann er völlig zahme Geschichten zu schreiben damit dieses Buch erscheinen konnte   Zunächst hatte er nämlich nur diese Schocker ins Lektorat gebracht der Untertitel lautete sogar Schocker statt Erzählungen nachdem sie aber einen Monat und dann noch einen weiteren im Lektorat gelegen hatten veränderte sich mein Mann vollkommen   Er war unruhig schreckte aus dem Schlaf auf und ging jede Woche in den Verlag um nachzufragen ob man seine Texte schon gelesen habe   Jedesmal kehrte er ebenso eingeschüchtert und kleinlaut zurück wie er das Haus voller Hoffnung verlassen hatte   Seine Arbeit hatte er so eingerichtet daß er zwar jeden Tag zur Arbeit ging jedoch nur bis ein Uhr dann wusch er sich und fuhr nach Hause   Dort war aber eine neue Leiterin eingestellt worden und die Arbeiterin Tonča und der Hilfsarbeiter Venca sagten zwar nichts als ich meinen Mann jedoch besuchte sah ich es sehr wohl... Die Tatsache daß er eine Nummer eins als Schriftsteller sein könnte das durfte nicht einfach so geschehen   Die Arbeiter trauten ihm nicht mehr also war er der einzige der schuftete die Frau Leiterin verhielt sich ebenfalls kühl und mein Mann ging nicht mehr mit Tonča und Venca Bier trinken sie aßen nicht mehr gemeinsam beim Husenský zu Mittag einzig und allein mein Mann bemerkte das nicht weil er von seinem Buch besessen war... Etwa sechs Wochen später als er wieder einmal im Lektorat des Verlags Tschechoslowakischer Schriftsteller vorbeisah um nachzufragen ob seine Schocker angenommen seien da gab man ihm zur Antwort zwei Lektoren hätten die Texte jetzt gelesen er möge morgen früh wiederkommen   Also stand mein Mann anstatt zur Arbeit zu gehen schon um neun Uhr vor dem Verlag obschon die Verabredung erst für zehn vorgesehen war er spazierte am Flußufer entlang und betrat dann das Gebäude eine Stunde später verließ er es jedoch schon wieder und lief ganz rot und beschämt geradewegs zu mir in den Grill   Er erzählte man habe ihm sein Manuskript zurückgegeben nachdem man unter herzlichem Gelächter Teile aus seinem Buch Die Lerche am Faden vorgelesen habe seine

Sätze hätten die Lektoren in Begeisterung versetzt und mein Mann habe voreilig gelächelt und den Eindruck gehabt hier und jetzt und von nun an ginge sein Traum in Erfüllung und er werde die künftige Nummer eins sein also hatten seine Freunde die Dichter Hiršal und Kolář recht behalten als sie prophezeiten daß diesen Erzählungen eine große Zukunft bevorstünde

Und als die Lektoren eine halbe Stunde lang gelacht Stil und Inhalt der Erzählungen gelobt hatten wurden sie ernst und sagten daß diese Texte so wie sie jetzt vorlägen nicht publiziert werden könnten und falls sie es täten würden sie als Lektoren zum letzten Mal hier sitzen da die Verlagsleitung sie dank dieser Schocker entlassen und sie um ihr tägliches Brot bringen würde dies könne mein Mann aber nicht von ihnen verlangen sie gaben ihm also das Manuskript zurück allenfalls die Hälfte der Erzählungen käme in Betracht die anderen könnten nicht in ein Buch aufgenommen werden das vom Verlag Tschechoslowakischer Schriftsteller gedruckt würde er solle in dem halben Jahr solange er das Stipendium habe Erzählungen ohne vulgäre Wörter und ohne pornographische Szenen schreiben ... Und mein Mann taumelte hinaus und als er in die Sammelstelle kam um seine Arbeit wiederaufzunehmen fuhr gerade ein Lastwagen weg der seine Ballen geladen hatte Tonča und Venca standen im Hof und mein Mann nahm die Krüge und brachte vom Husenský Pilsner Tonča und Venca lehnten jedoch ab mein Mann bat sie auf seine Gesundheit zu trinken Venca warf Tonča einen Blick zu und beide erklärten einmütig sie besäßen genug eigenes Geld und hätten es nicht nötig sich von einem Schriftsteller das Bier bezahlen zu lassen ... Und so verließ mein Mann den kalten dunklen Hof in dem er vier Jahre lang gearbeitet hatte und trat ins Licht der Straße hinaus er kam zu mir und brach dort fast zusammen er saß da und ich bediente einige Schwarze sie hatten gerade das Wasser aus den Schälchen für die Finger ausgetrunken die meisten Gäste aßen die Brathendl nämlich gern mit den Händen diese Schwarzen hatten aber geglaubt das Wasser sei zum Trinken bestimmt und nicht zum Fingerwaschen das Personal lachte und mein Mann saß da und schaute vor sich hin er lächelte jetzt als hätte er den Verstand verloren er kostete diese Niederlage aus die er mir dann behutsam schilderte dieses Verlagsdebakel wegen der Schocker und dann das weit größere mit seinen ehemaligen Freunden die ihn abgeschrieben hatten weil sie davon überzeugt waren daß er sich auf ihre Kosten auf den Mast eines berühmten Schriftstellers emporschwingen wollte daß er eine Nummer eins und nicht mehr ein unterwürfiger Arbeiter ein Doktor der Rechte der Doktor sein wollte wie sie ihn in dieser Altstoff-Sammelstelle in Anführungszeichen nannten... Von dem Augenblick an als man ihm das Manuskript von dem er sich so viel versprach zurückgab von diesem Augenblick an waren nicht nur mein Mann sondern auch seine Freunde verändert Vergeblich schimpfte ich ihn aus umsonst behauptete ich die dort seien doch die Dummköpfe und nicht er vergeblich drohte ich es dürfe ihm nicht im Traum einfallen auch nur das Geringste an diesen Texten zu ändern die ich übrigens nie gelesen hatte doch ging es ja gar nicht darum vielmehr darum daß er sich selbst treu blieb und nicht plötzlich anfing so zu schreiben wie es sich der Verlag vorstellte mein Mann ließ sich jedoch nichts sagen er schrieb seine neuen Erzählungen bereits nach dem Modell der genehmigten Erzählungen und jene sechs Texte auf die die Herren Kolář und Hiršal so viel Wert legten diese Erzählungen nahm er heraus und schrieb in aller Geduld neue für die anstelle der Schocker nun Platz frei war... Und er brach noch früher zur Arbeit auf damit er schon um zwölf fertig war um diese Erzählungen auf Bestellung zu schreiben und während er seine Erzählungen auf Bestellung schrieb fühlte ich in mir da mein Mann nun einmal gebändigt war die Kraft in jeder Situation und um jeden Preis das zu sagen was ich dachte Das Beispiel meines Mannes der sich überreden ließ gegen seinen Willen gegen seine Überzeugung zu schreiben der im Lektorat für tschechische Prosa das Blaue vom Himmel schwatzte jede Erzählung einzeln dorthin trug und sich beraten ließ ob sie auch gut geschrieben sei und wenn sie ihn dort lobten freute er sich darauf den Text sobald die letzte Erzählung abgeschlossen sein würde zusammen mit den anderen in einem Band zu vereinen und damit wäre er ein Schriftsteller eine Nummer eins und ich fing an meinen Mann als Feigling zu betrachten als einen Menschen der mit Freunden eine andere Sprache redete als dort im

Lektorat Ich ertrug diese doppelbödige Welt diese doppelbödigen Blicke diese doppelbödigen Gespräche nicht also hörte ich meinem Mann mit Widerwillen zu und sagte ihm immer was ich dachte ich die ich als Mädchen in dreizehn Zimmern gelebt und eine Bonne gehabt hatte obendrein arbeiteten auch noch Dienstmädchen und ein Chauffeur bei uns für all das hatte ich gebüßt nicht nur weil ich alles verloren hatte sondern als Deutsche ein Jahr in einer Ziegelei hatte arbeiten müssen und dann waren meine Eltern ausgesiedelt worden und ich war mit meinem Bruder Heini allein hier zurückgeblieben ich war sechzehn und mußte um Heini zu ernähren in Restaurants arbeiten um Heini einen Henkelmann mitzubringen damit er sich satt essen konnte... Und nach alledem sollte ich jetzt lügen? Anders sprechen als denken? Mich wie mein Mann verhalten der sich in den Kopf gesetzt hatte um jeden Preis ein Schriftsteller zu werden auch wenn er dafür ein Buch umschreiben und seine schockierenden Texte verleugnen mußte diese Texte die er seinen begeisterten Freunden vorgelesen hatte... Und dann kam die Vergeltung dafür daß mein Mann so mutlos war nicht einmal mehr in Gegenwart von Freunden vertrat er eine eigene Meinung was auch immer gesagt wurde auf der Stelle war er damit einverstanden er war schon im vornhinein mit allem einverstanden nur nicht mit dem was er selbst sagte Er fürchtete sich davor seine Meinung zu äußern und wenn er sie doch sagte widerrief er sie immer wieder zum Schluß... und in dieser Altstoff-Sammelstelle in der Spálená nahm es genau ein solches Ende Als ich ihn dort einmal besuchte saß der Staatssicherheitsbeauftragte des Betriebs im Büro und als ich eintrat und wieder verschwinden wollte sagte dieser gute Mann... Setzen Sie sich ruhig Ihr Mann wird auch bald nach Hause gehen Tonča und Venca wie auch die Leiterin saßen auf ihren Stühlen und der Spitzel im Dienst hielt eine Ansprache mein Mann saß da und war krebsrot als hätte er sich ausgeweint... Sieh mal her sagte der Spitzel du hältst die Arbeitszeiten nicht ein ich hab dich beobachten lassen schon nach zwölf gehst du nach Hause was sagst zu dazu? Und mein Mann wandte mit schwacher Stimme ein... Wenn ich mit der Arbeit fertig bin gehe ich nach Hause... Doch der insistierte... Du gibst es also zu? Du bist ein Drückeberger meine Frau war zehnmal mit einer Lieferung Papier hier du aber bist um halb eins nicht mehr vorhanden Tonča was meinst du dazu? Und Tonča senkte den Blick und sagte ... Ja Doktor Sie waren jeden Tag schon um halb eins weg

Und der Spitzel im Dienst nahm das in sein Protokoll auf und fragte dann Venca ... Und was meinst du dazu? Venca sagte ... Sie haben sich das selber eingebrockt Doktor Sie können sich wenn überhaupt nur über sich selbst beklagen ... Mein Mann versuchte einzulenken ... Hör mal Venca als wir zusammen beim Koliš Ballen packten haben wir eine ganze Fuhre aufgeladen und ich habe alles auf dich schreiben lassen weil du Kinder hast ... Doch Venca sagte grob ... Doktor das haben Sie mir nur zugeschoben um mir das Maul zu stopfen ... Und der Spitzel wiederholte ... Sie haben also die Arbeitszeiten nicht eingehalten ... Mein Mann wehrte sich ... Das hat doch die Direktion bewilligt sie hat mir die Arbeitszeit für sechs Monate auf die Hälfte reduziert das war mit dem Literaturfonds so abgesprochen ... Der Spitzel frohlockte ... Für sechs Monate schon du aber hältst die Arbeitszeiten schon ein Jahr lang nicht mehr ein warum hast du dich nicht an diese Frist gehalten? Und mein Mann verstrickte sich immer tiefer in der Falle ... Ich hab an meinem Buch Die Lerche am Faden gearbeitet ... Doch der Spitzel triumphierte und Tonča und Venca machten ebenso erfreute Mienen wie die Frau Leiterin ... Das hättest du doch in den Nächten an den Abenden schreiben können kurzum du hattest gleitende Arbeitszeit und obendrein hat man dir noch Überstunden eingetragen überhaupt diese Überstunden! Mein Mann beharrte schwach auf seiner Meinung ... Man hat mich aber pro Ballen bezahlt drei Kronen sechzig pro hundert Kilo! Der Spitzel im Dienst blieb unnachgiebig ... Diese Überstunden haben deine gleitende Arbeitszeit zersetzt ... Und die Frau Leiterin sprach entrüstet zu meinem Mann ... Und ich habe geglaubt Sie sind intelligent ... Mein Mann richtete sich auf und sagte ... Na gut ich gebe alles zu was ihr da sagt stimmt ich bin ein Drückeberger ... Und der politische Sicherheitsmann schrieb das in sein Protokoll und sagte dabei ... Nun gut du ziehst nicht nur dich selbst auch noch die Leiterin und vor allem die Buchhalterin des Betriebs mit in den Schlamassel überleg noch mal was du sagst und lies es durch! Und mein Mann lebte irgendwie auf er überflog das Protokoll und sagte fröhlich ... Was ist Genosse bauen Sie immer noch Gemüse an? Hat Ihnen das Buch gefallen das ich für Sie hier gefunden habe ... Unsere Obstsorten? Doch der Spitzel mit dem mein Kleinod und Tonča und Venca zusammen nach der Schicht Bier getrunken hatten erwiderte mit fremder Stimme ... Ich weiß nicht wovon du sprichst ... Mein Mann sagte ... ich hatte dieses Jahr eine gute Ernte Cox Orange zwei Körbe Jonathan und vier Körbe Goldparmänen ... Die Leiterin errötete noch mehr und sagte ... Und ich habe gedacht Sie sind intelligent ... Der Spitzel im Dienst zog eine weitere Zigarette heraus und wollte sie anzünden konnte in seinen Taschen jedoch die Streichhölzer nicht finden da nahm mein Mann die Streichhölzer vom Schreibtisch zündete eines an und hielt es dem Spitzel vor den Mund   Der aber ließ das Streichholz in den Fingern meines Mannes abbrennen und drückte dann die ungerauchte Zigarette wie einen Stummel im Aschenbecher aus dieser Mann von dem mir mein Mann begeistert erzählt hatte wie sehr ihn dieser schätze wie er dem Doktor erlaube ihn wenn er sich beim König von Brabant besoffen hatte mit freundschaftlichen Ohrfeigen zu mahnen falls er nicht nach Hause gehen wollte und dieser Spitzel im Dienst zischte jetzt vor lauter Haß er streckte meinem Mann das Protokoll hin und zeigte mit einer Geste die keine Widerrede duldete darauf wie Marschall Schukow den Feldmarschall Keitel angeherrscht hatte die Kapitulation zu unterzeichnen ... Unterschreiben! Und mein Mann unterschrieb und nachdem er es getan hatte ... sagte Tonča mit am Gaumen klebender Zunge   Doktor und ich habe gedacht Sie sind intelligent ... Und der Mann im Dienst der Staatssicherheit stand auf betrachtete die Unterschrift und sagte ... Hiermit sind Sie entlassen ... Und mein Mann stand auf er hob den Blick und riß die Arme hoch streckte sich genüßlich bis er jaulte öffnete dann seinen Spind holte seine Sachen heraus die Bücher und Arbeitskluft er nahm auch seinen Hut trug alles zu einem Haufen Altpapier auf den er seine Kleidungsstücke und die Schuhe schmiß ... Nachdem auch Tonča die Frau Leiterin und zuletzt Venca das Protokoll unterschrieben hatten kam der

Spitzel hinaus und sagte auf dem Hof zu meinem Mann ... Ich hoffe du wirst dein Buch wenn es erscheint ... wie soll es denn heißen? Mein Mann sagte ... Lerchen am Faden ... Und der Mann wiederholte ... also diese Lerchen am Faden mir bringen! Und dann verschnürte mein Mann seine Sachen und ich schaute ihm zu es war gut daß ich das gesehen hatte ich war Zeugin anderer Ereignisse weit schlimmerer Situationen gewesen nachdem wir aus unserem Haus geholt und in ein Sammellager gesteckt worden waren ich lächelte meinem Mann zu und sagte ... Hör mal wenn du willst werd ich dich ernähren scheiß was auf diese Lerchen scheiß was auf alles schreib was du willst ich werd dich ernähren ... Wir betraten die Durchfahrt und dort stand Haňta mit verschränkten Armen er stand an die Mauer gelehnt da und lachte ... Schau mal an du Sakramentsbursch zum Schluß wird doch noch ein Schriftsteller aus dir ... das was die dort mit dir veranstaltet haben war eine Untermauerung deines zukünftigen Ruhms ... Schauen Sie gnädige Frau wissen Sie was die Französische Revolution war? Man hat nicht nur der Königin dem König dem ganzen Hof den Kopf abgehackt sondern auch Zehntausenden Adligen ... und sogar all den Königsstatuen von Notre-Dame ... und den Thronfolger steckten sie in eine Schuhmacherlehre und dieser Schuster peinigte ihn so lange bis er ihn zu Tode gequält hatte ... Also das was der Doktor jetzt erlebt hat ist eine Ratsche für kleine Kinder ... gnädige Frau und was Sie im Jahre fünfundvierzig erlebt haben ebenfalls ... Schauen Sie wissen Sie was für ein Ende der Zar Nikolaj die Zarin und ihre vier Töchter eine schöner als die andere und der Zarewitsch und ihr Leibarzt genommen haben? Mei das war ein Happening ... Zuerst hat man sie in Zarskoje Selo eingesperrt dann nach Tobolsk abgeführt ... und dann nach Jekaterinburg und diesen Horror den sie erlebt haben diesen Hohn und diese Erniedrigung ... und schließlich hat man sie vor der Grube der Vier Brüder erschossen und mit einem Faß Benzin und Salzsäure übergossen ... als erstes wurden sie gevierteilt damit sie besser brannten ... und auch das treue Hündchen Jammy wurde erschossen ... und dann haben sie alles zusammen in diese Grube geworfen die nicht einmal im Sommer auftaut ... und als der Herr Sokolow als Untersuchungsrichter dort suchte ... fand er bei den Vier Brüdern nur das tote Hündchen Jammy ... was vom Zaren übriggeblieben war? Die Schnalle seines Gürtels ... und von der Zarin nur die Ohrringe ... und vom Zarewitsch? Nichts ... und von den vier Großfürstinnen? Einige Knöchelchen und die Ösen ihrer Schnürschuhe ... und von Doktor Botwin? Das künstliche Gebiß und die Brillengläser ... Also gnädige Frau was Ihnen oder was gerade jetzt Ihrem Mann diesem Sakramentsbursch zugestoßen ist ... Das ist nichts ... ist halt passiert wer aber wird jetzt mit mir beim Husenský Bier trinken ... wer wird mit mir die wertvollen gefundenen Bücher verkaufen ... Gnädige Frau von nun an bin ich ein Waisenkind ... So lebe wohl du guter Mensch ... heulte Haňta mit seinem Stoppelgesicht und gab meinem schluchzenden Mann ein Küßchen er schüttelte dessen Hand und nachdem er sich an der Wand entlang vorangetastet hatte stieg er die Stufen hinunter und verschwand in seinem Keller ... Und wir gingen noch einmal in den Hof die Fenster des Büros waren erleuchtet dahinter saßen der Staatssicherheitsbeauftragte und ihm gegenüber die neue Leiterin Frau Mařenka war schon in Rente und die beiden neuen Arbeiter Tonča und Venca saßen da und alle rauchten und mein Mann war fix und fertig weil Tonča und Venca seine Kameraden seine Freunde gewesen waren weil sie ihn hereingelegt hatten obwohl alles was sie angegeben hatten stimmte ... Wir verließen den Hof durchquerten das Licht der Glühbirne im Durchgang in der Spálená schien die Sonne hell auf die Passanten und die roten Bänder der Straßenbahnen ... Als mein Mann am Abend vom Vaništa heimkam teilte er mir feierlich mit daß er die Stelle eines Kulissenschiebers im S. K. Neumann-Theater angenommen habe und schon morgen mit dem Stück Blick von der Brücke nach Louny fahren werde   Also wurde mein Mann Kulissenschieber bis zur Arbeit waren es zweihundert Schritt und irgendwie hatte er sich dank diesem Theater befreit dennoch schrieb er an den Erzählungen an diesen Texten für den Verlag weiter und die beiden Lektoren gaben ihm auch weiterhin den einen und anderen Rat wie man Erzählungen schreiben sollte wie so ein Buch auszusehen habe damit es den Leiter des Verlags Tschechoslowakischer Schriftsteller nicht in Harnisch bringe Er schrieb das Buch zu Ende es wurde genehmigt dann trafen die Fahnen ein je näher jedoch der Tag rückte an dem das Buch sozusagen fertig sein sollte als die Ankündigungen schon aushingen desto weniger rühmte mein Mann sich vor mir und nicht einem seiner Freunde zeigte er diesen Auftakt für seine Aufnahme in die Schriftstellergilde diese große Möglichkeit die Nummer eins zu werden und ich sah wie er erstarrte angesichts des näherrückenden Tages an dem sein Buch in den Auslagen liegen und sein Photo hinter den Scheiben hängen würde er hatte Angst vor diesem Tag weil er nach den so schönen Anfängen seines ersten Buches mit den Schockern das er in den Verlag gebracht hatte jetzt nicht nur fast alle Erzählungen durch neue ersetzt hatte sondern in den Fahnen auch noch an den Sätzen herumkorrigierte die zweideutig und metaphorisch hätten gelesen werden können weil er sein Buch zwar gegen seinen Willen aber trotzdem geändert und aus ihm ein anderes gemacht hatte ein anderes als jenes das er seinen Freunden vorgelesen hatte und aufgrund dessen sie ihn als große künftige Nummer eins betrachteten ... Und eines Tages kehrte er laut lachend aus der Stadt heim er ging im Zimmer auf und ab die Sonne schien in den Hof und wie früher kletterte er auf das Schuppendach setzte sich auf den Stuhl der dort oben stand singend saß er in der Sonne und stieg dann wieder hinunter ... und als er sich etwas beruhigt hatte sagte er zu mir ... Der Herrgott ist mir beigestanden und hat mich erlöst! Der Direktor ist in meiner Anwesenheit bei den beiden Lektoren erschienen und hat die Fahnen mit dem Titel ... Lerchen am Faden widerwillig zwischen den Fingern gehalten und die Blätter vor den für diese Lerchen am Faden verantwortlichen Lektoren auf den Tisch geknallt und angewidert gesagt ... Was für Schweinigeleien möchten Sie da veröffentlichen? Augenblicklich den Druck stoppen und den Vertrag mit dem Schriftsteller annullieren ... Ekelhaft! Sagte mein Mann und lächelte glücklich ... Das ist fabelhaft dieser Haňta hat mir dort in der Durchfahrt den Weg gewiesen das letzte Mal als ich in der Spálená war erinnerst du dich Kleines? Und dieser Spitzel im Dienst ist auch weiterhin mein Freund denn hätte er mich nicht zusammengestaucht würde ich heute noch dort hocken ... wen Gott liebt

Kleines dem bürdet er ein Kreuz auf... aber schau doch als Haňta von der Französischen Revolution erzählte daß nicht nur den lebendigen Königen und Königinnen und Adligen die Köpfe abgehackt wurden sondern auch noch den Statuen von Notre-Dame... die irgendwo in einer Grube verscharrt wurden und an ihrer Statt meißelte man viele Jahre später während der Restauration Köpfe und setzte sie auf die kopflosen Gestalten drauf... auch das ist mir eine Lehre... die Hauptsache bei alldem ist jedoch als die Metro gebuddelt wurde stieß man auf eine Grube und die Bulldozer und Metroarbeiter schafften nach so vielen Jahren alle diese geköpften Häupter der steinernen Könige wieder ans Tageslicht und so kehrten sie ans Portal von Notre-Dame zurück... und das ist der Fortschritt Kleines das ist Weltgeschichte

Am Abend hatte der Bühnenmeister Šala meinen Mann bei einem Bier beim Vaništa als Kulissenschieber angestellt und am nächsten Tag brach er zu einem Gastspiel in Louny auf Vergeblich hatte ich auf meinen Mann eingeredet er möge nicht mehr arbeiten gehen und solle sich lieber dem Schreiben widmen ich würde ihn von nun an ernähren doch alles war umsonst

Offensichtlich war mein Mann noch nicht reif für die Einsamkeit für den Mut tagtäglich sich selbst gegenüberzustehen und mit sich zu reden und Tag für Tag an seinen Texten das heißt an sich selbst zu arbeiten anstatt irgendwohin zur Arbeit zu gehen Ich wußte vor diesem Spiegel graute es meinem Mann meinem Mann graute es schon vor einem ganz gewöhnlichen Spiegel er schaute sich zwar gerne an doch nie lange nur immer ganz flüchtig denn er bekam einen Schrecken vor sich selbst Am heftigsten erschrak er wenn wir im Kino oder irgendwo zu Besuch waren er erschrak immer wenn er einen Blick in den Spiegel warf Zunächst sagte er nichts und es dauerte ganz schön lange bis er sich von dem erholte was er dort im Spiegel erblickte Er hatte nämlich eine weit schönere Vorstellung von sich als man es angesichts der Wirklichkeit erwartet hätte Er wurde starr vor Schreck als er sich mehr Haare auskämmte die ohnehin schon schütter waren und während er die ausgekämmten Haare büschelweise aus dem Kamm oder der Bürste entfernte und wegwarf erzählte er bitter auflachend daß er als Student so dichtes Haar gehabt hätte daß er Öl darauf habe schütten müssen um mit dem Kamm durchzukommen so widerspenstig sei sein Haar gewesen das über der Stirn immer von der Sonne ausgeblichen war einige Lockensträhnen waren sogar strohblond Ein furchtbarer Schreck durchzuckte meinen Mann ebenso wenn er seine Beine betrachtete Jedem mußte auffallen daß seine Beine krumm waren und in der Tat sie waren es doch hatten sie dem jungen Burschen gut gestanden jetzt aber jagten sie ihm einen Schreck ein weshalb er sich beim Gehen bemühte die Knie gegeneinanderzupressen allerdings stimmte das wenig mit seinem Gang überein denn sobald er sich vornahm mit geraden Beinen zu gehen bewegte er sich immer als humpelte er Im Sommer wenn er braungebrannt war spazierte er gerne ohne Hemd einfach so mit bloßem Oberkörper umher er streichelte sich gern und war stolz auf seine Muskeln ja er liebte seine Bizepse geradezu er betastete sie und ließ auch gerne andere daran Das kam vom Schwimmen sobald er irgendwo Wasser sah und schönes Wetter war kletterte er ins Naß und was soll's auch mal nur in Unterhose denn er mußte unbedingt einige Züge schwimmen und vor allem bis zum Oberkörper im Wasser stehen und sich wie ein kleines Kind mit vollen Händen das Wasser auf den Kopf spritzen noch einmal und immer wieder ... überhaupt hatte er im Hof einen Zuber der immer voll Wasser stand nur wenn es Stein und Bein fror ließ er es bleiben ging jedoch ansonsten immer ins Freie um sich zu rasieren er spritzte sich Wasser aus dem Zuber ins Gesicht manchmal auch aus dem Waschbecken lange spritzte er sich das Wasser auf den Kopf und schnippte es gegen den Hals wusch sich die Hände kam dann in die Wohnung zurück und beugte sich so lange über den Herd bis er wieder trocken war

Wenn er schrieb ging er alle halbe Stunde in den Hof hinaus wusch sich das Gesicht und wenn die Sonne schien und er sich auf dem Dach des Schuppens räkelte dort wo sein zurechtgesägter Stuhl und die Schreibmaschine standen nahm er immer einen Eimer Wasser mit und planschte ständig darin herum und wenn wir unsere Spaziergänge machten und sei es auch nur bis zur Anlegestelle wußte ich schon im voraus daß er nachdenklich werden und die Stufen zum Fluß hinuntersteigen würde um über ihn gebeugt sich mehrmals Wasser ins Gesicht zu spritzen an allen Teichen in allen Wassergräben an allen Bächen die an unserem Weg lagen mußte er sich das Gesicht besprengen und die Hände waschen als koste er dieses Naß mit der Haut... Wenn wir unsere Ausflüge in die Umgebung von Prag machten und das Wetter ganz ordentlich war fand er bestimmt einen Augenblick um sich die Schuhe auszuziehen und die Füße ins Wasser ins seichte Wasser zu stecken dann betrachtete er seine Beine als sähe er sie zum ersten Mal und wusch sie bis zu den Knien zog dann die Füße aus dem Wasser und ließ sie trocknen... Und es gab noch etwas worauf mein Mann stolz war auf seine Waden und seine Schenkel   Er befühlte sie gerne vor allem wenn sie gebräunt waren streckte er die Beine mit Vorliebe aus saß da hielt die Schenkel umspannt und war glücklich daß seine Beine zwar krumm seine Muskeln dafür nicht gerade wunderschön doch ganz hübsch seien sagte mein Mann und keinesfalls im Spaß sondern sehr ernst   Ich sagte... Na ja zuckte mit den Schultern um anzudeuten gegen so schöne Beine ließe sich nichts aber auch gar nichts ausrichten... Doch sein Spiegelbild erschreckte ihn überall nirgendwo wollte er in den Spiegel schauen war schließlich dann doch aus was für einem Grunde auch immer davon überzeugt daß sein Gesicht sich wohl verschönert habe und er nicht mehr so schlimm dran sei wie beim letzten Blick in den Spiegel   Und schuldbewußt sah er sich zunächst nur flüchtig dann eingehender an und war wie immer entsetzt   Was dachte er nur von sich? Welch unzerstörbare Vorstellung hatte er von seinem Gesicht wenn er letzten Endes und beständig immer nur schlechter und niemals mehr besser aussah weil ihm noch mehr Haare ausfielen die Falten sich auf der Stirn türmten sich um den Mund herum eingruben und von Jahr zu Jahr mehr wurden   Auch sein Schreiben glich letztlich diesen Blicken auf sich selbst   Sein Schreiben war eine Art aufflackernde Liebe eine Liebe in der Passage ein flüchtiges Stelldichein ein kurzes Rendezvous

Und wenn er einmal schrieb schien er den Verstand verloren zu haben er sputete und überstürzte sich um nur bald fertig zu sein gerne schrieb er in der Sonne auf diesem Dach weil ihn das Licht blendete und er die Schreibmaschine nicht mehr sah dennoch fand er die Tasten wie ein blinder Pianist die Klaviatur ... und dann hackte er mit allen zehn Fingern auf der Schreibmaschine und entflocht in den kurzen Intervallen die verhedderten Typenhebel er schrieb und schrieb und ich wußte sehr gut daß er Angst vor dem Schreiben hatte und nicht an sich glaubte

Und wenn er zu Ende geschrieben hatte nun sei es genug kam er vom Hof die Hände voller geschriebener Blätter er schaute sie nie noch einmal durch er fürchtete sich vor diesen Seiten genauso wie vor dem Blick in den Spiegel Und jetzt war ich da die im vornhinein wußte daß er wenn ich ihm anbot für den Lebensunterhalt aufzukommen und ihm jeden Tag einen Fünfziger zu geben ich bekam ja so viel Trinkgeld daß ich noch einen weiteren Fünfziger für mich und den Haushalt gehabt hätte ich wußte im voraus daß er es nicht nur ablehnen würde sondern es mußte andernfalls hätte er es sich selbst beweisen müssen was er anderen so gern als Ratschlag mitgab wie sie zu schreiben wie zu malen hätten wie sie ihr Leben besser gestalten sollten weil jede Kunst eine Hure sei und nicht danach frage weshalb ein Künstler nicht habe schreiben oder malen können die Kunst stelle vielmehr die brutale Frage Was hast du gemacht Flöckchen was hast du gemalt? Und es kümmert sie einen Dreck ob jemand eine Familie kein Atelier oder keine Zeit hat ... Mein Mann sagte zu diesen anderen das Schönste an der Kunst sei immer daß niemand sie machen müsse ... Sie müsse sagte er eine schenkende Tugend sein ... wie Friedrich Nietzsche schrieb ... Und dann unterschrieb er am Vormittag in der Kneipe beim Vaništa rasch den Vertrag und fuhr schon am Nachmittag nach Louny um nach Mitternacht ganz begeistert ganz verzaubert zurückzukehren er weckte mich und ich mußte mir alles anhören was er an diesem Tag erlebt hatte wie ein Reifen geplatzt war und sie kein Reserverad dabeihatten also rollte mein Mann dieses Rad bis zu einer Tankstelle wo man den Schlauch reparierte und wieder aufpumpte vor allem erzählte er aber von der Ehre die ihm an diesem Abend widerfahren sei denn als die Kulissenschieber die Kulissen für diesen Blick von der Brücke aufgebaut hatten fuhren sie nach Prag zurück da die Kulisse während des ganzen Stücks nicht ausgewechselt werden mußte sie ließen also meinen Mann dort in Louny zurück und es überkam ihn plötzlich eine solche Lust zu schreiben daß er aufheulte der Bühnenmeister Šala führte ihn aber hinter die Kulisse zu den Seilzügen die alle genau bezeichnet und mit einem Schnappschloß gesichert waren und Šala zeigte ihm eine Leine an einem Seil und sagte ... Hör zu du darfst erst in der zweiten Halbzeit der Brücke erschrecken wenn das Mädchen verzweifelt ... Edy Edy! schreit dann ziehst du an dieser Leine und stehst im Finstern bekomm nur keinen Schreck du mußt so lange ziehen bis du das zweite Seil vom Gegenzug in die Hände bekommst und dieses zweite Seil bedeutet Stop! damit wird das Tuch hochgezogen hinter dem die Telefonzelle versteckt steht das Licht geht an und Edy kommt hereingerannt und verpetzt die Italiener bei der Polizei du guckst hervor und wenn die Telefonzelle wieder dunkel ist läßt du die Seile wieder zurückgleiten bis die Samtsoffitte die Kabine wieder verdeckt und dann befestigst du die Seile wieder wie zu Anfang ... Und dann nimmst du ganz leise und im Dunkeln das Schnappschloß und blockierst die Seile damit sie nicht nach oben abhauen verstehst du? Erklärte mir mein Mann im Finstern hell begeistert war er von seinem ersten Gastspiel zurückgekehrt und konnte nicht einschlafen so sehr hatte ihn diese Arbeit als Kulissenschieber erregt und er erklärte mir daß er also kurz vor diesem ... Edy! Edy! ganz allein hinter der Bühne gestanden und mit den Händen ganz allein diese Leinen diese Zeichen an den Seilen gewickelt habe noch nie im Leben hatte er einen solchen Augenblick erlebt als der rechte Zeitpunkt gekommen war öffnete er das Schnappschloß zog das eine Seil nach oben und das andere nach unten doch dann riß die Leine er konnte sie gerade noch schnappen und die Seile in Ruhestellung bringen und tatsächlich erschien fünf Minuten später auf der Bühne die beleuchtete Telefonzelle und tatsächlich kam Edy herbeigelaufen und meldete der Polizei daß in seiner Wohnung zwei Italiener illegal wohnten und dann lief Edy wieder zur Kabine hinaus in der das Licht ausging und mein Mann zog verschwitzt hinter der Bühne wieder an einem Seil und während das eine nach oben glitt kam ihm das dicke Seil mit dem Stoff entgegen zum Zeichen daß es genug sei ... er hielt die Leine lange fest weil er dieses Schnappschloß das die Seile fest miteinander verband nicht schließen konnte und verhinderte so daß der Zug mit der Soffitte auf die Bühne flog ... so stand er da und traute sich selbst nicht also zog er es vor die beiden Seile festzuhalten er preßte sie mit den Handflächen gegeneinander damit sie nicht hinaufschnurrten denn Šala hatte ihm gesagt dies sei seine erste Aufgabe hinter der Bühne und er als Bühnenmeister vertraue ihm ... Daher hielt er die Seile lieber bis zum Schluß der Vorstellung fest ... Also wurde mein Mann Kulissenschieber vormittags hatte er frei manchmal auch den ganzen Tag er kam jedoch immer erst nach der Vorstellung nach Hause wenn die Kulissen des Stücks abgebaut waren und sie die Bühne für die Proben des neuen Stücks am nächsten Vormittag hergerichtet hatten   So lief mein Mann davon ins Theater und in die Kneipe wo die Kulissenschieber zum Frühstück zum Mittagessen zum Abendbrot saßen sie tranken dort Bier und Šala hielt ihnen Vorträge über Bühnenästhetik und Bühnenethik   Jedesmal wenn mein Mann in der Nacht nach Hause kam mitunter war er auch zwei Tage irgendwo auf Tournee zum Beispiel in Marienbad dann sagte er mit wehmütiger Stimme ja er beklagte sich geradezu daß ihn immer dann die größte Lust überkäme zu schreiben wenn er wußte daß seine Schreibmaschine hundert und mehr Kilometer weit weg stand ... Sobald mein Mann jedoch freihatte spazierte er statt zu schreiben mit seinem Einkaufsnetz durch Libeň während ich im Grill war und es blieb ihm genügend Zeit er zog es jedoch vor mit den Kulissenschiebern in die Kneipe zu gehen und trank schrecklich viel Bier bemüht noch mehr zu trinken als die anderen nicht weil es ihm geschmeckt hätte sondern um wenigstens im Trinken die Nummer eins zu sein und nur der winzig kleine Kulissenschieber Páša trank hier noch mehr Bier als mein Mann doch hatte dieser winzig kleine Páša einen Grund zu trinken bei ihm zu Hause klappte es nicht ... Und so begann mein Mann zu schreiben kurz bevor ich müde von der Arbeit kam er hackte auf der Maschine herum und wenn ich die

Wohnung betrat tat er so als könne er just in diesem Augenblick am besten schreiben warum ich nur so früh heimgekommen sei und er aufhören müsse und er hörte dann tatsächlich auf allmählich reichte es mir langsam gingen mir seine Ausreden auf die Nerven daß er nicht schreiben könne wenn ich zu Hause sei daß er immer dann am liebsten schreiben wolle wenn er mit mir zusammen oder bei den Proben sei wenn er während der Vorstellungen Dienst habe oder auf Tournee sei immer wieder die gleichen Ausreden die stets damit endeten daß ich ein ums andere Mal wiederholte... Nun hör doch laß es bleiben ich ernähr dich schon... Und jedesmal tat mein Mann als habe er es überhört und wenn ich ihm das sagte und ihn herzhaft lachend anschaute sah er jedesmal zu Boden um meinem Blick auszuweichen und dann schwieg er den ganzen Abend über wie er auch schwieg wenn er sich im Spiegel anschaute und ich wiederholte diesen Satz schon so viele Jahre schon so viele Jahre zwang ich ihn diesem Blick auf sich selbst standzuhalten den Inhalt dieses Satzes auszuhalten und zu ertragen... Laß es ich ernähr dich schon... mit diesem Satz stärkte ich mich selbst ich sah mich im Spiegel als Frau als Kellnerin als Serviererin als Kassiererin in allem aber als die faire junge Frau der mein Mann geholfen hatte auf eigenen Füßen zu stehen und die sich jetzt anerbot ihn zu ernähren ihn entsetzte jedoch dieser Gedanke ihn erschreckte die Vorstellung ich könnte recht behalten daß er unfähig sei allein zu sein und das allein niederzuschreiben worüber er so gerne redete und anderen Ratschläge erteilte

Kurz vor Mittag betraten die Dichter Herr Kolář und Herr Hiršal den Grill des Hotels Palace ich bemerkte daß sie sich geehrt fühlten mich zu sehen ja sie waren begeistert mich zu sehen wie allen Dichtern tat es ihnen gut Bekannte von mir zu sein ich ließ sie an einem Fenstertischchen Platz nehmen damit sie die muntere Heinrichsgasse beobachten konnten sie bestellten jeder ein halbes Hendl und als Aperitif einen Cinzano bitter sie bestellten auch ein Gläschen für mich und ich bediente die anderen Gäste und spürte daß mich die Augen dieser beiden

Freunde meines Mannes unablässig begleiteten ich produzierte mich und war zugleich bemüht mich natürlich zu geben und unter dem Vorwand neue Gläser zu holen überprüfte ich im Nebenraum mein Aussehen legte vor dem Spiegel neuen Lidschatten auf zog mit dem Finger die Augenbrauen nach steckte meine Bluse in den Rock schob die Schürze zurecht auch das weiße Häubchen und ich nahm einige Gläser und trat wieder ins Lokal und wie ich vermutet hatte erwarteten mich schon die Augen dieser beiden Dichter sie umfingen mich mit ihren bewundernden Blicken und Herr Kolář war wie für eine Hochzeit gekleidet nicht die Hochzeit von irgend jemandem sondern für seine eigene kaum hatte er sich hingesetzt zog er die Hosenbeine etwas hoch um die Bügelfalten nicht zu beeinträchtigen er trug eine graue Hose und dieses esterházykarierte Sakko ein Hemd und eine blaue Krawatte und in der Sakkotasche ein weißes Tüchlein Herr Hiršal war das Gegenteil er trug eine grobe Manchesterhose und dazu eine ebensolche Manchesterjacke und beide rauchten und sie stießen mit mir an und ich stand lächelnd über ihnen ich setzte mich nie während der Arbeit auch wenn die Beine noch so schmerzten... Und Herr Kolář sagte mit gedämpfter Stimme... Schauen Sie Ihr Mann sollte um Gottes willen dieses Theater bleiben lassen die Jahre verfliegen im Nu und Frau Eliška er hat das Zeug dazu etwas für unsere Prosa zu tun er sollte zu Hause bleiben und schreiben... Ich sagte... Das sind genau meine Worte aber er ist ganz besessen von diesem Theater und anstatt mir zu zeigen was er geschrieben hat schreibt er jetzt überhaupt nicht mehr denn für ihn ist es der Gipfel Statist zu sein und einen Waldarbeiter im Bösen Hirsch zu spielen oder in ein Pagenkostüm zu schlüpfen und im Othello aufzutreten es ist entsetzlich und dabei saufen sie und halten im Dogenpalast das Emblem der Venezianischen Republik auf drei Meter hohen Stangen sie halten dieses Emblem und entweder ist dieser Alkoholiker von Páša oder mein Mann besoffen derweil die adligen Senatoren beratschlagen und Othello und Desdemona auftreten... schon dreimal ist mein Mann mit diesem Emblem auf die Schnauze gefallen und hat einen Dogenrat zugedeckt... und wenn sie mit diesem Emblem nicht hinknallen dann torkeln sie und haben den Schluckauf und der Dogenrat ist nervös ... Beklagte ich mich und Herr Hiršal rauchte und klopfte die Asche auf meine weiße Schürze und rief begeistert ... Phantastisch ... und dabei könnte ich ihn ernähren er aber fürchtet sich vor dem Schreiben er würde es zu Hause nicht aushalten ... Es kam der Ober Borek und stupste mich mit dem Ellbogen leicht an und ich wußte schon und ging lächelnd zu einem Tisch an dem sich neue Gäste niedergelassen hatten und jeder bestellte ein ganzes Hendl ... Verwundert wiederholte ich ... Ein ganzes Hendl bitte schön? Und sie bestätigten daß jeder ein Hendl und jeder das größte wolle ... Ich drehte mich um und die Köchin reichte mir die fertiggegrillten Hendl schnitt sie in der Mitte durch legte sie auf die Teller und ich warf eine Serviette über den Arm und stellte die Teller mit tänzerischem Schwung vor die Dichter

Herr Kolář war sehr ernst sogar böse nicht etwa auf mich er schaute sonstwohin dort nach Libeň wo mein Mann gerade im Theater war und eine Probe vorbereitete oder die Bühne für die Abendvorstellung herrichtete ... Ich sagte ... Ich befürchte er weiß es daß er im Schreiben nicht die Nummer eins wird er möchte immer gleich ein Champion ein Weltmeister sein und deshalb ist er jetzt die Nummer eins unter den Kulissenschiebern und in der Kneipe deshalb säuft er so viel glauben Sie etwa das Bier schmecke ihm so gut? Woher denn er trinkt so viel Bier um die anderen darin zu überflügeln der Herr Vaništa hat sich schon bei mir beklagt das heißt er hat es zum besten gegeben und ich habe mich geschämt denn vor der Premiere des Bösen Hirschs soffen die Kulissenschieber schon am Vormittag und der Herr Vaništa fragte nur   Worum geht's denn in dem Bösen Hirsch? Und mein Mann ... Um was ganz Fabelhaftes der Herr Aleš Pohorský hat daraus etwas Supertolles gemacht ... mit Blasmusik zur Begleitung und der Anfang dieser Auftakt ist gewaltig ... und der Herr Vaništa schenkte auf einem großen Tablett zehn große Brandy ein um sie den Gästen zu offerieren jetzt stand er mit diesem randvollen Tablett da mein Mann hielt ihn am Ellbogen fest und rief begeistert ... Die Kapelle spielt im Graben auf die Bühne kommt der Jäger Herr Rozhoň und der Vorhang ist noch unten ... und in diese Blasmusik hinein hebt der Jäger Rozhoň an ... Seid mir alle herzlich willkommen

zu diesem hübschen Stück ... Was im Wald geschah bringen wir euch nah ... Und der Vorhang geht hoch und piff paff! Mein Mann stand auf und brüllte durch die ganze Kneipe Und ein toter Hirsch lag da! Damit fiel er auf den Rücken und riß den Herrn Vaništa mit seinen zehn Brandy zu Boden und die ganze Kneipe grölte und war schon am Vormittag halb besoffen ... Und der Herr Vaništa lag auf dem Rücken und mein Mann auf ihm ... Herrjeeh wie entsetzlich ... klagte ich dem Dichter Herrn Kolář ... Und Herr Hiršal sagte Phantastisch ... Und sie begannen mit Appetit zu speisen und ich brachte ihnen die Schälchen mit dem Wasser und die Servietten und jedem eine Flasche Pilsner ... Dann bediente ich die beiden anderen Gäste die es kaum erwarten konnten bis ihre Hendl aufgetischt waren und als ich die heißen Hendl vor sie auf den Tisch schob da rissen sie sie hungrig in Stücke und fingen gierig an zu essen
Solange die Erinnerung daran lebendig blieb ging ich an den Tisch der Dichter zurück und beklagte mich ... In der Turmuhr des Kreml spielt mein Mann einen Muschik im Pelz alle treten in Pelzen auf die machen sich immer kurz vor der Vorstellung fertig mein Mann hingegen spaziert schon als Muschik verkleidet zu Hause herum er kostümiert sich schon am Vormittag und spaziert so im Hof herum ein Glück daß den ganzen Sommer über Othello gegeben wurde da lief er als Page verkleidet herum daheim und in der Kneipe was war das für ein grauenhafter Anblick diese krummen Beine dieses vom Saufen zerfurchte Gesicht und obendrauf eine Perücke eine blonde Perücke wie Huren sie haben eine Perücke so groß wie ein Schaffell und er ließ sich schon am Vormittag schminken ein gräßlicher Anblick ... und in den Drei Musketieren spielt er einen fliegenden Harlekin und ist schon wieder am Vormittag im Kostüm und würde um keinen Preis nochmals die Kleider wechseln so kommt er nach Hause und macht mir Schande in ganz Libeň ... Einmal hat er sich mächtig den Ellbogen ausgerenkt aber glauben Sie er hätte sich krank schreiben lassen? Weit gefehlt wie ein Fußballspieler ließ er eine Punktion vornehmen und trat weiterhin auf ... Und in dieser Turmuhr des Kreml trägt er ständig diesen Pelz doch im Theater ist es heiß der Schweiß läuft nur so an ihm runter und wenn sie die Kulissen

auswechseln verschieben sie alle diese Möbel im Laufschritt ... In dieser Turmuhr steht als Schlußbild eine rote Flagge und diese große rote Flagge schwebt auf die Sträflinge herab und unter dieser roten Flagge ist mein Mann ohnmächtig geworden und man mußte ihn wieder zum Leben erwecken ein Glück daß man ihn überhaupt fand er hatte schon Fieber ... Sagte ich und wischte mit der Serviette die Krümel vom Tisch ich hob den Salzstreuer den Pfefferstreuer und die Zahnstocher hoch und säuberte den Tisch der Dichter sorgfältig ... Herr Hiršal schrie immer wieder ... Phantastisch doch der Dichter Kolář wurde immer ernster ... Schließlich sagte er nachdem er sich die Finger peinlichst gewaschen und an einer Serviette abgetrocknet hatte ... Dem dort Frau Eliška Richten Sie dem nur aus ... wie alt ist er eigentlich? Siebenundvierzig und noch immer kein einziges Buch veröffentlicht in seinem Alter war eine ganze Reihe von Schriftstellern bereits tot richten Sie ihm aus es sei zwar herrlich wie sie mit dem Emblem die Versammlung des Dogenrats zugedeckt hätten es sei herrlich wie die rote Flagge auf ihn herabgeschwebt und er in Ohnmacht gefallen sei und es sei auch recht hübsch die Gäste in der Kneipe mit dem Bösen Hirsch zu unterhalten ... Piff paff! Und es liegt ein toter Hirsch da ... doch könnte er dann gleich die Sätze auf den dahinströmenden Wasserspiegel eines Flusses schreiben richten Sie ihm aus der bessere Mensch ist einer der sich besser auszudrücken versteht ... und mit all dem erst anfängt wenn es einmal niedergeschrieben ist ... Und es kamen weitere Gäste herein die beiden Schwarzen die irrtümlicherweise das Wasser aus den Fingerschalen getrunken hatten fletschten die Zähne und drohten diesmal wüßten sie wofür dieses Wasser in den Schälchen bestimmt sei ... Die Dichter erhoben sich und zahlten Herr Hiršal rauchte seine Zigarette zu Ende und nachdem er die Asche auf den Tisch der beiden Schwarzen geklopft hatte erklärte er wieder daß er das alles ... phantastisch finde Er zog seine runde Haarbürste hervor und fuhr sich damit durch das Haar das zu einer Bürstenfrisur geschnitten war und Herr Kolář knöpfte sein esterházykariertes Sakko zu das er vom Dichter Hanč bekommen hatte Herr Kolář reichte mir die Hand und ermahnte mich ... Frau Eliška es liegt alles an Ihnen nicht wahr handeln Sie selbst! Das Flöckchen soll zeigen was es kann... Hauptsache aber! Nicht mit Gewalt sonst geht's in die Hosen... er hielt meine Hand fest und ich spürte daß ihm der Daumen fehlte ja dieser Daumen fehlte und der Dichter war stolz darauf daß er einen Daumen verloren hatte damals als er noch Tischler war jetzt war er stolz auf sich selbst er konnte es nicht verbergen und lächelte wie ein kleiner Junge der vom Lehrer gelobt wird ich hatte den Dichter zwar nicht gelobt er aber tat so bescheiden als lobte ihn unentwegt jemand   Und ich wünschte mir mein Mann verstünde sich auch so zu kleiden wie Herr Kolář er verstünde wie Herr Kolář Anzüge zu tragen und ein weißes Tüchlein in der Sakkotasche wie Herr Kolář und ich hatte den Wunsch daß er ein bißchen stolz auf sich wäre wie Herr Kolář dieser war nicht stolz auf sich selbst sondern auf den Dichter in ihm und dieser Dichter strahlte tatsächlich schon von weitem aus der ganzen Erscheinung des Herrn Kolář samt seiner Kleidung es war als begegnete ich in den Straßen von Libeň dem Herrn Vladimír da konnte auch jeder schon von weit her erkennen daß der Entgegenkommende wunderschönes Haar hatte und groß wie ein amerikanischer Basketballspieler war auch daß seine Adlernase ein wenig neben der Gesichtsachse lag mein Mann dagegen sah wie ein durchschnittlicher Mann von der Straße aus wie ein Uomo qualunque wie er sich selbst nannte ein armer Tropf aus Prag ein elender Schlucker

An Herrn Kolářs Sakko an dieses Esterházy-Sakko des Herrn Kolář mußte ich denken als ich die Gäste bediente und ich dachte an Herrn Hanč den ich nur einmal gesehen hatte er trug das gleiche Sakko wie Herr Kolář und Herr Hanč hatte eine Brille eine starke Brille und wie auch mein Mann schrieb er nur in freien Minuten im übrigen war er in einer Motorradfabrik beschäftigt gewesen er hatte Spiralen in die Sitze eingezogen und war wie auch ich von dreizehn Zimmern einer Villa und einem Sommersitz und dem Chauffeur und der Bonne und der Köchin abgestiegen... Im letzten Jahr war er gestorben er war gestorben und wie mein Mann sagte war er im Sarg winzig klein ein Kindersarg hätte ausgereicht wie auch dem Franzl Svoboda diesem feschen Fußballspieler mit dem Mittelscheitel einem Spieler von Slavia der für Auswärtsspiele immer einen Smoking in den Koffer packte und als er starb noch ganze fünfunddreißig Kilo wog indes er als Mittelstürmer neunundachtzig Kilo schwer war und der Herr Hanč war einst ein ebenso schöner Mann wie der Vereinsgründer der Slavia zudem Republiksmeister über zweihundert Meter ein Wettkämpfer und Dichter der das Buch Begebenheiten verfaßt hatte und als erster die Prager Achterregatten auf der Kaiserwiese schilderte... Als ich von der Arbeit nach Hause kam stellte ich mir das karierte Sakko des Herrn Kolář das er vom Dichter Hanč bekommen hatte an meinem Mann vor und ich schlug die Hände überm Kopf zusammen es stand meinem Mann überhaupt nicht sein Gewand dieser schwarze Manchestersamt dieser Kaminkehreranzug dieser Kaminkehreroverall paßte viel besser zu ihm... Mein Mann der fast immer wußte woran ich dachte weckte mich an diesem Tag auf als er nach Mitternacht zu Hause eintraf nachdem sie noch im Regen die Kulissen in die Synagoge gebracht und die Bühnendekoration für die morgige Komödie eingeladen hatten weckte mich mein Mann und sagte... Die Jungs haben mir erzählt daß Hanč in der Ersten Republik und im Protektorat sechs Zimmer bewohnt hat daß sein Stiefvater einen Großhandel mit Südfrüchten besaß und Hanč bei ihm angestellt war daß die Jungs wenn sie Hanč besuchten immer ganz verblüfft waren von dem was sie dort sahen eine von hinten angestrahlte Glaswand die wie eine riesige Bar mit einigen hundert Flaschen aussah... vor allem gab es dort aber ein aufklappbares Grammophon und ein Tonband... und Hanč gehörte zur High Snobiety war jedoch kein Snob er lief Wettrennen und war die Nummer eins über zweihundert Meter ein Rekordmann ein Playboy... Nach dem Protektorat fuhr er dann mit dieser Pragofrucht nach Italien um dort wieder Handelsbeziehungen mit den ehemaligen Geschäftspartnern anzuknüpfen und irgendwo in Bologna erhielt er von einem Geschäftsfreund dreißig Millionen Lire oder so ähnlich als Zinsen so sehr hatte sich das Geld dort während des Kriegs vermehrt... Doch Hanč durfte es nicht ausführen also kaufte er sich zwanzig Anzüge zwanzig karierte Sakkos Dutzende von Krawatten und Schuhen er veranstaltete ein Festessen zu dem die schönsten Dirnen der Via Veneto im Flugzeug anreisten...

und verpraßte dieses Geld . . . Als Hanč zurückkam verteilte er die Sakkos eines bekam Jirka Kolář ein anderes Kamil Lhoták doch dann kam das Jahr achtundvierzig und die Firma Pragofrucht wurde verstaatlicht Die Familie Hanč wurde ausgesiedelt der Stiefvater starb die Mutter ebenfalls und die Glaswand wie auch das aufklappbare Grammophon wurden verkauft und Hanč war nicht einmal mehr Trainer was er damals wurde nachdem er mit dem aktiven Spitzensport aufgehört hatte . . . und so fand er ein Ende wie diese aberhundert Flaschen aller denkbaren Sorten hinter der Glaswand er stieg ab bis in eine winzige Werkstatt wo er als Hilfsarbeiter Federungen in Motorradsitze montierte . . . um zuletzt dann zu sterben zu verfallen ohne daß seine Begebenheiten den Druck erlebten . . . Sagte mein Mann er saß auf dem Bett und schaute auf seine nackten Beine ich stand auf strich mit der Hand über sein Gesicht versuchte ihn zu streicheln normalerweise wich er dem aus lehnte den Kopf nach hinten denn er fürchtete das Streicheln meiner Hand diesmal aber schmiegte er sein Gesicht in meine Handflächen und verharrte so nicht etwa weil es ihm guttat sondern weil er eine menschliche Hand brauchte Überhaupt war er sehr zimperlich wenn ihn jemand berührte viele Menschen haben die alberne Gewohnheit jemanden an der Schulter zu berühren oder den Rücken zu streicheln oder zu tätscheln wenn sie mit ihm sprechen Das ertrug mein Mann nicht er ertrug vieles doch das war für ihn die Pest nicht einmal ich durfte ihn berühren nur wenn wir diese Dinge machten sonst zuckte er zurück und tat als hätte ich ihn schlagen wollen oder noch mehr er schien ganz gelähmt er war steif und irgendwo tief in seiner Seele getroffen es dauerte lange bis er sich wieder gefaßt hatte nachdem ihm jemand auf den Rücken geklopft oder ihn eine Weile um die Schulter gehalten hatte und wenn alles nichts half schimpfte er giftig und schickte jeden von dem Augenblick an da er ihn angefaßt hatte erbarmungslos zum Teufel Ebensowenig gab er jemandem die Hand er mochte nicht vorgestellt werden und die Hand geben weil er nicht einmal den Druck einer Hand ertrug und wenn es dennoch geschah etwa einmal im Monat und aus Versehen dann jaulte mein Mann entsetzlich auf schüttelte seine Hand und schickte auch diese guten Seelen die gerne die Hand drückten zur Hölle er betrachtete seine freundschaftlich gedrückten Finger versteckte die Hände auf dem Rücken und wenn ihm jemand die Hand reichen wollte gab er die seine nicht mit der Bemerkung sie sei verletzt... Die Vorstellerei war eine Qual weil er jedem und sofort erklärte Hunde und Katzen stellten sich schließlich auch nicht gegenseitig vor sie schauen einander an und schätzen sich mit den Augen ab... Diese Nacht schmiegte er sein Gesicht in meine Hände und ich neigte meinen Kopf über ihn und sagte... Dieser Hanč ist mit vierzig gestorben schau mal diese Jahre hast du längst hinter dir unentwegt schreibst du und stellst deine Begebenheiten zusammen lohnt denn das Risiko nicht diese zehn bis zwanzig Büchlein mit Begebenheiten zu schreiben worauf wartest du noch? Daß du enden wirst wie Hanč? Fang dich solange noch Zeit ist lern es doch dich hinzusetzen als ob du bei der Arbeit wärst schreib solange es dir noch Spaß macht und warte nicht bis die Zeit kommt wenn du dich zum Schreiben zwingen mußt... schau du kannst zu Hause bleiben ich setze auf dich wie auf ein Pferd mein Gott so begreif doch Mensch mein Gott so fang doch endlich an diese Nummer eins zu sein fang schon an um auf diese Weltmeisterschaft im Schreiben zuzusteuern schreib die Begebenheiten weiter mit denen Herrn Hanč aufgehört hat...

Mein Mann bekam vom Bühnenmeister den Befehl zusammen mit einer Gruppe im Kirchlein wie sie die Synagoge nannten den Altar abzureißen weil es an Platz für die ausrangierten Requisiten fehlte Und mein Mann machte sich mit großem Elan an die Arbeit das war typisch für ihn wo er nur konnte zerstörte er mit Wonne er kaufte alte Requisiten auf und schleppte diese nach Hause unser Hof stand voll mit Kulissen Brettern Latten und mein Mann das war typisch für ihn zerhackte alles mit einer Axt es drängte ihn daß alles seine Form seine Botschaft verlor und er machte aus allem einen Schuppen fürs Brennholz und verheizte es dann im großen Ofen und das Holz brannte gut und mein Mann erzählte wozu diese Bretter und Planken gedient hatten woher diese bemalten Leinwandfetzen stammten und er ergötzte sich an den Komödien dank dieser Kulissen durchlebte er alles noch einmal ... Und jetzt im Kirchlein wohin mein Mann Vladimír mitnahm er sagte Vladimír solle nur mitkommen um sich diese Verwüstung anzuschauen ein Künstler müsse bei allem anwesend sein selbst bei Hinrichtungen vier Männer rissen mit Spitzhacken das Podest weg auf dem der Rabbiner der jüdischen Gemeinde gestanden hatte und als sie das Podium zertrümmert hatten machten sie sich an die Tische und die Täfelung und in Staubwolken rissen sie das zweihundert Jahre alte Schnitzwerk herunter die Kulissen der jüdischen Messen und Rituale und zerhackten all diese Holzranken all diese Buchstaben sie zerrten die verzierten Holzsäulen herunter zu denen die gläubigen Juden emporgeschaut hatten und Vladimír stand da er war betroffen spürte durchlitt jeden dieser Schläge und Hiebe mit Hammer und Beil und über diesem Werk ragte still ein großes Rundfenster durch das schräg das Sonnenlicht einfiel und es war Vormittag und das bunte Glasfenster zersplitterte auf Brettern und Verzierungen

Mein Mann war es ja gewohnt mit mächtigen Schlägen Kulissen für Komödien die vom Programm gestrichen waren kleinzuschlagen er strich sich mit dem angewinkelten Unterarm gerade den Schweiß von der Stirn als ich hinzukam ich stand unter der Tür und durch das runde Fenster fiel das Licht es war das Fenster von dem mein Mann sagte es gleiche einem in der Kathedrale von Chartres und ich stand betroffen da ich wollte meinen Augen nicht trauen und hatte den Eindruck das alles hätte ich doch schon mal irgendwo gelesen von den Deutschen die als Hitler an die Macht kam zu Pogromen gegen die Juden anstifteten Synagogen anzündeten ganze Ghettos in Brand steckten die Juden in Konzentrationslager verschleppten oder Hetzjagden auf sie durch die Städte veranstalteten und sie auf den Schwellen ihrer Häuser und Synagogen totschlugen
Und so stand ich da und starrte auf das was mein Mann dort tat der jetzt die große Königskrone die Davidskrone herunterriß diese Krone von der er mir erzählt hatte sie sei die schönste aller Kronen die er jemals gesehen habe jetzt aber riß er diesen letzten Bestandteil des jüdischen Heiligtums herunter und als

er wie ein Irrer seine Axt in die Höhe schwang rief Vladimír Halt Doktor! Halt Doktor! Und mein Mann blieb mit erhobener Axt stehen und Vladimír trat zu ihm hin und sagte... Doktor nehmen Sie diese Krone mit nach Hause vielleicht wird sie Ihnen Glück beim Schreiben bringen... Und mein Mann hob die Krone hoch und sie war so groß wie sein Brustkorb eine große golden und blau bemalte Krone die sich über zwei Ästen aus Holz erhob und er rieb mit dem Ärmel den Staub ab und trug sie zu Vladimír und die Arbeiter schleiften die Spitzhacken und Äxte hinter sich her traten ins Freie hinaus um ein bißchen frische Luft zu schnappen und mein Mann nahm die Krone und trug sie zusammen mit Vladimír die beiden hielten sie wie einen Kindersarg und als sie sie in den Hof gebracht hatten glänzte und funkelte diese Krone und die Kulissenschieber zogen eine Karre und gingen wieder in die Synagoge zurück und fuhren daraufhin die alten zerhackten Bretter hinaus und ich schrie Das bringt ihr doch nicht etwa zu uns? Und die Kulissenschieber sagten mein Mann habe ihnen ein Bier spendiert und sie brächten tatsächlich alles in unseren Hof denn mein Mann werde mit diesem Kram unsere beiden Öfen heizen... Doch mein Mann und Vladimír trugen bereits diese Krone des Königs David fort und mein Mann stammelte er werde sich diese Krone an einem Nagel über seinem Bett aufhängen und wann immer er zu ihr hochschaue werde er zu schreiben anfangen er danke Vladimír daß er ihn angeschrien habe denn nun breche sein goldenes Zeitalter an diese Krone werde ihm in der Dunkelheit auf den Weg der Literatur leuchten und von dieser Sekunde an werde er um nichts anderes mehr kämpfen als darum die Nummer eins zu sein... Und ich schritt hinter meinem Mann her auch Vladimír nahm mich nicht mehr wahr er war von dieser Königskrone begeistert er war erfreut daß die Leute stehenblieben und diese Krone und vor allem diese beiden Männer bewunderten und so trugen sie diese Krone in unseren Hof und dann in unsere Wohnung und mein Mann nahm sofort eine Axt und ging in den Schuppen um einen Nagel zu holen er schlug den Nagel überm Bett in die Wand und kniete sich dann aufs Bett Vladimír reichte ihm die schwere Krone und mein Mann hängte sie an den Nagel er breitete die Arme aus und verneigte sich vor dieser Krone und ich stand im Türrahmen schon schleppten die Kulissenschieber all das was vom jüdischen Altar übriggeblieben war in unseren Hof und warfen es auf einen Haufen und große Flecken überzogen das Gesicht meines Mannes er glühte und loderte breitete abermals seine Arme aus und Vladimír lächelte hatte aber Zahnschmerzen daher verzog er nur leicht die Lippen sein Lächeln gefror und er sagte zu mir   Junge Frau was sagen Sie zu diesem Glück? Und draußen türmten sich die Bretter des zerstörten Altars sie schimmerten in der schräg einfallenden Sonne deren Widerschein von unseren Fenstern in den Hof gespiegelt wurde und ich hatte das Bedürfnis diesen Hof und dieses Haus zu verlassen   Dieser Vladimír ging mir auch auf die Nerven weil er es war der mich und meinen Mann auf den alten jüdischen Friedhof geführt hatte er war es gewesen der mir die Hand gereicht und mich zum Eisenzaun geleitet hatte dann kletterten wir über ihn und Vladimír zeigte mir in diesem jüdischen Friedhof unterhalb des Bahnhofs alle Grabsteine und las mir die Namen der längst Verstorbenen vor es war Vladimír der eine Kupferplatte eine Kupfermatrize mitgebracht hatte ich hielt sie fest und Vladimír grub einen umgestürzten Grabstein aus und sagte   Junge Frau ich versuche herauszufinden inwieweit die Natur etwas für meine Graphiken hervorbringt   Junge Frau an dieser Stelle werden wir meine Matrize vergraben und in einem Jahr wieder ausbuddeln und schaun was die Erde mit meiner Matrize gemacht was das Wasser und die vom Staub der Toten durchsetzte Erde in sie geätzt hat ... Das sagte Vladimír auf dem jüdischen Friedhof zu mir und zum ersten Mal begriff ich dort was den Juden alles widerfahren war ich begriff es und widersetzte mich meiner Mutter und Lizaj und Wulli die die Juden heute noch haßten und sich wünschten daß auch die Überlebenden tot wären   Und es wurde mir auf einmal klar daß ich als Mädchen in Mähren dort mit eigenen Augen gesehen hatte wie wahnsinnig gewordene Deutsche das jüdische Ghetto zerstört und jüdische Grabsteine von den jüdischen Friedhöfen weggeschafft hatten damals war es in meinem Innern still geblieben weil auch bei uns zu Hause Freude darüber herrschte man strahlte und rieb sich die Hände und war von alledem begeistert da meine Mutter wie auch Lizaj nach Wien gefahren waren als Hitler dorthin kam und beide waren sie hingerissen... und ich entsinne mich daß mein Vater jüdische Geschäftsfreunde hatte die zu uns zu Besuch kamen doch nur bis zu einer gewissen Zeit dann kam keiner mehr und wenn sie es dennoch wagten ließ Papa sich verleugnen... Und jetzt hatte mein Mann hier ein jüdisches Heiligtum kurz und klein geschlagen eine jüdische Krone gestohlen und obendrein die Dreistigkeit sie über seinem Bett aufzuhängen und wie ein Idiot zu glauben diese Davidskrone könne ihm Glück bringen... uns haben alle diese zerstörten Synagogen alle diese zerstörten Ghettos alle diese ermordeten Juden kein Glück gebracht... Und jetzt schafften die Kulissenschieber weiteres Holz von diesem vor kurzem noch so stolzen aber traurigen Altar der Libener jüdischen Synagoge in meinen Hof und mein Mann tat so als wäre das die natürlichste Sache von der Welt... einmal war ein jüdischer Geschäftsfreund zu meinem Vater gekommen Papa mochte ihn trotzdem sagte er zu mir ich solle hingehen und ihm sagen er sei schon abgereist ich aber sagte dem Juden mein Vater sei zu Hause und meine Mutter trat unter die Tür und richtete diesem Besucher aus ihr Mann sei nicht zu Hause er sei auf Geschäftsreise... Als ich nun mit meinem Mann den jüdischen Friedhof besuchte als ich diesen jüdischen Friedhof langsam ins Herz schloß ich kletterte sogar schon allein über das Eisengitter und saß dort auf den Grabsteinen die am Boden und halb in der Erde versunken dalagen und ich schaute mich um und ging wieder von einem Grabstein zum anderen manchmal mußte ich niederknien um zu entziffern wer dort lag und auf den Steinen die noch aufrecht standen las ich alle diese schönen Mädchennamen und mir wurde es schwer ums Herz weil das Volk der Juden in alle Welt verstreut ist doch war das den Siegern noch zu wenig sie hatten die Juden obwohl so verstreut aus ganz Europa zusammengetrieben in Konzentrationslager abtransportiert und in Gaskammern gepfercht und ich konnte nicht verstehen weshalb die Deutschen aber auch die Tschechen die Juden weiterhin so abgründig haßten warum ich immer wieder hörte Hitler habe zu wenige umgebracht schließlich hätte er alle ausrotten sollen... und ich saß unter einem dichtbelaubten schwarzen Holunderstrauch und oberhalb des Friedhofs fuhren Lokomotiven in den Bahnhof ein der Dampf zischte bis zu mir herunter Qualm und weiße Rauchwolken der Lokomotiven hüllten den Friedhof ein und ich wiederholte alle diese Mädchennamen ... Lea und Miriam und Rifke und Chave und Ciperle und Golde und Muskat und Liebele und Rehle und Guendl und Blumele und Telze und Nette und ich verstand alle diese Wörter genauso gut wie die Wörter Jekeff und Marek und Elias und Chaje und Jehuda und Mendl und Gadl und Zalkind und Süskind und Smaje und Menachem und Asher und Sander und Manasse eigentlich waren es deutsche Namen und ich spürte dieser Friedhof mit seinen Namen war mir vertrauter als alle anderen Friedhöfe diese Grabsteine gingen mir so nah weil sich niemand um sie kümmerte niemand kam um das Wasser zu wechseln oder frische Blumen hinzulegen dieser Libener Friedhof war verlassen wie ich es eine Zeitlang war wie auch mein Vater verlassen war   Was wir den Juden angetan hatten war auf uns wieder zurückgefallen wie wir es verdient hatten wie die Juden waren wir ausgesiedelt wie die Juden geschlagen und getreten worden und weshalb das alles? Vermutlich weil alle Deutschen also auch mein Vater Lizaj und Onkel Wulli von allem gewußt haben daher mußten wir wenn auch unbewußt die ganze Vergeltung auf uns nehmen und wir erhielten Jedem das Seine wie auf dem Tor eines Konzentrationslagers geschrieben stand und mein Mann sagte zu mir daß auch dieser jüdische Friedhof zerstört werde und man schon anfange die Einfriedung und die Stehbar La Paloma und die Trödelläden einzureißen man beginne damit den wunderschönen Hügel gegenüber der Palmovka abzutragen auf dem ich noch nie war er glich einem Tafelberg auf dem Volleyball gespielt wurde oft hatte ich gesehen wie der Ball über diesem Hügel in die Höhe flog wieder herunterfiel und bis zwischen die Gleise rollte ... Also wurde auch dieser Hügel von Baggern und Bulldozern dem Erdboden gleichgemacht und Lastwagen transportierten die Erde die Felsen ein Stück weiter und kippten alles den Abhang hinunter an dem dieser jüdische Friedhof lag denn der Friedhof war ohnehin zu nichts nütze und so konnte man Bauland gewinnen auf dem ein Lustgarten ein Park angelegt würde damit das arbei-

tende Volk sich in der Freizeit erholen könnte ... Und anfänglich glaubte ich dieser Friedhof diese Grabsteine würden mit Ehrfurcht ausgegraben und woanders hingebracht ... doch mein Mann erklärte mir die jüdische Gemeinde habe kein Recht eigene Friedhöfe aufzulassen weil niemand mehr die Erde berühren dürfe in der ein Jude begraben liegt also beschloß die Gemeinde beschloß der Volksausschuß daß dieser Friedhof so wie er war zugeschüttet werde ... Und ich wollte meinen Augen nicht trauen als ich sah wie mein Mann mit der Axt auf den Altar und die Täfelung in dieser Synagoge einschlug und diese jüdische Krone die Krone des Königs David mit nach Hause nahm diese Krone die von keinem mehr verteidigt wurde weil die Juden heute wehrlos sind und es sogar genießerisch dulden wie die Christen mit ihnen und den Relikten ihrer Kulturdenkmäler umgehen ... Und ich ging kurz entschlossen nach Prag und besuchte zum ersten Mal den großen jüdischen Friedhof und schritt zwischen den Steinen hindurch und las die nicht hebräischen Inschriften und staunte von neuem weshalb die Deutschen die Erzfeinde der Juden waren da die Juden doch nur leicht verstümmelte deutsche Namen hatten und gerade diese leichten Verstümmelungen klangen für mich viel schöner als das klassische Deutsch diese Verstümmelungen des Deutschen ließ das Jiddisch für mich angenehm und lieblich klingen so wie der Wiener oder der Iglauer oder der Brünner Dialekt
Und dann stand ich vor der Pinkas-Synagoge und bekam dort einen Schlag auf den Kopf den Schlag der mir die Augen endgültig öffnete für meine Mutter für Lizaj für Wulli für alle Deutschen denn auf einem Gerüst saßen hier vier Burschen vier junge Männer die die jüdischen Namen eines jeden Juden in die Wand meißelten der in der ehemaligen Republik ermordet worden war rundherum in alle Wände die Namen und Vornamen ganzer Familien mit Geburtsdaten und dem Todestag ... und ich räusperte mich und war erst danach in der Lage die Männer zu fragen wie viele Namen hier stehen würden wenn ihre Arbeit abgeschlossen sei und einer der jungen Männer dessen Beine von den Brettern des Gerüsts herunterbaumelten erwiderte ... einhundertunddreißigtausend Namen werden hier stehen Namen von Menschen die in den Gaskammern erstickt oder auf

andere Art umgebracht worden sind ... Und wie im Traum trat ich dann ins Innere der Synagoge in der riesige Photos von der jüdischen Stadt vom Ghetto hingen wie im Traum ging ich von einer Aufnahme zur nächsten und war bewegt ja fast schon hingerissen wie schön mußte dieses Ghetto gewesen sein welch ein Jammer daß es allein deshalb eingeebnet wurde um die Königsstadt Prag zu sanieren es tat mir schrecklich weh und dann wurde mir klar diese Sanierung war ja nur ein Vorwand um den Juden den Fuß in den Nacken zu setzen um die Juden noch mehr zu erniedrigen als bei den Pogromen Als ich vor den Aufnahmen stand die zeigten wie dieses riesige Ghetto mit Spitzhacken eingerissen wurde dieses Ghetto von dem mein Mann sagte heute wäre es das größte in Europa wenn es erhalten geblieben wäre und Millionen von Touristen würden es besuchen und für den Staat wäre dieses Ghetto das gleiche wie die Alpen für Österreich und das Meer für Jugoslawien ... Ich schaute mir das alles aufmerksam an und dachte Tausende von Tschechen hatten damals so zugesehen wie ich es jetzt tat und über jedes abgedeckte Hausdach über jede aufgerissene und abgetragene Straße freuten sie sich genauso wie ich und mein Mann wenn wir in der Kneipe in der Judengasse beim Horký am Fenster saßen unser Bier tranken und wie alle anderen zuschauten wie die Beseitigung der Überreste des Libener Ghettos voranschritt und wenn ich die Zuschauer diese gaffenden Gäste beim Horký betrachtete regte sich nicht ein einziger darüber auf keiner bedauerte es daß diese geheimnisvollen Gebäude verschwanden ... Und jetzt schaute ich mir die gleichen Vernichtungsarbeiten auf den Photographien an und wie Hitler die Juden ausgerottet hatte und erkannte diese Tschechen haßten die Juden genauso wie die Deutschen sie haßten und die Tschechen hätten sie ebensogut ausrotten können und sie wären auch heute noch dazu imstande ... Wir tranken Bier beim Horký und sahen seelenruhig zu wie die Bulldozer mit Wonne die Überreste der jüdischen Häuser zermalmten wie eingerissene Mauern und mit ihnen Erker und Treppen einstürzten indes etwas weiter weg riesige Schaufeln das zertrümmerte Ghetto auffingen und in gelblichen Staubwolken auf Lastwagen schütteten und bis zur Abfallgrube neben dem Schießstand von

Ďáblice abtransportierten wo wie mein Mann sagte die Deutschen am Waldrand Patrioten erschossen hätten... Und eines Tages als ich mit der Straßenbahn fuhr geschah es daß die Leute sich von den Plätzen erhoben um aus dem Wagen über den Eisenzaun hinweg zu erspähen wohin die Lastwagen fuhren ein Wagen nach dem anderen mit dem wunderschönen Hügel gegenüber der Palmovka beladen von wo er Stück um Stück verschwand und am Fuß jenes mit schwarzem Holunder bewachsenen Abhangs abgelagert wurde wo Aberhunderte von Grabsteinen des alten jüdischen Friedhofs standen oder auch schon lagen Und ich schaute über die Schultern dieser Zuschauer die am Ende der Libener Brücke ausstiegen und ein Stück zurückliefen um sich daran zu erfreuen wie ein Lastwagen nach dem anderen Schutt und Erde auskippte und diesen Friedhof mit all dem Geröll zuschüttete und fast bedauerte ich es daß nicht auch Lastwagen mit den Trümmern der eingerissenen Gebäude aus dem jüdischen Ghetto ihre Fracht hier ausschütteten dann hätten alle Bewohner des Ghettos die nun in dieser Erde lagen wieder zueinanderfinden können... Doch war ich die einzige die sich das wünschte und so stürzte dieser Hügel an dessen Fuß die Stehbar La Paloma stand die mein Mann und die Soldaten mit ihren Mädchen aufsuchten langsam in sich zusammen allmählich wurde er von Bulldozern unterhöhlt sie zerrten riesige Brocken weg schaufelten sie sofort auf die Lastwagen diese fuhren dann wie toll hin und her kippten ihre Ladung den Abhang hinunter und allmählich begruben sie diese Grabsteine wie wenn bei einer Überschwemmung der Wasserspiegel steigt... und mir fehlte der Mut dorthin zu gehen und mir das anzuschauen ich glaube ich wäre vor Scham vergangen denn von der Straßenbahn aus sah ich wie die Leute glotzten wie sie um diesen Krater herumstanden genauso hatten wir und das ganze Lager uns nach dem Jahre fünfundvierzig Filme anschauen müssen wie vor riesigen Gruben und riesigen Kratern Gefangene und hinter ihnen Reichssoldaten standen die ihnen ins Genick schossen und die Erschossenen stürzten in die Massengräber die diesen Grabsteinen ähnlich waren auf die von oben Erde und Felsbrocken donnerten... und dennoch konnte ich mich nicht zurückhalten und mußte es mir an-

schauen nicht wie die Fracht der Lastwagen in die Tiefe auf die Grabsteine polterte sondern was das für Menschen waren die das mit solchem Genuß verfolgten als würde anderen ins Genick geschossen Und dann stand ich dort und sah die Leute hatten sogar Tischchen mitgebracht und waren schon am Morgen gekommen sie hatten Thermosflaschen mit Kaffee dabei und schauten ohne mit der Wimper zu zucken wie die oberste Steinschicht schon so weit zugeschüttet war daß die Reifen der Lastwagen über ihre Ränder rollten und ich sah wie große Felsblöcke mit gewaltigen Schlägen die schwarzen Steine umrissen und aus dem Boden wuchteten ich sah wie einer der Steine in den gefaltete Hände gemeißelt waren Widerstand leistete derweil die anderen wie Kegel umkippten sie fielen aufs Gesicht sie stürzten auf die Seite einige drehten sich mehrere Male um sich selbst bevor sie zu der Ruhe kamen die ihnen dank ihrer letzten Lebensphase vorbestimmt war Einige der unteren Grabsteine waren schon vergraben andere nur bis zum halben Leib und auf diese fielen nun die zarten Stämme schwarzen Holunders der geblüht und einen betörenden Duft verströmt hatte
Mein Mann hatte mir gesagt auf jüdischen Friedhöfen werde schwarzer Holunder angepflanzt weil die Wurzeln binnen eines Jahres alles Fleisch was am Menschen sterblich ist aufzehrten und in zwei Jahren würde der schwarze Holunder auch noch die Knochen verzehren deshalb seien sie auf jüdischen Friedhöfen angepflanzt worden und aus ähnlichem Grund setzten die Bauern sie direkt unter die Fenster ihrer Kammern damit wenn einmal eine Krankheit käme bei der keiner mehr imstande sei Hilfe zu holen man durchs geöffnete Fenster mit der Hand noch Holunderblüten und -blätter abreißen und daraus einen heilenden Sud zusammenbrauen könne denn alles am schwarzen Holunder der ganze Strauch sei heilbringend...
Und ich stand da und schaute zu wie der jüdische Friedhof zerstört wurde und die Zuschauer von diesem Anblick fasziniert waren und als ich genauer hinschaute stand mein Mann dort und schaute wie alle anderen er gaffte ebenfalls und wollte wie ich seinen Augen nicht glauben Und er achtete nicht darauf wie die Wagenladungen ausgeschüttet wurden und in die Tiefe donnerten er schaute vielmehr verstohlen auf die Leute

auf ihre Profile er schaute sich diese Zuschauer an und als unsere Augen sich trafen seufzte mein Mann zuckte mit den Schultern und ließ die Arme hilflos sinken Was kann man schon machen? Gar nichts ... und ich ging nach Hause bekam Schüttelfrost und draußen dufteten die Blüten des schwarzen Holunders und ich heizte in beiden Öfen ein und setzte mich auf den großen Ofen aber es wurde mir nicht warm mir taten nicht nur die Juden leid sondern alle Menschen die von Siegern geschlagen und erniedrigt worden waren ... Und mein Mann sagte leise ... Miriam ... Rifke ... Ciperle ... Schune ... Muskat und Nette ... Gilde und Liebele ... Rehle und Blumele ... Kleines eines dürfen wir niemals vergessen als deine Mutter und Lizaj nach Wien fuhren als Hitler nach dem Anschluß dort eintraf ... da sprang am gleichen Tag in Wien Frau Pollak von Parnegg aus dem Fenster eine Jüdin deren Söhne ein Buch mit Anekdoten über sie zusammengetragen und herausgegeben hatten ... Frau Pollak sprang aus dem Fenster und deine Mama und Lizaj und Hunderttausende von Wienern weinten und schrien vor Begeisterung darüber daß sie sehen durften wie Hitler im offenen Wagen triumphierend durch Wien fuhr ...

Mein Mann hatte schon seit langem keine dieser Hochzeiten im Hause mehr gefeiert und auch seine Freunde vom Theater von der Straße und aus den Kneipen kamen nicht mehr zu Besuch ... und dennoch fand hier eine Hochzeit statt Věra Slavíčková hatte eine Bekanntschaft Věra Slavíčková hatte sich sogar in einen Doktor der Rechte verliebt und ich gönnte ihr das An Sommerabenden stand ihr Fenster über uns offen und unter herzlichem Gelächter erzählten sich Věra und ihre Mutter Geschichten Věra berichtete vor allem was an diesem Tag in ihrem Büro passiert war und dann verstummte das Gespräch und langsam stellte sich dort oben der Schlaf ein ich bedauerte es manchmal hier unten daß wir keine Kinder hatten daß ich nie Kinder gehabt hatte denn mein Mann liebte Kinder und selbst wenn ich mit einem anderen ein Kind gehabt hätte er hätte es mit großer Freude adoptiert er befürchtete ja ohnehin hätten wir zusammen Kinder gehabt wären sie bestimmt schwachsinnig Trotzdem wurde ich schwermütig wenn ich über mir Mutter und Tochter so schön erzählen hörte und ich bedauerte es von Herzen nicht auch ein kleines Mädchen zu haben mit dem ich plaudern könnte denn als wir hier einzogen war Věra noch ein kleines Mädchen und jetzt nach fünf Jahren schon Braut Ich sah ihren Bräutigam und er war wie mein Mann Doktor der Rechte und ebenfalls fünfzehn Jahre älter als Věra doch sehr schüchtern er sah wie ein Kind aus das sich gerade ausgeweint hat und als die Frau Slavíčková einmal auf dem Klo saß und die Tür wie gewohnt offenstehen ließ nickte sie mir zu und erzählte mir während sie weiter dasaß daß es für diesen künftigen Bräutigam höchste Zeit sei zu heiraten weil er allzusehr von seiner Mama abhänge dieser Doktor befinde sich gerade noch in dem Zustand daß die Leute aus der Nachbarschaft fragten Warum heiraten Sie nicht? In ein paar Jahren aber würde man nur noch fragen Warum haben Sie nicht geheiratet? ... also fand diese Hochzeit wie auch meine damals im Schlößchen statt und ich ging hin sie mir anzuschauen es war eine rührende Hochzeit wie überhaupt alle Hochzeiten und der Bräutigam sprach wie ein frisch Verurteilter der vom Gericht den Urteilsspruch entgegennimmt sein Ja aus... Und dann folgte das Mittagessen im Svět und am späten Nachmittag gingen alle Hochzeitsgäste durch unseren Hausflur und wie jeder der sich hier nicht auskannte beschmierten sie sich die Ärmel am Putz der immer noch von der feuchten Wand abbröckelte und wie immer wußte die Frau Beranová nichts Gescheiteres zu tun als den Wasserhahn laufen zu lassen und abwechselnd ihre beiden Eimer zu füllen und quer übers Pflaster zu schütten um das Wasser dann mit dem Reisbesen aus Flur und Hof unter ihren Fenstern entlang ins Kanälchen zu kehren und wie immer arbeitete sie in ihrer malvenfarbenen Unterhose und in ihrem malvenfarbenen Büstenhalter und die Hochzeitsgäste sprangen zur Seite und machten sich ihre Hochzeitskleider noch schmutziger an dieser feuchten abblätternden Wand im Hausflur und an der Mauer neben dem Fenster der Frau Beranová... Nur mein Mann war an diesem Tag nicht fröhlich er gratulierte gerade mal und ging dann mit Pepíček Sviatek zum Vaništa um die

Hochzeit zu feiern sie tranken Brandy zu Ehren und auf die Gesundheit der Neuvermählten ... und ein größerer Junge ein Bruder der Braut begoß sich gegen Abend die Nase so sehr daß er die Treppe hinunter ins Kanälchen kullerte und da einschlief man mußte ihn wieder ins Leben zurückholen eine Ambulanz rufen da er eine Alkoholvergiftung hatte ... und so ging diese Hochzeit im Hause um Mitternacht zu Ende und mein Mann flüsterte mir im Bett leise zu daß diese Hochzeit ein schlechtes Ende nehmen werde dort in der Kneipe hätte man nämlich erzählt daß dieser Bräutigam ein Kauz sei und niemals etwas tue was seine Mama nicht gebilligt habe und er nirgendwohin ohne seine Mama gehe daß er seine Mama in allen Dingen um Rat frage und sein Mamachen ihm sogar noch die Anzüge die Krawatten die Schuhe kaufe ... Und ich schlief ein und war am folgenden Tag wieder rührselig weil es mir leid tat daß ich kein kleines Mädchen hatte und Věra mit ihrem Mann in eine neue Wohnung zog und ich an Sommerabenden nie mehr hören würde wie sie und ihre Mutter sich dort oben Geschichten erzählten wie sie über alles mögliche zwitscherten und sich auf diese Weise irgendwie von dem abreagierten was ihnen an diesem Tag zugestoßen war   Und ich war eigentlich allein zu Hause denn mein Mann verkehrte wieder mit Pepíček Sviatek und sie hatten vor unsere ganze Wohnung zu streichen nicht nur die Fenster und die Türen nein auch die Möbel alles sollte weiß gestrichen werden ich war zu Hause und niemand fragte mich nach meiner Meinung mein Mann beschloß von sich aus diese Möbel weiß zu streichen mich fragte er überhaupt nicht ... Und jedesmal wenn ich der Frau Slavíčková begegnete erzählte sie mir mit großer Freude wie es den Frischvermählten ging daß dieses neue Leben eine wahrhaft besorgte junge Frau aus ihrer Tochter gemacht habe eine Frau die sich alle Mühe gab daß jedes Stück in der Wohnung neu war es kostete sie zwar viel Arbeit und Überredungskünste bevor ihr Mann dieser Doktor der Rechte sich einen neuen Anzug oder neue Schuhe kaufte überhaupt damit er in dieser Ehe ein neues Leben anfange

Doch ein halbes Jahr später wurden meine Knie schwach diese ehemalige Braut die im weißen Hochzeitskleid aus unserem Haus weggegangen war kam jetzt in Schwarz und mit einem

Hütchen mit schwarzem Schleier zurück und dort oben weinten alle und rangen die Hände und als mein Mann am Abend vom Vaništa kam erzählte er mir was geschehen war und wie immer begriff ich zunächst überhaupt nicht worum es ging... also Kleines mit diesem neuen Leben ist es gar nicht so einfach... Gestern also ist dieser Doktor nach Hause gekommen und als sie am Abend ins Theater gehen wollten öffnete er den Schrank und wollte eine bestimmte Krawatte herausnehmen und war völlig entsetzt denn da hingen zwölf neue Krawatten jene aber die seine Mama ihm gekauft hatte hingen nicht mehr dort... So hat das angefangen... Wo sind diese Krawatten? Und die frischgebackene Ehefrau sagte... Ich habe dir neue gekauft modische und schönere... Und er wieder... Wo sind meine alten Krawatten? Und die Frischvermählte lachte... Die sind versteckt wo das wirst du nicht erraten... Und dieser Doktor der Rechte wieder... Wo sind die Krawatten die meine Mama mir gekauft hat... Und die Frischvermählte... Nimm diese hier sie ist aus Amerika und modern... Und der Doktor der Rechte... Wo sind diese Krawatten die meine Mama mir gekauft hat... und da sagte die neuvermählte Věra wahrheitsgemäß... Meine Mutter und ich haben sie verbrannt... Ich fragte meinen Mann Weshalb aber ist Věra in diesem schwarzen Kleid gekommen... und er antwortete... in dem Augenblick als Věra sagte die Krawatten von der Mama seien unwiderruflich im Arsch da rannte dieser Doktor der Rechte in sein Zimmer und brachte sich um...

Vor unserem Haus wartete Vladimír auf mich und ich sah schon von weitem daß er ungeheuer erregt war und bereits im Hausflur verriet er mit daß Tekla verschwunden sei er habe sie überall gesucht er sei sogar zu meinem Mann ins Theater gegangen und dort auf der Bühne in die Grube gefallen nach fünf Metern sei er aber zum Glück auf ein Sofa geplumpst so daß er den entsetzten Kulissenschiebern bereits entgegengelaufen kam und sie fragte... Wo ist der Doktor? Denn er hatte heute vom Gericht ein Schreiben erhalten in dem ihm eröffnet wurde daß Tekla wegen unüberwindlichem Widerwillen und Angst die Scheidung eingereicht habe Und Vladimír saß bei mir und weinte er weinte fürchterlich er schluchzte und sagte in den Pausen zu mir ... er liebe Tekla und könne ohne sie nicht leben er bringe ohne sie keine einzige Graphik zustande und wenn dann wäre alles nur Wiederholung dessen was er bisher gemacht habe ... er trage Teklas Wäsche damit Tekla ihm näher sei er gehe zur Arbeit und trage unterm Arm den Teddybär den er von Tekla bekommen und mit dem sie als kleines Kind geschlafen habe Und abermals las er die Vorladung des Gerichts durch wann er sich zur ersten Verhandlung einzufinden habe ... daß Tekla aus Prešov die Scheidungsklage eingereicht habe wegen unüberwindlichem Widerwillen Völlig geknickt saß Vladimír da und bat mich ihm diese Mitteilung des Žižkover Gerichts vorzulesen Und dann kam mein Mann nach Hause und las das alles er saß wie Vladimír da und als Vladimír sich ausgeweint hatte ... standen beide auf und Vladimír bat meinen Mann als Zeuge mit ihm vor diesem Gericht zu erscheinen ... Und an dem Tag als mein Mann von der ersten Verhandlung zurückkam sagte er lächelnd es sei im Grunde genommen eine Groteske gewesen weil die Staatsanwältin eine Klage verlesen habe die Teklas Vater aufgesetzt hatte Vladimír aber etwas ganz anderes beantwortet habe und der Senatsvorsitzende habe Vladimír daran erinnert er solle nett zur Staatsanwältin sein und zur Sache antworten ... Und so brachte Vladimír der Staatsanwältin am folgenden Tag einen Liebesbrief und einen Tag darauf klagte sie Vladimír wegen Verunglimpfung des Gerichts an ... und eine Woche später fand die letzte Verhandlung statt und alle Vertreter des Gerichts standen auf Teklas Seite weil Vladimír so verworren daherredete ... und so wurde Vladimír geschieden und er sah Tekla nie mehr und dann saßen mein Mann und Vladimír und die Staatsanwältin im Restaurant Rathaus in Žižkov und da die Staatsanwältin Kunst liebte tranken sie Bier und Vladimír klärte sie über seine aktiven Graphiken und über seine Poetik auf Jetzt gab die Staatsanwältin Vladimír in allem recht und es schien sogar sagte mein Mann als habe sie sich in Vladimír verliebt weil das was Vladimír jetzt erzählte in den Augen der Staatsanwältin Sinn und Logik hatte vor allem aber hatte das Gespräch ihr neue Horizonte hinsichtlich der aktiven modernen Kunst eröffnet Und als mein Mann noch das Dripping und die Energy made visible des Jackson Pollock erwähnte ... da vergaß die Staatsanwältin nach Hause zu gehen und sagte zu Vladimír sie sei zum ersten Mal im Leben einem Künstler begegnet der sie davon überzeugt habe daß die moderne Kunst tatsächlich existiere Und dann kam Vladimír nicht mehr zu Besuch erst nach einem halben Jahr tauchte er wieder einmal auf mein Mann war gerade nicht zu Hause Vladimír kam langsam die Treppe hinauf als hätte er eine schwere Krankheit hinter sich er schleppte die Beine mühsam über die Stufen die er sonst immer im Fluge nahm irgendwie hatte er zugenommen und trug nicht etwa seine Aktentasche mit sich herum sondern eine Angelrute die er ans Fenster lehnte dann trat er sich umständlich die Schuhe ab und als er hereinkam bot ich ihm einen Stuhl an Und er erzählte mir was ich schon von meinem Mann wußte daß Herr Chalupecký ihm zu einem Stipendium des Künstlerverbands verholfen habe und er schon ein halbes Jahr nicht mehr in der Fabrik war ... um sich ausschließlich seiner Graphik zu widmen ... Wie mir Vladimír aber nach und nach gestand hatte er im großen und ganzen nichts gemacht er lungere die Vormittage barfuß zu Hause auf dem Sofa herum und starre stumpfsinnig auf seine Beine ... seit Tekla ihn verlassen habe sei er fix und fertig Und so hatte er sich aufs Angeln verlegt und begonnen Fische zu fangen aber nicht etwa um sie fürs Abendessen zu braten sondern um die Zeit totzuschlagen da er vorläufig die Kraft nicht aufbringe sich selbst totzuschlagen Und am Abend bummele er dann langsam vom Fluß zurück und erinnere sich an die Zeiten als er zusammen mit dem Doktor davon geträumt habe wie sie beide einen Weltenbrand entfachen würden Ich sah Vladimír an und dachte an meinen Mann der vermutlich wenn er zu Hause bliebe wenn er zu Hause säße und nur noch schreiben könnte statt mit seinem Schreiben immer nur zu drohen ... wahrscheinlich auch ganze Vormittage lang dasäße und mit vorgetäuschtem Interesse seine nackten Zehen betrachtete ... denn ihn graute genauso vor der Einsamkeit wie Vladimír der jetzt weiter erzählte Wo sind die Zeiten hin als ich noch arbeiten ging als ich um halb sechs aufstand und der Tag vor mir strahlte wie eine mystische Welt... Wahrscheinlich junge Frau werde ich wieder in die Fabrik zurückgehen... sagte Vladimír bedächtig mit großer Mühe suchte er seine Worte und lächelte einfältig er war außerstande mir in die Augen zu schauen starrte nur so vor sich hin und vergaß zeitweise wo er saß und ich schaute aus dem Fenster dorthin wohin mein Mann immer schaute auf dieses Stück Himmel über dem schrägen Schuppendach... Und dann sagte er eher für sich... Junge Frau irgendwie sehe ich mich selbst als Spazierstock der mit Schnitzereien verziert ist... und mit Erinnerungschildchen... alle diese akkumulierten Werte sind in mir ich sehe sie kann sie sogar bei Nacht in der Dunkelheit betasten... einzig und allein weil alles was ich bin nun Vergangenheit ist... und nichts Neues mehr vor mir liegt... nur diese Fische die ich wieder ins Wasser zurückwerfe nachdem ich sie gefangen habe Und in diesem Augenblick kam mein Mann fast bis in die Mitte des Hofs geflogen er war außer Atem fiel rücklings aufs Kanapee und schrie... Heut bin ich Vorhangzieher wißt ihr was es bedeutet Vorhangzieher im Cid zu sein? Wißt ihr was für eine Ehre es ist daß Aleš Pohorský Laureat des Staatspreises mir diesen Vorhang anvertraut hat... Am Anfang des ersten Aktes muß dieser Vorhang ganz sachte und langsam in die Höhe gleiten lentissimo... und im letzten Drittel dann vom Schnürboden verschlungen werden... sagte mein Mann und fuhr aufgeregt fort... dieses Vertrauen des Regisseurs Aleš Pohorský persönlich... Vladimírek bleiben Sie ruhig weiter sitzen ich muß noch mal zurück weil ich diesen Vorhang noch einmal und noch einmal studieren muß um das Vertrauen des Herrn Pohorský nicht zu enttäuschen... der Vorhang muß zuerst behutsam nach oben gleiten... und im letzten Drittel dann verschlungen werden daß es kracht... und danach muß ich die Seile mit einem Schnappschloß sichern und dann noch mal wenn am Schluß der Vorhang wieder heruntergelassen wird... und umgekehrt... zuerst ganz langsam würdevoll ja würdevoll hat Aleš Pohorský mir ans Herz gelegt... würdevoll und genau einen Meter über dem Souffleurkasten runtersausen lassen als hätte jemand die Leinen durchschnitten... Vladimír stand schwerfällig auf er der sonst immer so behende vom Stuhl aufgesprungen war daß er mir zweimal einen Teller und dreimal eine Kaffeetasse aus der Hand geschlagen hatte Er stand schwerfällig auf und ging ohne sich zu verabschieden in den Flur hinaus dann tauchte er im Fenster wieder auf er schien gealtert nahm sein Anglerzeug und sagte mit verkrampftem Lächeln ... Was tun? ... Man geht also angeln ... und ich werde mir Pantöffelchen kaufen auf die meine Mama zwei Kätzchen sticken wird Mein Mann stand auf und sagte ... Vladimír möchten Sie die schönste Anekdote über die Frau Pollak von Parnegg hören? ... Also eines Morgens kam der Herr Pollak nicht zum Frühstück ... und er kam auch nicht zum Mittagessen und so suchte man ihn im ganzen Schloß und fand ihn erst am späten Nachmittag unterm Bett in seinem Schlafzimmer ... tot ... Frau Pollak von Parnegg ließ alle Dienstmädchen antreten hob den Bettüberwurf hoch und wies mit einer Handbewegung auf ihren toten Mann unterm Bett und sagte zu den Dienstmädchen ... Das nennt ihr saubermachen ihr Luder! Das hat Frau Pollak gesagt ... Und als Hitler nach Wien kam da sprang sie aus dem Fenster ... Vladimírek Ihre Mama sollte Ihnen graue Pantöffelchen kaufen und die Kätzchen mit schwarzen und roten Fäden draufsticken ...

November/Dezember 1984
Januar/Februar 1985

Inhalt

Bohumil Hrabal
im Suhrkamp Verlag

Die Bafler. Erzählungen. Aus dem Tschechischen übersetzt und ausgewählt von Franz Peter Künzel. es 180

Bambini di Praga. Erzählungen. Aus dem Tschechischen übersetzt von Karl-Heinz Jähn. BS 793

Bohumil Hrabals Lesebuch. BS 726

Harlekins Millionen. Ein Märchen. Aus dem Tschechischen von Petr Šimon und Max Rohr. st 1615

Hochzeiten im Hause. Ein Mädchenroman. Aus dem Tschechischen von Susanna Roth. Leinen

Ich habe den englischen König bedient. Roman. Aus dem Tschechischen von Karl-Heinz Jähn. BS 1139 und st 1754

Die Katze Autitschko. Erzählung. Aus dem Tschechischen von Karl-Heinz Jähn. Mit Illustrationen von Hans-Jörg Brehm. BS 1097

Leben ohne Smoking. Erzählungen. Aus dem Tschechischen von Karl-Heinz Jähn. BS 1124

Reise nach Sondervorschrift, Zuglauf überwacht. Erzählung. Aus dem Tschechischen von Franz Peter Künzel. BS 1157

Sanfte Barbaren. Aus dem Tschechischen von Peter Sacher. BS 916

Schneeglöckchenfeste. Erzählungen. Aus dem Tschechischen von Petr Šimon. BS 715

Schöntrauer. Aus dem Tschechischen von Franz Peter Künzel. st 1614

Die Schur. Erzählung. Aus dem Tschechischen von Franz Peter Künzel. st 1613

Das Städtchen am Wasser. In drei Bänden: Die Schur. Schöntrauer. Harlekins Millionen. Aus dem Tschechischen von Franz Peter Künzel, Petr Šimon und Max Rohr. Mit Illustrationen von Josef Jíra. Leinen und st 1613-1615 in Kassette

Tanzstunden für Erwachsene und Fortgeschrittene. Autorisierte Übersetzung aus dem Tschechischen von Franz Peter Künzel. BS 548 und st 2264

Verkaufe Haus, in dem ich nicht mehr wohnen will. Roman aus sieben Erzählungen. Aus dem Tschechischen von Karl-Heinz Jähn. Leinen

Die Zauberflöte. Aus dem Tschechischen von Susanna Roth. Bütten-Broschur

Hommage à Hrabal. Herausgegeben von Susanna Roth. Mit zahlreichen Photographien. Leinen

83/1/3.94

suhrkamp taschenbücher
Eine Auswahl

Adorno: Erziehung zur Mündigkeit. st 11
Aitmatow: Dshamilja. st 1579
Alain: Die Pflicht, glücklich zu sein. st 859
Allende: Eva Luna. st 1897
– Das Geisterhaus. st 1676
– Die Geschichten der Eva Luna. st 2193
– Von Liebe und Schatten. st 1735
The Best of H.C. Artmann. st 275
Augustin: Der amerikanische Traum. st 1840
Bachmann: Malina. st 641
Bahlow: Deutsches Namenlexikon. st 65
Ball: Hermann Hesse. st 385
Barnes: Nachtgewächs. st 2195
Barnet: Ein Kubaner in New York. st 1978
Barthes: Fragmente einer Sprache der Liebe. st 1586
Becker, Jürgen: Gedichte. st 690
Becker, Jurek: Bronsteins Kinder. st 1517
– Jakob der Lügner. st 774
Beckett: Endspiel. st 171
– Malone stirbt. st 407
– Molloy. st 229
– Warten auf Godot. st 1
– Watt. st 46
Beig: Hochzeitslose. st 1163
– Rabenkrächzen. Eine Chronik aus Oberschwaben. st 911
Benjamin: Angelus Novus. st 1512
– Illuminationen. st 345
Berkéwicz: Adam. st 1664
Berkéwicz: Josef stirbt. st 1125
– Maria, Maria. st 1809
Bernhard: Alte Meister. st 1553
– Auslöschung. Ein Zerfall. st 1563
– Beton. st 1488
– Claus Peymann kauft sich eine Hose und geht mit mir essen. st 2222
– Gesammelte Gedichte. st 2262
– Holzfällen. st 1523
– Stücke 1-4. st 1524, 1534, 1544, 1554
– Der Untergeher. st 1497
– Verstörung. st 1480
Blackwood: Der Tanz in den Tod. st 848
Blatter: Das blaue Haus. st 2141
– Wassermann. st 1597
Brasch: Der schöne 27. September. st 903
Braun, Volker: Gedichte. st 499
– Hinze-Kunze-Roman. st 1538
Brecht: Dreigroschenroman. st 1846
– Gedichte über die Liebe. st 1001
– Geschichten vom Herrn Keuner. st 16
– Hauspostille. st 2152
Bertolt Brechts Dreigroschenbuch. st 87
Broch: Die Verzauberung. st 350
– Die Schuldlosen. st 209
Buch: Die Hochzeit von Port-au-Prince. st 1260
– Tropische Früchte. st 2231
Burger: Der Schuß auf die Kanzel. st 1823
Cabrera Infante: Drei traurige Tiger. st 1714

265/1/11.93

suhrkamp taschenbücher
Eine Auswahl

Capote: Die Grasharfe. st 1796
Carpentier: Explosion in der Kathedrale. st 370
– Die Harfe und der Schatten. st 1024
Carroll: Schlaf in den Flammen. st 1742
Celan: Gesammelte Werke in fünf Bänden. st 1331/1332
Cioran: Syllogismen der Bitterkeit (1952). st 607
Clarín: Die Präsidentin. st 1390
Cortázar: Bestiarium. st 543
– Die Gewinner. st 1761
– Ein gewisser Lukas. st 1937
– Rayuela. st 1462
Dalos: Die Beschneidung. st 2166
Dorst: Merlin oder Das wüste Land. st 1076
Duerr: Sedna oder die Liebe zum Leben. st 1710
Duras: Hiroshima mon amour. st 112
– Der Liebhaber. st 1629
– Der Matrose von Gibraltar. st 1847
– Sommerregen. st 2284
Eich: Fünfzehn Hörspiele. st 120
Eliade: Auf der Mântuleasa-Straße. st 1826
Elias: Mozart. st 2198
– Über den Prozeß der Zivilisation. Soziogenetische und psychogenetische Untersuchungen. st 2259
Enzensberger: Ach Europa! st 1690
– Gedichte. st 1360
– Mittelmaß und Wahn. st 1800
Enzensberger: Zukunftsmusik. st 2223
Federspiel: Geographie der Lust. st 1895
– Die Liebe ist eine Himmelsmacht. st 1529
Feldenkrais: Abenteuer im Dschungel des Gehirns. st 663
– Bewußtheit durch Bewegung. st 429
– Die Entdeckung des Selbstverständlichen. st 1440
– Das starke Selbst. st 1957
Fleißer: Abenteuer aus dem Englischen Garten. st 925
– Eine Zierde für den Verein. st 294
Frisch: Gesammelte Werke in zeitlicher Folge. 7 Bde. st 1401-1407
– Andorra. st 277
– Homo faber. st 354
– Mein Name sei Gantenbein. st 286
– Montauk. st 700
– Stiller. st 105
– Der Traum des Apothekers von Locarno. st 2170
Fromm / Suzuki / Martino: Zen-Buddhismus und Psychoanalyse. st 37
Fuentes: Nichts als das Leben. st 343
Gandhi: Mein Leben. st 953
García Lorca: Dichtung vom Cante Jondo. st 1007
Goetz: Irre. st 1224
Gulyga: Immanuel Kant. st 1093
Handke: Die Angst des Tormanns beim Elfmeter. st 27

265/2/11.93

suhrkamp taschenbücher
Eine Auswahl

Handke: Der Chinese des Schmerzes. st 1339
– Der Hausierer. st 1959
– Kindergeschichte. st 1071
– Langsame Heimkehr. Tetralogie. st 1069-1072
– Die linkshändige Frau. st 560
– Die Stunde der wahren Empfindung. st 452
– Versuch über den geglückten Tag. st 2282
– Versuch über die Jukebox. st 2208
– Versuch über die Müdigkeit. st 2146
– Wunschloses Unglück. st 146
Hesse: Gesammelte Werke. 12 Bde. st 1600
– Demian. st 206
– Das Glasperlenspiel. st 79
– Klein und Wagner. st 116
– Klingsors letzter Sommer. st 1195
– Knulp. st 1571
– Die Morgenlandfahrt. st 750
– Narziß und Goldmund. st 274
– Die Nürnberger Reise. st 227
– Peter Camenzind. st 161
– Schön ist die Jugend. st 1380
– Siddhartha. st 182
– Der Steppenwolf. st 175
– Unterm Rad. st 52
– Der vierte Lebenslauf Josef Knechts. st 1261
Hettche: Ludwig muß sterben. st 1949
Hildesheimer: Marbot. st 1009
– Mitteilungen an Max über den Stand der Dinge. st 1276
– Tynset. st 1968
Hohl: Die Notizen. st 1000
Horváth: Gesammelte Werke. 15 Bde. st 1051-1065
– Jugend ohne Gott. st 1063
Hrabal: Ich habe den englischen König bedient. st 1754
– Das Städtchen am Wasser. st 1613-1615
– Tanzstunden für Erwachsene und Fortgeschrittene. st 2264
Hürlimann: Die Tessinerin. st 985
Inoue: Die Eiswand. st 551
– Der Stierkampf. st 944
Johnson: Das dritte Buch über Achim. st 169
– Mutmassungen über Jakob. st 147
– Eine Reise nach Klagenfurt. st 235
Jonas: Das Prinzip Verantwortung. st 1085
Joyce: Anna Livia Plurabelle. st 751
Kaminski: Flimmergeschichten. st 2164
– Kiebitz. st 1807
– Nächstes Jahr in Jerusalem. st 1519
Kaschnitz: Liebesgeschichten. st 1292
Kiefer: Über Räume und Völker. st 1805
Kirchhoff: Infanta. st 1872
– Mexikanische Novelle. st 1367
Koch: See-Leben. st 783
Koeppen: Gesammelte Werke in 6 Bänden. st 1774
– Jakob Littners Aufzeichnungen aus einem Erdloch. st 2267

265/3/11.93

suhrkamp taschenbücher
Eine Auswahl

Koeppen: Tauben im Gras. st 601
– Der Tod in Rom. st 241
– Das Treibhaus. st 78
Konrád: Der Komplize. st 1220
– Melinda und Dragoman. st 2257
Kracauer: Die Angestellten. st 13
– Kino. st 126
Kraus: Schriften in 20 Bänden. st 1311-1320, st 1323-1330
– Die letzten Tage der Menschheit. st 1320
– Literatur und Lüge. st 1313
– Sittlichkeit und Kriminalität. st 1311
Karl-Kraus-Lesebuch. st 1435
Kundera: Abschiedswalzer. st 1815
– Das Buch vom Lachen und vom Vergessen. st 2288
– Das Leben ist anderswo. st 1950
Laederach: Laederachs 69 Arten den Blues zu spielen. st 1446
Least Heat Moon: Blue Highways. st 1621
Lem: Die Astronauten. st 441
– Frieden auf Erden. st 1574
– Der futurologische Kongreß. st 534
– Das Katastrophenprinzip. st 999
– Lokaltermin. st 1455
– Robotermärchen. st 856
– Sterntagebücher. st 459
– Waffensysteme des 21. Jahrhunderts. st 998
Lenz, Hermann: Die Augen eines Dieners. st 348
Leutenegger: Ninive. st 685
Lezama Lima: Paradiso. st 1005
Lovecraft: Berge des Wahnsinns. st 1780
– Der Fall Charles Dexter Ward. st 1782
– Stadt ohne Namen. st 694
Mastretta: Mexikanischer Tango. st 1787
Mayer: Außenseiter. st 736
– Ein Deutscher auf Widerruf. Bd. 1. st 1500
– Ein Deutscher auf Widerruf. d. 2. st 1501
– Georg Büchner und seine Zeit. st 58
– Thomas Mann. st 1047
– Der Turm von Babel. st 2174
Mayröcker: Ausgewählte Gedichte. st 1302
Meyer, E. Y.: In Trubschachen. st 501
Miller: Am Anfang war Erziehung. st 951
Das Drama des begabten Kindes. st 950
– Du sollst nicht merken. st 952
Morshäuser: Die Berliner Simulation. st 1293
Moser: Grammatik der Gefühle. st 897
– Körpertherapeutische Phantasien. st 1896
– Lehrjahre auf der Couch. st 352
– Vorsicht Berührung. st 2144
Muschg: Albissers Grund. st 334
– Fremdkörper. st 964
– Im Sommer des Hasen. st 263
– Das Licht und der Schlüssel. st 1560

265/4/11.93

suhrkamp taschenbücher
Eine Auswahl

Museum der modernen Poesie. st 476
Neruda: Liebesbriefe an Albertina Rosa. st 829
Nizon: Im Bauch des Wals. st 1900
Nooteboom: In den niederländischen Bergen. st 2253
– Mokusei! Eine Liebesgeschichte. st 2209
O'Brien: Der dritte Polizist. st 1810
Onetti: So traurig wie sie. st 1601
Oz: Bericht zur Lage des Staates Israel. st 2192
– Black Box. st 1898
– Eine Frau erkennen. st 2206
– Der perfekte Frieden. st 1747
Paz: Essays. 2 Bde. st 1036
– Gedichte. st 1832
Penzoldt: Idolino. st 1961
Percy: Der Idiot des Südens. st 1531
Plenzdorf: Legende vom Glück ohne Ende. st 722
– Die neuen Leiden des jungen W. st 300
Poniatowska: Stark ist das Schweigen. st 1438
Praetorius: Reisebuch für den Menschenfeind. st 2203
Proust: Auf der Suche nach der verlorenen Zeit. 10 Bde. st
Puig: Der Kuß der Spinnenfrau. st 869
– Der schönste Tango der Welt. st 474
Ribeiro: Brasilien, Brasilien. st 1835
Rochefort: Zum Glück gehts dem Sommer entgegen. st 523
Rodoreda: Auf der Plaça del Diamant. st 977
Rothmann: Stier. st 2255
Rubinstein: Nichts zu verlieren und dennoch Angst. st 2230
Russell: Eroberung des Glücks. st 389
Sanzara: Das verlorene Kind. st 910
Semprún: Die große Reise. st 744
– Was für ein schöner Sonntag. st 972
Sloterdijk: Der Zauberbaum. st 1445
Späth: Stilles Gelände am See. st 2289
Sternberger: Drei Wurzeln der Politik. st 1032
Strugatzki / Strugatzki: Die häßlichen Schwäne. st 1275
– Eine Milliarde Jahre vor dem Weltuntergang. st 1338
Tendrjakow: Die Abrechnung. st 965
Unseld: Der Autor und sein Verleger. st 1204
– Begegnungen mit Hermann Hesse. st 218
Vargas Llosa: Der Geschichtenerzähler. st 1982
– Der Hauptmann und sein Frauenbataillon. st 959
– Der Krieg am Ende der Welt. st 1343
– Lob der Stiefmutter. st 2200
– Tante Julia und der Kunstschreiber. st 1520

265/5/11.93

suhrkamp taschenbücher
Eine Auswahl

Vargas Llosa: Wer hat Palomino Molero umgebracht? 1786

Walser, Martin: Die Anselm Kristlein Trilogie (Halbzeit, Das Einhorn, Der Sturz). st 684

– Brandung. st 1374

– Ehen in Philippsburg. st 1209

– Ein fliehendes Pferd. st 600

– Jagd. st 1785

– Jenseits der Liebe. st 525

– Liebeserklärungen. st 1259

– Lügengeschichten. st 1736

– Das Schwanenhaus. st 800

– Seelenarbeit. st 901

– Die Verteidigung der Kindheit. st 2252

Walser, Robert: Der Gehülfe. st 1110

– Geschwister Tanner. st 1109

– Jakob von Gunten. st 1111

– Der Räuber. st 1112

Watts: Der Lauf des Wassers. st 878

– Vom Geist des Zen. st 1288

Weber-Kellermann: Die deutsche Familie. st 185

Weiß, Ernst: Der Augenzeuge. st 797

Weiss, Peter: Das Duell. st 41

Winkler: Friedhof der bitteren Orangen. st 2171

Zeemann: Einübung in Katastrophen. st 565

Zweig: Brasilien. st 984

265/6/11.93